Im Licht des Todes

Nora Roberts schreibt als J.D. Robb

Im Licht des Todes

Roman

Aus dem Amerikanischen von
Uta Hege

Weltbild

Die amerikanische Originalausgabe erschien 2016 unter dem Titel *Brotherhood in Death*
bei G. P. Putnam's Sons, a member of Penguin Group (USA) Inc., New York

MIX
Papier aus verantwortungsvollen Quellen
FSC® C083411
FSC
www.fsc.org

Besuchen Sie uns im Internet:
www.weltbild.de

Genehmigte Lizenzausgabe für Weltbild GmbH & Co. KG,
Werner-von-Siemens-Straße 1, 86159 Augsburg

Übersetzung: Uta Hege
Umschlaggestaltung: Johannes Frick, Neusäß
Umschlagmotiv: © Johannes Frick unter Verwendung von Motiven von Trevillion Images
(© Ilina Simeonova), Shutterstock (© beboy) und iStock (© wepix)
Satz: Datagroup int. SRL, Timisoara
Druck und Bindung: CPI Moravia Books s.r.o., Pohorelice
Printed in the EU
ISBN 978-3-96377-591-8

2024 2023 2022 2021
Die letzte Jahreszahl gibt die aktuelle Lizenzausgabe an.

Prolog

Aus Loyalität dem Toten gegenüber fuhr er durch den Eisregen statt auf direktem Weg nach Hause erst noch nach SoHo. Er war erschöpft und hätte gern daheim ein Feuer im Kamin entfacht, die Füße hochgelegt und es sich mit einem guten Buch und einem Gläschen Whiskey auf der Couch bequem gemacht, bis seine Frau nach Hause kam.

Stattdessen schlitterte er jetzt in einem Taxi, in dem es nach überreifer Paprika und Moschus roch, über die schneebedeckte Straße und versuchte, sich gedanklich für den Streit zu wappnen, der unausweichlich war.

Er wunderte sich manchmal über Leute, die sich offenkundig gerne stritten, denn er selber hasste Streit, und alle, die ihn kannten, wussten, dass er stets versuchte, Auseinandersetzungen möglichst aus dem Weg zu gehen.

Dieses Mal jedoch käme es zwischen ihm und seinem Vetter Edward garantiert zu einem Streit.

Schade, dachte er und starrte durch das Fenster des Taxis in den Eisregen hinaus. Die Eispartikel klatschten wie gereizte Schlangen auf die Scheibe.

Früher hatten er und Edward sich so nahegestanden wie zwei Brüder. Damals hatten sie zusammen die Welt erkundet und Geheimnisse und hochfliegende Träume ausgetauscht. Doch schließlich hatten die Zeit und die verschiedenen Wege, die sie jeweils eingeschlagen hatten, sie so voneinander entfremdet, dass er nicht mehr wusste, was für eine Art Mensch aus dem Cousin geworden war. Er kannte ihn nicht mehr, er verstand ihn nicht mehr, und obwohl ihn das betrübte, musste er sich eingestehen, dass Edward ihm inzwischen richtiggehend unsympathisch war.

Dessen ungeachtet hatten sie dieselben Großeltern, weil ihre Väter Brüder waren. Sie waren Familie, und er hoffte, dass er diese Blutsbande und die gemeinsamen Erinnerungen nutzen könnte, um am Ende einen Kompromiss zu schließen.

Auch wenn die Person, zu der sein Vetter sich entwickelt hatte, offensichtlich nichts von Kompromissen hielt. Wenn Edward etwas wollte, gab er für gewöhnlich niemals auch nur eine Handbreit nach.

Sonst hätte er wohl kaum einen Makler einbestellt, der sich das wunderschöne Sandsteinhaus ansehen sollte, das die Großeltern ihnen beiden hinterlassen hatten.

Er hätte nicht einmal etwas von dem Termin erfahren, wenn sich die zweite Assistentin seines Vetters – oder welchen Titel diese junge Frau auch immer hatte – nicht verplappert hätte, als er bei Edward in der Firma angerufen hatte, weil er ihn sprechen wollte.

Im Grunde war er ein eher ausgeglichener Mensch, der nicht zu Wutausbrüchen neigte, heute Abend aber war er außer sich vor Zorn. Er war so wütend, dass er Edward eine Szene machen würde, selbst wenn der verdammte Makler in der Nähe war.

Das halbe Anwesen, so nannte Edward das Haus inzwischen, hatte schließlich er geerbt, es könnte also nur an einen Makler übergeben werden, wenn er damit einverstanden war.

Doch seine Zustimmung bekäme Edward nicht, denn das würde dem ausdrücklichen Wunsch ihres Großvaters entgegenstehen.

Für einen Augenblick saß er in Gedanken wieder im Arbeitszimmer seines Großvaters mit den warmen Farben, den Regalen voller Bücher, die nach teurem Leder rochen, wunderbaren alten Fotos und Erinnerungen an eine Zeit, die längst vergangen, doch für ihn noch immer faszinierend war.

Er spürte die einst große, starke, doch inzwischen schwache Hand des alten Herrn und hörte seine Stimme, die schon lange nicht mehr wie Kanonendonner hallte, sondern etwas zittrig klang.

Dies ist nicht nur ein Haus oder ein Heim. Obwohl es auch als solches kostbar ist. Es hat eine Geschichte und sich einen Platz in dieser

Welt verdient. Es ist euer Vermächtnis, und ich gehe davon aus, dass du und Edward die Geschichte dieses Hauses und dieses Vermächtnis in Ehren halten werdet, wenn ich einmal nicht mehr bin.

Das würde er auf jeden Fall tun, nahm er sich vor, während das Taxi endlich hielt. Wenn es gut lief, könnte er Edward daran erinnern, was der Wunsch des Großvaters gewesen war. Wenn es schlecht lief, fände er auf alle Fälle einen Weg, um Edward dessen Hälfte des Hauses abzukaufen, denn wenn es dem Typen nur um Geld ging, könnte er ihn damit auf jeden Fall zufriedenstellen.

Er gab dem Fahrer ein zu hohes Trinkgeld, weil das Wetter wirklich grässlich war. Vielleicht kurbelte der Mann deshalb das Fenster herunter, um ihm hinterherzurufen, dass er seine Aktentasche mitnehmen sollte, die noch auf der Rückbank lag.

»Danke.« Eilig machte er noch einmal kehrt, um sie zu holen. »Mir gehen gerade viel zu viele Dinge durch den Kopf.«

Er schnappte sich die Aktentasche, bahnte sich einen Weg am Rand des stark vereisten Bürgersteigs entlang, trat durch das kleine gusseiserne Tor und ging zum Haus. Der Weg bis dorthin war vom Schnee befreit und ordentlich gestreut, weil er persönlich einen Jungen aus der Nachbarschaft dafür bezahlte, dass er diese Arbeit erledigte.

Er nahm dieselbe Handvoll Stufen wie als kleiner Junge, Teenie, junger und inzwischen nicht mehr wirklich junger Mann.

Vielleicht vergaß er seine Aktentasche, doch den Zugangscode zu diesem Haus vergäße er nie. Dann legte er die Hand aufs Handlesegerät und zog seine Schlüsselkarte durch den Schlitz.

Er schob die schwere Holztür auf und spürte die Veränderung im Haus wie einen Stich ins Herz.

Es duftete nicht länger nach den frischen Blumen, die seine Großmutter mit liebevoller Sorgfalt in der hübschen Vase auf dem Holztisch in der Eingangshalle angeordnet hatte. Es lungerte kein alter Hund mehr in dem Korb neben der Tür herum, um ihn bei seiner Ankunft freudig zu begrüßen, ein Teil der Möbel und der Bilder standen oder hingen heute in den Häusern anderer Menschen, um sie zu erfreuen.

Darüber war er froh, weil das der ausdrückliche Wunsch des Großvaters gewesen war.

Obwohl das Haus inzwischen leer stand, zahlte er der Tochter einer langjährigen Angestellten seiner Großeltern etwas dafür, dass sie einmal in der Woche saubermachte, was sie dem Geruch der Möbelpolitur, der sich in den Geruch des Leerstands mischte, nach auch tat.

»Zeit, dass wieder Leben in das Haus kommt«, murmelte er vor sich hin und stellte die Aktentasche ab.

Als er plötzlich Stimmen hörte, fragte er sich, ob sie vielleicht Teil seiner Erinnerungen waren. Dann aber fiel ihm wieder ein, aus welchem Grund er hergekommen war. Bestimmt sprach Edward bereits mit dem Makler über Größe, Lage und den Marktwert ihres alten Heims.

Edward dachte dabei anders als er selbst nicht einen Augenblick an die Familienessen an dem großen Tisch, die Brombeertörtchen, die sie heimlich aus der Küche hatten mitgehen lassen, und den Augenblick, in dem er voller Stolz an einem sonnenhellen Samstagnachmittag zum ersten Mal mit der von ihm geliebten Frau zu seinen Großeltern gekommen war.

Er zwang sich, aus dem Nebel der Erinnerungen wiederaufzutauchen, und lief in Richtung der Stimmen, die er hörte. Mit Gefühlen bräuchte er dem Vetter nicht zu kommen, aber falls es nicht genügte, ihn an das dem Großvater gegebene Versprechen zu erinnern, reichte es ja vielleicht aus, ihm deutlich zu verstehen zu geben, dass er nur zur Hälfte Eigentümer dieses Hauses war.

Falls das noch nicht reichte, gäbe er ihm einfach Geld.

Jedenfalls hatte er nicht vor, sich heimlich an die beiden Männer anzuschleichen, also rief er laut den Namen des Cousins.

Die Stimmen brachen ab, und wieder wogte Zorn in seinem Innern auf. Dachten sie, sie könnten sich vor ihm verstecken? Er ging weiter und hielt sich an seinem Ärger wie an einer Waffe fest. Dann bog er in den Raum, an den er schon im Taxi gedacht hatte, und sah Edward, der wie früher immer der Großvater im Schreibtischsessel saß.

Vor Panik waren Edwards Augen groß wie Untertassen, selbst das violett verfärbte, das bereits stark zugeschwollen war, aus seinem Mundwinkel rann Blut, und als er etwas sagen wollte, waren auch seine Zähne rot verfärbt.

Statt verärgert rannte er entsetzt und voller Sorge auf ihn zu.

»Edward.«

Er verspürte einen explosionsartigen Schmerz am Hinterkopf, verlor das Gleichgewicht, und während er kopfüber auf den alten Eichenboden krachte und ihm schwarz vor Augen wurde, hörte er den Vetter schreien.

1

Nach einem langen, anstrengenden Tag erst vor Gericht und dann im Büro mit irgendwelchem lästigen Papierkram freute sich Eve Dallas, Lieutenant der New Yorker Polizei, auf einen ruhigen Abend in Gesellschaft ihres Ehemanns und ihres Katers, mit ein, zwei Gläsern Rotwein und, falls Roarke nicht zu viel Arbeit mit nach Hause brächte, vielleicht mit einem Film.

Sie selbst – Gott sei's getrommelt und gepfiffen – brachte heute Abend keine Arbeit mit.

Sie könnte ihre Wunschliste ruhig noch verlängern, dachte sie, während sie nach dem Schal, den sie von ihrer Partnerin zu Weihnachten gestrickt bekommen hatte, fasste. Um ein paar Bahnen und um anschließenden Sex im hauseigenen Pool. Egal, wie viele Räder Roarke vielleicht noch drehen müsste, fände er dafür bestimmt Zeit.

In einer anderen Tasche des langen Ledermantels fand sie ihre lächerliche, mit einer Glitzerschneeflocke verzierte Mütze. Um sich vor dem verfluchten Eisregen zu schützen, setzte sie sie auf. Sie hatte ihre Partnerin schon heimgeschickt, zwei ihrer Detectives liefen draußen durch die Kälte und verfolgten eine, wie sie hofften, heiße Spur. Wenn sie sie bräuchten, würden sie sie kontaktieren, aber für gewöhnlich kamen sie auch gut allein zurecht.

Ein weiterer ihrer Männer hatte gerade erst die Prüfung zum Detective abgelegt und bekäme morgen früh in einem offiziellen Rahmen seine Marke überreicht.

Bis dahin aber hätte sie erst einmal frei.

Spaghetti bolognese, dachte sie. Die wären genau das Richtige für einen kalten Januarabend, wenn man aus der widerlichen Kälte und dem Eisregen nach Hause kam. Wenn sie sich beeilte und vor Roarke nach Hause käme, könnte sie das Essen vorbereiten, eine Flasche Rotwein dazu holen und den Tisch mit Kerzen schmücken. Entweder direkt neben dem Pool oder vielleicht im Esszimmer mit dem prächtigen Kamin, in dem ein heimeliges Feuer prasseln würde, während sie beim Essen saßen.

Sie könnte auch noch zwei Salate für sie besorgen und zwei der schicken Vorspeisen, auf die er so versessen war.

Während draußen Eisregen und Minusgrade herrschten, würden sie essen und …

»Eve.«

Sie sah sich um und stellte fest, dass Mira, die Seelenklempnerin und Profilerin der New Yorker Polizei, von einem Gleitband sprang und mit wehendem blauem Mantel auf sie zugelaufen kam.

»Gott sei Dank. Sie sind noch hier.«

»Ich wollte gerade gehen. Was gibt's? Was ist passiert?«

»Ich bin mir nicht ganz sicher. Ich … Dennis …«

Instinktiv griff Eve sich an die Mütze, die sie von dem fürsorglichen Dennis Mira aufgesetzt bekommen hatte, als sie während eines eisigen Dezembertags im Jahr 2060 wieder einmal ohne Kopfbedeckung herumgelaufen war.

»Ist er verletzt?«

»Ich glaube nicht.« Die für gewöhnlich unerschütterliche Charlotte Mira rang die Hände. »Er war nicht ganz klar und furchtbar aufgeregt. Sein Cousin … Er meinte, sein Cousin wäre verletzt worden und sei plötzlich verschwunden. Er hat mich ausdrücklich gebeten, Sie hinzuzuziehen. Es tut mir leid, dass ich Sie einfach überfalle, aber …«

»Kein Problem. Wo ist Ihr Mann? Zu Hause?« Eve lief los und steuerte den Lift an.

»Nein, er ist im Haus seiner Großeltern in SoHo.«

»Kommen Sie mit.« Sie führte Mira in den Fahrstuhl, der bereits mit anderen Cops gefüllt war. »Ich werde dafür sorgen, dass man Sie nach Hause bringt. Wer ist dieser Cousin?«

»Ah, Edward, Edward Mira. Ex-Senator Edward Mira.«

»Für den habe ich nicht gestimmt.«

»Ich auch nicht. Geben Sie mir einen Augenblick, um mich zu sammeln und Dennis Bescheid zu geben, dass wir kommen, ja?«

Während Mira sich sortierte und ihr Handy aus der Tasche fischte, dachte Eve über den Vetter des von ihr geschätzten Dennis Mira nach. Sie kannte sich mit Politik nicht wirklich aus und interessierte sich auch nicht dafür, aber von Senator Edward Mira hatte sie ein ungefähres Bild im Kopf. Sie hätte nie gedacht, dass dieser aufgeblasene Hardliner mit seinen wie mit dem Lineal gezogenen schwarzen Brauen, dem kurz geschorenen schwarzen Haar und dem zwar harten, aber alles andere als hässlichen Gesicht ein näherer Verwandter des unglaublich süßen, immer leicht verwirrten Dennis Mira war.

Aber schließlich suchte man sich die Familie nicht aus.

Oder galt das vielleicht eher für politische Verbündete?

Egal.

In der Tiefgarage lief sie schnurstracks zu dem alles andere als ansehnlichen Wagen, den ihr Mann extra für sie entwickelt hatte. Mit ihren langen Beinen und robusten Stiefeln war die schlanke, hochgewachsene Polizistin mit dem kurz geschnittenen braunen Haar, auf dem sie eine Wollmütze mit Glitzerflocke trug, die sie spontan von einem liebenswerten Mann, für den sie eine harmlose, doch intensive Schwäche hatte, eines kalten Wintertags geschenkt bekommen hatte, deutlich schneller als die Psychologin, die mit ihren kürzeren Beinen und den eleganten, hochhackigen Stiefeln immer noch durch die Garage lief, als sie sich schon hinter das Lenkrad des Wagens schwang.

»Adresse?«, fragte sie, als Mira in den schicken Stiefeln und dem eleganten Wintermantel endlich angekommen war.

Sie gab das Ziel in das Navi ihres Wagens ein, fuhr aus der Lücke, schoss aus der Garage und schaltete Blaulicht und Sirene ein.

»Oh, das ist nicht …«, setzte Mira an. Bevor sie jedoch ihren Satz beenden konnte, schaute Eve sie reglos von der Seite an. »Danke. Vielen Dank. Er sagt, ich soll mir keine Sorgen machen, aber …«

»… trotzdem tun Sie das.«

Der Wagen sah schrottreif aus, Eve aber überholte damit mühelos die Autos, deren Fahrer offenbar der Ansicht waren, dass das Heulen der Sirene ein nett gemeinter Vorschlag sei, sie an sich vorbeizulassen, und als sie in der Vertikale über ein paar andere Fahrzeuge hinwegsprang, klammerte sich Mira einfach an den Griff über der Tür und kniff die Augen zu.

»Erzählen Sie mir, worum genau es geht. Wissen Sie, warum die beiden sich im Haus ihrer Großeltern getroffen haben und ob dort vielleicht noch irgendwelche anderen Leute waren oder sind?«

»Die Großmutter der beiden starb vor ungefähr vier Jahren, danach verlor Bradley, so hieß Dennis' Großvater, die Lebenslust. Er regelte noch seine Angelegenheiten, dann starb er ebenfalls. Obwohl die Dinge, so wie ich ihn kannte, auch schon vorher längst geregelt waren. Er hinterließ das Haus zu gleichen Teilen Dennis und Edward, die die beiden ältesten seiner Enkelkinder sind. Der Maxibus …«

Eve riss den Wagen hoch und schoss in derart hohem Tempo um die nächste Kurve, als wären sie hinter einem Massenmörder her. »… ist hinter uns. Fahren Sie fort.«

»Ich weiß, dass es wegen des Hauses irgendwann zum Streit zwischen den beiden kam. Edward möchte es verkaufen, aber Dennis möchte es behalten, denn so wollte Bradley es.«

»Und er kann nur verkaufen, wenn er dafür Mr. Miras Unterschrift bekommt.«

»So sieht es aus. Ich weiß nicht, was er heute in dem Haus gewollt hat, denn er hatte an der Uni einen vollen Tag, weil er dort einen kranken Kollegen vertritt. Ich hätte fragen sollen, warum er gerade heute hingefahren ist.«

»Schon gut.« Eve parkte in der zweiten Reihe, und sofort ertönte in der bisher ruhigen, baumbestandenen Straße ein erbostes Hupkonzert. Ohne darauf einzugehen, schaltete sie abermals das Blaulicht ein. »Das fragen wir ihn einfach jetzt.«

Die Psychologin war schon ausgestiegen, um auf ihren wackeligen, dünnen Absätzen über den stark vereisten Bürgersteig zum Haus zu eilen, fluchend rannte Eve ihr hinterher und packte sie am Arm.

»Wenn Sie in diesen Dingern rennen, landen Sie am Ende in der Notaufnahme. Schönes Haus«, stellte sie anerkennend fest, und als sie durch das Tor auf den geräumten Weg zur Haustür traten, ließ sie Mira wieder los. »In dieser Gegend ist das sicher locker fünf bis sechs Millionen wert. Was meinen Sie?«

»Wahrscheinlich schon. Mit diesen Dingen kennt sich Dennis besser aus als ich.«

»Ach ja?«

Mira schaffte es zu lächeln, während sie die Stufen Richtung Haustür nahm. »Es ist wichtig, so etwas zu wissen, und er weiß, was wichtig ist. Ich kann mich an den Zugangscode nicht mehr erinnern.« Hektisch drückte sie den Klingelknopf und schlug zur Vorsicht auch noch mit dem Messingklopfer an das Holz der Tür.

Als Dennis mit zerzaustem grauem Haar und verbeulter beigefarbener Strickjacke den beiden Frauen öffnete, ergriff sie seine Hände und stieß aus: »Oh, Dennis. Du bist *doch* verletzt. Warum hast du mir das nicht schon am Telefon gesagt?« Sie legte eine Hand unter sein Kinn, drehte behutsam seinen Kopf zur Seite und sah sich die Schürfwunde an der Schläfe an. »Du hast dich absichtlich so gedreht, dass es bei deinem Anruf auf dem Bildschirm nicht zu sehen war.«

»Also bitte, Charlie. Mir geht's gut. Ich wollte dich nicht aufregen. Jetzt kommt erst mal rein ins Warme. Danke, dass Sie mitgekommen sind, Eve. Ich bin in Sorge wegen Edward, denn ich habe schon das ganze Haus durchsucht, aber er ist nicht da.«

»Bei Ihrer Ankunft war er hier?«, hakte sie nach.

»Oh ja. Im Arbeitszimmer. Er sah wirklich übel aus. Er hat aus dem Mund geblutet, und eins seiner Augen war stark angeschwollen. Am besten zeige ich Ihnen erst einmal, wo das Arbeitszimmer ist.«

Als er sich zum Gehen wandte, stieß seine geplagte Gattin einen gleichermaßen resignierten wie frustrierten Seufzer aus. »Du blutest selbst am Kopf, Dennis.« Und als er leise zischte, während sie die Schwellung vorsichtig berührte, fügte sie hinzu: »Du kommst jetzt erst mal mit ins Wohnzimmer und setzt dich hin.«

»Charlie, Edward …«

»Edward überlässt du Eve«, erklärte sie und führte ihn in einen großen Raum, der entweder extrem minimalistisch eingerichtet oder irgendwann um einen Teil des Mobiliars erleichtert worden war. Die Möbelstücke, die dort noch standen, sahen angenehm verwohnt, bequem und fröhlich aus.

Achtlos warf die Psychologin ihren Mantel auf die Seite und tauchte mit einer Hand in die Tiefen ihrer Tasche. Als sie nach kurzem Suchen einen Erste-Hilfe-Kasten fand, erkannte Eve zum ersten Mal, dass viele Frauen vielleicht aus durchaus gutem Grund mit Taschen durch die Gegend liefen, die so groß wie ausgewachsene Wasserbüffel waren.

»Ich werde deine Wunden erst einmal reinigen und Eve dann bitten, uns zum nächsten Krankenhaus zu fahren, damit du deinen Schädel röntgen lassen kannst.«

»Also bitte, Schätzchen.« Wieder zischte er, als Mira die Wunde vorsichtig mit Alkohol betupfte, streckte aber gleichzeitig den Arm nach hinten aus und tätschelte ihr sanft das Bein. »Ich brauche keinen anderen Arzt und muss mich auch nicht röntgen lassen, denn ich habe schließlich dich. Das ist nur eine kleine Beule, weiter nichts. Ich bin so klar, wie ich nur sein kann.«

Als Mira lachte, sah er Eve mit einem durchtriebenen, aber gleichzeitig auch süßen Lächeln an.

»Mir ist weder schlecht noch schwindlig, und ich sehe auch nicht doppelt. Abgesehen von leichtem Kopfweh geht's mir wirklich gut«, versicherte er seiner Frau.

»Falls du, wenn wir gleich nach Hause kommen und ich dich dort eingehend untersuche …«

Ehe Mira den Satz beenden konnte, hätte Eve beinah verlegen aufgelacht, denn Dennis wackelte vergnügt mit seinen wilden Brauen und hatte dabei ein verruchtes Grinsen im Gesicht.

»Dennis.« Seufzend rahmte Mira sein Gesicht mit beiden Händen ein und gab ihm einen so sanften, liebevollen Kuss, dass Eve, so schnell es ging, in eine andere Richtung sah.

»Ah, vielleicht könnten Sie mir einfach sagen, wie ich dieses

Arbeitszimmer finde, wo Sie Ihren Cousin zum letzten Mal gesehen haben.«

»Ich bringe Sie gleich hin.«

»Du bleibst hier sitzen und benimmst dich anständig, bis ich mit dir fertig bin«, wies Mira Dennis an. »Das Zimmer hinten links, Eve. Jede Menge Holz, ein großer Schreibtisch, ein Schreibtischsessel und Regale voller Bücher.«

»Kein Problem. Das finde ich.«

Auf dem Weg nach hinten sah sie, dass auch in den anderen Räumen Bilder an den Wänden und diverse Möbelstücke fehlten, sie registrierte einen Stapel Umzugskisten, der in einem davon abgesehen vollkommen leeren Zimmer stand. Nirgends lag auch nur das allerkleinste Staubkorn, und es duftete unmerklich nach Zitrone, als hätte jemand frische Blütenblätter mit der Hand zerdrückt.

Sie fand das Arbeitszimmer, in dem auf den ersten Blick noch alles so wie früher war.

Es war aufgeräumt, mit schweren, maskulinen Holzmöbeln eingerichtet und geschmackvoll in den dunklen Tönen von Burgunder und Waldgrün gehalten, in den Regalen standen Fotos der Familie in schweren Silberrahmen und blank polierte Dankestafeln von verschiedenen Wohltätigkeitsorganisationen für die jahrelange Arbeit und die finanzielle Unterstützung, die vom alten Mira und von dessen Frau geleistet worden waren.

Auf dem Schreibtisch lag eine kaffeebraune Lederunterlage neben Stift- und Zettelhalter aus demselben Material, auf der ein schicker, kleiner Laptop stand.

Neben dem Kamin mit seinem breiten Sims stand ein Getränkewagen, der bestimmt antik, ziemlich wertvoll und mit zwei noch halb vollen Kristallkaraffen ausgestattet war. Whiskey und Brandy, las sie von den Silberetiketten ab, die an dünnen Silberketten um die Hälse der Karaffen hingen.

Der dicke Teppich auf dem glänzenden Parkett war dem inzwischen leicht verblichenen Muster nach wahrscheinlich alt und wertvoll wie die Bar, die Karaffen und die Taschenuhr, die unter einer Glashaube vor Staub und Schmutzpartikeln sicher war.

Nirgendwo im Zimmer gab es Spuren eines Kampfs und keinen Hinweis darauf, dass etwas gestohlen worden war. Doch als sie in die Hocke ging, entdeckte Eve am Rand des Teppichs ein paar Tropfen frischen Bluts.

Sie richtete sich wieder auf, ging langsam durch den Raum und achtete darauf, nichts zu berühren. Allmählich sah sie ... ja, vielleicht ... so könnte es gewesen sein.

Sie ging wieder zurück zur Tür des Wohnzimmers und sah von dort aus zu, wie Mira Salbe auf der Schläfe ihres Ehemanns verstrich.

»Gehen Sie bitte noch nicht in den Raum«, bat sie die beiden. »Ich hole schnell meinen Untersuchungsbeutel aus dem Kofferraum.«

»Oh, draußen ist es wirklich widerlich. Lassen Sie mich das machen«, bot Dennis ihr an.

»Schon gut«, erklärte sie, als er versuchte aufzustehen. »Bin sofort wieder da.«

Sie lief noch einmal durch den Eisregen zu ihrem Wagen, schnappte sich den Untersuchungsbeutel, sah sich auf dem Weg zurück die Nachbarhäuser an und schrieb eine schnelle Textnachricht an Roarke.

Wurde aufgehalten. Sage dir, worum es geht, wenn ich nach Hause komme.

Mit diesen knappen Sätzen hatte sie aus ihrer Sicht eine der vielen Regeln, die in einer Ehe galten, hinlänglich befolgt.

Zufrieden kehrte sie ins Haus zurück, legte den Untersuchungsbeutel auf den Tisch und legte Mantel, Schal und Mütze ab. »Am besten erst einmal der Reihe nach. Haben Sie versucht, Ihren Cousin nach seinem Verschwinden zu erreichen?«

»Ja, natürlich. Gleich, sofort. Als er nicht ans Handy ging, habe ich bei ihm zu Hause angerufen, aber dort nur seine Frau erreicht. Da ich sie nicht erschrecken wollte, habe ich ihr nicht erzählt, was vorgefallen ist. Sie hat gesagt, er wäre nicht zu Hause und es würde bei ihm sicher ziemlich spät. Ich weiß nicht, ob sie was von seinem Termin hier wusste, doch falls ja, hat sie es nicht erwähnt.«

»Termin?«

»Oje, Entschuldigung. Ich habe dir noch nichts davon erzählt.« Er blickte seine Frau mit dem immer etwas abwesenden Lächeln an. »Ich habe heute Nachmittag versucht, Edward zu erreichen, um zu sehen, ob wir uns nicht vielleicht einfach noch einmal zusammensetzen könnten, um die Differenzen wegen dieses Hauses beizulegen. Seine Assistentin war bei meinem Anruf offenbar etwas gestresst, sonst hätte sie nämlich ganz sicher nicht erwähnt, dass er einen Termin mit einem Makler hat, der sich das Haus ansehen soll. Das … tja nun, das hat mich furchtbar aufgeregt. Er hätte mich nicht derart hintergehen sollen.«

Eve nickte, öffnete den Untersuchungsbeutel und zog das Versiegelungsspray daraus hervor. »Sie haben sich also über ihn geärgert.«

»Eve«, fing Mira an, doch Dennis tätschelte ihr sanft die Hand.

»Es ist das Beste, wenn ich völlig ehrlich bin, Charlie. Ich war tatsächlich außer mir. Er ging nicht an sein Handy, also bin ich nach dem letzten Kurs hierhergefahren. Der Verkehr war, noch dazu bei diesem Wetter, mal wieder einfach grauenhaft. Sie sollten wirklich was dagegen tun.«

»Auf jeden Fall«, pflichtete Eve ihm bei und sah ihn fragend an. »Wann sind Sie hier angekommen, Mr. Mira?«

»Oje, das weiß ich gar nicht so genau. Lassen Sie mich überlegen. Der letzte Kurs dürfte halb fünf vorbei gewesen sein. Danach hatten mein Assistent und einige Studenten ein paar Fragen, was mich ein bisschen aufgehalten hat. Dann musste ich auch noch mein Zeug zusammenpacken, also schätze ich, dass ich so gegen fünf dort rausgekommen bin. Wie lange die Taxifahrt hierher gedauert hat, weiß ich natürlich auch nicht so genau.« Er schaute Eve mit einem süßen, etwas wirren Lächeln an, doch seinen sonst verträumten grünen Augen war die Sorge überdeutlich anzusehen.

»Das reicht«, erklärte Eve, da es ihm offenbar zu schaffen machte, nicht zu wissen, wann genau er angekommen war. »Das Haus ist gut gesichert. War bei Ihrer Ankunft die Alarmanlage eingeschaltet?«

»Ja. Aber ich habe eine Schlüsselkarte und den Zugangscode. Auch mein Handabdruck ist registriert.«

»Es gibt hier eine Kamera.«

»Oh ja!« Anscheinend munterte ihn der Gedanke auf. »Natürlich gibt's hier eine Überwachungskamera. Das heißt, dass meine Ankunft und auch die von Edward aufgezeichnet worden sind. Darauf hätte ich schon viel früher kommen sollen.«

»Warum sehen wir uns die Aufnahmen nicht einmal an? Wissen Sie, wo wir sie finden?«

»Ja, natürlich. Kommen Sie mit. Warum bin ich da nicht von selber draufgekommen?« Er stand auf und schüttelte den Kopf. »Ich hätte mir die Aufzeichnungen nur anzusehen brauchen, um zu wissen, wann Edward das Haus betreten und wieder verlassen hat. Sie haben mir sehr geholfen, Eve.«

»Sie wurden angegriffen, Mr. Mira.«

Er blieb stehen und blinzelte verwirrt. »Ich glaube, Sie haben recht. Das ist sehr ärgerlich. Wer könnte einen Grund haben, so was zu tun?«

»Versuchen wir, es rauszufinden.«

Dennis führte sie nach hinten, wo die große, hochmoderne Küche lag, deren altmodischer Touch hervorragend zu dem Gebäude passte.

Es sah alles … urgemütlich und ein bisschen wie im Haus der Miras aus.

»Es gibt Monitore in verschiedenen Räumen.« Dennis führte sie in einen an die Küche angrenzenden Raum. »So konnten meine Großeltern oder das Personal problemlos nachsehen, wer vor der Tür steht, wenn es geklingelt hat. Aber der Hauptbildschirm ist hier.«

Er sah sich leicht benommen um. »Ich fürchte, mit komplexen elektronischen Geräten kenne ich mich nicht so aus.«

»Ich auch nicht.« Trotzdem sah auch Eve sich suchend um. »Aber ich kann Ihnen verraten, dass jemand den ganzen Klumpatsch mitgenommen hat … alle Disketten und das Laufwerk oder was auch immer man für diese Dinger braucht.«

»Oje.«

»Das können Sie laut sagen. Wer hat sonst noch Zugang zu dem Haus?«

»Außer Edward und mir? Die Frau, die es in Schuss hält und hier nach dem Rechten sieht. Ihre Mutter war jahrzehntelang für meine Eltern tätig, und sie hilft uns schon seit Jahren aus. Sie würde nie …«

»Verstehe, aber trotzdem brauche ich den Namen, damit ich mit ihr sprechen kann.«

»Ist es in Ordnung, wenn ich einen Tee aufbrühe?«, wollte Dr. Mira wissen.

»Sicher, kein Problem. Mr. Mira, können Sie mir genau erzählen, wie die ganze Sache abgelaufen ist? Das Taxi hat sie vor der Haustür abgesetzt?«

»Genau. Direkt hier vor der Tür. Ich Schussel hatte meine Aktentasche liegen lassen, der Fahrer hat mir hinterhergerufen. Aber ich war eben wütend und vor allem ziemlich aufgeregt. Dann bin ich reingegangen, ohne erst zu klingeln. Es ist für mich zwar immer wieder schön, aber gleichzeitig auch schwer hierherzukommen, denn die Erinnerungen sind stark und wunderbar, doch es ist traurig zu wissen, dass es niemals mehr so wird wie früher. Ich habe meine Aktentasche auf den Tisch im Flur gestellt, und dann hörte ich Stimmen.«

»Mehr als eine?«, vergewisserte sich Eve.

»Tja nun … ich glaube schon. Ich dachte, dass es Edward und der Makler wären, den er eingeladen hat. Ich dachte, dass die beiden miteinander reden würden, und weil ich sie nicht erschrecken wollte, habe ich gerufen. Dann bin ich nach hinten durchgegangen, und als ich durch die Tür des Arbeitszimmers trat, sah ich, dass mein Cousin im Schreibtischsessel saß. Er hat geblutet, und eins seiner Augen war stark angeschwollen. Er hatte Angst.

Das habe ich gesehen und einen Schritt auf ihn zugemacht, weil ich ihm helfen wollte. Aber dann muss mir von hinten jemand auf den Kopf geschlagen haben. So etwas ist mir noch nie passiert, aber so muss es gewesen sein.«

»Sie wurden ohnmächtig.«

»Die Schwellung passt zu einem Schlag mit einem schweren Gegenstand gegen den Hinterkopf.« Mira brachte Dennis einen Becher heißen Tee und sorgte dafür, dass er ihn in beiden Händen hielt. »Mit der rechten Schläfe ist er bei dem Sturz auf das Parkett geknallt.«

»Ich bezweifle nicht, dass es so war.«

»Ich weiß.« Seufzend beugte sich die Psychologin vor und küsste sanft die Wunde neben Dennis' Stirn. »Ich weiß.«

»Als ich dann wieder zu mir kam, war ich erst einmal ziemlich desorientiert und sehr verwirrt. Edward war verschwunden, dabei hätte er mich niemals einfach auf dem Boden liegen lassen, obwohl unsere Beziehung schon seit Jahren nicht mehr die beste ist. Ich habe ihn gerufen … denke ich … und überall nach ihm gesucht. Ich fürchte, dass ich eine Zeitlang immer noch etwas verwirrt durchs Haus gewandert bin, bevor mir klar wurde, dass ihm bestimmt etwas Schlimmes zugestoßen ist. Dann habe ich Charlotte angerufen, damit sie sich keine Sorgen macht, und sie gebeten, mit Ihnen herzukommen und der Sache nachzugehen.«

Als Eve den sanften Blick seiner verträumten Augen sah, hätte sie ihm liebend gerne ebenfalls die Stirn geküsst. Und schämte sich zutiefst für diesen Wunsch.

»Inzwischen ist mir klar, dass ich einfach den Notruf hätte wählen sollen, statt Sie mit dieser Sache zu behelligen.«

»Sie haben genau das Richtige getan«, erklärte Eve und sah ihn fragend an. »Schaffen Sie es, sich noch einmal im Arbeitszimmer umzuschauen? Um zu sehen, ob dort irgendetwas verändert wurde oder etwas fehlt.«

»Auf jeden Fall.«

Eve sprühte sich ihre Hände und die Stiefel ein und lief entschlossen wieder los. »Am besten fassen Sie nichts an. Sie waren bereits in diesem Zimmer und im ganzen Haus, deswegen macht es keinen Sinn mehr, Ihre Hände zu versiegeln. Aber trotzdem sollten Sie versuchen, möglichst nichts hier drinnen zu berühren.«

In der Tür des Raums blieb sie kurz stehen. »Sie haben gesagt, dass Ihr Cousin im Schreibtischsessel saß. Hinter dem Tisch.«

»Ja, genau … das heißt, der Stuhl stand vor dem Tisch.« Er runzelte die Stirn. »Weshalb stand er davor? Aber ja, er saß im Schreibtischstuhl, nicht hinter, sondern vor dem Tisch. Der Stuhl stand auf dem Teppich.«

»Alles klar.« Das stimmte mit den Dingen, die sie gesehen hatte, überein. »Moment.«

Sie nahm verschiedene Gegenstände aus dem Untersuchungsbeutel, ging neben dem Teppich in die Hocke, tupfte etwas Blut vom Boden auf, versiegelte die Probe, wischte einen Teil des Teppichs ab, gab ein paar Tropfen einer anderen Flüssigkeit in eine kleine Flasche und stand nickend wieder auf. »Auf dem Parkett ist Blut. Zwar hat jemand versucht, es aufzuwischen, aber er hat ein paar Tropfen übersehen.«

Sie beugte sich nach vorn und schnupperte. »Man riecht es noch.« Sie setzte eine Mikrobrille auf und beugte sich noch weiter vor. »Wenn man genau hinschaut, kann man es auch sehen. Genauso wie das schwache Muster dort im Teppich, wo der Sessel hin und her gerollt wurde und wo jemand Schweres in dem Sessel saß.«

»Edward.«

»So sieht's aus. Noch einen Augenblick.« Sie trat hinter den Tisch und schaute sich den Sessel aus der Nähe an.

»Sie haben etwas übersehen. Nur einen kleinen Tropfen, hier.« Sie tupfte ihn vorsichtig ab, ließ aber noch genug für die Kollegen von der Spurensicherung zurück. »War er gefesselt, Mr. Mira?«

»Ich …« Er schloss unglücklich die Augen. »Ich glaube nicht. Ich glaube nicht, dass er gefesselt war. Es tut mir leid. Ich bin mir nicht ganz sicher. Ich stand völlig neben mir.«

»Okay. Er hatte also ein geschwollenes Auge und blutete aus

dem Mund. Das heißt, er wurde angegriffen, in den Stuhl gesetzt und vor den Tisch gerollt. Vor lauter Angst hat er sich nicht gewehrt. Vielleicht hatte der Angreifer ein Messer, einen Stunner, irgendeine Waffe in der Hand oder hat ihm einfach gedroht, ihm nochmals wehzutun.«

Sie lief noch einmal durch den Raum. »Stimmen. Das heißt, sie haben gesprochen. Also wollte irgendjemand irgendetwas von ihm. Aber bevor er es bekommt oder die Sache bis zum Ende durchziehen kann, erscheinen plötzlich Sie. Sie rufen, also bleibt dem Täter Zeit, Ihrem Cousin zu sagen, dass er die Klappe halten soll, und selbst auf Tauchstation zu gehen. Falls der Täter einen Stunner hatte, hat er ihn nicht eingesetzt. Es dauert mehrere Sekunden, wenn man jemanden damit unschädlich machen will, vielleicht hätten Sie ihn dann vorher noch gesehen. Also ist er von hinten auf Sie losgegangen. Aber er hat Sie weder umgebracht noch mitgenommen. Weil Sie nicht wichtig sind. Sie waren einfach lästig, weiter nichts. Trotzdem macht der Täter sich die Mühe, aufzuräumen und den Sessel wieder an den Platz hinter dem Tisch zu stellen. Warum?«

»Die Wissenschaft und Kunst der Dinge, die Sie tun, ist wirklich faszinierend.«

»Was?«

»Das, was Sie tun, ist eine Wissenschaft und gleichzeitig auch eine Kunst«, erklärte Dennis ihr. »Ihr Scharfblick ist besonders ausgefeilt und Ihnen angeboren, denke ich. Tut mir leid, ich schweife ab.« Er lächelte. »Sie haben gefragt, warum. Ich nehme an, das kann ich Ihnen sagen. Falls der Täter Edward kennt, kennt er vielleicht auch mich. Manche Leute würden sicher sagen, als geborener Schussel sei ich wahrscheinlich nur gestolpert, hätte mir dabei den Kopf angestoßen und mir alles andere einfach eingebildet.«

»Dann sind diese Leute dumm«, erklärte Eve, und Dennis lächelte sie dankbar an. »Wurde hier irgendetwas verändert, Mr. Mira, oder fehlt etwas?«

»Wir haben den Raum im Grunde nicht verändert, seit mein

Großvater gestorben ist. In seinem Testament hat er die Sachen, die hierstehen, unter mir, meinen Kindern und verschiedenen anderen Leuten aufgeteilt, aber wir haben uns darauf geeinigt, zunächst alles so zu lassen, wie es war. Es ist noch alles da. Ich glaube nicht, dass irgendetwas verändert wurde oder dass etwas fehlt.«

»Okay. Sie kamen also herein und haben ihn gesehen. Vor Schreck sind Sie erstarrt, das wäre jeder andere auch. Sie haben nur auf Ihren Cousin geschaut und wollten ihm dann helfen.«

Sie ging zur Tür, blieb kurz dort stehen, betrat den Raum und sah sich um.

Vielleicht die Schale aus poliertem Stein? Sie nahm sie in die Hand, runzelte die Stirn und stellte sie dann wieder ins Regal. Wog eine der Metalltafeln in ihrer Hand, schüttelte den Kopf und legte die Finger um den Rüssel eines Elefanten, der aus leuchtend blauem und grünem Glas gegossen war. Das Ding war schwer, erkannte sie, der geschwungene Rüssel lag gut in der Hand.

»Dr. Mira?«

Wie zuvor Eve sah auch die Ärztin sich das Tier genauer an. »Ja, ja, die Beine. Dennis Platzwunde rührt ganz bestimmt von einem dieser Beine her.«

Eve tupfte sorgfältig die Elefantenbeine ab, und Mira wandte sich an ihren Mann. »Ich schwöre dir, ich werde mich in meinem ganzen Leben nie mehr über deinen Dickschädel beschweren.«

»Die Beine wurden abgewischt, aber ein bisschen Blut habe ich trotzdem noch entdeckt. Der Angreifer stellt sich hinter die Tür und schnappt sich dieses Ding. Dann kommen Sie rein und, *zack,* geht er von hinten damit auf Sie los. Der oder die Täter … sicher waren sie mindestens zu zweit, denn während einer sich um Ihren Cousin gekümmert hat, hat der andere Sie aus dem Verkehr gezogen und im Anschluss aufgeräumt. Also holt einer von den Kerlen den Teppichreiniger, macht sauber und geht die Disketten und das Laufwerk holen. Dann nehmen sie Edward mit und lassen Sie zurück. Am besten sehe ich mich auch noch im Rest des Hauses um, damit wir ganz sicher sind, dass sie ihn nicht in einen Wäscheschrank gestopft haben oder so … Entschuldigung.«

»Schon gut.«

»Außerdem bestelle ich die Spurensicherung, die sich noch einmal alles ansehen soll. Ich kann auch die Vermisstenstelle kontaktieren und dafür sorgen, dass man Edward sucht.«

»Könnten Sie …«

»Wären Sie bereit, die Leitung dieses Falls zu übernehmen?« Mira drückte Dennis' Hand. »Dann würden wir beide uns besser fühlen.«

»Sicher, kein Problem. Warum gehen Sie beide nicht ins Wohnzimmer zurück, während ich die Angelegenheit ins Rollen bringe?«

Eve tütete den Elefanten zur genauen Untersuchung ein, kontaktierte die Kollegen von der Spurensicherung und ließ ein paar Beamte kommen, um sich in der Nachbarschaft des Hauses umzuhören. Jemand war ins Haus gekommen, offenbar auf Einladung von Edward Mira. Also riefe sie am besten diesen Makler an. Und jemand hatte das Haus verlassen und Dennis' Cousin dabei getragen oder ihn gezwungen mitzugehen.

Die Täter hatten ein Transportmittel gebraucht.

Kein Einbruch, dachte sie, und kein normales Kidnapping, denn weshalb hätten sie ihn dann schon hier im Haus zusammenschlagen sollen? Sie hatten ihn verhört und sicher deshalb den verdammten Schreibtischsessel mitten in den Raum gestellt.

Irgendjemand wollte irgendetwas von Edward Mira. Die Chancen stünden gut, dass er am Leben bliebe, bis der andere bekam, was er wollte.

Sie ging ins Wohnzimmer zurück. Die Miras hatten dort ein Feuer im Kamin entfacht, saßen zusammen auf der Couch und tranken Tee.

Eve nahm auf dem Couchtisch ihnen gegenüber Platz, weil sie den beiden so am nächsten war.

»Ich brauche ein paar Infos«, fing sie an. »Der Makler – haben Sie einen Namen und eine Adresse?«

»Nein. Es tut mir leid. Die Assistentin hat den Namen nicht erwähnt, und ich war viel zu aufgeregt, um sie danach zu fragen.«

»Kein Problem, ich hole mir den Namen in seinem Büro. Die Adresse haben Sie doch bestimmt?«

»Er hat sein politisches Mandat abgegeben und stattdessen eine Denkfabrik gegründet, die er selber leitet«, setzte Mira an. »Die Büros von diesem Thinktank sind im Chrysler Building.«

»Eine sehr gute Adresse.«

»Es ist Edward furchtbar wichtig, etwas darzustellen«, warf Dennis ein. »Der Sitz der Organisation, des Mira Institute, erstreckt sich über zwei Etagen, dazu hat der Verein noch eine Wohnung in East Washington, die Edward und den anderen Führungskräften zur Verfügung steht.«

»Auch die Adresse brauche ich, und natürlich seine Privatadresse«, meinte Eve. »Wenn wir hier fertig sind, fahre ich erst einmal zu seiner Frau. Wie sieht die Beziehung zwischen den beiden aus?«

Seufzend wandte Dennis sich an seine Frau.

»Das übernehme ich«, bot sie ihm an. »Mandy sieht die Dinge realistisch und genießt das Leben, das sie führt. Sie hat sich stark für Edwards Wahlkampf engagiert, jetzt engagiert sie sich im selben Maß beim Spendensammeln und in einer Reihe Wohltätigkeitskomitees. Die Tatsache, dass Edward sie schon oft betrogen hat, sieht sie als Teil des Deals und als nicht wirklich wichtig an, denn wenigstens ist er diskret. Das ist sie auch, wenn sie die Dienste irgendwelcher Herren in Anspruch nimmt. Natürlich sind ihre Kinder längst erwachsen. Obwohl sie öffentlich das Spiel der Eltern weiter mitspielen, gehen sie zu den beiden und dem Leben, das sie führen, ansonsten möglichst auf Distanz.«

»Die Menschen sind nun mal verschieden, Charlie«, murmelte ihr Mann.

»Das ist mir klar. Als Psychologin denke ich, dass Mandy niemals etwas täte, um ihr Leben aus dem Gleichgewicht zu bringen. Sie würde Edward niemals wehtun, auf ihre Art hat sie ihn wirklich gern. Er seinerseits ist ihr auf seine Weise dankbar, weil sie ihn karrieremäßig immer unterstützt hat, und vor allem ist er stolz auf das gesellschaftliche Ansehen, das sie genießt.«

»Er hat doch sicher Feinde.«

»Sogar jede Menge. Was bei einem Politiker nicht anders zu erwarten ist.«

»Und persönlich?«

»Wenn er will, kann er durchaus charmant sein, denn auch das gehört zur Politik einfach dazu. Vor allem bildet er sich ein, dass seine Meinung, ob öffentlich oder auch privat, immer die einzig wahre ist, das führt gelegentlich zu Spannungen«, fuhr Mira fort. »Wie in Bezug auf dieses Haus. Edward hat beschlossen, dass man es verkaufen sollte, also leitet er alles dazu in die Wege.«

»Da irrt er sich«, erklärte Dennis ruhig. »Das Haus wird nicht verkauft. Doch das ist jetzt nicht wichtig. Jemand hat ihm etwas angetan, wobei von Lösegeld bisher noch nicht die Rede war.« Er wandte sich an Eve. »Auch Sie haben Lösegeld bisher noch nicht erwähnt.«

»Darüber rede ich mit seiner Frau. Mr. Mira, Sie sollen wissen, dass ich Ihnen alles glaube, was Sie mir erzählt haben. Ich glaube keinen Augenblick, dass sie jemals etwas tun würden, um Edward oder einem anderen Menschen wehzutun.«

»Danke.«

»Trotzdem muss ich Ihnen die Fragen stellen, die ich Ihnen jetzt stellen werde, wenn ich meine Arbeit richtig machen will. Und wenn ich meinen Job nicht richtig mache, kann ich Ihnen keine Hilfe sein.«

»Verstehe. Sie müssen mich fragen, wann ich ihn zum letzten Mal gesehen habe und wie unsere Beziehung ist. Ob es mir so wichtig ist, das Haus für die Familie zu bewahren, dass ich jemanden dafür bezahlen würde, Edward Angst zu machen.«

Nickend stellte er seinen halb leeren Becher auf den Tisch. »Wir haben uns an Weihnachten gesehen. Es tut mir leid, dass ich das sagen muss, doch das war eine reine Pflichtübung. Charlotte und ich waren bei ihm zu einer Cocktailparty eingeladen. Wann war das noch mal genau, Charlie?«

»Am zweiundzwanzigsten Dezember. Aber wir waren höchstens eine Stunde dort, weil Edward Dennis wieder einmal Druck gemacht hat, damit er mit dem Verkauf des Hauses einverstanden ist.«

»Ich wollte mich nicht mit ihm streiten, also sind wir früh gegangen. Kurz nach dem Jahreswechsel hat er mir dann eine Mail geschickt und mir noch einmal seine Gründe für einen Verkauf und die von ihm geplante Vorgehensweise dargelegt.«

»Davon hast du mir bisher nichts erzählt, Dennis.«

»Weil du an Weihnachten so wütend auf ihn warst.« Abermals nahm Dennis Miras Hand. »Außerdem stand nichts Neues in der Mail. Ich habe keine Lust, den Streit in unser Heim zu tragen, also habe ich nur kurz zurückgeschrieben, dass ich anderer Meinung bin und mein Versprechen gegenüber unserem Großvater auf alle Fälle halten will. Dass er sich darauf postwendend gemeldet hat, hat mir gezeigt, wie wütend er deswegen war. Normalerweise tut er gerne so, als ob er zu beschäftigt wäre, um sofort zurückzuschreiben, aber diesmal hat er prompt geantwortet, dass ich jetzt endlich zur Vernunft kommen soll, bevor er sich gezwungen sieht, rechtliche Schritte einzuleiten, weil ich mich auch weiter wie ein rührseliger alter Narr gebärden will. Und … er hat behauptet, dass es ein Versprechen nie gegeben hätte und ich einfach irgendetwas durcheinanderbringen würde, wie es mir so oft passiert.«

»Der blöde Kerl soll bleiben, wo der Pfeffer wächst!«

»Charlie …«

»Nein. Zur Hölle mit dem Kerl. So ein kaltherziges Schwein. Das ist mein Ernst, Dennis.« Miras Augen blitzten, und vor lauter Wut bekam sie einen roten Kopf. »Wenn Sie jemanden suchen, der ihm wehtun will, Eve, er sitzt hier direkt vor Ihnen.«

»Hören Sie auf«, bat Eve sie kühl. »Die elektronischen Ermittler sollen sich diese E-Mails ansehen. Danach hatten Sie keinen Kontakt mehr zu Ihrem Cousin?«

»Nein. Auf diesen letzten Schrieb habe ich nicht mehr reagiert. Es ist grausam, so etwas zu sagen, und es ist gelogen, denn wir haben uns einmal etwas versprochen.« Dennis waren das Verblüffen und die Trauer mindestens so deutlich anzusehen wie Mira die Empörung und der Zorn. »Erst heute habe ich noch einmal versucht, ihn zu erreichen, aber er ging einfach nicht ans Telefon.«

»Okay.« Da Dennis Mira einfach eine ungewohnte, weiche Seite in Eve anrührte, legte sie ihm aufmunternd die Hand aufs Knie. »Sie bringen niemals Sachen durcheinander, wenn sie wichtig sind. Ich werde herausfinden, was all das zu bedeuten hat. Versprochen.«

Dankbar für das Läuten der Türklingel, stand sie auf. »Das ist bestimmt für mich. Während sich die SpuSi um das Arbeitszimmer kümmert, sehe ich mich selbst im Rest des Hauses um. Außerdem werden die Kollegen von der Trachtengruppe bei den Nachbarn fragen, ob von ihnen vielleicht jemand etwas gesehen hat, einer der Beamten fährt Sie beide heim.« Mit diesen Worten hielt sie ihm ihr Handy hin.

»Könnten Sie wohl all die Namen und Kontaktdaten, um die ich Sie gebeten habe, in das Ding hier eingeben?«

»Das sollte lieber Charlie machen. Wenn's um elektronische Geräte geht, bin ich ein hoffnungsloser Fall.«

»Ich auch.« Sie drückte seiner Frau das Handy in die Hand und sagte ihm noch einmal zu: »Wir klären diese Angelegenheit.«

Auch er stand auf. »Sie sind eine unglaublich kluge Frau und ein unglaublich nettes Mädchen. Danke«, sagte er und hauchte einen Kuss auf ihre Wange, der auf ihrer Haut ein leichtes Kribbeln hinterließ, da er offenbar vergessen hatte, sich am Morgen zu rasieren.

Noch während sich das Kribbeln einen Weg in Richtung ihres Herzens bahnte, stapfte Eve zur Tür und machte den Kollegen auf.

2

Eve verabschiedete die Miras, sprach mit den Beamten, die sich in der Nachbarschaft umhören sollten, und den Leuten von der Spurensicherung und wollte dann die Treppe nehmen, um sich in der oberen Etage umzusehen. Dann aber nahm sie auf der ersten Stufe Platz und …

… kontaktierte ihren Mann.

»Es tut mir leid«, begann sie das Gespräch.

»Das braucht es nicht«, gab Roarke zurück, und wieder einmal kam es ihr, als sie ihn auf dem Bildschirm sah, so vor, als hätten eines Tages Götter, Engel, Bildhauer und Dichter sich zusammengesetzt, weil sie etwas Perfektes schaffen wollten. Was ihnen mit diesem wundervoll geschwungenen Mund, den wilden leuchtend blauen Augen, prominenten Wangenknochen und der Mähne seidig weicher schwarzer Haare, die das Ganze einrahmten, eindeutig gelungen war.

»Du hast mal wieder auf den letzten Drücker einen Fall hereinbekommen«, fuhr er fort, und sein perfektes Aussehen wurde durch den Nebel Irlands, der durch seine Stimme wogte, komplettiert.

»So in etwa«, stimmte sie ihm zu. »Wobei es keine oder jedenfalls noch keine Leiche gibt. Dennis Mira wurde angegriffen.«

»Was?« Das ihr alleine vorbehaltene Lächeln, das in seinen Augen stand, verschwand. »Ist er verletzt? In welche Klinik haben sie ihn gebracht? Ich fahre sofort los und treffe dich im Krankenhaus.«

»Es geht ihm gut. Ich habe ihn und Charlotte gerade heimgeschickt. Er hat von hinten einen Schlag gegen den Kopf bekommen und sich beim Sturz die Schläfe aufgeschürft. Wahrscheinlich hat er von dem Schlag eine leichte Gehirnerschütterung, aber Mira kümmert sich um ihn.«

»Wo bist du?«

»Noch im Haus seines Großvaters. Von Mr. Miras Großvater. Das heißt, es hat mal seinem Großvater gehört. Seit dessen Tod gehört es zur Hälfte Mr. Mira und zur anderen Hälfte seinem Cousin Ex-Senator Edward Mira, der auch angegriffen wurde und seither verschwunden ist. Ich muss mich hier noch umsehen, weil ich sichergehen will, dass er nicht tot in irgendeinem Schrank liegt oder so, auf dem Weg nach Hause muss ich dann noch mit ein paar Leuten reden, ich weiß nicht, wann ich damit …«

»Gib mir die Adresse von dem Haus.«

»Es liegt in SoHo, Roarke. Du brauchst bei diesem Mistwetter nicht extra herzukommen.«

»Ich komme sogar ganz bestimmt. Wenn ich die Adresse nicht von dir bekomme, finde ich sie eben selber raus.«

Sie gab ihm die Adresse durch und sah sich in der oberen Etage um, bis er erschien. Und sie sich eingestand, dass sie sich durchaus freute, ihn und auch den Go-Cup heißen Kaffees, den sie von ihm in die Hand gedrückt bekam, zu sehen.

»Ich wollte Abendessen für uns beide machen.«

Die wundervoll geschwungenen Lippen lächelten und streiften ihren Mund. »Ach ja?«

»Ich schwöre. Auf der Wache brennt gerade nichts an, ich war auf dem Weg und dachte, dass ich vielleicht endlich mal vor dir zu Hause wäre und dann Wein, Kerzen und Spaghetti vorbereiten könnte, bis du kommst.«

»Bereits das Vorhaben ist wirklich lobenswert.«

»Doch dann kam plötzlich Mira angerannt. Normalerweise ist sie unerschütterlich, aber vorhin war sie vollkommen aufgelöst. Mr. Mira hat sie angerufen, als er wieder zu sich kam, und sie gebeten, mich zu informieren. Er wurde unten überfallen, im Arbeitszimmer seines Großvaters.«

»Natürlich wollte er, dass sie dich informiert. Er ist schließlich ein kluger Mann.«

»Es könnte sein, dass Edward nicht mehr lebt. Die Einzelheiten kriegst du gleich, aber vorher sag mir noch als Mann, der auf der ganzen Welt und selbst auf irgendwelchen anderen Planeten Immobilien hat, was du für dieses Haus bezahlen würdest.«

»Um das genau zu wissen, müsste ich es mir sorgfältiger ansehen, aber auf den ersten Blick scheint es sehr gut in Schuss zu sein. Wahrscheinlich stammt es aus den 1930ern. Um die 550 Quadratmeter. In dieser Gegend. Zehn. Wenn ich verkaufen würde, wollte ich auf alle Fälle fünfzehn haben.«

»Millionen?«

»Ja.«

»Das ist viel Geld.«

»Gefällt es dir? Will Dennis es verkaufen?«

»Nein … ich meine, sicher, es ist ein sehr schönes Haus, aber wir haben schon eins, mit dem ich rundherum zufrieden bin. Und nein, er will es nicht verkaufen, anscheinend ist genau das das Problem.«

Während sie ihm die Details erzählte, sahen sie sich weiter um, und ihr war klar, dass ihm nicht die kleinste Kleinigkeit verborgen blieb, als er den Blick über die wunderschönen alten Möbel, irgendwelche Holzarbeiten oder Stuckrosetten wandern ließ.

»Wenn ich es richtig inszenieren würde, könnte ich dafür wahrscheinlich sogar zwanzig kriegen«, überlegte er. »Aber zurück zu deinem Fall. Du weißt, dass der Senator ein totaler Schwachkopf ist, zumindest kommt er mir so vor.«

»Nach allem, was mir Mira über ihn erzählt und Mr. Mira nicht erzählt hat, stimme ich dir zu. Aber es wäre trotzdem nett, wenn wir ihn lebend finden.«

»Allerdings.«

Sie führte Roarke ins Arbeitszimmer, wo es leicht nach Spurensicherungspulver und nach Chemikalien roch.

»Ich kannte Bradley Mira, wenn auch nur flüchtig.«

»Ach.«

»Vor allem kannte ich den Ruf des Mannes. Er war allseits respektiert, und die Leute haben ihn bewundert. Hast du ihn schon überprüft?«

»Er war Staatsanwalt hier in New York – vor deiner und vor

meiner Zeit. Ich glaube, die Familie hatte auch schon vorher einiges an Geld, er hat das Vermögen noch vermehrt. Am Ende war er Richter, doch wenn ich mich recht entsinne, ging er vor inzwischen fünfzehn, zwanzig Jahren in Pension. Wie all die Dankestafeln zeigen, hat er sich nach seiner Pensionierung sehr für andere Menschen engagiert, die kein solches Glück wie er im Leben hatten. Er war tatsächlich ein bewundernswerter und nach allem, was man mir erzählt hat, anständiger, produktiver Mensch.

Auf jeden Fall hat Mr. Mira ihn geliebt. Das kam bei allem, was er mir erzählt hat, immer wieder durch. Zwanzig Millionen?«

Forschend sah sich Roarke mit seinen wilden, klugen, blauen Auge um. »Mit dem passenden Käufer? Unbedingt.«

»Die Hälfte dieser Summe ist ein durchaus guter Grund, um sich nach einem solchen Käufer umzusehen. Ich muss mit diesem Makler reden, ich hoffe, Edward Mira oder vielleicht seine Assistentin hat sich irgendwo den Namen von dem Kerl notiert. Aber vorher spreche ich noch mit der Frau, die dieses Haus in Ordnung hält, und mit der Ehefrau von Edward. Das Haus, in dem die Putzfrau wohnt, liegt direkt auf dem Weg zum Haus der Ehefrau.«

»Warum lässt du mich nicht fahren und überprüfst die Damen unterwegs?«

»Das klingt nach einem guten Plan. Aber lass mich erst noch sehen, ob die Befragung der direkten Nachbarn irgendwas ergeben hat.«

Sila Robarts und ihr langjähriger Ehemann wohnten nicht weit entfernt im ersten Stockwerk eines alten Stadthauses. Sie hatte eine Reinigungsfirma – *Mrs. Propper* –, und ihr Gatte führte einen Hausmeisterbetrieb, der etwas machomäßig *Die geschickten Kerle* hieß.

Gemeinsam hatten sie zwei Kinder großgezogen, die in ihre Unternehmen eingestiegen waren, zwei Enkel sowie eine Enkelin.

»Das Haus hier gehört ihnen.« Als Roarke den Wagen parkte,

nickte Eve in Richtung eines weißen Backsteinbaus. »Im Erdgeschoss sind ihre Unternehmen untergebracht, und oben wohnen sie.« Sie drückte auf die Klingel für die Wohnung, und nach zwei Sekunden fragte eine etwas ungehaltene Frauenstimme: »Ja?«

»Polizei, Mrs. Robarts. Wir müssen kurz mit Ihnen sprechen.«

»Was zum Teufel wollen Sie von mir? Zeigen Sie mir erst einmal Ihren Ausweis. Halten Sie ihn vor die Kamera.«

Eve hielt ihre Marke vor die Linse, und erschreckt fragte die Frau: »Was ist passiert? Ist was mit einem meiner Kinder?«

»Nein, Ma'am. Wir müssen nur mit Ihnen sprechen. Dennis Mira hat uns Ihren Namen und Ihre Adresse gegeben.«

»Mr. Dennis? Geht's ihm gut? Was hat das alles … ach, verdammt.« Sie ließ die beiden ein.

Links des Flurs führten zwei Türen zu Silas Unternehmen, rechts zu dem von ihrem Mann. Am Ende war noch eine Tür mit einem Schild *privat,* die ebenfalls geöffnet wurde. Sie nahmen die Treppe in den ersten Stock.

»Wer sind Sie?«, nahm sie eine Frau mit dunkelbraunem, wirr zu einem Knoten aufgestecktem Haar und Augen in beinah derselben Farbe in Empfang. »Sind Sie sich sicher, dass es Mr. Dennis gut geht?«

»Wir sind von der Polizei«, erklärte Eve noch einmal und wies sich abermals mit ihrer Marke aus. »Lieutenant Dallas.«

»Dallas? Dallas?« Ihre schokoladenbraunen Augen wurden kugelrund. »Roarke und Dallas? Oh mein Gott. Ich habe mir das Hörbuch angehört und auch den Film gesehen. Mel! Komm her, Mel! Mit den Miras ist was Schreckliches passiert!«

»Beruhigen Sie sich, Mrs. Robarts. Dennis Mira und seiner Frau geht's gut.«

»Aber Sie sind Mordermittlerin.« Während aus dem hinteren Bereich der Wohnung eilig Schritte näher kamen, zupfte Sila aufgeregt am Kragen eines Sweatshirts mit dem Logo ihres Unternehmens. »Das weiß ich aus dem Film. Und Miss Charlotte arbeitet mit Ihnen zusammen.«

»Was ist mit ihnen passiert?« Der Mann, der in den Flur gelaufen kam, bewegte sich für jemanden von seiner Größe und Statur erstaunlich schnell. Er brachte sicher 120 Kilo auf die Waage und war über 1,90 Meter groß. »Hatten sie einen Unfall?«

»Ich glaube, dass man sie ermordet hat!«

»Was? Was sagst du da?« Der Hüne packte seine Frau und sah so aus, als bräche auch er selbst im nächsten Augenblick in lautes Jammern aus. »Oh mein Gott. Mein Gott. Wie …«

»Ruhe!«, übertönte Eve das schreckliche, hysterische Geschrei. »Den Miras geht es beiden gut. Wahrscheinlich sitzen sie gerade beim Abendessen und genehmigen sich dazu ein, zwei möglichst große Gläser Wein. Jetzt beruhigen Sie sich endlich und setzen sich hin, verdammt noch mal!«

Tränen kullerten aus schokoladenbraunen Augen. »Geht's den beiden wirklich gut? Versprechen Sie mir das?«

»Wenn dieser Wahnsinn aufhört, unterschreibe ich sogar mit meinem eigenen Blut.«

»In Ordnung, tut mir leid.« Die Frau fuhr sich mit den Händen durchs Gesicht. »Tut mir leid, Mel.«

»Was zum Teufel hat das alles zu bedeuten, Sila?«

»Das sind Roarke und Dallas.«

»Roarke und Dallas? Dann ist jemand tot.«

»Es sterben täglich jede Menge Leute«, stimmte Eve ihm zu. »Aber die beiden Miras gehören heute nicht dazu.«

»Ich habe einfach einen fürchterlichen Schreck bekommen, das ist alles«, schniefte Sila. »Sie haben mir einen fürchterlichen Schrecken eingejagt. Die zwei sind für uns wie Familie.«

»Das sind sie für mich auch.«

»Mr. Dennis lobt Sie immer in den höchsten Tönen. Er kam vorbei, als ich im großen Haus geputzt habe. Bei der Arbeit habe ich das Buch gehört. Das Buch über den Icove-Fall. Ich habe ihn gefragt, ob er Sie kennen würde, weil ich wusste, dass Miss Charlotte Sie bei Ihrer Arbeit oft berät, und er hat mir erzählt, dass Sie eine hervorragende Polizistin, einfühlsam und wirklich mutig wären. Ich liebe diesen Mann.«

»Okay.« Das konnte Eve verstehen. »Es geht ihm gut.«

»Ich hole dir jetzt erst mal ein Glas Wein«, bot Mel der Gattin an und wandte sich an Eve und Roarke. »Wenn Sie möchten, bringe ich Ihnen beiden auch einen mit.«

»Vielen Dank, aber ich bin im Dienst.«

»Ich nicht«, erklärte Roarke ihm gut gelaunt. »Ich hätte tatsächlich gerne ein Glas Wein.«

»Ich kann Ihnen auch gern was anderes bringen, Miss Dallas. Kaffee oder Tee? Wir haben auch Pepsi.«

»Pepsi?« Sila sah ihn aus noch feuchten, jetzt aber zusammengekniffenen Augen an. »Melville Robarts, wolltest du nicht auf das süße Zeug verzichten?«

Der Hüne zog den Kopf ein wie ein kleiner Junge, den man mit den Fingern in der Keksdose erwischt hatte. »Ich dachte, dass vielleicht noch ein, zwei Dosen irgendwo herumstehen.«

»Ich nehme gerne eine Pepsi«, sagte Eve und hoffte, dass das Thema damit abgeschlossen war. »Bitte nennen Sie mich Lieutenant und nicht Miss. Sie arbeiten für Dennis Mira«, wandte sie sich an die Frau. »Er sagt, Sie putzen ab und zu das Haus seines Großvaters.«

»Das stimmt. Am besten setzen wir uns, wie Sie schon vorgeschlagen haben, erst einmal hin.«

Sila führte Eve und Roarke in das behagliche und blitzsaubere Wohnzimmer, wo sie in einen leuchtend blauen hochlehnigen Sessel sank.

»Seit ich denken kann, hat meine Mama für den Richter und Miss Gwen geputzt, und als ich älter wurde, bin ich manchmal mitgegangen. Dann ging Miss Gwen urplötzlich von uns, das hat dem armen Mann das Herz gebrochen, weshalb er nur ein Jahr später ebenfalls gestorben ist. Sie fehlen meiner Mama und mir selber immer noch.«

»Mir auch.« Mel kam zurück und stellte ein Tablett mit einem Glas voll eisgekühlter Pepsi und drei Gläsern Rotwein auf den Tisch. »Wenn im Haus etwas kaputt war, habe ich es repariert. So habe ich auch Sila kennen gelernt. Wir waren damals gerade sechzehn, es war Liebe auf den ersten Blick. Gibt es Probleme, Miss, ich meine, Lieutenant Dallas?«

»Allerdings«, erklärte Eve und fügte abermals hinzu: »Den Miras geht es gut, aber am frühen Abend wurde Mr. Mira überfallen, und zwar im Haus seines Großvaters.«

»Er wurde überfallen? Im großen Haus?« Jetzt blickte Sila Eve aus zusammengekniffenen, dunklen Augen an. »Der Senator hat ihn angegriffen, stimmt's? Er konnte Mr. Dennis nicht mit Worten überzeugen, also ist er auf ihn losgegangen. *Senator* Edward Mira. Er ist der Cousin von Mr. Dennis, obwohl niemand je auf den Gedanken kommen würde, dass dasselbe Blut durch ihre Adern fließt. Die beiden sind so verschieden wie die Wüste und der Ozean.«

»Wie kommen Sie darauf, dass Edward Mira Mr. Mira angegriffen hat?«

»Weil immer alles nach der Vorstellung dieses Mannes gehen soll. Der Kerl ist ein Tyrann. Wenn Sie mich fragen, war er das immer schon. Ich halte nichts von ihm und seiner arroganten Frau. Aber sie haben nette Kinder. Ihre Kinder sind sehr nett, und deren Kinder wiederum sind süß wie Kirschkuchen. Haben Sie ihn festgenommen?«

»Nein. Statt Mr. Mira anzugreifen, ist er selber angegriffen worden, seither fehlt jede Spur von ihm.«

»Ich verstehe nicht.«

»Mr. Mira kam dazu, als der Senator angegriffen wurde, dabei bekam er selber einen Schlag über den Kopf. Als er wieder zu sich kam, waren die Angreifer und Edward Mira nicht mehr da.«

Sila kippte einen Schluck von ihrem Wein hinunter und stieß einen reumütigen Seufzer aus. »Es tut mir leid, was ich über den Mann gesagt habe. Es ist die Wahrheit, trotzdem tut's mir leid. Hat man versucht, die beiden auszurauben? Eigentlich ist das Haus hervorragend gesichert, und ich mache mir niemals Gedanken, wenn ich dort mit Mama, meinem Mädchen oder auch allein am Putzen bin.«

»Wann waren Sie zum letzten Mal im Haus?«

»Erst heute, von halb acht bis ungefähr halb drei. Meine Tochter und ich haben dort saubergemacht, dann ist auch noch Mama aufgetaucht. Sie kann zwar nicht mehr so viel tun wie früher, doch sie liebt das Haus. Wir sind frühmorgens rübergegangen und haben das ganze Haus geschrubbt, so wie wir's einmal jeden Monat tun. Aber wir haben die Alarmanlage wieder eingeschaltet und die Haustür abgeschlossen, als wir fertig waren. Das schwöre ich.«

»Kam irgendjemand an die Tür, während Sie dort waren?«

»Nein, Ma'am.«

»Ist Ihnen heute oder auch schon vorher irgendjemand aufgefallen, der nicht in die Nachbarschaft gehört? Sie wissen, was ich meine.«

»Ja, ich weiß, und nein, ich habe niemanden bemerkt. Es ist eine wirklich nette Gegend. Ein paar Pensionäre wie der Richter, ansonsten überwiegend Ärzte, Anwälte und so. Mr. Dennis kam alle paar Wochen vorbei, um uns Hallo zu sagen, und blieb dann immer ein, zwei Stunden dort.«

»Und wie steht es mit dem Senator?«

Naserümpfend stellte Sila fest: »In letzter Zeit kam er relativ oft, wobei man jedes Mal die Dollarzeichen in den Augen dieses Typen hat blitzen sehen.«

»Sila.«

»Also bitte, ist doch wahr. Er hat ein paar der Möbel herausgeholt oder herausholen lassen, aber Mr. Dennis hat gesagt, die hätte ihm sein Großvater vererbt, deshalb könnte er mit diesen Dingen tun und lassen, was er will. Ich habe Mr. Dennis nicht erzählt, dass ich gehört habe, wie der Senator ein Auktionshaus angerufen hat, das die Sachen schätzen sollte. Es hätte Mr. Dennis sicher wehgetan zu wissen, dass die Dinge, an denen die Großeltern gehangen haben, einfach so verhökert werden sollten.«

Obwohl Eve wusste, dass sie nichts mehr aus der Frau herausbekommen würde, stellte sie noch ein paar letzte Fragen, beim Abschied legte Sila eine Hand auf ihren Arm.

»Ich würde Mr. Dennis gerne anrufen. Die ganze Sache hat mich furchtbar aus dem Gleichgewicht gebracht, und zur Beruhigung würde ich ganz gerne einfach seine Stimme hören. Glauben Sie, dass das in Ordnung ist?«

»Bestimmt.« Nach kurzem Zögern fügte Eve hinzu: »Warten Sie damit vielleicht noch ein paar Tage, aber falls Sie vorher noch einmal rübergehen und das Arbeitszimmer saubermachen könnten, würde ihn das sicher freuen. Ich fürchte, dass die Spurensicherung dort jede Menge Staub hinterlassen hat.«

»Das mache ich auf jeden Fall.«

Auf dem Weg zur Ehefrau des potenziellen Opfers dachte Eve über Silas Worte nach.

»Er hat also diverse Möbelstücke seiner Großeltern verkauft und sucht jetzt einen Käufer für das Haus. Manche Menschen sind ganz einfach gierig, aber du kannst ja mal einen Blick auf die Finanzen dieses Mannes werfen, denn vielleicht hat er Spielschulden, oder er wird von einer Frau erpresst, mit der er mal zusammen war. Vielleicht ist es ja gar nicht so, dass er verkaufen *will*. Vielleicht hat er ganz einfach keine andere Wahl.«

»Es ist mir immer eine Freude, wenn du mir gestattest, die Konten irgendwelcher Leute anzusehen, doch diesmal freut es mich sogar noch mehr als sonst.«

»Du kannst ihn echt nicht leiden, was?«

»Nicht im Geringsten«, gab Roarke unbekümmert zu.

»Könnte er Mr. Mira zwingen zu verkaufen?«

Geschmeidig manövrierte Roarke den Wagen an dem Minivan vorbei, der auf der glatten Fahrbahn schlingerte. »Ich kenne keine Einzelheiten, aber wenn der alte Mira jedem seiner Enkel genau eine Hälfte dieses Hauses hinterlassen hat, würde es auf jeden Fall nicht leicht. Dann könnte Dennis Edward sicher auszahlen.«

»Klar, falls er zehn Millionen übrig hat, die Staub ansammeln, weil er sonst nicht wüsste, was er damit machen soll.«

»Wenn man es richtig macht, sammeln Millionen statt Staub eher weitere Millionen an. Vor allem könnten wir ihm dieses Geld problemlos leihen. Die Miras sind für uns Familie«, fügte er hinzu, als er Eves große Augen sah.

Sie packte seine Hand. »Ich wollte wirklich Abendessen für uns beide machen. Und ein paar Bahnen schwimmen, Sex im Pool haben und danach einen Film mit dir zusammen sehen.«

Mit einem breiten Grinsen fragte er: »All das?«

»Im Detail wäre ich flexibel gewesen, aber wie gesagt, es tut mir wirklich leid, dass ich jetzt nicht die Chance habe, diese Sache durchzuziehen.«

»Zum Glück sind wir noch jung, das heißt, dir bleibt dafür noch jede Menge Zeit.«

Roarke stellte den verbeulten Wagen direkt vor einem silbrig schimmernden Gebäude ab, und Eve frohlockte, als der Türsteher, der in der weißen Uniform mit weißen Tressen wie ein eleganter Eisbär wirkte, mit missbilligender Miene eilig durch den Eisregen gelaufen kam.

»Gehört dir dieses Haus?«

Roarke schüttelte den Kopf. »Warum gehen wir nicht rein und sehen, ob wir es haben wollen?«

»Aber ich darf den Typen einschüchtern«, verlangte Eve, bevor sie ausstiegen. »Du wirst ihn nicht bestechen, ja?«

»Und dir dadurch den Spaß verderben? Wofür hältst du mich?«

Zufrieden stieg sie aus und baute sich breitbeinig vor dem eleganten Eisbären auf.

»Sie können mit dieser Kiste hier nicht parken«, raunzte er sie an.

»Sie sehen doch, dass ich das kann.«

»Fahren Sie da weg. Der Platz ist nur zum Ein- und Aussteigen in oder aus Taxis, Limousinen und Fahrzeuge, die keine Schande für die Autoindustrie und keine derartige Beleidigung fürs Auge sind.«

Sie zückte ihre Dienstmarke. »Dies ist ein offizielles Fahrzeug der New Yorker Polizei, und ich komme sehr gut damit zurecht. Deswegen bleibt es, wo es ist.«

»Hören Sie, ich unterstütze unsere Jungs … und Mädels von der Polizei, aber ich kann nicht zulassen, dass eine solche Schrottkarre hier parkt.«

»Beurteilen Sie ein Buch nie nur nach seinem Titel.«

»Was?«

»Nach seinem Einband«, korrigierte Roarke. »Nicht Titel, sondern Einband, Schatz.«

»Was auch immer. Das Gefährt bleibt, wo es ist …« Sie blickte auf das Namensschild des Türstehers. »Eugene. Haben Sie Senator Mira heute Abend irgendwann gesehen?«

»Nein, habe ich nicht, und ich bin jetzt seit sechzehn Uhr im Dienst. Hören Sie, parken Sie das Ding da bitte in der Tiefgarage um die Ecke, ja? Ich mache Ihnen die Schranke auf, dann kommen Sie, ohne zu bezahlen, rein und wieder raus.«

»Man könnte denken, dass Sie mich bestechen wollen. Aber ich will mal nicht so sein. Wie sieht's mit Mrs. Mira aus?«

»Ihre Assistentin ist vor einer guten Viertelstunde weggegangen, meines Wissens ist Mrs. Mira noch im Haus. Was soll der ganze Zirkus überhaupt?«

»Der Zirkus geht erst richtig los, wenn Sie uns nicht in Miras Wohnung lassen, und zwar jetzt sofort. Ich hatte einen langen Tag, Kumpel, friere und bin nass. Du solltest also tun, was ich dir sage, wenn ich dir nicht, um dich ein bisschen aufzuwärmen, Feuer unterm Hintern machen soll.«

Mit einem leisen »Cops«, marschierte er zurück zur Tür und stürmte durchs Foyer zur Rezeption.

»Ich brauche erst die Zustimmung von Mrs. Mira oder einem ihrer Leute, wenn ich Sie raufschicke. Sie haben einen privaten Lift, der umgehend Alarm auslöst, wenn man ihn unbefugt betritt. Das kostet mich dann meinen Job. Du kannst mir vielleicht Feuer unterm Hintern machen, Schwester, aber ganz bestimmt nicht so wie meine Frau. Wenn ich den Job verliere, macht sie mir die Hölle heiß.«

»*Lieutenant* Schwester, und jetzt rufen Sie da oben an und sagen, dass die Polizei mit Mrs. Mira sprechen muss.«

Er tippte irgendwas in den Computer ein und schob sich einen Knopf ins Ohr. »Yo, Hank, hier ist Eugene. Hier unten ist die Polizei, die dringend mit der Chefin reden will. Uh-huh. Okay. Kapiert.«

Er wandte sich an Eve. »Ich müsste Ihre Dienstmarke einscannen, die Security wird Mrs. Mira mitteilen, dass Sie raufkommen wollen.«

»Dann scannen Sie mal los.«

Nach Überprüfung ihrer Marke wandte er sich abermals dem Bildschirm zu. »Dallas, Lieutenant Eve. In Ordnung. Die Security will wissen, weshalb Sie zu Mrs. Mira wollen.«

»Am besten sage ich das Mrs. Mira selbst, denn schließlich geht das niemand anderen etwas an.«

»Sie hat gesagt … okay, du hast es mitgehört. Okay.«

Er wandte sich vom Bildschirm ab und zeigte auf den letzten von drei Fahrstühlen. »Das da ist der private Lift. Ich schicke Sie direkt nach oben. Die Security nimmt Sie dort in Empfang.«

»Super.« Eve und Roarke schlenderten durch die Eingangshalle, als sie den Lift erreichten, glitt die Tür geräuschlos auf. Die Innenwände leuchteten in einem warmen Goldton, der Fahrstuhl war mit zwei bequemen, mit königsblauem Stoff bezogenen Polsterbänken und mit einem kleinen Tisch bestückt, auf dem ein weißer Rosenstrauß in einer Vase stand.

»Wo gibt's denn so was?«, fragte sich Eve. »Blumen in einem Lift?«

»Den Miras gehört die gesamte oberste Etage. Vier Wohnungen plus Terrassen. Sie haben sie vor acht Jahren gekauft«, las Roarke von seinem Handcomputer ab.

»Die ganze oberste Etage?«

»Ja, genau. Dafür haben sie schlappe 12,3 Millionen auf den Tisch gelegt. Du hast gesagt, ich dürfte mir ihre Finanzen ansehen.«

»Aber ich habe angenommen, dass du das nachher zu Hause machst.«

»Um so lange zu warten, bin ich ganz einfach nicht willensstark genug. Übrigens hat dieser Lift Augen und Ohren, aber ich war so frei, sie kurzfristig außer Betrieb zu setzen, als wir eingestiegen sind.«

»Wie's aussieht, hast du gerade wieder einmal alle Hände voll zu tun.«

»Müßiggang ist aller Laster Anfang.«

»Warum das? Man ist schließlich auch müßig, wenn man schläft. Sollen wir also immer wach bleiben, um ja nicht irgendeinem Laster zu verfallen? Dann hätte man ja noch mehr Zeit, um auf irgendwelche dämlichen Ideen zu kommen, oder nicht?«

Roarke sah nachdenklich die goldfarbene Fahrstuhldecke an. »Jetzt hast du diesen einfachen, aber moralisch durchaus wertvollen Spruch kaputtgemacht.«

»Sei unbesorgt, ich selbst habe genug zu tun.« Als die Fahrstuhltür geräuschlos wieder aufglitt, stieg sie selbstzufrieden aus.

Ein großer, gut gebauter Schwarzer, der mit seinem Aussehen die Titelseite jedes Männermodemagazins verschönern könnte, kam durch die ausgedehnte Eingangshalle auf sie zu. Auch hier standen Vasen voller weißer Rosen, blaue Polsterbänke, angenehm gedämpftes Licht – und fest geschlossene Flügeltüren.

»Lieutenant, Sir«, begrüßte der Mann sie mit kaum hörbar britischem Akzent. »Ich müsste bitte Ihre Waffen sowie alle elektronischen Geräte, die Sie bei sich tragen, in Verwahrung nehmen, bevor ich Sie zu Mrs. Mira führen kann.«

»Nie im Leben.«

»Dann fürchte ich, dass Ihr Besuch ohne richterliche Verfügung hier zu Ende ist.«

»Okay. Dann gehe ich mal davon aus, dass Mrs. Mira egal ist, dass ihr Mann heute am frühen Abend angegriffen und vielleicht gekidnappt worden ist. Wenn sie ihre Meinung ändert, kann sie mich morgen auf der Wache kontaktieren. Dann mache ich für heute Schluss. Lass uns Spaghetti essen gehen«, sagte sie zu Roarke und ging zurück zum Lift.

»Einen Moment. Behaupten Sie im Ernst, dass Mr. Mira angegriffen worden ist?«

»Mit Fleischbällchen«, fügte sie gut gelaunt hinzu. »Und einem schönen Glas Wein.«

»Perfekt. Vor dem Kamin?«, schlug Roarke ihr vor. »Ich finde, dieser Abend ist für ein Kaminfeuer gemacht.«

»Lieutenant Dallas!«

Sie sah über ihre Schulter. »Reden Sie mit mir?«

»Ist Senator Mira verletzt?«

»Hören Sie, *Hank,* ich bin im Rahmen offizieller polizeilicher Ermittlungen hierhergekommen, aber wenn die Chefin mich nicht sprechen will, ist das für mich okay. Und jetzt vergeuden Sie nicht länger meine Zeit.«

»Bitte warten Sie einen Moment.«

»Eine Minute«, sagte Eve. »Sechzig Sekunden. Die Zeit läuft.« Sie hob den Arm vor ihr Gesicht und sah vielsagend auf die Uhr, bevor er eine der Türen aufzog und verschwand.

Dann holte sie tief Luft und fragte ihren Mann: »Warum müssen die Leute zu uns Cops immer so ätzend sein?«

»Ich habe keine Ahnung. Alles, was ich weiß, ist, dass ich jetzt so schnell wie möglich die versprochenen Spaghetti essen will.«

»Das werden wir auch noch tun.«

Tatsächlich tauchte Hank dreißig Sekunden später wieder auf.

»Falls Sie mir bitte folgen wollen. Mrs. Mira wird sofort bei Ihnen sein.«

»Ich hoffe, dass sie es in fünfundzwanzig Sekunden schafft.«

»Lieutenant«, fing er an und atmete erleichtert aus, als hinter ihm das schnelle Klappern hoher Absätze erklang.

Mandy Mira war ein echter Hingucker. Groß, perfekt gebaut, mit goldenem Haar, das ihr auf einer Seite nur bis zu den Ohren reichte, während es auf der anderen fast bis auf die Schultern fiel.

Die kalten blauen Augen unter dunkelbraunen Brauen drückten gleichzeitig Verärgerung und Langeweile aus.

»Was soll der Unsinn? Ich bin es nicht gewohnt, dass mich die Polizei in meiner eigenen Wohnung überfällt, und weiß es sicher nicht zu schätzen, dass Sie sich mit einer haarsträubenden Geschichte einfach bei mir einschleichen.«

»Haben Sie heute Abend irgendwann mit Ihrem Mann gesprochen, Mrs. Mira?«

»Das geht Sie nichts an.«

»In Ordnung, tut mir leid, dass wir uns eingeschlichen haben«, meinte Eve und wandte sich erneut zum Gehen.

»Ich verlange, dass Sie mir erklären, was das alles zu bedeuten hat!«

»Es geht um die Ermittlungen zu einem Angriff auf Senator Edward Mira und zu der Tatsache, dass er seither verschwunden ist.«

»Das ist doch lächerlich.«

»Dann rufen Sie ihn an, beweisen, dass es Unsinn ist, wir bitten Sie für die Störung um Entschuldigung und hauen wieder ab.«

»Hank!« Sie schnipste tatsächlich mit den Fingern. »Kontaktieren Sie meinen Mann.«

»Das habe ich bereits versucht, Ma'am, und zwar unter allen Nummern. Aber er ist nicht erreichbar.«

»Geben Sie mir das Ding.« Sie riss dem armen Hank das Handy aus der Hand und stolzierte zornbebend auf meterhohen himmelblauen Absätzen davon.

»Muss eine echte Freude sein, für sie zu arbeiten«, bemerkte Eve, schob ihre Hände in die Taschen und sah sich im Wohnzimmer des Paares um.

Viel kaltes Blau, wahrscheinlich weil es gut zu Mandy Miras Augen passte, alles hochmodern und ausnehmend gepflegt.

Nur gut, dass ihnen niemand angeboten hatte, sich zu setzen, dachte Eve, denn auf den harten Stühlen bekäme man wahrscheinlich ein geprelltes Hinterteil.

Eine weitere Vase voll weißer Rosen stand auf einem weiß glänzenden Flügel, die Glaswand zur Terrasse war von weißen Vorhängen gerahmt. Als Eve sich das Porträt des Ehepaars ansah, das über dem Kamin hing, drang ein Wutschrei an ihr Ohr.

»Was heißt, Sie *wissen* es nicht? Es ist Ihr Job, so was zu wissen, wenn Sie den Job behalten wollen, kontaktieren Sie Senator Mira, und zwar *jetzt*! Verstanden?«

Sie kam wieder in das Wohnzimmer gestürmt und drückte Hank das Handy in die Hand. »Der Senator ist jetzt gerade nicht erreichbar, aber das kommt öfter vor. Trotzdem verlange ich eine Erklärung. Warum sind Sie hier und geben vor, ihm wäre etwas passiert?«

»Wissen Sie, dass sich Ihr Mann heute am späten Nachmittag im Haus seines Großvaters mit einem Makler oder einer Maklerin getroffen hat?«

»Natürlich weiß ich das.«

»Haben Sie auch den Namen und die Adresse dieses Menschen?«

»Dieses Haus und auch der mögliche Verkauf sind mir total egal.«

»Ich schätze, das heißt nein. Der Vetter Ihres Mannes, Dennis Mira …«

»Oh, um Gottes willen«, winkte Mandy ab, wie man es sonst mit lästigen Insekten tat. »Falls Dennis Ihnen diesen angeblichen Überfall gemeldet hat, vergeudet er damit nur unser aller Zeit. Er ist ein dummer, wirrer, kleiner Mann und hängt, aus welchem Grund auch immer, furchtbar an dem Haus. Wahrscheinlich hat er dies alles arrangiert, um den Verkauf im letzten Augenblick noch zu verhindern, obwohl er im Grunde gar nicht fähig ist, derart komplexe Überlegungen anzustellen.«

Roarke drückte Eve den Arm und mischte sich ein, bevor sie Mandy Mira die hübsche Nase brechen konnte.

»Dennis Mira wurde selber angegriffen, als er Ihrem verletzten Ehemann zu Hilfe eilen wollte. Wenn Sie den Lieutenant nicht andauernd unterbrechen würden, würden Sie auch alle anderen Details erfahren«, erklärte er in einem Ton, der kalt genug war, um Mandy Miras Miene einfrieren zu lassen.

»Und wer sind Sie?«

»Roarke. Ich unterstütze als Zivilberater die New Yorker Polizei.«

Die kalten Augen wurden schmal. »Natürlich. Ja, natürlich. Alles klar. Ihr steckt doch alle unter einer Decke. Jetzt ist klar, dass Dennis hinter allem steckt. Bestimmt hat Charlotte Sie auf sein Betreiben auf die Sache angesetzt. Aber Sie können den beiden sagen, dass ich kein Interesse an den jämmerlichen Spielchen habe, die sie spielen, und dass Edward dieses lächerliche, alte Haus und alles, was dazugehört, verkaufen wird, wenn er es will.

Wenn Sie noch einmal herkommen und versuchen, Unruhe zu stiften, wende ich mich an den Gouverneur. Dann werden wir ja sehen, wie lange Charlotte ihren peinlichen Beraterinnenjob bei Ihnen noch behalten wird. Werfen Sie die Leute raus, Hank. Jetzt sofort.«

Eve beugte sich unmerklich zu ihr vor. »Lecken Sie mich doch am Arsch.«

»Wie können Sie es wagen?«, kreischte Mandy und bekam vor lauter Zorn ein hochrotes Gesicht. »Sie können sicher davon ausgehen, dass ich Ihr Verhalten Ihrem Vorgesetzten melden werde!«

»Sein Name ist Jack Whitney, und er ist Commander auf dem Hauptrevier«, erklärte Eve und hielt ihr ihre Marke hin. »Sie schreiben sich besser auch noch meinen Namen und die Nummer meiner Marke auf. Ich habe heute in dem lächerlichen, alten Haus das Blut von Ihrem Ehemann vom Boden aufgewischt – denken Sie mal darüber nach. Und denken Sie darüber nach, was es bedeutet, dass er jetzt nicht zu erreichen ist. Wobei Sie nicht vergessen sollten, dass auch Dennis Mira, als er dem Senator helfen wollte, angriffen wurde und dann blutend und bewusstlos auf dem Boden lag. Und …«

»Eve«, murmelte Roarke.

»Nein, verdammt, ich bin noch längst nicht fertig. Und vergessen Sie auch nicht, dass wir Sie über das Verschwinden Ihres Ehemannes informiert und Sie gemauert haben, statt sich zu bemühen, uns zu helfen herauszufinden, was mit ihm geschehen ist. Für mich als Polizistin sind Sie jetzt erst einmal die Hauptverdächtige in diesem Fall, und ich kann Ihnen garantieren, falls Sie mir etwas verschwiegen haben, finde ich das heraus.«

Jetzt wurde Mandy Mira vor Verblüffen und Empörung kreidebleich. »Schaff sie raus, Hank. Schaff sie raus.« Sie machte auf dem Absatz kehrt und stapfte wütend aus dem Raum.

Als Hank die beiden wieder in die Eingangshalle führte, zog er sorgfältig die Tür hinter sich zu.

»Lieutenant? Sir? Ich möchte mich bei Ihnen entschuldigen …«

»Sie haben Ihren Job und ich den meinen.«

»Sind Sie sicher, dass Senator Mira angegriffen wurde und verschwunden ist?«

»Ja.« Eve sah ihn fragend an. »Wissen Sie, mit wem er sich heute am frühen Abend in dem Haus in SoHo treffen wollte?«

»Nein, aber vielleicht kann ich es herausfinden. Ich weiß, er hätte schon vor über einer Stunde heimkommen sollen. Ich sollte langsam selber Feierabend machen, aber Mrs. Mira hat darauf bestanden, dass ich bleibe, bis er kommt.«

»Ist das normal?«

»Es ist auf jeden Fall nicht ungewöhnlich. Falls ich etwas herausfinde, was Ihnen weiterhelfen könnte, rufe ich Sie an. Nur dass Sie's wissen, sie wird garantiert den Gouverneur und Ihren Vorgesetzten kontaktieren.«

»Meinetwegen kann sie auch den lieben Gott anrufen, wenn sie will.«

Nachdem die Tür des Fahrstuhls zugeglitten war, strich Roarke mit seiner Hand an ihrem Arm herab und spürte dabei deutlich ihren heißen Zorn.

»Ich habe Charlotte und auch Dennis wirklich gerne, aber …«

»Was?«

»Na, unter einer Decke stecke ich am liebsten nur mit dir.«

Er sah ihre Verwirrung, aber schließlich blitzte, wenn auch widerstrebend, Humor in ihren Augen auf. »Aber wenn es so kalt wie jetzt ist, könnte es zu viert doch echt gemütlich sein.«

»Gemütlich, aber eng.«

»Da hast du recht. Vor allem lenkst du mich mit dem Gerede davon ab, dass ich den Lift von diesem Miststück auseinandernehmen wollte …«

»Vor allem lenke ich mich selber damit ab. Ich habe nur sehr selten das Verlangen, eine Frau zu schlagen, weil das meinem Wesen einfach nicht entspricht. Aber eben musste ich mich wirklich bremsen, um auf dieses blöde Weib nicht loszugehen.«

»Als ich gedanklich auf sie losgegangen bin, spritzte das Blut aus ihrer Nase durch den ganzen Raum.«

»Das wird uns beiden reichen müssen. Aber trotzdem …« Er

hob ihre Hand an seine Lippen. »… werden wir jetzt gleich nach Hause fahren und bis in die frühen Morgenstunden schuften, damit dieses geradezu erschreckend unhöfliche Weibsbild seinen Ehemann zurückbekommt.«

»Er muss ein Arschloch sein. Sonst wäre er ganz sicher nicht mit ihr verheiratet. Aber ja, wir werden trotzdem alles tun, damit sie ihn zurückbekommt.«

Auch auf dem Weg nach draußen hielt Roarke weiter ihre Hand. »Vielleicht hat er das Kidnapping ja inszeniert, um dieser blöden Tusse zu entkommen.«

»Das könnte ich ihm nicht verdenken, auch wenn er ein Arschloch ist.«

Auf der Fahrt nach Hause rief sie Mira an.

»Wir haben Mandy Mira über das Verschwinden ihres Mannes informiert.«

»Wie hat sie es aufgenommen?«

»Sie behauptet, dass das alles blanker Unsinn ist, den Sie und Mr. Mira sich nur ausgedacht hätten, um den Verkauf des Hauses zu verhindern, sie hat mich selber, Roarke und Sie beleidigt und die Absicht, sich beim Gouverneur und Whitney über mein Verhalten zu beschweren. Ich habe ihr gesagt, sie könnte mich am Arsch lecken.«

»Ich kläre das.«

»He, nein. Ich will nicht, dass Sie …«

»Ich bestehe darauf, das zu klären, Eve. Das Weib wird sich bei Ihnen und bei Roarke entschuldigen.«

»Ich will gar nicht, dass sie …«

»Widersprechen Sie mir nicht.«

Eve wollte trotzdem widersprechen, dann aber sah sie, wie erschöpft und angespannt die Psychologin war. »In Ordnung. Meinetwegen. Wie geht's Mr. Mira?«

»Gut. Es scheint ihm gut zu gehen. Natürlich lasse ich ihn heute Nacht nicht aus den Augen, aber meiner Meinung nach geht's ihm inzwischen wieder wirklich gut. Wobei er sich natürlich Sorgen wegen Edward macht.«

»Sagen Sie ihm, dass wir der Sache nachgehen und uns bei ihm melden, wenn sich irgendetwas ergibt.«

Sie legte auf, bevor Mira ihr nochmals danken konnte, im selben Augenblick bog Roarke in ihre Einfahrt und fuhr weiter bis zum Haus.

Im einladenden Licht, das durch Dutzende von Fenstern fiel, sah Eve die würdevolle steinerne Fassade und die märchenhaften Türmchen auf dem Dach.

Noch immer fühlte es sich wie ihr ganz privates Wunder an, wenn sie nach einem endlos langen Tag nach Hause kam.

Sie stiegen aus und gingen zusammen auf die breite Eingangstreppe zu.

»Wie lange hat es gedauert, dieses Haus zu entwerfen – die ganze, elegante Festung, die ein bisschen wirkt wie eine alte Burg?«

»Oh, ich habe schon als Junge jahrelang gedanklich an dem Haus gebaut. Immer wenn ich hungrig und geschunden schlafen ging, wurde es noch ein bisschen größer.«

Es überraschte sie, dass er nach seiner albtraumhaften Kindheit nicht tatsächlich eine Burg errichtet hatte, sondern nur ein großes Haus, das einer Burg ein bisschen ähnlich sah.

»Ich habe ein paar Elemente eingefügt«, erklärte er und griff erneut nach ihrer Hand. »Auf Wachtürme, auf einen Burggraben und Katapulte jedoch habe ich verzichtet, weil die zwar echt cool gewesen wären, aber alles andere als praktisch sind.«

»Ich weiß nicht. Ein paar Katapulte hätten mir durchaus gefallen.«

In der Eingangshalle wartete der Mensch, den sie mit einem solchen Katapult wahrscheinlich längst zum Mond geschossen hätte, weil er ihr entsetzlich auf den Keks ging und ihr gleichzeitig nicht ganz geheuer war.

In dem gewohnten schwarzen Anzug und mit der gewohnten Leichenbittermiene hatte sich Roarkes Butler Summerset am Fuß der Treppe aufgebaut. Der fette Kater strich ihm schnurrend um die dürren Beine, watschelte auf Frauchen und auf Herrchen zu und schlängelte sich wie eine beleibte Ballerina zwischen ihren Beinen hindurch.

Eve wartete auf die gewohnte bissige Bemerkung, weil sie später als erwartet heimgekommen waren, oder irgendeine andere Schmähung, doch der Butler fragte nur: »Wie geht es ihm?«

»Den Umständen entsprechend gut«, erkläre Roarke und zog den Mantel aus. »Eve hat gerade mit Dr. Mira telefoniert.«

»Das freut mich zu hören. Falls ich irgendetwas tun kann, brauchen Sie mir nur Bescheid zu geben.«

Damit glitt er lautlos aus dem Raum, und stirnrunzelnd sah Eve ihm hinterher.

»Nach einem solchen Tag gönnt er mir nicht mal einen kleinen Streit?«

»Du hast die Frau eines Ex-Senators aufgefordert, dich am Arsch zu lecken«, meinte Roarke, bevor er ihr galant aus ihrem Mantel half. »Gib dich damit zufrieden, ja?«

»Das war nur ein rein berufliches Leck-mich-am-Arsch.« Roarke streichelte den Kater und nahm dann die Treppe in den ersten Stock. »Morgen ist auch noch ein Tag.«

Damit müsste sie sich wohl begnügen, dachte Eve und folgte ihm zusammen mit Galahad.

»Jetzt gibt es erst mal Abendessen«, meinte Roarke. »Im Schlafzimmer vor dem Kamin mit einem Gläschen Wein.«

Damit könnte sie leben, dachte Eve. Danach würde sie in ihrem Arbeitszimmer die Tafel aufstellen, ein paar Leute überprüfen und noch einmal die Vermisstenstelle kontaktieren. Roarke könnte währenddessen weiter die Finanzen des Senators durchgehen, was ihm große Freude machen würde, und sie selbst …

»Ich kümmere mich um das Feuer und den Wein, du dich um die Nudeln«, sagte Roarke.

»Richtig. Okay. Ich werde auch noch seine beiden Kinder kontaktieren, vielleicht wissen die ja irgendetwas. Falls das nichts bringt, werde ich morgen früh zu diesem Thinktank fahren.«

»Du gehst vom Schlimmsten aus, nicht wahr? Du denkst wie eine Mordermittlerin.«

»Das bin ich schließlich auch. Ich gehe erst mal davon aus, dass er vielleicht ermordet worden ist, denn wenn sie ihn nur gekidnappt hätten, würden sie auf alle Fälle Lösegeld verlangen. Falls ihn einfach jemand mitgeschleift hat, um etwas aus ihm herauszukriegen, lassen sie ihn später vielleicht wieder gehen.«

»Aber warum sollten sie das tun?«

Sie bestellte die Spaghetti und das Kräuterbaguette, das sie beide liebten. »Ja, warum? Es könnte sein, dass es bei der Angelegenheit um irgendeinen Deal geht, bei dem es für ihn selbst von Vorteil wäre, wenn er seine Klappe hält. Bisher weiß ich noch zu wenig über ihn, um mir ein echtes Bild zu machen. Mein Gefühl sagt mir, dass er ermordet worden ist, aber vielleicht liegt das tatsächlich nur an meinem Job.«

»Die gute Mandy liebt ihn nicht.«

Der Cop, der sie einmal gewesen war, hätte denselben Schluss gezogen, doch der Cop, zu dem sie sich entwickelt hatte, der die Liebe kannte, wusste ganz genau, dass es so war. »Ganz sicher nicht. Aber sie liebt ihren gesellschaftlichen Status und das Leben, das sie führt, deshalb kann ich mir nicht vorstellen, dass sie hinter dieser Sache steckt. Vielleicht finde ich ja noch etwas, das sie belastet. Mira hat gesagt, dass Edward fremdgegangen wäre, aber dass das seine Frau nicht kümmern würde. Vielleicht kümmert es sie aus irgendeinem Grund ja plötzlich doch, und sie will verhindern, dass der Kerl sich von ihr scheiden lässt und sie nur noch die Ex-Frau eines Ex-Senators ist.«

Sie trug die beiden gut gefüllten Teller an den Tisch im Sitzbereich des Schlafzimmers. Inzwischen prasselte ein Feuer im Kamin, Roarke schenkte ihnen beiden dunklen Rotwein ein …

… und Galahad verfolgte gierig das Geschehen.

»Summerset hat ihn wahrscheinlich schon gefüttert, oder?«, fragte Eve.

»Auf jeden Fall.«

»Verdammt.« Trotzdem ging sie noch einmal zurück zum AutoChef, bestellte einen kleinen Teller Lachs, und als ihr Mann die

Braue hochzog, meinte sie: »Sonst starrt er uns die ganze Zeit so böse an.«

Als Galahad sich halb verhungert auf sein Fressen stürzte, setzte Eve sich auf die Couch und streckte ihre Hand nach dem Weinglas aus.

»Genau so wollte ich es schon vor Stunden haben«, erklärte sie und trank den ersten großen Schluck des vollmundigen Weins.

»Jetzt haben wir's geschafft. Wenn auch verspätet, ist es einfach schön, mit meiner Frau an einem kalten Winterabend hier vor dem Kamin zu sitzen und zu essen.«

Sie schob sich die erste Gabel voll Spaghetti in den Mund. »Es ist auf jeden Fall nicht schlecht. Der Makler.« Wieder drehte sie Spaghetti mit der Gabel auf. »Ich brauche diesen Makler. Entweder er – oder vielleicht auch sie – steckt in der Sache drin, oder er wurde vorher aus dem Haus gelockt. Ich denke aber eher, er steckt mit drin.«

Jetzt pikste sie das erste Fleischbällchen mit der Gabel auf. »Es geht bei dieser Sache nicht um den Verkauf des Hauses«, stellte sie kopfschüttelnd fest. »Mr. Mira war einfach zur falschen Zeit am falschen Ort. Vielleicht geht es um Politik, vielleicht um etwas Privates. Vielleicht schuldet er ja irgendjemandem 'ne Menge Geld. Aber sie haben ihn in dem Haus erwischt – das heißt, sie wussten von dem Haus – und dachten, dass sie dort mit ihm alleine wären. Bis Mr. Mira es vermasselt hat.«

»Also haben sie Edward Mira, während sein Cousin bewusstlos war, woanders hingeschafft. Das heißt, sie waren mit einem Fahrzeug dort.«

»Genau. Vielleicht haben sie ja auch von Anfang an geplant, den Mann woanders hinzubringen. Und vorher haben sie ihm schon einmal eine reingehauen. Das klingt für mich nach einem eher persönlichen Motiv. Oder es ging um Geld, was viele Menschen ebenfalls persönlich nehmen. Trotzdem ...«

»Wenn's um Geld ginge, würde das vielleicht erklären, warum er unbedingt das Haus verkaufen will. Damit lassen sich sogar die größten Schulden abbezahlen.«

»Genau. Nur wäre es, wenn es allein um Geld ginge, schlauer, Mr. Mira aus dem Weg zu räumen, der sich gegen den Verkauf des Hauses sperrt. Aber das haben sie nicht getan. Es geht also bestimmt um etwas Persönliches.«

»Vielleicht ist es jemand, den er als Richter mal verurteilt hat«, schlug Roarke ihr vor. »Oder ein Verwandter oder jemand, der jemanden liebt, der mal von ihm verurteilt worden ist. Oder jemand, den er als Senator vor den Kopf gestoßen oder auf der Karriereleiter überholt hat.« Roarke hob eine Schulter an. »Ein Mann mit seiner Karriere macht sich jede Menge Feinde.«

»Das macht auch ein Mann, der seine Frau betrügt. Vielleicht ist es ja eine Frau, die von ihm fallen gelassen wurde, oder meinetwegen auch der Ehemann oder der Freund von einer Frau, mit der er mal was angefangen hat. Es könnte also absolut um ihn persönlich gehen.«

Nickend drehte Roarke jetzt ebenfalls Spaghetti auf der Gabel auf. »Aber warum haben sie ihn dann nicht sofort im Haus erledigt?«

»Ja, ja, ja.« Sie dachte auch beim Essen weiter nach. »Deshalb dachte ich ja auch zuerst an Kidnapping. Aber er ist jetzt schon seit Stunden von der Bildfläche verschwunden, ohne dass man Lösegeld gefordert hat. Also ... wollen sie vielleicht mehr Zeit mit ihm. Entweder weil sie irgendwelche Infos von ihm haben oder einfach nur weil sie ihn quälen wollen.«

»Dennis haben sie von hinten angegriffen.«

Nickend gönnte Eve sich einen weiteren Schluck von dem Wein. »Sie haben sorgfältig darauf geachtet, dass er sie nicht sieht. Sind sie also kaltblütig? Warum haben sie dann nicht mehrmals zugeschlagen, um ihn dauerhaft aus dem Verkehr zu ziehen, oder ihm wehgetan, damit es Edward mit der Angst zu tun bekommt? Das haben sie nicht getan, weil sein Erscheinen nicht geplant war.«

»Und das verrät dir, dass es einen Plan gegeben hat.«

»Am besten spielen wir es mal durch.« Sie wandte sich ihm zu. »Der Angreifer betritt das Haus mit ihm zusammen. Egal, ob Edward diesen Menschen vorher kannte oder nicht, dachte er offensichtlich nicht, dass er gefährlich ist. Der Angreifer hat sich als Makler ausgegeben oder ist vielleicht sogar ein Makler und hat bei der Sache mitgemacht. Ohne die Aussage des Opfers oder seine Leiche, die uns das verraten könnte, wissen wir nicht, ob Edward betäubt war oder aus dem Haus gelockt oder gezwungen worden ist mitzugehen. Wir können auch nicht sagen, warum er dort in dem Arbeitszimmer überfallen wurde und ob dieser Ort eine Bedeutung für den Täter hat. Mr. Mira glaubt, dass Edward nicht gefesselt war, auch ich selbst habe keinerlei Hinweise auf eine Fesselung entdeckt. Also gehe ich von mindestens zwei Tätern aus. Von einem, der die Waffe auf das Opfer richtet, um es so in Schach zu halten, und von einem zweiten, der auf Edward losgegangen ist.«

»Falls er jemandem Geld schuldet – was ich ganz sicher noch herausfinde –, hat ihm sein Gläubiger ja vielleicht ein paar Knochenbrecher auf den Hals gehetzt. Aber warum hätten sie sich dann noch die Mühe machen sollen, ihn aus dem Haus zu schaffen?«

»Ja, warum? Und warum hätten sie ihn extra mitnehmen sollen, statt ihm die Knochen gleich vor Ort zu brechen? Vielleicht fordern unsere Täter ja noch Lösegeld, doch ohne eine solche Forderung geht's meiner Meinung nach bei dieser Sache nicht um Geld. Zumindest nicht auf die gewohnte Art. Zwar dürfen wir die Möglichkeit nicht ausschließen, aber ich glaube nicht, dass es allein um Kohle geht.«

»Wie ist es mit Sex als möglichem Motiv?«

»Na klar. Sex treibt die Leute in den Wahnsinn. Macht sie bösartig und rachsüchtig und ausnehmend gewaltbereit.«

»Ach ja?«, erkundigte sich Roarke mit interessierter Stimme, sodass Eve sich beinah an ihrem Wein verschluckt hätte.

»Du bist pervers.«

»Auf jeden Fall. Nur sprichst du hier von Wahnsinn, der nicht einvernehmlich und deshalb nicht lustig ist. Das sehe ich wie du. Aber …«, er teilte ein Stück Baguette und bot Eve die eine Hälfte an, »… wenn es um eine seiner offenkundig zahlreichen Affären ging oder um ein Verhältnis, das im Streit geendet hat, weswegen hat man ihn dann nicht gleich dort im Arbeitszimmer umgebracht?«

»Weil plötzlich Mr. Mira auf der Bildfläche erschien?«

Roarke nickte zustimmend. »Das kam unerwartet, und vielleicht hat sie das panisch werden lassen. Aber nicht genug, um irgendwas zu überstürzen. Sie haben einen Plan, und um ihn weiter zu befolgen, haben sie Edward fortgeschafft.«

»Die Theorie gefällt mir. ›Mist, was machen wir jetzt? Lass uns von hier verschwinden und ihn einfach mitnehmen.‹« Sie fuchtelte mit ihrem Brotstück in der Luft herum. »Ich gehe jede Wette ein, dass wir die Leiche innerhalb der nächsten vierundzwanzig Stunden finden.«

»Findest du nicht auch, dass eine solche Wette relativ geschmacklos ist?«

»Das stimmt.« Sie konzentrierte sich erneut aufs Essen, überlegte, wer auf die fantastische Idee gekommen war, Fleisch in Bällchen zu formen, und fragte sich, ob er damit wohl reich geworden war. »Wie dem auch sei, ich werde diesen Fall wie einen Mord behandeln, während die Vermisstenstelle ihn ruhig erst mal weiter als Vermisstenfall führen soll. Aber falls eine Leiche auftaucht, weiß ich schon, wie ich es angehen muss. Das wird natürlich hart für Mr. Mira, auch wenn er mit seinem Cousin seit Jahren auf Kriegsfuß steht.«

»Trotzdem ist die Familie immer etwas ganz Besonderes, stimmt's?«

»Das stimmt, wobei es ziemlich aus dem Ruder laufen kann, wenn jemand Dutzende Verwandte hat. Wenn man McNab und Peabody von ihren Cousins oder Cousinen reden hört – von denen ihr in Irland schließlich für gewöhnlich auch jede Menge habt –, gibt es da viele Bindungen und viel … Sympathie. Wogegen dieser ätzende Cousin und seine aufgeblasene Frau nicht nur die Bindung, die sie zu den anderen Miras haben, ignorieren, sondern …«

»… auf sie heruntersehen«, meinte Roarke, zustimmend pikste Eve ihn mit ihrer Gabel an.

»Genau. Und wer auf Mr. Mira heruntersieht, kann nur ein Arschloch sein.«

»Dann denkst du also, dass die Leiche dieses Arschlochs innerhalb der nächsten vierundzwanzig Stunden irgendwo gefunden wird.«

Sie schob sich einen letzten Bissen in den Mund und nickte. »Ja. Trotzdem machen wir auch diesmal unseren Job. Vielleicht sollten wir das auch noch auf das Banner schreiben, das wir auf der Wache hängen haben. Du weißt schon, ›ungeachtet deiner Hautfarbe, deines Glaubens und so weiter sind wir für dich da, wenn du ermordet wirst‹. Vielleicht machen wir ein …«

Sie fuhr mit ihrem Finger durch die Luft, und weil er sie so gut verstand, meinte er lächelnd: »Sternchen.«

»Ja, genau. Und fügen noch hinzu: ›Sogar wenn du ein Arschloch bist.‹«

»Als Mordermittler wäre es korrekter, die Vergangenheitsform zu wählen. ›Selbst wenn du ein Arschloch *warst*‹«, bemerkte Roarke.

»Hm. Das stimmt. Ich fange jetzt besser langsam wieder mit der Arbeit an. Du übernimmst seine Finanzen?«

»Mit Vergnügen.«

Angenehm gesättigt, traten sie zusammen in den Flur. »Ich schicke Peabody einen Bericht und bringe sie kurz auf den neuesten Stand. Mira schicke ich eine Kopie. Die Sache hat sie ziemlich aus dem Gleichgewicht gebracht. Ich habe noch nicht oft erlebt, dass irgendwas sie derart mitgenommen hat. Sie war total erschüttert, als sie die Verletzungen von Mr. Mira sah.«

»Man ist eben verletzlich, wenn man liebt.«

»Aber er hat sie beruhigt. Er hat diese besondere Art. Ich weiß, dass auch er selbst total erschüttert war, und von dem Schlag hat er wahrscheinlich einen fürchterlichen Brummschädel gehabt, trotzdem hat er sie beruhigt.«

»Die Liebe macht nicht nur verletzlich, sondern gleichzeitig auch stark. Das ist das Besondere daran.«

»Ich weiß nicht, wie viele Menschen von Natur aus freundlich sind. Als wäre es ein Teil ihrer DNA. Aber ich denke, Mr. Mira ist ein solches Exemplar. Deshalb hätte ich dieser Mandy-Zicke wirklich gerne eine reingehauen.«

»Stell dir doch einfach noch mal vor, wie das Blut von dieser Mandy-Zicke durch die Gegend spritzt. Vielleicht genügt dir das auf Dauer ja«, erklärte Roarke und tätschelte ihr aufmunternd den Arm.

»Ich fürchte, dass es mir genügen muss.«

Sie trennten sich, und Eve bog in ihr Arbeitszimmer ab, während ihr Mann ein Stückchen weiter bis zu seinem eigenen Arbeitszimmer lief. Der Kater blieb bei seinem Frauchen, sprang direkt in deren Schlafsessel und drehte, drehte, drehte sich, bis er erschöpfter als nach einem Marathon zusammenbrach.

Eve selbst nahm hinter ihrem Schreibtisch Platz und sah, dass eine E-Mail von der SpuSi bei ihr eingegangen war. Sie hatten ihre eindringliche Bitte, möglichst schnell zu machen, also tatsächlich erfüllt.

Das Blut vom Schreibtischsessel in SoHo stammte von Edward Mira, das auf dem Parkett von seinem Cousin. Die einzigen Fingerabdrücke im Arbeitszimmer, in der Eingangshalle und an den verschiedenen Türen stammten von den beiden Männern und von den drei Frauen, die im Haus für Ordnung sorgten: Sila Robarts, ihrer Tochter Dara sowie Silas Mutter Frankie Trent.

Dann hatten die Verdächtigen sich offenbar geschützt. Sie hatten also ganz eindeutig einen Plan gehabt.

Eve schrieb ihren Bericht und hängte die bisherigen Ergebnisse der Spurensuche an. Dann kam sie zu dem Schluss, dass sie auch Whitney informieren sollte, und schrieb eilig ein paar Kleinigkeiten um. Egal, was der Commander mit ihr machen würde, weil sie Mandy Mira aufgefordert hatte, sie am Arsch zu lecken, würde sie das immer wieder tun.

Als Nächstes richtete sie wie in jedem Fall die Tafel ein. Außer ihrem Bericht und den wenigen Notizen hatte sie bisher kaum etwas aufzuweisen, dachte sie und schaute sich das Passfoto von Edward Mira an. Wenn sie seine Leiche fänden, hätte sie auf alle Fälle mehr.

Gerade als sie mit der eingehenden Überprüfung sämtlicher Beteiligten beginnen wollte, betrat Roarke den Raum.

»So schnell?«

»Auf jeden Fall kann ich dir schon einmal sagen, dass deinem Senator der Verkauf des Hauses wirklich sehr gelegen käme.«

»Spielt er?«

»Nein. Im Grunde ist es eher sein Lebensstil. Und das Mira Institute trägt sich noch immer nicht von selbst. Er hat in den Laden jede Menge Geld gepumpt und schießt jeden Monat nach. Auch privat lebt er nicht unbedingt auf kleinem Fuß. Die Kosten für Security, Bewirtungen und Reisen sind enorm, neben ihrem Penthouse in New York haben sie in East Hampton noch ein Haus und ein Apartment in East Washington, außerdem sind sie an jedem dieser Orte Mitglieder in wirklich exklusiven Country Clubs. Dazu hat das Institut noch eine Suite im *Palace Hotel* angemietet und erschreckend hohe Lohn- und allgemeine Betriebskosten.«

Er trat vor ihren Schreibtisch und genehmigte sich einen Schluck des Kaffees, der dort stand. »Dazu hat er in den letzten zwei, drei Jahren an der Börse einiges an Geld verloren, das ihm jetzt fehlt. Im Grunde hat er in der letzten Zeit nur mit dem Verkauf von irgendwelchen Sammlerstücken und Antiquitäten überhaupt etwas verdient.«

»Mit Sachen aus dem Haus seines Großvaters.«

»Genau. Trotzdem müssen sie allmählich anfangen zu sparen oder eine ihrer Immobilien verkaufen, wenn nicht irgendwoher Geld reinkommt. Das gilt auch für die beiden versteckten Konten, die er selber hat, und für das eine, das auf ihren Namen läuft.«

»Du hast schon drei versteckte Konten von dem Paar gefunden?«

Als Roarke einfach abermals an ihrem Kaffee nippte, ohne eine

Miene zu verziehen, schüttelte sie den Kopf. »Natürlich hast du das. Sind diese Konten illegal?«

»Ganz sauber sind sie nicht, für einen Mann in seiner Position auf alle Fälle unethisch. Der Verkauf des Hauses würde ihm zumindest vorerst wieder Luft verschaffen.«

»Aber bisher sieht's nicht so aus, als ob er jemandem so viel schuldet, dass er ihm irgendwelche Knochenbrecher schickt, wenn er nicht rechtzeitig bezahlt.«

»Natürlich werde ich noch tiefer graben, aber das, was ich bisher entdeckt habe, ergibt ein ziemlich klares Bild. Diese Leute sind einen gewissen Lebensstil und die gesellschaftliche Position, die er ihnen beschert, gewohnt, und nicht bereit, auf irgendetwas zu verzichten, bis ihre Finanzen wieder ausgeglichen sind. Zum Beispiel gibt die gute Mandy jeden Monat knapp zwölf Riesen nur für den Friseur und Wellness aus. Worin die halbjährlichen Arbeiten an ihrem Körper und Gesicht, die den Betrag verdreifachen, noch nicht enthalten sind. Er kann es in dieser Hinsicht durchaus mit ihr aufnehmen.«

»Mein Gott, dann geben diese Leute nur aus Eitelkeit im Jahr eine Viertelmillion Dollar aus!«

»So sieht es aus. Und das ist noch bescheiden im Vergleich zu dem, was er in seinen Laden investiert hat und noch immer investiert. Neben den zwanzig Millionen für die Gründung seines Instituts steckt er noch immer jedes Jahr mehr als die Million, die er dort an Gehalt bezieht, wieder hinein. Ich kann dir sagen, dass der Mann seit anderthalb, zwei Jahren ernste Geldprobleme hat.«

»Okay, er muss das Haus verkaufen, das ist sein Motiv. Wir müssen rausfinden, auf wen sein Anteil aus dem potenziellen Verkauf im Falle seines Todes übergeht. Wahrscheinlich auf die Ehefrau oder seine Kinder.«

Wieder schaute sie sich ihre Tafel an. »Die Frau will also nicht auf den anspruchsvollen Lebensstil verzichten. Ist es möglich, dass sie ihn deshalb ermorden lässt?« Sie schaute sich das Passfoto des arroganten Weibsbilds an. »Zuzutrauen wäre ihr das auf jeden Fall. Sie wirkt nicht gerade zimperlich, und sicher hat er neben seinem Anteil an dem Haus noch eine Lebensversicherung, deren Begünstigte sie ist. Wenn ihr Mann ins Gras beißt, kann sie nicht nur die trauernde Witwe spielen, sondern ist finanziell saniert.«

Sie stopfte ihre Hände in die Taschen, wippte auf den Fersen, schüttelte den Kopf. »Selbst wenn sie jemanden angeheuert hätte, passt das Vorgehen unserer Täter einfach nicht zu ihr. Sie hat doch sicher nicht gesagt, hier haben Sie einen Haufen Geld. Schlagen Sie dafür meinen Ehemann zusammen, und dann bringen Sie ihn um – und zwar an diesem ganz bestimmten Ort, weil Dennis dann vielleicht mit dem Verkauf des Hauses einverstanden ist.«

»Mein Vetter wurde hier ermordet, und jetzt steht die arme Mandy ganz alleine da. Wenn wir das Haus verkaufen, wird es uns allen besser gehen. Genau.« Roarke bot ihr nachdenklich den Rest von ihrem eigenen Kaffee an. »Das könnte der Plan gewesen sein. Auch wenn man dafür um vier Ecken denken muss.«

»Was eindeutig zu viele Ecken sind. Vor allem hätten Auftragskiller ihn an Ort und Stelle kaltgemacht und nicht erst noch woandershin verschleppt.«

»Dann denkst du also immer noch, dass es um ihn persönlich geht.«

»Das tue ich. Er hat also nirgends Schulden, und es gibt auch keinen Hinweis darauf, dass man ihn erpresst hat oder dass er selber jemanden erpresst?«

Roarke schüttelte den Kopf.

»Dann geht es ihm also um Geld, aber den Leuten, die ihn aus dem Haus verschleppt haben, nicht. Damit bleibt nur noch Sex.«

Roarke schlang ihr die Arme um die Taille. »Gern.«

»Als mögliches Motiv, Kumpel. Die drei Hauptthemen in seinem Leben sind anscheinend Geld, Politik und Frauen. Geld scheidet aus, aber auch wenn er jetzt nicht mehr Senator ist, gibt es noch immer diese Denkfabrik. Die werde ich mir genauer ansehen, aber wenn er sie bis heute nur mit seinem eigenen Geld am Laufen halten kann, kann sie und damit auch er selbst … politisch nicht so einflussreich sein, wie er anscheinend denkt. Am

Ende läuft es also auf Sex hinaus. Die Suite in deinem Hotel. Ich wette, sie ist das perfekte Liebesnest.«

»Das, wie wir hoffen, möglichst weich gefedert ist.«

»Haha. Ich nehme an, du könntest ein paar Strippen ziehen, um herauszufinden, mit wem der Senator dort geturtelt hat. Was für ein widerlicher alter Bock.« Sie runzelte die Stirn.

»Natürlich kann ich ein paar Strippen ziehen. Falls er diese Suite für diesen Zweck benutzt hat, kann ich dir ganz sicher irgendwelche Namen oder wenigstens Gesichter geben. Einen Augenblick.«

Sie ging sich frischen Kaffee holen, nahm wieder hinter dem Schreibtisch Platz und fuhr mit ihrer Arbeit fort.

Es überraschte sie nicht im Geringsten, dass Roarke wieder einmal schneller fertig war als sie.

»Fünf Frauen im vergangenen Jahr. Ich habe dir die Namen schon geschickt. Sie alle waren mehrfach in der Woche bei ihm in der Suite, meistens war nach anderthalb, zwei Monaten wieder Schluss. Ein Brandy wäre jetzt nicht schlecht.«

»Fünf Frauen in einem Jahr. Und das, obwohl er schon fast siebzig ist.«

»Was er wahrscheinlich wie die meisten anderen Männer seines Alters hauptsächlich den Fortschritten der Medizin verdankt.« Er öffnete ein Wandpaneel und griff nach der Karaffe, die dahinter stand. »Ich habe sie dir in der Reihenfolge ihres Auftretens geschickt, und es gibt da noch etwas, was ich dir sagen kann. Wenn der Senator diese Suite einmal pro Woche für private Zwecke nutzt, bleibt er gewöhnlich über Nacht, während die jeweiligen Damen meistens früher wieder gehen.«

Sie druckte die Aufnahmen der Frauen aus und hängte sie an ihrer Tafel auf. »Drei von ihnen sind verheiratet, und, Gott, die letzte von den Frauen ist gerade einmal fünfundzwanzig, also über vierzig Jahre jünger als der Kerl. Das ist einfach nicht richtig.«

Als ihr Gatte einfach schweigend seinen Brandy schwenkte, starrte sie ihn aus zusammengekniffenen Augen an. »Sie könnte seine Enkeltochter sein.«

»Ich mag den Mann jetzt zwar noch weniger als vorher, doch ein solches … Stehvermögen ist einfach bewundernswert.«

»Du denkst mal wieder mit dem Schwanz.«

»Tja nun …« Roarke sah an sich herab. »Es kommt tatsächlich durchaus vor, dass er zu irgendwelchen Dingen seine eigene Meinung hat.«

Murmelnd wandte sie sich wieder ihrer Tafel zu. »Sie sehen alle super aus. Das muss ich ihm zugestehen. Keine dieser Frauen ist auch nur annähernd so alt wie er. Die älteste ist Lauren Canford. Zweiundvierzig, Ehemann, zwei Kinder, Lobbyistin. Das ist was Politisches. Und das Küken, Charity Downing, ist alleinstehend und arbeitet als Künstlerin in einer Galerie namens *Eclectia*. Asha Coppola, zum zweiten Mal verheiratet, einunddreißig Jahre alt. Allyson Byson hat aus Wahnsinn oder grenzenlosem Optimismus den inzwischen dritten Ehemann, ist vierunddreißig Jahre alt und geht anscheinend keiner Arbeit nach. Die Letzte, Carlee MacKensie: achtundzwanzig, Single, freischaffende Journalistin. Alle diese Frauen und auch die Ehemänner sehe ich mir genauer an.«

»Ich habe selber noch ein bisschen Arbeit, außer wenn du mich für was anderes brauchst.«

»Mach einfach deinen eigenen Kram. Ich danke dir.«

Er gab ihr noch bis Mitternacht, und wie nicht anders zu erwarten, war sie fast schon über ihrer Arbeit eingenickt, als er ins Zimmer kam.

»Damit hast du für einen Abend wohl genügend Vorsprung herausgeholt.«

Sie widersprach ihm nicht, denn ihr war klar, es wäre besser, wenn sie erst mal alles sacken ließ.

Falls sie sich irrte, käme Edward Mira vielleicht in den nächsten Stunden nach Hause gehinkt.

Aber sie irrte sich ganz sicher nicht.

»Wusstest du, dass Mr. Mira und auch sein Cousin in Yale studiert haben? Der Senator war dort ein Jahr weiter. Eigentlich wären es zwei gewesen, aber Mr. Mira hat den Abschluss schneller hingekriegt. Und dazu noch mit diesem Magnum-sonst-was-Ding.«

»*Magna cum laude.*«

»Ja, genau. Daneben war er noch in diesem komischen Phi-Delta-Club. Er hat als Drittbester des Studienjahrgangs abgeschlossen und der tolle Edward ungefähr als Siebzigster. Dazu hat Mr. Mira jede Menge Buchstaben vor seinem Namen, von denen mir nicht mal die Hälfte etwas sagt, war Jahrgangssprecher und durfte die Abschlussrede halten. Edward hat sich an der Uni ebenfalls nicht schlecht geschlagen, aber an den guten Mr. Mira kam er einfach nicht heran.«

»Ich nehme an, das hat dem zukünftigen Abgeordneten nicht in den Kram gepasst.«

»Wahrscheinlich nicht. Aber wie dem auch sei, brachen die innerstädtischen Revolten damals aus, Mr. Mira wurde Hauptmann bei dem Friedenscorps, das den Campus sichern sollte, denn auch wenn er außerhalb der Stadt lag und auf diese Weise relativ geschützt war, gab's dort immer wieder Ärger, irgendwelche Demos oder Bombendrohungen.«

Sie setzte sich im Schlafzimmer aufs Bett, um sich die Stiefel auszuziehen. »Nach Abschluss seines Jurastudiums ging der Senator zu einer Kanzlei in Sunnyside, denn dort war alles ruhig. Mr. Mira aber kam hierher zurück und hat an der Columbia noch seinen Master und den Doktor drangehängt. Das heißt, dass nicht nur Charlotte Dr. Mira ist. Die beiden haben damals in derselben WG gelebt.«

Sie zog sich weiter aus und schüttelte den Kopf. »Die beiden kommen mir irgendwie nicht wie die typischen WG-Bewohner vor. Es fühlt sich seltsam an, so etwas zu recherchieren. Ich komme mir dabei ein bisschen voyeuristisch vor, aber was soll's. Schließlich haben sie ihre Karrieren und ihre Beziehung in New York begonnen, wo es zu der Zeit alles andere als sicher war. Sie haben im Haus seiner Großeltern geheiratet. Ich hätte mir eigentlich nicht die Zeit nehmen sollen, die Geschichte auszugraben, aber …«

»Das ist einfach schön.«

»Genau. Und noch ein Grund, aus dem ihm dieses Haus so wichtig ist.« Sie zog ein Schlafshirt an und krabbelte ins Bett. »Natürlich hätte dem Senator und der blöden Mandy eine so private Hochzeit nicht gereicht. Sie brauchten unbedingt ein Riesenfest mit allem Drum und Dran im *Palace* – noch vor deiner Zeit.«

Als Roarke zu ihr unter die Decke glitt, sah sie ihn fragend an. »Wir hätten unsere Hochzeit auch im großen Stil mit allem Drum und Dran ausrichten können. Warum haben wir das nicht gemacht?«

»Weil dir das nicht gefallen hätte«, stellte er zutreffend fest und schlang ihr so, wie sie es am liebsten hatte, die Arme um den Bauch. »Ich selbst wollte, dass unser Leben dort beginnt, wo es uns wichtig ist. In unser beider Heim. Ich wollte, dass wir uns in diesem Haus daran erinnern. Genau das Gleiche wolltest du mit dem Gemälde erreichen, das du für mich hast malen lassen. Von uns an unserem Hochzeitstag unter dem Rosenbogen.«

Sie seufzte leise auf. »Vielleicht schaffen wir's ja auch so weit.«

»Wie weit?«

Doch sie war bereits eingeschlafen und gab ihrem Liebsten keine Antwort mehr.

3

Seltsame, kleine Träume schlängelten sich durch ihr Hirn, verbanden sich und lösten sich wie Rauchfahnen im Himmel wieder auf.

Trotz der wirren Abfolge von Träumen, die weniger beunruhigend als eigenartig waren, fühlte sie sich angenehm gewärmt, und sie wusste, dass sie sicher und geborgen war.

Als sich Roarke bewegte, schmiegte sie sich noch enger an ihn, um die Wärme und die sichere Geborgenheit nicht zu verlieren.

Er hauchte einen Kuss auf ihre Stirn und machte sich behutsam von ihr los.

»Uh-uh.«

»Schlaf weiter«, murmelte er leise, doch sie klammerte sich zärtlich an ihm fest.

»Es ist noch viel zu früh. Es ist nicht mal hell. Bleib liegen.«

»Ich habe eine Holokonferenz in …«

Doch das kümmerte sie nicht. Sie hob den Kopf, und ihre Lippen suchten seinen Mund.

Es ging ihr dabei nicht nur um die Lust, sondern auch oder vor allem um die besondere Nähe und das immer neue Wunder, ganz mit ihm vereint zu sein, bevor die Welt erwachte und sie zwang, sich abermals der grellen, harten Wirklichkeit zu stellen.

Sie wollte einfach noch einen Moment in diesem breiten Bett unter dem Oberlicht mit ihm zusammen sein, bevor die kalte Dämmerung anbrach.

Und dazu lud sie ihn mit süßer Sanftheit ein.

Er hörte ihren leisen Seufzer, und der Kuss, den sie ihm gab, bot eine schimmernd helle Brücke zwischen Nacht und Tag und füllte ihn mit Liebe an. Herz an Herz, Mund an Mund und Leib an Leib schob sie sich über ihn, und wieder einmal war er wie gebannt von ihren straffen Muskeln und von ihrer seidig weichen

Haut. Er zog mit seinen Händen die Konturen der Wirbelsäule unter ihrem dünnen Schlafshirt nach und sagte sich, wenn dieser Augenblick nie enden würde, stürbe er als rundherum zufriedener Mann.

Dann setzte sie sich auf, zog sich das Shirt über den Kopf und nahm ihn in sich auf.

Glühendes Verlangen durchzuckte ihren Körper, und das sanfte Pochen tief in ihrem Inneren griff ihren ruhigen Pulsschlag auf. Sie waren Schatten in der Dunkelheit, eingesponnen in die Stille und Geheimnisse der Nacht. Dann fing sie an, sich zu bewegen, und zog durch das gleichförmige Kreisen ihrer Hüften seinen Körper und sein Herz in ihren Bann.

Er packte Strähnen ihres Haars und presste ihr die Lippen auf den Mund, während sein Herz vor Liebe überfloss. Als sie sich so vereinten, wurden die Gefühle durch die stete Flamme der gemeinsamen Liebe angefacht.

Gemeinsam kamen sie zum Höhepunkt, erschauderten, und abermals mit einem leisen Seufzer brach sie über ihm zusammen, schmiegte sich an seine Wange und sagte leise: »Gut.«

Sie war so warm, so schlaff und formbar wie geschmolzenes Wachs und lächelte, als er mit einer Hand über ihr Haar und ihre Wange strich.

»Ich nehme an, das kriegen wir auf alle Fälle hin.«

»Haben wir das nicht gerade?«

Immer noch versonnen lächelnd, pikste sie ihm mit dem Finger in den Bauch. »Nicht das hier, obwohl es auch nicht übel war. Aber ich dachte an die Miras. Du warst nicht dabei, als wir in diesem Haus waren. Es war … die Art, wie sie sich angesehen und berührt haben. Manchmal musste ich woanders hinsehen, weil ich das Gefühl hatte, als wäre ich ein Eindringling. Sie sind seit einer Ewigkeit verheiratet, aber wenn man sie dann so sieht … wie gestern Abend …«

Sie schloss wehmütig die Augen. »Das will ich auch. Ich hätte nie gedacht, dass ich das jemals wollte oder könnte, aber so was will ich auch. Ich will mit dir noch eine Ewigkeit zusammen sein, und ich will, dass du mich dann immer noch so anschaust wie er sie.«

»Du bist die Liebe meines Lebens. Und die wirst du immer bleiben.«

»Vielleicht sagst du mir das ja in dreißig Jahren noch einmal.«

»Versprochen. So, du Liebe meines Lebens, jetzt schläfst du bitte noch einmal ein.« Mit diesen Worten rollte er sich aus dem Bett, und stirnrunzelnd stellte sie fest: »Es ist noch mitten in der Nacht.«

»Es ist schon fast halb fünf.«

»Für manche Menschen ist das mitten in der Nacht.«

»In Europa ist schon heller Tag, und ich habe gleich eine Holokonferenz mit ein paar Leuten dort.«

Während er duschen ging, döste sie wieder ein, ihr Hirn jedoch fand keine Ruhe mehr.

Sie hörte kaum, wie er ins Schlafzimmer zurückkam und sich anzog, sie kam zu dem Schluss, dass seine Fähigkeit, sich lautlos wie ein Schatten zu bewegen, mit ein Grund für seinen früheren Erfolg als Einbrecher und Dieb gewesen war.

Sie blieb noch fünf Minuten liegen, schließlich aber meinte sie: »Licht an«, und fuhr zusammen, als sie der bitterböse Blick des Katers traf, der ausgestreckt am Fußende des Bettes lag.

»Mein Gott, du bist genauso schlimm wie Roarke. Was schleichst du dich so an?«

Wahrscheinlich hatte der frühmorgendliche Sex das Tier verärgert, sie hingegen hatte er in Schwung gebracht. Um auch ihr Gehirn mit Treibstoff zu versorgen, holte sie sich einen Kaffee, den sie mit ins Badezimmer nahm.

Nach dem Duschen kam sie Roarke zuvor, trat vor den AutoChef, bestellte zwei Portionen Waffeln – die an einem kalten Januarmorgen nicht zu toppen waren –, deckte die beiden Teller ab und zog sich an.

Dann nahm sie mit dem Kaffee und mit ihrem Handcomputer auf dem Sofa Platz und baute ihren ermittlerischen Vorsprung weiter aus.

»Was für ein wunderbarer Anblick bietet sich mir da an diesem bitterkalten Wintertag.«

Sie blickte auf und stellte fest, dass auch der Anblick ihres Liebsten in dem schicken Anzug alles andere als übel war. »Und, hast du Europa schon gekauft?«

»Bisher ging's nur um irgendwelches Zeug, an dem wir gerade forschen, wir kommen erstaunlich gut voran.«

Er setzte sich, schenkte sich Kaffee aus der Kanne auf dem Couchtisch ein und hob die Glocke über seinem Teller an. »Waffeln?«

»Was wohl sonst? Ich treffe mich um acht mit Peabody bei Miras Institut. Ich möchte ein Gefühl dafür bekommen, was dieser Laden macht. Wenn die Zeit noch reicht, klappern wir auf dem Rückweg zum Revier die ersten Frauen aus dem *Palace* ab. Aber um zehn müssen wir auf der Wache sein, denn dann kriegt Trueheart die Urkunde vom Chief und dem Commander überreicht.«

»Es tut mir leid, das zu verpassen, denn ich hätte dich gern mal wieder in Uniform gesehen.« Er verfolgte kritisch, wie sie literweise Butter und dazu noch süßen Sirup über ihre Waffeln goss.

Auch Galahad verfolgte, was sie tat, und schob sich zentimeterweise bäuchlings Richtung Tisch, bis er Roarkes Blick begegnete, sich auf den Rücken rollte und so tat, als wollte er nur spielen.

»Die Uniform ziehe ich gleich nach der Verleihung wieder aus.«

»Das würde ich sogar noch lieber sehen.«

»Haha. Danach befragen wir die anderen Frauen und seine Kinder. Vielleicht haben die uns ja mehr zu berichten als die Ehefrau.«

»Dann ist er also bisher nicht wiederaufgetaucht, und auch die Leiche wurde nirgendwo entdeckt.«

Sie schüttelte den Kopf. »Ich werde nachher noch mal die Vermisstenstelle kontaktieren, die eine Suchmeldung herausgegeben hat, Peabody wird schauen, ob er vielleicht in irgendeinem Krankenhaus gelandet ist.«

Sie schob sich einen großen Waffelbissen in den Mund und sagte sich, wenn jeder Tag mit Sex und Waffeln anfangen würde, wären die Menschen vielleicht weniger geneigt, einander schlimme Dinge anzutun.

Oder auch nicht.

»Falls seine Leiche auftaucht, kriege ich sofort Bescheid. Bis dahin überprüfen die Kollegen in den Hamptons und East Washington, ob er womöglich dort zu finden ist, außerdem bin ich gespannt, was mit dem Elefanten ist.«

»Dem Elefanten?«

»Einer Elefantenstatue aus Glas, mit der man Mr. Mira auf den Kopf geschlagen hat. Ich habe heute Nacht geträumt, dass sie lebendig wird und durch das Arbeitszimmer stampft. Sie ist zwar nur so groß.« Sie unterbrach ihr Frühstück, um die Maße mit den Händen anzuzeigen. »Aber trotzdem ist und bleibt es nun einmal ein Elefant.«

»Die Kreativität, die du in deinen Träumen oft entwickelst, ist einfach beneidenswert.«

»Ich glaube, dass ich ihn betäuben konnte, bevor er das Haus verlassen wollte, um die ganze Straße zu verwüsten, aber sicher bin ich nicht, weil eins ins andere überging.«

»Ein Elefant in einen anderen?«

»Ein Traum in den nächsten, wobei mir der Elefant erhalten blieb. Er saß mir nämlich plötzlich im Vernehmungsraum gegenüber. Du weißt schon: Bisher geht es um versuchten Mord, Herr Fant, aber wenn Sie bereit sind auszupacken, kommen Sie vielleicht noch mal mit Körperverletzung davon.«

Er lachte laut genug, dass Galahad versuchte, erneut zu den Waffeln zu gelangen, achtlos scheuchte er den Kater fort. »Ist es ein Wunder, dass ich so verschossen in dich bin? Herr Fant.«

»Jetzt wirkt das vielleicht lustig, aber es war im Traum wirklich ernst. Ich glaube, bisher ist der blöde Elefant das Einzige, was ich mit Händen greifen kann, dabei hat ihn der Täter nur benutzt, weil er dort im Regal gestanden hat. Im Grunde hat er also nichts mit meinem Fall zu tun.«

»Mit diesem Elefanten wurde einem Menschen wehgetan, der dir sehr wichtig ist.«

»Das stimmt. Je nachdem, wie alles läuft, versuche ich nachher vielleicht, noch kurz bei ihm vorbeizuschauen.« Sie blickte auf die kleine Schale voller Beeren, die neben ihrem Teller stand, und pickte eine fette Brombeere heraus. »Soll ich ihm dann was mitbringen? Du weißt schon, Blumen oder so?«

»Das wäre zwar nicht nötig, aber Blumen oder etwas Schokolade wären trotzdem schön.«

»Okay, wir werden sehen, ob meine Zeit für einen Besuch bei ihm noch reicht.« Sie schob sich den letzten Waffelbissen in den Mund. »Dann gehe ich jetzt schnell noch ein paar Dinge durch, frage bei Mira nach, wie's Dennis geht, und mache mich dann auf den Weg.«

»Gib mir Bescheid, falls der Senator wiederauftaucht, ja? So oder so.«

»Na klar.«

»Ich treffe nachher übrigens Nadine«, erzählte er, als Eve nach ihrem Holster und nach der Jacke griff. »Sie hat jetzt noch die Wahl zwischen einer alten Lagerhalle, in der eine Reihe Lofts entstehen sollen, und einer Wohnung über drei Etagen in der Upper West Side.«

»Über drei Etagen? So was wie ein Penthouse, schick, hervorragend gesichert und mit jedem nur erdenklichen Komfort?«

»Genau.«

»Sag ihr, dass sie die Wohnung nehmen soll. Vielleicht denkt sie, ein Loft ist cool, und dass sie es, wenn sie es renoviert, genau nach ihrer Vorstellung einrichten kann, aber sie würde durchdrehen, bis es so weit wäre, und vor allem, wann wollte sie dort renovieren? Sie hat ihre Sendungen beim Channel 75, ihr Buch und all das andere Zeug, das sie am Laufen hat.«

Sie sah ihn fragend an. »Gehört das beides dir?«

Roarke nickte knapp. »Sie hat sich vorher schon verschiedene Sachen angesehen, die alle nicht in Frage kamen, und mich dann gebeten, ihr ein paar von meinen Immobilien vorzuschlagen und sie ihr heute Nachmittag zu zeigen, falls das möglich ist. Sie hat in ihrer bisherigen Wohnung Albträume und will so schnell wie möglich raus.«

»Verdammt. Ich habe ihr gesagt, dass sie nicht an die Tür gehen soll«, murmelte Eve. »Sag ihr, dass sie die Wohnung nehmen soll.« Sie ging noch einmal zu ihm zurück, neigte den Kopf und gab ihm einen Abschiedskuss. »Bis dann.«

Er hielt sie fest und küsste sie zurück. »Pass gut auf meine Polizistin auf.«

»Das muss ich wohl, nachdem du mir in dreißig Jahren was zu sagen hast. Die Wohnung«, wiederholte sie und wandte sich zum Gehen. »Sag ihr, sie soll nicht länger rumeiern und endlich in die Hufe kommen, ja?«

Sie hatte angenommen, dass sie zeitig genug aufgebrochen wäre, aber wieder einmal kam sie nur im Schritttempo voran und fragte sich, warum nicht mehr Menschen zu Hause ihrer Arbeit nachgehen und die Straßen denen überlassen konnten, die gezwungen waren, draußen unterwegs zu sein. Schließlich fand sie einen Parkplatz gut zwei Blocks von ihrem Ziel entfernt und ging den Rest des Wegs zu Fuß.

Roarke hatte recht gehabt. Es war ein bitterkalter Tag. Der Himmel sah wie eine harte, blässlich blaue Schüssel aus, und auch die Luft war hart und fahl. Sie stopfte ihre Hände in die Manteltaschen, um sie aufzuwärmen, und stieß auf ein Paar neue Handschuhe mit Futter, das so kuschelig wie ein warmes Lammfell war. Natürlich würde es nicht lange dauern, bis sie sie verlöre, aber für den Augenblick waren sie ihr hochwillkommen.

Noch während sie nach ihrem Handy griff, um Peabody zu fragen, wann mit ihr zu rechnen wäre, sah sie, dass die Partnerin ein Stückchen weiter auf der anderen Straßenseite stand. Sie hätte ihre pinkfarbene Jacke in dem Meer aus Schwarz, Grau und Dunkelblau, die mehrfarbige Mütze auf den weich schwingenden, dunklen Haaren und den kilometerlangen, leuchtend blauen Schal auch ein halbes Dutzend Blocks entfernt mühelos erkannt.

Sie wartete, bis ihre Partnerin im Strom der Menschen erst über die Straße und dann auf sie zugelaufen kam.

»Wie geht es Mr. Mira?«, fragte Peabody sofort. »Haben Sie sich heute schon nach ihm erkundigt?«

»Nein. Ich wollte die beiden nicht stören, vielleicht schlafen sie ja noch.«

»Okay, aber falls sich sein Zustand über Nacht verschlechtert hat …«

»... schleift Mira ihn ins Krankenhaus, wenn das nötig ist. Wobei er gestern Abend ziemlich munter wirkte, als die beiden heimgefahren sind.«

»Ich hasse den Gedanken, dass ihm jemand wehgetan hat.«

»Es hätte deutlich schlimmer für ihn ausgehen können, seien Sie froh, dass es bei einer Beule und bei einer kleinen Platzwunde geblieben ist.«

Inzwischen hatten sie das Chrysler Building, einen eleganten Bau im Stil des Art déco, erreicht.

»Ich hätte nie gedacht, dass er mit dem Senator verwandt ist. Ich meine, größere Gegensätze gibt es ja wohl nicht.«

Eve runzelte die Stirn. »Sie kennen Edward Mira?«

»Ja. Natürlich nicht persönlich, doch als Hippie bin ich gegen alles, wofür er politisch steht.«

In der Eingangshalle des Gebäudes klappte Peabody die Kinnlade herunter, und sie schaute sich mit großen Augen staunend um. »Hier drin war ich noch nie. Was für ein wunderschöner Bau!«

»Glotzen Sie nicht so«, befahl Eve ihr und stieß sie mit dem Ellenbogen an. »Benehmen Sie sich gefälligst wie ein Cop.«

Tatsächlich war das Haus mit seinem dreigeschossigen Foyer, den gold-roten Marmorwänden, goldenen Böden und palastartigen Säulen ausnehmend beeindruckend.

Doch Polizisten glotzten einfach nicht, und während Peabody ihr sicher immer noch mit großen Augen folgte, trat Eve vor den Infomonitor, der ihr am nächsten stand.

Willkommen. Bitte nennen Sie mir Ihr gewünschtes Ziel.

»Das Mira Institute.«

Das Foto des Gebäudes wurde durch das Institutslogo ersetzt.

Das Mira Institute ist in der dreißigsten und einunddreißigsten Etage. Der Empfang ist in der dreißigsten. Bitte nennen Sie die Person oder Abteilung, die Sie dort besuchen wollen.

»Der Empfang ist schon mal gut.«

Die Security wird Sie durchleuchten und dann einlassen. Genießen Sie den Aufenthalt in unserem Haus und haben Sie noch einen schönen Tag.

Eve wandte sich zum Gehen, doch plötzlich bauten sich zwei Wachmänner in Uniformen vor ihr auf.

»Halten Sie Ihre Hände so, dass wir sie sehen können, und kommen Sie mit.«

Anscheinend hatten sie sie schon durchleuchtet, dachte sie, ihre Waffe hatte offenbar den gebäudeeigenen Wachschutz alarmiert.

»Wir sind von der New Yorker Polizei. Ich werde meine Dienstmarke aus meiner Tasche ziehen, okay?«

Da sie nicht wusste, wie nervös die beiden Männer waren, schob sie wie in Zeitlupe die Hand in ihre Tasche und zog die Dienstmarke hervor.

Der Mann, dem sie sie zeigte, nahm sie in die Hand und las sie mit einem Taschenscanner ein.

»Lieutenant«, sagte er und wandte sich an ihre Partnerin. »Wir müssten auch Ihre Marke sehen.«

Am Ende nickte er, und sein Begleiter machte einen Schritt zur Seite, er sprach etwas in das Mikrofon, das er am Aufschlag seiner Jacke trug.

»Sie dürfen durch. Nehmen Sie einen der Fahrstühle dort hinten links. Wir melden Sie inzwischen oben an. Sie haben dort ihre eigene Security und halten Sie sonst sicher noch einmal an.«

»Danke, das ist nett.«

Sie gingen durch die Eingangshalle dorthin, wo schon eine

kleine Gruppe anderer Leute bei den Liften stand. Eine der Frauen roch übertrieben stark nach einem blumigen Parfüm, eine andere hielt einen Becher mit so süßem Kaffee in der Hand, dass Eve bereits von dem Geruch, der ihr entgegenwehte, Zahnschmerzen bekam. Zwei weitere Frauen plapperten wie Papageien von dem Lagerabverkauf, zu dem sie während ihrer Mittagspause gehen wollten, während gleichzeitig ein Typ mit Pelzmütze lautstark am Handy über eine für den Morgen anberaumte Personalversammlung sprach.

Wäre Eve gezwungen, Tag für Tag in ein Büro zu gehen, würde sie sich aus dem nächsten Fenster stürzen, um ihr Elend zu beenden, dachte sie. Die Papageien stiegen in der zwanzigsten Etage aus, der süße Kaffee in der dreiundzwanzigsten, die Blume glitt auf nadeldünnen Absätzen mit weich schwingendem schwarzem Mantel vier Etagen höher aus dem Lift. Der Mützenträger aber blieb ihnen erhalten, bis sie in der dreißigsten Etage angekommen waren.

Hinter dem s-förmigen Tresen im Empfangsbereich des Mira Institute prangte das deckenhohe schwarze Unternehmenslogo an der Wand. Vor der breiten, leicht getönten Fensterfront standen schwarze Gelsofas und goldene Clubsessel mit Knöpfen in den Lehnen, um Daten zu verschicken oder zu empfangen, um Musik oder Erfrischungen zu wählen, an der Wand dem Fenster gegenüber hing ein lebensgroßes Bild von Edward Mira, der selbstgerecht auf die Besucherinnen heruntersah.

Hinter dem ersten Tresenrund saß eine Frau in Schwarz mit feinen silberfarbenen Nadelstreifen und so spitzen Schultern, dass man sich wahrscheinlich daran schnitte, wenn man ihr zu nahe kam. Sie gab etwas in den Computer ein, sah dann aber mit einem einladenden Lächeln auf.

»Lieutenant Dallas und Detective Peabody. Man hat mich bereits über Ihr Erscheinen informiert. Was kann ich für Sie tun?«

»Wer hat hier das Sagen?«

»Worum geht es denn?«

»Um dieses Institut.«

»Das wäre dann Senator Mira, aber der ist leider nicht im Haus. Wenn Sie mir sagen könnten, was genau Sie wollen, kann ich Sie aber sicherlich an jemand anderen verweisen, der Ihnen genauso weiterhelfen kann.«

»Wer ist sein Stellvertreter oder seine Stellvertreterin?«

Hinter der höflichen Fassade blitzte jetzt ein Hauch von Ärger auf. »Vielleicht kann Ihnen Miss MacDonald weiterhelfen oder Mr. Book. Falls Sie kurz Platz nehmen möchten, sehe ich, ob sie zu sprechen sind.«

»Das hoffe ich doch sehr.« Statt sich zu setzen, blieb Eve direkt vor dem Tresen stehen.

»Einen Moment.«

Lautlos glitt die Frau mit ihrem Stuhl ans andere Tresenende, klopfte auf den Knopf in ihrem Ohr und wandte den Ermittlerinnen eine ihrer todbringenden Schultern zu.

»Hier hat anscheinend bisher niemand mitbekommen, dass der Gründer dieses Instituts verschwunden ist.«

Eve sah auf das Porträt. »Offenbar hat der Ball, den die Vermisstenstelle gestern noch ins Rollen gebracht hat, diesen Ort noch nicht erreicht.«

»Aber hätte denn nicht seine Frau …«

»Sie haben sie nicht erlebt«, gab Eve zurück, bevor die Empfangsdame mit ihrem Stuhl zurückgeglitten kam.

»Miss MacDonald ist bereit, Sie zu empfangen. Bitte nehmen Sie den Fahrstuhl in die einunddreißigste Etage. Dort nimmt Sie dann jemand in Empfang und führt Sie in ihr Büro.«

Wieder stieg Eve in den Lift und schüttelte den Kopf, als Peabody nach ihrem Handcomputer grub. »Ich habe mir die hohen Tiere hier schon angesehen. Tressa MacDonald, dreiundvierzig Jahre alt, zweimal geschieden, Mutter eines Sohns. Politik- und Jurastudium in Harvard, unter Richter Mira am Gericht. Als er dann Senator wurde, ernannte er sie zur Chefin seines Stabs.«

»Das haben Sie sich aber wirklich gut gemerkt.«

»Ich nehme an, dass der Senator mal was mit ihr hatte, deshalb habe ich sie mir genauer angeschaut.«

Nachdem die Atmosphäre in der dreißigsten Etage elegant und professionell erschien, wirkte das nächste Stockwerk prunkvoll und feudal wie ein Palast.

Die dicken roten Teppiche auf weißem Marmor gaben dem Besucher deutlich zu verstehen, dass dies das Territorium der hohen Tiere war. Drei Personen arbeiteten an dem rot lackierten, elegant geschwungenen Tisch, der in der Eingangshalle stand, die getönte, breite Fensterfront wurde von dicht belaubten Bäumen, die in eleganten Kübeln standen, eingerahmt. Es gab verschiedene Sitzgruppen aus schiefergrauem Leder, und auf einem riesengroßen Wandbildschirm konnte man die Nachrichten von sechs verschiedenen Fernsehsendern sehen.

Es würde sicher nicht mehr lange dauern, bis sie eine Meldung vom Verschwinden des Senators brächten oder die, dass er tot oder lebendig aufgefunden worden war.

Als Eve und Peabody zum Tresen gingen, trat ein untersetzter Mann mit einem breiten Stiernacken durch eine Flügeltür aus Milchglas.

Trotz seines teuren Anzugs sah er wie ein Schläger aus.

»Lieutenant Dallas, Detective Peabody. Ich bin Aiden Banion, Miss MacDonalds Assistent. Ich führe Sie in ihr Büro.«

Obwohl sich Eve den Mann beim besten Willen nicht hinter einem Schreibtisch vorstellen konnte, folgte sie ihm durch die Tür in einen offenen Bürobereich. Er wirkte wenig strukturiert. Die Arbeitsplätze waren willkürlich verteilt, es roch nach Kaffee und dem Frühstück eines Mitarbeiters, bei dem Gewirr aus Stimmen, Tastenklappern, Telefongebimmel war es sicher alles andere als einfach, sich zu konzentrieren.

Abgesehen von dem teuren Marmorboden, den modernen Möbeln und der eleganten Aufmachung der Angestellten, die hier bei der Arbeit saßen, war es auch nicht anders als in ihrer eigenen Abteilung auf der Wache, dachte Eve.

Sie bahnten sich den Weg an verschiedenen Schreibtischen und an verschlossenen Bürotüren vorbei bis zu dem Eckbüro, das mit einer breiten Flügeltür signalisierte, dass hier eins der hohen Tiere saß.

Banion öffnete die Tür und stellte die Besucherinnen vor.

»Lieutenant Dallas und Detective Peabody.«

»Danke, Aiden – zwei Sekunden.« Sie tippte kurz gegen den Knopf in ihrem Ohr. »Bin wieder da. Wenn Sie tun, was wir besprochen haben, tue ich das auch. Bis heute Abend muss die Angelegenheit erledigt sein. Perfekt. Wir reden später noch einmal. Bis dann.«

Nach Ende des Gesprächs erhob sie sich von ihrem Platz, trat hinter dem Tisch hervor und sah Eve durchdringend aus dunkelgrünen Augen an. Sie war eine kleine, schlanke Frau in einem weichen grauen Kostüm mit einem Hauch von weißer Spitze oberhalb des Dekolletés und feuerrotem Haar, das wild gelockt auf ihre Schultern fiel.

»Tressa MacDonald«, stellte sie sich vor und schüttelte den beiden Frauen kraftvoll die Hand. »Es kann nichts Gutes bedeuten, wenn Sie mich sprechen wollen. Ich kenne Sie«, erklärte sie mit einer Stimme, die so vital und so fest war wie ihr Händedruck. »Sie sind Mordermittlerinnen. Also, um wen geht's? Wer wurde umgebracht?«

»Bisher geht es nicht um Mord.«

Tressa atmete erleichtert auf. »Da bin ich aber froh. Bitte, nehmen Sie doch Platz. Kann ich Ihnen einen Kaffee anbieten? Aidens Assistentin macht die beste Latte, die es gibt.«

»Sehr gern«, kam Peabody Eves Ablehnung zuvor.

»Dann also zwei Latte. Und für Sie, Lieutenant?«

»Für mich einen normalen Kaffee. Schwarz.«

»Danke, Aiden.« Tressa zeigte auf den Sitzbereich, und während Eve und Peabody sich in zwei dunkelblaue Sessel setzten, nahm sie selbst auf einem Sofa in der Farbe ihrer Augen Platz. »Was kann ich für Sie tun?«

»Edward Mira wurde angegriffen. Gestern Nachmittag, so gegen fünf.«

»Was?« MacDonald richtete sich kerzengerade auf. »Wo ist er, und wie schlimm ist er verletzt?«

»Das kann ich Ihnen nicht sagen, weil er seit dem Überfall verschwunden ist.«

»Was meinen Sie damit? Verschwunden? Ich …« Kopfschüttelnd brach sie ab. »Entschuldigung. Moment.« Sie wandte sich kurz ab und atmete tief durch. »Bitte sagen Sie mir alles, was Sie wissen.«

»Wussten Sie, dass der Senator gestern Nachmittag einen Termin mit einem Makler hatte wegen des Verkaufs von einem Haus, das ihm und seinem Cousin gehört?«

»Nein.« Sie griff sich an die Nasenwurzel. »Nein, von dem Termin weiß ich nichts.«

»Wissen Sie, mit welchem Makler er zusammenarbeitet?«

»Bis vor kurzem war das Silas Greenbaum.«

»Bis vor kurzem?«

»Ja.« Sie blickte auf, als Aiden mit dem Kaffee und mit einem Teller voll hauchdünner Plätzchen kam. »Danke, Aiden. Wissen Sie, mit welchem Makler der Senator zusammenarbeitet?«

Er schüttelte den Kopf. »Bis vor kurzem war das Greenbaum, aber wen er jetzt hat, weiß ich nicht.«

»Fragen Sie mal Liddy, ja? Und fragen Sie, mit wem er gestern Nachmittag einen Termin wegen des Hauses in der Spring Street hatte.«

»Wird sofort erledigt.«

»Ziehen Sie, wenn Sie gehen, bitte die Tür hinter sich zu«, bat sie und wandte sich erneut an Eve. »Glauben Sie, dass die Person ihn angegriffen hat, mit der er sich dort treffen wollte?«

»Auf alle Fälle wurde er dort attackiert. Dennis Mira kam dazu, folgte dem Geräusch der Stimmen bis ins Arbeitszimmer, sah, dass sein Cousin verletzt war, und wurde, als er ihm helfen wollte, selbst von hinten überfallen.«

»Dennis?« Sie betastete die weiße Spitze ihres Tops. »Geht es ihm gut?«

»Sie kennen Dennis Mira?«

»Ja, sogar sehr gut. Sie glauben doch ganz sicher nicht, er hätte was damit zu tun … oh nein, natürlich nicht.« Jetzt fuhr sie sich mit einer Hand durchs Haar. »Sie arbeiten mit seiner Frau zusammen und kennen ihn ebenfalls. Nach allem, was ich über Sie beide weiß, sind Sie nicht dumm und wissen selbst, dass Dennis niemals in der Lage wäre, einem Menschen wehzutun. Es tut mir leid, dass ich Sie ständig unterbreche.«

Sie sprang hektisch auf und lief im Zimmer auf und ab. »Ich kann einfach nicht denken, wenn ich sitze.«

Eve nickte, da es ihr genauso ging. »Als Dennis Mira wieder zu sich kam, war der Senator nicht mehr da. Falls er nicht wieder-aufgetaucht ist, während wir hier sprechen, wurde er seither nicht mehr gesehen.«

»Dann wurde er also entführt? Ohne dass jemand Lösegeld gefordert hat? Natürlich haben Sie Mandy schon gesprochen. Falls man Lösegeld gefordert hätte, dann von ihr oder von uns im Institut.«

»Ja, ich habe mit der Ehefrau gesprochen, wobei sie uns keine große Hilfe war.«

»Haben Sie sein Haus in den Hamptons und die Wohnung in East Washington auch schon überprüft?«

»Das haben wir.«

Nach einem kurzen Klopfen tauchte Aiden wieder auf. »Liddy weiß keinen Namen. Der Senator hat ihr nur gesagt, er hätte um halb fünf einen Termin im Haus. Er ist um kurz nach vier hier weggegangen. Vinnie hat ihn bis zum Haus gefahren, dort hat der Senator gesagt, dass er nicht auf ihn warten soll. Aber irgendwelche Infos über diesen neuen Makler hat Liddy nicht.«

»Danke, Aiden. Würden Sie wohl Wyatt sagen, dass er rüberkommen soll?«

»Sofort.«

Als er den Raum wieder verließ, straffte Tressa die Schultern, griff nach ihrer Latte und nahm wieder auf dem Sofa Platz. »Sie werden wissen wollen, wo ich gestern war. Halb fünf?«

»Am besten zwischen vier und sechs.«

»Bis kurz vor fünf war ich in einem Meeting hier im Gebäude. Das können Wyatt, Aiden und die anderen Teilnehmer bezeugen.

Um fünf war ich mit Marcealle Candine auf einen Drink im Bistro an der Lexington verabredet, kurz nach sechs bin ich von dort mit einem Taxi zum Geburtstag meiner Schwester gefahren. Sie wohnt noch bei unserer Mutter, und es gab ein Essen im Familienkreis.«

Im Gegensatz zu Aiden klopfte Wyatt Book nicht höflich an. Der imposante Mann kam einfach hereinmarschiert. Er war gut zwanzig Jahre älter als MacDonald und trug einen teuren schwarzen Anzug, der hervorragend zu seinen dichten schwarzen Haaren und den schwarzen Augen passte, deren Blick er abschätzend an Eve herunterwandern ließ.

»Was hat das alles zu bedeuten?«

»Edward wird vermisst«, klärte ihn Tressa auf.

»Vermisst? Ach, red doch keinen Unsinn.«

»Haben Sie ihn nach gestern Nachmittag noch einmal gesehen oder gesprochen?«, fragte Eve.

»Nein, aber das heißt noch lange nicht, dass er verschwunden ist, sicher würde er es nicht zu schätzen wissen, dass die Polizei ihn sucht oder den Medien irgendwelchen Quatsch erzählt.«

Bevor Eve ihn in die Schranken weisen konnte, forderte Tressa ihn bereits rüde auf: »Jetzt setz dich erst mal hin und halt den Mund, Wyatt. Edward wurde gestern Nachmittag in dem Haus, das er von seinem Großvater geerbt hat, tätlich angegriffen und ist seither wie vom Erdboden verschluckt.«

»Angegriffen? Das ist ja wohl vollkommen absurd. Wo war Vinnie?«

»Edward hat ihm gesagt, er könnte Feierabend machen. Anscheinend wollte er sich in dem Haus mit einem neuen Makler treffen. Auch Dennis Mira wurde attackiert.«

»Ha.« Ein amüsiertes Lächeln huschte über Books Gesicht. »Wahrscheinlich sind also einfach die beiden Männer aufeinander losgegangen.«

»Wer macht sich jetzt wohl lächerlich?«

»Um Gottes willen.« Verärgert fischte er sein Handy aus der Tasche und erklärte: »Wenn es sein muss, schicke ich ihm einen

Notruf auf seine private Nummer, damit dieser Quatsch ein Ende nimmt. Auch wenn er das ganz sicher nicht zu schätzen weiß.« Dann aber runzelte er überrascht die Stirn und räumte widerstrebend ein: »Er geht nicht dran, auch die Mailbox springt nicht an.«

»Was heißt, dass, wer auch immer ihn in der Gewalt hat, schlau genug ist, sein privates Handy zu zerstören«, bemerkte Eve. »Wer ist sein neuer Makler?«

»Keine Ahnung, aber es ist sowieso totaler Blödsinn, dass er überhaupt gewechselt hat. Er wird auf jeden Fall zu Silas zurückgehen. Sie müssen sich nur erst mal abregen.«

»Dann gab es also Streit?«

»Edward hat Silas vor zwei Wochen oder so gekündigt, weil er sich geweigert hat, das Haus auf seine Verkaufsliste zu setzen.«

»Was er schließlich gar nicht kann, solange Edward nur die Hälfte von dem Haus gehört.«

»Ich weiß«, erklärte Eve. »Hat der Senator Feinde?«

Schnaubend warf sich Wyatt auf die Couch. »Wem gehört dieser Kaffee?«

»Trinken Sie ihn ruhig«, bot Eve ihm an. »Ich habe ihn bisher nicht angerührt.«

»Er war Anwalt, Richter und Senator«, meinte Wyatt, während er den Kaffee hinunterkippte. »Also hat er sich wahrscheinlich täglich irgendeinen neuen Feind gemacht.«

»Natürlich gab es immer wieder einmal irgendwelche Drohungen«, räumte Tressa offen ein. »Die gab es immer schon. Wenn wir sie ernst genommen haben, wurde ihnen nachgegangen, aber seit er sich aus dem Kongress zurückgezogen hat, haben diese Dinge weitestgehend aufgehört.«

»Fällt Ihnen irgendjemand Besonderes ein?«, erkundigte sich Eve. »Vielleicht eine von den Frauen, mit denen er zusammen war? Eine, die er abserviert hat, oder ein Partner, der von der Beziehung seiner Freundin oder Frau zu dem Senator nicht begeistert war.«

»Edwards Privatleben geht mich nichts an«, erklärte Tressa kühl, doch Wyatt beugte sich vertraulich vor.

»Von diesen Informationen darf auf keinen Fall etwas an die Medien durchsickern.«

»Ich interessiere mich ganz sicher nicht für irgendwelche Klatschgeschichten, Mr. Book. Ich will nur den Senator finden, weiter nichts, die Ermittlungen zu seinem Privatleben sind Teil meines Jobs, nicht mehr, nicht weniger.«

»Ich warne Sie …«

»Sie sollten sich gut überlegen, ob Sie sich in meine Arbeit einmischen wollen. Was für eine Freundin hat Senator Mira aktuell?«

»Sie ist Künstlerin.« Als Wyatt protestierten wollte, brachte Tressa ihn mit einem Blitzen ihrer Augen zum Verstummen. »Ihn zu finden ist wohl wichtiger, als weiter so zu tun, als wäre er ein Heiliger. Sie ist noch jung, aber ich weiß nicht, wie sie heißt. Ich versuche wirklich, mich aus diesen Dingen herauszuhalten. Aiden kann den Namen sicher herausfinden, falls Ihnen das weiterhilft.«

»Nicht nötig. Wir haben den Namen schon. Und – Überraschung – in den Medien ist er noch nicht aufgetaucht. Detective Hansen wird der Sache nachgehen.« Eve stand auf. »Er arbeitet bei der Vermisstenstelle, falls Ihnen noch etwas einfällt, wenden Sie sich entweder an ihn oder an mich.«

»Können wir sonst noch etwas tun?«

»Versuchen Sie, den Namen dieses Maklers herauszufinden«, schlug Eve Tressa vor. »Danke für das Gespräch.«

4

Sie gingen zurück zum Lift.

»Wollen Sie sich denn nicht noch seinen Terminkalender oder sonst was ansehen?«, fragte Peabody verblüfft.

»In dem Laden wimmelt's nur so von Juristen. Solange wir nicht die Erlaubnis eines Richters haben, die wir erst bekommen, wenn der Mann ermordet wurde, lassen die uns gar nichts sehen. Bis dahin soll sich Hansen um die Dinge kümmern. Sehen Sie also zu, dass er den Namen von dem Fahrer und dem alten Makler kriegt. Als Nächstes reden wir mit diesen Frauen aus dem *Palace* und mit seinem Sohn und seiner Tochter«, fing sie an, erklärte dann aber nach einem Blick auf ihre Uhr: »Aber nicht jetzt sofort. Ich dachte, dass wir hier im Institut viel schneller fertig wären.«

»Dann fahren wir also erst mal aufs Revier? Und sind dabei, wenn Trueheart seine Urkunde bekommt?«

»Wir fahren jetzt erst mal aufs Revier.«

»Juhu!«

»Für Ihr Juhu ist später auch noch Zeit. Was hatten Sie für einen Eindruck von den Leuten, was ist Ihnen aufgefallen, was für Schlüsse haben Sie daraus gezogen?«, fragte Eve, während sie in den Fahrstuhl stieg.

»Das Institut soll etwas hermachen, und solche Dinge legen meist die Bosse fest. Dabei hätte ich angenommen, dass Denkfabriken, NGOs und so bescheidener oder vielleicht sogar ein bisschen schäbig wären. Die beiden hohen Tiere und auch Aiden kamen mir zuerst unverdächtig vor. MacDonald schien sich ernsthaft Sorgen um den Boss zu machen, Book nicht ganz so sehr.«

»Was meinen Sie, woran das liegt?«

»Ich würde sagen, Book kann den Senator als Menschen nicht wirklich leiden. Glauben Sie nicht, dass es so ist?«

»Doch, könnte sein. Vor allem aber denkt er offenbar, dass der Senator mit der jungen Künstlerin oder vielleicht mit irgendeiner anderen Braut zusammen ist. Das kann er sich viel eher von Mira vorstellen, als dass er gekidnappt worden ist.«

Aus Sentimentalität genauso wie um sich zu wärmen, setzte sie auf ihrem Weg nach draußen die Glitzerflockenmütze auf. »MacDonald hat recht. Als Richter und Senator hatte er wahrscheinlich jede Menge Feinde, denn in beiden Jobs war er ein Hardliner und stand als bissiger Hund im Rampenlicht. Er wird immer noch oft zu irgendwelchen Talkshows eingeladen und regt sich dort furchtbar über die aus seiner Sicht zu hohen Staatsausgaben für soziale Programme auf. Als Senator war er gegen die bezahlte Elternzeit und meinte, die Regierung würde jedes Jahr Millionen sparen, wenn sich Eltern um die eigenen Kinder selbst kümmern würden, ohne dass man sie dafür bezahlt. Er hat immer gesagt, für seine eigene Frau wäre es eine Selbstverständlichkeit gewesen, ihre Kinder großzuziehen, ohne dass sie dafür von der Regierung auch nur einen Cent bekommt.«

»Hat irgendwer ihn darauf hingewiesen, dass sie es nicht nötig hatte, Geld dafür zu kriegen, weil sie schließlich nur so in der Kohle schwimmt, und dass sie sicher jede Menge Angestellte hatte, die sich um die Kinder kümmern mussten, während die Mutter bei der Wellness war?«

»Auf jeden Fall. Vor allem ist das Elterngeld total beliebt, weswegen die Beliebtheitswerte des Senators in den Keller gingen, nach Ansicht der Experten hat er sich nicht noch einmal zur Wahl gestellt, weil sie für ihn unmöglich zu gewinnen war.«

»Nach Ansicht der Experten?«

Achselzuckend vergrub Peabody ihr Kinn in ihrem dicken Schal. »Manchmal sehe ich mir solches Zeug im Fernsehen an, wenn ich am Stricken bin. McNab hat nichts dagegen, denn wenn jemand wie Senator Arschloch oder Abgeordnete Vidali … haben Sie von der schon mal gehört?«

»Nein, und ich glaube auch nicht, dass ich das will.«

»Auf alle Fälle ist sie eine Lügnerin und eine widerliche Heuchlerin. Ich hasse es, wenn solche Leute anfangen, uns zu erzählen, Gott würde wollen, dass sie irgendwelche Dinge tun, als hätten sie einen geheimen Deal mit ihm, von dem der Rest der Welt nichts weiß. Das regt mich immer furchtbar auf. Um mich abzureagieren, brauche ich dann besonders heißen Sex.«

Eve kämpfte heldenhaft gegen das Zucken ihres Auges an. »Sie und Vidali.«

»Sicher«, stimmte Peabody ihr kichernd zu. »Sie macht mich wirklich heiß. Aber im Ernst, am liebsten würde ich ihr eine reinhauen. Jedes Mal wenn ich die Frau im Fernsehen sehe, stelle ich mir vor, ihr die verlogene Fresse zu polieren, und um mich abzureagieren, stürze ich mich eben auf McNab. Womit er ebenfalls durchaus zufrieden ist.«

Eve dachte an den Schal, den sie jetzt gerade trug, und fragte sich, wie oft die Partnerin, während sie ihn für sie gestrickt hatte, wohl über den von ihr geliebten elektronischen Ermittler hergefallen war. Am besten dächte sie darüber niemals wieder nach. Nie mehr.

Sie stieg in ihren Wagen, zwängte sich in eine winzig kleine Lücke im Verkehr und ignorierte das erboste Hupen all der Fahrer, die deshalb zu einer Vollbremsung gezwungen waren.

»Nach der Zeremonie ziehen wir uns wieder um und fahren dann sofort wieder los. Als Erstes sprechen wir am besten mit der Künstlerin.«

»Sie ist erst Mitte zwanzig, oder? Das ist einfach ekelhaft und ich bin, was das Alter angeht, sicher nicht bigott.«

»Was sagen die Experten zu dem Thema?«

»Kaum etwas. Vielleicht gibt's da ja eine stille Übereinkunft oder so. Aber im Internet steht alles Mögliche über die Affären, die er hat. Natürlich nicht nur über seine, aber hier geht es um ihn, deshalb … über die Künstlerin habe ich bisher nichts entdeckt.«

»Warum graben Sie nicht noch ein bisschen tiefer? Auf den Seiten, wo's um die Affären des Senators geht. Vielleicht gibt's ja

Gerede über jemanden, der bisher nicht auf meiner Liste steht, oder über eine Trennung, die nicht einvernehmlich war. Sobald Sie etwas finden, schicken Sie es mir und Hansen, ja?«

»Okay. Am besten fange ich gleich damit an«, erklärte Peabody, während sie bereits ihren Handcomputer aus der Tasche zog.

Danach herrschte im Wagen Stille, die nur ab und zu durch wütendes Gemurmel unterbrochen wurde, wenn Eves Partnerin auf irgendwelche neuen Schweinereien von Politikern und anderen vermeintlichen Würdenträgern stieß.

Sie bogen in die Tiefgarage des Reviers ein und nahmen den Fahrstuhl bis in ihre eigene Abteilung, wo ihnen Carmichael schon in Galauniform entgegenkam. Trueheart und sein Partner, der vor kurzem noch sein Ausbilder gewesen war, machten sich entweder noch schick oder waren schon auf dem Weg zur Urkundenverleihung, während Jenkinson mit einem neuen gallegrünen Schlips mit pipigelben Streifen am Computer hockte und Santiago mit dem Cowboyhut, den er aufgrund einer verlorenen Wette mit Carmichael trug, am Telefon mit einem Informanten oder sonst wem sprach.

Eve ließ wortlos ihren Zeigefinger kreisen, um den beiden anzuzeigen, dass es Zeit zum Aufbruch wäre, ging dann weiter in ihr eigenes Büro, holte sich einen Kaffee und machte sich ein paar Notizen zum Besuch des Instituts.

Als sie sich umziehen ging, stand Peabody bereits in Büstenhalter, Tanktop, Hose und mit Tränen in den Augen da.

»Was ist passiert? Hören Sie auf zu flennen.«

»Die Hose meiner Uniform sitzt locker.«

»Und? Dann schnallen Sie einfach Ihren Gürtel enger.«

Bei Eves barscher Antwort brachen sich die nächsten Tränen Bahn. »Sie sitzt locker um die Hüfte, und am Hintern beult sie fast ein bisschen aus. Ich habe abgenommen. Habe wirklich abgenommen. Ich weiß, wie eng die Uniform beim letzten Mal gesessen hat. Jetzt ist sie ein bisschen weit.«

»Na super. Toll! Jetzt reißen Sie sich zusammen, ja?«

»Ich habe mich, vor allem in den letzten Wochen, permanent

zusammengerissen, ich habe sogar dreimal in der Woche Sport gemacht. Aber gewogen habe ich mich nicht mehr, denn es hat mich echt entmutigt, dass die Zahl sich nie verändert hat. Sie haben ja keine Ahnung, wie das ist.«

Obwohl sich Eve vor jemand anderem als Roarke nur ungern auszog, legte sie jetzt ihre Kleider ab. »Wahrscheinlich nicht. Aber dafür war ich immer zu dürr. Ich meine, wirklich dürr, nicht schlank. Meine Arme sahen aus wie Streichhölzer. Ich musste ganz schön schuften, bis ich auch nur einen Hauch von Muskeln hatte, also weiß ich, wie es ist, wenn einem nicht gefällt, was man im Spiegel sieht.«

»So habe ich das bisher nie betrachtet.«

»Wenn Sie Gewicht verlieren und Muskeln aufbauen, tun Sie das, um fit und stark zu sein, nicht wegen irgendeiner blöden Zahl. Das sollte jedem klar sein, der nur einen Funken Grips im Kopf hat.«

»Sie haben recht. Das ist mir klar. Ich hätte gerne trotzdem eine andere Zahl, aber ich weiß, dass es im Grunde um was anderes geht. Ich habe auch an meiner Kampftechnik gefeilt.«

»Gut.« Eve zog sich ihre eigene Hose an und stellte fest, dass sie genau wie immer saß.

»Aber … sieht mein Hintern kleiner aus als sonst?«

»Meine Güte, Peabody.«

»Tun Sie mir den Gefallen und sagen Sie es mir, okay?«

Eve zog sich ihre Jacke an und blickte mit zusammengekniffenen Augen auf das Hinterteil der Partnerin. »Ich kann ihn kaum noch sehen.«

Peabody lachte unter Tränen und vollführte einen kleinen Freudentanz. »Danke. Legen Sie auf jeden Fall noch all Ihre Medaillen an.«

»Ja, ja.«

»Ich kann Ihnen dabei auch gerne helfen, wenn Sie wollen. So viel Metall ist sicher ganz schön schwer.«

»Ach, lecken Sie mich doch am Arsch. Auf alle Fälle ziehe ich mich nächstes Mal woanders um.«

Lächelnd knöpfte Peabody sich die Jacke zu. »Heute trage ich die Uniform mit Stolz. Das tue ich zwar immer, aber heute noch ein bisschen mehr als sonst.«

»Weil Ihre Hose locker sitzt.«

»Das auch, aber vor allem weil Trueheart jetzt Detective ist. Es macht mich stolz, dass ich sie ihm zu Ehren tragen darf.«

Eve nahm die Schachtel voller Medaillen aus dem Spind und dachte, ja, für Trueheart trüge auch sie selbst die Uniform und all die Auszeichnungen mit ungewohntem Stolz.

Auch Baxter, der schon in der ersten Reihe saß, hatte seinen schicken Anzug gegen die Galauniform getauscht.

»Sie kommen mal wieder auf den letzten Drücker«, meinte er, als Eve erschien.

»Auf alle Fälle bin ich nicht zu spät. Sie müssen mit mir tauschen und sich auf das Podium zu Trueheart stellen.«

»Das ist nett, dass Sie das sagen. Aber er hat es verdient, dass ihm sein Lieutenant während dieses ganz besonderen Augenblicks zur Seite steht. Ich habe extra diesen Platz hier vorne in der Mitte für mich ausgewählt und Ihnen einen Platz an meiner Seite freigehalten, Peabody. Da drüben sitzen seine Mom und seine Freundin. Vielleicht gehen Sie kurz hin und sagen irgendwas zu ihnen.«

»Später.«

Sie lief los und schob sich durch ein Meer aus blauen Uniformen, bis sie Commander Whitney sah, der etwas abseits mit Chief Tibble sprach.

Als sie zu Trueheart gehen wollte, der immer noch erschreckend jung und etwas blass, aber taufrisch aussah, winkte ihr Vorgesetzter sie heran.

»Commander. Chief. Dies ist ein guter Tag.«

»Auf jeden Fall.« Whitney, der ein wenig kleiner, dafür aber muskulöser war als Tibble, sah sich unter all den frischgebackenen Detectives, die jetzt ihre Urkunden verliehen bekämen, um.

»Gut, dass Sie es geschafft haben, Chief. Den Männern und den Frauen bedeutet die Beförderung sehr viel.«

»Mir auch. Aber bevor wir damit anfangen, wüsste ich noch gern, ob es etwas Neues zum Senator gibt.«

»Detective Peabody und ich waren gerade in dem Institut, das er gegründet hat. Dort schien bisher niemand zu wissen, dass der Mann verschwunden ist. Den Namen der Person, die er in der Spring Street treffen wollte, hat er seiner Assistentin nicht genannt, dem Chauffeur hat er bei der Ankunft dort gesagt, dass er ihn nicht mehr braucht. Ich habe die Vermisstenstelle informiert und Detective Hansen auf den Laden angesetzt. Peabody und ich werden nach der Zeremonie verschiedene Frauen befragen, mit denen Senator Mira in den letzten Monaten zusammen war. Es sieht so aus, als hätte er die Frauen regelmäßig in die Suite bestellt, die das Institut im *Palace Hotel* angemietet hat.«

Tibble schüttelte missbilligend den Kopf: »Dafür werden ihn die Medien in der Luft zerreißen. Aber das ist nicht unser Bier. Dann hat bisher noch niemand Lösegeld verlangt?«

»Nicht dass ich wüsste.«

»Ich muss Ihnen nicht sagen, dass Sie allen Spuren nachgehen müssen. So oder so werden die Medien sicher bald erfahren, dass er verschwunden ist, und ihn genau durchleuchten, doch vor allem werden sie sich darauf konzentrieren, wie wir die Ermittlungen in dieser Sache führen.«

»Verstehe, Sir.«

»Doch jetzt werden wir unsere Beamten ehren. Von Ihrem jungen Mann hört man nur Gutes, Lieutenant.«

»Meinem jungen Mann?«

Als Tibble lächelte, vertieften sich die Fältchen rund um seine Augen. »Trueheart. Sie haben einen ganz hervorragenden Polizisten aus dem jungen Mann gemacht.«

»Detective Baxter hat ihn ausgebildet, er hat seine Sache wirklich gut gemacht.«

»Dann werde ich ihm auch noch gratulieren. Jetzt entschuldigen Sie mich.«

Als Tibble sich zum Gehen wandte, drehte Whitney sich zu

Eve und meinte ernst: »Es ist weder professionell noch vorsichtig, der Gattin eines Ex-Senators vorzuschlagen, einen am Arsch zu lecken.«

»Nein, Sir. Tut mir leid, falls Sie oder die Polizei deshalb Probleme haben.«

»Anna hat zu ihr gesagt, dass sie sich die Beschwerde in die Haare schmieren soll.«

»Verzeihung, was?«

Obwohl sein Ton auch weiter ruhig und ernst blieb, war das amüsierte Blitzen seiner Augen nicht zu übersehen. »Meine Frau und Mandy Mira kennen sich aus einer Reihe Wohltätigkeitskomitees, in denen sie sich engagieren. Normalerweise lässt sie sich nur dadurch anmerken, dass sie verärgert ist, indem sie jemandem die kalte Schulter zeigt.«

»Ich weiß«, rutschte es Eve heraus, doch Whitney lachte einfach leise auf.

»Wie dem auch sei, Mandy Mira hat es anscheinend derart übertrieben, dass die gute Anna neben einer Reihe anderer unfreundlicher Vorschläge gesagt hat, dass sie sich den Plan, sich zu beschweren, in die Haare schmieren soll. Sie wird sich nirgendwo mehr engagieren, wo die Gefahr besteht, dass sie der Frau begegnet. Anna war von meinem Gespräch mit Mandy Mira gestern Abend hoch erfreut und hat sich extra eingeklinkt, als unsere Charlotte Mira wegen dieser Sache bei mir angerufen hat. Wobei ich Sie natürlich offiziell für Ihr Verhalten rüffeln muss.«

»Auf jeden Fall.«

»Betrachten Sie sich also als gerüffelt, ja?«, bat er und setzte wieder seine offizielle Vorgesetztenmiene auf. »Jetzt gönnen wir unseren guten Polizistinnen und Polizisten ihren großen Augenblick und fahren dann mit unserer Arbeit fort.«

Eve stand mit den anderen hochrangigen Polizeibeamtinnen und -beamten hinter den Kollegen und Kolleginnen, die befördert werden sollten, und während sie Tibbles und dann Whitneys dankenswerterweise kurzen Reden lauschte, sah sie, dass sich jeder ihrer Leute Zeit genommen hatte, um bei Truehearts großem Augenblick dabei zu sein. Noch während sie sich fragte, wer in ihrem Dezernat die Stellung hielt, empfand sie großen Stolz auf den eingeschworenen Trupp.

Auch Feeney, Ian, Mira – die wie Trueheart etwas bleich war – und zu ihrer Überraschung sogar Morris waren da.

Die Kandidatinnen und Kandidaten wurden einzeln aufgerufen, nahmen ihre Marken vom Commander in Empfang, blieben für ein Foto vorne auf der Bühne stehen, und während ihnen alle applaudierten, hoben sich die Freunde und Verwandten der Person, die vorne stand, durch ihre feuchten Augen von den anderen Gästen ab.

»Troy Trueheart, Detective dritten Grades.«

Fast hätte Eve gegrinst, denn ihre Leute klatschten nicht nur Beifall, sondern trampelten dazu noch mit den Füßen und veranstalteten gleichzeitig ein lautes Pfeifkonzert. Leicht errötend, trat er vorne auf die Bühne und bekam die goldene Marke des Detectives überreicht.

»Lieutenant Dallas hat Ihr Potenzial gesehen, und Detective Baxter hat es ausgebaut«, erklärte Whitney ihm. »Aber die Marke haben Sie sich selbst verdient. Gratulation, Detective.«

»Danke, Sir. Vielen Dank, Commander«, gab der junge Mann in ernstem Ton zurück. »Ich werde weder Sie noch meinen Lieutenant oder meinen Ausbilder enttäuschen.«

Er hielt seine neue Marke in die Kamera und tat aus ihrer Sicht genau das Richtige, indem er Baxter ansah, bevor er den Blick zu seiner Mutter und zu seiner Freundin wandern ließ.

Dann kehrte er zurück an seinen Platz und schaute Eve mit einem Grinsen an, als fielen Weihnachten, Silvester und der vierte Juli auf denselben Tag.

Am Ende gab es noch einmal lauten Beifall, und Eve fragte sich, ob dessen Echo den Beförderten wohl hülfe, sich mit all den Scherereien zu arrangieren, die Teil ihrer Arbeit waren.

Sie würde noch ein paar Minuten bleiben, ein paar Worte mit verschiedenen Leuten wechseln, sich dann aber aus dem Staub machen und wieder umziehen, um mit ihrer eigentlichen Arbeit fortzufahren.

Da kam Trueheart auf sie zugelaufen.

»Lieutenant.«

»Los, zeigen Sie her.« Sie streckte ihre Hand nach seiner neuen Marke aus. »Sehr schön. Halten Sie sie in Ehren und sorgen Sie dafür, dass sie so blitzsauber bleibt, Detective Trueheart«, meinte sie und drückte sie ihm wieder in die Hand.

»Auf jeden Fall, Ma'am. Ich wollte Ihnen nochmals danken. Ohne Sie wäre ich jetzt nicht hier.«

»Sie haben es aus eigener Kraft und dank der guten Ausbildung durch Baxter bis hierher geschafft.«

»Ich hasse es, an meinem ersten Tag im neuen Rang meinem Boss zu widersprechen, aber vielleicht würde ich noch immer Streife laufen, wenn Sie nicht beschlossen hätten, mir die Chance zu geben, etwas anderes zu probieren. Und wenn Sie mich nicht Baxter zugewiesen hätten, der als Ausbilder einfach der Hammer ist. Aber Sie haben gesehen, dass ich es schaffen kann, genau deshalb sind Sie auch der Boss.«

»Da haben Sie recht. Gratulation, Detective«, sagte sie und reichte ihm die Hand.

Er schluckte, als er sie ergriff. »Ich weiß, Sie mögen das nicht sonderlich, aber …« Er brach ab und fiel ihr strahlend um den Hals.

»He. Schon gut.« Sie tätschelte ihm leicht den Rücken, schob ihn aber, um nicht vollends ihre Würde zu verlieren, mit der anderen Hand ein Stückchen von sich fort.

»Ich wollte Sie nur kurz umarmen, solange wir allein sind, denn vor all den anderen Leuten hätten Sie das sicher nicht gewollt.«

»Da haben Sie recht. Jetzt gehen Sie zu Ihrer Mutter.«

»Zu Befehl, Ma'am.«

Als sie sich zum Gehen wandte, lag er in den Armen seiner Mutter, seine Freundin, deren Namen Eve vergessen hatte, strahlte wie ein Honigkuchenpferd, und die Kollegen standen grinsend um die drei herum.

Sie ging dorthin, wo Mira stand.

»Wie geht es Mr. Mira?«

»Dennis hat darauf bestanden, dass ich hierherkomme, da unsere Tochter bei ihm ist … Es geht ihm auch wirklich gut. Er wollte heute sogar an die Uni fahren, aber das habe ich ihm nicht erlaubt. Er braucht noch einen Tag, um sich vollständig zu erholen.«

»Sie haben nicht viel Schlaf bekommen.«

»Nein, habe ich nicht. Es gibt sehr viele Menschen, die mir wichtig sind und die ihr Leben jeden Tag für den Job riskieren. Das gehört zur Arbeit für die Polizei nun mal dazu. Ein paar von diesen Menschen habe ich verloren, und andere wurden schwer verletzt. Damit muss man leben, damit kommt man irgendwie zurecht. Aber Dennis … er führt so ein ruhiges Leben, und ich war nicht darauf vorbereitet, dass ihm jemals etwas in der Art passieren könnte.«

Sie brach ab und atmete tief durch. »Tja nun. Ich habe mit dem Gouverneur gesprochen.«

»Echt?«

»Nicht nur Mandy hat Beziehungen«, klärte Mira Eve mit kalter Stimme auf. »Er versteht die Lage und die Umstände, und da er Mandy kennt … wahrscheinlich reicht es, wenn ich sage, dass er Ihnen keinen Ärger machen wird.«

»Okay.«

»Auch mit Mandy habe ich gesprochen.«

»Da waren Sie aber ganz schön fleißig.«

»Wir können uns nicht ausstehen, aber da ich weiß, wie die Frau tickt, weiß ich auch, wie ich mit ihr umgehen muss. Sie hat tatsächlich nichts von ihm gehört, und die Entführer haben sie nicht kontaktiert. Sie ist eher wütend als besorgt. Wenn es nicht auch um Dennis ginge, würde ich empfehlen, dem Fall nicht länger nachzugehen, aber …«

»Hören Sie, ich gehe diesem Fall ganz sicher weiter nach, aber bisher kriegt eher Hansen die Erlaubnis eines Richters, sich die möglichen Beteiligten genauer anzusehen. Trotzdem gehen auch wir diversen Spuren nach, wenn wir etwas herausfinden, bekommen Sie sofort Bescheid. Ich muss noch kurz mit Truehearts Mutter reden, aber danach machen Peabody und ich uns wieder auf den Weg und suchen seine aktuelle Freundin auf.«

Die Psychologin legte eine Hand auf ihren Arm. »Er wird es Ihnen nicht danken, selbst wenn die Informationen, die Sie sammeln, helfen, ihn zu retten.«

»Gut, dass mir sein Dank nicht wichtig ist.«

Sie ging zu Truehearts Mutter, und wie vorher schon der Sohn fiel ihr die Frau – zu allem Überfluss auch noch mit Tränen in den Augen – um den Hals.

»Danke, Lieutenant. Schon als kleiner Junge wollte Troy Detective werden, Sie haben ihm geholfen, sich den Traum tatsächlich zu erfüllen. Gestern Abend habe ich gefragt, was er sich jetzt noch wünscht, und da hat er gesagt, er will so gut werden wie Sie.«

»Mrs. Trueheart …«

»Bitte nennen Sie mich doch Pauline. Ich freue mich, dass Sie so hohe Ansprüche an meinen Jungen stellen. Ich will nicht, dass er sich mit was Geringerem begnügt. Ich möchte, dass Sie wissen, dass er jeden Tag mit Stolz zu seiner Marke greifen wird und dass ich selber furchtbar stolz auf meinen Jungen bin.«

Eve wollte flüchten und sich wieder in die Arbeit stürzen, doch sie sagte: »Er ist alles andere als dumm, hat einen scharfen Blick, die Fähigkeit, Probleme zu durchdenken, und sein Aussehen schadet auch nicht unbedingt. Er sieht hübsch und völlig harmlos aus, manche Leute denken deshalb, dass er weich ist und man ihn problemlos hinters Licht führen kann. Aber das kann man nicht. Vor allem hat er ein ausgeprägtes Ehrgefühl, auf das Sie stolz sein können, denn das haben Sie ihm sicher eingepflanzt.«

»Danke. Vielen, vielen Dank«, stieß Truehearts Mom mit rauer Stimme aus, und wieder füllten ihre Augen sich mit Tränen. »Tut mir leid. Ich bin heute ein bisschen rührselig.« Sie drückte Eve die Hand und lief davon.

»Das haben Sie echt nett gesagt«, bemerkte Peabody.

»Warum hat sie dann geheult?«

»Das machen Mütter nun einmal.«

»Lassen Sie uns von hier verschwinden und das tun, was Polizisten tun.«

»Aber es gibt noch Kuchen.«

»Denken Sie an Ihre schlabberige Hose, Peabody.«

»Verdammt.« Mit einem sehnsüchtigen Blick auf Kuchen und Erfrischungen eilte die Partnerin ihr hinterher. »Dass meine Hose schlabbert, heißt ja wohl, dass ich ein kleines Stückchen Kuchen essen kann.«

»Dass Ihre Hose schlabbert, heißt, dass Sie sie schneller ausziehen können, um mit Ihrer Arbeit fortzufahren.«

»Irgendwer hat mir erzählt, es gäbe sogar Buttercreme.« Mit einem abgrundtiefen Seufzer folgte Peabody Eve in den Lift, der sie zurück in die eigene Abteilung trug.

Eve zog sich eilig wieder um, ging dann in ihr Büro und rief bei Hansen an. Noch immer hatte die Vermisstenstelle nichts von dem Senator oder seinen potenziellen Kidnappern gehört. Mit Silas Greenbaum hatten Hansen und sein Partner schon gesprochen, Vinnie, der Chauffeur, käme noch dran, und auch das Mira Institute würden sie genau unter die Lupe nehmen, während Eve mit ihrer Partnerin die Frauen übernahm.

Als Eve sich nach dem Telefongespräch zum Gehen wandte, saßen Jenkinson mit seinem Schlips und Santiago wieder hinter ihren Schreibtischen, die anderen Arbeitsplätze aber waren immer noch verwaist.

»Arbeitet hier heute irgendwer?«

»Wir sind dabei, Dallas.« Da ihm bewusst war, dass sie scharfe Augen hatte, wischte Jenkinson, so schnell es ging, die Kuchenkrümel fort, die auf seinem Hemd gelandet waren. »Es war eine wirklich schöne Feier.«

»Ja, das war's. Und noch was anderes wäre schön. Nämlich wenn es uns gelingen würde, ein paar mörderische Schweinehunde einzufangen.«

»Vor allem die Buttercreme war wirklich gut«, stellte Santiago fest, und Peabody bedachte ihn mit einem bösen Seitenblick.

»Ihr seid gemein.«

»Fangt mir jetzt zum Dank für diesen feinen Kuchen ein paar mörderische Schweinehunde«, meinte Eve und wandte sich an ihre Partnerin. »Sie kommen mit mir.«

»Haben Sie gerade einen heißen Fall, Dallas?«, erkundigte sich Jenkinson.

Eve war schon auf dem Weg zur Tür. »Das werden Sie erfahren, wenn ich es selber weiß. Denken Sie am besten gar nicht erst daran, wegen des Kuchens herumzujammern«, warnte Eve, und schmollend folgte Peabody ihr in den Lift.

»Wir besuchen die Galerie, in der die Kindfrau arbeitet. Aber vorher fahren wir noch mal zum Tatort, denn ich will mich dort noch einmal umschauen, und vor allem ist es gut, wenn Sie ihn auch noch sehen.«

»Mira hat gesagt, es ginge Mr. Mira wieder gut, aber sie hat dabei total gestresst auf mich gewirkt. Dabei ist sie sonst nie gestresst.«

»Sie wird es überleben.«

Auf ihrem Weg in die Garage hielt der Lift nur fünfmal an, nur ein Dutzend Leute stiegen ein und aus.

»Wir klappern alle uns bekannten Freundinnen des Senators ab«, erklärte Eve, als sie in ihren Wagen stieg. »Vielleicht läuft ja noch immer was mit dieser Künstlerin, und sie fängt an, ihn zu bedrängen, weil ihr eine lockere Affäre nicht mehr reicht. Oh, Senator Granddaddy ...«

»Igitt.«

»Tja nun. Vielleicht liegt sie ihm damit in den Ohren, dass sie was Festes will und er sich scheiden lassen soll. Und er sagt, also bitte, süße Kindbraut ...«

»Igitt, igitt, igitt.«

»Eine Scheidung würde meinem Ansehen schaden, wäre finanziell von Nachteil, bla, bla, bla. Willst du ein Eis?«

»Da dreht sich mir derart der Magen um, dass mir sogar der Appetit auf Buttercreme vergeht. Danke.«

»Gern geschehen. Vielleicht hat sie auch einen Ex-Freund oder Freund, der zwar ihr Alter, aber dafür keine Kohle hat. Vielleicht hat sie ja den Senator absichtlich verführt, damit sie ihm am Ende einen Teil von dessen Kohle aus den Rippen leiern kann. Vielleicht wollten sie der Forderung ja mit dem blauen Auge, das sie ihm verpasst haben, Nachdruck verleihen. Dann tauchte plötzlich Mr. Mira auf, und sie brechen in Panik aus.«

»So könnte es durchaus gewesen sein.«

»Oder die vorletzte Geliebte hat ihm krummgenommen, dass ihm mit einem Mal ihr reifer Arsch am Allerwertesten vorbeigeht und er sich für diese Babyschlampe interessiert. Dafür muss er bezahlen. Nur braucht sie dafür einen Partner, weil sie diese Sache nicht alleine durchziehen kann.«

»Der sich als Makler ausgibt, um ihn in das Haus zu locken, wo ihm niemand helfen kann.«

»Und dann heißt es: Überraschung, geiler alter Bock, jetzt wirst du sehen, wie's einem geht, der mir den Laufpass gibt.« Eve hielt an einer roten Ampel. »Ich habe ein Problem mit allen drei Szenarien, aber für den Anfang sind sie sicherlich nicht schlecht.«

Sie ging gedanklich die Probleme der verschiedenen Szenarien durch, während sie weiterfuhr. »Es gäbe auch noch eine andere Möglichkeit. MacDonald hat ein wasserdichtes Alibi, das Hansen zwar noch überprüfen wird, an dem aber wohl kaum zu rütteln ist. Trotzdem hatte sie ja vielleicht auch was mit dem Kerl oder ein anderes Problem mit ihm und hat deswegen jemanden angeheuert, der ihm eine Abreibung verpassen soll. Am besten sehen wir uns mal ihre Konten an, auch wenn ich mir nicht vorstellen kann, dass unsere Täter Profis sind. Aber ich bin mir sicher, dass die Frau als Anwältin, vor allem wenn sie über Jahre in der Politik war, ein paar zwielichtige Gestalten kennt.«

Sie sah sich in der Nachbarschaft des rötlich braunen Sandsteinhauses in der Spring Street um. »Ruhig, gediegen, exklusiv. Die Nachbarn haben nichts mitgekriegt. Die meisten Leute waren sicher in der Arbeit oder hatten irgendetwas anderes zu tun. Wer glotzt an einem derart trüben Tag wie gestern auch schon aus dem Fenster, um zu sehen, ob sich irgendetwas auf der Straße tut? Die Täter hatten trotzdem Glück, dass niemand sie gesehen hat. Dass sie einen verletzten Menschen aus dem Haus schaffen und in ein Fahrzeug setzen konnten, ohne dass es jemand mitbekommen hat.«

»Es war nicht mehr ganz hell, und bei dem Schneeregen konnte man nicht weit sehen.«

»Aber das Wetter konnten sie nicht planen.«

Eve stieg aus und sah sich abermals das Haus und seine Lage an.

»Es ist ein wunderschöner Bau«, bemerkte Peabody. »Alt, aber zugleich auch alterslos und würdevoll. Ich kann verstehen, dass Mr. Mira dieses Haus behalten will.«

»Es geht ihm mehr ums Innere – ich meine damit nicht die Möbel oder so. Es geht um die Erinnerungen, die Gefühle und die Bilder, die damit verbunden sind. Vor allem hat er versprochen, dass das Haus in der Familie bleibt, Edward Mira sollte wissen, dass er dieses seinem Großvater gegebene Versprechen niemals brechen wird.«

»Moment! Was ist, wenn der Senator diesen Überfall nur inszeniert hat, um ihn dazu zu bewegen, dass er doch verkauft?« Auf dem Weg zum Gartentor zog Peabody sich ihren Schal vom Hals. »Vielleicht hat er das alles inszeniert und lässt die Täter Mr. Mira kontaktieren, der seit gestern Abend fast vor Angst um ihn vergeht.«

»Geben Sie uns schriftlich, dass das Haus verkauft wird, wenn Sie Ihren Vetter jemals wiedersehen wollen! Weshalb sollte dem Senator irgendjemand diese hanebüchene Geschichte abkaufen?«

»Sie haben gesagt, er bräuchte Geld. Dann könnten die angeblichen Entführer doch so tun, als ob er ihnen etwas schulden würde und sie nur bezahlen könnte, wenn er dieses Haus verkauft.«

Eve runzelte die Stirn. »Nicht schlecht. Auf jeden Fall nicht schlechter als … Das Siegel wurde aufgebrochen.«

Sie hob die Hand, Peabody blieb stehen und sah sich ebenfalls das aufgebrochene Siegel an.

»Das heißt, es war oder es ist jemand im Haus. Rekorder an.«

Wortlos zückten beide Frauen ihre Waffen und sprangen, eine aufrecht und nach links, die andere in gebückter Haltung und nach rechts gerichtet, durch die Tür.

Mit schussbereiter Waffe richtete auch Eve sich wieder auf und lenkte ihren Blick nach oben.

Edward Mira baumelte an dem Kristalllüster, der in der Eingangshalle hing. Sein Gesicht war stark geschwollen, rund um die aufgeschlitzte Kehle klebte trockenes Blut an seinem Hals, und abgesehen von einem Schild, das seine Brust bedeckte, war er splitternackt.

DAS HABE ICH VERDIENT.

»Verdammt.«

»Das hat er ganz bestimmt nicht selber inszeniert.«

»Falls doch, muss irgendetwas ziemlich schiefgegangen sein. Rufen Sie die SpuSi, die Forensik und den Leichenwagen, Peabody.«

5

Bis die Kollegen kamen, sahen sie sich gründlich um und dokumentierten jeden ihrer Schritte. Da sie in ihrer eigenen Eingangshalle auch so einen Leuchter hängen hatten, wusste Eve, dass man die Dinger herunterlassen konnte, es dauerte nicht lange, bis sie den versteckten Mechanismus fand.

»Auf diese Art kann man sie saubermachen und die Birnen wechseln, ohne dass man extra eine Leiter braucht«, erklärte sie der Partnerin.

»Das ist natürlich wirklich praktisch. Mann, oh Mann. Bevor sie ihn da hochgezogen haben, haben sie ihn ganz schön übel zugerichtet.«

»Ich vermute, dass er noch gelebt hat, als er hochgezogen worden ist. Er hat Haut und Blut unter den Fingernägeln, also hat er sich die Halswunden wahrscheinlich selber zugefügt. Am besten guckt der Pathologe, woran er genau gestorben ist.«

Inzwischen hatte Peabody die Untersuchungsbeutel aus dem Kofferraum geholt, und Eve zog ihren auf. Sie sprühten sich die Hände und die Schuhe ein und sahen sich den Toten genauer an. »Sie haben ihm ins Gesicht und auf die Genitalien geschlagen und ihn nackt dort aufgehängt. Es geht also um etwas Persönliches, wahrscheinlich Sexuelles, vor allem zeugt es von enormer Wut.«

»Es sieht auf jeden Fall nicht danach aus, als hätte jemand einen Haufen Geld erpressen wollen. Vielleicht eine der Frauen, mit denen er was hatte und die er dann hat fallen lassen? Nur, wie hätte eine Frau ihn ohne Hilfe erst hierher, dann sonst wohin und dann wieder hierher zurück schaffen sollen?«

Als Erstes nutzte Eve das Identifizierungspad. »Edward James Mira, achtundsechzig Jahre alt. Schwere Abschürfungen und Hämatome im Gesicht. Die beiden Wangenknochen sind gebrochen, ein paar von seinen Zähnen fehlen.« Sie setzte ihre Mikrobrille auf. »Ich glaube nicht, dass sie mit Fäusten auf ihn losgegangen sind. Sieht eher nach einem Knüppel oder so was aus. Genauso ist es bei den Genitalien, wobei er in der Leistengegend auch noch so etwas wie … Einstichstellen hat.«

»Todeszeitpunkt 3.36 Uhr.«

»Dann haben sie ihn also stundenlang bearbeitet. Die Abschürfungen an den Handgelenken weisen ein bestimmtes Muster auf.« Die Leichenstarre war noch ziemlich ausgeprägt, und kurzerhand hielt Eve die eigenen, eng zusammengelegten Arme über ihren Kopf. »Sieht aus, als hätten sie ihn an den Armen aufgehängt. Sehen Sie das Muster hier? Die Handgelenke waren gefesselt, dann haben sie ihn an den Armen aufgehängt. Die Fußknöchel sind vollkommen unversehrt. Aber sie haben ihm mehrmals in den Unterleib getreten. Sehen Sie diese kleinen Wunden in der Leistengegend? Wetten, dass da irgendwer mit superspitzen Schuhen auf ihn eingetreten hat?«

»Das heißt, wir haben es mit einer Mörderin zu tun.«

»Ich habe auch schon Kerle mit so spitzen Schuhen durch die Gegend laufen sehen, aber ja, wahrscheinlich haben wir es hier mit einer Frau zu tun. Es ging dabei um Sex. Ich trete dir so lange in die Eier, bis sie abfallen, du blöder Wichser. Danach sieht es für mich aus. Sonst hätten sie ihn sicher nicht auch noch von hinten penetriert.«

Peabody zog die Schultern hoch und fragte mit gepresster Stimme. »Was?«

»Sie haben ihn sich noch nicht von hinten angesehen. Sein Anus ist gerissen und hat stark geblutet. Offensichtlich haben sie irgendetwas in ihn eingeführt. Es ging also auf jeden Fall um Sex. Und es war persönlich, und die Tat war sorgfältig geplant. Wahrscheinlich haben sie ihn hierher zurückgebracht, weil sie ihn schon von Anfang an hier foltern und ermorden wollten.«

»Aber dann tauchte Mr. Mira auf.«

»Sie hatten einen Ort, an dem sie ihn verstecken konnten, und sie hatten ein Transportmittel dabei. Vielleicht hatten sie diese

Dinge für den Notfall eingeplant, oder sie hatten sowieso die Absicht, ihn erst von hier fortzubringen, um dann später noch einmal mit ihm zurückzukehren.«

Sie setzte sich auf ihre Fersen und sah sich noch einmal die Decke an. »Ich wette, sie haben ihn erst hochgezogen, als er wieder bei sich war, damit er alles mitbekommt. Sie haben den Knopf gedrückt und zugesehen, wie er gezappelt und versucht hat, sich den Strick vom Hals zu zerren. Es war etwas Persönliches. Sie wollten, dass er spürt, wie es mit ihm zu Ende geht, und wollten sehen, wie es passiert.«

»So bösartig wird man doch sicher nicht, weil ein Typ nichts mehr von einem wissen will. Oder glauben Sie etwa, dass eine Frau so sauer werden kann, nur weil man ihr den Laufpass gibt?«

»Das könnte durchaus sein. Natürlich wäre diese Frau dann völlig irre, aber schließlich gibt es jede Menge Irre auf der Welt. Wobei dann die Person, die ihr geholfen hat, genauso irre wäre.«

Eve stand wieder auf, schloss die Augen und stellte sich den Ablauf des Geschehens bildlich vor.

»Okay. Sie haben das Opfer gestern hergelockt und dabei so getan, als ob sie über den Verkauf des Hauses sprechen wollten, was, da Mr. Mira dazu niemals seine Zustimmung gegeben hätte, eigentlich total idiotisch war. Trotzdem lässt der Senator sie rein. Vielleicht hat seine Ex bis dahin ihren Irrsinn ja versteckt und diesen Makler vorgeschickt. Oder vielleicht steht statt nur der Makler auch sie selber plötzlich vor der Tür. So oder so gehen sie mit ihm ins Arbeitszimmer.«

Sie umrundete den Leichnam und marschierte in der Eingangshalle auf und ab.

»Mr. Mira glaubt nicht, dass sein Cousin gefesselt war. Das heißt, dass er mit einer Waffe oder so in Schach gehalten worden ist. Der eine hält die Waffe, und der andere geht auf ihn los. Dann taucht der ahnungslose Mr. Mira auf, ruft laut nach dem Cousin und kommt dann durch den Flur. Statt ihre Waffe zu benutzen, stellen sie sich so, dass er nur Edward sieht, und braten ihm eins über, ohne dass er sie zu sehen bekommt.«

Wobei es jede Menge Variablen gab. Je nachdem, wie sie jonglierte, veränderte sich das Bild.

Unzufrieden fing sie noch einmal ganz von vorne an.

»Am besten konzentrieren wir uns erst einmal auf das Timing. Nach Edwards Ankunft verging jede Menge Zeit, bis Mr. Mira auf der Bildfläche erschien.«

»Sie haben gesagt, sie wären schon auf ihn losgegangen, bevor Mr. Mira kam. Er hat gesehen, dass sein Cousin ein blaues Auge hatte und dazu noch aus dem Mund geblutet hat.«

»Ja, aber wahrscheinlich sind sie vorher mit dem Opfer noch durchs Haus gelaufen oder so. Eine aufgerissene Lippe und ein Veilchen waren ja wohl noch ziemlich harmlos, wenn man sieht, wie es geendet hat. Sie hatten gerade erst begonnen, also müssen sie vorher mit ihm durchs Haus gelaufen sein. Sie haben ihn nicht gewaltsam in das Arbeitszimmer seines Großvaters verschleppt, das hat einfach zur Tour dazugehört.«

Jetzt lief auch Peabody den Flur hinab, blieb in der Tür des Arbeitszimmers stehen und konnte es genauso deutlich vor sich sehen.

»Wenn er also einen der Täter kannte – und das hat er ganz bestimmt, weil dieser Mord tatsächlich sehr persönlich ist –, hatte er keine Angst vor ihm. Das heißt, wahrscheinlich kannte er die Täterin, fühlte sich aber nicht von ihr bedroht.«

»Genau. Er dachte, dass sie völlig harmlos ist. Und jetzt spulen wir vor bis zu dem Augenblick, in dem der arme Mr. Mira eins über den Dez bekommt. Wenn unsere Täterin vollkommen irre wäre, hätte sie auch Mr. Mira umgebracht, das heißt, dass sie nur ansatzweise einen an der Klatsche hat. Nachdem Mr. Mira zusammenbricht, schaffen sie das eigentliche Opfer aus dem Haus, irgendwohin, wo sie es in die Zange nehmen können, ohne dass jemand etwas mitbekommt. Einer von den beiden nimmt noch die Disketten und das Laufwerk von der Überwachungskamera über der Haustür mit.«

Peabody folgte Eve zurück in die Eingangshalle. »Sie sind also weder völlig irre, noch waren sie völlig panisch.«

»Nein. Sie hatten einen Plan, und den haben sie befolgt.«

»Wie haben sie ihn aus dem Haus geschafft? Natürlich hat das Wetter ihnen dabei in die Hand gespielt«, fuhr Peabody mit nachdenklicher Stimme fort. »Aber wie haben sie ihn dazu gebracht, mit ihnen zusammen aus dem Haus zu gehen?«

»Vielleicht haben sie ihn mit dem Stunner weit genug betäubt, dass er das Gleichgewicht verloren hat. Oder sie haben ihm etwas eingeflößt oder gespritzt. Das wird uns Morris sagen können, wenn er ihn sich angesehen hat. Auf alle Fälle mussten sie ihn in das Fahrzeug schaffen und ihn dann am Ziel wieder heraus und dorthin schaffen, wo er dann gefoltert worden ist.«

»Ein paar der Dinge wird er uns erzählen können. Zum Beispiel, ob er betäubt, benommen oder einfach eingeschüchtert genug war, damit er erst das Haus verließ, in ihren Wagen stieg und dann mit ihnen dorthin ging, wo sie ihn haben wollten.«

Sie sah sich um. »Ich glaube nicht, dass es um dieses Haus gegangen ist. Das Haus war nur der Köder, um ihn zu erwischen und an einen Ort zu bringen, wo sie dann richtig auf ihn losgehen konnten. Am Schluss haben sie ihn wieder hergebracht und an den Kronleuchter gehängt, weil er gefunden werden sollte und weil ihrer Meinung nach die *Wirkung* ihres Auftritts hier am größten ist.«

»Das habe ich verdient«, las Peabody vor. »Das könnte irgendwer geschrieben haben, der mal von ihm verurteilt wurde, oder jemand, der der Ansicht ist, dass irgendwer von ihm verurteilt werden sollte. Die Frau hat sich an ihn herangemacht, weil sie Informationen von ihm haben wollten und damit er sie ins Haus lässt, wenn sie plötzlich auf der Matte steht.«

»Vielleicht. Wenn's um ein entweder zu hartes oder auch zu mildes Urteil während seiner Zeit als Richter geht, ging's dabei garantiert um Vergewaltigung … es geht auf jeden Fall um Vergewaltigung.«

»Weil auch er selber vergewaltigt worden ist.«

»Wenn jemand einem anderen Menschen so etwas antut und erklärt, er hätte es verdient, geht es um Rache, und wenn diese

Rache sexueller Art ist, geht's dabei auf jeden Fall um Sex. Das heißt, es geht um Vergewaltigung. Zumindest sieht es bisher danach aus.«

Bei ihren letzten Worten klingelte es an der Tür.

»Das wird die SpuSi oder vielleicht auch der Leichenwagen sein. Lassen Sie sie rein. Und sagen Sie den Leuten von der Trachtengruppe, dass sie sich noch einmal bei den Nachbarn umhören sollen, ob irgendwem ein Fahrzeug hier beim Haus oder vielleicht auch Licht hinter den Fenstern aufgefallen ist. Am besten fragen Sie auch gleich noch mal, ob nicht womöglich doch irgendjemand gestern Nachmittag etwas mitbekommen hat.«

Sie sah noch einmal zu dem toten Edward Mira, der inzwischen auf dem Boden lag. Sie hätte diesen Mann zu seinen Lebzeiten wahrscheinlich nicht gemocht. Für ihn als Toten aber würde sie sich engagieren, bis er Gerechtigkeit erfuhr.

Sie zog ihr Handy aus der Tasche, ging ins Arbeitszimmer, atmete tief durch und rief bei Dr. Mira an.

»Eve.« Bevor Eve die Gelegenheit bekam, etwas zu sagen, stellte sie schon fest: »Sie haben ihn gefunden. Er ist tot.«

»Es tut mir leid.«

»Nein, bitte. Sagen Sie mir, wo Sie sind und was passiert ist.«

»Wir sind in der Spring Street, und auch das tut mir echt leid. Die Todesursache steht noch nicht fest. Morris wird …«

»Ich bitte Sie.«

Verdammt, sagte sich Eve. »Ihm wurde mehrfach ins Gesicht und in den Unterleib geschlagen, außerdem haben sie irgendeinen Gegenstand in seinen Anus eingeführt.«

»Oh Gott.«

»Die Fesselspuren an den Handgelenken deuten darauf hin, dass man ihn an den Armen aufgehängt hat, ich glaube, dass er, als man ihn am Kronleuchter hier in der Eingangshalle hochzog, noch am Leben war. Er hat ein ausgedrucktes Schild vorm Bauch, und darauf steht: ›Das habe ich verdient.‹«

»In Ordnung.« Mira schloss die Augen und massierte sich die Stirn. »Das ist sehr persönlich, sexuell und …«

»Ich bitte nicht um ein Profil der Täter, Dr. Mira, wenigstens nicht jetzt sofort. Nehmen Sie sich etwas Zeit. Ich bin mir nicht ganz sicher, was Sie Mr. Mira sagen wollen.«

Die Psychologin schlug die Augen wieder auf. »Ich werde ihm die Dinge sagen, die Sie mir gesagt haben. Was wohl sonst?«

»Okay. Ich muss noch mal mit ihm reden. Tut mir leid.«

»Sie sollen sich nicht entschuldigen«, fuhr Mira sie mit barscher Stimme an und hob dann ihrerseits entschuldigend die Hand. »Sie sollen sich nicht entschuldigen«, erklärte sie noch einmal ruhig. »Dennis und ich wollen, dass Sie alles tun, was nötig ist und was in Ihrer Macht steht, um herauszufinden, wer ihn derart zugerichtet hat. Soll er zu Ihnen auf die Wache kommen?«

»Nein. Ich komme nachher kurz bei Ihnen vorbei. Ich muss die nächsten Angehörigen verständigen, dann komme ich auf dem Weg zur Wache kurz vorbei. Offiziell dürfen Sie mich in diesem Fall wohl kaum beraten.«

»Nein, natürlich nicht. Ich kann gerade nicht richtig denken, tut mir leid.«

»Aber inoffiziell wäre ich Ihnen dankbar, wenn Sie ein Profil erstellen könnten. Später«, fügte sie hinzu. »Fahren Sie erst mal heim. Wenn ich nachher mit Dennis spreche, sollten Sie dabei sein. Jetzt werde ich erst einmal den Commander und die Ehefrau des Opfers informieren. Das heißt, Sie haben genügend Zeit, um heimzufahren und Mr. Mira alles zu erzählen.«

»Ja, Sie haben recht. Ich fahre sofort los.«

»Nur eins noch«, meinte Eve. »Ich werde Nadine Furst über die Sache informieren.«

»Oh«, stieß Mira seufzend aus.

»Die Medien werden sowieso Wind davon bekommen, deshalb halte ich es für das Beste, wenn sie es als Erste bringt. Am besten gehen Sie vorerst nicht ans Telefon, denn wenn die Sache rauskommt, werden die Reporter Sie und Mr. Mira sprechen wollen. Am besten legen Sie sich schon einmal ein Statement zu der Angelegenheit zurecht.«

»Ich weiß, wie diese Dinge laufen, ich kümmere mich darum. Und Sie tun bitte das, was Sie tun müssen, ja?«

»Auf jeden Fall. In spätestens zwei Stunden bin ich bei Ihnen zu Hause.«

Eve wandte sich zum Gehen und sah, dass Peabody mit unglücklicher Miene in der Tür des Arbeitszimmers stand.

»Die Spurensicherung ist da, und die Kollegen von der Trachtengruppe klappern schon die Nachbarn ab. Der Leichenwagen kommt, ich habe gesagt, dass Morris sich den Toten ansehen soll.«

»Okay. Die SpuSi wird sich noch einmal hier umsehen, aber ich kann mir nicht vorstellen, dass sie außerhalb der Eingangshalle etwas finden wird. Wir beide sind hier fürs Erste fertig. Also fahren wir los und informieren die Ehefrau.«

»Ich hasse diesen Teil unseres Jobs.«

»Das tun wir alle, auch wenn Sie es diesmal sicher noch mehr hassen werden als bisher.«

Auf ihrem Weg zum Wagen rief sie Whitney an.

»Jetzt werden ihn die Medien, wie von Tibble prophezeit, wahrscheinlich nachträglich noch in der Luft zerreißen«, stellte der mit Grabesstimme fest.

»Wahrscheinlich, Sir. Ich werde Nadine Furst Bescheid geben. Es ist mir lieber, wenn als Erstes jemand, den ich kenne, dem ich blind vertraue und der seinerseits die Miras kennt, die Sache bringt. Egal, wie's danach weitergeht, ist dadurch wenigstens die erste Meldung objektiv und fair.«

»Okay. Dann rufe ich bei Tibble und bei unserem Pressesprecher an. Halten Sie sich noch genauer an die Vorschriften als sonst, Dallas.«

»Auf geht's«, wandte sie sich nach Ende des Gesprächs an ihre Partnerin. »Ich kann Nadine auch von unterwegs aus kontaktieren.«

Die wie gewöhnlich äußerst telegene Journalistin kam mit einem strahlenden Lächeln an den Apparat. »Dallas. Zufällig bin ich gerade mit Ihrem Bild von Mann in einer wunderbaren Wohnung, die vielleicht bald mir gehören wird. Wenn er zum Inventar gehören würde, wäre es längst abgemacht.«

»Besorgen Sie sich Ihren eigenen Mann, und kehren Sie jetzt erst mal die Journalistin raus.«

Das amüsierte Blitzen schwand aus ihren grünen Katzenaugen, und sie fragte ernst: »Was haben Sie für mich?«

»Vor weniger als einer Stunde haben Peabody und ich die Leiche des ehemaligen Senators Edward Mira im früheren Haus von dessen Großeltern entdeckt.«

»Scheiße, Mist, verdammt. Moment, ich hole schnell mein Aufnahmegerät.«

»Hören Sie mir einfach zu. Das Opfer wurde auf brutale Art zusammengeschlagen, anal vergewaltigt und am Ende aufgehängt.«

»Gott, mit dieser Story werden meine Einschaltquoten durch die Decke gehen.«

»Gestern Nachmittag gegen halb fünf betrat der Vetter des Senators, Dennis oder nein, Professor Dennis Mira das von den Großeltern geerbte Haus, sah, dass der Senator dort verletzt im Schreibtischsessel saß, und wollte ihm zu Hilfe eilen, als jemand ihn bewusstlos schlug. Nachdem Professor Mira wieder zu sich kam, stellte er fest, dass sein Cousin verschwunden war, und verständigte umgehend die New Yorker Polizei. Bisher ist davon auszugehen, dass der Senator gegen seinen Willen an einen bisher unbekannten Ort entführt, dann aber in das Haus der Großeltern zurückverfrachtet wurde, wo er schließlich ermordet worden ist. Chefpathologe Morris geht dem Todeszeitpunkt und der Todesursache so schnell wie möglich nach. Die Ermittlungsleiterin hat bisher nichts zu sagen, doch sobald es irgendwelche Einzelheiten gibt, bringt die New Yorker Polizei eine Erklärung heraus.«

»Mein Gott, ein bisschen kleiner ging es nicht?«

»Ich bin gerade losgefahren, um die nächste Angehörige zu informieren. Sie dürfen also mit der Sache erst auf Sendung gehen, wenn Peabody es erlaubt.«

»Okay. Wie geht es Dennis? Geht's ihm gut?«

Eve atmete geräuschvoll aus. Sie tat sich schwer mit Freundschaften, doch auf die Handvoll Freundinnen und Freunde, die sie hatte, war auf jeden Fall Verlass.

»Ich habe Ihnen aus zwei Gründen einen Vorsprung vor den anderen verschafft. Sie werden warten, bis wir sagen, dass Sie die Geschichte bringen dürfen, und Sie haben gefragt, wie's Mr. Mira geht. Er ist okay. Ein bisschen mitgenommen, aber davon abgesehen okay.«

»Es ist mein Job zu fragen, ob Sie schon Verdächtige oder zumindest irgendwelche Spuren haben.«

»Kein Kommentar. Sagen Sie Roarke, dass er Ihnen vom Haus der Großeltern erzählen soll. Das kommt am Ende sowieso heraus, am besten bauen Sie die Details also in Ihren Bericht mit ein. Ich will auf keinen Fall, dass Mr. Mira auch nur ansatzweise in Verdacht gerät. Er ist ein Zeuge und vor allem selbst ein Opfer. Weiter nichts.«

»Sie sollten wissen, dass man sich auf mich verlassen kann.«

»Wenn ich das nicht wüsste, hätte ich Sie ganz bestimmt nicht vor der Ehefrau des Opfers kontaktiert. Peabody wird Ihnen grünes Licht geben, sobald die Ehefrau es weiß. Jetzt muss ich mit meiner Arbeit weitermachen.«

»So wie ich.«

Sie legten auf, und stirnrunzelnd sah Eve auf den wieder einmal viel zu dichten und vor allem viel zu langsamen Verkehr.

»Wie wollen Sie mit Mr. Mira umgehen?«

Ihr Stirnrunzeln vertiefte sich. »Was meinen Sie damit?«

»Ich weiß genauso gut wie Sie, dass er mit dieser ganzen Sache nichts zu tun hat, aber Whitney hat gesagt, dass Sie sich diesmal ganz besonders präzise an die Regeln halten sollen. Er war der letzte Mensch, der unser Opfer lebend in dem Haus gesehen hat, in dem dann dessen Leiche aufgefunden wurde, und wir wissen, dass es wegen dieses Hauses zwischen beiden Männern Streit gegeben hat. Ich weiß, wie wir es angehen würden, wenn wir Mr. Mira nicht gut kennen und von Herzen lieben würden, aber …«

»Genauso machen wir's jetzt auch.«

»Ich will die Sache nicht verkomplizieren.«

»Das werden Sie auch nicht.«

Inzwischen hatten sie ihr Ziel erreicht. Als sie vor dem silbrig glänzenden Gebäude hielten, stieg Eve aus und zückte ihre Marke, während ein anderer Eisbär als am Vortag auf sie zugelaufen kam.

»Polizei. Dies ist ein Dienstwagen, und deshalb bleibt er, wo er ist. Wenn Sie mir komisch kommen und damit unsere polizeilichen Ermittlungen erschweren, verfrachten wir Sie gerne aufs Revier.«

Das dunkle Braun seines Gesichts hob sich vom Weiß der Mütze ab, die er auf dem Kopf trug, als er mit ausdrucksloser Miene erst auf sie und dann auf ihren Wagen sah: »Ich habe nichts gesagt.«

»Das ist auch besser so. Jetzt lassen Sie uns zu Mandy Mira rauf.«

Bei diesen Worten zuckte er zusammen. »Tja nun. Es gibt hier Vorschriften, die ich befolgen muss. Sie machen Ihren Job, richtig? Und ich mache meinen, also muss ich erst bei der Security der Miras fragen, ob ich Sie raufschicken kann.«

»Dann tun Sie das.«

Er ging zum Haus und war so gut erzogen – oder ausgebildet –, dass er Dallas und Peabody den Vortritt ließ. »Einen Moment.«

Wie der Kollege einen Tag zuvor trat er vor den Computer an der Rezeption und rief von dort aus oben an. »Hank, hier ist Jonah von der Tür. Hier sind zwei Polizistinnen, die zu …«

Kurzerhand schob Eve den armen Jonah unsanft an die Seite. »Hallo, Hank, ich bin's noch einmal. Sie müssen mich und meine Partnerin so schnell wie möglich rauflassen.«

»Das könnte mich den Job kosten. Sie hat gesagt, in Zukunft seien Sie hier unerwünscht.«

»Wenn Sie mich nicht empfängt, wird sie die Neuigkeiten vom Senator aus den Nachrichten erfahren, ich glaube nicht, dass sie das will.«

»Verdammt, im Grunde ist der Job hier sowieso der letzte Scheiß. Kommen Sie rauf. Hast du gehört, Jonah? Du kannst sie raufschicken.«

»Okay.«

»Ich weiß, wo's langgeht«, meinte Eve und stapfte zu dem Lift, mit dem sie schon am Tag zuvor hinaufgefahren war.

»Aber hallo«, meinte Peabody, als sie mit ihr zusammen in den Fahrstuhl stieg.

»Das Ding kann sehen und hören.«

»Wirklich?« Leise summend, sah die Partnerin sich um und schnupperte, als ihr der süße Rosenduft entgegenschlug. »Benutzen Sie Ihr neues Dojo oft?«

»Wenn ich es schaffe, zweimal die Woche. Es ist wie im Königreich der Tiere, denn ich lerne dort, ein Kranich, Tiger, Drache, Bär oder ein Hahn zu sein. Trotz allem ist es wirklich cool.«

»Ich wäre gern ein Drache«, überlegte Peabody, lautlos glitt die Tür des Fahrstuhls wieder auf, und Hank nahm sie mit schmerzverzerrter Miene in Empfang.

»Dafür wird sie mich feuern, wenn Senator Mira wiederkommt. Sie haben drei Minuten, dann beschwert sie sich noch einmal beim Gouverneur.«

»Ich glaube, sie wird nichts von beidem machen. Und jetzt lassen Sie uns rein.«

Er schüttelte den Kopf, öffnete aber gleichzeitig die Tür.

Mit vor der Brust verschränkten Armen, herausfordernd gerecktem Kinn und verächtlichem Gesicht stand Mandy da.

»Das ist Schikane, in drei Minuten kontaktiere ich den Gouverneur und unsere Anwälte.«

»Mrs. Mira, leider muss ich Sie darüber informieren, dass Ihr Ehemann nicht mehr am Leben ist. Es tut uns leid.«

Auf Mandys Wangen zeichneten sich hektische dunkelrote Flecken ab. »Was reden Sie da für dummes Zeug? Wie können Sie es wagen, so was zu behaupten!«

»Seine Leiche hing am Kronleuchter, der im Foyer des Hauses

in der Spring Street hängt. Sie wies sichtbare Spuren körperlicher Misshandlung auf und wird jetzt eingehend untersucht.«

Augenblicklich wurde Mandy kreidebleich, doch ihre Stimme klang genauso voll und wütend wie bisher. »Sie lügen doch!«

»Ich leite die Ermittlungen zum Tod Ihres Mannes und bin gekommen, weil ich Sie von seinem Tod in Kenntnis setzen muss. Uns ist bewusst, dass das für Sie nicht leicht ist, aber wir müssen Ihnen ein paar Fragen stellen. Die Antworten können uns helfen, die Person oder Personengruppe ausfindig zu machen, die Ihren Ehemann brutal ermordet hat.«

»Verschwinden Sie aus meinem Haus. Sie lügen doch. Sie lügen, um mich aufzuregen.«

»Ihnen ist bewusst, dass das nicht stimmt.«

Als sie schwankte, eilte Hank beflissen auf sie zu und packte sie am Arm. »Mrs. Mira, Ma'am, am besten setzen Sie sich erst mal hin. Setzen Sie sich hin, ich laufe schnell los und hole Ihnen ein Glas Wasser, ja?«

»Sie lügen«, stieß sie aus, wobei in ihrer Stimme dieses Mal ein Zittern lag.

Statt selber Platz zu nehmen, ging Eve dorthin, wo die andere saß. Die Frau brach nicht in Tränen aus, war aber kreidebleich, und der schockierte Glanz in ihren Augen wirkte durchaus echt.

»Vor circa einer Stunde haben meine Partnerin und ich das Haus betreten und die Leiche Ihres Ehemanns entdeckt. Ich bin ein hochrangiges Mitglied der New Yorker Polizei und Mordermittlerin. Wenn es um Mord geht, lüge ich also ganz sicher nicht. Fällt Ihnen irgendjemand ein, der Ihren Mann hätte ermorden wollen?«

»Das würde niemand tun. Das würde niemand wagen.«

»Irgendwer hat es getan. Irgendwer hat es gewagt. Die Täter haben ihm Schmerzen zugefügt, verstehen Sie? Sie haben ihm große Schmerzen zugefügt, bevor sie es beendet haben. Wer hätte dem Senator so etwas antun wollen?«

»Ich weiß es nicht. Gehen Sie weg.«

»Wollen Sie, dass wir Ihre Kinder oder eine Freundin für Sie anrufen?«, bot Peabody ihr jetzt mit sanfter, mitfühlender Stimme an.

»Ich will und brauche Ihre Hilfe nicht. Verschwinden Sie. Verschwinden Sie, wenn ich Sie nicht rauswerfen lassen soll!«

Als Hank mit dem Wasser kam, entriss sie ihm das Glas und schleuderte es durch den Raum. »Raus hier, und zwar alle!«

»Falls Sie mir noch etwas sagen wollen oder Fragen haben, kontaktieren Sie mich auf dem Revier.« Eve ging zur Tür, sah dort noch einmal über die Schulter und bemerkte, dass die Frau mit fest verschränkten Händen und schockierter Miene, aber trockenen Augen weiter reglos auf dem Sofa saß.

»Gehen Sie auch?«, erkundigte sich Eve bei Hank, als er mit ihnen in den Flur trat und die Tür hinter sich schloss.

»Ich bleibe erst einmal hier, denn vielleicht braucht sie mich ja doch noch. Ich weiß nicht, was ich sagen soll. Soll ich ihren Sohn oder die Tochter kontaktieren?«

»Das können Sie tun. Und geben Sie den beiden meinen Namen. Viel Glück, Hank«, meinte sie, bevor sie wieder in den Fahrstuhl stieg.

»Die Frau ist wirklich furchteinflößend«, brach es trotz der Augen und der Ohren, über die der Lift verfügte, aus Eves Partnerin heraus. »Ich weiß, dass Menschen vollkommen verschieden auf so eine Nachricht reagieren, aber sie hat mir wirklich Angst gemacht.«

»Sie ist nun einmal, wie sie ist, wir haben unsere Aufgabe jedenfalls erledigt.«

Trotzdem spürte Eve ein dumpfes, gleichförmiges Pochen hinter ihrer Stirn, als sie weiter zu den Miras fuhren. Auch dort würde sie tun, was sie tun müsste. Dass man sie dort nicht als Lügnerin bezeichnen und auch nicht mit irgendwelchen Wassergläsern nach ihr werfen würde, machte es nicht wirklich einfacher für sie.

Sie fand einen Parkplatz einen knappen Häuserblock von ihrem Ziel entfernt, und als sie ausstieg, um den Rest des Wegs zu Fuß zu gehen, schob sie die Hände in die Taschen des Mantels und fand dort die Handschuhe, die schon wieder völlig in Vergessenheit geraten waren.

Zumindest hatte sie sie bisher nicht verloren.

»Sie können Nadine jetzt grünes Licht geben.«

Sie ließ die Schultern kreisen, nahm die kurze Treppe bis zur Tür des hübschen Stadthauses, drückte den Klingelknopf, und sofort wurde ihnen geöffnet.

Die Frau, die an die Tür kam, hatte Charlotte Miras Haar- und Augenfarbe und die schlaksige Figur von deren Ehemann. Gillian, wusste Eve, die Tochter, die als weiße Hexe nach ... wohin noch mal? ... genau, nach New Orleans gezogen war.

»Dallas. Hallo, Peabody.«

»Hi, Gillian. Ich wusste gar nicht, dass du in der Stadt bist.«

»Ich bin gestern Abend angekommen. Ich hatte so ein seltsames Gefühl, habe bei meiner Mutter angerufen, jetzt bin ich hier.«

»Schön, dich zu sehen, auch wenn die Umstände eher traurig sind.«

Lächelnd trat Gillian einen Schritt zurück und ließ die beiden anderen Frauen an sich vorbeigehen. »Finde ich auch. Mom und Dad sitzen im Wohnzimmer. Es hat ihn hart getroffen, also seid nicht auch noch hart zu ihm.«

»Eigentlich hatten wir vor, ihn in Handschellen zu legen und mit aufs Revier zu schleifen, wo die Sandsäcke und Gummischläuche liegen.«

Gillian bedachte Eve mit einem kühlen Blick aus Augen, die genau wie die der Mutter aussahen. »Geben Sie mir Ihren Mantel«, bot sie Eve als pflichtbewusste Gastgeberin an und führte sie dann in den hübschen Raum, in dem ein heimeliges Feuer im Kamin brannte und ihre Eltern auf dem Sofa saßen wie am Tag zuvor im Haus von Mr. Miras Großeltern. Dennis sah erschöpft aus, merkte Eve und hatte leichte Schuldgefühle, weil sie seinen Stress jetzt noch vergrößern müsste, indem sie mit ihm sprach.

»Die Polizei«, erklärte Gillian in leichtem Ton und nahm dann auf der Sofalehne an der Seite ihres Vaters Platz.

So bildeten die drei eine vereinte Front.

»Herzliches Beileid, Mr. Mira«, begann Eve.

»Danke. Edward und ich … unsere Beziehung war am Ende nicht mehr, wie sie früher einmal war, aber ich erinnere mich an den Jungen, der er war. Oder die Jungen, die wir beide einmal waren. War es ein harter Tod?«

Am liebsten hätte sie gelogen, als er sie aus seinen sanften grünen Augen ansah, doch sie konnte und sie durfte ihm die Wahrheit nicht ersparen. »Ja.«

»Seltsam. Trotz Charlies Arbeit für die Polizei und obwohl wir alle wissen, wozu Menschen fähig sind, kann man sich irgendwie nicht vorstellen, dass es vielleicht auch mal einen selber trifft. Trotz aller Differenzen waren Edward und ich Familie. Waren Sie schon bei Mandy?«

»Gerade eben.«

»Sie geht nicht ans Telefon«, erklärte Mrs. Mira. »Dennis macht sich Sorgen, wie es ihr jetzt geht.«

»Sie …« Wie sollte sie es formulieren, überlegte Eve.

»Der Bodyguard hat ihre Kinder informiert«, erklärte Peabody.

»Das ist gut.« Geistesabwesend tätschelte er Gillians Hand. »Das ist ihr sicherlich ein Trost. Ich weiß, dass sie recht schwierig ist und dass Sie nur zu höflich sind, um das zu sagen.«

»Ich bin alles andere als höflich«, widersprach Eve und entlockte ihm dadurch ein leises Lachen.

»Sicher hatten Sie noch gar kein Mittagessen«, meinte er und brachte sie dadurch vollkommen aus dem Gleichgewicht.

»Wir hatten keine …«

»Sie bekommen jetzt erst einmal ein Sandwich. Schließlich arbeitet es sich mit leerem Magen schlecht.«

»Mr. Mira, tut mir leid, aber wir müssen Ihnen ein paar Fragen stellen. Ich muss Sie offiziell vernehmen und Sie vorher über Ihre Rechte aufklären.«

»Sie werden meinen Vater nicht wie einen Verdächtigen behandeln.« Zornbebend sprang Gillian auf.

»Ich habe dir das doch bereits erklärt, Gillian.« Mrs. Mira streichelte das Bein ihres Gatten und erhob sich ebenfalls. »Das ist so vorgeschrieben. Sie hat keine andere Wahl.«

»Die Vorschriften sind mir egal.«

»Ich muss es tun«, sagte auch Eve und blickte Dennis an. »Es tut mir leid, aber ich habe wirklich keine andere Wahl.«

»Natürlich. Trotzdem müssen Sie auch etwas essen. Also kommen Sie mit in die Küche, und während ich dort die Brote mache, reden wir, okay?«

»Es ist noch jede Menge Suppe da«, rief ihm die Tochter in Erinnerung.

»Genau. Das stimmt.« Auch er erhob sich von der Couch und sah mit seinem wirren Haar und der ausgebeulten grünen Strickjacke zerstreut und liebenswert wie immer aus. »Die Suppen meiner Gilly sind einfach ein Traum. Kartoffel-Lauch, nicht wahr?«

»Die gab es gestern. Heute gibt es Huhn und Reis.«

»Ach ja, Kartoffel-Lauch gab's gestern, stimmt. Suppe ist ein guter Seelentröster«, sagte er zu Eve. »Das tut uns jetzt wahrscheinlich allen gut.«

Eve erkannte, dass sie es nicht schaffen würde, Dennis gegenüber auch nur annähernd so streng wie gegenüber anderen Zeugen oder gar Verdächtigen zu sein. Also folgte sie ihm in die große Küche und nahm dort ihm gegenüber in der Frühstücksecke vor den Fenstern Platz, durch die das fahle Licht der Wintersonne fiel.

»Erst mal wird gegessen«, sagte er, als Gillian mit zwei Schüsseln für die beiden Frauen kam. »Charlie hat mir erzählt, dass dieser nette, junge Polizist heute befördert worden ist.«

»Trueheart. Er ist jetzt Detective.«

»Schön für ihn. Er ist ein netter junger Mann und sicher sehr intelligent.«

»Auf jeden Fall. Er ist ein guter Cop.« Sie aß und stellte anerkennend fest: »Die Suppe ist echt gut.«

»Das ist sie wirklich«, stimmte Peabody ihr zu und blickte Gillian fragend an. »Das liegt am Salbei, stimmt's? Genauso hat die Hühnersuppe meiner Großmutter geschmeckt.«

»Kochst du gern?«

»Ich backe lieber, wenn ich Zeit habe, weil mich das wunderbar entspannt.«

Eve hörte dem Gespräch der beiden anderen Frauen zu. Sie hätte ihnen sagen müssen, dass sie aufhören sollten, denn sie sollten nicht in dieser Küche sitzen, Suppe löffeln und sich unterhalten. Nein, sie sollten …

Dennis tätschelte ihr aufmunternd die Hand. »Sie brauchen keine Angst zu haben, dass Sie Ihren Job nicht richtig machen. Schließlich will ich Ihnen helfen herauszufinden, wer Edward das angetan hat.«

»Mr. Mira, Sie sind kein Verdächtiger. Niemand denkt, Sie hätten irgendwas mit dieser Angelegenheit zu tun. Aber wir müssen diese Dinge durchgehen. Ein paar der Fragen, die ich Ihnen stellen muss, werden wahrscheinlich hart und vielleicht furchteinflößend sein. Das tut mir leid.«

»Das muss es nicht. Fangen Sie ruhig mit der Befragung an – wenn Sie mit Ihrer Suppe fertig sind.« Er wandte sich an Peabody. »Wie geht es Ihrem jungen Mann? Ich mag ihn sehr. Er ist so farbenfroh.«

»Oh ja, das ist er. Und es geht ihm gut.«

Gehorsam schob sich Eve den nächsten Löffel Suppe in den Mund und sah die stille Dankbarkeit in Miras Blick. Vielleicht war es ja ganz genau das Richtige gewesen, Mr. Mira etwas Zeit zu geben, sich zu sammeln.

»Jetzt mache ich noch heiße Schokolade«, sagte er und wandte sich an Eve. »Sie mögen meine heiße Schokolade.«

»Klar, wer mag die nicht? Aber …«

»Wie sieht's mit Ihnen aus, Delia?«

»Ich liebe heiße Schokolade, und jetzt bin ich wirklich froh, dass es auf Truehearts Feier keinen Kuchen für mich gab.«

»Mit meiner Schokolade hätte der sich sowieso nicht messen können.« Er zwinkerte ihr zu, und wieder einmal schmolz Eve dahin. »Sie beide setzen sich am besten drüben an den Tresen, während ich die Schokolade zubereite. Ich bin froh, wenn ich etwas mit meinen Händen machen kann, während Sie mich vernehmen. Charlie, du und Gillian setzt euch ruhig dazu. Aber benimm dich, Gilly.«

»Hm.«

Zungeschnalzend stand er auf.

Sie würden es auf seine Weise machen, beschloss Eve, und während Dennis in den Schränken wühlte, nahm sie auf einem der Hocker an dem hohen Küchentresen Platz.

»Sie machen Ihre heiße Schokolade selbst?« Peabodys Augen fingen an zu leuchten, als sie eine große Tafel Schokolade und die Zuckerdose auf der Arbeitsplatte sah. »Jetzt freue ich mich noch viel mehr darauf, sie zu probieren.«

Eve erinnerte die Partnerin mit einem Blick daran, dass sie nicht nur des Essens und der heißen Schokolade wegen hergekommen waren.

Doch als Dennis einen echten Topf auf eine Platte des echten Herdes stellte, musste sie sich selbst daran erinnern, dass es eigentlich um etwas völlig anderes ging.

»Rekorder an.«

6

Eve nannte ihre Namen und das Aktenzeichen, klärte Mr. Mira über seine Rechte auf und fragte: »Haben Sie verstanden, was für Rechte und für Pflichten Sie in dieser Sache haben, Professor Mira?«

Als sie ihn mit seinem Titel ansprach, stellte er für sie völlig unverständlich eine Schüssel in den Topf mit heißem Wasser, in die er die Schokolade gab. »Oh ja, ich glaube, schon«, erklärte er und schaute sie mit einem sanften Lächeln an.

»Edward Mira war Ihr Vetter.«

»Wir waren Vettern ersten Grades, väterlicherseits.«

Er stellte eine kleine Schüssel aus Metall in den Gefrierschrank, und am liebsten hätte Eve ihn auf den Irrtum hingewiesen, fuhr dann aber doch mit der Vernehmung fort. »Würden Sie noch einmal fürs Protokoll erzählen, was gestern passierte, als Sie in das Haus 2314 Spring Street kamen?«

Als er mit dem grauenhaften Wetter, der Taxifahrt und seinem Zorn auf den Cousin begann, wünschte sich Eve, sie hätte ihn gebeten, nicht so ins Detail zu gehen. Doch als er von den Stimmen sprach, die er gehört hatte, hakte sie nach.

»Wissen Sie noch, wie viele Stimmen genau es waren?«

»Oh.« Er runzelte auf süße Art verwirrt die Stirn. »Ich bin mir nicht ganz sicher, aber es war ein Gespräch, zumindest fühlte es sich an wie ein Gespräch, das heißt, dass außer Edward mindestens noch eine weitere Person im Haus war. Die Worte waren nicht zu verstehen, und ich fürchte, um genau darauf zu achten, gingen mir zu viele andere Dinge durch den Kopf. Aber als ich nach Edward rief, brachen die Stimmen ab. Das weiß ich ganz genau. Ich habe von der Haustür aus nach ihm gerufen, denn ich wollte niemanden erschrecken.«

»Dann waren sie also mindestens zu zweit. Die Worte haben

Sie nicht verstanden, aber können Sie mir sagen, ob die Stimmen männlich oder weiblich waren?«

»Das ist eine gute Frage.« Die ihn jedoch abermals ein wenig zu verwirren schien. »Ich dachte, einer von den beiden wäre Edward, doch im Grunde habe ich nicht weiter darauf geachtet. Ich bin oft ein bisschen abgelenkt, aber es gibt da diesen kleinen Trick. Den hat Charlie mir beigebracht. Er hilft mir, mich an Dinge zu erinnern, wenn ich in Gedanken wieder mal woanders war. Ich scheine in Gedanken öfter nicht ganz da zu sein.«

Er klappte seine Augen zu und atmete tief durch. »Ich gehe in das Haus. Nach der Kälte draußen ist es in der Eingangshalle wohlig warm. Es duftet nach Zitronenöl, also war Sila in den letzten ein, zwei Tagen da und hat geputzt. Ich bin traurig, denn ich stelle mir das Haus so vor, wie es zu Zeiten meiner Großeltern gewesen ist. Ein paar der Möbel, die mein Großvater verschiedenen Mitgliedern unserer Familie hinterlassen hat, sind nicht mehr da. Früher standen auf dem Tischchen in der Eingangshalle immer frische Blumen. Es tut mir leid, dass dort jetzt keine Blumen mehr stehen und dass das Licht so dämmrig ist. Es ist ein kalter, dunkler Tag, und ich bin traurig, weil es auch im Haus so dunkel ist. Ich höre Stimmen. Ich bin traurig, aber gleichzeitig auch wütend, und ich höre Stimmen aus dem Flur. Wahrscheinlich aus dem Arbeitszimmer, aber sicher bin ich nicht. Sie klingen … wütend oder aufgeregt. Das wird mir jetzt erst klar. Genau, sie klangen wütend oder aufgeregt. Die Stimme meines Vetters, ja, und die von jemand anderem. Einer Frau. Ich denke, es war eine Frau.«

Er schlug die Augen wieder auf. »Ich denke, dass das andere eine Frauenstimme war. Hilft Ihnen das weiter?«

»Ja. Was haben Sie dann gemacht?«

»Ich ging nach hinten durch. Ich lege großen Wert auf Höflichkeit, aber ich wollte dieser Maklerin erklären, dass es völlig sinnlos wäre, sich dort umzuschauen, weil ich nicht die Absicht hätte zu verkaufen. Mir war klar, dass es dann wieder einmal zum

Streit mit Edward kommen würde, doch ich hatte keine andere Wahl. Als ich durch die Tür des Arbeitszimmers trat und ihn dort sitzen sah, war ich … total verwirrt. Ich hatte mich für einen Streit gewappnet, doch jetzt saß er da im Schreibtischsessel vor dem Tisch, blutete aus dem Mund, und sein Auge …« Wieder schloss er die Augen und fuhr mit seinen Händen durch die Luft. »Sein rechtes Auge war geschwollen, und er sah völlig panisch aus. Ich rannte auf ihn zu, um ihm zu helfen und …«

Er hob die Hand an seinen Hinterkopf. »Ich spürte einen harten Schlag, mir wurde schwarz vor Augen, und das Nächste, was ich sicher weiß, ist, dass ich mit fürchterlichem Kopfweh auf dem Fußboden des Arbeitszimmers wieder zu mir kam. Edward war verschwunden, der Stuhl stand wieder so hinter dem Tisch wie normalerweise. Fast hätte ich gedacht, ich hätte mir das alles eingebildet, aber ich lag wirklich auf dem Boden, und das Blut, das aus der Platzwunde an meiner Schläfe lief, war echt.«

»Was haben Sie dann gemacht?«

»Ich habe laut nach ihm gerufen und ihn überall gesucht. Anfangs war mir noch ein bisschen schwindlig, und ich war total verwirrt. Trotzdem bin ich in die Küche und nach oben gerannt und habe das ganze Haus nach Edward abgesucht. Als ich ihn nicht finden konnte, wusste ich, dass etwas passiert war, und habe so schnell wie möglich Charlie kontaktiert. Dr. Charlotte Mira. Habe ihr berichtet, was passiert war, und gefragt, ob sie Sie informieren und mit Ihnen in das Haus in der Spring Street kommen kann. Dann habe ich noch einmal nach Edward gesucht, und dann kamen Sie.«

»Warum haben Sie nicht direkt die Polizei verständigt? Schließlich waren Sie angegriffen worden, und Ihr Vetter war verletzt und wie vom Erdboden verschluckt. Warum also haben Sie Ihre Frau gerufen statt die Polizei?«

»Daran habe ich in dem Moment gar nicht gedacht. Vor allem arbeitet sie – meine Charlotte – schließlich selber für die Polizei. Sie arbeitet mit Ihnen zusammen. Wahrscheinlich hätte ich den

Notruf wählen sollen, aber ich wollte Sie, weil ich wusste, dass meinem Vetter irgendetwas Schlimmes zugestoßen war.«

»Aber ich bin Mordermittlerin, Professor Mira. Glaubten Sie also, man hätte Ihren Vetter umgebracht?«

»Nein, oh nein. Ich hätte nie gedacht … und ich kann immer noch nicht glauben, dass … ich brauchte einfach jemand Offiziellen, der mir hilft. Sie sind die beste Polizistin, die ich kenne, und ich wusste, Sie fänden auf jeden Fall heraus, was Edward zugestoßen ist.«

»Sie haben also mit Ihrer Frau telefoniert«, nahm sie ihn etwas in die Zange, »und gesagt, sie sollte eine Polizistin mitbringen, der Sie beide … freundschaftlich verbunden sind.«

»Das stimmt.« Jetzt goss er Milch in die geschmolzene Schokolade, griff nach einer kleinen Marmorschale und nach einem kleinen Marmorstößel und mahlte mit diesem Stößel in der Schale irgendeine Bohne klein. »Aber meine Frau ist gleichzeitig auch eine anerkannte, allseits respektierte Profilerin, und Sie selbst sind eine anerkannte, allseits respektierte Polizistin, Lieutenant, weshalb also hätte ich mich mit etwas Geringerem begnügen sollen, wenn mir so talentierte Leute zur Verfügung stehen?«

Er kippte die gemahlene Bohne und den Zucker in das Schokolade-Milch-Gemisch und rührte alles gründlich um.

Er gab sehr gute Antworten, erkannte Eve. Sie waren einfach und vollkommen logisch, aber leider waren sie noch nicht am Ende der Vernehmung angelangt.

»Professor Mira, haben Sie mit Ihrem Cousin gestritten?«

»Nicht nur einmal«, gab er ohne auch nur einen Hauch von Schuldgefühlen mit gleichmütiger Stimme zu. »Zwischen uns kam's im Verlauf der Jahre immer wieder mal zu Streit. Wir hatten eine grundverschiedene Sicht der Dinge, wir bewegten uns in grundverschiedenen Kreisen, und wir hatten kaum noch etwas gemein. Was früher anders war.«

»Gab es auch Streit wegen der Immobilie in der Spring Street, die Ihnen von Ihrem Großvater zu gleichen Teilen hinterlassen worden ist?«

»Auf jeden Fall«, räumte er nüchtern ein. »Wir hatten unserem Großvater versprochen, dieses Haus für die Familie zu bewahren, und während Edward offenkundig dachte, dass es reicht, das Versprechen ein, zwei Jahre einzuhalten, war ich anderer Ansicht.«

»Kam es auch gestern in dem Haus zu Streit?«

»Oh nein. Wir hatten gar nicht die Gelegenheit dazu. Ich sah ihn dort im Sessel sitzen, wollte zu ihm, und dann wurde alles schwarz. Ich hatte keine Chance, mit ihm zu reden, genauso wenig er mit mir. Ich gehe sicher davon aus, dass wir gestritten hätten, wenn …«

Obwohl er weiterrührte, sah er in den Topf, als hätte er vergessen, was der Zweck des Rührens war.

»Was wird nach seinem Tod aus seinem Anteil an dem Haus?«

»Entschuldigung? Ach ja. Wenn er sein Testament nicht noch einmal geändert hat – das weiß ich nicht genau –, fällt er zu gleichen Teilen seinen beiden Kindern zu.«

Jetzt holte er die kleine Schale wieder aus dem Eisfach, kippte Sahne oder Milch aus einem kleinen Pappkarton und etwas Zucker in das angefrorene Gefäß und schob zwei kleine Quirle in die Löcher eines kleinen Geräts.

Er schaltete es ein, tauchte es in die Schüssel, und mit einem leisen Summen drehten sich die Quirle um sich selbst.

»Wie sieht Ihre Beziehung zu den Kindern Ihres Vetters aus?«

»Sie sind anständige, junge Leute, und wir kommen sehr gut miteinander aus. Ich hoffe, dass sie jetzt bei ihrer Mutter sind, aber sie trauern sicher selbst um ihren Vater, und wir sollten schnellstmöglich nach ihnen sehen. Sie brauchen jetzt den Beistand der Familie.«

»Werden die beiden eher geneigt sein, dieses Haus für die Familie zu bewahren, Professor Mira?«

»Unbedingt.«

Er hatte Schlagsahne gemacht. Dann schlug man Sahne also wirklich auf? Wer hätte das gedacht?

Jetzt stellte er die Sahneschüssel fort und raspelte mit einem anderen Gerät den Rest der Schokolade klein. »Eve … ich meine,

Lieutenant Dallas ... Edward hätte dieses Haus niemals verkaufen können, ganz egal, was er sich vielleicht eingebildet hat. Ich hätte das Versprechen, das ich unserem Großvater gegeben habe, nie gebrochen, wahrscheinlich hätten wir uns deswegen auch nicht wieder versöhnt, doch wie gesagt, wir standen uns schon seit der Zeit auf dem College nicht mehr wirklich nah. Wenn er noch am Leben wäre, hätten wir uns sicher nicht noch einmal aneinander angenähert, aber etwas Schlechtes hätte ich ihm trotzdem nie gewünscht. Auch wenn er versucht hat, Druck zu machen, damit er das Haus verkaufen kann.«

»Manchmal setzen Leute, die man unter Druck setzt, sich zur Wehr.«

»Das stimmt. Genau das habe ich auch meinen Kindern beigebracht. Edward gegenüber habe ich das selbst jahrzehntelang getan.«

Er wandte sich kurz ab und nahm zwei Becher aus dem Schrank. »Manche Menschen legen Sanftheit irrtümlich als Schwäche aus. Tun Sie das auch?«

»Nein, Sir.« Sie schüttelte den Kopf.

»Meine Familie kann bezeugen, dass ich, wenn mir etwas wichtig ist, sehr stur sein kann.«

Als Gillian leise schnaubte, zuckten seine Mundwinkel, doch sofort war er wieder ernst.

»Ich habe meinen Großvater geliebt, und das Versprechen, das ich ihm gegeben habe, ist mir heilig. Aber ich bin kein gewalttätiger Mann und habe das Versprechen eingehalten, ohne Edward wehzutun.«

Jetzt schenkte er die dickflüssige Schokolade in die Becher ein. »Obwohl Edward oder die Person, zu der er sich entwickelt hat, mir nicht sonderlich sympathisch war, habe ich ihn geliebt.«

»Professor Mira, können Sie mir sagen, wo Sie vergangene Nacht zwischen 23 Uhr und 3.30 Uhr waren?«

»Hier. Das heißt, nicht in der Küche, aber hier im Haus. Charlie, meine Frau, hat mich mit Nachdruck dazu aufgefordert, früh zu Bett zu gehen. Normalerweise bin ich eher ein

Nachtmensch, doch sie hatte recht. Ich war total erschöpft, wenn ich mich nicht irre, lag ich bereits gegen zehn im Bett. Sie glaubt, dass ich nicht weiß, dass sie danach alle zwei Stunden reinkam, um nach mir zu sehen.«

Er lächelte zu Gillian hinüber, die in der Frühstücksecke saß. »Unsere Tochter Gillian hat auch zweimal nach mir geschaut, um sich zu vergewissern, dass ich nicht im Koma liege oder so. Genau das hat sie gegen Mitternacht zu ihrer Mom gesagt. Ich habe nicht besonders fest geschlafen, sondern eher geruht«, erklärte er mit einem neuerlichen schnellen Blick auf seine Frau und Tochter, ehe er die Sahne auf die Schokolade gab. »Ich war in Angst um Edward, deshalb war ich immer wieder einmal wach.«

»In Ordnung. Vielen Dank, dass Sie uns Ihre Zeit gewidmet haben und auf meine Fragen eingegangen sind. Rekorder aus.«

Jetzt streute Dennis noch die Schokoladenraspel auf die Sahne und schob Eve und Peabody die Becher hin.

»Stehen Sie auf«, verlangte er von Eve.

Argwöhnisch kam sie der Bitte nach.

»Ich muss Sie kurz umarmen.« Er zog sie sanft an seine Brust, und abermals schmolz sie dahin. »Jetzt haben wir's geschafft, eigentlich war es gar nicht so schlimm, nicht wahr?«

»Ich fand es furchtbar.«

»Trotzdem haben Sie's jetzt hinter sich.«

»Ich bin …«

»Jetzt setzen Sie sich wieder hin und trinken Ihre Schokolade, ja?«

»Ich könnte auch eine Umarmung brauchen.«

Lächelnd zog er auch Eves Partnerin an seine Brust. »Sie sind ein gutes Mädchen«, sagte er und wandte sich den beiden anderen Frauen zu. »Gilly, Charlie, na, kommt her. Die Schokolade reicht auch noch für uns.«

Lächelnd erhob Mira sich von ihrem Platz, trat auf ihn zu und legte ihm die Hände ans Gesicht. »Ich liebe dich.«

»Da bin ich wirklich froh, denn wo wäre ich ohne dich?«

»Und jetzt setz dich und lass mich den Rest der Arbeit machen, ja?«

Sie löffelte die steif geschlagene Sahne auf die heiße Schokolade und sagte zu Eve: »Das haben Sie wirklich gut gemacht. Es war nicht leicht für Sie, auch für mich war es nicht einfach zuzuhören, aber Sie haben Ihre Sache wirklich gut gemacht.«

Eve schüttelte den Kopf. »Es tut mir leid, aber könnten Sie mir wohl bitte noch ... bestätigen ... dass er vergangene Nacht zu Hause war?«

»Natürlich kann ich das. Es stimmt, was Dennis sagt. Ich habe wirklich immer wieder einmal kurz nach ihm gesehen, kurz nach Mitternacht und dann noch einmal gegen drei hat Gilly nachgeschaut, wie es ihm geht. Wir dachten, dass er schläft.«

»Ich hatte einfach keine Lust, dass du mir immer wieder in die Augen leuchtest und mich fragst, wie es mir geht«, gab Dennis unumwunden zu.

»Wenn er wach gewesen wäre, hätte ich das garantiert getan«, stimmte Mira ihm, immer noch an Eve gerichtet, zu. »Aber Sie glauben sowieso an eine Täterin, nicht wahr?«

»Sie waren auf jeden Fall zu zweit, und eine der Personen war auf alle Fälle eine Frau. Da bin ich mir ganz sicher. Was Mr. Mira mir erzählt hat, stützt die These noch.«

»Dann war er also nie verdächtig«, stellte Gillian fest.

»Nein. Er hat weder ein Motiv noch die Gelegenheit zu dieser Tat gehabt. Ich brauche seine Aussage einfach fürs Protokoll. Wenn sich die Medien auf die Sache stürzen, wird durch das Gespräch, das wir jetzt gerade hatten, eindeutig bewiesen, dass er nur ein Zeuge ist.«

»Ich möchte auch noch etwas sagen.« Mit geschlossenen Augen nippte Peabody an ihrem Kakao. »Das ist die beste heiße Schokolade, die ich je getrunken habe, Mr. Mira. Sie ist einfach köstlich, und ich habe keine Ahnung, wie ich je wieder die Brühe auf der Wache runterkriegen soll.«

»Kippen Sie sie runter, Peabody. Wir müssen langsam wieder los.«

Da ihre Partnerin das leckere Getränk genießen wollte, dauerte es etwas, aber Eve enthielt sich eines Kommentars, denn sie war einfach froh, dass das Gespräch so gut gelaufen war.

Schließlich brachte Gillian die beiden wieder an die Tür. Während sie ihnen die Mäntel holte, meinte sie: »Ich muss Sie um Verzeihung bitten dafür, dass ich Ihnen eine reinhauen wollte, obwohl ich sehen konnte, dass auch Ihnen das Gespräch nicht leichtfällt.«

»Ich will ständig irgendwelchen Leuten eine reinhauen, und wenn er mein Vater wäre, würde ich ihn ebenfalls um jeden Preis beschützen wollen.«

»Genau das wollte ich. Sogar mein Ehemann, den ich abgöttisch liebe, stimmt mir zu, wenn ich behaupte, dass es keinen besseren Mann als meinen Vater gibt. Sie haben selber eine kleine Schwäche für ihn, stimmt's?«

»Eher eine große.«

»Und Sie passen auf ihn auf.«

»Versprochen.«

»Also gut, dann. Möge heller Segen Sie begleiten und Sie schützen, ganz egal, wohin der Weg Sie führt.«

Vor der Haustür stopfte Eve die Hände in die Taschen, stieß dort abermals auf ihre Handschuhe und zog sie an.

»Das Schlimmste haben wir geschafft«, erklärte sie an ihre Partnerin gewandt. »Jetzt suchen Sie uns die beste Route zu den Frauen raus.«

»Ist längst passiert. Allyson Byson können Sie erst mal streichen, denn sie bringt wie jedes Jahr den Januar und den halben Februar mit ihrem Ehemann und ein paar Freunden auf St. Lucia zu.«

»Dann hat sie offenbar ein wasserdichtes Alibi. Wir sehen sie uns trotzdem noch genauer an.«

»Die erste auf dem Weg ist diese Journalistin, die er hatte, ehe er etwas mit Downing angefangen hat. Carlee MacKensie.«

Kaum dass sie im Wagen saßen, gab sie die Adresse in das

Navi ein. »Von dort aus fahren wir zu Asha Coppola, danach zu Lauren Canford und am Schluss zu seiner letzten Flamme Charity.«

»Ich will heute auch noch mit den Kindern unseres Opfers sprechen.« Wieder einmal kämpfte Eve sich durch den alles andere als fließenden Verkehr und legte sich das Vorgehen zurecht. »Am besten fangen wir ganz einfach damit an, woher sie Edward Mira kannte, über welchen Zeitraum sie was miteinander hatten, wer die Sache dann beendet hat und so weiter. Schließlich wissen wir bisher noch nicht, wonach genau wir suchen sollen.«

»Ich frage mich, weshalb es nicht bereits viel früher Ärger gab. Wir haben die Namen von fünf Frauen alleine aus dem letzten Jahr. Ich bin mir also sicher, dass es auch noch jede Menge anderer Frauen gab. Das muss für ihn doch furchtbar anstrengend gewesen sein.«

»Ich denke, dass ihm keine dieser Frauen auch nur ansatzweise etwas bedeutet hat. Er ging ihm einfach um den Spaß und die Eroberung. Er war wie eine Raubkatze. Er hat sich an die Frauen herangemacht, mit ihnen gespielt, und als er angefangen hat, sich zu langweilen, hat er sich frisches Fleisch gesucht.«

Sie entdeckte einen Parkplatz auf der anderen Straßenseite, schoss quer über die Straße und stellte den Wagen ab.

»Wir hätten doch bestimmt noch näher parken können.«

»Vielleicht aber auch nicht.«

»Schlabberhose, Schlabberhose«, tröstete sich Peabody, als sie die Eisentreppe Richtung Straße nahm.

»Ich kann Ihnen auch gern so lange in den Hintern treten, bis sie wieder enger sitzt«, bot Eve ihr rüde an.

»Ich versuche es einfach mit positivem Denken«, setzte sich die Partnerin zur Wehr. »Aber um meinem Hinterteil die Schmerzen zu ersparen – haben Sie und Roarke schon ein Geschenk für unsere kleine Bella-Maus?«

»Keine Ahnung.« Sofort wogte ein Gefühl der Panik in Eve auf. »Woher zum Teufel soll ich wissen, wie man einem einjährigen Baby eine Freude macht? Ich frage mich, wie überhaupt jemand das wissen will. Die Kleine kann es einem nicht sagen, und da sich kein Mensch daran erinnern kann, was er als Baby wollte, ist es meiner Meinung nach totaler Schwachsinn, wenn man einem Baby überhaupt etwas schenkt.«

»Bis zu ihrer Party sind's nur noch zwei Wochen.«

»Halten Sie die Klappe, Peabody.«

»Okay, aber dann kann ich Ihnen nicht erzählen, was sie wirklich gerne hätte – was aber für Ian und für mich einfach zu teuer ist.«

»Und das wäre?«

Peabody lächelte sie schweigend an.

»Spucken Sie's aus, wenn Sie nicht einen Tritt von mir verpasst bekommen wollen, der Sie drei Blocks weiter östlich auf die Straße klatschen lässt.«

»Ein Puppenhaus. Im Grunde ist sie dafür noch ein bisschen jung, aber wir haben vor ein paar Tagen auf sie aufgepasst, und sie war völlig aus dem Häuschen, als sie in der Ecke unseres Wohnzimmers mein Puppenhaus gesehen hat. Mein Dad hat es gebaut, es ist ziemlich klein, aber sie hat die ganze Zeit damit gespielt. Sie hat getan, als ob sie kochen würde, und die Möbel umgestellt und so.«

Eve fragte sich, warum zum Teufel jemand Freude daran hatte, so zu tun, als ob er kochen würde, ohne dass es hinterher etwas zu essen gab.

»Wenn Puppen nicht lebendig sind, was sollen sie dann mit einem Haus?«

»Man spielt damit einfach das Leben nach.«

»Ach ja? Im Ernst? Oder feiern diese Puppen, wenn Sie schlafen oder unterwegs sind, vielleicht irgendwelche wilden Partys in dem Haus, kippen dabei literweise Alkohol in sich hinein, essen irgendwelche ungesunden Snacks und sehen heimlich fern?«

»Jetzt werden Sie mir unheimlich.«

»Das hoffe ich. Was hält die Puppen davon ab, wilde Puppenorgien zu feiern, wenn es niemand sieht? Haben Sie darüber schon mal nachgedacht?«

»Bisher noch nicht.«

»Wenn es so weitergeht, gibt's sicher bald auch Puppenwaffen, Puppenfahrzeuge und so weiter.«

»Die gibt es schon.«

»Da haben Sie's.«

Inzwischen hatten sie das Haus erreicht, in dem Carlee MacKensies Wohnung lag. Damit sie keine Zeit bekäme, um sich für die Unterhaltung mit der Polizei zu wappnen, zog Eve ihren Generalschlüssel hervor und öffnete die Tür, durch die man in die kleine Eingangshalle kam.

»Jetzt muss ich Pipi machen«, lamentierte ihre Partnerin. »Bei Ihrem Gerede eben hätte ich mir fast ins Hemd gemacht, das heißt, ich muss, so schnell es geht, aufs Klo. Zwingen Sie mich bitte nicht, die Treppe in den vierten Stock zu nehmen, denn das schaffe ich auf keinen Fall.«

»Im Ernst?«

»Im Ernst.« Entschlossen drückte Peabody den Fahrstuhlknopf. »Ich denke immer noch an eine Horde sturzbetrunkener Puppen, die in meinem Puppenhaus Randale machen oder Schlimmeres. Die Puppenmädchen mit den Puppenjungs, Mädchen mit Mädchen, Jungs mit Jungs, flotte Dreier oder sonst etwas. Das ist mein neuer Albtraum.«

»Ob's für Puppen wohl auch Umschnalldildos gibt?«

»Oh Gott, hören Sie auf.« Peabody stürzte in den Lift. »Schlabberhosen, Schlabberhosen. Treten Sie mir bloß nicht in den Hintern. Ich versuche schließlich nur, mich davon abzulenken, dass ich dringend Pipi machen muss. Und dass in meinem Puppenhaus vielleicht jetzt gerade eine Orgie gefeiert wird. Gracie Magill mit Umschnalldildo. Gott, oh Gott.«

»Wer?«

»Meine Lieblingspuppe, als ich noch ein kleines Mädchen war. Schlabberhosen, Schlabberhose«, setzte sie ihr Mantra fort.

»Ihre Puppe hatte einen Nachnamen?« Eve drückte auf den Klingelknopf neben MacKensies Wohnungstür. »Wozu braucht eine Puppe einen Nachnamen?«

»Für den Ausweis, den sie braucht, damit sie Alkohol und Umschnalldildos kaufen kann.«

»Ich dachte, dass sie diese Sachen einfach mitgehen lässt, wenn sie auf Diebestour in irgendwelchen fremden Häusern ist.«

»Jetzt werden Sie gemein.«

»Ich könnte mühelos den ganzen Tag so weitermachen.«

Ehe sie jedoch Gelegenheit bekam, das nächste grauenhafte Bild zu malen, fragte jemand durch die Gegensprechanlage: »Ja?«, und Peabody atmete auf.

»Danke, lieber Gott.«

»Hier ist die Polizei«, erklärte Eve und zückte ihre Dienstmarke. »Wir würden gern mit Ihnen sprechen, Miss MacKensie.«

»Und worüber?«

»Edward Mira.«

Die Tür ging einen Spaltbreit auf, und blaue Augen sahen voller Argwohn unter wirr zu einem Knoten aufgestecktem rotem Haar hervor.

»Was ist mit ihm?«

Statt einer Antwort meinte Eve: »Wenn Sie wollen, reden wir auch gerne hier im Flur mit Ihnen über die Beziehung zwischen Ihnen und Senator Mira, Miss MacKensie.«

Carlee runzelte die Stirn und sah sich hektisch um. »Wir haben keine Beziehung«, meinte sie, trat aber einen Schritt zurück und ließ die beiden ein.

Sie trug einen Kapuzenpulli, eine ausgebeulte Jogginghose, dicke Socken, und die weiße durchscheinende Haut, die viele Rothaarige hatten, war mit rötlich braunen Sommersprossen übersät.

»Aber Sie hatten eine«, antwortete Eve.

»Es ist inzwischen Wochen her, dass ich ihn zum letzten Mal gesehen oder gesprochen habe.«

»Tut mir leid«, fiel Eves Partnerin ihr ins Wort. »Aber dürfte ich wohl mal Ihr Bad benutzen? Es ist wirklich dringend.«

Carlee biss sich auf die Unterlippe, nickte aber knapp. »Okay. Ich nehme an, dass das in Ordnung ist. Da hinten …« Sie wies mit der Hand auf eine Tür, doch Peabody war bereits losgestürzt und rief im Laufen: »Vielen Dank!«

»Ich nehme an, Sie wollen sich setzen«, wandte Carlee sich an Eve.

»Ich kann auch stehen bleiben, wenn Ihnen das lieber ist.«

»Wahrscheinlich setzen wir uns besser hin.«

Das Sofa und die beiden Sessel standen mit den Rücken zu dem Arbeitsplatz unter dem Fenster so, dass man von allen Plätzen aus den großen Bildschirm, der an einer Wand hing, sah.

Carlee setzte sich in einen Sessel und verschränkte ihre Hände fest im Schoß. »Warum wollen Sie mit mir über Edward reden?«

»Er ist tot.«

Carlee fiel die Kinnlade herunter. »Was? Seit wann? Was ist passiert?«

»Er wurde letzte Nacht ermordet.«

»Erm-m-mordet?«

Ohne darauf einzugehen, meinte Eve: »Sie haben gesagt, Sie hätten ihn seit längerem nicht mehr gesehen.«

»Seit Ende November, ja, genau. Sie sprechen doch wohl von Senator Mira, oder?«

»Ja. Wie haben Sie ihn kennen gelernt?«

»Das war ... das war bei einer Spendengala. Ich hatte einen Presseausweis, denn ich wollte dort für einen Artikel recherchieren, und ...« Als Peabody zurückkam, brach sie ab.

»Danke«, sagte Peabody noch einmal und nahm erleichtert auf dem Sofa Platz.

»Schon gut. Nun ja, ich ziehe es bei meiner Arbeit vor, die Menschen zu beobachten, statt sie mit Fragen zu traktieren. Ich nehme an, ich war die Einzige auf diesem Fest, die einen Presseausweis, aber keine Fragen an ihn hatte, deshalb kam er irgendwann dorthin, wo ich mit meinem Notizbuch saß. Er bot mir ein Glas Wein an und erklärte, wenn ich keine Fragen an ihn hätte, würde er mir eben welche stellen. Ich war etwas verlegen, aber er war unglaublich charmant.«

»Wie lange dauerte es dann, bis Sie zum ersten Mal mit ihm im Bett gelandet sind?«

Errötend wandte sie sich ab. »Ich weiß, dass das nicht richtig war. Er war schließlich verheiratet, und das war mir bekannt. Er meinte, er und seine Frau hätten in dieser Hinsicht eine offene Beziehung, aber trotzdem war es falsch.«

»Wir sind nicht hergekommen, um Sie zu verurteilen, Miss MacKensie«, klärte Peabody sie auf. »Wir brauchen einfach ein paar Infos, weiter nichts.«

»Ich wusste, dass es falsch war«, wiederholte sie. »Er hat mir vorgeschlagen, irgendwo etwas zu trinken, und ich dachte, dass ich ihn vielleicht dazu bewegen könnte, mir etwas von seinem Leben als Senator zu erzählen, also bin ich mitgegangen. Wir haben was zusammen getrunken, und dann hat er mich von seinem Chauffeur nach Hause bringen lassen. So was hatte ich noch nie erlebt. Er war wirklich aufmerksam. Ich weiß nicht, wie ich es erklären soll, aber er gab mir das Gefühl, sexy und hübsch zu sein.«

Sie sah auf ihre Hände und fuhr fort. »Als er mich am nächsten Mittag anrief und mich fragte, ob ich abends mit ihm essen gehen wollte, war mir klar, wohin das führen würde, aber trotzdem ging ich hin. Er war verheiratet und, ja, wesentlich älter, aber trotzdem ging ich hin. In diese wunderschöne Suite, die er im *Palace* angemietet hatte. Es war wie im Film. Es gab Champagner und ein wunderbares Essen, danach bin ich mit ihm ins Bett gegangen. So ging es ungefähr fünf Wochen lang, bis er mir einen Blumenstrauß und eine Karte schickte. Weiße Rosen und den Satz, es wäre wunderschön gewesen, aber alle guten Dinge wären irgendwann vorbei.«

»Das hat Sie doch wahrscheinlich fürchterlich geärgert.«

»Ja, ein bisschen, doch vor allem hat es wehgetan. Er hätte es mir auch persönlich sagen können. Ich bin nicht dumm, und mir war klar, dass diese Sache zwischen uns ganz sicher nicht von Dauer ist. Trotzdem hätte er es mir persönlich sagen sollen. Ich habe daran gedacht, ihn deshalb anzurufen, es dann aber sein lassen, und andersherum habe ich auch von ihm nie wieder etwas gehört.«

Sie atmete geräuschvoll aus. »Es war, als wären diese Dinge nie passiert.«

»Waren Sie in ihn verliebt?«, erkundigte Peabody sich in mitfühlendem Ton.

»Oh nein.« MacKensie riss die blauen Augen auf. »Oh nein. Aber diese paar Wochen waren furchtbar aufregend für mich. Vielleicht auch deshalb, weil ich wusste, dass das alles irgendwie nicht richtig war. Es fühlte sich ein bisschen an, als ob …« Sie rang erschrocken nach Luft. »Bin ich etwa verdächtig? Denken Sie etwa, ich hätte Edward umgebracht?«

»Haben Sie?«

»Oh Gott, oh Gott, oh Gott.« Sie zog den Kopf ein und verschränkte ihre Hände unter ihrem Kinn. »Oh nein, ich habe ihn nicht umgebracht. Ich habe niemanden ermordet. Letzte Nacht, haben Sie gesagt?«

»Genau.«

»I-ich war hier. Ich musste arbeiten.« Mit wild zitternder Hand wies sie auf ihren Arbeitsplatz. »Ich war den ganzen Abend und die ganze Nacht zu Hause.«

»Haben Sie jemanden gesehen oder gesprochen?«

»Nein. Ich saß an einem Artikel, den ich dringend fertigkriegen musste. Habe noch die Reste meines Essens vom Chinesen aufgewärmt und bin dann früh … vielleicht so gegen zehn ins Bett gegangen, weil ich total erledigt war. Brauche ich einen Anwalt?«

»Das entscheiden Sie selbst. Waren Sie jemals in dem Haus, das der Senator in der Spring Street hatte?«

»In der Spring? Ich wusste gar nicht, dass er dort ein Haus besitzt. Wir haben uns immer im Hotel getroffen. Officer …«

»Lieutenant.«

»Lieutenant, ich führe aus freien Stücken ein sehr ruhiges Leben, und ich habe einfach ein paar Wochen lang die Aufregung und …«, wieder stieg ihr eine heiße Röte ins Gesicht, »… den verbotenen Sex genossen, aber mehr auch nicht.«

»Das Ganze hat er mit einer Karte und mit einem Blumenstrauß beendet.«

»Aber man bringt doch keinen Menschen um, nur weil er Schluss mit einem macht.«

»Wenn Sie wüssten …«, meinte Eve. Als sie sich zum Gehen wandte, starrte ihr die junge Frau entgeistert hinterher.

Im Fahrstuhl auf dem Weg nach unten fragte Eve: »Was hatten Sie für einen Eindruck von der Frau?«

»Sie ist es nicht gewohnt, im Mittelpunkt zu stehen, und sie ist ein bisschen zwanghaft«, gab die Partnerin zurück. »Das Badezimmer war steril wie ein OP und super aufgeräumt. Alles passt perfekt zusammen, genauso sieht es auch in ihrem Schlafzimmer aus. Ich habe auf dem Weg vom Klo kurz reingeschaut. Das Bett war ordentlich gemacht, und nirgends lagen irgendwelche Kleider oder Schuhe herum. Ich glaube nicht, dass sie etwas mit unserem Fall zu tun hat, denn sie ist der Typ, der davon ausgeht, abserviert zu werden, deshalb war sie auch nicht wirklich überrascht, als er sie hat fallen lassen.«

»Aber sie hat kein Alibi.«

»Wenn ich die Absicht hätte, einen Ex-Senator zu ermorden, hätte ich auf jeden Fall ein wasserdichtes Alibi.«

»Mitunter ist es auch nicht dumm, ganz ohne dazustehen«, gab Eve zurück. »Bei unserer Ankunft hat sie mich gefragt, wie er ermordet worden ist. Darüber bin ich weggegangen, trotzdem hat sie nicht noch einmal nachgefragt. Wie schreibt ein Mensch Artikel oder sonst etwas, ohne dass er Fragen stellt und dann am Drücker bleibt, bis er die Antworten darauf bekommt?«

»Sie wirkte furchtbar aufgeregt und sehr verlegen.«

»Ja. Vielleicht. Trotzdem lassen wir sie erst mal auf der Liste stehen und hören uns an, was die nächste Frau zu sagen hat.«

7

Die *Brighton Group* schien eine bodenständige und durchaus effiziente Organisation zu sein. Ihr Hauptquartier lag über einem gut besuchten Feinkostladen in einem der kastenförmigen Gebäude, die in aller Eile nach den innerstädtischen Revolten hochgezogen worden waren. Die Arbeitsplätze von den Bossen waren nur durch Glasscheiben von denen aller anderen getrennt, die Angestellten waren leger gekleidet, auf den Tischen war ein buntes Sammelsurium aus privaten Fotos, Pflanzen, Akten und Papierbergen zu sehen, der allgemeine Lärm wirkte nicht hektisch, sondern fröhlich, und sofort bekamen Eve und Peabody ein Stück von der Geburtstagstorte angeboten, die auf einem der Tische stand.

»Asha ist da hinten«, sagte die Person, die ihnen von der Torte angeboten hatte, und wies mit dem Kopf auf eins der hinteren Büros. »Wir kommen gerade aus der Mittagspause, Sie haben wirklich Glück, dass noch etwas von Sandys Torte übrig ist.«

»Wir müssen leider passen, aber vielen Dank.«

»Wenn Sie es sich noch einmal anders überlegen, wissen Sie ja, wo die Torte steht. Gehen Sie einfach durch. Ashas Tür steht immer offen.«

»Torte«, murmelte Eves Partnerin. »Warum muss jetzt hier Torte stehen?«

»Reißen Sie sich zusammen, Peabody.«

Eve studierte Asha durch das Glas. Sie hatte einen weichen karamellfarbenen Teint, und passend zu den schwarzen Locken mit den roten Spitzen, die die großen Augen und die prominenten Wangenknochen einrahmten, trug sie einen klatschmohnfarbenen Pullover, eine enge schwarze Hose und kniehohe Stiefel mit bequemen Absätzen.

Sie holte gerade eine Flasche Wasser aus dem kleinen Kühlschrank in der Ecke, wandte sich dann aber Eve und Peabody mit einem professionellen Lächeln zu.

»Hallo. Was kann ich für Sie tun?«

»Polizei.« Eve wies sich kurz mit ihrer Marke aus. »Lieutenant Dallas und Detective Peabody. Wir würden gerne kurz mit Ihnen reden.«

»Selbstverständlich. Sicher sind Sie Edwards wegen hier.« Ihr Lächeln schwand. »Ich habe es vor fünf Minuten in den Nachrichten gehört. Bitte, nehmen Sie doch Platz. Möchten Sie einen Kaffee? Er schmeckt wirklich grässlich, aber …«

Sie brach ab und ließ sich kopfschüttelnd auf einen der Besucherstühle fallen. »Er wurde umgebracht. Das haben sie in den Nachrichten gesagt. Ich brauchte erst mal einen kurzen Augenblick für mich.«

Sie starrte auf die immer noch verschlossene Wasserflasche, die sie in den Händen hielt. »Nur einen Augenblick für mich, bevor ich mir die Einzelheiten anhören wollte. Können Sie sagen, was genau passiert ist?«

»Die Ermittlungen sind noch nicht abgeschlossen«, antwortete Eve. »Sie hatten mal etwas mit ihm.«

»Das stimmt. Im letzten Frühjahr. Die Affäre war von kurzer Dauer, was es aber auch nicht besser macht. Ich bin verheiratet, aber das wissen Sie wahrscheinlich längst. Mein Mann und ich hatten ein paar Probleme, und ich war so dumm, etwas mit Edward anzufangen. Das war wirklich dumm von mir.« Sie presste sich die Finger vor die Augen und fuhr fort. »Ich kannte ihn durch meine Arbeit, und … ich habe keinerlei Entschuldigung.«

»Wer hat es beendet?«

»Ich. Nach ein paar Wochen kam ich wieder zur Vernunft. Man kann nicht zwei Leben auf einmal führen. Das ist einfach schrecklich, sobald der erste Reiz verfliegt – was er auf alle Fälle früher oder später tut –, werden die Schuldgefühle und der Stress enorm groß. Damit konnte ich nicht leben.«

»Also haben Sie Schluss gemacht? Wie hat der Senator darauf reagiert?«

»Er war … nicht unbedingt verärgert, aber doch ein wenig indigniert. Er ist ein einflussreicher Mann, das hat ihn ja so anziehend für mich gemacht, sicher war er es gewohnt, eher selber Schluss zu machen, als dass eine Frau ihn in die Wüste schickt. Aber Streit gab es deswegen nicht.«

Sie atmete tief durch. »Persönlich hatte ich ihn durchaus gern. Im Gegensatz zu seiner Politik. Auch das hat einen Teil des Reizes für mich ausgemacht, die leidenschaftlichen Debatten, die es zwischen uns immer gegeben hat. Ich kann nicht glauben, dass er nicht mehr lebt und dass er uns auf diese Art verlassen hat. In den Nachrichten haben sie gesagt, man hätte ihn erhängt. Stimmt das?«

»Ja.«

»Oh Gott.« Sie kniff die Augen zu und stieß mir rauer Stimme aus: »Wie kann jemand so etwas tun?«

»War der Senator indigniert genug, um Sie unter Druck zu setzen oder zu bedrohen, als Sie sich von ihm getrennt haben?«

»Oh nein.« Jetzt sah sie Eve aus tränenfeuchten Augen an. »So viel hat uns diese Geschichte nicht bedeutet, Lieutenant, und genau das ist das Traurige daran. Ich wollte meinem Ehemann eins auswischen, und Edward hat ganz einfach die Gelegenheit genutzt. Ich war wütend, und ich habe mich nicht wertgeschätzt gefühlt. Deshalb habe ich Jack sehr wehgetan und hätte beinah meine Ehe ruiniert.«

»Sie haben Ihrem Mann den Seitensprung gebeichtet.«

»Mit solch einer Lüge hätte ich nicht leben können. Wie hätten wir die Dinge zwischen uns wieder ins Lot bringen sollen, ohne dass ich völlig ehrlich war? Zu meinem großen Glück war Jack bereit, mit mir zusammen eine Ehetherapie zu machen, statt mich einfach zu verlassen. Obwohl dies meine zweite Ehe ist und mir das hätte klar sein sollen, hatte ich vergessen, dass man auch in eine Ehe Arbeit investieren muss und dass es in Beziehungen nicht nur Höhen, sondern unweigerlich auch Tiefen gibt. Aber das vergesse ich ganz sicher nicht noch mal.«

»Können Sie mir sagen, wo Sie gestern zwischen vier und sechs Uhr nachmittags waren?«

»Ich war bis gegen sechs hier im Büro.«

»Gibt es dafür Zeugen?«

»Wir waren mindestens zu sechst, und ich war nicht die Letzte, die gegangen ist. Da können Sie jeden fragen. Wurde er um die Zeit umgebracht?«

»Außerdem muss ich wissen, wo Sie letzte Nacht von Mitternacht bis gegen vier gewesen sind.«

»Warten Sie.« Sie blinzelte die Tränen fort, während sie einen Schluck von ihrem Wasser trank. »Ah … ab sieben waren Jack und ich mit Freunden etwas essen, danach waren wir im Kino und am Ende noch auf einen Drink in einer Bar. Ich nehme an, dass Jack und ich gegen halb eins zu Hause waren. Ich weiß noch, dass ich hundemüde war. Mein Mann ist eher ein Nachtmensch, während ich, wenn es bei mir so spät wird, vollkommen erledigt bin. Deshalb bin ich sofort ins Bett gegangen.«

»Hatten Sie den Abend so geplant?«

»Das Abendessen. Alles andere hat sich dann ergeben. Wie gesagt, Jack ist ein Nachtmensch und vor allem viel geselliger als ich. Ich dachte, dass wir mit den anderen etwas essen gehen und ich es mir danach im Schlafanzug zu Hause auf der Couch gemütlich machen kann. Aber man muss eben etwas in seine Ehe investieren«, wiederholte sie und blickte Eve mit einem unsicheren Lächeln an. »Ich schätze, dass das jeder sagt, aber ich habe ihn nicht umgebracht. Ich hatte keinen Grund, ihm etwas anzutun. Auch wenn das zwischen uns ein Fehler war, habe ich diesen Fehler ja wohl ganz eindeutig selbst gemacht.«

Peabody notierte sich die Namen und Adressen der Kollegen und der Freunde, um das Alibi der Frau zu überprüfen, danach wandten sie sich zum Gehen.

»Meiner Meinung nach hat sie nicht nur sich selbst, sondern gleichzeitig auch ihrem Ehemann ein Alibi gegeben«, stellte Peabody auf ihrem Weg nach draußen fest.

»Auf jeden Fall. Natürlich werden wir das Alibi und auch den Ehemann noch überprüfen, aber ich fand, dass sie durchaus ehrlich klang. Wenn der Ehemann sich hätte rächen wollen, hätte er den Nebenbuhler doch wahrscheinlich schon viel früher umgebracht, ihm eine reingehauen oder etwas Ähnliches.«

»Wer ist als Nächstes dran?«, erkundigte Eve sich, während sie sich hinter das Lenkrad ihres Wagens schwang.

»Lauren Canford.«

»Bis wir dort sind, überprüfen Sie schon einmal Ashas Ehemann.«

Ein paar Minuten später suchte Eve laut fluchend einen Parkplatz in der Innenstadt, bevor sie sich geschlagen gab und in die unanständig teure Tiefgarage des Gebäudes fuhr, Peabody erstattete währenddessen in gleichmütigem Ton Bericht.

»Anwalt für Familienrecht, führt jeden Freitag kostenlos Beratungen in einem Familienhilfezentrum durch. Zum ersten Mal verheiratet und keine Vorstrafen.«

»Wir lassen ihn und Asha trotzdem vorerst auf der Liste«, meinte Eve und stieg entschlossen in den schmuddeligen Lift. »Auch wenn sie erst einmal ganz unten stehen. In welchem Stock arbeitet diese Canford?«

»Im achtzehnten.«

Anscheinend hatten Lobbyisten deutlich elegantere Büros als NGOs, und hinter dem Empfangstisch in der kleinen, aber feinen Rezeption, in der eine fast ehrfürchtige Stille herrschte, saß ein Mann von vielleicht Mitte zwanzig, der mit seinem makellosen Anzug und dem sorgfältig um einen überraschend langen Hals gebundenen, blauen Schlips ausnehmend kultiviert aussah.

»Lauren Canford.«

»Ihr Name?«, fragte er sie, ohne aufzusehen.

Eve zückte ihre Marke, und er schaute sie sich flüchtig an.

»Ich bräuchte auch noch Ihren Namen.«

»Der steht auf meiner Marke. Und jetzt bringen Sie uns zu Lauren Canford, ja?«

»Mrs. Canford hat den ganzen Tag Termine.«

»Junge?«

Als er aufsah, drückte seine Miene gleichermaßen Widerwillen wie Langeweile aus.

»Jetzt hat sie einen Termin mit uns, wenn Sie ihr nicht erklären wollen, dass sie nach ihrem langen Arbeitstag noch auf die Wache kommen muss. Ich kann sie gern auch dort vernehmen, wenn ihr das lieber ist.«

»Ich glaube nicht, dass Sie das Recht haben …«

»Jurastudium, richtig, Kleiner? Und jetzt willst du mir erklären, wie ich meine Arbeit machen soll.« Sie beugte sich herausfordernd über den Tisch. »Na los, versuch's mal.«

Beleidigt klopfte er gegen den Knopf in seinem Ohr und kehrte ihr den Rücken zu. Obwohl er flüsterte, verstand sie *Polizei, gedroht* und *blödes Weib.*

Sie nickte zustimmend.

»Durch diese Tür und dann den Gang entlang bis hinten durch. Mrs. Canford nimmt sich zehn Minuten Zeit für Sie.«

»Das hat sie gut entschieden.«

»Und ich heiße nicht Junge oder Kleiner, sondern Mylo«, rief er ihr noch wütend hinterher.

»Das werde ich mir merken.«

Die meisten Türen links und rechts des Ganges waren geschlossen, aber einmal sahen sie einen Mann ohne Jackett und mit gelockerter Krawatte, der mit Schweißperlen auf der Stirn am Handy sprach.

»Sei doch vernünftig, Barry«, flehte er mit eindringlicher Stimme, aber seinem Blick nach schätzte er den guten Barry als eher unvernünftig ein.

Dann hatten sie ihr Ziel erreicht und sahen durch die offene Bürotür eine Frau in einem rattenscharfen schwarzen Anzug mit einem rabenschwarzen Pagenschnitt, der ihre herben, aber durchaus attraktiven Züge vorteilhaft zur Geltung kommen ließ.

Ein Mann im Nadelstreifenanzug und mit einer Krawatte mit gediegenem Paisleymuster stand vor ihrem Schreibtisch und bat Eve und Peabody um ihre Ausweise.

»Und wer sind Sie?«

»Curtis Flack, der Leiter dieser Organisation und Mrs. Canfords Rechtsbeistand in dieser Angelegenheit. Also weisen Sie sich bitte erst einmal aus.«

Beide Frauen zogen ihre Dienstmarken hervor.

»Lieutenant Dallas.«

»Detective Peabody.«

»Was ist der Grund Ihres Besuchs?«

»Den kennen Sie bereits, also ersparen Sie uns den Affentanz. Da Sie von ihrem Recht Gebrauch machen, zu dem Gespräch einen Rechtsbeistand hinzuzuziehen, gehe ich davon aus, dass Sie auch einen brauchen, Mrs. Canford. Also werden wir Sie offiziell vernehmen und klären Sie jetzt zuerst über Ihre Rechte auf«, vollführte Eve jetzt selber einen Affentanz. Nach den Formalitäten begann Eve mit dem Verhör.

»Sie hatten ein Verhältnis mit Senator Edward Mira«, fing sie an.

»Mrs. Canford hat eine Erklärung vorbereitet.«

»Ach.« Eve lächelte den Anwalt übertrieben freundlich an. »Da ist sie ja gut vorbereitet.«

»Allerdings«, ergriff Canford jetzt selbst das Wort. »Ich bin gerne vorbereitet. Als ich die Meldung hörte, habe ich eine Erklärung aufgesetzt, und Curtis hat sie durchgesehen.«

Sie drehte ihren Kopf und las vom Bildschirm ab.

»›Senator Mira und ich hatten seit ungefähr zehn Jahren beruflich miteinander zu tun. Außerdem hatten wir im Sommer 2060 ein Verhältnis und sind fünf, sechs Wochen später übereingekommen, dass wir es dabei belassen wollen. Die Entscheidung, auch privat eine Beziehung einzugehen und sie dann wieder zu beenden, war einvernehmlich. Unsere berufliche Beziehung haben wir fortgesetzt, weil wir politisch und auch sonst in vielen Dingen einer Meinung waren. Die Nachricht von seinem Tod hat mich erschüttert, ich kann nur hoffen, dass die Polizei den Täter schnellstmöglich ergreifen wird.‹«

Lauren faltete die Hände auf der Schreibtischplatte. »Sonst noch was?«

»Ein paar Kleinigkeiten wären da noch. Senator Mira war und Sie selber sind verheiratet.«

»Korrekt.«

»Wie hat Ihr Ehemann auf die Affäre reagiert?«

»Mein Ehemann und ich haben diesbezüglich eine Übereinkunft, genau wie der Senator und seine Frau.«

»Dann weiß Ihr Mann also von Ihrem Seitensprung?«

Bevor der Anwalt etwas sagen konnte, hob Lauren die Hand. »Schon gut, Curtis. Mein Mann weiß ebenso wie ich, dass es bei einer flüchtigen Affäre einzig um Sex geht und sonst nichts. Falls Sie denken, dass Sie mit ihm sprechen müssen, wird auch er sich anwaltlichen Beistand holen.«

»Okay. Dann haben Sie und der Senator also irgendwann nach einem Nümmerchen gesagt: ›In Ordnung, das war nett, aber genug der Vögelei.‹«

»Wenn Sie darauf bestehen, sich so rüde auszudrücken, ist dieses Gespräch beendet«, mischte Flack sich wieder ein.

»Okay. Dann haben Sie und Ed sich also irgendwann nach einem Treffen unter guten Freunden angesehen und sind darin übereingekommen, dass sogar die beste Freundschaft irgendwann vorübergehen kann.«

Canford nickte zustimmend. »So ungefähr. Wobei die Tür auch weiter offen stehen sollte, falls wir unsere Freundschaft auch in dieser Hinsicht noch einmal hätten erneuern wollen.«

»Und? Haben Sie das getan?«

»Nein, und jetzt ist es dafür zu spät. Falls das alles ist …«

»Wo waren Sie gestern zwischen vier und sechs Uhr nachmittags?«

»Bis gegen fünf war ich hier im Büro. Das können meine Assistentin und auch mein Chauffeur bestätigen. Danach war ich mit Senatorin Lowell auf einen Drink im *Taj* verabredet. Ich würde es zu schätzen wissen, wenn Sie die Bestätigung dafür im *Taj* einholen könnten, statt die Senatorin zu belästigen. Dann hat mich mein Chauffeur dort abgeholt und heimgefahren. Ich schätze, dass ich kurz nach sechs zu Hause war. Falls Sie einen Nachweis brauchen, hat die Hausdroidin meine Ankunft sicher aufgezeichnet.«

»Wo waren Sie zwischen Mitternacht und vier Uhr in der Früh?«

»Mein Mann und ich waren auf einer Dinnerparty bei den Wendells. Martin und Selina. Von halb neun bis ungefähr um eins. Ich bin mir sicher, dass die Hausdroidin auch gespeichert hat, wann wir von dort zurückgekommen sind. Den Rest der Nacht haben wir zu Hause zugebracht.«

»In Ordnung. Vielen Dank, dass Sie uns Ihre Zeit gewidmet haben.«

»Falls Sie Mrs. Canford oder ihrem Mann noch andere Fragen stellen müssen, rufen Sie mich bitte an.« Flack drückte Eve eine Visitenkarte in die Hand.

»Okay. Rekorder aus.«

Peabody hielt sich zurück, bis sie wieder im Fahrstuhl waren, dann aber platzte es aus ihr heraus. »Die Frau ist einfach widerlich. Es gibt kein anderes Wort. Sie ist echt widerlich. Sie wäre ganz eindeutig fähig, einen Menschen umzubringen. Das weiß ich ganz genau. Danach würde sie zur Maniküre gehen, als wäre nichts geschehen.«

»Sie haben recht, und deshalb setzen wir sie vorläufig ganz zuunterst auf die Liste.«

»Was?«

»Wenn sie tatsächlich gestern Nachmittag dort in dem Haus gewesen wäre, hätte Mr. Mira das nicht überlebt. Sie ist ganz einfach nicht der Typ, der nicht auf Nummer sicher geht.«

»Oh, aber … Mist!« Peabody stapfte aus dem Lift. »Und was, wenn sie nicht selbst dort war? Vielleicht hat sie ja auch ihre Lakaien losgeschickt. Ich wette, dass die Frau Lakaien hat. Aber … eine große Dinnerparty. Vielleicht hat sie bei der Zeitangabe ja geschummelt. Zuzutrauen wäre ihr das.«

»Das stimmt, aber das hat sie nicht getan. Deshalb hat sie meiner Meinung nach auch nichts mit dem Mord zu tun.« Wieder schwang sich Eve hinter das Lenkrad ihres Wagens, legte aber den Kopf zurück auf die Nackenlehne und meinte: »Ihr ist diese ganze Sache scheißegal. Vielleicht hat ja auch der Senator Schluss gemacht, und das hat sie ihm nicht verziehen. Dann hätte sie natürlich ein Motiv. Aber sie ist ganz sicher nicht der Typ für Teamarbeit, und sie waren mindestens zu zweit im Haus. Aber sie hätte keinen Partner gewollt, weil sie dann nicht sicher gewusst hätte, ob er ihr nicht vielleicht irgendwelche Schwierigkeiten macht.«

»Also bitte. Ich bin Ihre Partnerin.«

»Wahrscheinlich hätte ich Komplize sagen sollen.« Eve ließ den Motor an und bahnte sich den Weg aus der Garage. »Sobald man ein Verbrechen nicht allein begeht, läuft man Gefahr, dass einem der Komplize irgendwelche Scherereien macht. Vor allem glaube ich der Frau. Ich glaube, dass sie wirklich ehrlich ist. Sie haben beschlossen, ihre Ehepartner zu betrügen, haben sie betrogen, haben dann beschlossen, dass es reicht, und sich wieder getrennt. Wissen Sie, warum es den beiden gereicht hat? Weil es langweilig geworden ist. Die beiden waren sich zu ähnlich. Sie sind beziehungsweise waren beide machtgeil, nutzen oder nutzten andere Menschen aus und sind vollkommen – wie nennen Sie das doch so gern?«

»Herzlos.«

»Ja, genau.«

»Dann hatte ich zumindest damit recht.«

»Wir werden ihre Alibis natürlich überprüfen, aber ich weiß jetzt schon, dass an ihnen nicht zu rütteln ist. Wie kommen solche Leute überhaupt auf die Idee zu heiraten? Leute wie sie und unser Opfer? Denen geht's doch nur um Politik, die Show, um tolle Dinnerpartys und berufliches Vorankommen. Was meiner Meinung nach totaler Schwachsinn ist, denn Coppola hat recht. In eine Ehe muss man Arbeit investieren, damit sie funktioniert.«

»Aber auch sie hat ihren Mann betrogen.«

»Ja, aber sie hat sich nicht herausgeredet und den Seitensprung bereut.«

»Ihr Mann hat ihr verziehen – sie haben daran gearbeitet, dass er ihr den Seitensprung verzeihen kann. Könnten Sie das?«

»Was?«

»Roarke einen Seitensprung verzeihen? Ich meine, nicht dass er Sie je betrügen würde, aber angenommen, Roarke und ich würden vorübergehend den Verstand verlieren und hätten heißen, hemmungslosen Sex mit mehreren Orgasmen, bis wir wieder zu uns kämen und Sie anflehen würden, uns noch einmal zu verzeihen. Wenn wir es total bereuen würden, könnten Sie uns dann verzeihen?«

Eve schwieg einen Moment, doch schließlich meinte sie: »Tja nun, das würde alles andere als leicht werden. Es wäre jede Menge Arbeit, doch in eine Ehe muss man eben jede Menge Arbeit investieren. Genauso wie in eine Partnerschaft. Ich glaube, schon. Es würde dauern, und es würde jede Menge Arbeit machen, doch am Ende wäre ich wahrscheinlich in der Lage, Ihnen beiden zu verzeihen. Nachdem ich Sie und Roarke in großen Fässern in heißem Öl gekocht hätte, um Ihnen dann die Haut von den Knochen abzulösen, während ich zu Ihren Schmerzensschreien tanze. Und Sie zwinge, dabei zuzusehen, wie ich aus Ihren Häuten Anzüge für zwei Sparringsdroiden mache, um sie dann zu Brei zu schlagen und zusammen mit Ihren Überresten zu verbuddeln. Danach«, führte Eve mit einem nachdenklichen Nicken aus, »könnte ich Ihnen unter Umständen verzeihen.«

»Gut zu wissen. Auch wenn es für Sie vielleicht ein bisschen schwierig würde, diese Anzüge zu nähen.«

»Das würde ich dann eben lernen. Wenn ich ein Ziel habe, lerne ich alles, was ich lernen muss. Diese verdammte Parkerei. Moment!«

Peabody hielt den Atem an, als Eve entschlossen in die Vertikale ging und auf direktem Weg in eine gerade frei werdende Lücke schoss.

»Geschafft!«

»Vielleicht muss ich jetzt noch mal Pipi machen.«

»Keine Chance. Wir kümmern uns noch um die Babyschlampe, dann fahren wir aufs Revier. Ich will dort einen gottverdammten Kaffee trinken, mich um meine Tafel kümmern und ein bisschen nachdenken.«

»Woher haben Sie gewusst, dass diese Lücke frei wird?«

»Ich habe einfach ein Gespür für so etwas.«

Sie liefen durch das Tag und Nacht geschäftige SoHo, vorbei

an schwer mit Einkäufen beladenen Menschen und an Leuten, die es eilig hatten, aus der Kälte in die Restaurants zu kommen und sich bei einem feinen Essen aufzuwärmen.

Im Schaufenster der Galerie stand eine längliche Skulptur von einer rückwärts fast zu einem U gebeugten Frau, die vor Ekstase oder vielleicht auch aus Schmerz und Trauer wie von Sinnen war.

So oder so fand Eve das Kunstwerk leicht beunruhigend und zog die Stadtlandschaft, die die Geschäftigkeit des Viertels widerspiegelte, der Plastik vor.

Im Inneren der Galerie mit ihren cremefarbenen Fußböden und Wänden fühlte man sich wie in einem Pappkarton.

Eve entdeckte ein Gemälde, in dem eine wild gezackte rote Linie eine Reihe großer blauer Farbtupfer verband.

Und fragte sich: Was soll das?

In der ehrfürchtigen Stille klang das Klappern hochhackiger Schuhe, die in ihre Richtung kamen, unnatürlich laut.

Eve erkannte Charity von ihrem Passbild. Jung und mehr als hübsch mit einem Wasserfall aus dichtem blondem Haar, dunkelblauen Augen, einem hübsch geschwungenen Mund.

Ihr schmal geschnittenes, kurzes Kleid griff das Blau der Tupfen des Gemäldes auf.

»Guten Tag. Ich heiße Charity. Falls ich Ihnen … Oh mein Gott, ich kenne Sie.« Sie blickte eilig über ihre Schulter, trat noch näher an die beiden anderen Frauen heran und flüsterte: »Es geht um Edward, stimmt's? Bitte, ich möchte nicht, dass meine Chefin und die anderen etwas davon erfahren. Ich kann jetzt meine Pause machen. Bitte, können wir uns auf der anderen Straßenseite treffen? In dem Coffeeshop hier gegenüber? Hier kann ich nicht reden.«

»Sie haben doch wohl nicht vor zu türmen, Charity?«

»Wo sollte ich denn hin, und weshalb sollte ich das tun? Ich möchte einfach nicht, dass irgendjemand hier erfährt, dass ich … auf diese Art mit ihm zusammen war. Der Coffeeshop ist direkt gegenüber auf der anderen Straßenseite. Ich gebe nur schnell Marilee Bescheid und hole meinen Mantel, ja?«

»Okay. Aber beeilen Sie sich.«

»Sie glauben doch wohl nicht im Ernst, dass sie verschwinden will?«, erkundigte sich Peabody, als sie zusammen mit Eve die Galerie wieder verließ.

»Nein. Egal, ob sie etwas mit diesem Fall zu tun hat oder nicht, muss sie gewusst haben, dass wir sie früher oder später sprechen wollen.«

Statt auf eine Lücke im Verkehr zu warten, rannte Eve entschlossen quer über die Straße und betrat den Coffeeshop.

Es roch lange nicht so übel wie in vielen anderen Coffeeshops, und sie nahmen einen Tisch am Fenster, von dem aus die Galerie zu sehen war.

Peabody studierte nachdenklich das Angebot des Serviceautomaten. »Vielleicht könnte ich mir ja noch eine Latte gönnen. Ich hätte heute schließlich zweimal Kuchen essen können, es aber nicht getan. Das heißt, ein Tee ist sicher besser, und sie haben sogar Jasmin. Jasmintee ist echt fein. Wollen Sie auch einen?«

»Ganz sicher nicht. Sie kommt.«

Statt den direkten Weg zu nehmen, wartete die Frau auf ihren hochhackigen Schuhen an der Ampel und kam dann mit von der Kälte roten Wangen eilig angerannt.

»Danke. Wirklich, vielen Dank«, stieß sie mit atemloser Stimme aus. »Ich kann einfach nicht begreifen, dass er nicht mehr leben soll. Und dann auch noch ermordet worden ist. Ich … brauche einen Tee, falls das in Ordnung ist. Ich muss mich erst einmal beruhigen. Ich habe vor einer Stunde in den Nachrichten davon gehört.«

»Ich nehme den Jasmintee«, meinte Peabody.

»Ja, der ist fein. Am besten nehme ich den auch.«

»Kaffee«, sagte Eve. »Sie und Senator Mira hatten ein Verhältnis.«

»Ja. Es fing Mitte Dezember an. Ich weiß, er war verheiratet, ich weiß, dass das nicht richtig war, aber er hat gesagt, dass es seine Frau nicht kümmern würde, was er tut. Auch wenn ich mir nicht vorstellen kann, warum sie das nicht hätte kümmern sollen.«

Sie presste ihre Finger vor die Augen.

»Woher kannten Sie sich?«

»Aus der Galerie. Ich hatte eine kleine Ausstellung, das war furchtbar aufregend für mich. Er kam mit … sicher nicht mit seiner Frau, denn dafür war sie viel zu jung, ich habe keine Ahnung, wer sie war. Er meinte, dass ihm meine Arbeiten gefallen, und hat sogar ein Bild von mir gekauft. Ich war total geschmeichelt, ein paar Tage danach hat er mich angerufen und gefragt, ob er mich irgendwohin auf einen Drink einladen darf. Ich dachte, dass es ihm um meine Kunst geht, aber …«

»Dann hat er Sie angemacht«, schlug Peabody ihr vor.

»Es war … dezenter, aber ja. Erst war ich wirklich überrascht, denn er war viel zu alt für mich, aber er ist ein interessanter Mann und kann sehr überzeugend sein. Am Ende habe ich ihn noch einmal auf einen Drink getroffen, und als er mich dann zum Abendessen einlud, bin ich mitgegangen. Ich wusste, was ich tat, und wusste, dass es falsch war, aber dann waren wir in dieser schicken Suite in diesem tollen Hotel, es gab Champagner und …«

Als die Getränke aus dem Schlitz des Automaten glitten, brach sie ab.

»Ich wusste, was ich tat«, erklärte sie noch einmal. »Ich wusste, dass er einfach scharf auf junge Frauen war. Ich bin nicht dumm. Genauso wusste ich, dass er mir helfen könnte. Dass er seine reichen Freunde und Bekannten dazu bringen könnte, in die Galerie zu kommen, und Werbung für mich machen könnte, tatsächlich habe ich durch ihn noch ein paar andere Arbeiten verkauft. Wir haben uns gegenseitig ausgenutzt, genauso war's. Ich hatte Sex mit ihm, und dafür hat er mir als Künstlerin geholfen.«

Sie trank einen ersten, vorsichtigen Schluck von ihrem Tee. »Mir ist bewusst, wozu mich diese Übereinkunft macht. Ich bin nicht stolz darauf, trotzdem würde ich es wieder tun.«

»Gab es irgendwelchen Ärger wegen dieser Übereinkunft?«, fragte Eve.

»Nein. Normalerweise trafen wir uns einmal in der Woche im Hotel. Manchmal wollte er, dass ich dort übernachte, manchmal nicht.

Er hat die Spielregeln gemacht, aber ich hatte keinen Grund, mich zu beschweren.«

»Ist er unsanft mit Ihnen umgesprungen?«

»Was? Oh nein. Niemals.«

Mit ruhiger, beinah kalter Stimme fuhr sie fort. »Hören Sie, Lieutenant, mir war klar, dass er etwas nahm, um einen hochzukriegen, doch für einen Mann in seinem Alter war er geradezu erstaunlich gut in Form. Wobei mich das im Grunde nicht gekümmert hat. Beim ersten Mal war ich aus Neugier und aufgrund der Umstände mit ihm im Bett. Danach war's einfach ... nun ... ich war nicht wirklich heiß auf ihn. Das habe ich ihm aber nicht gesagt. Ich habe einfach so getan, als würde es mir gefallen.«

»Sie haben keinen Freund?«, erkundigte sich Peabody. »Es gibt da niemand anderen?«

»Nein, deshalb dachte ich, ich täte auch niemandem weh. Es war ganz klar, dass er so etwas öfter machte, also hatte ich auch keine wirklichen Gewissensbisse gegenüber seiner Frau. Vor allem kenne ich sie gar nicht, konnte also mühelos so tun, als wäre es für sie nicht von Bedeutung, was wir tun. Aber ich wollte nicht, dass irgendjemand in der Galerie etwas davon erfährt. Ich hatte keine Lust auf die verstohlenen Blicke und den Tratsch. Selbst wenn ich sie verdiene, habe ich ganz einfach keine Lust darauf.«

»Der Tratsch scheint Sie viel mehr zu kümmern, als dass er nicht mehr am Leben ist. Und das, obwohl der Mann ermordet worden ist.«

Bei diesen Worten reckte sie herausfordernd das Kinn. »Das tut mir leid. Das tut mir wirklich leid. Aber ich habe einfach Angst. Ich habe Angst, dass ich deswegen vielleicht meinen Job verliere. Angst, dass die Person, die ihn ermordet hat, womöglich wusste, dass was zwischen mir und Edward lief.«

»Fühlen Sie sich bedroht? Haben Sie das Gefühl, dass jemand Sie beobachtet?«

»Nein. Aber, ich meine, all die Angestellten des Hotels, sie wussten doch auf jeden Fall Bescheid. Ich wüsste nicht, weshalb das einen dieser Leute interessieren sollte, aber … ach, verdammt.« Sie trank den nächsten Schluck von ihrem Tee. »Es geht bei dieser Sache nicht um mich. Ich bin nicht wirklich wichtig, und wahrscheinlich rede ich mir einfach etwas ein.«

»Wissen Sie, ob irgendjemand dem Senator schaden wollte?«

»Im Grunde nicht, obwohl er ab und zu davon gesprochen hat, dass sich ein Mann in seiner Position natürlich Feinde macht. Und dass ein einflussreicher Mann auch einflussreiche Gegner hat. Er hat mitunter stundenlang von seinen politischen Ideen gefaselt, und am Ende habe ich nur noch getan, als würde ich ihm zuhören.«

»Sie scheinen eine ziemlich gute Schauspielerin zu sein.«

Charity errötete. »Da haben Sie wahrscheinlich recht. Ich hatte was mit einem alten Mann, der mir karrieremäßig auf die Sprünge helfen sollte. Ich habe so getan, als würde ich den Sex mit ihm genießen, und gehofft, dass ich danach nach Hause fahren kann und nicht noch bis zum nächsten Morgen bleiben soll. Ich habe zugehört, wenn er geredet hat, und einfach immer nur genickt. Wenn Sie sagen wollen, ich hätte mich verkauft, haben Sie wahrscheinlich recht. Aber ich bin in den vergangenen Wochen sechs Gemälde losgeworden, und ich weiß, dass fünf dieser Verkäufe auf sein Konto gehen. Wofür ich ihm sehr dankbar bin.«

Sie wischte sich verstohlen eine Träne fort. »Es tut mir leid, dass er nicht mehr am Leben ist.«

»Wo waren Sie gestern zwischen vier und sechs Uhr nachmittags?«

»Ich … Oje, das weiß ich gar nicht so genau. Ich hatte gestern meinen freien Tag. Ich war mit einer Freundin Mittagessen, dann haben wir unsere Nägel machen lassen und geshoppt. Das heißt, im Grunde haben wir uns die Sachen eigentlich nur angeguckt. Dann waren wir noch was trinken, und danach gab es bei mir Pizza aus dem Auto-Chef. Wir haben einfach zusammen abgehangen, vielleicht bis neun, halb zehn. Ich bin verdächtig. Oh mein Gott.«

»Wir bräuchten den Namen und die Adresse dieser Freundin.«

»Gott, oh Gott. Aber natürlich. Lydia. Lydia Su. Sie ist die Einzige, die etwas von Edward weiß.« Sie fuhr sich mit den Händen durchs Gesicht, ließ sie dann wieder fallen und gab ihnen die Adresse und die Telefonnummer der anderen Frau. »Ich hätte ihn doch niemals umgebracht. Er hat mir geholfen, aber es war klar, dass er sich früher oder später mit mir langweilen würde, also hätte ich nur warten müssen, bis er Schluss macht, und wenn ich mich ruhig verhalten hätte, hätte er mich karrieremäßig vielleicht weiter unterstützt. Weswegen hätte ich ihn umbringen sollen?«

»Wo waren Sie zwischen Mitternacht und vier Uhr in der Früh?«

»Im Bett! Ich war im Bett. Als Lydia ging, wollte ich noch ein bisschen zeichnen, aber da wir Wein getrunken hatten, konnte ich mich nicht mehr richtig konzentrieren. Also bin ich gegen elf ins Bett gegangen und habe noch ein bisschen ferngesehen. Das kann doch alles gar nicht sein.«

»Beruhigen Sie sich, Charity«, bat Peabody. »Wir müssen Ihnen diese Fragen stellen und das, was Sie uns sagen, überprüfen. Das ist ganz normal. Wann haben Sie ihn zum letzten Mal gesehen oder gesprochen?«

»Ah, ich glaube, vorgestern. Er hat mich einmal in der Woche angerufen und zum Essen eingeladen. So hat er es jedes Mal gemacht. Ich hätte heute Abend zu ihm fahren sollen. Aber dann habe ich die Meldung in den Nachrichten gehört. Wir trafen uns nur einmal in der Woche. So war die Regel. Einmal in der Woche. Letzte Woche habe ich ihn Donnerstag gesehen. Wie soll's jetzt weitergehen? Was soll ich jetzt nur tun?«

»Am besten gehen Sie erst mal zurück zur Arbeit«, riet Eve ihr.

»Sie wollen wissen, was ich denke, stimmt's?«

»Natürlich, Peabody, denn schließlich bin ich einzig auf der Welt, damit Sie mir erzählen können, was Sie denken«, antwortete Eve, als sie wieder in ihren Wagen stieg.

»Sie sind gemein.«

»Ich bin es einfach leid, dass irgendwelche Weiber mir die Ohren vollheulen, nachdem sie wissentlich mit einem verheirateten Typen in der Kiste waren. Da sitze ich doch lieber irgendwelchen mörderischen Schweinehunden im Vernehmungsraum gegenüber.«

»Mein Gott, man sucht sich seine Arbeit nun einmal nicht immer aus. Sie hat tatsächlich furchtbar herumgejammert, aber gleichzeitig war er für sie die Gans, die goldene Eier legt. Ohne Gans gibt es folglich auch keine goldenen Eier mehr für sie.«

»Was soll sie denn mit goldenen Eiern? Weshalb sollte jemand goldene Eier haben wollen?«

»Das ist eine Metapher.«

»Aber eine ziemlich blöde, denn bestimmt sind goldene Eier giftig, und wenn man sie isst, verreckt man elendig. Vor allem haben wir bisher nur ihr Wort, dass es die goldenen Eier gab.«

»Wir können doch problemlos überprüfen, ob sie gelogen hat.«

»Das werden wir auch tun. Genauso wie wir alles andere überprüfen werden, was bei den Gesprächen herausgekommen ist. Wie wäre es mit dieser Geschichte: Der alte, geile Ganter hat langsam keine Lust mehr auf die junge, dumme Gans und sucht ein neues Nest, in das er seine goldenen Eier legen kann – da hinkt die Metapher schon schwer. Aber die junge Gans will nicht darauf verzichten und erklärt dem alten Ganter, wenn du mir deine Eier nicht mehr gibst, erzähle ich der ganzen Welt, dass du auf Küken stehst. Es kommt zum Streit, er will sich nicht erpressen lassen und wird deshalb umgebracht.«

»Tja nun …«

»Ich muss darüber nachdenken. Ich brauche erst einen anständigen Kaffee und ein bisschen Zeit zum Nachdenken, weil meiner Meinung nach bisher als Einzige die blöde Tusse mit dem arroganten Anwalt nicht als Täterin in Frage kommt. Und das geht mir gehörig auf den Keks.«

»Es wäre schön, wenn sie's gewesen wäre.«

»Schön, wie ein Ganter, der goldene Eier scheißt. Das ist alles große Gänsekacke.«

8

Ihr Dezernat war voller Cops, Lärm und dem Geruch von Veggiehack mit Extrazwiebeln, stellte Eve nach ihrer Rückkehr fest. Reineke und Jenkinson steckten die Köpfe über einer Fallakte zusammen, Carmichael war am Telefon, Santiago starrte stirnrunzelnd auf seinen Monitor, und Baxter kam mit einem Riesenbecher Kaffee aus dem Pausenraum.

Sie müsste sich erst noch daran gewöhnen, dass Trueheart in Zivil an seinem Schreibtisch saß.

»Gibt es keine Verbrechen mehr auf der Straße?«

»Hi, Lieutenant«, grüßte Reineke. »Wir haben einen Typen in Verhörraum A, den wir erst noch ein bisschen schwitzen lassen wollen. Der Arsch hat seinen Vorarbeiter auf der Laderampe aufgeschlitzt und den Beamten, die ihn festgenommen haben, erzählt, er hätte nur einen Karton aufschneiden wollen, dabei wäre ihm sein Boss in den Cutter gefallen. Drei Mal.«

»Da bin ich aber froh. Ich hatte schon befürchtet, langsam ginge uns die Arbeit aus. Peabody, Sie überprüfen erst einmal den Ehemann des widerlichen Weibs und die diversen Alibis.«

Santiago ging ans Telefon, bat mit erhobenem Finger um ein bisschen Ruhe, sagte laut: »Ja, ja. Verstanden. Alles klar«, und legte wieder auf. »Wir haben einen Fall«, rief er Carmichael zu. »Fenstersturz in der Sechsten. Vierzehnter Stock, direkt aufs Dach von einem Mini, der vorm Haus gestanden hat. Wie Sie sehen, haben wir immer noch zu tun.«

»Verdienen Sie sich Ihr Gehalt«, bat Eve und machte sich mit schnellen Schritten auf den Weg in ihr Büro. Bevor sie es jedoch erreichte, wurde sie von Baxter eingeholt.

»Wir haben gerade keinen heißen Fall«, setzte er an. »Also habe ich uns einen der alten, ungelösten Fälle herausgesucht und Trueheart darauf angesetzt.«

Genauso hatte sie es mit Peabody gemacht, als die ein frischgebackener Detective und ganz heiß aufs Arbeiten gewesen war. »Dadurch kriegt er mehr Erfahrung, und womöglich schließen Sie den Fall ja wirklich ab.«

»Er strengt sich unheimlich an. Jetzt brauche ich ihm nur noch beizubringen, wie man sich als Detective angemessen kleidet.«

Eve sah zu dem jungen Trueheart, der in einem dezenten Jackett und mit einer dunkelblauen Krawatte am Schreibtisch saß. »Für mich sieht er total in Ordnung aus.«

Ernst und proper, dachte sie. Als ginge er zum Gottesdienst.

Tja nun.

Doch Baxter schüttelte den Kopf. »Ich werde daran arbeiten. Falls die Ermittlungen was ergeben, kriegen Sie von uns Bescheid.«

Jetzt ging Eve in ihr Büro, brachte die Tafel und die Notizen auf den neusten Stand und schickte Mira, obwohl sie sie offiziell nicht in die Sache einbeziehen durfte, die Kopie ihres Berichts.

Dann führte sie Wahrscheinlichkeitsberechnungen zu den verschiedenen Frauen durch, wie erwartet sagten dem Computer hauptsächlich die Frauen zu, die über keine Alibis verfügten.

»Du machst es dir mal wieder ganz schön leicht.« Sie holte sich den nächsten Becher Kaffee, legte ihre Stiefel auf dem Schreibtisch ab und dachte nach.

Allyson Byson machte Urlaub in den Tropen. Obwohl sie jemanden angeheuert haben könnte, um Senator Mira umzubringen, war die Wahrscheinlichkeit doch eher gering, dass sie die Mörderin war. Dazu war das Vorgehen der Täter zu persönlich und brutal.

Sie würde Byson trotzdem überprüfen, um zu sehen, ob sie womöglich extra für den Mord zurückgekommen war.

Obwohl sie diesbezüglich einer Meinung mit der Kiste war, dass Byson eher nicht als Täterin in Frage kam.

Carlee MacKensie. Sehr nervös und leicht beeinflussbar, harmlos und eher schwach. Nur hatte sie kein Alibi, und wieder teilte Eve die Meinung des Computers, dass sie erst einmal verdächtig war.

»Irgendwas ist an dir seltsam, Carlee. Irgendetwas stimmt da nicht. Du bist ein bisschen zu naiv. Ich glaube nicht, dass du uns gegenüber völlig ehrlich warst.«

Dann ging sie weiter zu Lauren, dem widerlichen Weib. Die kaltblütige, sorgfältige Planung eines Mordes war ihr durchaus zuzutrauen.

Doch fehlte ihr die … Leidenschaft. Sie hatte für das Opfer sicher nicht genug empfunden, und er hatte sie auch nicht genug erbost, als dass sie ihn als Rache für die Trennung hätte foltern und dann auf brutale Art ermorden wollen.

Sie wirkte eher wie der Typ, der hinter seinem Rücken schlecht über ihn sprach, um seinen Namen in den Dreck zu ziehen.

Wie sah es mit Asha Coppola aus? Sie wirkte durchaus ehrlich, wenn man davon absah, dass sie fremdgegangen war. Sie hatte es vermasselt, hatte es bereut und dann daran gearbeitet, es wiedergutzumachen. Durchaus vorstellbar.

Dann war da noch Charity. Auch sie kam Eve aus welchem Grund auch immer nicht ganz sauber vor. Sie war nicht die, für die sie sich bei ihrer Unterhaltung ausgegeben hatte. Irgendetwas …

»Verschlagen«, sagte Eve und sah über den Rand von ihrem Becher auf das Bild von Downing, das an ihrer Tafel hing. »Du kamst mir irgendwie verschlagen vor. Natürlich hast du garantiert ein wasserdichtes Alibi, trotzdem sehe ich mir deine Freundin auch genauer an. Lydia Su. Vielleicht hat sie für dich gelogen, so wie Freundinnen das füreinander tun. Wir werden sie uns noch genauer ansehen, denn irgendetwas stimmt da nicht. Ich weiß, dass du bei unserem Gespräch nicht völlig ehrlich warst.«

Sie stellte ihren Becher fort und hängte einige der Bilder an der Tafel noch einmal um.

Charity Downing
Carlee MacKensie
Asha Coppola (Vielleicht hat ihr der Ehemann ja doch nicht ganz verziehen.)
Lauren Canford

Sie würde am Telefon noch mit Byson sprechen, war sich aber jetzt schon sicher, dass statt Canford danach deren Name ganz am Ende dieser Liste stehen würde, deshalb nähme sie erst einmal die anderen Frauen genauer unter die Lupe.

Eine Frau war Künstlerin, die andere Journalistin, eine Mitarbeiterin bei einer NGO, eine Lobbyistin und die andere hauptberuflich reiche Ehefrau.

»Du hattest keinen besonderen Typ, nicht wahr, Edward? Es ging dir mehr ums Aussehen und um die Gelegenheit. Vielleicht auch ums Alter, weil das Durchschnittsalter dieser fünf Damen – Scheißmathe – ungefähr bei Anfang, Mitte dreißig liegt. Wobei es sicher auch noch jede Menge anderer Frauen gab. Was, wenn …«

»Entschuldigung«, bat Peabody und klopfte gegen den Türrahmen. »Edward Mira junior und Gwendolyn Mira Sykes sind hier und würden gern mit Ihnen, das heißt mit uns beiden, reden.«

»Dadurch sparen wir uns den Weg. Bringen Sie sie in einen Vernehmungsraum. Am besten halten wir uns strengstens an die Vorschriften.«

»Ich glaube, B ist frei. Dann bringe ich die beiden jetzt dorthin.«

Eve nickte, wandte sich erneut der Tafel zu, erkannte, dass sie aus dem Takt gekommen war, und stand entschlossen auf. Mal sehen, was die Kinder des Opfers ihr zu sagen hätten, die wahrscheinlich auch den größten finanziellen Nutzen daraus zögen, dass ihr alter Herr nicht mehr am Leben war.

Auf dem Weg nach draußen sah sie, dass an Truehearts Schreibtisch jetzt auch Baxter saß. Sie hatte keine Ahnung, ob sie über die Ermittlungen oder Anzugschnitte und die Vor- und Nachteile verschiedener Stoffe sprachen, doch im Grunde war ihr das im Augenblick auch vollkommen egal.

Sie ging in den Verhörbereich, wo Peabody ihr aus Verhörraum B entgegenkam.

»Ich hole ihr ein Mineralwasser und ihrem Bruder eine Coke.«

Eve grub in ihren Taschen, bis sie ein paar Münzen fand. »Für mich holen Sie bitte eine Pepsi und für sich, was Sie auch immer wollen. Wenn Sie zurückkommen, geben Sie sich freundlich, aber offiziell.«

»Die beiden sind ziemlich fertig, Dallas. Halten sich zwar aufrecht, aber trotzdem sieht man, dass sie wirklich mitgenommen sind. Und sie bilden eine feste Einheit, was bedeutet, dass die beiden wirklich dicke miteinander sind.«

»Okay.«

Sie öffnete die Tür. Obwohl sie die Passbilder schon gesehen hatte, fielen ihr an Edward junior sofort Dennis Miras grüne träumerische Augen auf.

Er trug das dunkle Haar in einem kurzen Pferdeschwanz wie Roarke, wenn er vor seinem Computer saß, hatte ein attraktives, scharf geschnittenes Gesicht, das dem des Vaters ähnlich war, und trug ausgelatschte Arbeitsstiefel, Jeans und ein rot-schwarz kariertes Baumwollhemd.

Die Schwester schlug äußerlich der Mutter nach und wirkte trotz der rot geweinten Augen mit dem dunklen Zweiteiler, den dunklen Strümpfen und den knöchelhohen roten Stiefeln mit den mörderischen Absätzen genauso elegant und makellos wie sie.

Sie saßen Hand in Hand an dem verkratzten Tisch, dann aber drückte Edward junior seiner Schwester kurz die Hand und stand höflich auf, als Eve die Tür hinter sich schloss.

»Mr. Mira, Mrs. Sykes, ich bin Lieutenant Dallas. Mein Beileid zu Ihrem Verlust.«

»Bitte nennen Sie mich Ned. Ich bin Ned, und dies ist Gwen«, bat er und fuhr mit rauer, angespannter Stimme fort. »Danke, dass Sie sich die Zeit nehmen, mit uns zu sprechen. Dennis sagt, Sie arbeiten sehr hart, um herauszufinden, wer unseren Vater auf … brutale Art ermordet hat. Deshalb wollen wir Sie nicht lange aufhalten.«

»Sie halten uns nicht auf. Wir hatten sowieso vor, bei Ihnen vorbeizukommen.«

»Wir waren bei unserer Mutter«, meinte Gwen und räusperte

sich kurz. »Ihre Security hat Ned verständigt und mich dann bei mir zu Hause abgeholt. Wir möchten Sie als Erstes um Verzeihung bitten für die Art, wie unsere Mutter mit Ihnen umgesprungen ist.«

»Das ist nicht Ihre Schuld und auch nicht weiter schlimm.«

»Oh doch, es ist schlimm«, erklärte Ned, und ein grimmiges Lächeln huschte über sein Gesicht. »Wir können uns vorstellen, wie es war, denn so spricht sie auch oft mit uns. Trotz ihres schlechten Benehmens ist sie am Boden zerstört. Wir kennen Ihren Ruf, Lieutenant, und Charlotte arbeitet mit Ihnen zusammen. Also …«

Er strich seiner Schwester sanft über den Arm. »Inzwischen wissen Sie, dass unsere Eltern keine Ehe im herkömmlichen Sinn geführt haben.«

»Was war es dann für eine Ehe?«

Ehe Ned ihr eine Antwort geben konnte, tauchte Peabody mit den Getränken auf. »Ich hoffe, Dosen sind okay.«

»Auf jeden Fall. Danke«, sagte Ned und wandte sich erneut an Eve. »Sie mochten sich, doch ihre Ehe war im Grunde eher so etwas wie eine Partnerschaft. Politisch und gesellschaftlich.«

»Du brauchst nicht um den heißen Brei herumzureden, Ned. Beide hatten ständig irgendwelche anderen Beziehungen«, griff Gwen den Faden auf. »Sie hatten einen Sohn und eine Tochter produziert, danach waren sie frei, zu tun und zu lassen, was sie wollten. Das war uns bekannt, wir sind mit dieser Übereinkunft aufgewachsen, und wir wussten, dass darüber nicht gesprochen werden durfte, denn solange wir das Bild der heilen Welt aufrechterhielten, blieb alles im Gleichgewicht.«

»Bis du es irgendwann vermasselt hast«, zog Ned die Schwester auf, und leise lachend, antwortete sie: »Sagt der, der's vorher schon vermasselt hat.«

Dann aber füllten ihre Augen sich mit Tränen, und sie schluchzte: »Mein Gott, Ned.«

»Schon gut. Schon gut.« Er rückte noch ein bisschen dichter an sie heran und nahm sie tröstend in den Arm. »Ich habe es zuerst vermasselt, als ich nicht nach Yale gegangen bin. Ich hatte keine Lust auf Jura oder darauf, in die Politik zu gehen. Also habe ich dafür gesorgt, dass ich das auch nicht muss. Ich habe in der Schule absichtlich die Arbeiten verhauen und, so oft es ging, geschwänzt. Ich wollte eigentlich mit achtzehn ausziehen, aber …«

»Er hat meinetwegen noch zwei Jahre länger durchgehalten, denn er wollte mich dort nicht alleine lassen. Dann bin ich zwar nicht nach Yale, sondern nach Harvard gegangen, aber Jura habe ich studiert. Weil ich es wollte, auch wenn ich dann Anwältin für Kinderrechte wurde, statt wie unser Vater in die Politik zu gehen.«

»Wir haben unsere Eltern also beide, wenn auch auf verschiedene Art, enttäuscht«, schloss Ned. »Vor allem mit unserem Vater waren wir ständig über Kreuz. Ich habe mit zwei Freunden, die ihm nicht genehm waren, eine eigene Werkstatt aufgemacht. Wir bauen, reparieren und recyceln Möbel. Dass ich mit meiner Hände Arbeit Geld verdienen will, hat er mir niemals verziehen. Wir sind seit zweiundzwanzig Jahren im Geschäft, aber er nannte es noch immer meine Rebellion.«

»Sind Sie etwa einer der *Drei Möbelmänner*?«., fragte Peabody ihn überrascht, grinsend nickte er.

»Genau.«

»Ich *liebe* Ihre Sachen, und ich kenne mich mit diesen Dingen aus, weil auch mein Vater und mein Bruder Möbel bauen. Ich liebe Ihre Arbeit. Tut mir leid«, wandte sie sich an Eve. »Aber dieser Laden hat tatsächlich einen super Ruf.«

»Vielen Dank, dass Sie das sagen. Gwen ist ebenfalls sehr gut in ihrem Job, aber …«

»Unsere Eltern hatten anderes mit uns vor«, ergriff sie jetzt das Wort. »Wir entsprechen nicht dem Image, das uns zugewiesen worden ist. Wir haben nicht die Ehepartner ausgewählt, die unsere Eltern für uns haben wollten. Es spielte für sie keine Rolle, dass wir beide glücklich sind, dass unsere Partner wunderbare Menschen sind, die wir von ganzem Herzen lieben, und dass wir mit ihnen wirklich tolle Kinder haben, denn sie haben etwas anderes für uns geplant.«

»Unsere Eltern haben niemals zugegeben, dass wir uns entfremdet haben«, meinte Ned. »Im Grunde ist das auch nicht der passende Begriff. Aber wir haben kaum Kontakt und sehen uns höchstens ab und zu an irgendwelchen Feiertagen, wenn es gar nicht anders geht.«

»Und wenn Sie sich sehen oder sprechen?«, fragte Eve.

»Kommt es in neun von zehn Fällen zum Streit. Charlie hat gesagt, wir sollten Ihnen gegenüber völlig ehrlich sein. Also ... ich mochte meinen Vater nicht.«

»Oh, Ned.«

»Was hätte es für einen Sinn zu lügen, Gwen? Ich konnte ihn nicht leiden, und ich habe ihn nicht respektiert. Aber er war mein Vater, und zwar bis zum Schluss. Und meine Mutter ist eine totale Nervensäge.«

»Gott, das ist sie«, seufzte Gwen und legte ihren Kopf auf seine Schulter. »Aber sie ist unsere Mutter, und jetzt trauert sie um ihren Mann. Unser Vater wurde auf brutale Art ermordet, und egal, wie angespannt unsere Beziehung war, hat er ein solches Ende nicht verdient. Wir werden Ihnen alles sagen, was Sie wissen müssen, und versuchen, alle Ihre Fragen zu beantworten, denn wir wollen Ihnen helfen herauszufinden, wer das war.«

»Den Medien gegenüber treten wir geschlossen als Familie auf. Ihm zuliebe und für unsere Mutter werden wir das Image der glücklichen Familie wahren.«

»Dann bringen wir es hinter uns. Wo waren Sie gestern zwischen vier und sechs Uhr nachmittags und zwischen Mitternacht und vier Uhr morgens?«

»Zwischen vier und sechs war ich in unserer Werkstatt bei der Arbeit. Das heißt, gearbeitet haben wir nur bis kurz nach fünf«, verbesserte sich Ned. »Dann habe ich noch aufgeräumt und kurz mit Grant gequatscht. Das ist einer meiner Partner. Wahrscheinlich war ich kurz nach sechs zu Hause, weil's um sieben Abendessen gab. Für meine Frau, die Kinder und für mich. Zwischen Mitternacht und vier Uhr früh lag ich im Bett.«

»Ich hatte einen Gerichtstermin bis kurz vor fünf«, erklärte Gwen.

»Ein Sorgerechtsfall, der ausnehmend hässlich war. Trewald gegen Fester. Vorsitzender Richter Harris. Danach musste ich noch kurz in die Kanzlei, aber um sechs war ich zu Hause, und dort brach sofort das Chaos aus. Meine Tochter ist mit ihren dreizehn Jahren mitten in der Pubertät und stritt sich wieder einmal fürchterlich mit ihrem elfjährigen Bruder, dessen Lebenszweck es ist, ihr auf den Keks zu gehen. Gegen Mitternacht haben mein Mann und ich total erschöpft im Bett gelegen, uns ein zweites Gläschen Wein gegönnt und uns gefragt, wo unsere süße, liebenswerte, glückstrahlende kleine Tochter abgeblieben ist.«

»Ihr werdet diese Phase so wie alle Eltern überstehen«, versuchte Ned, ihr Mut zu machen.

»Aber sicher nur, solange immer eine Flasche Wein im Kühlschrank steht.«

»Mr. Mira, Dennis Mira, hat uns gegenüber angedeutet, dass Sie beide jetzt den Anteil Ihres Vaters an der Immobilie in der Spring Street erben werden. Meines Wissens nach ist sie Millionen wert.«

»Bestimmt«, bestätigte Ned ihr. »Falls wir sie wirklich erben, ist zumindest ein Problem vom Tisch. Dann bleibt das Haus in der Familie. Wir brauchen dieses Geld nicht, Lieutenant. Gwen und ich verdienen selbst genug, und uns ist klar, wie sehr das Haus Dennis am Herzen liegt.«

»Okay. Kennen Sie irgendwelche Frauen, mit denen Ihr Vater mal zusammen war?«

»Wir haben großen Wert daraufgelegt, sie nicht zu kennen«, meinte Gwen. »Aber vor ein paar Jahren stand Leanore Bastwick vor Gericht auf der Gegenseite, in einer Pause folgte sie mir absichtlich auf die Toilette, um mir zu erzählen, dass sie mit meinem Vater schläft. Sie hat versucht, mich damit aus dem Gleichgewicht zu bringen, damit sie den Fall gewinnt.«

»Das kann ich mir vorstellen.«

»Natürlich hat es mich schockiert, als ich vor ein paar Wochen hörte, was mit ihr passiert war, aber um den Schlaf gebracht hat es mich nicht.«

»Immer mit der Ruhe, Mädchen.« Wieder drückte Ned ihr aufmunternd die Hand und wandte sich an Eve. »Mich hat auch einmal eine dieser Frauen angesprochen.«

»Was?« Die Schwester starrte ihn mit großen Augen an. »Davon hast du mir nie etwas erzählt!«

»Das ist inzwischen zwanzig Jahre her. Ich kann mich nicht mal mehr daran erinnern, wie sie hieß, aber sie kam in den kleinen Laden, den wir damals hatten, meinte, dass sie wissen wollte, ob ich meinem Vater abgesehen von meinem Aussehen auch in anderen Dingen ähnlich wäre, und griff mir dann einfach in den Schritt. Das war ganz sicher nichts, worüber ich mit meiner Schwester hätte sprechen wollen. Aber Zoe, meine Frau, hat es gesehen. Das heißt, natürlich war sie damals noch nicht meine Frau. Sie ist und war damals schon Innenarchitektin, wir haben bei einigen Projekten mit ihr zusammengearbeitet. Sie hat alles mitbekommen, und während ich versuchte, nicht zu schreien wie ein kleines Mädchen, kam sie anmarschiert, packte die Eiergrabscherin am Kragen, schleifte sie zur Tür und meinte, wenn sie sich in unserem Laden jemals wieder blicken ließe, riefe sie die Polizei.«

»Ich liebe Zoe«, meinte Gwen, ihr war deutlich anzuhören, dass der Satz von Herzen kam.

»Ich auch. Trotzdem brauchte ich danach noch über einen Monat, bis ich es wagte, sie zu fragen, ob sie einmal mit mir ausgehen will. Aber danach ging alles ziemlich schnell. Tut mir leid, das bringt Sie ganz bestimmt nicht weiter.«

»Sie würden sich wundern, wenn Sie wüssten, was uns alles weiterhilft. Sie haben mir erzählt, dass Ihre Eltern schon seit Jahren diese Art von Übereinkunft hatten, trotzdem kam es während all der Zeit nur zweimal vor, dass eine dieser Frauen an Sie herangetreten ist. Das sagt mir, dass die Frauen in der Regel sehr diskret waren und es für gewöhnlich keinen Ärger gab, wenn die Affären vorüber waren. Soweit Sie wissen, hat ihm also keine von den Frauen, mit denen er eine Affäre hatte, jemals Scherereien gemacht oder ihn unter Umständen sogar bedroht.«

»Dann hätte er sie plattgemacht. Nicht körperlich«, beeilte Ned sich zu erklären. »Aber auf jede andere Art. Selbst wenn sie nur angedeutet hätten, dass sie meinem Vater irgendwelchen Ärger machen wollten, hätte er ihnen deutlich zu verstehen geben, dass er sie zerstören könnte und nicht zögern würde, das zu tun. Ihre Leben, ihre Karrieren und sogar ihre Familien. Er war mein Vater, und ich will, dass, wer auch immer ihn ermordet hat, gefunden wird und hinter Gitter kommt. Aber er war rachsüchtig und skrupellos, und er vergaß niemals, wenn jemand ihn aus seiner Sicht verraten hat.«

»Ist das genug? Können wir erst mal aufhören? Es fühlt sich schrecklich an, so über den eigenen Vater zu reden.« Wieder stiegen in Gwens Augen Tränen auf. »Wir wollen Ihnen helfen, aber reicht es vielleicht jetzt fürs Erste?«

»Auf jeden Fall. Sie waren uns wirklich eine große Hilfe.«

»Dann würde ich gern nach Hause fahren. Ich brauche jetzt meine Familie.«

»Ich bringe dich nach Hause.« Ned stand auf.

»Das brauchst du nicht.«

»Wie wäre es, wenn Zoe mit den Kindern käme und wir einfach noch etwas bei euch zusammensitzen würden?«

Müde schloss Gwen die Augen. »Das wäre wunderbar. Das käme mir irgendwie richtig vor. Wir haben die Schwester meiner Mutter informiert«, fügte sie an Eve gewandt hinzu. »Sie kümmert sich um sie und ist die Einzige, die ihr jetzt helfen kann. Wir anderen halten so zusammen, wie wir es immer tun.«

Das täten sie bestimmt, sagte sich Eve und sah den beiden hinterher. Sie würden wie sonst auch zusammenhalten, denn das hatten sie bereits ihr Leben lang getan.

»Es war bestimmt nicht leicht, so aufzuwachsen. Permanent ein Image aufrechtzuerhalten, ohne jemals echte Liebe oder wenigstens Loyalität zwischen den Eltern zu erleben.«

»Sie haben es überstanden«, antwortete Eve. »Und haben sich ein eigenes Leben aufgebaut.«

Genauso hatte sie es auch gemacht.

Sie ging zurück in ihr Büro und brachte die Aufzeichnungen auf den neusten Stand. Zögerte und schickte Mira davon ebenfalls eine Kopie. Es wäre sicherlich nicht leicht für sie zu lesen, wie der Neffe und die Nichte über ihre Eltern sprachen, doch wahrscheinlich wusste sie bereits seit Jahren, wie es in der Familie des Senators zugegangen war.

Auch sie wollte nach Hause, wurde ihr bewusst. Dort könnte sie sich besser konzentrieren.

Sie sammelte die Dinge ein, die sie brauchte, schnappte sich den Mantel und machte den Fehler, an ihr Link zu gehen, als ein Anruf kam.

Der Pressesprecher setzte sie davon in Kenntnis, dass sie noch ein Statement zum Fall Mira abzugeben hätte, und mit einem resignierten Seufzer lief sie los.

Am Schreibtisch ihrer Partnerin blieb sie kurz stehen. »Ich muss zu dieser Pressekonferenz, danach nehme ich die Arbeit mit nach Hause. Schreiben Sie Berichte zu den Ehemännern und den überprüften Alibis. Hier oder zu Hause, Hauptsache, ich kriege sie noch heute Abend zugeschickt.«

»Ich bleibe hier, bis Ian Feierabend hat.«

»Schicken Sie eine Kopie an Mira. Allerdings nicht auf dem offiziellen Weg. Verstanden?«

»Alles klar.«

Sie hasste diesen Teil ihres Jobs, am besten also brächte sie es einfach hinter sich.

Zum Glück hatte der Pressesprecher für ihr Statement und die Fragen der Reporter insgesamt nur zehn Minuten anberaumt, doch auf der Fahrt nach Hause gingen ihr die Fragen weiter durch den Kopf.

Ist es richtig, dass Senator Mira nackt gefunden wurde?
Warum wurde die Entführung nicht gemeldet?
Hilft Dr. Charlotte Mira Ihnen bei den Ermittlungen?
Ist Professor Dennis Mira tatverdächtig?
Wie lange wurde der Senator vor dem Tod gefoltert?

Himmel, dachte sie, hatten die Menschen wirklich einen Anspruch darauf, diese Dinge zu erfahren? Genau die Frage hatte sie den Journalisten noch mit auf den Weg gegeben, ehe sie gegangen war.

Gleich wäre sie zu Hause, dachte sie. Vielleicht könnte sie noch kurz trainieren oder ein paar Bahnen schwimmen, bevor sie mit der Arbeit weitermachte. Einfach irgendetwas tun, um nicht an all die Hässlichkeit zu denken, die ihr heute überall begegnet war.

Es tat ihr bereits gut, das Haus zu sehen. Sie wusste nicht, warum, doch das Gespräch mit Gwen und Ned hatte sie aus dem Gleichgewicht gebracht.

Sie waren nicht geschlagen oder sonst irgendwie körperlich misshandelt worden. Waren in einem privilegierten Umfeld aufgewachsen, hatten all die grauenhaften Dinge, die sie selbst erlitten hatte, nie erlebt. Trotzdem waren bei ihren Worten ihre eigenen Übelkeit erregenden Erinnerungen an ihre Kindheit in ihr aufgestiegen, daran, wie sie voller Angst gewesen war und keine Möglichkeit gesehen hatte, den Misshandlungen durch ihren Vater zu entgehen.

Doch dafür war jetzt keine Zeit.

Sie parkte den Wagen vor der Tür und sagte sich, ein kurzes Wortgefecht mit Summerset käme ihr gerade recht.

Der Butler aber war nicht in der Eingangshalle, und das brachte sie noch stärker aus dem Gleichgewicht. Er hätte dort wie immer auf der Lauer liegen und bei ihrem Auftauchen verächtlich das Gesicht verziehen sollen.

»Was machen Sie so früh zu Hause?«, äffte sie ihn auf dem Weg nach oben knurrend nach und schob mit ihrer ganz normalen Stimme die von ihr geplante Antwort nach. »›Ich wollte extra einmal früher kommen, um zu sehen, wie Sie aus Ihrem Sarg gekrabbelt kommen.‹ Verdammt, der war echt gut. Und jetzt ist die Gelegenheit vertan.«

Auf ihrem Weg zum Schlafzimmer bog sie noch kurz in Richtung des Arbeitszimmers ab. Sie würde ihre Akten schon mal auf den Schreibtisch legen und die Tafel aktualisieren. Dann könnte alles in Ruhe sacken, während sie erst eine halbe Stunde auf dem Laufband lief und dann noch ein paar Runden schwamm.

Sie hatte ihr Büro noch nicht erreicht, als sie ein leises Summen hörte.

Was zum Teufel?

War das vielleicht eine von den Hauswirtschaftsdroidinnen, die sie im Grunde niemals sah?

Summten Hauswirtschaftsdroidinnen bei der Arbeit vor sich hin?

Sie öffnete die Tür.

Und sah einen glamourösen Rotschopf, der in schenkelhohen Stiefeln mit gefährlich hohen Absätzen fröhlich summend durch *ihr* ganz privates Arbeitszimmer lief. Dann pflanzte dieses Weibsbild auch noch seinen winzig kleinen Hintern auf den Schreibtisch, auf dem es ganz sicher nichts verloren hatte, und sah sich mit einem Lächeln auf den Lippen um.

Wo war ihre Tafel?

Eve schob die Hand unter den Mantel, legte sie an ihre Waffe und fragte mit barscher Stimme. »Wer zum Teufel sind Sie?«

Mit einem leisen Aufschrei sprang der Rotschopf auf, griff sich an eine straffe Brust und starrte sie mit großen Augen an.

»Oh Gott! Haben Sie mich erschreckt.«

»Ach ja?« Mit der Hand am Griff der Waffe trat Eve ein. »Sie werden wahrscheinlich noch viel mehr erschrecken, wenn Sie mir nicht sofort sagen, wer Sie sind, und innerhalb von zehn Sekunden Land gewinnen.«

»Ich bin Charmaine. Sie müssen Lieutenant Dallas sein. Freut mich, Sie kennen zu lernen. Ich habe nur schnell Maß genommen, aber jetzt bin ich damit durch.«

»Maß genommen?«

»Für … Sie haben mir wirklich einen Riesenschrecken eingejagt. Das darf ich Ihnen nicht sagen. Roarke …«

In dem Moment trat er durch die Verbindungstür zu seinem eigenen Büro. »Tut mir leid, wenn ich Sie störe, aber vielleicht könnten Sie ja … Eve.«

Er bemerkte ihren Blick und ihre Haltung, sah, dass ihre Hand am Stunner lag, und seufzte leise auf. »Ich habe nicht erwartet, dass du so früh nach Hause kommst.«

»Ach nein? Wer ist das, und was macht die Frau in meinem Büro?«

»Charmaine Delacroix, Lieutenant Dallas. Charmaine hat als Innenarchitektin bereits eine Reihe von Projekten für mich durchgeführt. Unter anderem das Dojo.«

»Wunderbar minimalistisch, aber alles andere als spartanisch oder streng.«

Unauffällig schob Roarke sich zwischen die beiden Frauen. »Haben Sie alles, was Sie brauchen?«

»Absolut. Ich kann es kaum erwarten, mit der Arbeit anzufangen. Nächste Woche kriegen Sie die ersten Vorschläge geschickt. War wirklich nett, Sie kennen zu lernen«, wiederholte sie an Eve gewandt und wandte sich zum Gehen. »Ich finde selbst hinaus.«

Eve gab ihr fünf Sekunden, um aus ihrem Arbeitszimmer zu verschwinden, und wandte sich dann zornbebend an ihren Mann. »Du hast jemanden durch mein Arbeitszimmer streunen lassen.«

»Ich habe eine Innenarchitektin kommen lassen, sie hat sich einen Eindruck von dem Raum verschafft und die Maße genommen, und ich wäre eigentlich – obwohl sie durch und durch vertrauenswürdig ist – die ganze Zeit dabei gewesen, nur dass dann ein Anruf für mich kam.«

»Warum muss sich eine Innenarchitektin einen *Eindruck* von dem Raum verschaffen, der *mein* Arbeitszimmer ist? Und wo ist meine gottverdammte Tafel hingekommen?«

»Die habe ich vorübergehend weggestellt, weil ich nicht wollte, dass jemand, der nichts mit deinem Job zu tun hat, sie zu sehen bekommt. Wenn du nicht vollkommen unerwartet auf der Bildfläche erschienen wärst, hätte ich sie rechtzeitig vor deiner Heimkehr wieder an ihren Platz zurückgestellt.«

Vor Zorn platzte ihr fast der Kopf. »Dann wäre es also okay gewesen, wenn ich es nicht mitbekommen hätte?«, fauchte sie ihn an. »Wäre es auch okay, wenn ich mich in dein Arbeitszimmer schleichen, Sachen wegräumen und jemand anderem das Zimmer überlassen würde, ohne dass du etwas davon weißt?«

»Wenn du gute Gründe dafür hättest so wie ich.«

»Was für gute Gründe kann es bitte dafür geben, meine Tafel wegzuräumen und eine Frau in meinem Arbeitszimmer herumlaufen zu lassen, die zu allem Überfluss noch summt.«

»Summt?«

»Ja, summt. Um Himmels willen.«

»Ich nehme an, sie ist einfach ein positiver Mensch. Ich habe sie gebeten, sich in deinem Arbeitszimmer umzusehen, weil ich dich mit verschiedenen Vorschlägen für eine neue Einrichtung des Zimmers überraschen wollte.«

Jetzt qualmten ihr vor lauter Wut die Ohren.

»Was soll ich mit diesen Vorschlägen? Der Raum ist gut, so wie er ist. Das war er bisher für dich auch. Du hast ihn schließlich selbst so eingerichtet, um mich dazu zu bewegen, bei dir einzuziehen. Und plötzlich ist er nicht mehr gut genug? Ist er vielleicht mit einem Mal zu schäbig für dein schickes Haus?«

Jetzt sahen seine Augen aus wie blaues Eis. »Wenn du dich dümmer machen möchtest, als du bist, und dich von irgendwelchen Nichtigkeiten aus der Fassung bringen lassen willst, reden wir besser weiter, wenn du wieder die Alte bist.«

»Dann stelle ich mich also dumm an? Du fängst einfach an, mein Arbeitszimmer umzumodeln, und ich stelle mich dumm an?«

»Menschen verändern sich. Sie ändern ihre Ansichten, ihre Gedanken und ihr Äußeres, und manchmal eben auch ihre Umgebung, Eve. Ich dachte, dass du nach so langer Zeit bereit wärst, auch dein Arbeitszimmer zu verändern, damit es dich widerspiegelt, wie du heute bist. Offenbar bist du das nicht. Aber du bist nicht deshalb dumm. Du bist dumm, weil du mir nicht genug vertraust und tust, als hättest du uns überrascht, während wir nackt auf deinem heiß geliebten Schreibtisch übereinander hergefallen sind. Und jetzt habe ich noch zu tun.«

Sie knirschte mit den Zähnen, als er durch die Verbindungstür verschwand. »Wenn ich bei so etwas dazugekommen wäre, hätte ich euch beide abgeknallt.«

»Das ist zumindest mal etwas«, gab er zurück und zog die Tür hinter sich zu.

9

Verdammt, sie hasste es, wenn er das tat. Sie hasste es, wenn sie sich mit ihm streiten wollte und er sie dann einfach stehen ließ.

Er wusste ganz genau, wie sie das hasste, am liebsten wäre sie jetzt einfach in den Nebenraum gestürzt und hätte ihre Auseinandersetzung fortgesetzt, aber … das würde ihm bestimmt gefallen, oder nicht? Also stapfte sie durch ihr Büro. Durch *ihren* Raum! Wahrscheinlich würde er sich freuen, wenn sie hinüberstürzte und dann weitertobte, während er vollkommen ruhig in seinem Schreibtischsessel saß.

Sie wusste, wie sie dieses Eis zum Schmelzen bringen könnte, oh das wusste sie genau. Sie wusste, welche Knöpfe es zu drücken galt, damit sein Temperament zum Vorschein kam. Wahrscheinlich würde ihm auch das gefallen. Dann könnte er sich einreden, dass er total *vernünftig* war, wogegen sie sich wie ein kleines Mädchen in der Trotzphase benahm.

Verdammt, diese Befriedigung würde im diesmal nicht zuteil.

Das könnte er vergessen.

Schließlich war sie heimgekommen, um einen klaren Kopf zu kriegen, genau deswegen nähme sie sich jetzt die Zeit, um in den Fitnessraum zu gehen.

Schnaubend stapfte sie ins Schlafzimmer, wo Galahad gemütlich auf dem Bett lag, und als er die zweifarbigen Augen aufschlug, warnte sie ihn: »Halt dich zurück. Wie würde es ihm wohl gefallen, wenn ich einfach jemanden in dieses Zimmer kommen lasse?« Wütend zog sie sich den Mantel aus und warf ihn auf das Fußende des Betts. »Wenn ich beschließe, he, ich werde dieses Schlafzimmer verändern. Ja genau, ich habe keinen Bock mehr auf den alten Kram, deswegen muss jetzt alles raus.«

Sie schnaubte. »Wie wäre das?«

Sie zerrte sich das Waffenholster von der Schulter und ließ es zusammen mit dem Handy, ihrem Handcomputer, ihrer Dienstmarke und all dem anderen Kram, den sie mit sich herumschleppte, auf die Kommode fallen.

Galahad, der ein Gespür für Stimmungen und Timing hatte, schaute weiter schweigend zu, wie Eve aus den Straßenkleidern in ihre Sportklamotten stieg.

»Vielleicht bist du als Nächster dran«, erklärte sie ihm auf dem Weg zum Lift. »Vielleicht lässt er dein Fell ja plötzlich rosa färben und steckt dich in einen Smoking oder so.«

Noch immer vor Wut kochend, fuhr sie in den Fitnessraum. Dies war ganz sicher nicht der rechte Augenblick für eine Holositzung mit Großmeister Wu. Sie überlegte kurz, einen der Kampfdroiden kurz und klein zu schlagen, aber da sich Roarke darüber sicher amüsieren würde, stieg sie auf das Laufband und gab eine Strecke voller Hindernisse quer durch eine Großstadt ein.

Ein Lauf am Strand wäre entspannend, aber da sie sich noch nicht entspannen wollte, rannte sie durch Straßenschluchten, legte einen kleinen Taschendieb aufs Kreuz und rollte, kletterte und sprang über verschiedene Hindernisse, bis sie nach fünf Meilen rechtschaffen erledigt war.

Dann stemmte sie Gewichte, bis die Muskeln ihrer Oberarme brannten, machte Crunches, bis sie fürchten musste, ihre Bauchmuskeln würden zerspringen, und hängte ein paar Dehnübungen dran.

Verschwitzt und außer Atem ging sie durch die wunderbare Tropenlandschaft ihres Schwimmbereichs, zog sich am Rand des Beckens aus und machte einen Kopfsprung in das kühle leuchtend blaue Nass.

Fünf Doppelbahnen später bettelte ihr Körper sie um eine Pause an, und ihr Gehirn nahm seine Arbeit wieder auf.

Ihr Arbeitszimmer. Ihres. Er hatte nicht das Recht, sie zu bedrängen, es zu verändern, und vor allem hinter ihrem Rücken irgendeinen eleganten Rotschopf auf die Pläne für das Zimmer anzusetzen, weil es ihm mit einem Mal zu … schäbig war.

Ihr Arbeitszimmer war total okay, so wie es war, sagte sie sich, während sie eine weitere Bahn durchs Becken zog. Es war praktisch, und es reichte ihr vollkommen aus. Auch wenn es im Vergleich zum Rest des Hauses tatsächlich ziemlich schäbig war.

Aber ihr gefiel dieser Raum, so wie er war, verdammt noch mal.

Sie leistete dort gute Arbeit, und bisher hatte sich auch Roarke dort durchaus wohlgefühlt. Er hatte diesen Raum genauso eingerichtet wie den Raum in ihrer alten Wohnung, bis hin zu dem wackeligen Schreibtisch und dem durchgelegenen Schlafsessel.

»Verdammt, verdammt, verdammt.« Die Geste hatte ihr sehr viel bedeutet, doch jetzt plötzlich genügte dieses Zimmer ihm nicht mehr.

Weil sie nicht mehr in ihrer alten Wohnung mit dem alten wackeligen Schreibtisch lebte, ging ihr plötzlich auf.

»Verflucht noch mal.«

Als sie wieder nach oben kam, war sie noch immer wütend, hatte sich aber zumindest annähernd im Griff. Sie zog sich eine Jogginghose, Sneaker und ein Sweatshirt an, setzte sich hin und streichelte den ungerührt auf ihrem Bett thronenden Galahad.

»Nie im Leben würde er dein Fell pink färben lassen oder dich in einen Smoking stecken«, sagte sie zu ihm. »Er mag dich ganz genauso, wie du bist. Ich bin mir nicht ganz sicher, ob das auf mich auch zutrifft, dich aber will er ganz genau so haben, wie du bist.«

Galahad rieb seinen Kopf an ihrem Arm und forderte sie dadurch auf, mit der Liebkosung fortzufahren. Er rollte sich begeistert auf den Rücken, und sie sagte sich, dass ihr Zusammenleben mit dem Kater deutlich leichter war als das mit ihrem Mann.

Dann gingen sie zusammen in ihr Arbeitszimmer, und Eve sah, dass die Verbindungstür zu Roarkes Büro noch immer sorgfältig geschlossen war.

»Meinetwegen soll er ruhig noch tagelang da drüben bleiben«, stellte sie verächtlich fest. »Ich habe sowieso zu tun. Wenn du dich umsiehst, fehlt dir irgendwas in diesem Raum?«, erkundigte sie sich bei ihrem vierbeinigen Freund.

Der Kater sah sie an, joggte zu ihrem Schlafsessel und machte es sich dort bequem.

»Siehst du? Wir haben hier alles, was wir brauchen. Außer meiner Tafel. Wo zum Teufel hat er die versteckt?«

Nach kurzem Suchen fand sie sie im Abstellraum und zerrte sie zurück an ihren angestammten Platz.

Sie hängte ein paar neue Fotos daran auf, holte sich einen Kaffee, schaute sich die Bilder an, hängte sie noch einmal um, nahm hinter ihrem wackeligen Schreibtisch Platz und ging die Notizen durch.

Sie sah kaum auf, als Roarke aus seinem Arbeitszimmer kam, schweigend trat er vor ein Wandpaneel, wählte aus dem Fach dahinter eine Flasche Rotwein aus, entkorkte sie und fragte: »Willst du auch ein Glas?«

Sie schüttelte den Kopf. »Ich werde mich auch nicht bei dir entschuldigen.«

»Dann passt es ja. Weil ich dich nämlich auch nicht um Verzeihung bitten will.«

»Ich habe keinen Rotschopf einbestellt, der summend und in Mörderstiefeln durch dein Arbeitszimmer läuft und seine Nase dort in deine Angelegenheiten steckt.«

»Dann haben dir ihre Stiefel also nicht gefallen?«

»Ich habe generell etwas gegen fünfzehn Zentimeter hohe Absätze, die dünner als mein kleiner Finger sind, doch darum geht es nicht. Meinetwegen zeig mir weiterhin die kalte Schulter, dieser Tag war durch und durch beschissen, und du kannst wohl kaum erwarten, dass ich dann nach Hause komme und begeistert bin, weil du beschlossen hat, mein Arbeitszimmer zu verändern, ohne mich zu fragen, was ich davon halte, oder mir zumindest etwas von deinen Plänen zu erzählen.«

»So ist das nicht.«

»Natürlich ist es so.«

»So ist es nicht. Ich wollte dich noch informieren und hätte keinen Millimeter hier verändert, ohne dich vorher zu fragen, was du davon hältst und ob du damit einverstanden bist. Was du mir vorhältst, ist totaler Schwachsinn, Eve. Das habe ich ganz einfach nicht verdient.«

»Aber du hast sie einbestellt und mir mit keinem Wort etwas davon gesagt.«

Er trank den ersten Schluck von seinem Wein. »Ich habe sie gebeten, sich den Raum im Hinblick auf die Ideen, die ich dafür habe, anzusehen.«

»Im Hinblick auf die Ideen, die du dafür hast.«

»Genau. Ich weiß schließlich genau, wie du bei deiner Arbeit vorgehst und was du hier brauchst.«

»Wenn ich zu Hause arbeite, brauche ich diesen Raum, so wie er ist. Du hast ihn selber so gestaltet, oder nicht? Verdammt.« Sie stieß sich von der Schreibtischplatte ab und zog den Diamant in Tränenform an seiner Kette unter ihrem Oberteil hervor.

»Als du mir diesen fetten Klunker hier geschenkt hast und behauptet hast, dass du mich liebst, war ich mir sicher, dass du den Verstand verloren hast.«

»Ich erinnere mich klar und deutlich«, meinte er und trank den nächsten Schluck von seinem Wein.

»Aber als du mir diesen Raum gezeigt hast, hier in deinem eigenen Haus, der ganz genauso ausgesehen hat wie meine alte Wohnung, weil du wusstest, dass ich etwas Eigenes und Vertrautes brauche, fing ich an zu glauben, dass du mich tatsächlich liebst. Und plötzlich ist der Raum hier nicht mehr gut genug.«

»Das ist er wirklich nicht«, erklärte er und brachte sie mit dieser Antwort vollends aus dem Gleichgewicht. »Er ist nicht gut genug für dich – für dich als Mensch und das, was du an jedem gottverdammten Tag für andere Menschen tust. Aber das ist es nur zum Teil. Am Anfang hast du die Vertrautheit und die Sicherheit dieses Raums gebraucht, um deine Wohnung zu verlassen und zu mir zu ziehen. Ich brauche dich, deshalb gab ich dir, was du gebraucht hast, um hier einzuziehen. Ich dachte, dass drei Jahre dir gereicht hätten, um loszulassen und dir hier ein neues

Leben aufzubauen. Und zwar nicht in meinem, sondern in unserem Haus.«

Noch immer waren seine Augen kalt, aber der blaue Frost konnte nicht ganz verbergen, wie verletzt er war.

»Es macht mich … traurig, dass du dich noch immer an das Gestern klammern musst. An das, was vor uns war.«

»Das ist es nicht.« Oh nein, sie würde diesen Köder ganz bestimmt nicht schlucken und sich selbst dadurch ins Unrecht setzen. Nein. »Das ist nicht fair, und du weißt selbst, dass das totaler Schwachsinn ist. Ich klammere mich an nichts fest. Oder wenn doch, dann nur ganz leicht. Ich bin nicht unsicher. Oder nicht wirklich.«

Mist, Mist, *Mist.*

»Ich bin den Raum gewohnt, so wie er ist. Ich komme gut damit zurecht. Wie kann ich die Kollegen herkommen lassen und mit ihnen hier arbeiten, wenn plötzlich alles total elegant und schnieke ist? Dies ist kein Raum zum Angeben, sondern zum Arbeiten, zum Aufklären von Morden und zum Abschließen von Fällen«, rief sie ihm in Erinnerung.

Jetzt wirkte er frustriert. Was besser war, als ihn verletzt zu sehen.

»Es ist doch sicher keine Angabe, wenn wir dein Arbeitszimmer so gestalten, dass es dir die Arbeit angenehmer und vor allem leichter macht. Mein Gott, wie kann sich eine Frau nur gleichzeitig so viel auf ihre Arbeit einbilden und ständig Angst haben, als Angeberin dazustehen?«

»Wer von uns beiden bildet sich hier wohl etwas ein?«

»Aus meiner Sicht eher du. Aber jetzt lass uns erst über diesen Schreibtisch reden.«

»Über was?«

»Hängst du an dem Schreibtisch?«

»Ich …« Sie raufte sich die Haare, runzelte die Stirn und sah ihn sich genauer an. »Ich wüsste nicht, was daran falsch sein soll.«

»Es gibt wahrscheinlich nichts, was daran nicht falsch ist. Aber wenn du an ihm hängst, bleibt er natürlich da. Ganz einfach.

Falls du aber nicht dran hängen solltest, gibt es jede Menge anderer Möglichkeiten wie zum Beispiel das Kommandozentrum, das mir vorschwebt.«

»Ich … Kommandozentrum?«

»Ein breiter, u-förmiger Tisch mit integrierten Monitoren, einem Hauptcomputer in der Mitte, auf der einen Seite einem weiteren Computer sowie auf der anderen dem Bedienfeld für die Hologrammfunktion. Ich bringe gerade auch ein paar von meinen eigenen Geräten auf den neuesten Stand. Die Technik macht inzwischen täglich Riesenfortschritte, und meiner Meinung nach sollte man dringend mit ihr Schritt halten.«

»Du weißt, dass ich mit technischen Geräten auf dem Kriegsfuß stehe, also …«

»Diese kleine Schwäche würden wir in unsere Überlegungen miteinbeziehen.«

Sie wurde einfach von ihm überrollt. Inzwischen war das Eis getaut, bemerkte sie, und das Feuer, das mit einem Mal in seinen Augen brannte, rührte von Verletztheit, Frustration, vor allem aber heißem Ärger her.

»Die Tafel bleibt, weil du sie liebst. Wobei du selbstverständlich auch die Whiteboards und die Monitore nutzen kannst. Es geht bei meinen Plänen schließlich nicht darum, was für Gardinen du vor den Fenstern oder was für einen Bezug du für dein Sofa haben willst.«

»Ja, aber …«

»Du weißt selbst, wie oft wir hier zu Abend essen«, fiel er ihr ins Wort. »Deswegen ist es höchste Zeit, dass wir einen netten Essbereich bekommen mit einem Tisch und Stühlen, der zwar zum Raum dazugehört, aber zugleich auch etwas Eigenes ist. Mit einem Ausziehtisch, wenn deine Leute bei uns einfallen. Was uns zu weiteren Arbeitsplätzen führt und zu der Sitzecke, die du hier dringend brauchst.«

»Ich brauche eine Sitzecke?«

»Natürlich kannst du weiter tun, als wäre dieses Arbeitszimmer eine Festung, in die niemand anderes reinkommt, trotzdem schwirren hier ständig irgendwelche Leute rum. Vor allem Cops.«

»Wenn du es ihnen zu gemütlich machst, werden Sie niemals wieder gehen.« Sie massierte sich den Nacken, denn, verdammt, er hatte recht. Wobei sie in Gedanken immer noch bei dem Kommandozentrum war. »Ich bin es so gewohnt, wie's ist. Das ist alles, und dann komme ich nach Hause und treffe auf einen Rotschopf, der in todbringenden Stiefeln und dazu noch summend durch mein Arbeitszimmer läuft. Dann kommst du und sagst: ›So und so machen wir's.‹«

»Noch mal: Ich hätte ohne deine Zustimmung hier nichts verändert oder auch nur angerührt. Verdammt, wir stehen hier nicht nur in deinem Arbeitszimmer, Eve, sondern in deinem *Haus*.«

»Deshalb war ich ja so angefressen!« Sie raufte sich erneut das kurze Haar, weil sie am Ende ihrer Weisheit war. »Das ist auch mein Haus, und ich hatte das Gefühl, als hättest du es einfach hinter meinem Rücken übernommen.«

Er schenkte sich ein wenig Rotwein nach. »Da hast du vielleicht recht. Und es beschämt mich, dass du mir das extra sagen musst. Aber ich habe nicht dein Arbeitszimmer übernommen, sondern nur das Fundament für mögliche Veränderungen gelegt. Wobei auch alles bleiben kann, wie es ist. Willst du mit Charmaine zusammenarbeiten?«

»Hast du den Verstand verloren?«

»Nein. Ich habe sie gebeten, mir ein paar Entwürfe vorzulegen, die dir meiner Meinung nach gefallen könnten. Wenn sie dir nicht gefallen, kann sie sich was anderes überlegen, oder alles bleibt so, wie es ist. Wenn dir einer der Pläne zusagt und du die Veränderungen möchtest, führen wir sie durch. Genauso wie es mit dem Dojo war. Ich gehe sicher davon aus, wenn ich gefragt hätte, ob du ein eigenes Dojo willst, hättest du mich gefragt, was du verdammt noch mal mit einem eigenen Dojo sollst.«

Sie lachte überrascht. »So klinge ich ganz sicher nicht.«

»Oh doch, zumindest fast. Vor allem sollte ich dir vielleicht auch noch sagen, dass Charmaine sich auch mit unserem Schlafzimmer befasst.«

»Mit unserem Schlafzimmer? Aber warum? Es ist doch schön, so wie es ist. Es ist …«

»Es wurde nur für mich entworfen, bevor ich dir begegnet bin. Im Grunde sogar weit vorher. Jetzt entwirft sie ein Schlafzimmer für uns.«

»Ich komme damit klar, wie es ist.«

»Bevor dort irgendwas passiert, musst du erst damit einverstanden sein. Aber falls du nächstes Mal nach Hause kommst und sie in unserem Schlafzimmer antriffst, weißt du, warum sie dort ist, und brauchst nicht so zu reagieren, als hätte ich mich mit ihr in unserem Bett vergnügt.«

Sie pikste ihn beleidigt mit dem Zeigefinger an. »So reagiere ich ganz sicher nicht. Wenn ich so reagieren würde, trüge jetzt ein Kampfdroide deine Haut. Frag Peabody. Ich habe ihr das gerade heute erst erklärt.«

»Ach ja? Warum denn das?«

»Weil ich heute bei jeder Menge Ehebrecherinnen war. Jetzt hätte ich auch gerne ein Glas Wein«, erklärte sie und griff nach seinem neu gefüllten Glas. »Nach den Gesprächen wollte ich nur noch nach Hause, um mich etwas abzureagieren, bevor es mit der Arbeit weitergeht. Doch nicht mal Summerset war da. Ich hatte also nicht mal die Chance, ihn zu beleidigen.«

»Ich war noch vor dir da und habe ihm gesagt, dass er mit ein paar Freunden ausgehen soll.«

»Leichen haben keine Freunde, sondern höchstens andere Leichen, die in ihren Särgen liegen und mit ihrem Totsein unzufrieden sind.«

Er zog die Brauen hoch und sah sie forschend an. »Und? Hat dir die kleine Spitze gutgetan?«

»Nicht wirklich.«

Er ging los und holte für sich selbst ein neues Glas. »Ich wollte etwas für dich tun, für dich als Cop, und werde dir jetzt noch einmal sagen: Dieses Arbeitszimmer ist schon lange nicht mehr gut genug für dich.« Bevor sie widersprechen konnte, bat er: »Widersprich mir nicht. Du bist nicht nur die beste Polizistin, die ich kenne, sondern gleichzeitig auch meine Polizistin, du hast was Besseres als diesen Raum verdient.«

Es rührte sie, denn ihr war klar, es war ihm völlig ernst.

»Jetzt versuchst du, mich mit dem Kommandozentrum zu ködern.«

»Genau. Aber zugleich bin ich so egoistisch, mir zu wünschen, dass du endlich loslässt. Dass du endlich dazu in der Lage bist.«

»Das hier?« Sie wies auf den Raum. »Das ist es nicht. Mavis, Leonardo und die Kleine haben aus meiner alten Wohnung etwas völlig Eigenes gemacht. Dort gibt es nichts mehr von mir. Aber das brauche ich auch nicht. Weder bei ihnen noch hier bei uns. Ich klammere mich schon längst nicht mehr daran. Es ist ganz einfach so, dass ich den Raum gewohnt bin, wie er ist. Vor allem aber liegt mir was daran, weil du ihn extra für mich eingerichtet hast. Du kanntest mich schon damals wirklich gut und hast mir diesen Raum geschenkt. Nur deshalb will ich ihn nicht loslassen.«

Sie hob ihr Glas an den Mund und murmelte verlegen: »Auch wenn das wahrscheinlich der totale Schwachsinn ist.«

Er kam zu ihr zurück und glitt mit einer Fingerspitze über die Vertiefung in der Mitte ihres Kinns. »Die Tatsache, dass ich getan habe, was für uns beide wichtig war, bleibt schließlich weiterhin bestehen, du Schwachnickel. Jetzt lass uns was Neues ausprobieren, für uns beide, ja? Und wenn du diesen Raum behalten musst, so wie er ist, verändert sich hier nichts.«

»Aber ich will nicht, dass der Rotschopf irgendwelchen eleganten Schnickschnack ausprobiert.«

»Das würde sie nie wagen. Das verspreche ich.«

»In Ordnung. Aber ich entschuldige mich nicht.«

»Ich auch nicht.«

»Also gut.«

Er neigte seinen Kopf und glitt mit seinen Lippen über ihren Mund. »Hast du einen Droiden umgebracht?«

»Ich wollte, aber da ich wusste, dass du mich das fragen würdest, habe ich es nicht getan«, erklärte sie ihm feixend, räumte aber seufzend ein: »Ich wünschte mir, ich hätte es getan, ich hatte nämlich wirklich einen echt beschissenen Tag.«

»Du hattest recht mit dem Senator. Damit, dass man seine Leiche finden würde.«

»Ja. Ein Punkt für mich. Sie haben ihn wirklich übel zugerichtet. Einzelheiten haben wir nicht genannt, aber die sickern sicher langsam durch. Am Ende musste ich auch noch zur Pressekonferenz. Morgen fange ich im Leichenschauhaus an. Ich hatte heute einfach keine Zeit, um dort vorbeizufahren. Wobei das auch nicht wirklich eilig ist.«

Sie baute sich erneut vor ihrer Tafel auf. »Die Untersuchung seines Bluts hat nichts ergeben. Er war nicht betäubt, das heißt, die Täter wollten, dass er alles mitbekommt. Sie haben ihm ins Gesicht und in die Genitalien geschlagen, bis ihm Hören und Sehen vergingen, ihn vergewaltigt, und solange Morris mir nichts anderes erzählt, gehe ich davon aus, dass er am Leben und wahrscheinlich auch noch bei Bewusstsein war, als er die Schlinge um den Hals gelegt bekommen hat. Sie haben ihn an den Kronleuchter gehängt und ihn dann hochgezogen, und zwar sicher möglichst langsam, weil er alles mitbekommen und um sein Leben kämpfen sollte, bis ihm irgendwann die Luft ausgeht. Sie haben seine Hände freigelassen, und bei dem Versuch, die Schlinge weit genug zu lockern, um sie über seinen Kopf zu ziehen, hat er sich selbst am Hals verletzt. Dann ist er elendig verreckt. Sie dachten offenbar, das hätte er verdient.«

Sie hatte wirklich einen durch und durch beschissenen Tag gehabt, erkannte Roarke. Obwohl er nicht noch einmal die Sprache auf das Thema bringen würde, zeigte ihm das abermals, dass das Büro, das sie bisher zu Hause hatte, den Erfordernissen ihrer Arbeit längst nicht mehr entsprach.

»Sie?«

»Sie müssen mindestens zu zweit gewesen sein. Darunter eine Frau.«

Sie musste über diese Dinge sprechen, dachte Roarke und lehnte sich an ihrem Schreibtisch an. »Woher weißt du das?«

»Es geht bei dieser Tat um Sex, und bisher gibt es keinen Hinweis darauf, dass der Mann auf Männer oder Jungen stand. Außerdem hat Mr. Mira eine Frauenstimme in dem Haus gehört. Das kam heraus, als er von mir in seinem eigenen Haus vernommen worden ist. Während wir in seiner Küche standen, weil der Mann darauf bestanden hat, uns selbst gemachte Schokolade zu servieren.«

In ihren Augen stiegen Tränen auf. »Verdammt noch mal.«

»Oje, so schlimm?« Eilig stellte er sein Weinglas fort, trat auf sie zu, nahm ihr das Weinglas ab, und sie schlang ihm die Arme um die Taille und vergrub unglücklich ihren Kopf an seinem Hals.

»Ich musste Dennis in die Zange nehmen und ihm jede Menge Fragen stellen. Er hat sich wirklich gut geschlagen, und er hat verstanden, dass das wichtig war. Sie alle haben verstanden, dass ich ihn befragen musste, aber, Gott, die Trauer war ihm deutlich anzusehen. Er hat um diesen widerlichen Hurensohn getrauert, aber gleichzeitig versucht, es *mir* möglichst leicht zu machen, weil er wusste …«

»Es war hart für dich, aber du hast ihn nur beschützt.«

»Dem Reporter, der mich auf der Pressekonferenz gefragt hat, ob wir dächten, dass Professor Dennis Mira etwas mit dem Mord zu tun hat, hätte ich am liebsten eine reingehauen. Aber das konnte ich natürlich nicht. Ich will ihn unbedingt beschützen, Roarke, aber vor allem bin ich für das Opfer zuständig, und ganz egal, was ich persönlich von dem Typen halte, muss ich dafür sorgen, dass auch er Gerechtigkeit erfährt.«

»Du hattest wirklich einen beschissenen Tag.«

»Das ist noch nicht alles.« Sie gewann den Kampf gegen die Tränen und trat einen Schritt zurück.

»Weißt du, was wir machen werden? Erst mal essen wir zu Abend, beim Essen kannst du mir den Rest erzählen. Dann fahren wir mit der Arbeit fort. Dennis liegt mir nämlich ebenfalls am Herzen, und zwar sehr.«

»Ich weiß, dass er das tut. Aber ich weiß nicht, ob ich jetzt etwas essen kann.«

»Ein Stückchen Pizza kriegst du doch bestimmt hinunter, auch wenn ich dazu auf einem kleinen Salat bestehen muss.«

»Okay. Versuchen wir's.«

Beim Essen betrachtete sie den alten Tisch, an dem sie früher schon gelegentlich gegessen hatte. Wobei sie meistens einfach irgendetwas in sich hineingeschoben hatte, während sie an ihrem Schreibtisch saß.

Es brächte sie bestimmt nicht um, an einem etwas schöneren Tisch zu sitzen, dachte sie und stocherte in ihrem Salat.

»Los, erzähl«, bat Roarke, und sie berichtete von ihrem Gespräch im Mira Institute, von Truehearts Feier, davon, wie sie Edward Miras Leiche aufgefunden und die Ehefrau verständigt hatten, von den Gesprächen erst mit Dennis Mira und danach mit den Frauen, die mit dem Senator im Hotel gewesen waren.

»Da hast du aber ganz schön viel geschafft.«

»Es ging noch weiter, und es wird noch andere Frauen geben, weil das Fremdgehen offenbar sein größtes Hobby war. Alle diese Frauen waren trotzig oder schuldbewusst, kalt berechnend und vor allem darauf bedacht, sich selbst zu schützen. Alle diese Frauen haben mir gute Gründe für ihre Affären mit dem Mann genannt, aber die kaufe ich ihnen nicht ab.«

»Du denkst, sie lügen?«

»Nein … das heißt, vielleicht zum Teil. Die zwei, die oben auf der Liste stehen, wahrscheinlich.« Sie wies auf ihre Tafel. »Sie haben mir irgendetwas verschwiegen. Irgendetwas stimmt da nicht. Vor allem kann ich das Konzept des Ehebruchs einfach nicht nachvollziehen. Entweder man bleibt zusammen oder nicht. Man geht doch sicher nicht mit einem verheirateten Mann ins Bett, nur weil er sagt, dass das für ihn und seine Frau in Ordnung ist.«

»Du siehst die Dinge wieder einmal schwarz-weiß.«

»Auf jeden Fall.«

»Da habe ich ja Glück, dass ich in dieser Hinsicht deiner Meinung bin. Für viele Menschen gibt es je nach Umständen auch eine Grauzone, wenn es um eheliche Treue geht.«

»Warum sind sie dann verheiratet? Man ist zusammen oder nicht«, behauptete Eve ihre Position. »Diese MacKensie sehe ich mir jedenfalls genauer an. Sie wirkt eher häuslich und vor allem wie der Typ, der eher am Rand steht und beobachtet. Sie wirkte wie das reinste … Wandblümchen.«

»Wahrscheinlich meinst du Mauerblümchen.«

»Ja, genau. Zwar hatte unser Opfer keinen bestimmten Frauentyp, aber die anderen auf der Liste sehen ausnahmslos fantastisch aus und wirken alle ziemlich selbstbewusst. Ist sie die berühmte Ausnahme von der Regel, oder macht sie uns etwas vor? Ich sehe sie mir garantiert noch mal genauer an. Genau wie diese Downing. Sie sieht zwar gut aus und ist auch garantiert nicht unscheinbar, aber auch mit ihr stimmt irgendetwas nicht. Okay, sie ist mit diesem alten, einflussreichen Kerl ins Bett gegangen, weil sie sich karrieremäßig was davon versprochen hat, aber ich bin mir sicher, dass das längst nicht alles ist. MacKensie hat zu sehr das aufgeregte Mauerblümchen rausgekehrt, und Downing war viel zu gut vorbereitet, dafür, dass sie gerade erst erfahren haben wollte, was geschehen war.«

»Besser vorbereitet als die Frau, die schon mit ihrem Anwalt dagesessen hat?«

»Die mit dem Anwalt war einfach eiskalt und widerlich. Aber Downing hat nicht … echt auf mich gewirkt. Ich halte sie für einen falschen Fuffziger. Wir haben es also mit einem Mauerblümchen und mit einem falschen Fuffziger zu tun.«

Obwohl sie Pizza liebte, aß sie diesmal nur, weil Roarke ihr gegenübersaß und darauf achtete, dass sie etwas in den Bauch bekam.

»Die Frau, die du am wenigsten von allen magst, steht ganz unten auf der Liste der Verdächtigen.«

»Bisher. Aber ich frage mich, ob es vielleicht noch eine andere Verbindung außer der Affäre mit dem Opfer zwischen diesen Frauen gibt. Sie alle wussten, dass der Kerl ein Arschloch war, trotzdem sind sie freiwillig mit ihm ins Bett gestiegen. Was, wenn sie sich kennen? Was, wenn diese Frauen nicht nur wissen, dass er auch etwas mit anderen Frauen hatte, sondern sich tatsächlich kennen?«

»Wie in einem Ich-hatte-oder-habe-was-mit-dem-Senator-Club?«

»Ich glaube, wenn man was mit derart vielen Frauen hat, erhöht sich auch die Wahrscheinlichkeit, dass sich deren Wege irgendwann mal kreuzen. Ich frage mich, ob sich vielleicht die Wege dieser Frauen einmal gekreuzt haben und was das zu bedeuten hat.«

Mit einem übertrieben gleichmütigen Achselzucken meinte sie: »Ich hatte nicht genügend Zeit, darüber nachzudenken, bis die Kinder unseres Opfers auf die Wache kamen. Was fast so schlimm für mich war wie das Gespräch mit Mr. Mira.«

Sie hatte eine winzige Portion Salat gegessen, merkte Roarke, und selbst die Pizza fast nicht angerührt.

Das hieß, dass dieser Teil des beschissenen Tages ihr noch immer auf den Magen schlug.

»Warum?«

»Die zwei sind wirklich dicke miteinander, und dazu hat er noch Mr. Miras Augen. Was natürlich keine Rolle spielt.«

»Ach nein?«

»Okay, für mich vielleicht, aber ganz sicher nicht für die Ermittlungen. Die zwei sind wirklich dicke miteinander«, wiederholte sie. »Wenn man ihnen zuhört und sie sieht, ist klar, dass es schon immer so gewesen ist. Im Grunde hatten sie immer nur sich, weil ihre Eltern sie vor allem deshalb bekommen haben, um das Bild einer glücklichen Familie zu präsentieren. Das Image der traditionellen, gut betuchten Eltern mit zwei hübschen Kindern, weil das der Karriere ihres Vaters dienlich war. Anwalt, Richter, Abgeordneter. Wahrscheinlich hat er sich sogar noch mehr erhofft, ist dann aber zurückgetreten, statt das Wagnis einzugehen, dass er die nächste Wahl verliert.«

»Verstehe«, sagte er und konnte es tatsächlich deutlich vor sich sehen.

»Das war den beiden schon in ihrer Kindheit klar. Sie wussten ganz genau, was sie für eine Rolle spielen sollten. Sie wussten, dass die Ehe ihrer Eltern und auch die Familie selbst nur Show waren. Sie hätten ihre vorgeschriebenen Rollen spielen, Jura in Yale studieren und vorteilhafte Ehen eingehen sollen. Sie waren von Anfang an nur Spielfiguren und wussten, dass die Eltern Ehebrecher, Lügner und widerliche Heuchler sind.«

Sie legte das kaum angebissene Stück Pizza wieder fort. »Natürlich weiß ich, dass das nicht dasselbe ist.«

»Aber völlig anders ist es auch nicht.« Da er verstand, berührte er sanft ihre Hand. »Körperlicher Missbrauch ist etwas, was man mit Händen greifen kann. Wenn man genau hinsieht, erkennt man, wenn ein Kind wie du geschlagen oder vergewaltigt wird. Die Spuren und die Narben, die emotionaler Missbrauch bei den Opfern hinterlässt, sind jedoch innerlich. Genau wie dir war auch den beiden schon in jungen Jahren klar, dass sie einen bestimmten Zweck erfüllen sollten. Da macht es keinen so großen Unterschied, dass der Weg, den diese beiden gehen sollten, mit Gold gepflastert und dein eigener Weg brutal und dunkel war. Ihr alle wart Gefangene der Menschen, die euch eigentlich lieben und beschützen sollten.«

»So war es bei dir auch.«

»Genau, so war es bei mir auch. Die beiden hatten sich und haben es deshalb überstanden. Wir beide haben uns gefunden und gemeinsam einen neuen Weg entdeckt. Kein Wunder, liebste Eve, dass du dich diesen beiden Geschwistern eng verbunden fühlst und Mitgefühl mit ihnen hast.«

»Aber das darf mich nicht daran hindern, meinen Job zu machen. Deshalb musste ich nach dem Gespräch nach Hause kommen, um mich abzureagieren und dann mit meiner Arbeit fortzufahren.«

»Dann war da der Rotschopf in den mörderischen Stiefeln. Das war wirklich schlechtes Timing, es tut mir leid, falls dadurch dein beschissener Tag tatsächlich noch beschissener geworden ist.«

»Du konntest ja nicht wissen, dass … Sie haben nichts mit diesem Mord zu tun.« Sie sah sich abermals die Passbilder der beiden an der Tafel an. »Nicht nur, weil er Mr. Miras Augen hat oder ich sie verstehen kann. Sie haben den vorgeschriebenen Weg verlassen und sich dann aus eigener Kraft ein neues Leben aufgebaut, mit dem sie glücklich sind. Ich werde sie mir noch genauer ansehen, bin mir aber jetzt schon sicher, dass das hier keine Familiengeschichte ist. Aus meiner Sicht geht es bei diesem Mord um Sex.«

»Auch wenn du kaum etwas gegessen hast, werde ich dir helfen«, bot er ihr großmütig an.

»Wir können die Pizza ja für später aufheben«, schlug sie ihm vor und drückte dankbar seine Hand. »Wenn ich etwas vorangekommen bin, kehrt sicher auch mein Appetit zurück.«

»Okay, dann übernehme ich die Kinder des Senators, ja? Dein Bauchgefühl sagt dir, dass sie in diese Sache nicht verwickelt sind, deswegen ist es besser, wenn du keine Zeit damit vergeudest, sie dir genauer anzusehen.«

»Oder mir zu sagen, dass sie mir erschreckend ähnlich sind.«

»Auch das.«

»Okay, dann fange ich jetzt mit den Frauen auf meiner Liste an.«

Mit diesen Worten stand sie auf und wandte sich der Tafel und Carlee MacKensie zu.

10

An ihrem Schreibtisch rief sie ihre eingegangenen E-Mails auf. Inzwischen hatte Peabody die Alibis der Frauen überprüft, nachdenklich beschloss sie, statt sich um MacKensie zunächst um die Frau zu kümmern, die angeblich nachmittags mit Downing unterwegs gewesen war.

Lydia Su.

Sie hatte einen Doktortitel, stellte Eve fest, als sie den Namen eingab. Biophysikerin, angestellt beim Lotem Institute für Wissenschaft und Technik in New York. Dreiunddreißig Jahre, Single, Mutter Koreanerin, Vater Chinese, eine jüngere Schwester, die in London lebte und die Linguistin war. Die Eltern waren seit fünfunddreißig Jahren verheiratet, nicht schlecht, fand Eve. Der Vater Hirnchirurg, die Mutter Wissenschaftlerin im nanotechnischen Bereich.

Eine hochintelligente, ehrgeizige, sehr gut ausgebildete Familie.

Lydia hatte ihre Ausbildung in Yale gemacht.

»Interessant«, murmelte Eve.

Natürlich hatten jede Menge wirklich schlauer, ehrgeiziger, reicher Leute dort studiert.

Und trotzdem …

Hatte Charity nicht Kunst studiert? Doch sie war an der NYU gewesen, nicht in Yale.

Auch keine von den anderen Frauen auf der Liste hatte in Yale studiert, also müsste sie noch etwas tiefer graben, denn es war bestimmt kein Zufall, dass die Zeugin und das Opfer an derselben Universität eingeschrieben waren.

Entschlossen stieß sie sich von ihrem Schreibtisch ab und trat durch die Verbindungstür in Roarkes Büro.

»Ich glaube, dass du bei den Kindern des Senators richtigliegst«, setzte er an, sah auf und stellte fest: »Du hast was entdeckt.«

»Yale.«

»Eine ehrenwerte, angesehene Hochschule.«

»An der das Opfer studiert hat.«

»Richtig, ich erinnere mich. Aber das ist doch sicher um die fünfzig Jahre her.«

»Das ist natürlich eine lange Zeit, aber es gibt auch noch zwei Frauen, die dort waren. Die Frau, die Charity ein Alibi gibt, hat dort Biophysik studiert, auch wenn ich keine Ahnung habe, was das ist. Asiatin, deren Eltern und jüngere Schwester ebenfalls intelligent und beruflich sehr erfolgreich sind.«

»Dürfte ich erwähnen, dass sehr viele Kinder kluger, erfolgreicher Eltern in den letzten fünfzig Jahren in Yale gewesen sind?«

»Ja, aber auch Carlee war kurz dort, mit einem Teilstipendium, hat aber nach einem Semester wieder aufgehört.«

»Auch das kommt öfter vor.« Er lehnte sich auf seinem Stuhl zurück. »Aber es ist auf alle Fälle interessant, dass bei all den Unis, die es gibt, gleich drei Personen aus einer ziemlich kleinen Gruppe an derselben Hochschule studiert haben.«

»Ein Zahlenfreak wie du könnte wahrscheinlich ausrechnen, wie groß die Wahrscheinlichkeit ist, dass so etwas passiert, aber belassen wir es erst einmal bei *interessant.* Ich habe noch ein bisschen weiterrecherchiert.«

Sie lehnte sich an seinen Tisch. »Carlee MacKensie hatte immer super Noten«, sagte sie und reckte eine Hand über ihren Kopf. »Noch bevor sie zwanzig war, hat irgendeine tolle Literaturzeitschrift zwei Kurzgeschichten von ihr herausgebracht. Aber nach zwei Monaten in Yale«, sie ließ die Hand erschlafft herunterfallen, »gingen die Noten total in den Keller. Ja, okay, auch das kommt vor. In den fünf Jahren danach hat sie mit Ach und Krach den Collegeabschluss nachgeholt und verdient sich jetzt als Journalistin ihren Lebensunterhalt. Aber echte Literatur hat sie seither nicht mehr verfasst.«

Nachdenklich griff Roarke nach einer Flasche Wasser, die auf seinem Schreibtisch stand. »Als Advokat des Teufels weise ich dich darauf hin, dass so was leider allzu oft passiert. Dass Menschen einen kurzen Höhenflug erleben und es danach einen tiefen Absturz gibt. Vor allem fand ihr kurzes Gastspiel an der Uni circa vierzig Jahre nach der Studienzeit des Opfers statt.«

»Mag sein, aber ich glaube trotzdem nicht an einen Zufall, vor allem kann ich mir nicht vorstellen, dass es keine Rolle spielt, dass Edward Mira und MacKensie und dazu noch eine Frau, die einer anderen Verdächtigen für gestern Nachmittag ein Alibi gibt, alle an derselben Uni waren. Wenn auch zu verschiedenen Zeiten. Und was hat eine junge Künstlerin, die sich mit einem Job in einer Galerie in SoHo über Wasser hält, mit einer angesehenen Wissenschaftlerin, die offenbar an irgendwelchen hochkomplexen Dingen forscht, zu tun? Was verbindet diese beiden?«

Sie lehnte das ihr angebotene Wasser ab, und Roarke trank selber einen Schluck. »Das könnte man sich auch in Bezug auf dich und Mavis fragen.«

»Sie war eine Trickbetrügerin, die ich verhaftet habe. Eine Kriminelle und ein Cop, wir hatten also ganz eindeutig etwas gemein.« Sie hielt zwei Finger hoch, legte sie zusammen und wies damit auf ihn. »Genau wie du und ich, Kumpel.«

»Vielleicht dürfte ich dich darauf hinweisen, dass weder du noch sonst ein Cop mich je verhaftet hat.«

»Dass du gewieft bist, ändert nichts an den Gemeinsamkeiten zwischen uns. Trotzdem ist das alles bisher ziemlich dünn. Ich gebe zu, das ist bisher sehr dünn, und trotzdem ist es nicht zu übersehen. Dazu kommt die Tatsache, dass unser Opfer einen ähnlich hohen Verbrauch an jungen Frauen wie Feeney an gebrannten Mandeln hat und dass sich einige von diesen Frauen vielleicht mal irgendwo über den Weg gelaufen sind. Am besten schickst du deinen Leuten im Hotel eine Aufnahme von Su. Vielleicht war sie ja auch mal mit ihm dort. Dann wäre diese Spur schon nicht mehr ganz so dünn.«

»Das kann ich gerne tun.«

»Ich sehe bisher kein Motiv. Die Frauen haben alle freiwillig mit ihm geschlafen, ohne dass er ihnen einen Stunner an den

Hals gehalten hat. Sie haben alle ausgesagt, sie hätten einvernehmlich Sex mit ihm gehabt, und wenn wir noch auf andere Frauen stoßen, sagen die das sicher auch. Um Leidenschaft kann's aber nicht gegangen sein, weil keine dieser Frauen wirklich etwas für ihn empfunden hat. Falls mehrere von ihnen ihn gemeinsam überrumpelt und ermordet haben, ging's auch nicht um Eifersucht.«

»›Das habe ich verdient‹«, murmelte sie. »Womit? Mit was für einem Verbrechen, was für einer Sünde, was für einem Fehlverhalten? Das ist das Motiv. Also zurück zum Opfer.«

»Als Edward Mira an der Uni war, waren die Frauen von deiner Liste doch noch gar nicht auf der Welt.«

»Ja, ja, das ist mir klar. Aber ein hohes Tier von einer angesehenen Uni? Kehren solche Typen nicht gelegentlich dorthin zurück? Für irgendwelche Feiern, Gastvorträge, wichtige Events? Vielleicht war er ja einmal dort, während Su oder MacKensie dort studiert haben. Das wäre schon mal ein Anfang. Danke«, sagte sie und stand von seinem Schreibtisch auf.

»Ich habe doch gar nichts gemacht.«

»Du warst immerhin Satans Rechtsbeistand.«

»Der Advokat des Teufels.«

»Sag ich doch.«

Lächelnd ging sie wieder in ihr eigenes Arbeitszimmer, fand heraus, wann beide Frauen in Yale gewesen waren, und kämpfte sich durch zahlreiche Artikel über Ehemaligentreffen oder Auftritte von Edward Mira in der Universität.

Nach einer nervtötenden Stunde gab sie auf. Es gäbe doch wahrscheinlich irgendeinen Menschen, der ihr sagen könnte, wann Senator Mira nach dem Abschluss seines Studiums zu irgendwelchen Treffen oder vielleicht auch als Gastredner in Yale gewesen war, und diesen Menschen riefe sie am besten morgen an.

Jetzt holte sie sich erst mal einen frischen Becher Kaffee sowie ein Stück der kalten Pizza und fing mit ihrer Suche nach Verbindungen zwischen den fünf Frauen auf ihrer Liste an.

Friseure, Banken, Fitnessstudios, Vereine, Ärzte, Kirchen, Hobbys, Komitees.

Das Einzige, was sie entdeckte, war, dass drei der Frauen in Therapie gewesen waren. Carlee MacKensie ab 2058 bis zum Frühjahr 2060 bei einer gewissen Dr. Natalie Paulson, Lydia Su vier Jahre lang bis 2059 bei Dr. Kim Ping, und Downing hatte letzten Sommer einen sechswöchigen Kurs für Körper, Geist und Seele bei einer Felicia Fairburn absolviert.

Natürlich würde Satans Rechtsbeistand zu Recht behaupten, dass wahrscheinlich jeder zweite Mensch hier in New York schon mal zur Therapie gegangen war.

Und trotzdem wäre es ganz sicher nicht verkehrt, der Sache weiter nachzugehen.

Inzwischen gab es drei Verbindungen zwischen allen oder einigen der Frauen. Edward Mira, Yale und Seelenklempnerei.

Dazu war keine der fünf Frauen vorbestraft, und keine schien ein so gravierendes Problem mit Drogen oder Alkohol zu haben, dass sie deshalb je mit den Gesetzen in Konflikt geraten wäre oder finanziell am Abgrund stand. Zumindest deutete darauf bisher nichts hin. Natürlich gingen Menschen auch in Therapie, weil sie ein Problem mit Drogen, Alkohol, mit Glücksspiel, mit zu viel oder zu wenig Sex im Leben oder einfach keine Ahnung hatten, ob sie morgens Müsli oder Toastbrot essen sollten, aber …

Was, wenn diese Frauen …

Sie fing an zu graben, zog verschiedene Fäden, die zu weiteren Fäden führten, lehnte sich auf ihrem Stuhl zurück und trommelte mit ihren Fingern auf der Tischplatte herum.

Interessant, dass Carlee nach dem Abbruch ihres Studiums erst zurück zu ihren Eltern und nach einem halben Jahr von dort in eine Absteige gezogen war, die sie mit einer Marlee Davis teilte, die als Bordsteinschwalbe, Junkie, Schlägerin und Taschendiebin bereits Dutzende von Malen mit den Gesetzen in Konflikt geraten war.

Was trieb so eine nette, kluge, junge Frau aus New Rochelle

mit einer Loserin aus einem der Elendsviertel von New York, die gerade wieder einmal saß, weil sie auf einen ihrer Freier losgegangen war?

Eve zog weiter an dem Faden, bis sie auf ein Muster stieß. Schrieb eine Theorie und ein paar Fragen auf und schickte sie an Mira und an ihre Partnerin.

Dann schaute sie sich Lydia Su genauer an.

Bis sie zu Downing kam, hielt sie das zweite Stück der kalten Pizza in der Hand, genehmigte sich dazu eine Pepsi und sah auf, als Roarke aus seinem Arbeitszimmer kam.

»Ich sehe, du hat wieder Appetit und dein Polizistinnenlächeln im Gesicht.«

»Carlee MacKensie. Klug und talentiert, wie man den fröhlichen Artikeln, die sie schon in jungen Jahren geschrieben hat, entnehmen kann. Gewinnerin verschiedener Schreibwettbewerbe, hat die Schülerzeitung herausgebracht, ehrenamtlich Englischnachhilfe gegeben und bei *Teens für Alphabetisierung* mitgemacht. Super Schülerin mit einem Teilstipendium für Yale. Die Eltern sind solide Mittelklasse und haben ein hübsches, kleines Haus in New Rochelle. Sieh dir das mal an. Computer, Aufnahme 1-C, Wandbildschirm zwei.«

Einen Augenblick bitte.

Ein paar Sekunden später sah man eine hübsche, junge, blonde Frau in einem leuchtend roten Kleid, zusammen mit einem attraktiven, jungen Mann im schwarzen Anzug und mit einem leuchtend roten Schlips.

»Was für ein hübsches junges Paar.«

»Oh ja, sie sieht nicht übel aus. Das war auf dem Abschlussball der Highschool, und die Mutter hat damals voll Stolz bei *We Connect* gepostet, dass der junge Mann …«

»Moment. Die Seite gibt's doch gar nicht mehr. Wie hast du es geschafft, an diese Daten heranzukommen?«

»Wenn's sein muss, kriege ich so etwas durchaus hin.«

»Am besten setze ich mich erst einmal hin. Das haut mich um.«

»Ach leck mich doch am Arsch.«

»Das tue ich mit Freuden, liebste Eve. Sag bitte, wann's dir passt.«

»Ich habe einfach etwas recherchiert und dann das Zeug gefunden, das die Frau in ihrem mütterlichen Stolz gepostet hat. Es sind lauter Fotos dieser Art. Sie war also ein hübsches, junges Ding mit einem hübschen, jungen Freund, der ebenfalls nicht dumm war und nach Harvard ging. Sieben Monate nach Aufnahme dieses Bildes bricht sie mit einem Mal ihr Studium ab und zieht wieder bei den Eltern ein.«

»Okay. Sie ist tatsächlich hübsch und hat ihr Potenzial vergeudet.«

»Es gibt noch mehr. Ein paar Monate später zieht sie bei den Eltern wieder aus und mietet sich in einer Bruchbude in der Avenue A bei einer kleinen Ganovin ein. Die hatte damals schon ein ellenlanges Vorstrafenregister. Drogen, Diebstahl, illegaler Straßenstrich und alles, was man sich nur wünschen kann. Woher kannten sich die beiden? Was ist die Gemeinsamkeit?«

»Vielleicht hat ja das hübsche, junge Ding auch etwas genommen.«

»Worauf du deinen hübschen Arsch verwetten kannst. Sie wurde nie erwischt, aber mit achtzehn zieht ein junges Mädchen nicht von New Rochelle und seiner stolzen Mum nach Alphabet City in die Bude einer Kleinganovin, wenn die sie nicht gleichzeitig mit Stoff versorgt. Und ein paar Monate danach zieht sie wieder bei ihren Eltern ein.«

»Bestimmt ist das der Grund dafür, dass sie jetzt noch am Leben und in Freiheit ist.«

»Die Kleinganovin sitzt gerade fünf Jahre wegen schweren Raubes ab. MacKensie lebte dann zwei Jahre bei ihren Eltern und war währenddessen zweimal für ein Vierteljahr bei *Inner Peace*. Ich musste ganz schön graben, bis ich wusste, was das ist. Sie geben sich als Lifestylezentrum aus, obwohl sie eine Rehaklinik sind. Und rate mal, wer auch dort war.«

»So wie du guckst, würde ich sagen, Downing oder Su.«

»Su. Zwar nicht zur gleichen Zeit, was mich ein bisschen ärgert, aber sie waren beide an derselben Uni, und sie waren beide irgendwann danach in diesem Lifestyleding. Su hat vor drei Jahren ein Sabbatjahr gemacht, während sie in der Klinik war. Vorher hat sie schon an einer Studie zu Schlafstörungen teilgenommen. An der, wenn auch zu einer anderen Zeit, auch Downing teilgenommen hat. Ich glaube kaum, dass das alles Zufälle sind.«

»Das sind derart viele Verbindungen, dass nicht mal mehr der Advokat des Teufels sie noch leugnen kann«, stimmte er zu und streckte seine Hand nach ihrer Pepsidose aus. »Igitt. Das Zeug ist ja ganz warm.«

»Aber es hält mich wach. Soll ich dir sagen, wie es meiner Meinung nach gewesen ist?«

Mit neuem Schwung lief sie vor ihrer Tafel auf und ab. »Diese drei Frauen hatten vorher schon einmal irgendwas mit dem Opfer zu tun. Es ging dabei um Sex, und es war so intensiv oder verstörend, dass es mit MacKensie danach abwärtsging. Wahrscheinlich haben die drei Frauen sich irgendwo Hilfe gesucht und sich auf diesem Weg kennen gelernt.«

»Später verabreden sich zwei der drei noch einmal mit dem Opfer. Sicher hattest du noch keine Zeit, um nachzufragen, ob Su jemals mit dem Senator im Hotel gesehen worden ist.«

»Oh doch, die hatte ich. Sie ist auf keiner Aufzeichnung der letzten achtzehn Monate zu sehen.«

»Das überrascht mich nicht. Ich bin mir nämlich ziemlich sicher, dass sie lesbisch ist.« Als Roarke die Brauen hochzog, hob sie ihrerseits die Achseln an. »Nicht weil sie nicht im Hotel gesehen wurde, sondern weil ich selber ein paar Bilder von ihr habe. Während der Verleihung irgendeines tollen Preises und bei einem Empfang im Weißen Haus. Beide Male ist sie dort in weiblicher Begleitung aufgetaucht. Dann gibt's noch ein Interview mit ihr in irgendeiner großen Fachzeitschrift, bei dem sie sagt, dass sie auf Frauen steht.«

Sie baute sich erneut vor ihrer Tafel auf. »Diese drei Frauen kennen sich, sie kannten Edward Mira, und mein Bauchgefühl sagt mir, dass die Ermordung dieses Mannes auf ihr Konto geht. Wenn ich mir die Folterspuren ansehe, denke ich, dass es um Rache ging. Für einen sexuellen Übergriff, Belästigung oder vielleicht auch Vergewaltigung, weil sich drei Frauen ganz sicher nicht zusammentun, um einen Mann zu foltern und zu ermorden, nur weil er seine Frau betrogen hat, als er mit ihnen im Hotel war.«

Roarke schaute sich die Aufnahmen von Edward Mira an, von ihm als gut aussehendem, seriös erscheinendem Politiker und die Bilder nach seinem Tod im Haus des Großvaters.

»Du glaubst, der Ex-Senator war ein Serienvergewaltiger?«

»Genau das glaube ich.« Eve seufzte laut. »Verdammt, genau das glaube ich. So sieht es für mich aus. Aber das zu beweisen steht auf einem völlig anderen Zettel.«

»Blatt, aber egal. In dem Versuch, so etwas zu beweisen, wagst du dich in sehr gefährliche Gewässer, Eve.«

»Ich kann gut schwimmen.«

»Ja, das kannst du«, stimmte er ihr zu. »Aber ich fürchte, dass es trotzdem furchtbar schmerzlich für dich wird.«

»Das darf mich nicht daran hindern, meinen Job zu machen. Das weißt du genauso gut wie ich.«

»Stimmt.« Er stellte ihre Pepsidose wieder auf den Tisch und wandte sich ihr zu. »Ich liebe dich.«

Sie trat ein wenig unbehaglich von dem einen auf das andere Bein. »Okay.«

Er rahmte ihr Gesicht mit beiden Händen ein, sah ihr in die Augen und erklärte ein zweites Mal: »Ich liebe dich.«

Ihr Herzschlag setzte aus, und sie legte ihm ihrerseits die Hände ans Gesicht. »Ich liebe dich auch. Ich weiß, dass du mir sagen willst, dass wir auch diese Angelegenheit zusammen überstehen.«

»Genau.«

»Selbst wenn du mich am Ende wieder einmal zwingst, eins dieser elenden Beruhigungsmittel einzuwerfen, die du derart liebst.«

»Genau.« Er presste ihr die Lippen auf die Stirn. »Wir beide werden tun, was wir tun müssen, so wie jedes Mal.«

»Ich könnte mich auch irren. Vielleicht stellt sich ja heraus, dass ich total danebenliege, aber danach sieht es für mich bisher nicht aus.«

»Für mich auch nicht, so wie du die Sache durchgegangen bist. Es gibt bestimmt noch andere Frauen. Wenn du recht hast und er diese drei Frauen zum Sex gezwungen hat, sind sie ganz sicher nicht die einzigen.«

»Ja, es gibt noch andere. Frauen aus seiner Studienzeit in Yale oder die er bei späteren Besuchen oder dank seiner Verbindungen dorthin getroffen hat. MacKensie war in Yale, Downing war drei Jahre später an der NYU, noch einmal zwei Jahre später hat dann Su in Yale studiert. Das sind ziemlich lange Zeitspannen, es gibt also auf jeden Fall noch andere, die bisher nicht auf der Liste stehen. Die Tochter …«

»Nein, das glaube ich nicht.« Zumindest diesen Frieden könnte er ihr geben, dachte Roarke. »Ich glaube nicht, dass sie betroffen ist. Ich habe sie und ihren Bruder überprüft und keine Anzeichen für etwas in der Art entdeckt.«

»Ich habe es zum Lieutenant der New Yorker Polizei gebracht, ohne dass jemand irgendetwas gesehen hat.«

Jetzt strich er mit der Hand über ihr kurz geschnittenes Haar. »Glaubst du wirklich, Mira hätte nichts gemerkt?«

Sie musste sich bewegen, also stopfte sie die Hände in die Taschen und marschierte auf und ab. »Du hast recht. Wahrscheinlich hatte sie es längst bemerkt, bevor ich in der Lage war, mit ihr zu reden. Trotzdem …«

»Du warst ganz alleine, als dir diese Dinge widerfahren sind. Du hattest niemanden. Aber Gwen Sykes war nicht allein. Sie hatte ihren Bruder und die Miras, und nach allem, was ich herausgefunden habe, hatten sie zwar eine harte Kindheit ohne Liebe, aber ihre Tante und ihr Onkel haben versucht, es abzufangen, so gut es ging, und waren immer für sie da. Wenn irgendetwas in der Art gelaufen wäre, hätte Mira das auf jeden Fall gemerkt, und vor allem haben sich die beiden längst aus eigener Kraft jeweils ein gutes und glückliches Leben aufgebaut.«

»Natürlich hast du recht.« Trotzdem müsste sie die Tochter früher oder später danach fragen, ob in ihrer Kindheit oder Jugend jemals irgendetwas in der Richtung vorgefallen war. »Das ist immerhin ein kleiner Trost, denn schließlich wird es für die Miras so schon hart genug.«

»Wir werden für sie da sein, ganz egal, auf welche Art. Es ist schon spät, da du morgen noch einmal mit all diesen Frauen sprechen musst, sollten wir vielleicht langsam schlafen gehen.«

»Du schläfst doch sowieso nie mehr als ein paar Stunden.« Sie marschierte weiter vor der Tafel auf und ab. »Ich wollte nicht, dass du dir Sorgen um mich machst, solange es noch keinen Grund zur Sorge gibt. Ich komme mit dem, was einmal war, zurecht und auch mit dem …«, jetzt blieb sie vor dem Schreibtisch stehen und glitt mit ihrer Hand über das Holz, »… was nicht mehr ist.«

Sie kam inzwischen damit zurecht, rief sie sich in Erinnerung. Und brauchte keine sicht- und greifbaren Erinnerungen mehr, weil ihre Gegenwart in jeder Hinsicht so viel besser war.

»Willst du den Schreibtisch wirklich loswerden?«

»Diese Entscheidung liegt allein bei dir.«

Sie schüttelte den Kopf und winkte ab. »Ich frage aber dich. Willst du ihn loswerden?«

»Aus Gründen der Ästhetik und der Effizienz auf jeden Fall. Weil dieses Ding ein hässliches und wirklich unpraktisches Monstrum und für deine Arbeit völlig ungeeignet ist.«

»Huh. Dann muss es wahre Liebe sein, wenn du das Ding drei Jahre lang ertragen hast. Aber da seine Tage offenbar gezählt sind, sollten wir ihn wenigstens mit Schreibtischsex verabschieden.«

Lächelnd nahm sie auf der Schreibtischplatte Platz und bat: »Na, komm schon her, denn dafür ist das hässliche und unpraktische Ding auf jeden Fall noch gut genug.«

Er lachte leise auf. »Die Pfade, die dein Hirn einschlägt, sind einfach immer wieder überraschend. Aber stets auf positive Art.«

Es ging ihr nicht um diesen lächerlichen Schreibtisch, das wusste er. Oder falls doch, dann nur zum Teil. Vor allem ging es ihr darum, sich zu beweisen, dass sie all das Hässliche ertragen konnte, das mit diesem neuen Fall verbunden war. Sie würde sich den Albträumen, der Angst und den brutalen Erinnerungen stellen, um den Job zu machen, der ihr Leben war.

Also trat er auf sie zu und legte ihr, obwohl das Glitzern ihrer Augen etwas anderes verlangte, abermals behutsam beide Hände ans Gesicht. Und presste in Gedanken an die Albträume, die Ängste, die Erinnerungen seine Lippen sanft auf ihren Mund.

Im Gegenzug packte sie Strähnen seines dunklen Haars und riss ihn wenig zärtlich an ihre Brust. »Uh-hu. Das hier ist Schreibtischsex. Das heißt, es tut vielleicht ein bisschen weh«, erklärte sie und biss ihm in den Hals.

Dann stieß sie ihn zurück, zerrte ihr Sweatshirt über den Kopf und meinte in herausforderndem Ton: »Jetzt gib mir alles, was du zu geben hast.«

»Alles, was ich habe?«

»Ja. Und noch ein bisschen mehr.«

»Wenn's dir zu viel wird, denk dran, dass du mich herausgefordert hast.«

»Es wird mir sicher nicht zu viel. Wollen wir doch mal sehen, ob es nicht dir zu viel wird, wenn …«

Er legte eine Hand in ihren Schritt, worauf der Rest von ihrem Satz in einem lauten Keuchen unterging. Bevor sie Luft holen konnte, schob er seine freie Hand in ihren Nacken und erforschte mit der Zunge ihren Mund.

Dann biss er ihr behutsam in die Unterlippe, der leise Schmerz machte sie atemlos und fachte ihr Verlangen, ihn zu spüren, weiter an. Begierig schlang sie ihm die Beine um die Hüften, klammerte sich an ihm fest und ließ das Becken kreisen, während seine Hand sie in den Wahnsinn trieb.

»Du sollst in mir sein.«

»Noch nicht. Erst kommen noch ein paar andere Dinge dran.« Mit Daumen und mit Zeigefinger rieb er eine ihrer Brustwarzen, und sie umklammerte ihn mit den Beinen wie mit einem Schraubstock, als sie kam.

Aber noch immer hörte er nicht auf, während sie noch stöhnte, trieb er sie schon wieder an.

Der Atem brannte heiß in ihrer Lunge, während sie mit vor Verlangen wild zitternden Händen an den Aufschlägen seiner Anzugjacke riss.

»Zieh das verdammte Ding aus. Zieh es aus.«

Verzweifelt zerrte sie an seinem Hemd, bis die Knöpfe durch die Gegend flogen, dann fanden ihre Hände endlich seine heiße, straffe Haut. Jetzt schlang sie ihm die Arme um den Leib, vergrub die Finger tief in seinem Fleisch und biss ihm in den Hals.

»Jetzt. Gott. Jetzt.«

Aber er sagte: »Später.« Sie hatte das Gefühl zu explodieren, als er sie rücklings auf den Schreibtisch drückte und sie hilflos mit den Armen ruderte und die Disketten, die auf ihrem Tisch gelegen hatten, durch die Gegend fliegen ließ.

Während er mit seinen Händen die Baumwollhose über ihre Hüften schob, presste er seinen Mund auf ihre Brust.

Sie versuchte, seinen Gürtel aufzuziehen, ihn zu finden und ihn endlich in sich einzuführen, aber er glitt mit den Lippen über ihren Bauch, bevor er sie mit seiner Zunge nahm.

Die Welt bestand nur noch aus heißer Glut und Herrlichkeit, und dadurch, dass er ein Verlangen in ihr stillte, rief er gleichzeitig ein neues wach.

Mit jedem Bissen, den sie voneinander nahmen, verstärkten sie den Hunger noch.

Sie nannte ihn bei seinem Namen, nur bei seinem Namen, und sah in dem verruchten, wilden Blau seiner Augen, was sie füreinander waren.

Dann drang er endlich, endlich in sie ein. Hart und schnell trieb er sie immer weiter an, und wie von Sinnen reckte sie sich ihm entgegen, bis die Welt um sie herum versank.

Der wilde Herzschlag hätte ihren Brustkorb sprengen sollen. Er hallte laut in ihren Ohren, und sie zitterte am ganzen Leib.

Der Sex war wie ein Erdbeben gewesen, und sie lagen so ermattet auf dem Tisch, als hätten sie nur mühsam eine Katastrophe überlebt.

So schlecht konnte der Tisch nicht sein, wenn er unter den wilden Stößen nicht zusammengebrochen war.

»Ich liege auf den Akten eines Mordfalls. Das ist irgendwie respektlos.«

»Tust du nicht«, murmelte er an ihrer Brust. »Sie sind vom Tisch gefallen, und wenn ich je wieder zu Atem komme, dann heben wir sie auf.«

»Falls du wieder Luft kriegst, guck, wo meine Luft geblieben ist, okay?«

Er hob den Kopf, und seine Augen sahen immer noch verrucht und wild, aber zugleich auch etwas schläfrig aus.

Sie zwang sich, eine Hand zu heben, und strich ihm das Haar aus dem Gesicht.

»Also, war das alles, was du mir zu bieten hast?«

Trotz der Position, in der sie sich befanden, und trotz seiner völligen Ermattung schaffte er es, ihr so fest ins Hinterteil zu kneifen, dass ihr gegen ihren Willen ein leiser Schmerzensschrei entfuhr.

»Das hast du verdient. Vielleicht habe ich Gott gesehen. Sie hat gelächelt.«

»Nun, sie hat uns absichtlich so gemacht, dass wir zusammenpassen, oder nicht?«

»Auf jeden Fall.«

Er küsste ihre Brust und zuckte leicht zusammen, als er versuchte aufzustehen. »Ich habe mir ein bisschen wehgetan.«

Mit einem leisen Lachen richtete sie sich auf und holte zischend Luft. »Ich mir anscheinend auch. Wir haben die Disketten tatsächlich vom Tisch gefegt. Zusammen mit der Kaffeekanne, in der aber kaum noch etwas drin war. Kannst du nicht weniger Klamotten anziehen, wenn wir zu Hause sind? Jetzt habe ich dein schönes Hemd zerstört oder auf jeden Fall die Knöpfe abgerissen. Dabei hat es sicher mehr gekostet als der Tisch.«

»Ich hatte keinen Grund, es vorher auszuziehen. Ich wusste schließlich nicht, was du im Schilde führst.«

»Wenn ich dieses Kommandozentrum kriege, könnten wir es ja mal mit Kommandozentrumsex versuchen. Also stell dich schon mal kleidungstechnisch darauf ein.«

Lachend hob er das tatsächlich schweineteure schiefergraue Hemd vom Boden auf und sah es sich genauer an. »Tja nun, das wird nicht mehr zu retten sein. Aber den Preis zahle ich gern.«

Sie schnappte sich das Hemd und zog es an, weil sie es liebte, dass es nach ihm roch. »Wenn ich die Bilder eines Mordopfers vom Boden klaube, möchte ich zumindest halbwegs ordentlich angezogen sein.«

»Und ich?«, erkundigte er sich und hob neben den Fotos und Disketten auch noch ihre Kleider auf. »Ordnen kannst du diese Sachen auch noch morgen früh.«

Sie nickte zustimmend und schlug ihm vor: »Wir könnten diesen Schreibtisch ja auch ausstellen und mit einem Schild versehen.«

»Auf dem dann steht: ›Auf diesem Schreibtisch hatten Roarke und Dallas wilden Sex‹?«

»Nein, obwohl wir so ein Schildchen irgendwo verstecken könnten, wo es niemand außer uns sieht. Ich dachte eher an: ›Dieser Tisch hat Dallas über Jahre treu gedient‹.«

»Dafür, dass es nur um einen Schreibtisch geht, bist du ganz schön sentimental.«

»Nach dieser denkwürdigen Abschiedsvorstellung auf jeden Fall. Ich brauche meine Hose.«

»Was willst du damit machen? Schließlich gehen wir von hier aus auf direktem Weg in unser Schlafzimmer.«

»Womöglich lauert uns ja unterwegs der hauseigene Zombie auf.«

»Um diese Zeit ist Summerset auf jeden Fall in seiner eigenen Wohnung.«

»Vielleicht liegt er dort in seinem Sarg, vielleicht aber auch nicht.

Auf alle Fälle laufe ich bestimmt nicht nur in deinem zerrissenen Hemd durchs Haus.«

»Dann nehmen wir den Fahrstuhl«, löste Roarke dieses Problem und sah sie fragend an. »Was hattest du noch mal von mir verlangt? Alles, was ich habe, und noch mehr?«

»Was du auf alle Fälle durchgezogen hast.«

»Nicht ganz. Das eben war nur alles, was ich habe«, klärte er sie lächelnd auf, nahm ihr das Kleiderbündel aus der Hand und ließ es achtlos auf den Fahrstuhlboden fallen. »Das Mehr kommt jetzt.«

»Du kannst doch ganz unmöglich …«

Wortlos presste er sie gegen eine Wand des Lifts und nahm sie schnell und voller Leidenschaft im Stehen.

Dann trat er selbstzufrieden einen Schritt zurück. Als er sah, dass ihre Beine den Dienst versagten, zog er sie entschlossen hoch und trug sie, als die Tür des Lifts sich öffnete, zu ihrem Bett.

»Du weißt doch, dass es heißt: Man sollte vorsichtig mit seinen Wünschen sein, denn schließlich könnten sie tatsächlich in Erfüllung gehen.«

»Was diesmal vollkommen in Ordnung ist.« Noch während sie dies sagte, fielen ihr bereits die Augen vor Erschöpfung zu.

Dann aber riss sie sie noch einmal auf. »Himmel, unsere Klamotten liegen noch im Fahrstuhl.«

»Wo sie ruhig bis morgen liegen bleiben können.«

»Nein! Ich will nicht, dass er sie dort morgen früh liegen sieht! All die Klamotten, die wir uns vom Leib gerissen haben. Hol sie raus!«

»Der Fahrstuhl ist noch hier, falls du dir Sorgen um die Sachen machst.«

Sie sprang noch einmal auf, rannte zum Lift, hob ihre Kleider auf und ließ sie abgrundtief erleichtert auf den nächsten Sessel fallen.

Dann krabbelte sie abermals ins Bett, seufzte und schlief innerhalb von wenigen Sekunden ein.

Anscheinend waren Klamotten, die sie sich beim Sex vom Leib

gerissen hatten, akzeptabel, wenn sie hier im Sessel lagen, dachte Roarke.

Die Logik seiner Liebsten war manchmal verblüffend, überlegte er, dann fielen ihm ebenfalls die Augen zu.

Obwohl sie wusste, dass es nur ein Traum war, konnte sie sich nicht befreien. Er hielt sie fest in seinen groben Klauen und zog sie in das Arbeitszimmer in der Spring Street, in dem Edward Mira überfallen worden war.

Er saß in einem seiner eleganten Senatorenanzüge im Schreibtischsessel, hatte sich das schwarz schimmernde Haar aus dem Gesicht gestrichen und bedachte sie mit einem strengen Blick.

»Ich wurde umgebracht.«

»Das ist mir klar.«

»Sie stellen meine Mörderinnen als Opfer und mich selbst als Täter dar.«

»So sehe ich es, die Frauen waren Ihre Opfer. Haben Sie sie vergewaltigt?«

Wütend beugte er sich vor und schlug mit einer seiner Fäuste auf den Tisch. »Ich wurde *umgebracht.* Sie sind für *mich* verantwortlich. Stattdessen ziehen Sie mein Ansehen und mein Erbe in den Dreck. Treten Sie so für Ihre Toten ein?«

»Ich werde meine Arbeit machen und versuchen, die Person oder Personen, die Sie getötet haben, aufzuspüren und zu überführen, selbst wenn meine Suche einen Fleck auf Ihrer weißen Weste hinterlässt.«

»Ist das alles, was Sie können?« Er verzog verächtlich das Gesicht. »Mich als Monster und die Weibsbilder, die mich auf dem Gewissen haben, als arme Opfer hinzustellen?«

»Ich kann nur die Wahrheit aufdecken, was das auch immer bedeutet.«

»Die Wahrheit?« Jetzt schlug er mit einem Hammer wie zu seiner Zeit als Richter auf den Tisch. »Die kenne ich. Ich weiß genau, was Sie getan haben. Sie sind genau wie diese Frauen.«

Wieder ließ er seinen Hammer auf die Schreibtischplatte sausen, und dann standen sie mit einem Mal in einem Raum in Dallas und sahen durch das Fenster auf der anderen Straße das pulsierende rote Licht.

»Oh nein.« Sie wich vor ihm zurück, und Panik wogte in ihr auf. »Das habe ich längst hinter mir. Ich komme schon seit längerem nicht mehr hierher zurück. Das ist vorbei.«

»So was ist nie vorbei.« Jetzt trug er seine schwarze Richterrobe und saß hinter einem Richtertisch. »Sie wissen selbst, dass es bei Mord keine Verjährung gibt!«

Beim nächsten Klopfen seines Hammers sah sie sich als kleines Mädchen, das von seinem Vater vergewaltigt wurde, hörte ihren eigenen spitzen Schrei, spürte den Schmerz, als Richard Troy ihr einen Arm brach, und spürte das Entsetzen und die gleichzeitige Hoffnung, als sie ihre kleinen Finger um den Griff des kleinen Messers schloss.

»Schuldig!«, brüllte der Senator, als das kleine Mädchen abgrundtief verzweifelt und verängstigt mit dem Messer auf den Vater einstach. »Schuldig, schuldig, schuldig.«

Immer wieder stach sie auf ihn ein und hörte selbst das unmenschliche Knurren, das aus ihrer Kehle drang, während sein warmes Blut über ihre Finger rann.

»Blut an deinen Händen. Schuldig. Mörderin. Du bist genau wie sie.«

»Bring diese kleine Fotze um.« Die Augen ihres Vaters waren glasig, und aus seinem Mund rann leuchtend rotes Blut. »Gib ihr, was sie verdient.«

Beim nächsten Schlag des Hammers war sie abermals am Tatort, hatte eine Schlinge um den Hals und riss mit blutverschmierten Händen an dem Seil, doch als der Leuchter hochgezogen wurde, zog der Strick sich immer weiter zu.

»Jetzt kriegst du endlich das, was du verdient hast«, stellte der Senator hämisch fest.

»Wach auf! Verdammt, wach auf und *atme*, Eve!«

Nach einem Augenblick drangen Roarkes Worte zu ihr durch, und sie spürte, dass sie geschüttelt wurde.

Sie rang nach Luft und zerrte an dem unsichtbaren Strick um ihren Hals.

»Es ist ein Traum. Ein Traum. Verstehst du mich? Wach auf!«

»Es geht mir gut. Ich bin okay.«

»Das bist du nicht, aber du wirst wieder okay. Sieh mich an.«

Noch immer zitternd, zwang sie sich, ihm ins Gesicht zu sehen.

In seinen Augen blitzten Zorn und eine Verzweiflung, die sie allzu gut verstand.

»Es geht mir gut. Es tut mir leid.«

»Entschuldige dich doch nicht noch. Du weißt, dass mich das wütend macht.« Er schnappte sich die Decke, die am Fußende des Bettes lag, hüllte sie darin ein und strich mit seinen Händen über ihren Rücken und die nackten Arme, während Galahad den Kopf an ihrer Hüfte rieb. »Du frierst.«

Dann zog er sie an seine Brust und wiegte sie im Arm. »Ich schwöre, du hast aufgehört zu atmen. Du hast einfach aufgehört. Ich hole dir jetzt erst mal ein Beruhigungsmittel.«

»Ich …«

»Keine Widerrede. Du wirst ein Beruhigungsmittel nehmen, am besten tue ich das auch.«

Als er aufstand, blieb sie stumm und zitternd unter ihrer Kaschmirdecke sitzen und streichelte Galahad. Der Kater und ihr Mann hatten versucht, sie aufzuwecken, aber in den Tiefen ihres Albtraums hatten sie sie nicht erreicht.

Um für Helligkeit und Wärme zu sorgen, machte Roarke ein Feuer im Kamin und trat vor den AutoChef.

»Du brauchst was zur Beruhigung«, wiederholte er mit ruhiger Stimme. »Einen derart … intensiven Albtraum hast du schon seit einer Ewigkeit nicht mehr gehabt.«

»Dann gib mal eine Runde aus«, bat sie und hoffte, ihre Stimme klänge wieder annähernd normal. »Vielleicht kriegt Galahad ja auch etwas.«

»Dem reicht es schon, wenn du ihn kraulst.« Roarke kam zurück zum Bett, drückte ihr eins der beiden Gläser in die Hand und streichelte den treuen Kater ebenfalls. »Jetzt geht's ihm wieder gut, obwohl er beinah so erschüttert war wie ich. Runter mit dem Zeug.«

Sie trank den ersten vorsichtigen Schluck und stellte wohlig seufzend fest: »Das schmeckt ja wie Kakao.«

»Ich kenne schließlich den Geschmack meines Cops.«

In ihren Augen stiegen Tränen auf, und eilig legte sie den Kopf an seine Schulter. »Ich kam einfach nicht raus. Ich wusste, dass es nur ein Traum ist, aber trotzdem kam ich nicht mehr raus.«

»Jetzt bist du sicher.« Zärtlich küsste er sie auf den Kopf und bat: »Trink bitte aus, Liebling. Trink aus und dann erzähl.«

Sie tat, worum er bat, und als sie fertig war, stellte er ihre leeren Gläser fort und zog sie eng an seine Brust.

»Ich weiß, was er gesagt hat, ist nicht wahr. Aber …«

»Nein, kein Aber«, fiel er ihr ins Wort. »Du warst ein unschuldiges Kind, das um sein Leben kämpfen musste, aber das hier sind erwachsene Frauen, und sie haben ihr Vorgehen genau geplant.«

Vom Kopf her war ihr das natürlich klar. Aber …

»Die Motive sind ähnlich wie bei mir. Wenn stimmt, was ich vermute, ziehe ich den Namen meines Opfers durch meine Ermittlungen tatsächlich in den Dreck.«

»Wenn stimmt, was du vermutest, ist an seinem guten Ruf doch sowieso nichts dran. Dann deckst du nur die Wahrheit auf, nicht wahr?«

»Das stimmt. Wenn stimmt, was ich vermute, würdest du auf der Seite dieser Frauen stehen.«

Er küsste sie auf beide Wangen und zog ihren Kopf an seine warme Brust.

»Wir sehen manche Dinge aus verschiedenen Perspektiven, aber du bist auch in diesem Fall der Cop und wirst auch diesmal deine Arbeit so machen, wie du sie machen musst. Als dein Partner werde ich dir helfen, der Geschichte auf den Grund zu gehen, doch wie es danach weitergeht, entscheiden andere.«

»Das stimmt.«

Der Kater schmiegte sich an ihren Rücken und bot ihr dadurch von der anderen Seite Schutz.

Wieder füllten ihre Augen sich mit Tränen, und da das Beruhigungsmittel langsam wirkte, fielen sie ihr zu, und sie schlief wieder ein.

Roarke hielt sie weiterhin im Arm, lauschte den ruhigen Atemzügen und war dankbar, dass die Krise wenigstens fürs Erste bewältigt war.

11

Das rüde, aufdringliche Schrillen ihres Handys riss sie ein paar Stunden später wieder aus dem Schlaf.

»Was zur Hölle …«, fluchte Roarke und machte Licht.

Eilig krabbelte sie an den Rand des Betts und angelte nach ihrem Telefon, das auf dem Boden lag. »Baxter. Video aus«, befahl sie dem Gerät und nahm den Anruf knurrend an. »Ich kann nur für Sie hoffen, dass es wirklich wichtig ist.«

»Tut mir leid, Lieutenant. Trueheart und ich haben heute Nacht Bereitschaft und etwas reingekriegt.«

»Ich hätte auch nicht angenommen, dass Sie um halb fünf morgens bei mir anrufen, weil Sie sich mit mir über Baseball unterhalten wollen.«

»Nein, wobei …«

»Wollen Sie vielleicht wieder Streife gehen?«

»Nein. Wir haben einen Fall hereinbekommen«, wiederholte er. »Aber ich nehme ziemlich sicher an, dass Sie den selber übernehmen wollen.«

»Warum? Wer wurde umgebracht?«

»Jonas Bartell Wymann.«

»Warum sollte ich die Sache übernehmen wollen, wenn mir nicht mal der Name Ihres Opfers etwas sagt?«

»Wymann war achtundsechzig Jahre alt, Ex-Präsident der Wirtschaftsweisen und davor Chefökonom des Arbeitsministeriums. Ein Mann des Geldes, der auch selber jede Menge Geld gescheffelt hat. Er war in Yale, Lieutenant. Zusammen mit Senator Mira.«

»Mist. Was ist mit ihm passiert?«

»Natürlich muss Morris ihn sich erst noch genauer ansehen, aber Wymann wurde ins Gesicht und in die Genitalien geschlagen, vergewaltigt und am Schluss nackt aufgehängt. Er hatte ein Schild vorm Bauch.«

»›Das habe ich verdient‹?«

»Genau.«

»Geben Sie mir die Adresse.«

»Er war praktisch einer Ihrer Nachbarn«, meinte Baxter, und tatsächlich war die Straße, die er nannte, gerade mal zwei Blocks von ihrem Haus entfernt.

»Bin unterwegs. Geben Sie auch Peabody Bescheid. Ist der Tatort schon gesichert?«

»Klar. Wir halten hier die Stellung, bis Sie kommen«, sagte er ihr zu.

Sie legte auf, und Roarke, der inzwischen ebenfalls aufgestanden war, drückte ihr einen Becher Kaffee in die Hand. »Danke. Shit. Ich dusche schnell, aber dann muss ich los.«

»Wir duschen beide schnell und fahren dann zusammen los. Ich bin jetzt sowieso schon auf«, erklärte er, bevor sie widersprechen konnte. »Ich kannte ihn.«

Sie trank den ersten großen Schluck von ihrem Kaffee und marschierte Richtung Bad. »Ach ja?«

»Wenn auch nicht wirklich gut. Wir waren nicht befreundet oder so, aber als Wirtschaftswissenschaftler war der Mann brillant.« Roarke unterdrückte einen Seufzer, als das kochend heiße Duschwasser auf seinen Kopf und seine Schultern traf, denn schließlich hatte er es so gewollt.

»Auf alle Fälle kannte er Senator Mira. Sicher waren sie zur selben Zeit in Yale und waren beide Vergewaltiger. Aber …« Seufzend schob sie sich die nassen Haare aus der Stirn. »… vielleicht ist das auch falsch, und irgendwelche Psychopathen bringen einfach zum Vergnügen qualvoll irgendwelche alten Studienfreunde um.«

Sie sprang unter den Trockner, und ihre Gedanken wirbelten genauso schnell durch ihren Kopf, wie heiße Luft um ihren Körper blies.

Dann aber atmete sie durch. Es hätte keinen Sinn, sich alle möglichen Szenarien auszumalen. Am besten sähe sie sich erst einmal am Tatort um und sammelte Informationen und Beweise, so wie sie es immer tat.

Sie stieg in ihre Kleider, setzte sich aufs Sofa, um sich die Stiefel anzuziehen, und Roarke hielt ihr zur Stärkung einen Wrap mit Rührei hin. »Iss. Er läuft uns schließlich nicht mehr weg, und in ein paar Minuten sind wir dort.«

Um keine Zeit mit unnötigen Diskussionen zu vergeuden, biss sie in den Wrap und runzelte die Stirn. »Da ist auch noch was anderes als Rührei drin.«

»Ach ja?« Mit einem unschuldigen Lächeln schob sich Roarke den Rest von seinem eigenen schnellen Frühstück in den Mund. »Ich glaube, du hast recht.«

Trotzdem aß sie auf, spülte den Wrap mit frischem Kaffee hinunter und stand auf. »Ich brauche ein paar Sachen aus meinem Arbeitszimmer.«

Sie fuhren mit dem Lift in ihr Büro, nahmen von dort die Treppe bis ins Erdgeschoss und stiegen in den Wagen, der schon vorgeheizt in der dunklen Einfahrt stand.

Sie überließ Roarke das Steuer und führte eine schnelle Überprüfung ihres neuen Opfers durch.

»Zweimal geschieden und am Schluss alleinstehend. Drei Kinder und fünf Enkel. Jede Menge Buchstaben vor seinem Namen. Prädikatsabschluss in Yale und dann noch irgendwelche Aufbaustudien dort, an der Uni von Columbia und in Oxford. Gastprofessor in Columbia und Yale. Hat ein paar Bücher über Wirtschaftsthemen und zahlreiche Artikel rausgebracht. Berater zweier Präsidenten, und zwar zu der Zeit, als der Senator noch Senator war. Das heißt, sie kannten sich auf jeden Fall.«

Bevor sie mit der Überprüfung fertig war, hielt Roarke bereits vor einem dreistöckigen Stadthaus an, vor dem Baxters schicke Karre und zwei Streifenwagen standen.

Eve zückte ihre Marke und wies sich bei den Kollegen von der Trachtengruppe aus, die in schweren Wintermänteln und je mit einem Becher dampfend heißen Kaffees in den kalten Händen vor der Haustür Wache standen.

»Lieutenant«, sagte einer von den beiden. »Die Detectives sind im Haus. Sie haben gesagt, dass wir die Nachbarn erst befragen sollen, wenn Sie hier sind und es befehlen.«

»Warten Sie damit noch kurz, bis ich mir alles angesehen habe, ja? Wer war als Erstes hier?«

»Das waren wir. Wir fuhren Streife, um 3.42 Uhr hat uns die Zentrale hergeschickt. Innerhalb von zwei Minuten waren wir hier. Der Enkelsohn des Opfers hat die Angelegenheit gemeldet.«

»Lebt der Enkel hier im Haus?«

»Nein, Ma'am, aber er hat den Zugangscode und eine Schlüsselkarte für die Tür. Er hat gesagt, dass er hier manchmal übernachtet.«

»Alles klar. Sie bleiben weiter hier stehen und lassen niemanden herein.«

Noch während sie die kurze Treppe bis zur Haustür nahmen, wurde ihnen aufgemacht.

»Lieutenant«, grüßte der Kollege und ließ sie an sich vorbei ins Haus treten.

Sie hatten Wymann hängen lassen. Seine Augen quollen aus dem geschwollenen, zerschundenen Gesicht. Er baumelte an einem Strick, der an der aus einer Reihe bunter Wirbel bestehenden Deckenlampe hing, und über seinen Hals, den Oberkörper und die Beine liefen dünne Fäden trockenen Bluts.

Wie Eve bei Mira hatte Baxter seinen Kopf zurückgelegt und blickte zu dem Opfer auf. »Er gehört auf alle Fälle Ihnen.«

»Stimmt.«

»Aber ab jetzt gehören die zwei auch mir und meinem frischgebackenen Kollegen.«

»Alles klar. Wo ist der Enkel?«

»Jonas Wymann Baker. Er sitzt hinten in der Küche, eins von den Streifenhörnchen kümmert sich um ihn. Er ist echt fertig.«

»Haben Sie schon mit ihm gesprochen?«

»Nein. Die Kollegen, die zuerst am Tatort waren, haben seine Personalien aufgenommen, aber mehr auch nicht. Wir haben bisher nur den Tatort abgesperrt, den Zeugen in die Küche bringen lassen und Sie informiert. Wir wussten auf den ersten Blick, dass das hier Ihr Fall ist.«

»Peabody ist unterwegs, Lieutenant«, warf Trueheart ein.

»Okay, sprüh deine Hände ein, dann holen wir ihn runter«, sagte Eve zu Roarke. »Weiß jemand, wie man diese Lampe herunterlassen kann?«

Nach kurzem Suchen fand ihr Mann den dafür vorgesehenen Knopf, und auf ihr Nicken holte er die Lampe herunter, und sie nahmen den Toten ab.

»Detective Trueheart, überprüfen Sie, wer unser Opfer ist.«

Während Roarke und Baxter Small Talk machten, kniete auch sie selbst sich vor den Toten, um herauszufinden, wann genau der Mann gestorben war.

»Todeszeitpunkt 3.03 Uhr. Circa eine halbe Stunde später ging der Notruf ein. Der Enkel hat die Täter oder Täterinnen also knapp verpasst. Abschürfungen im Gesicht, gebrochener Unterkiefer, Fesselspuren an den Handgelenken, Hämatome an den Genitalien, Spuren einer Vergewaltigung. All die Verletzungen stimmen mit denen von Edward Mira überein. Tüten Sie seine Hände ein«, bat sie den jungen Trueheart. »Schild und Strick gehen ins Labor.«

»Bei dem Toten handelt es sich um Jonas Bartell Wymann, Ma'am, der hier gemeldet ist.«

Sie setzte eine Mikrobrille auf und schaute sich das Opfer noch genauer an. »Die Nase haben sie ihm ebenfalls gebrochen. Sicher haben sie mit einem Knüppel oder etwas in der Richtung auf ihn eingedroschen. Was ist mit den Überwachungskameras, die es hier doch sicher gibt?«

»Die Disketten und das Laufwerk sind verschwunden«, meinte Baxter, »nach einem Einbruch sieht es nicht aus. Nach allem, was die Kollegen bisher aus dem Zeugen herausbekommen haben, konnte er seinen Großvater den ganzen Abend nicht erreichen.«

»Also lassen Sie uns noch einmal mit ihm reden.« Eve stand wieder auf. »Sie und ich, Trueheart. Baxter, Sie verständigen die SpuSi und das Leichenschauhaus. Wollen wir doch mal sehen, was Morris uns erzählen kann. Und lassen Sie die elektronischen Ermittler kommen, um sich die Geräte anzusehen.«

»Hm«, setzte Trueheart auf dem Weg in Richtung Küche an.

»Nun spucken Sie's schon aus, Detective.«

»Baxter und ich haben das gesamte Haus durchsucht. Es gibt nirgends Spuren eines Kampfes, und die Betten sind alle unbenutzt. Es gibt zwei Hausdroiden, Ma'am, aber da wir wussten, dass dies Ihr Fall ist, haben wir sie noch nicht hochgefahren.«

»Zu den Droiden kommen wir später noch. Ein ganz schön großes Haus«, bemerkte sie.

»Ja, Ma'am. Ah …« Er räusperte sich unbehaglich, fuhr dann aber fort. »Im Kleiderschrank im Schlafzimmer steht noch ein weiterer, weiblicher Droide, der dem Aussehen nach nicht für die Hausarbeiten vorgesehen ist.«

»Ach ja? Und woher wissen Sie, dass er für andere Zwecke vorgesehen ist?«

Errötend meinte er: »Von Baxter, denn er hat gesagt, er hätte dieses ganz besondere Modell schon einmal gesehen.«

»Uh-huh.« Sie öffnete die Tür der Küche und fing an zu blinzeln, als sie all das hell glänzende Silber und die schwarz schimmernden Oberflächen sah.

An einem Tisch mit Glasplatte und dickem Silberfuß hockte ein junger Mann vor einer Tasse Kaffee oder etwas Ähnlichem. Er hatte den Kopf zwischen den Händen abgestützt, sah aber auf, als sie den Raum betrat, und seinen beinah übertrieben makellosen, jetzt aber poetenbleichen Zügen waren der Schock und das Entsetzen überdeutlich anzusehen. Er war noch jung, bemerkte sie, wahrscheinlich gerade einmal alt genug, um einen Drink serviert zu kriegen, wenn er sich in einer Bar mit Freunden traf.

»Haben Sie hier das Sagen?«, fragte er mit einer Stimme, die so sonor und so klar wie eine Glocke klang.

»Lieutenant Dallas. Ja, ich habe hier das Sagen. Das ist Detective Trueheart. Mein Beileid zu Ihrem Verlust, Mr. Baker.«

»Ich verstehe es nicht. Ich habe keine Ahnung, was das alles zu bedeuten hat. Mein Großvater … er wurde umgebracht. Aber warum?«

Sie nickte der anwesenden Kollegin zu, und als die ging, nahm sie dem Enkel gegenüber Platz und gab Trueheart durch ein Nicken zu verstehen, es ihr gleichzutun.

»Das ist nicht leicht für Sie. Warum erzählen Sie mir nicht erst einmal, was Sie hier machen. Schließlich wohnen Sie nicht hier.«

»Nein, nicht mehr. Ich habe eine Zeitlang hier gewohnt, als ich bei meinen Eltern ausgezogen bin, manchmal übernachte ich noch immer hier. Er ist die meiste Zeit allein, deswegen übernachte ich manchmal hier bei meinem Großvater.«

»Wann sind Sie heute Nacht hier angekommen?«

»Es war schon spät oder vielleicht eher schon früher Morgen. Ungefähr halb vier.«

»Kommen Sie öfter mitten in der Nacht hierher?«

»Nein. Nein. Er kam nicht zur Premiere, obwohl er das immer macht … Ich dachte, vielleicht hätte er's vergessen oder etwas anderes zu tun gehabt, und war ein bisschen sauer, weil das schließlich meine erste …« Er brach ab und presste sich die Finger vor die braungoldenen Augen, deren Ränder rot verquollen waren.

»Liebe sich, wer kann.«

Bei Truehearts Worten ließ der junge Mann die Hände sinken und sah ihn mit großen Augen an.

»Sie machen einen Riesenwirbel um das Musical«, fuhr Trueheart fort. »Aber ich bin jetzt erst draufgekommen, dass Sie Jonas W. Baker sind. Sie spielen darin die Hauptrolle, nicht wahr? Ich will mir das Musical mit meiner Freundin ansehen. Gestern Abend war Premiere?«

»Richtig. Gestern Abend war Premiere. Eine musikalische Komödie«, fügte er an Eve gewandt hinzu. »Ich habe die männliche Hauptrolle. Es ist das erste Mal, dass ich so eine große Rolle habe. Meine Mutter macht gerade in Australien Urlaub und mein Vater … wäre sicher nicht einmal gekommen, wenn er in der Nähe wäre. Aber meine Großeltern kommen immer, selbst wenn meine Rollen mickrig sind.«

»Ihre Großeltern?«

Er nickte knapp. »Sie sind bereits seit einer Ewigkeit geschieden, aber sie sind trotzdem immer beide für mich da. Nur gestern konnte meine Großmutter nicht kommen, denn sie saß in Chicago fest. Sie sind dort eingeschneit, deshalb wurden alle Flüge annulliert. Normalerweise kommen sie zu all meinen Premieren und sitzen immer vorne in der ersten Reihe. Jedes Mal. Sie waren es, die mich unterstützt haben, als ich beschlossen habe, Theater zu spielen. Nach Meinung meiner Eltern hätte ich studieren sollen. Natürlich Jura oder Medizin oder sonst etwas, worauf man stolz sein kann. Aber mein Großvater hat mir geholfen und mich sogar bei sich wohnen lassen, als ich in den Anfangszeiten knapp bei Kasse war.«

Er griff nach seinem Becher, stellte ihn dann aber wieder auf den Tisch und schob ihn fort.

»Er war bei all meinen Premieren. Als er gestern Abend nicht erschien, war ich etwas gekränkt. Ich dachte, dass er sich verspätet hätte oder so. Dann habe ich nicht mehr darüber nachgedacht und mich auf meine Rolle konzentriert. Wir haben das Haus gerockt, oh ja, das haben wir.«

»Sie waren doch sicher traurig, dass er nicht dabei war. Schließlich war es für Sie ein besonderer Abend«, stellte Trueheart fest.

»Das war es auf jeden Fall.«

»Da hatten Sie wahrscheinlich keine Zeit, ihn anzurufen, oder?«

»Doch. Ich habe sogar mehrmals bei ihm angerufen, aber immer sprang sofort die Mailbox an. Zum letzten Mal habe ich in der Pause bei ihm angerufen, und ich fürchte, dass die Nachricht, die ich ihm auf Band gesprochen habe, nicht besonders freundlich war. Als die Show dann nach sechs Vorhängen und stehenden Ovationen vorbei war, habe ich geschmollt.«

»Sie hätten den Erfolg mit Ihrem Granddad teilen wollen«, hakte Trueheart nach.

»Ich habe eine Freundin, die die Show gesehen hat. Aber … ja, vor allem sollte er dabei sein. Ich wollte, dass er sieht, dass sein Vertrauen und all die Unterstützung nicht vergeblich waren.«

»Sie wollten, dass er stolz ist.«

»Mehr als alles andere. Als er dann nicht kam, nicht anrief und mir nicht mal eine Nachricht schickte, dachte ich, okay, dann eben nicht, ging mit den anderen auf die Premierenparty, kippte Schampus in mich hinein und sonnte mich in meinem Ruhm und in den tollen Kritiken, die es für meinen Auftritt geben würde. Ich bin der neue Megastar in einem neuen Megahit. Ich bin der neue Gott des Musicals, und mir gehört die Bühne. Ja, ich habe mich in dem Erfolg geaalt. Wir alle waren super drauf, diese Nacht hätte für mich und all die anderen niemals enden sollen. Wir wollten noch was essen gehen, aber irgendwie nagte es immer noch an mir, dass Granddad nicht gekommen war. Also habe ich gesagt, ich käme nach, aber ich müsste vorher noch kurz etwas erledigen.«

Er atmete tief durch. »Ich wusste, es war schon kurz vor drei, aber ich war noch immer sauer, dass er nicht erschienen war. Mein Stimmcoach, meine Ex-Freundin und meine Freundin, die Kollegen und Kolleginnen meiner anderen Produktionen, Freundinnen und Freunde von der Schauspielschule, alle waren da. Aber der Mensch, der mir am wichtigsten gewesen wäre, hatte mich versetzt. Das hat an mir genagt, denn er wollte auf alle Fälle kommen. Dann ging mir plötzlich auf, dass irgendwas passiert sein musste. Dass er vielleicht verunglückt oder krank geworden war. Also kam ich her und ging fast sicher davon aus, ihn krank im Bett zu finden oder mit gebrochenem Bein im Flur liegen zu sehen – obwohl er kerngesund und fitter als die meisten jungen Leute war. Dann kam ich herein und … Gott, oh Gott, oh Gott.«

Er schlang sich unglücklich die Arme um den Körper, Tränen strömten über sein Gesicht.

»Mr. Baker …«

»Jonas. Bitte nennen Sie mich Jonas, denn so hieß er auch.«

»War die Haustür abgeschlossen, als Sie ankamen, Jonas?«

»Ob die Haustür abgeschlossen war? Ja. Oh ja, ich habe meine Schlüsselkarte und den Zugangscode benutzt. Dann kam ich rein und habe ihn dort hängen gesehen. Ich dachte, nein, das kann nicht sein. Das kann einfach nicht sein. Ich habe ihn gerufen, habe ihn immer wieder gerufen, doch er hing dort einfach tot.«

Er rang nach Luft, und seine Stimme brach.

»Schon gut, Jonas«, wandte sich Trueheart ihm mit sanfter, beinah mütterlicher Stimme zu. »Nehmen Sie sich Zeit.«

»Es ist nur so … Ich hatte keine Ahnung, was ich machen soll. Ich habe das Gefühl, als ob ich eine Ewigkeit da vorn im Flur gestanden hätte, ohne irgendwas zu tun. Ich habe mir gesagt, das kann nicht sein. Stand einfach da. Und dann … ich weiß nicht … hatte ich mein Handy in der Hand. Ich kann mich nicht daran erinnern, dass ich es hervorgezogen habe. Aber trotzdem muss es so gewesen sein. Dann habe ich die 911 gerufen, und der Typ, der mit mir sprach, sagte, ich sollte ruhig bleiben, tief durchatmen und Hilfe wäre unterwegs. Dann kam die Polizei. Alles wie in Zeitlupe, aber zugleich auch rasend schnell. Wie kann das sein? Ich weiß nicht, was ich für ihn tun soll. Granddad wusste immer, wie er mir am besten helfen kann.«

»Sie haben genau das Richtige getan«, beruhigte Trueheart ihn. »Sie haben ihm so gut geholfen, wie es möglich war. Sie haben die Polizei geholt.«

»Sie haben ihn … Er wurde umgebracht. Seine Würde wurde ihm genommen. Warum?«

»Das herauszufinden ist mein Job.« Mit ihrem brüsken Ton bildete Eve einen Kontrast zu Truehearts einfühlender, sanfter Art. »Wann haben Sie zum letzten Mal mit ihm gesprochen?«

»Gestern Nachmittag. Ich habe bei ihm angerufen, um ihn daran zu erinnern, dass er seine Karte an der Kasse abholen kann, ich konnte deutlich hören, dass ihm irgendetwas auf der Seele lag. Ich wusste, dass ein alter Studienfreund von ihm gestorben war. Er war ermordet worden. Obwohl mein Großvater mir keine Einzelheiten nennen wollte, wusste ich …«

Jetzt wich auch noch der letzte Rest von Farbe aus seinem Gesicht. »Oh Gott. Senator Mira und jetzt Granddad. Hängen diese beiden Morde irgendwie zusammen? Haben dieselben Menschen ihnen diese schlimmen Dinge angetan?«

»Kannten Sie Senator Mira?«

»Sicher. Er und Granddad kannten sich noch aus der Studienzeit, das heißt, dass sie uralte Freunde waren. Miss …«

»Lieutenant. Lieutenant Dallas.«

»Lieutenant. Waren es dieselben Täter? Haben dieselben Leute ihn und Granddad umgebracht?«

»Wir gehen allen Spuren nach.« Sie zögerte einen Moment. Er hatte nichts mit diesem Fall zu tun, sagte sie sich. Oder falls doch, waren ihm die Einzelheiten längst bekannt. »Es gibt genügend Ähnlichkeiten zwischen beiden Fällen, um davon auszugehen, dass es dieselben Täter sind.«

»Aber das ist doch … total verrückt.«

»Mag sein. Hat Ihr Großvater bei Ihrem Anruf gestern Nachmittag gesagt, warum man den Senator seiner Meinung nach ermordet hat?«

»Er schien nichts Genaues über diesen Mord zu wissen. Ich selber habe gestern keine Nachrichten gesehen, weil ich mich ganz auf meine Rolle konzentrieren wollte, deshalb hatte ich noch gar nichts davon gehört. Er hat gesagt, es sähe aus, als hätte jemand den Senator erst gekidnappt und dann umgebracht. Er war total erschüttert, denn wie ich schon sagte, haben sich die beiden seit der Studienzeit gekannt. Trotzdem habe ich mir nichts dabei gedacht, auch nicht, als Granddad nicht zu der Premiere kam. Ich habe weder an den Mord gedacht noch daran, wie sehr ihn die Sache mitgenommen hat. Hätte ich, statt in Gedanken einzig um mich selbst zu kreisen, auch einmal an ihn gedacht, wäre mir das klar geworden, und ich wäre heute Nacht bestimmt nicht mehr hier aufgetaucht. Dann hätte ich ihn erst einmal in Ruhe trauern lassen wollen. Ich weiß nicht, was von beidem schlimmer ist.«

»Es ist, wie's ist. Dass sie hergekommen sind, bedeutet, dass wir früher anfangen können zu ermitteln. Wissen Sie, ob jemand etwas gegen ihren Granddad oder vielleicht sogar gegen beide Männer hatte?«

»Nicht wirklich.« Jonas lehnte sich auf seinem Stuhl zurück, fuhr sich mit beiden Händen durchs Gesicht und wirkte nicht mehr ganz so bleich. »Sie waren beide Politiker, in der Politik macht man sich Feinde, oder nicht? Nicht alle haben Granddads Ansichten zur Wirtschaftspolitik geteilt, aber man bringt doch keinen Menschen um, nur weil man anderer Meinung ist als er. Auch Senator Mira hatte Ansichten, die nicht bei allen auf Gegenliebe stießen, und ich gebe zu, dass mir der Mann nicht sonderlich sympathisch war. Aber, mein Gott.«

»Sie mochten den Senator also nicht.«

»Ich habe ihn auch nicht gehasst. Ich finde einfach, dass er ein aufgeblasener Schnösel war«, gab Jonas achselzuckend zu. »Er war ein Studienfreund meines Großvaters, deswegen haben wir ihm manche Dinge nachgesehen. Ich muss es meiner Mutter sagen. Gott. Und meiner Großmutter. Ich muss den beiden sagen, was geschehen ist.«

Wieder ließ er seinen Kopf zwischen die Hände fallen. »Und meinem Bruder. Meine Halbschwester hat Mom mit nach Australien genommen, aber Gavin ist in Yale.«

»Ach ja? Und was studiert er dort?«

»Natürlich Jura«, klärte Jonas sie mit einem unsicheren Lächeln auf. »Das ist bei uns Familientradition. Auch wenn ich aus der Tradition ausgebrochen bin. Ich selber habe Schauspiel an der Juilliard studiert und es nicht einen Augenblick bereut. Ich muss es ihnen sagen. Ihnen und dem Bruder meiner Mutter. Nur, wie stelle ich das an?«

»Wenn Sie wollen, kann ich das für Sie übernehmen.«

»Das wäre mir natürlich lieber, aber nein. Ich muss es ihnen persönlich sagen, denn sie sollen es nicht von einer Fremden hören. Sie werden Granddad nicht so sehen, oder? Ich will nicht, dass irgendwer von der Familie ihn so sieht.«

»Nein. Der Pathologe wird sich um ihn kümmern und ihm seine Würde wiedergeben«, sagte Eve ihm zu. »Sie können sich an Dr. Morris wenden, wenn Sie Ihren Großvater noch einmal sehen wollen. Dann macht er einen Termin mit Ihnen aus.«

»Okay, okay.« Er sah sie flehend an. »Ich möchte meinen Verwandten sagen, dass Sie herausfinden, wer ihm aus welchem

Grund so etwas angetan hat, um die Täter dann ihrer gerechten Strafe zuzuführen. Werden Sie das tun?«

»Das ist mein Job, und den nehme ich ernst.«

»Das ist eine gute Antwort.«

»Ich muss Ihnen noch ein paar Fragen stellen, danach können Sie Ihre Familie kontaktieren.«

Nach dem Gespräch mit Jonas sagte Eve zu Trueheart: »Gut gemacht. Sie haben ihn beruhigt. Für so etwas braucht man Verständnis und Gefühl.«

»Ich wusste, wer er ist. Dass gestern die Premiere war, hatte ich zwar vergessen, aber sie haben Riesenwerbung für das Stück gemacht, und sein Gesicht lacht einen überall von den Plakaten an. Er ist bestimmt ein guter Schauspieler, aber ...«

»Oh, ich glaube auch nicht, dass er in den Fall verwickelt ist. Wenn er uns etwas vorgemacht hat, sollte man ihn für den Oscar nominieren.«

»Für Musicals gibt es den Tony.«

»Was auch immer.«

Vorne in der Eingangshalle sahen sie Peabody bei Baxter stehen. Die Leiche wurde gerade abgeholt, und die Kollegen von der SpuSi hatten sich im Erdgeschoss verteilt.

»Er hat nichts mit dem Mord zu tun«, erklärte Eve. »Aber trotzdem überprüfen wir ihn noch. Trueheart, checken Sie die Namen von der Liste, die er uns gegeben hat, und gucken, wer bis gegen drei Uhr heute früh mit wem zusammen war. Und mit wem Jonas selbst zusammen war, als der Senator erst entführt und dann ermordet worden ist, damit ich ihn endgültig streichen kann.«

»Ich habe Ian mitgebracht«, erklärte Peabody. »Er und Roarke nehmen sich die elektronischen Geräte vor. Mit der Haustür sind sie bereits durch. Es gibt keine Spuren eines Einbruchs, also haben die Täter eine Schlüsselkarte und den Zugangscode benutzt.«

»Die Dinge hatten sie von Wymann, ganz egal, ob sie ihn erst entführt und anderswo gefoltert haben oder direkt hier vor Ort.«

»Wir haben uns schon mal umgesehen«, meinte Baxter, während er den Blick noch einmal durch die Eingangshalle wandern ließ. »Nichts deutet darauf hin, dass er in seinem eigenen Haus gefesselt und gefoltert worden ist.«

»Vielleicht haben sie die Spuren ja beseitigt«, überlegte Eve und sah sich selber um. »Aber ich gehe davon aus, dass er am selben Ort wie der Senator derart zugerichtet worden ist. Sie haben einen speziellen Ort, an dem sie erst mit Mira und jetzt auch mit Wymann waren. Wir müssen also herausfinden, um wie viel Uhr er wo gekidnappt worden ist. Das Motiv dürfte dasselbe wie bei Mira sein.«

»Was für ein Motiv könnte das sein?«

»Aus meiner Sicht geht es um Sex, weil unsere Killer keine Killer, sondern Killerinnen sind. Eine weitere Verbindung ist die Uni, wo die beiden waren. Die beiden Männer haben zur selben Zeit in Yale studiert und waren später beide in der Politik, was noch eine Verbindung ist.«

»Sex und Politik gehen häufig Hand und Hand.«

»Genau. Weshalb es ganz bestimmt kein Zufall ist, dass diese beiden Männer auf genau dieselbe Art und Weise umgekommen sind.«

»Da haben Sie völlig recht.«

»Zwei meiner Verdächtigen und eins der Alibis haben ebenfalls Verbindung nach Yale und zueinander«, fügte Eve hinzu.

»Was ebenfalls bestimmt kein Zufall ist.«

»Ganz sicher nicht. Zwei wohlhabende, erfolgreiche Männer«, überlegte Eve und stapfte in der Eingangshalle auf und ab. »Beide haben in Yale studiert, und beide waren, wenn auch in verschiedenen Bereichen, in der Politik tätig. Dazu hatte das erste Opfer jeden Monat was mit einer anderen Frau.«

»Das würde ich in seinem Alter auch gerne noch hinbekommen«, stellte Baxter neidisch fest und handelte sich einen kalten Blick von seiner Vorgesetzten ein.

»Wir müssen also herausfinden, ob unser zweites Opfer auch ein solcher Frauenheld war.«

»In seinem Schlafzimmer steht eine Sexdroidin, die wahrscheinlich keine Wünsche offenlässt.«

»Das hat mir Trueheart schon erzählt.«

Sie blickte auf, als Roarke aus einer von den oberen Etagen kam.

»Zum letzten Mal wurde das Ding vor zweiunddreißig Stunden benutzt«, klärte er die anderen auf. »McNab nimmt alle elektronischen Geräte mit, aber bisher haben wir auf den Computern und den Links nichts Wichtiges entdeckt. In einer Schublade des Schreibtischs lag ein unbenutztes Handy, das wahrscheinlich als Reserve für sein eigentliches Handy vorgesehen war.«

»Das, was er benutzt hat, ist verschwunden, also wissen wir nicht, ob dort irgendetwas drauf ist, was uns weiterhelfen könnte«, knurrte Eve. »Baxter, Sie und Trueheart nehmen sich die beruflichen Kontakte unseres Opfers vor. Verschaffen Sie sich einen Eindruck von den Leuten, und erkundigen Sie sich nach deren Alibis. Finden Sie außerdem die Freundinnen des Opfers, falls es welche gibt.«

»Okay.«

»Ich schicke Ihnen die Namen und die Fotos der Frauen auf der Liste unseres ersten Opfers zu. Gucken Sie, ob einer dieser Namen irgendjemandem aus dem Büro des zweiten Opfers etwas sagt. Peabody, Sie sagen Ian, dass er die Geräte hier und auch aus dem Büro des ersten Opfers auseinandernehmen soll. Falls sich dort irgendwelche Dinge überschneiden, kriege ich sofort Bescheid. Es geht um Rache. Was haben die beiden gemeinsam getan, dass irgendwelche Frauen sich auf diese Art an ihnen rächen? Gehen Sie rauf, sagen McNab Bescheid und kommen dann mit. Ich wollte gestern schon bei Morris reinschauen.«

»Eine Leichenschau auf leeren Magen? Uh.« Mit grimmigem Gesicht lief Peabody nach oben, wo ihr Liebster bei der Arbeit war.

»Berufliche Kontakte«, wiederholte Eve. »Und Alibis.«

»Um fünf Uhr morgens?«, fragte Baxter sie entsetzt.

»Warum sollten potenzielle Mordverdächtige gemütlich in den Federn liegen, während wir schon ewig auf den Beinen sind? Na los.«

»Da machen wir uns sicher sehr beliebt, Trueheart.«

»Was kann ich tun?«, erkundigte sich Roarke, als er mit ihr zur Haustür lief.

»Du kannst nach Hause fahren und noch einen Planeten kaufen oder so.«

»Das heißt, es wird ein ganz normaler Arbeitstag für uns«, stellte er fest. Als eine SpuSi-Frau den Strick in eine Tüte schob, nahm er Eve am Arm und führte sie in eine Ecke, wo die anderen nicht hören konnten, was er sagte.

»Glaubst du, die beiden haben gemeinsam Frauen vergewaltigt oder irgendwelche anderen widerlichen Sexspielchen gespielt?«

»Bisher glaube ich noch gar nichts. Aber ausgeschlossen ist das nicht. Der Enkel sagt, es sähe aus, als hätten sie ihm außer seinem Leben auch die Würde nehmen wollen. Da hat er völlig recht. Und es gibt einen Grund, aus dem die beiden nicht nur gefoltert und getötet, sondern obendrein auch noch derart erniedrigt worden sind. Das weist aus meiner Sicht auf Rache hin. Durch jemanden, der seinerseits erniedrigt worden ist.«

»Was für ein Verbrechen oder eine Sünde haben die beiden begangen, dass die Täterinnen denken, ein so qualvolles, erniedrigendes Ende hätten sie verdient?«

»Die beiden waren gute, langjährige Freunde. Was für ein Geheimnis haben sie geteilt? Es ging dabei auf jeden Fall um Sex, und ich bin mir ganz sicher, dass es irgendetwas Widerliches war. Ich kann dich noch nach Hause fahren.«

»Nicht nötig, aber danke für das Angebot. Pass auf dich auf«, murmelte er. »Und zwar nicht nur auf meine Polizistin, sondern auch oder vor allem auf das junge Mädchen, das noch immer in dir lebt.«

»Mach dir keine Gedanken über mich.«

Er rahmte ihr Gesicht mit beiden Händen ein, und bevor sie es verhindern konnte, küsste er sie mitten auf den Mund. »Stell dich gefälligst nicht so an. Ich melde mich«, erklärte er und wandte sich zum Gehen.

Sie atmete geräuschvoll aus, als sie das Grinsen im Gesicht der SpuSi-Tante sah.

»Was grinsen Sie so blöd?«

»Ich habe mir nur vorgestellt, dass mich mal so ein toller Kerl vor allen Leuten küsst«, erklärte sie und tupfte eine Blutprobe vom Boden auf. »Man muss sich seine kleinen Freuden holen, wo man sie kriegen kann.«

Womöglich wollte Roarke sich selbst, vor allem aber ihr mit seinem heißen Abschiedskuss so eine kleine Freude machen, erkannte Eve, denn Grund zur Freude gäbe es für sie im Leichenschauhaus sicher nicht.

»Peabody, verdammt, jetzt kommen Sie endlich her! Wenn Sie weiter den knochigen Arsch von Ihrem Schatz begrabschen, können Sie zu Fuß ins Leichenschauhaus gehen.«

Sie zog bereits die Haustür auf, als Peabody von oben angelaufen kam. »Woher haben Sie gewusst, wo meine Hände waren?«

»Als guter Lieutenant kann ich eben eins und eins zusammenzählen«, erklärte Eve und sah ein neuerliches Grinsen im Gesicht der Tante von der Spurensicherung. »Sie kommen ja aus dem Freuen gar nicht mehr heraus.«

»Ist das nicht schön?«

12

Stolpernd hastete Peabody ihr hinterher und wickelte sich einen dieses Mal eisblauen Schal mit leuchtend grünem Zickzackmuster um den Hals.

»Wenn es um etwas Sexuelles geht und unsere beiden Opfer gute Kumpel waren, haben sie sich ja vielleicht ein paar der Frauen, die auf unserer Liste stehen, geteilt.«

»Wie's aussieht, kommen Ihre grauen Zellen langsam auf Trab«, bemerkte Eve und nahm hinter dem Steuer ihres Wagens Platz.

»Die waren auch schon in Schwung, als ich in rein freundschaftlicher Absicht das vielleicht etwas knochige, doch durchaus hübsche Hinterteil von meinem Schatz getätschelt habe«, klärte Peabody sie auf und seufzte wohlig, als sie aus der Kälte in den warmen Wagen stieg. »Ah, die Sitzheizung ist an. Da freut sich mein eigenes, alles andere als knochig schmales Hinterteil.«

»Ich verbiete Ihnen, weiter über Ians oder Ihren eigenen Arsch zu sprechen.« Eve sah in den Seitenspiegel, nutzte eine Lücke im Verkehr und wechselte die Spur. »Roarke wird überprüfen, ob das zweite Opfer ebenfalls die Suite genutzt hat, in der Mira mit den Frauen war, und falls ja, mit wem. Wenn wir auch nur eine dieser Frauen mit beiden Männern in Verbindung bringen können, sind wir einen großen Schritt weiter.«

»Aber was hätte Wymann mit der Sexdroidin, die in seinem Schrank steht, machen sollen, wenn er regelmäßig was mich echten Frauen hatte? McNab hat sich das Ding genauer angesehen und meint, dass es in sexueller Hinsicht so einiges zu bieten hat.«

»Darauf gibt's nur eine Antwort: Wymann war ein Mann. Das heißt, er hatte einen Schwanz.«

»Ah ja, wie konnte ich das nur vergessen?« Auch wenn Peabody ihr Hinterteil nicht noch einmal erwähnte, rutschte sie damit zufrieden auf dem warmen Sitz herum. »Aber glauben Sie nicht, dass Schwänze etwas ruhiger werden, wenn sie siebzig Jahre auf dem Buckel haben? Oje, jetzt stelle ich mir einen Schwanz mit Buckel vor. Das ist kein schönes Bild.«

»Vielen Dank, dass Sie es mit mir teilen. Wenn die SpuSi durch ist, fahre ich noch mal zurück zum Haus. Ich bin mir sicher, dass ich dort potenzsteigernde Mittel finden werde, weil er sichergehen wollte, dass er auch mit seinen beinah siebzig Jahren noch einen hochbekommt.«

»Wahrscheinlich haben Sie recht. Wir haben schließlich auch im Haus des ersten Opfers – oder eher von dessen Großvater, was meiner Meinung nach besonders eklig ist – solches Zeug entdeckt. Aber ich habe noch eine andere Frage zu dem Thema.«

Zumindest lenkte sie die grenzenlose Neugier ihrer Partnerin vom wieder einmal höllischen Verkehr und von den blöden Werbetafeln, die für *superreduzierte Kreuzfahrtoutfits* warben, ab, sagte sich Eve und fragte: »Wären wir dann damit durch?«

»Wahrscheinlich nicht, aber der Reihe nach. Also, warum fahren alte Männer derart oft auf junge Frauen ab? Warum macht ein Mann von fünfzig oder sechzig Jahren Jagd auf Frauen von Anfang, Mitte zwanzig? Wahrscheinlich wollte er sogar mit siebzig noch so einen jungen Hüpfer haben und begnügt sich nur mit Frauen von dreißig oder vierzig, weil er jüngere nicht mehr kriegt.«

»Auch das liegt daran, dass sie Männer sind und Schwänze haben.«

»Ach ja?«

Eve sah eine Gruppe argloser Touristen, die um einen Schwebegrill versammelt waren und deren Hand- und Brieftaschen dem Taschendieb, der lässig an dem Trupp vorüberschlenderte, mit lauten Stimmen zuzurufen schienen: »Nimm uns mit!«

Da sie aber nun mal nicht jeden retten konnte, setzte sie die Fahrt zum Leichenschauhaus fort.

»Der Schwanz redet sich bis ins hohe Alter ein, dass er noch immer zwanzig ist und deshalb Sex mit Frauen seiner Altersklasse haben muss. Er weigert sich zu akzeptieren, dass er zu einem alten Mann gehört.«

»Dann macht er sich also was vor.«

»Genau. Und es ist gut, dass Sie das lernen, solange Sie noch keine dreißig sind. Ich nehme an, es ist für viele Frauen schwer zu akzeptieren, dass ihr Verfallsdatum mit vierzig, fünfzig aus der Sicht der Männer überschritten ist. Jetzt packen Sie aber die Schwänze in die Kiste zu den Hinterteilen und klappen den verdammten Deckel zu.«

Peabody presste ihre Lippen aufeinander, aber schließlich platzte es aus ihr heraus: »Sie wissen, was passiert, sobald man einen Schwanz zusammen mit zwei Hinterteilen in eine Kiste packt?«

Eve musste gegen ihren Willen lachen. »Meine Güte, Peabody, jetzt denken Sie doch mal an etwas anderes als an Sex.«

»Das ist nicht leicht, denn schließlich denken wir, dass Sex der Grund für diese Morde ist.«

»Okay, da haben Sie recht. Es ging dabei auf jeden Fall um Sex. Man schlägt nicht auf die Genitalien eines Typs ein und vergewaltigt ihn auch nicht, wenn's nicht um irgendetwas Sexuelles geht. Das zweite Opfer ist zweimal geschieden, die zweite Scheidung liegt sechs Jahre zurück. Also sehen wir uns auch die Ex-Frauen an und gucken, ob es Überschneidungen mit dem ersten Opfer gibt, obwohl ich mir nicht vorstellen kann, dass Wymanns Ex-Frauen oder eine Ex sich dann nicht schon viel früher für irgendwelche Übergriffe an den Männern gerächt hätte. Versuchen Sie außerdem herauszufinden, ob es aktuell irgendeine Frau in Wymanns Leben gab.«

»Klatschseiten, ich komme!«, juchzte Peabody und klappte ihren Handcomputer auf.

Eve trommelte mit ihren Fingern auf das Lenkrad, als der nächste Werbeflieger blökte: *Holen Sie sich schon im Januar Ihre sommerliche Traumfigur bei Slimderize! Lassen Sie sich kostenlos beraten!*

Ob womöglich eine sommerliche Traumfigur als Kreuzfahrtoutfit galt?

»Vielleicht«, setzte sie an und gab sich alle Mühe, die verdammte Werbung bestmöglich zu ignorieren, »hatten die beiden ja so was wie einen kleinen Sexclub, und falls die verschiedenen Frauen nichts voneinander wussten, waren sie vielleicht deshalb sauer. Wenn sie doch etwas voneinander wussten, lief möglicherweise plötzlich irgendetwas schief, und diese Frauen haben ihren eigenen Club gegründet. Einen Mörderinnenclub.«

»Wenn die Frauen etwas voneinander wussten, muss etwas Schlimmes vorgefallen sein.«

»Vergewaltigung ist schlimm. Die brutale Vergewaltigung der beiden Männer spiegelt für mich wider, dass die Frauen auch vergewaltigt worden sind. Sonst hätten sie den beiden vielleicht ein paar Tritte in die Genitalien verpasst, aber ganz sicher nicht …«

»Dann hätten diese Männer also keinen Sexclub aufgemacht, sondern die Frauen vergewaltigt. Wobei die Frauen, die auf unserer Liste stehen, nicht vergewaltigt worden sind.«

»Zumindest haben sie uns nichts davon erzählt. Aber warum hätten sie das auch erzählen sollen? Warum hätten sie uns das Mordmotiv auf einem silbernen Tablett servieren sollen? Das ist eine Möglichkeit, der wir auf alle Fälle nachgehen sollten, denn wir haben es mit mehr als einer Killerin zu tun. Und die gemeinsame Misshandlung und Ermordung zweier Männer weist auf eine sehr enge Verbindung zwischen diesen Frauen hin. Sie wollten sich gemeinschaftlich an diesen Männern rächen.«

»Wir wissen, dass Senator Mira seine Mörderinnen hereingelassen hat. Das heißt, er fühlte sich von ihnen nicht bedroht. Schließlich hat er Frauen generell nicht als Bedrohung, sondern als Objekte und als Sexspielzeug betrachtet.«

»Wir wissen immer noch nicht, wer der Makler oder vielleicht eher die Maklerin war.«

Das war ein großes Loch, das es zu stopfen galt.

»Wenn wir die finden, haben wir auch die Killerinnen, wobei diese Maklerin vielleicht nicht echt war. Dazu müssen wir wissen, wann und wo die Frauen Wymann aufgegriffen haben, und versuchen herauszufinden, wo die beiden Männer hingebracht und gefoltert worden sind.«

»Sie klingen ziemlich zuversichtlich, dass uns das gelingen wird.«

»Es ist nicht einfach, ein Geheimnis zu bewahren. Auf Dauer nimmt einen das furchtbar mit. Es ist auch nicht leicht, eine Verbindung aufrechtzuerhalten, die man irgendwann zum Zwecke eines Mordes eingegangen ist. Deshalb wird einer von den Frauen früher oder später etwas herausrutschen, was sie verraten wird.«

Bis sie zum Leichenschauhaus kamen, litt sie unter schmerzlichem Kaffeeentzug, aber sie wusste, dass die Brühe, die man an den Automaten in den langen weißen Gängen holen konnte, ungenießbar war.

Es war erst kurz vor sechs, und plötzlich ging ihr auf, dass Morris sicherlich noch gar nicht bei der Arbeit wäre. Doch zumindest könnte sie noch einmal einen Blick auf ihre beiden Leichen werfen und einen der anderen Pathologen fragen, was bei den Untersuchungen herausgekommen war.

Sie blieb vor einem der Getränkeautomaten stehen und runzelte die Stirn. Der Kaffee wäre bestenfalls lauwarm, und dazu würde ihr das dämliche Gerät wahrscheinlich Ärger machen, denn so war es jedes Mal.

Die Dinger hatten sich eindeutig gegen sie verschworen, dachte sie verbittert und wandte sich an ihre Partnerin.

»Holen Sie mir eine Dose Pepsi und für sich, was Sie auch immer wollen«, wies sie sie an und hielt ihr ein paar Münzen hin.

»Nach der heißen Schokolade, die's bei Mr. Mira gab, kann ich nie wieder den Kakao aus einem dieser Automaten trinken. Nicht mal der, den Sie im AutoChef in Ihrem Wagen haben, kommt an diese ganz besondere Köstlichkeit heran. Der Kaffee hier ist ebenso erbärmlich wie auf dem Revier. Also vielleicht nehme ich einen … Tee.«

»Wollen Sie vielleicht die Karte noch ein bisschen gründlicher studieren und sich durch die verschiedenen Getränke durchprobieren?«, fragte Eve mit zuckersüßer Stimme. »Oder werfen Sie jetzt endlich die verdammten Münzen ein und holen sich was, bevor ich mich gezwungen sehe, Ihnen in den Arsch zu treten?«

»Der ist immer noch in dieser Kiste«, gab die Partnerin zurück, bestellte aber trotzdem brav die Pepsi sowie eine kalorienfreie Kirschlimo für sich.

Der Automat spuckte die beiden Dosen aus und klärte sie mit monotoner Stimme über den nicht existenten Nährwert der Getränke auf, Eve aber kehrte ihm bereits den Rücken zu und stapfte weiter.

Sie öffnete die Dose und schob mit der Schulter eine der zum Autopsieraum führenden Türen auf.

Es hätte sie nicht überraschen sollen, dass Morris bereits bei der Arbeit war. Er hatte sich das schwarze Haar zu einem dicken Zopf geflochten und trug einen durchsichtigen Kittel über einem Anzug in der Farbe nassen Sandsteins und einem lavendelfarbenen Schlips.

Er hörte leise Jazzmusik und blickte auf, als sie den Raum betrat. Obwohl er das Skalpell schon in der Hand hielt, hatte er noch nicht damit begonnen, Wymann aufzuschneiden, jetzt legte er das Messer wieder fort.

»Sie sind aber schnell«, bemerkte er.

»Im Gegenteil. Wir haben es gestern schließlich nicht geschafft, uns den Senator noch einmal anzusehen.«

Er wies auf einen zweiten Stahltisch, auf dem Mira lag. »Ich habe unseren ersten Gast schon mal aus seiner Schublade geholt, weil ich mir dachte, dass Sie heute Morgen kommen würden, um sich beide Männer anzuschauen.« Er wandte sich zu Eve.

»Ich habe mir den Neuankömmling zwar noch nicht genauer angesehen, kann aber jetzt schon sagen, dass seine Verletzungen ganz ähnlich sind. Prellungen und Hämatome im Gesicht und an den Genitalien, Fesselspuren an den Handgelenken und durch Einführen eines fremden Gegenstands hervorgerufene Verletzungen im Analbereich. Im Falle des Senators war der Gegenstand fünf Zentimeter dick, vorn gerundet und erhitzt, denn der Analbereich des Opfers weist Verbrennungen zweiten Grades auf.«

Erbleichend wandte Peabody sich ab.

»Das sprichwörtliche heiße Eisen«, fügte Morris noch hinzu und tätschelte Eves Partnerin den Arm. »Es wurde mehrfach und gewaltsam eingeführt. Ich wage nicht, mir vorzustellen, was das für Schmerzen waren. Wie es aussieht, wurde dieser Gegenstand auch Wymann eingeführt.«

»So etwas macht man nicht nur, weil man wütend ist«, bemerkte Eve. »Vielleicht haben wir es ja mit sexuellen Sadistinnen zu tun – mit einem Team wie Ella-Loo und Darryl.«

Noch immer hatte Peabody den anderen den Rücken zugewandt. »Ich wage nicht, mir vorzustellen, dass es noch mehr so kranke Typen gibt.«

»Die gibt es immer wieder. Aber …«

Nein, sagte sich Eve, die Täterinnen in diesem Fall waren anders als das kranke Pärchen, das sie erst vor kurzem festgenommen hatten. Diesen Frauen ging's um etwas anderes.

»Sie hatten es genau auf diese beiden Männer abgesehen, und die sexuelle Komponente, der Sadismus und die Botschaft, die sie hinterlassen haben, weisen eindeutig auf Rache hin.«

»Sie haben ihren Rachedurst auf jeden Fall gestillt«, fügte der Pathologe noch hinzu. »Was die Prellungen betrifft, hatten Sie recht. Es war ein glatter, schwerer Sack. Es gibt keinen Hinweis darauf, dass sie mit den Fäusten auf die beiden losgegangen sind.«

»Vielleicht wäre dabei ein Fingernagel abgebrochen, und das hätte ihre teure Maniküre ruiniert. Das heißt, dass es auf alle Fälle Frauen waren.«

»Abwehrverletzungen gibt es nicht.«

Weil sie den beiden Männern keine Möglichkeit gegeben hatten, sich zu wehren, dachte Eve. »Wie sieht es mit Stunnerspuren aus?«

»Eine in der Leistengegend, die man selbst mit einer Mikrobrille fast nicht sieht.«

»In der Leistengegend.«

»Was bestimmt kein Zufall ist. Er wurde durch den Stunner außer Gefecht gesetzt, aber vor allem hat er in der Gegend sicher ähnlich wehgetan, als wären drei Dutzend Wespen auf ihn losgegangen, bewusstlos war er allerdings nicht. Auch das deutet auf Täterinnen hin.«

Eve ging das Vorgehen der Frauen in Gedanken durch. »Sie hätten ihn zu zweit problemlos auf den Stuhl verfrachten können. Die eine hat den Stunner in der Hand, und die andere schlägt auf ihn ein. Dann taucht plötzlich Mr. Mira auf, und sie ändern ihren Plan.«

»Wie geht es Dennis?«

»Gut. Er kommt zurecht. Was können Sie mir sonst noch sagen?«

»Den Fesselspuren an den Handgelenken sowie den Verletzungen der Rotatorenmanschetten und der Arm- und Schultermuskeln nach waren seine Arme über dem Kopf gefesselt, während sein Gewicht nach unten zog. Abgenommen wurden ihm die Fesseln frühestens, ein, zwei Stunden bevor er gestorben ist.«

»Als sie ihn gehängt haben, hat er noch gelebt.«

Der Pathologe nickte knapp. »Seine Hände waren zu dem Zeitpunkt nicht gefesselt, damit er noch versuchen konnte, sich den Strick über den Kopf zu ziehen. Darauf deuten die Reste seiner eigenen Haut und die Fasern von dem Strick unter den Fingernägeln hin.«

Zusammen mit Eve schaute er sich den Hals des Opfers an. »Das war kein ruckartiger Sturz wie durch die Falltüren unter einem Galgen oder wenn man einen Stuhl unter ihm weggezogen hätte, um ihm das Genick zu brechen«, klärte er sie auf. »Er hat sich selber stranguliert. Durch sein Gewicht hat sich die Schlinge langsam zugezogen und den Druck auf seinen Hals erhöht. Auf diese Weise hat er immer schlechter Luft bekommen und ist langsam elendig erstickt.«

»Dann war es also nicht nur eine Hinrichtung. Die gehen immer schnell vorbei. Sie wollten, dass er mitkriegt, was mit ihm geschieht, dass er es spürt und dass er leidet. Also haben sie ihn bis zum Schluss gequält.«

»Oh ja. Der Mann ist elendig verreckt. Davon abgesehen gibt es keine weiteren Verletzungen. Er hat sich das Gesicht und den Körper regelmäßig liften lassen und war kerngesund. Seine letzte Mahlzeit, circa vierzehn Stunden vor dem Tod, bestand aus Hummersuppe, Feldsalat und Pouilly-Fuissé. Dazu hatte er Spuren von Erbrochenem im Mund, das heißt, dass ich die Menge, die der Mann gegessen und getrunken hat, nur schätzen kann.«

»Was hat er oder was haben die beiden getan, dass jemand sich auf diese Art an ihnen rächen wollte? Ich dachte eigentlich an Vergewaltigung, doch eine so brutale Art der Folter deutet sicher noch auf irgendetwas anderes hin.«

»Vielleicht ging's ja um Kinder«, mischte Peabody sich ein und nahm den ersten vorsichtigen Schluck von ihrem Getränk. »Vielleicht standen die Opfer ja nicht nur auf junge Frauen.«

»Kindesmissbrauch ... ja, der könnte eine solche Wut erzeugen. Aber bisher gibt es keinen Hinweis darauf, dass die beiden auf Kinder standen, und zumindest der Senator hatte regelmäßig Sex mit Frauen. Trotzdem lassen wir die Möglichkeit nicht außer Acht, denn wenn jemand denkt, die beiden hätten einen derart grauenvollen Tod verdient, muss er der Ansicht sein, dass die Verbrechen, die die Männer begangen haben, mindestens genauso grausig waren.«

»Wenn sie etwas so Furchtbares verbrochen haben, konnten sie das aber gut verstecken«, warf Morris ein. »Sie beide standen jahrelang im Rampenlicht, das heißt, dass sie doch sicher von den Medien eingehend durchleuchtet worden sind. Sie hätten also sehr geschickt vorgehen und viel Arbeit investieren müssen, um auf Dauer irgendwelche schlimmen Taten zu verbergen. Und wenn sie zu mehreren in diese Angelegenheit verwickelt waren, wäre doch wahrscheinlich früher oder später irgendetwas davon durchgesickert, meinen Sie nicht auch?«

»Wahrscheinlich haben Sie recht. Aber weil wir jetzt wissen, dass wir auf der Suche nach wahrscheinlich grausigen Geheimnissen der beiden Männer sind, finden wir bestimmt etwas. Ich nehme an, dass Sie bei ihm nichts anderes entdecken werden als bei Mira«, stellte sie mit einem Blick auf Wymann fest. »Dass die Verletzungen, die Todesursache und so weiter die gleichen sind. Falls Sie doch noch etwas anderes finden, geben Sie bitte Bescheid.«

»Das werde ich, dabei fällt mir jetzt schon etwas ein. Ich habe mir zu Anfang nichts dabei gedacht, aber der Senator hat ein winziges Tattoo.«

»Das haben viele Leute.«

»Unter anderem ich selbst. Wobei man sein Tattoo aufgrund der vielen Hämatome in der Leistengegend kaum sehen kann.«

»Der Mann hat eine Tätowierung in der Leistengegend?«, vergewisserte sich Eve, und Peabody entfuhr ein leises »Autsch«.

»Links der Peniswurzel, um genau zu sein.« Er bot Eve eine Mikrobrille an und setzte selber eine auf.

»Schauen Sie nach, ob Wymann auch so eine Tätowierung hat«, bat Eve und beugte sich über den Tisch, auf dem der tote Edward Mira lag. »Oh ja, ich sehe es. Auch wenn es fast nicht zu erkennen ist. Das ist ein … keltisches Symbol, nicht wahr? Dabei hatte er mit Irland oder Schottland nichts zu tun.«

»Vielleicht ist es auch etwas Arabisches oder Indianisches. Aber … genau, das zweite Opfer hat die gleiche Tätowierung. Ebenfalls am Unterleib.«

»Können Sie herausfinden, wie alt die Tattoos sind?«

»Vielleicht. Ich werde mir die Haut ansehen und schicke eine Probe von der Tinte ins Labor.«

»Was zum Teufel hat das Zeichen zu bedeuten? Peabody, Sie machen bitte eine Aufnahme davon und finden heraus, ob es eine besondere Bedeutung hat.«

»Sie haben doch schon die Mikrobrille auf.«

Augenrollend zog Eve ihr Handy aus der Tasche und machte drei Bilder des Tattoos. »Sie müssen noch vergrößert und gereinigt werden.«

»Kein Problem«, erbot sich Peabody, doch Eve hatte bereits ihren Experten kontaktiert.

»Hallo.«

»Dir auch ein Hallo«, grüßte ihr Ehemann zurück.

»Nur eine kurze Frage. Hast du dieses Zeichen schon mal irgendwo gesehen? Moment.«

Nach ein paar Fehlversuchen schickte sie ihm eins der Bilder zu.

»Kannst du die Tätowierung sehen? Er hat natürlich jede Menge blaue Flecken, aber …«

»Ja, ich kann sie sehen. Und zufällig kann ich dir auch sagen, was sie zu bedeuten hat, weil ich und meine Kumpel uns einmal nach einem denkwürdigen Saufgelage fast dasselbe Zeichen stechen lassen wollten. Es ist das keltische Symbol für Bruderschaft.«

»Bruderschaft. Genau, das passt. Warum habt ihr es denn nicht gemacht, wenn ihr betrunken genug wart, um drüber nachzudenken?«

Seine Augen blitzten amüsiert. »Wir waren eben nicht blau genug, um zu vergessen, dass es in bestimmten Branchen unklug ist, wenn man als Mitglied einer ganz bestimmten Gruppe zu erkennen ist. Ich habe gleich einen Termin, falls du nicht noch was anderes brauchst.«

»Das ist erst mal alles. Danke. Geh ruhig und kauf einen Planeten oder was auch immer.«

Sie legte auf und wandte sich noch einmal den beiden Opfern zu. »Ihr wart also in einer Bruderschaft.«

Vom Leichenschauhaus ging es weiter aufs Revier. »Rufen Sie Harvo an und erkundigen sich, ob die Königin der Haare und der Fasern uns etwas über den Strick erzählen kann. Die Chance ist eher gering, aber wir fragen trotzdem besser nach. Vielleicht haben ja die anderen Haare oder Fasern, die die SpuSi mitgenommen hat, irgendwas gebracht.«

Eve selber rief bei Charlotte Mira an, und trotz der frühen Stunde kam die Psychologin sofort an den Apparat.

»Eve.«

»Tut mir leid, falls ich Sie aus dem Bett geklingelt habe.«

»Kein Problem. Wir waren sowieso schon auf. Ich wollte heute nämlich etwas früher ins Büro fahren.«

»Ich bräuchte etwas Zeit für ein Gespräch.«

»Wann Sie wollen und so viel Sie brauchen. Ich kann auch gern zu Ihnen kommen.«

»Das würde mir den Weg in Ihre Praxis sparen. Sie müssen wissen, dass es letzte Nacht ein zweites Opfer gab. Jonas B. Wymann.«

»Ich … Wir kannten ihn. Er war ein enger Freund von Edward.«

»Er wurde auf genau dieselbe Weise umgebracht.«

»Oh Gott. Sind Sie auf dem Revier?«

»Wir sind jetzt gerade auf dem Weg dorthin.«

»Dann fahre ich in zehn Minuten los.«

»Können Sie mir wohl kurz Mr. Mira geben?«

»Sicher. Einen Augenblick.«

Eve hörte leises Murmeln, Schritte, und dann tauchte das Gesicht von Dennis auf dem Bildschirm ihres Handys auf. »Das ist sehr bedrückend«, sagte er. »Jonas Wymann. Er war ein brillanter Ökonom.«

»Das habe ich gehört. Mr. Mira, wissen Sie, wann sich Ihr Vetter seine Tätowierung hat stechen lassen?«

»Edward?« Den verträumten grünen Augen war die Überraschung deutlich anzusehen. »Edward hatte eine Tätowierung? Aber so was passt gar nicht zu ihm.«

»Sie wussten also nicht, dass er sich eine Tätowierung im Intimbereich hat machen lassen?«

»Nein. Ich kann Ihnen versichern, dass er die ganz sicher noch nicht hatte, bevor er aufs College ging. Wir waren an dem Wochenende, ehe er dort angefangen hat, zusammen am Strand, und da wir nackt gebadet haben, hätte ich die garantiert gesehen. Ich neige dazu, Dinge zu vergessen, aber daran würde ich mich ganz sicher erinnern.«

»Gut. Das hilft mir weiter«, meinte Eve. »Und noch was anderes: Haben Sie Beziehungen nach Irland oder Schottland?«

»Nein. Das heißt von Seiten meiner Mutter, aber auf der anderen Seite nicht.«

»Das war auch schon alles.« Eve nahm an, dass Charlotte regelmäßig mit dem Wundheilstift über die Platzwunde an seiner Schläfe strich, weil sie inzwischen fast nicht mehr zu sehen war. »Geht's Ihnen gut?«

»Es geht mir ganz hervorragend. Und Ihnen?«

»Gut. Es geht mir gut. Richten Sie bitte Dr. Mira aus, dass ich auf dem Revier mit einem Kaffee auf sie warte. Danke.«

»Seien Sie bitte auf der Hut. Sie haben es hier mit jemandem zu tun, der furchtbar wütend ist und nicht gefunden werden will.«

»Stimmt. Wir bleiben in Kontakt.«

»Er ist einfach unglaublich süß«, bemerkte Peabody.

»Und furchtbar klug. ›Wütend‹, hat er gesagt. Nicht krank, brutal oder gefährlich, sondern wütend«, wiederholte sie und nickte mit dem Kopf. »Damit hat er recht, weil diese Frauen tatsächlich spinnewütend sind. Was haben Sie herausgefunden?«

»Wie Sie schon vermutet haben, war's ein ganz normaler Strick, wie es ihn überall zu kaufen gibt. Andere Haare oder Fasern als vom Opfer gab es nicht.«

»Sie haben ihn zurück ins Haus geschafft. Das heißt, dass er in eine Plastikplane eingewickelt war.« Sie stellte es sich bildlich vor. »Sie waren also mindestens zu zweit und haben ihn ins Haus geschleppt. Nach den Misshandlungen war er zu schwach, um sich zu wehren, selbst wenn er bei Bewusstsein war. Sie haben gewartet, bis es dunkel war, ihn mitten in der Nacht ins Haus zurückgeschleppt, dort wieder ausgewickelt und dann an der Lampe aufgeknüpft.«

Sie bog in die Tiefgarage des Reviers und stellte ihr Gefährt auf ihrem Parkplatz ab. Statt sofort auszusteigen, blieb sie aber noch kurz sitzen und dachte nach.

»Sie haben es sich nicht leicht gemacht. Sie hätten den Senator einfach umbringen und die Leiche irgendwo entsorgen können, aber das hätte ihnen nicht gereicht. Dass sie einen verletzten Mann, der vielleicht nicht mal bei Bewusstsein war, in dieses Haus in einer exklusiven Nachbarschaft zurückverfrachtet haben, sagt mir, dass der Ort genauso wichtig für sie war wie der Mord selbst. Sie haben ihn in seinem eigenen Haus aufgehängt. An einem sicheren Ort. An einem sicheren, exklusiven Ort. Ich bin mir sicher, dass das etwas zu bedeuten hat.«

»Vielleicht kannte ja eine von den Frauen diesen sicheren, exklusiven Ort. Wenn es um Sex ging, ist es vielleicht in diesem Haus passiert. Wenn's tatsächlich um Missbrauch geht …«

»Das tut's auf jeden Fall.«

»Okay, vielleicht wurde er dann dort ermordet, wo der Missbrauch stattgefunden hat.«

»Vielleicht. Kann sein. Während ich mich gleich mit Mira unterhalte, rufen Sie noch mal die Putzfrau an.« Jetzt stieg sie aus und lief mit Peabody zum Lift. »Wenn sie dort putzt oder die Betten macht, hat sie doch sicher eine gute Vorstellung davon, was die Personen, die die Betten benutzen, so treiben, oder nicht?«

Sie unterdrückte eilig den Gedanken, dass es auch in ihrem Haus jemanden gab, der das von ihr und Roarke benutzte Bett fast täglich frisch bezog.

»Fragen Sie nach, ob es außer den Potenzmitteln noch einen anderen Hinweis darauf gab, dass nach dem Tod des Großvaters jemand Sex dort hatte. Und McNab soll Wymanns Hauswirtschaftsdroidinnen und auch das Sexding darauf überprüfen, ob bei ihm zu Hause nach der Scheidung irgendwelche anderen Frauen übernachtet haben.«

»Ich weiß, dass es bei Vergewaltigung vor allem um Macht, Kontrolle und Gewalt geht«, begann ihre Partnerin.

»Genau. Aber zugleich geht's auch um Sex. Denn Macht, Kontrolle und Gewalt gibt es auch ohne Sex.«

»Aber die beiden Opfer hätten jeden Sex bekommen können, den sie haben wollten. Sie waren beide einflussreiche, wohlhabende, attraktive, ältere Männer, im Notfall hätten sie sich teure Callgirls leisten können. Weshalb also hätten sie dann irgendwelche Frauen zwingen sollen, mit ihnen ins Bett zu gehen?«

Automatisch dachte Eve an Richard Troy. Er hatte ein ums andere Mal die eigene kleine Tochter vergewaltigt, einfach weil er ein brutaler Mann gewesen war und die Möglichkeit dazu hatte.

»Weil sie es konnten«, antwortete sie. »Sobald Baxter und Trueheart wieder da sind, schicken Sie sie zu mir herein. Die beiden Opfer kannten sich ganz sicher nicht seit fünfzig Jahren und wurden auf dieselbe Art ermordet, ohne dass es irgendwelche Überschneidungen in ihrem Leben gab. Ich bin mir sicher, dass zumindest eine von den Frauen auf der Liste des Senators auch auf Wymanns Liste stehen wird. Nur welche, wissen wir noch nicht.«

Sie ging direkt in ihr Büro und brachte die Tafel und ihre Notizen auf den neuesten Stand. Sie müsste noch mit Wymanns beiden Ex-Frauen, seiner Tochter, seinen Freunden und Bekannten reden, denn sie war sich sicher, dass es irgendeine Überschneidung zwischen diesem Kreis und dem um Edward Mira gab.

Sie müsste jemanden bei *Inner Peace* dazu bewegen, ihr zu sagen, weshalb Su und auch MacKensie dort gewesen waren. Und bräuchte ein paar Infos über diese Schlafstudie.

Als sie das Klappern hoher Absätze im Flur vernahm, stand sie von ihrem Platz hinter dem Schreibtisch auf. Es wäre ein Gebot der Höflichkeit, dass sie den einzigen bequemen Sitzplatz Charlotte Mira überließ.

Mit schnellen Schritten trat die Psychologin durch die Tür. Sie hatte einen winterweißen Schal mit Silberglitzersteinen achtlos um den Hals geschlungen, und das Klappern rührte von den Silberabsätzen der grauen Stiefel her. Ihr Mantel war wie eine weiche blaue Wolke, unter der das leuchtende Blau ihres Kostüms zum Vorschein kam.

Eve hätte angenommen, dass sie vollkommen erschüttert wäre, doch das Blitzen ihrer Augen zeigte, dass sie wütend war.

»Ich könnte erst mal den versprochenen Kaffee brauchen«, sagte sie und ließ den Mantel und den Schal auf den Besucherstuhl gegenüber dem Schreibtisch fallen.

»Kein Problem.«

»Jonas war immer angenehm und höflich, wenn wir uns begegnet sind. Früher hatten wir noch mehr mit ihm zu tun, weil seine erste Frau und ich befreundet waren und es noch immer sind.«

»Ach ja?«

»Vanessa ist Chirurgin und ein wirklich interessanter Mensch. Wir treffen uns, so oft es geht, zum Lunch, was allerdings nicht oft passiert, weil sie an einer Kinderklinik in Chicago arbeitet. Obwohl wir uns nicht nah genug stehen, um Vertraulichkeiten auszutauschen, weiß ich, dass sie sich von Jonas hat scheiden lassen, weil er ihr untreu war.«

»Das hat sie bestimmt geärgert.«

»Das ist anzunehmen, obwohl sie dieses Thema, wenn wir uns getroffen haben, niemals angesprochen hat.« Als Eve Charlotte Mira ihren Kaffeebecher reichte, trank sie einen ersten Schluck und lief vor Eves Schreibtisch auf und ab. »Sie hat darüber Stillschweigen bewahrt, sich ein eigenes Leben und eine Karriere aufgebaut und nebenher die gemeinsame Tochter alleine großgezogen. Vor zwölf Jahren hat sie dann noch einmal geheiratet und scheint mit dem neuen Ehemann sehr glücklich zu sein. Inzwischen hat sie Enkelkinder, die ihr Ein und Alles sind, auch den Kindern und den Enkelkindern ihres zweiten Mannes ist sie durchaus zugetan.«

»Einer ihrer Enkel müsste Jonas Baker sein.«

»Genau.«

»Er war derjenige, der Wymann aufgefunden hat.«

»Oje.« Jetzt ließ sich Mira in Eves Schreibtischsessel fallen. »Das tut mir leid zu hören. Er ist ein netter und sehr talentierter junger Mann, und welchen Groll Vanessa ihrem Ex-Mann auch entgegenbrachte, hat die Liebe zu dem Jungen und die Unterstützung, die er stets durch beide Großeltern erfahren hat, sie vereint. Ihre Tochter und der Schwiegersohn sind seiner Karriere gegenüber eher kritisch eingestellt.«

»Das hat er mir erzählt.«

»Es ist meine private und professionelle Meinung, dass Vanessa Jonas längst schon nicht mehr wichtig genug war, als dass sie ihm etwas hätte antun wollen. Sie hat vor über zwanzig Jahren einen Schnitt gemacht und sich ein neues Leben aufgebaut.«

»Sie hat ein Alibi für einen Teil der Zeit, in der ihr Ex-Mann festgehalten wurde, aber den Senator hat sie doch wahrscheinlich ebenfalls gekannt.«

»Natürlich.« Mira atmete tief durch, schlug ihre Beine übereinander und fuhr fort. »Wir waren damals alle junge Ehepaare und haben uns ab und zu zum Abendessen oder so getroffen, obwohl Edwards Frau Vanessa mindestens so unsympathisch war wie mir. Doch das ist ewig her, sie hat schon seit über zwanzig Jahren keinerlei Kontakt mehr zu den beiden, und ich weiß nicht, wann zum letzten Mal die Sprache auf sie kam, wenn wir zusammen waren.«

»Wissen Sie auch etwas über Wymanns zweite Frau?«

»Nicht viel. Sie war erheblich jünger, und Gerüchten zufolge war sie eine der Frauen, mit denen Jonas seine erste Frau betrogen hat. Aber anders als Vanessa hat sie sich nicht einfach still zurückgezogen, sondern sie hat es sich angeblich großzügig vergelten lassen, dass sie schließlich mit der Scheidung einverstanden war. Ich weiß nicht, was sie macht und ob sie sich vielleicht bereits den nächsten reichen Ehemann geangelt hat, aber das finde ich mit Leichtigkeit heraus.«

»Ich auch. Sie können sich die Mühe also sparen. Würden Sie sagen, dass die beiden Männer eine Vorliebe für flüchtige Affären und deutlich jüngere Frauen hatten?«

»Absolut.«

»Senator Mira hatte eine Tochter«, wagte Eve sich auf gefährliches Terrain.

»Ja, Gwen. Sie …« Die Psychologin riss entsetzt die Augen auf. »Oh nein. Ich kann Ihnen versichern, dass da niemals etwas war. Er hätte Gwen nicht angerührt und hätte auch nicht zugelassen, dass sein Freund was mit ihr anfängt. Nein. Das hätte ich gewusst, denn selbst wenn ich die Zeichen übersehen hätte, hätte Gwen sich mir auf alle Fälle anvertraut.«

»Wie sieht es mit Kindern aus?«

»Auf keinen Fall. Die beiden Männer wollten Frauen erobern, wollten sich beweisen, dass sie echte Kerle sind. So etwas bieten einem Kinder nicht. Sie haben sich an junge, attraktive Frauen herangemacht. Ich weiß, warum Sie diese Fragen stellen, aber Sie können mir glauben, wenn ich sage, dass es ihnen nie um Kinder ging.«

»Okay. Ich musste nur ganz sichergehen.«

»Es kann kein Zufall sein, dass beide Männer regelmäßig junge Frauen erobert haben und jetzt auf dieselbe Art ermordet worden sind. Gab es auch bei Wymann eine Botschaft?«

»Dieselbe wie in Edward Miras Fall.«

Mira nippte nachdenklich an ihrem Kaffee. »Dann bilden sich die Täterinnen also ein, es ginge um Gerechtigkeit, obwohl dies eigentlich ein Rachefeldzug ist. Ein Rachefeldzug für Vergehen sexueller Art. Zu diesem Zweck bilden sie eine Partnerschaft und gehen brutal und zielgerichtet vor. Es ist das Ziel, das sie verbindet, ihr Vorgehen ist brutal, aber zugleich komplex und sorgfältig geplant. Sie wollen sich an den Taten nicht berauschen, und ich glaube auch nicht, dass es hier um sexuellen Sadismus geht.«

»Sie wollen keinen Spaß, sondern ein Zeichen setzen«, stimmte Eve ihr zu. »Wobei der zweite Mord praktisch das Spiegelbild des ersten Mordes ist.«

»Das heißt, sie sind intelligent, organisiert, geduldig und beherrscht. Sie haben die Taten sorgfältig geplant und haben Dennis, als er ihnen in die Quere kam, außer Gefecht gesetzt, aber nicht umgebracht. Sie hatten es nicht auf ihn abgesehen, und es wäre nicht gerecht gewesen, jemanden zu töten, der in diese Sache nicht verwickelt ist. Was ist mit dem Tattoo, auf das Sie Dennis angesprochen haben?«

»Beide Männer haben ein Tattoo des keltischen Symbols für Bruderschaft, sicher sagt es sehr viel aus, dass diese Tätowierungen neben ihren Peniswurzeln gestochen sind und nicht am Knöchel oder Oberarm.«

»Bruderschaft«, murmelte Mira. »Eine Bruderschaft der Männlichkeit. Ein Symbol ihrer Verbindung und ihrer besonderen … Vorlieben.«

»Irgendwann haben sie eine Grenze überschritten und die Frauen nicht mehr nur verführt.«

»Das denken Sie aufgrund der Art, in der man sie gefoltert hat.«

»Die Art der Folter schreit: ›Wir tun euch das an, was ihr uns habt erleiden lassen.‹ Vielleicht haben sie die Frauen auch nicht zusammen vergewaltigt, sondern einen gottverdammten Wettbewerb gestartet«, überlegte Eve. »Wobei auf jeden Fall eine Grenze überschritten worden ist. Vergessen Sie mal kurz Ihre persönlichen Gefühle für die beiden Opfer und versuchen, mir zu sagen, ob die beiden eine Art Gruppe, Bruderschaft, Gemeinschaft hätten gründen können, um gemeinsam oder auch als Wettstreit Frauen zu vergewaltigen.«

Mira lehnte sich zurück und massierte sich die Stirn. »Es ist nicht leicht, nach einer derart langen, gemeinsamen Geschichte die persönlichen Gefühle zu verdrängen, um die Dinge objektiv zu sehen.«

»Falls Sie es nicht können …«

»Es ist nicht leicht«, fiel Mira ihr ins Wort. »Aber unmöglich ist es nicht.« Sie atmete tief durch und stellte dann mit ausdrucksloser Stimme fest: »Ich glaube, Edward war ein Soziopath. Ein funktionaler, sehr erfolgreicher und hochintelligenter Soziopath. Er war der festen Überzeugung, dass er sich nicht an die Regeln, die für andere gelten, halten muss. Vor allem in Bezug auf Frauen war er furchtbar rücksichtslos, er hat sich extra eine Ehefrau gesucht, die ihn die Regeln hat brechen lassen. Er … Wie soll ich das formulieren, ohne dass es allzu billig klingt? Tja nun, er hat sich mal an mich herangemacht.«

»Was? Das haben Sie bisher mit keinem Wort erwähnt.«

»Weil ich bisher nicht dachte, dass es wichtig ist. Vor allem ist das ewig her. Dennis und ich waren damals frisch verlobt. Ich habe ihm bis heute nichts davon erzählt, denn das hätte ihn unnötig verletzt. Vor allem wusste ich schon damals, dass mich Edward einzig deshalb angebaggert hat, weil ich Dennis' Verlobte war.«

Wieder hob sie ihren Kaffeebecher an den Mund und fuhr mit einem leisen Seufzer fort.

»Dennis' Erinnerungen an Edward sind durch ihre gemeinsame Kindheit schöngefärbt, wobei ich aufgrund der Geschichten, die er mir erzählt hat, weiß, dass er schon damals ein Tyrann war.«

»Dann hat er sich also an Sie *herangemacht*. Was genau hat er angestellt?«

»Wir waren damals im Haus von Dennis' Großeltern. Oje, ich habe schon seit einer Ewigkeit nicht mehr daran gedacht. Ich habe mich kurz frisch gemacht, und plötzlich stand er in der Tür. Er schob mich zurück ins Bad und schlug mir vor, dass wir uns etwas besser kennen lernen sollten, weil wir schließlich bald eine Familie wären. Er drückte mich gegen die Wand, aber ich habe ihm einen gezielten Tritt verpasst und ihm gesagt, wenn er es jemals wieder wagen sollte, Hand an mich zu legen, würde ich ihm seine Pfoten abhacken.«

Sie stellte ihren Kaffeebecher fort und faltete die Hände. »Trotzdem hat er mir in dem Moment echt Angst gemacht.«

»Das kann ich nachvollziehen. Dann hat er es also mit Gewalt versucht?«

»Zu Anfang ja. Er war brutal und sich anscheinend völlig sicher, dass ich darauf eingehen würde, aber nach dem Tritt in seine Kronjuwelen hat er lachend von mir abgelassen und gesagt, er hätte mich nur auf die Probe stellen wollen. Tatsächlich hat er mich danach nie wieder angerührt, aber …«

»Na los«, bat Eve. »Es hilft mir nichts, wenn Sie sich jetzt zurückhalten.«

»Das habe ich auch gar nicht vor.«

Wieder nahm sie ihren Becher in die Hand, starrte ihn aber einfach an. »Ich habe gründlich über diese Dinge nachgedacht und bin am Ende zu dem Schluss gekommen, dass es mir, wenn ich davon erzähle, nicht um Rache geht. Frauen wie Sie und ich, die sexuellen Missbrauch kennen, haben ein Gespür für Männer seines Schlags. Dieses Gespür hilft uns bei unserer Arbeit, während andere es nutzen, um Gefahren zu entgehen. Diese beiden Männer waren Raubtiere. Das habe ich gespürt. Ich dachte, dass sie es nur auf Frauen abgesehen hätten, die freiwillig Sex mit ihnen hätten, aber … ich glaube, diese Männer könnten durchaus eine Bruderschaft begründet haben, in deren Rahmen eine Grenze überschritten worden ist.«

Sie stellte ihren Becher wieder auf den Tisch und presste sich die Finger vor die Augen. »Und weil ich sie mir nie genauer angesehen habe, haben ihre Opfer ihrerseits jetzt eine Grenze überschritten und die beiden umgebracht.«

»Das ist totaler Schwachsinn«, fauchte Eve und pikste sie mit ihrem Zeigefinger an. »Der uns nicht weiterhilft. Es sei denn, Sie würden mir erzählen, Sie hätten plötzlich seherische Fähigkeiten, und Sie könnten in die Zukunft blicken, denn auch wenn Sie eine super Psychologin sind, können Sie, verdammt noch mal, nicht alles wissen, was den Leuten durch die Köpfe geht. Vielleicht haben unsere Opfer eine Grenze überschritten, aber die Entscheidung haben sie selbst getroffen.«

»Das ist eine wenig einfühlsame Sicht der Dinge, aber irgendwie auch tröstlich.« Und getröstet ergriff Mira ihre Hand. »Vom Kopf her weiß ich, dass Sie recht haben. Nur kommt der Rest so schnell nicht hinterher.«

»Dann habe ich vielleicht etwas, was Ihnen hilft. Die beiden bisherigen Opfer«, meinte Eve und zeigte auf die Aufnahmen von beiden Tatorten. »Hatten Sie vielleicht noch andere ›Brüder‹ oder andere enge Freunde mit denselben ›Vorlieben‹?«

»Was wollen Sie damit … oh Gott.«

»Genau.« Eve schob die Daumen in die Taschen ihrer Jeans und schaute sich die Bilder an der Tafel an. »Vielleicht haben auch noch andere einen solchen Tod verdient.«

Während Mira diese Worte verdauen musste, fuhr sie bereits fort. »Diese drei Frauen«, meinte sie und zeigte auf MacKensie, Downing und Su, »sehe ich mir noch genauer an. Su ist Downings Alibi. Sie war in Yale, sie und auch MacKensie waren in einem dieser Lifestylezentren – *Inner Peace*. Sie hielten sich dort zu verschiedenen Zeiten auf, aber trotzdem waren sie beide dort. Außerdem haben Su und Downing, wenn auch nicht gemeinsam, bei einer Studie zu Schlafstörungen mitgemacht.«

»Das könnten mögliche Verbindungen sein. Sie bringen sie zwar zeitlich nicht zusammen, aber …«

»Richtig, aber.«

»Dieses Zentrum sagt mir nichts.«

»Sie könnten vielleicht etwas darüber herausfinden«, schlug Eve ihr vor. Dann hätte Mira was zu tun, und sie könnte sich die Recherche sparen.

»Wer auch immer dort das Sagen hat, redet wahrscheinlich eher mit Ihnen als mit einem Cop. Genauso wie die Mitarbeiter von der Schlafstudie. Ich könnte Ihnen die Adressen dieses Zentrums und der Leute von der Studie geben sowie die Daten, wann die Frauen dort waren.«

»Ja, gern. Ich werde sehen, was ich erreichen kann.« Mit einem entschiedenen Nicken stand die Psychologin wieder auf, sammelte ihren Schal und Mantel ein, blieb vor der Tafel stehen und schaute sich noch einmal die Bilder der drei Frauen an. »Was haben die beiden Männer, wenn Sie richtigliegen, nur getan, dass aus diesen Frauen so brutale Mörderinnen geworden sind?«

13

Eve überprüfte Wymanns zweite Frau, bevor sie sie von ihrer Liste strich. Sie war zum zweiten Mal verheiratet, auch dieses Mal mit einem deutlich älteren, wohlhabenden Mann, mit dem sie jetzt in einer hübschen Villa in Südfrankreich saß.

Trotzdem grub sie noch ein bisschen tiefer und entdeckte, dass die zweite Ehefrau zum Zeitpunkt der Entführung des Senators Mitausrichterin des Winterballs von Cannes gewesen war, über den es in den internationalen Klatschblättern und Modemagazinen zahlreiche Berichte mitsamt Fotos gab.

Von der Lektüre der Artikel bekam Eve bereits nach wenigen Minuten Kopfschmerzen.

Die Ehefrauen hatten also nichts mit ihrem Fall zu tun, sagte sie sich und sah sich abermals die Bilder an der Tafel an. Sie hatten einen Schlussstrich unter die Vergangenheit gezogen und nach vorn gesehen. Das hatten andere nicht geschafft.

Also zurück zu Downing, die wie Su in Yale studiert hatte. Dazu war Su auch noch bei *Inner Peace* in Behandlung gewesen, was eine Verbindung zu MacKensie war. Am besten unterhielte sie sich also möglichst bald mit Downings Alibi.

Vorher aber rief sie noch bei Edward Miras Tochter an.

Die Frau sah blass und ihr Gesicht eingefallen aus, aber sie war bereits hellwach. »Lieutenant Dallas.«

»Tut mir leid, so früh zu stören.«

»Kein Problem. Ich kriege gerade sowieso kein Auge zu. Haben Sie den Mörder meines Vaters ausfindig gemacht?«

»Wir arbeiten daran. Wenn ich Sie fragen würde, wer die engsten Freunde Ihres Vaters waren, wobei wir uns am besten erst einmal auf seine eigene Altersgruppe konzentrieren, wer fällt Ihnen dann als Erstes ein?«

»Tja nun. Ich würde sagen, dass das Jonas Wymann war. Die beiden kannten sich aus Yale.«

»Genau. Und sonst?«

»Wahrscheinlich Frederick Betz. Er und Marshall Easterday waren damals ebenfalls in Yale. Die vier haben dort zusammengewohnt. Und Senator Fordham. Er und mein Vater kennen sich aus dem Kongress. Hilft Ihnen das weiter?«

»Unbedingt. Bevor Sie's nachher aus den Nachrichten erfahren, Mrs. Sykes: Jonas Wymann wurde heute in den frühen Morgenstunden auf dieselbe Weise wie Ihr Vater umgebracht.«

»Was?« Gwen riss entsetzt die Augen auf. »Was? Ich ... Aber warum? Warum passiert all das?«

»Auch daran arbeiten wir noch. Fällt Ihnen irgendjemand ein, der die beiden Männer miteinander in Verbindung bringt und ihnen hätte schaden wollen?«

»Ich weiß nicht, was das alles zu bedeuten hat. Es tut mir leid, aber ich kann es einfach nicht verstehen. Er ... Mr. Wymann ... hat Ned und mir, als wir noch klein waren, immer heimlich kleine Tafeln Schokolade zugesteckt. Jetzt ist er tot. Ermordet. Wie mein Vater, haben Sie gesagt?«

»Es tut mir leid. Falls Ihnen oder Ihrem Bruder einfällt, was die beiden miteinander verbinden könnte oder wer womöglich einen Groll gegen die beiden hegte, rufen Sie mich bitte an.«

»Ich muss ihn anrufen. Ich will nicht, dass er das aus den Nachrichten erfährt. Die anderen, nach denen Sie gefragt haben. Glauben Sie, dass jemand ihnen dasselbe antun will?«

»Wir dürfen diese Möglichkeit nicht ausschließen. Ich werde mit den Männern sprechen. Falls Ihnen noch jemand anderes einfällt, geben Sie mir bitte umgehend Bescheid.«

»Das tue ich auf jeden Fall. Ich frage auch Ned danach. Danke, dass Sie mir Bescheid gegeben haben. Ich muss ... ich muss jetzt los.«

Eve rief die Adressen der Männer auf, und gerade als sie gehen wollte, klingelte das Link auf ihrem Tisch. Am liebsten hätte sie das Läuten einfach ignoriert, dann aber sah sie, dass es Baxter war und drückte auf den grünen Knopf.

»Dallas. Was haben Sie für mich?«

»Ehrliches Entsetzen bei den Leuten, die er von der Arbeit kannte und die wir zu nachtschlafender Stunde aus dem Bett gerissen haben, und dazu noch eine Handvoll Namen von Frauen, mit denen er im letzten Jahr etwas gehabt zu haben scheint. Für einen Mann in seinem Alter war er ganz schön eifrig unterwegs. Mit zwei der Frauen haben wir schon gesprochen. Sie waren ebenfalls total schockiert. Die Alibis sind ziemlich wacklig, denn zum Todeszeitpunkt lagen sie angeblich alle brav im Bett. Manchmal werden diese Angaben durch Ehe- oder Lebenspartner oder -partnerinnen bestätigt, aber lupenreine Alibis sehen für mich anders aus.«

»Finden Sie heraus, ob irgendeine dieser Frauen in Yale studiert hat oder sonst eine Verbindung dorthin unterhält und ob eine von ihnen mal in einem Lifestylezentrum namens *Inner Peace* war.«

»Ich kümmere mich drum. Keiner von den Namen stimmt mit den Namen auf der Liste des Senators überein. Im Revier des jeweils anderen zu wildern war für die Männer offenbar tabu.«

Ein Mann, der die Verlobte seines Vetters angrub, hätte sich doch sicher auch ohne Skrupel an die Freundinnen von einem Freund herangemacht, sagte sich Eve. »Das werden wir noch sehen. Sobald Sie eine Yale-Verbindung, eine Maklerin oder jemanden finden, der inneren Frieden finden wollte, rufen Sie mich wieder an.«

»Verstanden. Eins noch: Wir haben seine Assistentin aus dem Bett geworfen. Nachdem sie ihren ersten Schrecken überwunden hatte, meinte sie, sie hätte gestern Nachmittag um drei noch mit Wymann telefoniert. Anscheinend hatte ihm der Mord an seinem Kumpel ziemlich zugesetzt, deshalb war er den ganzen Tag zu Hause. Aber abends wollte er auf alle Fälle trotzdem zur Premiere seines Enkels gehen. Was aber noch nicht alles ist. In seinem Kalender stand ein Termin für sechzehn Uhr. Sie hat gefragt, ob sie den canceln solle, aber er hat gesagt, dass er den wahrnehmen wolle.«

»Was war das für ein Termin?«

»Mit jemandem, der vorhatte, seine Biografie zu schreiben oder so. Er wollte diese Frau um vier bei sich zu Hause treffen.«

»Sagen Sie mir, dass Sie einen Namen haben.«

»Ich habe einen Namen«, kam er ihrer Bitte grinsend nach. »Cecily Anson, achtundfünfzig Jahre alt, verheiratet, eine erwachsene Tochter, wohnhaft in SoHo. Ah, lassen Sie mich nachsehen. Nein, die Frau war nicht in Yale, sondern in Providence. Ihre Ehefrau, eine gewisse Anne C. Vine, ist neunundfünfzig Jahre alt, Softwareentwicklerin am MIT, und die Tochter Lilith, sechsundzwanzig, ist nach ihrem Studium an der Carnegie Mellon als Architektin bei Bistrup and Grogan, einem Unternehmen in der City, angestellt.«

»Ich fahre gleich bei diesen Frauen vorbei. Die Sekretärin unseres ersten Opfers wusste nicht, mit wem sich der Senator treffen wollte. Dass wir jetzt auf die Schnelle einen Namen finden, kommt mir etwas seltsam vor.«

»Mitunter hat man eben Glück.«

»Meist aber nicht. Bis wir sicher wissen, dass es dieses Mal so ist, fahren Sie mit Ihrer Arbeit fort.« Sie legte auf, schnappte sich ihren Mantel, verließ das Büro, rief: »Peabody«, und stapfte weiter Richtung Lift.

Keuchend holte ihre Partnerin sie ein. »Haben wir einen Durchbruch?«

»Könnte sein. Wymanns Assistentin hat um fünfzehn Uhr mit ihm gesprochen. Das bedeutet, dass er um die Zeit zu Hause und gesund und munter war. Aber er hatte einen Termin um sechzehn Uhr, bei sich daheim, mit einer Biografin. Cecily Anson.«

»Wir haben einen Namen.«

»Namen, Adresse und die grundlegenden Daten. Sie ist Ende fünfzig, also nicht mehr jung genug für den Geschmack des Opfers, und hat eine Ehefrau, das heißt, dass eine Bettgeschichte zwischen ihr und Wymann erst mal ausgeschlossen werden kann. Aber sie hat eine erwachsene Tochter, die dafür vielleicht in Frage kommt, und eine Wohnung in SoHo. Also fahren wir auf unserem Weg zu Lydia Su am besten dort vorbei.«

Passend zu ihrem Schal setzte sich Peabody noch eine leuchtend grüne Pudelmütze mit eisblauem Rand und Bommel auf. »Ich kann mir irgendwie nicht vorstellen, dass es eine so direkte Spur zu unseren Täterinnen geben soll.«

»Weil es die auch nicht gibt. Aber wer auch immer den Termin mit Wymann wahrgenommen hat, hat ihn entführt, gefoltert und am Ende umgebracht. Rufen Sie noch einmal bei Morris an und fragen, wann genau und über welchen Zeitraum Wymann sich seine Verletzungen zugezogen hat. Und schicken Sie ein paar Kollegen von der Trachtengruppe los, um sich in der Umgebung seines Hauses umzuhören, ob jemandem um die Uhrzeit irgendetwas aufgefallen ist. Vielleicht kommt dabei ja etwas heraus.«

Außer ihnen quetschten sich noch zahlreiche Kolleginnen und Kollegen, traurig dreinblickende Zivilisten und zwei finstere Gestalten, die im Undercovereinsatz waren, in den viel zu engen Lift.

Eve sagte sich, der blöde Fahrstuhl wäre deutlich schneller, als wenn sie das Gleitband nähme, und hielt tapfer durch.

»Ich habe ein paar Namen von engen Freunden des Senators, die Gwen mir gegeben hat. Wir werden auch mit diesen Männern reden, entweder persönlich oder über Link.«

»Sie denken, dass sie es noch einmal versuchen werden?«

»Die Gefahr besteht. Zwei von diesen Typen waren damals ebenfalls in Yale und haben dort sogar mit Mira und Wymann zusammengewohnt. Ich kann mir durchaus vorstellen, dass das etwas zu bedeuten hat. Den dritten Kumpel kannte Mira aus East Washington. Senator Fordham saß mit ihm zusammen im Kongress.«

Unter Einsatz ihrer Ellenbogen kämpfte sie sich aus dem Lift, lief durch die Tiefgarage bis zu ihrem Wagen, gab die Anson'sche Adresse in ihr Navi ein, fuhr los und rief Commander Whitney an.

»Sir«, setzte sie an. »Ich muss meinem Bericht zu Jonas Wymann noch etwas hinzufügen. Peabody und ich sind unterwegs zu jemandem, der uns bei den Ermittlungen vielleicht weiterhelfen kann. Ich habe eben bei Senator Miras Tochter angerufen, sie konnte mir die Namen von drei Männern nennen, die eng mit ihrem Vater befreundet waren. Einer dieser Männer ist Senator Fordham, wir werden ihn genauso wie die beiden anderen Männer kontaktieren. Aber vielleicht sollte man seine Security und seine Angestellten umgehend davon in Kenntnis setzen, dass er unter Umständen gefährdet ist.«

»Da haben Sie recht. Das übernehme ich.«

»Vielleicht muss ich auch noch mit Fordham sprechen, wobei ich unter den gegebenen Umständen keine besondere Rücksicht auf den Status dieses Mannes nehmen kann.«

»Verstehe. Trotzdem wäre es nicht schlecht, möglichst diskret zu sein. Wenn nötig, mache entweder ich selbst oder Chief Tibble einen Termin für ein Gespräch mit dem Senator aus. Sie hören von mir.«

»Sir.«

»Meine Güte.« Peabody quollen fast die Augen aus dem Kopf. »Glauben Sie wirklich, ein Senator hätte was mit einem Sexclub oder so zu tun? Falls es um so was geht. Ich meine … ach, was rede ich da für ein Zeug.« Sie schüttelte den Kopf. »Sex und Politik, nicht wahr?«

»Ich glaube nicht, dass das, worum's hier geht, etwas mit Politik zu tun hat. Es geht eher um diese Bruderschaft. Um Macht. Überprüfen Sie die Namen, die Gwen mir gegeben hat. Frederick Betz und Marshall Easterday. Die beiden waren zur selben Zeit wie Mira und Wymann in Yale und hatten dort eine WG. Finden Sie heraus, ob Fordham ebenfalls in Yale studiert hat.«

Während Peabody sich an die Arbeit machte, kämpfte Eve sich durch den wieder einmal höllischen Verkehr, entdeckte eine freie Parklücke am Straßenrand und stellte dort den Wagen ab.

»Betz«, erklärte Peabody. »Wie in *Betz Chemicals* – vom Haushaltsreiniger bis zum Raketentreibstoff stellen sie so gut wie alles her. Er leitet das Geschäft in dritter Generation. Seit drei Jahren zum dritten Mal verheiratet mit einer Frau, die jünger ist als seine jüngste Tochter, die noch keine dreißig ist. Er hat vier Kinder, einschließlich des dreijährigen Nachkömmlings von seiner aktuellen Frau. Warum sollte ein Mann von beinah siebzig noch den Wunsch haben, sich fortzupflanzen?«

»Muss ich das noch mal wiederholen?«, fragte Eve. »Er ist ein Mann, und er hat einen Schwanz.«

»Der offensichtlich ziemlich schamlos ist. Jetzt zu Marshall Easterday. Anwalt, ebenfalls dritte Generation. Seniorpartner bei *Easterday, Easterday and Louis*. Erst zum zweiten Mal verheiratet, doch das bereits seit … fünfzehn Jahren, und zwar mit einer Frau, die über fünfzig ist. Die beiden Kinder sind von seiner ersten Frau. Die Tochter ist die zweite Easterday im Firmennamen, und der Sohn ist Neurochirurg in Philadelphia.«

»Okay, die beiden Männer nehmen wir uns heute Morgen vor.«

»Fordham war an der Ole Miss und hat auch sonst keine Verbindungen nach Yale.«

Eve stieg aus dem Wagen und betrachtete das fünfstöckige Haus. Der viereckige Kasten, der wie viele andere nach den innerstädtischen Revolten eilig hochgezogen worden war, sah renoviert und frisch gestrichen aus. Die Flügeltüren sahen aus, als wären sie aus altem, teurem Holz, waren aber aus verstärktem Stahl, und die Security war technisch auf dem allerneuesten Stand.

»Anson wohnt im Erdgeschoss«, bemerkte Eve und drückte auf den Klingelknopf.

Es dauerte einen Moment, bevor eine verschlafene Frauenstimme fragte: »Kommen Sie jetzt schon mitten in der Nacht, um einem irgendwelche Sachen anzudrehen?« Eve hielt ihre Marke vor die Kamera.

»Polizei«, setzte sie an. Bevor sie aber weitersprechen konnte, schrie die Frau entsetzt: »Ist was mit Mike? Oh Gott.«

Noch ehe Eve ihr eine Antwort geben konnte, wurde ihnen aufgemacht. Während sie das Haus betraten, flog eine der Wohnungstüren auf, und eine junge Frau kam in den eleganten Flur gerannt.

Hochschwanger, barfuß und in einem mit Pinguinen bedruckten Schlafanzug, doch überraschend schnell.

»Was ist mit Mike?« Sie klammerte sich an Eve fest und starrte sie aus angsterfüllten, großen, braunen Augen an. »Jetzt sagen Sie es schon.«

»Wir kommen nicht wegen Mike. Atmen Sie erst einmal durch.«

»Sind Sie sicher? Es geht nicht um Mike?« Sie presste eine Hand an ihren geschwollenen Bauch, und als sie schwankte, packte Peabody sie kurzerhand am Arm.

»Am besten setzen Sie sich erst mal hin, Ma'am, okay?«, forderte Peabody die Frau auf.

»Dann ist ihm also nichts passiert? Dann sind Sie also nicht gekommen, um mir zu sagen, dass ihm etwas zugestoßen ist?«

»Auf keinen Fall«, versicherte Peabody ihr in sanftem Ton und schob sie durch die Wohnungstür.

»Entschuldigung. Das sind wahrscheinlich die Hormone. Die spielen gerade vollkommen verrückt. Es ist nur so, dass Mike, der Vater meines Babys, er ist selber bei der Polizei, deswegen dachte ich … oje. Am besten setzen wir uns wirklich erst mal hin.«

»Sie sind nicht Cecily Anson«, stellte Eve fest und folgte ihr und Peabody ins Wohnzimmer, das elegant, aber nicht ungemütlich war.

»Cecily ist meine Mutter. Gott, ist was mit einer meiner Moms?«

»Nein«, erklärte Eve mit Nachdruck, ehe die Hormone abermals die Oberhand gewannen. »Unseres Wissens nach geht es den beiden gut. Lilith?«

»Ja.« Die junge Frau ließ sich in einen breiten roten Sessel sinken und fuhr sich mit einer Hand durch eine Masse wild gelockten braunen Haars. »Aber die meisten nennen mich Lil. Es tut mir leid, dass ich so ausgerastet bin. Ich weiß, dass das völlig unangemessen war. Schließlich trage ich das Baby eines Cops im Bauch.« Ein wunderschönes Lächeln huschte über ihr Gesicht, und ihre Blässe legte sich. »Mike, das heißt Detective Bennet. Er ist auf dem Hauptrevier. Vielleicht kennen Sie ihn ja.«

»Ich kenne ihn tatsächlich«, sagte Peabody und nahm, nachdem die Krise abgewendet war, ihr gegenüber Platz. »Er ist ein anständiger Kerl.«

»Auf jeden Fall.«

»Wann ist es denn so weit?«

»Ich bin erst im siebten Monat, also dauert es noch eine halbe Ewigkeit.« Lilith faltete die Hände über der mit Pinguinen bedeckten Kugel, die sie durch die Gegend schob. »Auch wenn ich keine Ahnung habe, wie das gehen soll.«

Das konnte Eve sich auch nicht vorstellen. Könnte diese Kugel tatsächlich noch wachsen? Wie in aller Welt sollte das möglich sein?

»Ist Ihre Mutter auch zu Hause?«, fragte sie.

»Nein. Die Moms sind in Australien, in Adelaide. Mike und ich wohnen eigentlich im zweiten Stock, aber bei uns wird gerade wegen des Kleinen hier renoviert.« Sie tätschelte sich lächelnd ihren dicken Bauch. »Deshalb wohnen wir hier, solange sie im Urlaub sind. Mike hatte Nachtschicht, müsste aber bald zu Hause sein. Tut mir leid, kann ich Ihnen etwas anbieten?«

»Nein danke. Seit wann ist Miss Anson bereits außer Landes?«

»Gut drei Wochen. Nächste Woche kommen sie zurück und haben dann noch jede Menge Zeit, um mich zu bemuttern, bis das Baby kommt. Worum geht es überhaupt? Das hätte ich im Grunde gleich zu Anfang fragen sollen.«

»Wissen Sie, ob Miss Anson eine Biografie von Jonas Wymann, dem Wirtschaftswissenschaftler, schreiben wollte?«

Lilith runzelte die Stirn und rieb sich geistesabwesend den Bauch. »Ich glaube nicht. Sie schreibt gerade an einer Biografie von Marcus Novak, deshalb sind die beiden auch in Australien. Er hat im Outback Schulen und Kliniken gebaut. Manchmal macht sie auch verschiedene Dinge gleichzeitig, aber den Namen Wymann hat sie nie erwähnt.«

»Ich nehme an, sie hat diese Reise nach Australien schon seit längerem geplant«, stellte Eves Partnerin mit einem netten Lächeln fest.

»Seit letztem Sommer, obwohl Mike und ich sie überreden mussten, tatsächlich zu fliegen, und ich ihnen schwören musste, dass ich unser Baby erst bekomme, wenn sie wieder hier sind, um dabei zu sein. Hören Sie, es geht mir wieder gut, und wie gesagt, ich bin mit einem Cop verlobt. Was hat dieser Wymann mit meiner Mom zu tun?«

Abgesehen von den Pinguinen und der Kugel wirkte sie tatsächlich wieder ganz normal. Sie war vollkommen ruhig und hatte einen klaren Blick.

»Mr. Wymann wurde letzte Nacht ermordet, seinem Kalender nach hätte er gestern Nachmittag um vier einen Termin mit Ihrer Mutter wegen seiner Biografie gehabt.«

Lilith schüttelte den Kopf. »Das kann nicht sein. Mom macht keine solchen Fehler, und ich habe diesen Namen wirklich nie zuvor gehört. Dabei spricht sie immer über die Projekte, die sie hat. Jetzt ist mir klar, warum sie hergekommen sind. Sie ist verdächtig, aber sie ist Tausende von Meilen von New York entfernt. Sie können Sie gerne in Australien anrufen. Ich werde Ihnen die Infos geben, die Sie brauchen, um sie dort zu kontaktieren.«

»Das wäre nett, obwohl sie nicht verdächtig ist. Ich glaube Ihnen«, sagte Eve. »Aber ihr Name stand nun einmal im Terminkalender unseres Opfers, also hat ihn jemand anderes benutzt und sich auf diese Weise Zugang zu dem Haus verschafft. Sie haben gesagt, dass sie gern über ihre Arbeit spricht. Das heißt, dass sie doch sicher auch über die Reise nach Australien gesprochen hat.«

»Sie hat der halben Welt davon erzählt. Die Moms verreisen gerne. Ich weiß, was Sie denken. Jemand, der wusste, dass sie in Australien und nicht zu erreichen ist, hat unter ihrem Namen einen Termin mit diesem Mann gemacht. Oh Gott. Sie wird sich furchtbar aufregen, wenn sie das hört.«

Lilith hievte sich, den Bauch zuerst, aus ihrem Sessel. Als die Tür geöffnet wurde, als sie den Namen ihres Mannes aussprach, wusste Eve, dass ihre Angst um ihn noch immer nicht völlig verschwunden war.

»He, Babe, warum …« Sobald er Eve entdeckte, nahm er Haltung an. »Lieutenant.«

»Detective. Alles gut. Wir wollten mit Miss Anson sprechen, damit sie uns bei unseren Ermittlungen hilft.«

»Mit CeCe?« Schützend legte er den Arm um seine Liebste, behielt Eve aber weiter im Blick.

»Wir gehen davon aus, dass jemand ihren Namen benutzt oder sich vielleicht als sie ausgegeben hat, um Zugang zu Jonas Wymann zu bekommen.«

»Wymann. Davon habe ich gehört. Hi, Peabody.«

»Hi, Mike.«

»Komm, Lil, setz dich.«

»Ich bin so glücklich, dich zu sehen.« Sie strich mit einer ihrer Hände über seine nach der Nachtschicht etwas raue Wange. »Ich bin einfach froh, dieses Gesicht zu sehen. Und jetzt mache ich mir erst einmal die Tasse Kaffee, die der Doktor mir pro Tag erlaubt. Soll ich uns allen welchen machen?«

»Gern.«

»Dann werde ich jetzt in die Küche gehen, während der Lieutenant dir alles erzählt. Ich habe nicht einmal nach Ihrem Namen gefragt«, fiel Lilith ein, und Mike schob sich die dunkle Mütze aus dem wirr zerzausten sandfarbenen Haar.

»Also bitte, Lil. Erkennst du etwa Lieutenant Dallas nicht?«

»Ich … oh!« Sie legte sich die Hände an den Bauch und lachte auf. »Die dämlichen Hormone fressen langsam, aber sicher mein Gehirn. Na klar. Dallas und Peabody. Mike liebt den Film, deswegen haben wir ihn uns schon dreimal angesehen. Dann kann ich jetzt ja aufhören, mir Sorgen um die Moms zu machen. Wenn Mike denkt, dass Sie die Besten sind, dann sind Sie das auch. Ich werde uns jetzt erst mal den Kaffee holen. Er könnte Ihnen helfen«, schlug sie im Hinausgehen vor. »Er ist ein wirklich guter Cop.«

»Das muss sie natürlich sagen, aber falls ich irgendetwas tun kann, tue ich das selbstverständlich gern.« Er legte seinen Mantel ab und schaute Eve aus wachen Polizistenaugen an.

»Edward Mira, Jonas Wymann. Ihre Täter haben sich hochrangige Ziele ausgesucht. Ich wüsste nicht, was eine von den Moms mit dieser Angelegenheit zu tun haben sollte. Sie sind zwei grundsolide Frauen.«

»Lilith hat gesagt, sie hätten diese Reise langfristig geplant.«

»Das stimmt.« Mit einem leisen Seufzer nahm er auf der Lehne des von Lilith freigemachten Sessels Platz. »Wegen des Babys mussten wir sie fast zur Tür rausschubsen, damit sie auch wirklich fliegen, aber CeCe wollte wirklich gerne nach Australien, um die Atmosphäre in sich einzusaugen und mit Leuten dort zu sprechen, die den Typen kannten, über den sie schreibt. Also haben wir einen Kompromiss geschlossen. Statt wie ursprünglich geplant sechs Wochen bleiben sie nur einen Monat dort. Mindestens einmal am Tag rufen sie an.«

»Haben sie die Reise – Flug und Unterkünfte – selbst oder mit Hilfe einer Agentur gebucht?«

»Um diese Dinge kümmert Annie sich. Sie ist die Frau von CeCe und die zweite Mom.«

»Können Sie uns eine Liste all der Leute machen, die etwas von dieser Reise wussten?«

Er blies die stoppelübersäten Backen auf. »Ich glaube nicht, dass irgendwer *nichts* davon mitbekommen hat.« Als Lilith wieder aus der Küche kam, nahm er ihr eilig das Tablett mit den vier Kaffeebechern ab.

»Sind sie in irgendwelchen Gruppen oder Clubs?«, erkundigte sich Peabody. »Sie wissen schon, in irgendwelchen Frauenclubs.«

Eve sah, dass Mike sofort verstand, doch Lilith ließ sich amüsiert in den bequemen Sessel sinken und erklärte. »Meine Güte, ja.« Mit Blick auf die von Mike verteilten Kaffeebecher fügte sie hinzu: »Ich weiß noch aus dem Film, wie Sie den Kaffee trinken. Aber wie dem auch sei, sie sind bei *Frauenpower*, einer lesbischen Aktionsgruppe. Die haben sie schon vor einer Ewigkeit gegründet und sind immer noch dabei. Dann sind sie noch in einem Buchclub, in dem fast nur Frauen sind, und helfen in verschiedenen Frauenhäusern und Beratungsstellen aus.

C-Mom bietet dort Schreibkurse an, und A-Mom malt mit den Frauen, auch wenn die Aquarelle, die sie selber fabriziert, nicht wirklich etwas Besonderes sind. Ich meine, sie sind zwar nicht schrecklich, aber auch nicht wirklich gut. Es macht sie glücklich, wenn sie helfen kann.« Sie seufzte leise auf. »Wahrscheinlich fragen Sie und Mike sich, was Sie vor mir sagen können und was nicht. Ich kann natürlich auch nach nebenan gehen, aber gerne täte ich das nicht.«

»Schon gut.« Mike rieb ihr aufmunternd die Schulter. »Sie denken, jemand, der die beiden durch ihre Hobbys oder ihre ehrenamtliche Arbeit in den Frauenhäusern kennt, hätte CeCes Namen benutzt.«

»Das wäre eine Möglichkeit. Ich hätte gerne alle Namen aus diesen Clubs und Frauenhäusern, die Ihnen einfallen.«

»Sie würden niemals zulassen, dass das Vertrauen der Frauen, denen sie dort helfen oder die sie aus den Therapien kennen, verraten wird«, die Tochter richtete sich kerzengerade auf. »Sie können nicht von uns erwarten, dass wir so etwas tun.«

»Ich suche Namen, die bereits auf meiner Liste stehen«, erklärte Eve. »Jemand hat sich als Ihre Mutter ausgegeben, um sich an den Mann heranzumachen, der vergangene Nacht brutal ermordet worden ist. Zwei Menschen hat diese Person schon umgebracht, wenn wir sie nicht stoppen, bringt sie sicher auch noch andere Menschen um.«

»Lassen Sie mich das machen, Lieutenant«, meinte Mike, während er weiter Liliths Schulter massierte. »Ich werde mit den beiden reden und ihnen erklären, worum es geht. Wobei ich zu bezweifeln wage, dass sie vollständige Namen haben, weil das in den Frauenhäusern und bei Therapien nicht üblich ist.«

»Wir interessieren uns auch für die anderen Leute, die dort arbeiten. Ehrenamtlich oder fest angestellt.«

»Mittwochsabends findet im Gemeindezentrum in der Canal Street immer ein sogenanntes Positive-Kräfte-Treffen statt«, erklärte Mike. »Die Sozialarbeiterin, die diese Treffen organisiert, heißt Suzanne Lipski. Sie ist eine alte Häsin und seit fünfundzwanzig Jahren in diesem Job. Ich habe sie mal überprüft und kann Ihnen versichern, dass sie taff, intelligent und durch und durch integer ist.«

»Oh Mike! Das hast du nicht gemacht!«

»Als ich mit dir zusammenkam, wurden die beiden auch zu meinen Moms. Natürlich habe ich sie überprüft. Sie wird ihre Frauen beschützen, Lieutenant, aber eine Killerin deckt sie ganz sicher nicht. Sie kennt mich, vielleicht kann ich also etwas aus ihr herausbekommen, falls es was herauszukriegen gibt. Oder Ihnen wenigstens den Weg ebnen.«

»Je mehr Namen und je eher wir sie bekommen, umso besser«, meinte Eve und wandte sich zum Gehen. »Danke für die Zeit, die Hilfe und den Kaffee. Wie können Sie mit nur einer Tasse täglich überleben?«

Lilith trank den ersten winzig kleinen Schluck ihrer bescheidenen täglichen Ration. »Das frage ich mich jeden Tag. Und trotzdem geht es irgendwie.«

»Ein wirklich nettes Paar«, bemerkte Peabody auf ihrem Weg zurück zum Wagen. »Grundsolide, und da er Kontakte zu dieser Lipski hat, bekommt er vielleicht wirklich ein paar Namen heraus.«

»Vielleicht. Einen Versuch ist es auf alle Fälle wert. Irgendeine Frau, die Anson kennt und weiß, dass sie in Australien ist, hat sich unter ihrem Namen bei Wymann eingeschlichen, ohne Angst zu haben, dass die Polizei ihr auf die Schliche kommt.«

Als sie im Wagen saßen, wickelte sich Peabody aus ihrem meterlangen Schal und stellte fest: »In diesen Gruppen ist es so wie in der Kirche bei der Beichte. Alles ist total vertraulich, und die Leute sprechen sich dort nur mit Vor- oder mit Spitznamen an. Wer auch immer sich als Anson ausgegeben hat, ging also davon aus, dass das vollkommen sicher ist.«

»Aber jeder Mensch hat ein Gesicht«, erklärte Eve und fädelte sich in den fließenden Verkehr ein. »Wir werden die Bilder von den Frauen auf der Liste herumzeigen, und auch wenn vielleicht niemand bestätigt, dass es eine dieser Frauen war, bekommen wir auf alle Fälle eine Reaktion.«

Und die bekämen sie ganz sicher auch von Lydia Su.

Da es am Straßenrand nicht eine freie Lücke gab, war sie gezwungen, ihr Gefährt auf einem schmuddeligen, kleinen Parkplatz zwei Blocks hinter Lydias Wohnung abzustellen. Weil inzwischen wieder ein eiskalter Wind durch die New Yorker Straßenschluchten pfiff, wickelte Peabody sich abermals in ihren Schal, während Eve selbst die Glitzerflockenmütze aus der Tasche ihres Mantels zog.

Die sie an Dennis Mira denken ließ.

»Wir müssen Mr. Mira nach den Männern fragen, die die Tochter des Senators uns genannt hat«, meinte sie. »Wir werden sie verständigen und auch mit ihnen reden, trotzdem interessiert mich, was er von den Männern hält.«

»Normalerweise hat er eine wirklich gute Menschenkenntnis.«

»Allerdings. Auch wenn mir seine Frau erzählt, dass er seinen Cousin nicht wirklich objektiv gesehen hat. Aus ihrer Sicht war der Senator ein Tyrann, ein potenzieller Vergewaltiger und Soziopath.«

»Das ist ein ganz schön harsches Urteil. Aber durchaus stimmig, falls unsere Vermutung richtig ist.«

»Und das ist sie auf jeden Fall.« Vor Sus Gebäude blieb Eve stehen. Es war ein elegantes Hochhaus in der Art, wie es Nadine gefallen würde, überlegte sie.

Statt eines Türstehers las nur ein Scanner ihre Marke ein, der längst nicht so viel Federlesen machte wie ein Mensch.

Identifizierung abgeschlossen, Lieutenant Dallas. Bitte nennen Sie den Grund Ihres Besuchs und/oder die Partei, die Sie besuchen wollen.

»Es geht um polizeiliche Ermittlungen. Wir wollen zu Lydia Su, Apartment 2004.«

Vielen Dank für die Information. Miss Su wird informiert. Bitte treten Sie ein und warten im Foyer.

Eve betrat die großzügige Eingangshalle, die in Silber und in Weiß gehalten und mit leuchtend blauen Sesseln, saftig grünen Topfpflanzen und einer Videokarte des Gebäudes ausgestattet war.

Auf der Galerie gab's für die Bewohner und für deren Gäste einen eigenen Supermarkt, eine Boutique für Damen und für Herren, eine Bank, ein Fitnessstudio, zwei Bars sowie drei Restaurants, während im ersten Stock die Hausverwaltung anzutreffen war.

Bis Eve Apartment 2004 gefunden hatte, eine Eckwohnung mit Fenstern, die nach Süden und nach Osten gingen, bat der Computer sie, sich zum Fahrstuhl zu begeben, der sie in die zweiundzwanzigste Etage bringen würde, und wünschte ihr einen angenehmen Aufenthalt.

»Warum können diese Dinger nicht einfach die Klappe halten?«, knurrte Eve. »Es ist ja wohl echt lächerlich, wenn man von einem Computer einen schönen Tag gewünscht bekommt. Su hat uns aber ganz schön schnell heraufgebeten«, fügte sie hinzu und schaute auf die Überwachungskamera, die an der Wand des Fahrstuhls hing. »Vielleicht hat sie nach dem Gespräch mit Ihnen ja erwartet, dass wir noch einmal kommen, um Downings Alibi zu überprüfen.«

»Dabei hat sie ihre Sache gestern wirklich gut gemacht. Sie hat genau das rechte Maß an Überraschung an den Tag gelegt und war dann wirklich kooperationsbereit.«

Oben angekommen, liefen sie den breiten, elegant mit einem silbergrauen Teppich ausgelegten Flur hinab bis zu der schwarz glänzenden Wohnungstür der 2004.

Eve drückte auf den Klingelknopf und hielt gleichzeitig ihre Dienstmarke vor den Spion.

Kaum hatte Lydia Su die Tür geöffnet, wusste sie: Du steckst in dieser Sache drin.

Zwar hatte Su ein höfliches, etwas verwirrtes Lächeln im Gesicht, das unmerkliche Flackern ihrer schrägstehenden braunen Augen aber zeugte gleichzeitig von Argwohn und von mühsam unterdrückter Wut.

»Guten Morgen. Geht es um den Mord an dem Senator? Gestern hat mich deshalb ein Detective kontaktiert.«

»Das war Detective Peabody«, erklärte Eve und wies auf ihre Partnerin. »Wir haben noch ein paar Fragen.«

»Ah. Dann kommen Sie doch bitte herein. Ich bin noch nicht ganz wach. Gestern Abend ist es bei der Arbeit ziemlich spät geworden, deshalb lag ich noch im Bett.«

»Tut mir leid. Wir wollten Sie nicht wecken, aber es wird bestimmt nicht lange dauern.«

»Kann ich Ihnen einen Kaffee oder Tee anbieten?«

»Danke, nein.«

»Nehmen Sie doch bitte Platz.« Sie ging voran in einen großzügigen Wohnbereich mit zwei geschwungenen Sesseln sowie einer breiten Couch mit einem Mittelkissen in Gestalt eines Pfauenrads. Vor den Fenstern hingen bodenlange, duftige Gardinen, und in einer durchsichtigen, viereckigen Bodenvase voll schwarz schimmernder Kieselsteine standen ein paar langstielige Blumen, die nicht weniger exotisch als das Sofakissen aussahen.

Lydia war knapp 1,60 Meter groß und lief auf kleinen Füßen, die in weichen Hausschuhen steckten, durch den Raum. Dazu trug sie einen cremefarbenen Hausanzug und eine lange schwarze Strickjacke.

Auch wenn sie vielleicht noch im Bett gelegen hatte, hatte sie sich die Zeit genommen, ihr glattes schwarzes Haar zu kämmen, das wie ein Vorhang über ihren Rücken fiel.

Sie nahm geschmeidig auf dem Sofa Platz. »Was kann ich für Sie tun?«

»Charity Downing sagt, Sie hätten vorgestern den Tag mit ihr verbracht.«

»Das stimmt. Wir waren zum Lunch verabredet, danach waren wir shoppen und im Nagelstudio. Das hat uns solchen

Spaß gemacht, dass wir noch etwas trinken und schließlich zu ihr gegangen sind. Wir wollten dort was essen und zusammen fernsehen. Ich schätze, dass ich gegen neun gegangen bin. Es war ein schöner Tag mit einer Freundin.«

»So sieht's aus. Wie kam es zu der Freundschaft?«

»Wie bitte?«

»Sie beide haben auf den ersten Blick nicht viel gemein.«

Mit einem gleichmütigen Achselzucken schaute Eve sich um. Und sah den dicken bronzefarbenen Riegel an der Wohnungstür.

Auch wenn er durchaus elegant aussah, kam ihr ein solcher Riegel in so einem Haus ein wenig übertrieben vor.

»Die arme Künstlerin und eine Wissenschaftlerin mit Studium in Yale und einem Doktortitel. Seit wann sind Sie befreundet, und zwar eng genug, dass Sie, wie Charity behauptet hat, als Einzige etwas von der Beziehung zwischen ihr und Edward Mira wussten?«

»Anders, als Sie denken, haben wir sogar sehr viel gemein. Zum Beispiel die Begeisterung für Malerei und für Musik und dass wir beide gern zu Hause sind und irgendwelche Filme sehen. Vor allem sind wir einfach gern zusammen, ich hoffe, dass ich keine Vorurteile hatte und sie unterstützen konnte, als das zwischen ihr und Edward Mira lief. So wie man es als Freundin machen soll.«

»Genau. Woher kennen Sie sich noch mal?«

»Sie arbeitet in einer Galerie, als ich einmal dort war, haben wir uns auf Anhieb gut verstanden. So etwas kommt eben vor.«

»Da hatten Sie echt Glück. Ich hätte angenommen, Sie hätten sich bei dieser Studie zu Schlafstörungen kennen gelernt.«

»Entschuldigung?«

»Bei dieser Studie, an der Sie beide teilgenommen haben.«

»Ich … nun ja. Wir waren zu verschiedenen Zeiten dort und haben uns erst später in der Galerie kennen gelernt.«

»Was für ein Zufall. Dann haben Sie sich also für die Kunstwerke dort interessiert?«

Abermals nahm Eve das leise Flackern in den Augen wahr. Doch diesmal sprach es nur von Zorn.

»Allerdings«, erklärte Lydia kühl. »Ich habe mich dort umgesehen, und Charity war supernett und kannte sich vor allem wirklich gut aus. In ihrer Pause habe ich sie dann auf einen Kaffee eingeladen, so haben wir uns angefreundet. Was soll daran ungewöhnlich sein?«

»Im Grunde nichts. Glückliche Zufälle gibt's schließlich immer wieder mal. Dann haben Sie bei diesem Treffen eben nachgeholt, was Ihnen bei der Studie entgangen ist, da Sie sich dort nicht über den Weg gelaufen sind. Haben Sie auch etwas gekauft?«

»Ja. Das Bild dort.« Sie wies auf die große Studie von drei rosa blühenden Büschen und von einer Frau im Hintergrund, die ihren Blick gesenkt hielt, weshalb das Gesicht nicht zu erkennen war.

»Da hatte Charity ja doppelt Glück. Vorgestern waren sie bis abends neun bei ihr. Und danach?«

»Danach bin ich heimgefahren, habe noch etwas gelesen und bin dann ins Bett gegangen.«

»Wo waren Sie letzte Nacht?«

»Letzte Nacht? Warum?«

»Da wurde Jonas Wymann, der ein enger Freund von Edward Mira war, ermordet. Haben Sie und Charity letzte Nacht auch zusammen abgehangen?«

»Nein. Ich habe ungefähr bis zehn gearbeitet, dann kam ich heim und habe noch drei Stunden über einem Projekt gesessen. Mindestens. Vor zwei war ich auf keinen Fall im Bett.«

»Hat Charity den Namen Wymann je erwähnt?«

»Nicht dass ich wüsste. Nein. Wenn sie irgendwelche Freunde des Senators kennen würde, hätte sie mir das bestimmt erzählt.«

»Selbst wenn sie auch mit denen was gehabt hätte?«

Lydias Wangenmuskeln und die Hände, die sie ruhig im Schoß gefaltet hatte, zuckten leicht. »Da ich sie dafür nicht verurteilt hätte, hätte sie das ganz bestimmt erzählt. Falls Sie denken, dass sie eine Hure ist, weil sie so dumm war, sich auf einen einflussreichen Typen einzulassen, der gewohnheitsmäßig seine Frau betrogen und naive, junge Frauen aufgerissen hat, machen Sie es sich zu leicht. Für seine Freunde und seine Familie ist es ohne Zweifel schwer, dass er nicht mehr am Leben ist, aber aus meiner Sicht war er ein Dreckskerl und hat Charity und andere wie sie nur ausgenutzt.«

»Das klingt sehr hart, was meinen Sie, Peabody?«

»Auf jeden Fall.«

»Aber wir haben eben jeder seinen eigenen Maßstab, stimmt's? Carlee MacKensie«, fügte Eve hinzu, abermals kam eine Reaktion. Kein unmerkliches Flackern wie zuvor, sondern ein Ausdruck reinen Schocks.

»Entschuldigung?«

»Carlee MacKensie«, wiederholte Eve. »Sie haben beide einige Zeit bei *Inner Peace* verbracht.«

In Lydias Augen blitzte heiße Wut, doch ihre Stimme blieb auch weiter kühl. »Mein Aufenthalt bei *Inner Peace* ist eine rein private Angelegenheit.«

»Wenn es um Mord geht, gibt es nichts Privates mehr. Haben Sie Carlee MacKensie dort kennen gelernt?«

»Bei *Inner Peace* gilt eine Politik der Anonymität. Man spricht sich dort beim Vornamen an, ich erinnere mich nicht, dass während meiner Zeit dort eine Frau mit Namen Carlee war.«

»Ich kann Ihnen ein Foto zeigen«, bot Eves Partnerin an und hielt ihr eine Aufnahme von Carlee hin.

Sie sah sie sich kurz an und blickte eilig wieder fort. »Ich habe diese Frau noch nie gesehen.«

»Dann ist es also Zufall, dass Sie beide dort waren. Wissen Sie, was ebenfalls ein Zufall ist?«, erkundigte sich Eve und sah ihr forschend ins Gesicht. »Dass Carlee ebenfalls in Yale studiert hat. Wie Senator Mira, Jonas Wymann und Sie selbst. Uni, Schlaflabor und Lifestylezentrum. Das sind für meinen Geschmack etwas zu viele … nun, wie soll ich sagen …«

»Zufälle?«, schlug Peabody ihr vor.

»Hm. Ich wollte eigentlich etwas anderes sagen, aber okay.«

Bei ihren Worten richtete sich Lydia kerzengerade auf, faltete die Hände abermals im Schoß und schluckte. »Ich nehme an, es ist ein notwendiger Teil Ihrer Arbeit, argwöhnisch zu sein. Das ist nicht schön für Sie.«

»Im Gegenteil. Das ist für mich der schönste Teil meines Jobs«, klärte Eve sie mit einem bösen Lächeln auf. »Weniger schön ist es für die, die meinen, sie könnten einen Mord begehen und kämen damit durch.«

»Ich kann Ihnen nur sagen, dass Charity und ich vorgestern den ganzen Tag zusammen waren. Gibt's sonst noch etwas, womit ich Ihnen helfen kann?«

»Oh nein. Sie haben uns schon genug gesagt. Vielen Dank, dass Sie uns Ihre Zeit gewidmet haben«, antwortete Eve und stand entschlossen auf.

In der Tür der Wohnung blieb sie noch einmal stehen und drehte sich zu Lydia um. »Oh, Sie können Ihrer guten Freundin schon mal sagen, dass wir auch mit ihr noch einmal sprechen wollen, denn das Gespräch mit Ihnen hat meinen Argwohn noch verstärkt.«

Sie gingen zurück zum Lift, und Eve blickte noch einmal durch den eleganten, langen Flur auf Lydias Wohnungstür. »Sie lügt.«

»Da haben Sie recht. Sie haben sie nervös gemacht. Als Sie auf MacKensie kamen, hätten Sie sie fast so weit gehabt. Sie hätte nie damit gerechnet, dass wir die Verbindung zwischen ihnen ziehen, aber sie hat sie auf dem Foto eindeutig erkannt.«

»Auf jeden Fall. Genauso interessant fand ich, dass sie gesagt hat, Edward Mira hätte Charity *und andere wie sie* nur ausgenutzt. Und sie behauptet, dass Sie keine Vorurteile hat?«, bemerkte Eve, während sie in den Fahrstuhl stieg. »Am Arsch. Sie war gleichzeitig Richterin, Geschworene und Henkerin. Und darauf ist sie furchtbar stolz. Aber wir haben sie zumindest etwas aus dem Gleichgewicht gebracht.«

14

Das Wissen, dass Lydia Su und dadurch implizit auch Downing und MacKensie sie belogen hatten, war noch kein Beweis dafür, dass sie auch Mörderinnen waren.

Aber verdammt, sie würde diese Frauen überführen.

Wozu sie unter anderem mit den Männern sprechen müsste, die womöglich Mitglieder derselben Bruderschaft wie Edward Mira und Wymann waren.

Da Easterday am nächsten wohnte, fuhren sie zuerst zu ihm. Er lebte ausnehmend feudal in der Park Avenue in einem umgebauten dreistöckigen Reihenhaus, auf ihr Klingeln öffnete die Hausdame die Tür. Sie war nicht mehr ganz jung, trug einen schlichten schwarzen Zweiteiler und lächelte sie freundlich an.

»Lieutenant Dallas und Detective Peabody von der New Yorker Polizei. Wir wollen zu Mr. Easterday.«

»Ich fürchte, dass er heute niemanden empfängt.«

»Uns schon. Sagen Sie ihm einfach, dass die Polizei ihn sprechen will.«

»Bitte warten Sie doch in der Eingangshalle, es ist heute schließlich furchtbar kalt. Dann frage ich kurz nach, ob er zu sprechen ist.«

Mit all dem schweren, dunklen Holz und einem weißen Marmorboden wirkte das Foyer fast übertrieben würdevoll. Eve blickte auf den mehrteiligen Kronleuchter, der an der hohen Decke hing. Wenn ihre Täterinnen Easterday erwischten, würde er dort baumeln, dachte sie, bevor ihr einfiel, dass sie immer noch die lächerliche Glitzerflockenmütze trug. Eilig zog sie sie vom Kopf, stopfte sie in ihre Tasche und fuhr sich mit beiden Händen durch das kurze Haar.

Sekunden später tauchte eine Frau am Kopf der langen, elegant geschwungenen Treppe auf.

Ihr schwarzer Zweiteiler war alles andere als schlicht. Er schimmerte im regenbogenfarbenen Licht des Leuchters und betonte vorteilhaft die schlanke Taille sowie die verführerischen Rundungen der Trägerin.

Sie hatte sich das blonde Haar zu einem eleganten Knoten aufgedreht, wodurch ihr feingemeißeltes Gesicht über dem schlanken, faltenlosen Hals besonders gut zur Geltung kam. Sie mochte bereits über fünfzig sein, verstand sich aber wirklich gut darauf, die Uhr zurückzudrehen.

»Lieutenant, Detective, ich bin Petra Easterday.« Sie reichte ihnen eine schlanke Hand, an der ein Diamantring funkelte. »Mein Mann ist unpässlich, denn er hat heute früh erfahren, dass ein enger Freund von ihm verstorben ist.«

»Deswegen sind wir hier. Weil das bereits der zweite enge Freund innerhalb der letzten beiden Tage ist, nicht wahr?«

»Das stimmt. Er ist untröstlich, deshalb wollte ich ihn gerade dazu bringen, ein Beruhigungsmittel einzunehmen und sich ein wenig hinzulegen«, meinte sie, wobei die Sorge um den Ehemann ihr deutlich anzusehen war. »Ich tue gerne alles, was ich kann, um Ihnen zu helfen, aber Marshall darf jetzt nicht gestört werden.«

Noch während sie dies sagte, erklangen Schritte auf der Treppe, und sie seufzte resigniert. »Ach, Marshall, habe ich dir nicht gesagt, dass du dich erst mal etwas ausruhen sollst?«

»Die Polizei macht einfach ihren Job, Petra.«

Er wirkte vielleicht nicht untröstlich, aber ziemlich mitgenommen, merkte Eve. Er war ein großer Mann, doch er ging so gebeugt, als trüge er an einer schweren Last. Den dunklen Ringen unter seinen Augen und den Falten rund um seine Mundwinkel zufolge hatte er vergangene Nacht kein Auge zubekommen, zum Zeichen seiner Trauer trug er einen schwarzen Anzug mit Trauerband und einen dezenten blauen Schlips.

»Ich könnte einen Kaffee brauchen, meine Liebe.«

Als sie eine Braue hochzog, lächelte er matt. »Dann eben einen Tee. Wärst du so nett?«

»Ich kümmere mich darum«, willigte sie ein und fügte an die

beiden Polizistinnen gewandt hinzu: »Ich hoffe, dass Sie seine Trauer respektieren.«

»Sie macht sich große Sorgen, was durchaus verständlich ist. Lieutenant Dallas, richtig? Und Detective …«

»Peabody.«

»Ja, ja, natürlich. Bitte kommen Sie doch mit in den Salon und setzen sich erst einmal.«

Im vorderen Salon war die Förmlichkeit der Eingangshalle fortgesetzt, auch wenn in einem kleinen weißen, marmornen Kamin ein heimeliges Feuer brannte, auf dem Tisch ein Strauß blutroter Rosen prangte und man auf dem großen, viereckigen Sofa mit dem Blumenstoff den Eindruck hatte, dass man statt auf einer Couch auf einer Wiese saß.

Easterday ließ sich in einen ebenfalls geblümten Ohrensessel sinken und stieß einen abgrundtiefen Seufzer aus.

»Es fühlt … es fühlt sich unwirklich und wie ein schlimmer Albtraum an. Erst Edward und jetzt auch noch Jonas. Haben Sie schon eine Spur?«

»Über Einzelheiten der Ermittlungen dürfen wir nicht sprechen«, meinte Eve. »Unser Beileid zu Ihrem Verlust. Uns ist natürlich klar, dass das für Sie nicht einfach ist.«

»Ich mache schon seit über zwanzig Jahren kein Strafrecht mehr, das überlasse ich inzwischen meiner Tochter, trotzdem weiß ich natürlich noch, wie die Dinge laufen, und wenn Sie mich sprechen wollen, glauben Sie anscheinend, dass ich Ihnen weiterhelfen kann.«

»Das stimmt. Sie haben innerhalb der letzten beiden Tage zwei Freunde durch Mord verloren, Mr. Easterday. Männer, die Sie seit dem College – also schon seit fünfzig Jahren – kennen und mit denen Sie bis heute eng befreundet waren. Eng genug, dass Ihr Name ebenfalls auf der Liste steht.«

Er riss die Augen auf. »Der Liste der Verdächtigen?«

»Nein, Sir. Der Opfer.«

Er sah eilig Richtung Tür. »Es wird meine Frau sehr aufregen, wenn sie so etwas hört.«

»Es wird sie sicher noch viel mehr aufregen, wenn wir kommen, um ihr mitzuteilen, dass auch Sie ermordet worden sind.«

Bei diesen Worten sprang er auf. »Das ist doch lächerlich. Niemand hätte Grund, mir etwas anzutun.«

»Aber Ihren Freunden?«

Er ließ sich wieder in den Sessel fallen und breitete die Hände aus. »Edward war seit über fünfzig Jahren mein Freund. Und als sein Freund weiß ich wahrscheinlich besser als die meisten anderen, dass er manchmal ziemlich schwierig oder sogar grob sein konnte. Er hat sich also ohne Zweifel Feinde in der Politik gemacht, erst als Senator und danach mit seinem Institut.«

Ihm war klar gewesen, dass sie kommen würde, weil es eine Liste gäbe, auf der auch er selber stünde, dachte Eve. Weshalb er trotz der Trauer um die beiden toten Freunde vorbereitet war.

»Und Jonas Wymann?«, fragte sie.

»Auch da ging es bestimmt um Politik. Ich gehe davon aus, dass Sie diese Verbindung bereits selbst gezogen haben. Jonas war brillant und hatte über viele Jahre großen Einfluss auf Wirtschaft und Regierung, aber seine Sicht der Dinge war nicht immer populär.«

»Es gibt noch andere Verbindungen«, begann Eve, als Petra mit der Hauswirtschafterin, die einen Teewagen ins Zimmer rollte, aus der Eingangshalle kam.

»Danke, Marian. Ich schenke uns dann ein.«

Es hätte sicher kaum etwas gefehlt, und Marian hätte einen braven Knicks gemacht.

»Das kann ich selber übernehmen, Petra«, sagte Easterday.

»Ich bleibe«, gab sie freundlich, doch bestimmt zurück und wandte sich an Eve. »Sahne oder Zucker?«

»Danke, nichts.«

»Detective?«

»Etwas Sahne und zwei Stückchen Zucker bitte. Danke.«

»Keine Widerrede, Marshall«, meinte seine Frau und schenkte ihnen ein. »Ich bleibe. Sie haben etwas von Verbindungen gesagt, Lieutenant.«

»Die beiden Opfer haben auch noch andere Verbindungen zueinander und zu Ihnen als nur Politik.«

Petra rang erstickt nach Luft und reichte Eve den Tee, an dem ihr gar nichts lag. »Sie denken, Marshall … denken, die Person, die Edward und jetzt auch noch Jonas umgebracht hat, hätte es womöglich auch auf Marshall abgesehen?«

»Also bitte, Petra!«

»Versuch bitte nicht, mich zu beschwichtigen, Marshall. Der Gedanke kam mir auch schon, nachdem ich den ersten Schock überwunden hatte, als wir hörten, dass auch Jonas auf brutale Art ermordet worden ist. Ich habe ihn dann sofort wieder abgetan, aber …« Wieder wandte Petra sich an Eve und sah ihr forschend ins Gesicht. »Glauben Sie, dass Marshall ebenfalls gefährdet ist?«

»Wir können es nicht ausschließen und müssen alles dafür tun, dass er sicher ist.«

»Ja. Genau. Nehmen Sie die Sache ernst. Wir alle werden diese Sache sehr ernst nehmen, nicht wahr, Marshall?«

»Edward und Jonas hatten vollkommen andere politische Verbindungen und Ansichten als ich, Petra.«

Sie schüttelte bei diesen Worten nur den Kopf. »Aber ihr wart seit fünfzig Jahren befreundet. Ihr habt euch regelmäßig gegenseitig eingeladen, Karten oder Golf gespielt, gemeinsam Urlaub gemacht. Und während eures Studiums habt ihr sogar zusammen ge… Oh mein Gott! Ethan und Fred.«

»Fred ist sicher Frederick Betz. Und Ethan?«, fragte Eve.

»Ethan MacNamee«, erklärte Easterday. »Einer unserer Mitbewohner während der Zeit in Yale. Er und Edward hatten später praktisch keinen Kontakt mehr, den größten Teil des Jahres bringt er sowieso in Glasgow zu. Das heißt, ich selbst sehe ihn auch nur ein-, zweimal im Jahr.«

»Aber wenn ihr euch dann trefft, ist es wie früher«, fügte Petra noch hinzu. »Ihr seid wie Brüder.«

»Eine Bruderschaft«, bemerkte Eve und schaute Marshall ins Gesicht.

Es wurde völlig ausdruckslos, und eilig wandte er sich ab. »Das stimmt. Man könnte sagen, dass wir fast wie Brüder waren, doch jetzt sind zwei von uns tot.«

»Drei«, verbesserte Petra ihn und nahm tröstend seine Hand. »Sie haben zu sechst in diesem Haus in Yale gewohnt. Der Sechste war Billy, William Stevenson. Er starb kurz vor unserer Hochzeit, was den armen Marshall furchtbar mitgenommen hat.«

»Wie ist er gestorben?«

»Er litt unter Depressionen«, setzte Marshall an und rieb sich unglücklich die Schläfe. »Er hatte jede Menge Geld in eine Firma investiert, die dann bankrottgegangen ist, und machte gerade seine zweite, ausnehmend brutale Scheidung durch. Dafür hat sein Vater, der ein harter Mann war und noch immer ist, dem armen Kerl die Hölle heißgemacht. Das alles hat ihm furchtbar zugesetzt.«

»Deshalb hat er sich umgebracht?«

Easterday nickte knapp. »Er war vorher nicht einmal bei der vorgeschriebenen Beratung oder so. Er fuhr einfach ins Haus seiner Familie nach Connecticut, schloss sich in seinem alten Zimmer ein und hängte sich dort auf.«

»Er hat sich aufgehängt?«

»Das können Sie unmöglich mit den Morden in Verbindung bringen«, brauste Marshall auf. »Es war eindeutig Selbstmord, und vor allem ist der inzwischen über fünfzehn Jahre her. Obwohl wir nach dem Studium alle gute Freunde blieben, standen Edward und Jonas sich besonders nahe, denn sie hatten zahlreiche gemeinsame Interessen, und wie ich schon sagte, haben sie politisch und gesellschaftlich dieselben Ansichten geteilt.«

»Haben die beiden vielleicht sonst noch etwas geteilt?«, erkundigte sich Eve. »Edward Mira hatte zahlreiche Affären mit jungen Frauen.«

Wütend schlug sich Marshall auf den Oberschenkel. »Ich höre mir bestimmt nicht an, wie Sie den Ruf meiner Freunde, die brutal ermordet wurden, in den Dreck ziehen.«

Er klang empört, aber in seinen Augen flackerte die Angst.

»Ich habe eine Liste mit den Namen der Frauen, mit denen Edward Mira letztes Jahr etwas hatte, wir gehen davon aus, dass eine dieser

Frauen hinter den Morden steckt. Deswegen muss ich wissen, ob Jonas Wymann womöglich auch etwas mit einer dieser Frauen zu tun hatte oder ob er überhaupt auf junge Frauen stand.«

»Marshall.« Ehe er den Zorn, der jetzt in seinen Augen funkelte, in Worte fassen konnte, ergriff Petra seine Hand. »Sie wurden umgebracht, und wenn sie deswegen gestorben sind, bist du es ihnen schuldig, alles zu erzählen, was du weißt. Bitte.«

»Edward hat nie einen Hehl daraus gemacht, wenn er etwas mit irgendwelchen Frauen angefangen hat. Auch Mandy wusste stets Bescheid«, stieß Easterday mit barscher Stimme aus.

»Das ging also nur ihn und Mandy etwas an. Jonas war diskreter, aber … seine beiden Ehen sind daran gescheitert, dass auch er sich des Öfteren mit anderen Frauen eingelassen hat. Falls es eine Frau gibt, die mit beiden sexuellen Kontakt hatte, weiß ich davon nichts.«

»Wie steht es mit Ihnen, Mr. Easterday? Haben Sie auch Affären?«

»Ich erachte diese Unterhaltung als beendet.«

»Nein.« Jetzt packte Petra seinen Arm. »Ich liebe und ich respektiere meinen Mann und weiß, dass ich ihm blind vertrauen kann. Mir ist bewusst, dass Marshall seine erste Frau betrogen hat. Auch ich wurde von meinem ersten Mann betrogen. Als wir uns kurz nach unseren jeweiligen Scheidungen kennen lernten, war ich deshalb zunächst auf der Hut. Es dauerte über ein Jahr, bis ich mit einer Heirat einverstanden war, denn ich musste erst lernen, Marshall zu vertrauen.«

»Seit das mit dir und mir begonnen hat, hatte ich keine andere Beziehung mehr.«

»Ich weiß.« Sie legte eine Hand an sein Gesicht. »Ich hatte einmal einen Mann, der mich betrogen hat«, wandte sie sich erneut an Eve. »Das heißt, dass ich die Zeichen kenne, und zwar jedes einzelne. Ich habe mir geschworen, dass mir das nicht noch einmal passieren wird. Und wenn ich etwas verspreche, halte ich das auch. Marshall und ich haben eine starke und gesunde Ehe, die auf Vertrauen, Treue und Respekt beruht.«

»Sie wissen ja, wonach Sie suchen müssen«, meinte Easterday. »Sie können meine Reisen und Finanzen überprüfen und sich gern in meinem Unternehmen umhören. Seit ich Petra kenne, hatte ich nie mehr etwas mit einer anderen Frau.«

»Wie steht es mit Betz?«

»Ich weiß Ihre Sorge um mein Wohlergehen zu schätzen, Lieutenant, und ich respektiere Ihre Position, aber ich tratsche ganz bestimmt nicht über einen guten Freund. Am besten fragen Sie ihn einfach selbst.«

»Das werde ich tun. Ist Senator Fordham auch ein Freund von Ihnen?«

»Er und Edward waren befreundet. Edward hat ihn mir einmal vorgestellt, später sind wir uns gelegentlich auf irgendwelchen Festen oder Ähnlichem begegnet, aber mehr auch nicht.«

»Dann ist er also keiner Ihrer Brüder.«

»Nein«, stieß Marshall tonlos aus und stellte zitternd seine Tasse auf den Tisch. »Ich denke, dass das alles ist. Ich wüsste nicht, inwieweit Ihnen diese Dinge weiterhelfen sollten, ganz sicher lasse ich mich nicht von Ihnen zwingen, tote Freunde in den Dreck zu ziehen. Ich möchte mich jetzt ausruhen.«

»Genau, das solltest du. Ich komme sofort zu dir rauf«, bot Petra an. »Ich bringe die Beamtinnen noch an die Tür und komme dann nach.«

Eve hatte das Gefühl, als ob die Last, an der er trug, sich noch vergrößert hätte, als er ging.

»Wir haben eine ausgezeichnete Alarmanlage«, stellte Petra fest. »Ich werde dafür sorgen, dass sie immer eingeschaltet ist. Ohne mich geht Marshall nirgends hin. Wenn Sie denken, dass das nötig ist, kann ich auch noch einen privaten Wachschutz engagieren, bis diese Angelegenheit erledigt ist.«

»Das kann sicherlich nicht schaden, und vor allem sollte er tatsächlich vorerst keinen Termin alleine wahrnehmen«, riet Eve ihr. »Das war nämlich die Falle, in die man die beiden Opfer hat laufen lassen.«

»Er ist nicht so wie sie – nicht in der Hinsicht, um die es Ihnen geht. Er hat die beiden zwar geliebt, aber er war nicht so wie sie. Und ich bin nicht wie Mandy Mira, Lieutenant. Bitte glauben Sie mir das.«

»Das tue ich. Ich glaube Ihnen. Vielen Dank, dass Sie uns Ihre Zeit geopfert und mit uns gesprochen haben.«

Vor der Haustür atmete Eve erst einmal durch und wandte sich an ihre Partnerin. »Was haben Sie für einen Eindruck, Peabody?«

»Er weiß etwas, was er der Ehefrau bisher verschwiegen hat. Etwas, was sie nicht wissen soll. Und er hat eine Heidenangst. Aber wenn er sie betrogen hätte, hätte sie das mitbekommen, es wirkte durchaus ehrlich, als er behauptete, dass er ihr, seit sie sich kennen, immer treu gewesen ist.«

»So hat er es nicht formuliert«, bemerkte Eve. »Er hat gesagt, er hätte keine andere Beziehung mehr gehabt. Das ist für mich etwas anderes.«

»Ach ja?«

»Er ist kein Schürzenjäger wie die beiden anderen, denn das wüsste sie und hätte ihn dafür längst vor die Tür gesetzt. Aber sich mit einem jungen Mädchen im Hotel zu treffen, etwas zu essen und zu trinken, sich zu unterhalten und sie dann ins Bett zu kriegen, ist etwas anderes, als eine Frau zu vergewaltigen und dann zu tun, als wäre nie etwas geschehen.«

»Mein Gott.«

»Genau. Er weiß etwas, was er uns nicht erzählt hat, er hat Angst, ist wütend und vor allem auf der Hut. Er ist ein Mitglied dieser Bruderschaft, und dass er sich den anderen noch verpflichtet fühlt und immer noch vor seiner Frau verbergen will, woran er irgendwann einmal beteiligt war, kann dazu führen, dass auch er oder vielleicht einer von den anderen ermordet wird. Wir müssen also hoffen, dass uns dieser Betz ein bisschen mehr erzählt.«

Das Gebäude in der Upper East Side, in dem Frederick lebte, war einmal ein Boutique Hotel für eine kleine, exklusive Gästeschar gewesen, die sich eine Übernachtung gerne ein paar Tausend Dollar kosten ließ. Die Revolutionäre hatten diese Menschengruppe bei den innerstädtischen Revolten häufig ins Visier genommen und sich begeistert über all den Marmor, das teure Holz, das Gold, Kristall und Silber hergemacht.

Das ausgeweidete Gebäude hatte beinah zwei Jahrzehnte lang mit blinden Fenstern und mit Schmierereien an den Wänden ausgeharrt, bis Betz es kurz vor Einsetzen des Revitalisierungstrends zu einem Spottpreis übernommen hatte, um danach Millionen in die Schaffung eines eigenen Palasts zu investieren. Was wieder einmal bewies, dass sich Geschmack mit Geld nicht kaufen ließ.

Auf der rot lackierten Bogentür am Eingang des Gebäudes kopulierten pausbackige Cherubim in Stringtangas mit grimmigen Zentauren oder geflügelten Pferden, während dreiköpfige Höllenhunde knurrend ihre Zähne fletschten und ein glutäugiger Drache Feuer spie.

Ein paar der Engel hielten Pfeil und Bogen in den Händen und erschienen durchaus kampfbereit, während Eve noch überlegte, ob die Darstellung obszön oder eher drollig war, erklärte Peabody: »Das ist echt gruselig.«

»Sie haben recht. Genau das Wort hat mir gefehlt.«

Sie blickte auf das Handlesegerät, das sich mit goldenen Fingern an die Hauswand klammerte, und sagte sich, es gäbe eben nichts, was es nicht gab.

Sie drückte auf die Klingel, die inmitten eines Dreieckes goldener Ranken in die Hauswand eingelassen war.

Guten Morgen, grüßte der Computer sie mit übertrieben britischem Akzent. Mr. und Mrs. Betz sind gerade nicht empfangsbereit. Bitte nennen Sie mir Ihren Namen, falls jemand vom Personal Sie kontaktieren soll.

»Hier, lies die ein«, befahl sie dem Gerät und zückte ihre Dienstmarke. »Lieutenant Dallas, Polizei. Ich muss umgehend mit Mr. Betz sprechen.«

Einen Augenblick.

Ein Lämpchen blinkte und der Scanner las die Marke ein.

Die Marke wurde überprüft, Lieutenant Eve Dallas, aber Mr. Betz ist gerade leider nicht im Haus. Falls Sie seine Assistentin oder seine Sekretärin kontaktieren möchten ...

»Wie steht es mit Mrs. Betz?«

Bedauerlicherweise ist auch Mrs. Betz zu diesem Zeitpunkt nicht im Haus. Falls Sie ...

»Ach, vergiss es«, herrschte Eve die Kiste ungehalten an. »Falls sonst ein Mensch im Haus ist, spreche ich eben mit dem.«

Einen Augenblick.

»Kontaktieren Sie sein Büro«, wandte sich Eve an Peabody. »Vielleicht gibt's dort ja irgendeinen Menschen, den man sprechen kann. Wir müssen wissen, wo zur Hölle der Kerl steckt.«

»Einen Augenblick«, ahmte die Partnerin den dämlichen Computer nach und machte, bevor Eve ihr einen Tritt verpassen konnte, eilig einen Schritt zurück.

Noch ehe Eve entscheiden konnte, ob sie auf sie losgehen oder lachen sollte, ging die Haustür auf.

»Lieutenant, Detective.«

»Sila. Arbeiten Sie hier?«

»Ja, Ma'am.« Nickend trat die Putzfrau einen Schritt zur Seite und ließ sie an sich vorbei ins Haus treten. »Seit ungefähr sechs Monaten. Senator Mira hat mich Mrs. Betz empfohlen, nachdem sie ihrer damaligen Putzhilfe gekündigt hat. Ist etwas passiert?«

»Vielleicht. Wir müssen Frederick Betz so schnell wie möglich finden.«

»Oh, das tut mir leid. Ich habe keine Ahnung, wo er ist. Mrs. Betz ist mit dem Baby, dem Kindermädchen und der Assistentin ihres Kindermädchens in ihrem Haus in Bimini.«

»Das Kindermädchen hat eine Assistentin?«

»Sicher«, feixte Sila. »Ich glaube, Mrs. Betz hat auch noch ihre eigene Assistentin mitgenommen, vielleicht ist ja auch Mr. Betz dabei. Allerdings hat sie nichts davon gesagt. Wir haben heute oben angefangen, und, tja nun, im Schlafzimmer herrscht das totale Chaos wie sonst auch. Trotzdem ist mir aufgefallen, dass ein paar von seinen Sachen fehlen, als hätte er für einen Kurzurlaub gepackt.«

»Und wer ist *wir*?«

»Oh, meine Mama, meine Tochter und ich selbst. Wir brauchen sogar zu dritt zwei Tage, um die vielen Schnörkel und den ganzen Nippes abzustauben, obwohl der Hausdroide jeden Tag putzt. Wir kommen alle vierzehn Tage und führen eine grundlegende Reinigung des ganzen Hauses durch.«

»Tun Sie mir einen Gefallen, Sila, und hören erst mal auf zu putzen, ja?«

»Ich … okay.« Sie zog ein Handy aus der Tasche und gab eine kurze Nachricht ein. »Darf ich erfahren, warum?«

»Es gab noch einen zweiten Mord, an einem Freund von Edward Mira, jetzt überprüfen wir gerade, wie es seinen anderen Freunden geht.«

»Oh Gott. Oje. Was sollen wir tun? Wir haben oben schon vor über einer Stunde angefangen.«

»Schon gut. Ab jetzt rühren Sie hier bitte nichts mehr an. Es würde uns wahrscheinlich helfen, wenn wir mit dem Hauswirtschaftsdroiden sprechen könnten.«

»Oh, ich schätze, dass er in der Küche in der Abstellkammer steht. Ich habe keine Ahnung, wie der eingeschaltet wird. Mrs. Betz meinte, Mr. Betz würde ihn immer herunterfahren, wenn sie wegfahren, und so programmieren, dass er von alleine wieder hochfährt, um das Haus auf Vordermann zu bringen, bevor sie wiederkommen.«

»Wenn wir das Ding nicht ankriegen, bekommen das auf jeden Fall die elektronischen Ermittler hin. Peabody?«

»Ich arbeite mich bis zu seiner Assistentin durch. Die Unterassistentinnen und -assistenten wissen oder sagen mir nicht, wo er ist.«

»Bleiben Sie dran. Können Sie uns den Droiden zeigen, Sila?«

»Selbstverständlich.«

Sie führte Eve und Peabody durch das Foyer mit einem großen Koiteich in der Mitte, über dem ein riesengroßer Kronleuchter mit Hunderten von …

»Schnörkel«, wiederholte Eve, und Sila lächelte.

»Und jede Menge anderer Firlefanz und unnötiger Tand. Ich schwöre Ihnen, sie haben mindestens zwei Tonnen Goldfarbe und kilometerweise Samt- und Seidenstoffe hier verarbeitet. Wenn sich irgendwo ein Platz für eine Quaste fand, haben sie gleich ein halbes Dutzend angebracht.«

Sie schüttelte den Kopf und lief vorbei an schwülstigen Gemälden weiterer kopulierender Cherubim, von Frauen in weich fließenden, durchscheinenden weißen Roben und von Männern, die mit Schwertern oder Bögen ausgestattet waren. Dass sie in übertrieben reich verzierten goldenen Rahmen steckten, war bei diesen Bildern fast schon eine Selbstverständlichkeit.

»Nach dem ersten Gang durch dieses Haus habe ich das Doppelte wie sonst verlangt. Mrs. Betz hat nicht einmal geblinzelt, also war das offenbar okay. Lieutenant Dallas, links und rechts des Schlafzimmers sind zwei verschiedene Badezimmer, eins für ihn und eins für sie. Das ist vielleicht nicht weiter ungewöhnlich, doch in seinem Bad ist eine Bar mit einer Theke, Barhockern und allem Drum und Dran, während in ihrem neben einem Weinkühlschrank ein langer pinkfarbener Diwan steht. Ich habe bisher nie erlebt, dass jemand Gäste auf dem Klo empfängt, wie schick es auch sein mag.«

Sie gingen vorbei an einer Reihe Bogentüren, die in vollgestopfte Räume führten, Räume voller Sofas und Sessel, die derart mit Kissen und mit Hunderten von Quasten überladen waren, dass dort niemand Platz für seinen Hintern fand, und kamen schließlich in der Küche an.

Die kilometerlangen Schränke, Kochflächen, die Backöfen und auch die beiden riesengroßen Kühlschränke waren leuchtend rot lackiert, die Arbeitsplatte glänzte in Weiß, und der Boden war rabenschwarz.

»Entsetzlich, finden Sie nicht auch? Ich putze bei sehr vielen Leuten, und natürlich haben sie alle ihren eigenen Geschmack und Stil. Aber das hier? Meine Mama meint, die Betzens hätten mit der Einrichtung ihres Hauses nicht nur den Vogel abgeschossen, sondern gleich einen ganzen Schwarm.«

Hinter der Kochinsel bog Sila nach links ab zu einer selbstverständlich rot glänzenden Tür, auf der man Schnitzereien unverhüllter oder kaum verhüllter Menschen sah, die sich aus Obstschalen bedienten, Früchte aßen, die an Bäumen oder Büschen hingen oder die eine von den anderen Figuren in den Händen hielt.

»Ihre Droiden und die größeren Geräte stellen sie hier in der Abstellkammer ab. Die Hauswirtschaftsdroidin und ihr Backup, Staubsauger- und Wischroboter und das ganze andere Zeug. Wobei das hier vorn der Chefdroide ist.«

Eve trat vor den Droiden, der in einem schwarzen Anzug steckte und sie gegen ihren Willen an den Butler ihres Mannes denken ließ, denn er war groß, schlank und würdevoll, mit dunklem grau meliertem Haar und schmalen Lippen in dem hageren Gesicht.

Eve blickte über die Schulter zu ihrer Partnerin, die den Finger hochhielt, während sie noch immer mit Betz' Firma sprach. Also trat sie in die Abstellkammer und begab sich auf die Suche nach dem Mechanismus, um den ausgeschalteten Droiden hochzufahren.

Und freute sich, als sie den Knopf unter den Haaren an der linken Schläfe fand.

Mit einem leisen Summen sprang er an und schlug die blauen Augen auf.

»Guten Morgen«, grüßte er sie mit demselben übertriebenen britischen Akzent, mit dem sie an der Haustür in Empfang genommen worden waren. »Ich heiße Stevens, aber ohne die Genehmigung von Mr. oder Mrs. Betz kann ich Ihnen heute leider nicht zu Diensten sein.«

Eve hielt ihm ihre Marke hin. »Die ist Genehmigung genug.

Ich bin dienstlich hier und brauche Informationen, die du mir entweder hier oder auch gerne auf der Wache geben kannst, wo dich die elektronischen Ermittler auseinandernehmen werden, bis du nicht einmal mehr deinen Namen sagen kannst.«

»Einen Augenblick.«

»Ja, ja.«

»Lieutenant Eve Dallas«, meinte das Gerät nach einem Augenblick. »Handelt es sich um einen Notfall?«

»Ich hoffe nicht.«

»Dallas.«

Eve bedeutete dem Ding zu warten und wandte sich abermals an ihre Partnerin.

»Die Assistentin sagt, dass er heute Morgen in die Firma kommen wollte. Die Ehefrau ist gestern schon nach Bimini gefahren, und er will heute oder morgen ebenfalls dorthin.«

Jetzt wandte Eve sich wieder dem Droiden zu. »Wann hat Mr. Betz das Haus verlassen?«

»Ich bin außerstande, Ihnen das genau zu sagen. Mrs. Betz hat mich vor ihrer Abreise um 10.38 Uhr gestern Morgen ausgeschaltet, nachdem Mr. Betz schon ins Büro gefahren war.«

»Wann ist er zurückgekommen?«

»Auch das kann ich nicht sagen, denn seit gestern Morgen 10.38 Uhr bin ich im Stand-by.«

»Schaltet Mr. Betz dich, wenn er heimkommt, für gewöhnlich wieder ein?«

»Normalerweise ja.«

»Wie kommt Mr. Betz zur Arbeit?«

»Mit einem Chauffeur des Royal Limo- und Transportservices. Normalerweise fährt ihn George. Es tut mir leid, aber der Nachname des Mannes ist mir nicht bekannt.«

»Peabody.«

»Moment.«

»Hat Mr. Betz hier gestern einen Termin mit irgendjemandem gehabt?«

»In meinem Kalender ist für gestern kein Termin vermerkt.«

Vielleicht hatten die Frauen ihn ja auch einfach überrascht.

Auf alle Fälle hatten sie ihn gestern Nachmittag erwischt.

»Ich muss wissen, wie ich Mrs. Betz erreichen kann und wo die Aufnahmen der Überwachungskamera gespeichert sind.«

»Dallas, er hat heute keinen Chauffeur bestellt.«

»Das dachte ich mir schon.«

Sie folgte dem Droiden in den Nebenraum und war nicht wirklich überrascht, als sie dort weder Laufwerk noch Disketten fand.

»Die Aufnahmen sind verschwunden. Genau wie Betz. Das heißt, sie haben ihn erwischt.«

Sie wandte sich zum Gehen und sah, dass Sila etwas abseits stand. Sie hatte sich die Arme um den Bauch geschlungen und hielt mit ihren Händen die Ellenbogen fest. »Mein Gott, Lieutenant. Glauben Sie, er wurde ... bisher waren wir nur oben. Glauben Sie, er ...«

»Nein, aber wir sehen uns trotzdem alles an. Bitte holen Sie ihre Mom und ... Dara, richtig? ... und gehen mit den beiden in den vorderen Salon. Sie müssen uns genau erzählen, wo Sie überall gewesen sind. Peabody ...«

»Ich rufe gerade Ian an. Wie sieht's mit Baxter und mit Trueheart aus?«

»Die beiden sollen mit den elektronischen Ermittlern in die Firma fahren. Wir haben den begründeten Verdacht, dass Betz etwas zugestoßen ist. Der Verdacht reicht aus, um sich dort umzusehen. Und schicken Sie auch jemanden zu Easterday und zu den anderen. Ich glaube nicht, dass sie sich heute noch den Vierten schnappen wollen, aber trotzdem sollten wir auf Nummer sicher gehen.«

Für Betz war es vielleicht zu spät. Dann hätten diese Frauen den Dritten aus der Bruderschaft erwischt.

Ein viertes Opfer gäbe es aber auf keinen Fall.

15

Eve sprach mit den Putzfrauen, und die Details, die ihr Silas Mutter Frankie zu erzählen hatte, waren durchaus aufschlussreich.

»Als Erstes waren wir im Schlafzimmer, das mit den beiden Bädern und dem ganzen Kram so groß ist wie ein eigenes Haus. Wir haben mit den Badezimmern und den beiden Wohnzimmern begonnen, Sila hat gesagt, ich könnte doch schon mal ins Kinderzimmer gehen. Als sie geklingelt haben, wollte ich dort gerade anfangen.«

»Okay. Ist Ihnen irgendetwas aufgefallen?«

»Nicht im Kinderzimmer, nein, aber als Sie uns heruntergerufen haben, dachte ich, dass irgendetwas nicht stimmt, und habe schnell noch in die Gästesuite geguckt. Die große goldene Suite, die dem Schlafzimmer direkt gegenüberliegt. Tatsächlich war dort alles vorbereitet.«

»Vorbereitet?«

Sie hob spöttisch eine Braue an. »Na, für ein Rendezvous. Französischer Champagner, der im Wasser stand, nachdem das Eis im Sektkühler geschmolzen war, zwei schicke Sektflöten und Erdbeeren mit dunkler und mit weißer Schokolade, wobei dieses weiße Zeug in Wahrheit keine echte Schokolade ist, nicht wahr?«

»Schmeckt trotzdem«, hörte Eve sich sagen, und die Putzfrau lächelte.

»Auf einem Kopfkissen lag eine rote Rose, und da ich schon mal am Spionieren war, habe ich auch noch die Schublade des Nachtschranks aufgezogen und dort jede Menge Spielzeug für Erwachsene entdeckt. Ich schätze, dass der werte Mr. Betz dort eine Frau erwartet hat. Das macht er schließlich öfter, wenn die gnädige Frau auf Reisen ist.«

»Ach ja?«

»Ich habe diesen Raum früher schon zweimal gesäubert, während seine Frau verreist war. In beiden Fällen war das Bett benutzt. Wenn man schon so lange putzt wie ich, erkennt man, wenn in einem Bett nicht nur geschlafen worden ist. Dazu der Sektkühler, die leere Flasche, die benutzen Gläser und das ganze Drumherum. Auch das Badezimmer hatte man in beiden Fällen benutzt. So war es gestern offenkundig ebenfalls geplant, nur waren dieses Mal das Bett und auch das Badezimmer unbenutzt.«

»Mama.« Sila schüttelte den Kopf. »Jetzt übertreib mal nicht.«

»Es ist schrecklich, was mit dem Senator und mit diesem anderen Mann passiert ist. Als wir eben oben warten sollten, haben wir auf Daras Handy Nachrichten gesehen und mitbekommen, dass es einen zweiten Mord gegeben hat. Schlimm, obwohl mir der Senator ziemlich unsympathisch war. Kein Mensch hat es verdient, auf so brutale Art und Weise umgebracht zu werden, nicht einmal, wenn er ein aufgeblasener Schnösel ist.«

Dara kicherte und warf verschämt die Hand vor ihren Mund. »Entschuldigung.«

»Schon gut. Sie sind uns eine große Hilfe, Mrs. Trent. Ist Ihnen sonst noch etwas aufgefallen?«

Frankie atmete geräuschvoll durch die Nase ein und runzelte die Stirn. »Tja nun, ich weiß nicht, ob Ihnen das weiterhilft, aber ich glaube, dass er sich nach seiner Heimkehr umgezogen hat. Sein Anzug von der Arbeit hing über dem Stuhl im Schlafzimmer, und seine guten Schuhe lagen auf dem Boden. Hier in diesem Haus räumt niemand jemals seine Sachen selber weg. Ich weiß nicht, was er angezogen hat, aber für mich sieht es so aus, als wäre er aus dem Büro gekommen, hätte in seinem eigenen Bad geduscht, sich umgezogen und danach den Schampus und die Erdbeeren in die Gästesuite gebracht. Ich nehme an, er denkt, dass es nicht zählt, wenn er die Frauen nicht in seinem Schlafzimmer empfängt. Halt dir am besten gleich den Mund zu, Dara, denn ich werde noch etwas sagen, was man eigentlich nicht sagen soll. Ein Mann, der seine Ehefrau betrügt, ist meiner Meinung nach ein elendiger Dreckskerl, trotzdem hoffe ich, dass man ihn deshalb nicht gleich ermordet hat.«

Was Eve genauso sah.

Sie stellte den drei Frauen noch ein paar Fragen, um zu sehen, ob ihnen sonst noch irgendetwas aufgefallen war, dann ließ sie sie gehen und kehrte in den Flur zu ihrer Partnerin zurück.

»Inzwischen habe ich die Ehefrau erreicht«, erklärte Peabody. »Ich habe nicht gesagt, worum es geht, sie hat auch nicht nachgefragt, weil ihr Masseur sie gerade durchgeknetet hat. Vor allem ist sie dumm wie Brot, wobei ich denke, dass man einem Brot mit dem Vergleich wahrscheinlich unrecht tut. Sie meinte, ›Freddie‹ käme morgen oder übermorgen nach, aber sie bräuchte vorher etwas Zeit für sich allein. Wobei *allein* für sie ein Haus voll Angestellter ist, weil sie natürlich ihre Assistentin, die beiden Kindermädchen und den Masseur, der Sven heißt, mitgenommen hat.«

»Falls Betz ermordet wird, hat sie in Zukunft jede Menge Zeit für sich allein. Frankie Trent hat mir erzählt, er würde eine Gästesuite für Sex mit anderen Frauen benutzen, wenn sie nicht zu Hause ist, und hätte das auch gestern vorgehabt. Er hatte alles vorbereitet, hat die Suite dann aber nicht benutzt.«

Sie nickte Peabody zum Zeichen, dass sie mitkommen sollte, zu und nahm die Treppe in den ersten Stock. »Sie hat gesagt, sie hätte diese Suite in den sechs Monaten, seit sie hier putzen, zweimal saubergemacht, während er *allein* zu Hause war.«

»Himmel, warum geht er mit den Frauen nicht wenigstens in ein Hotel?«

»Ich nehme an, der denkt, hier wäre es diskreter, vor allem hat er es anscheinend gern bequem. Die Frauen kommen her, schlürfen Champagner, essen Erdbeeren, haben Sex mit ihm und fahren dann wieder heim, während er selbst zum Schlafen einfach in sein eigenes Zimmer und sein eigenes Bett rübergeht.«

Stirnrunzelnd sah Peabody sich den roten Teppich an, auf dem sie stand. »Wie hält man so viel Rot nur aus? Und all das Gold. Ich war auch kurz im Esszimmer, dort sind die Wände und die Decke verspiegelt. Wie zum Teufel kriegt man auch nur einen Bissen hinunter, wenn man sich beim Essen zusehen muss?«

»Oh Gott!«, entfuhr es Eve.

»Was ist?« Die Partnerin zog ihren Stunner und trat eilig neben sie. »Was ist passiert?«

»Da drin. Oh Gott, der ganze Raum ist voll damit.«

In der sicheren Erwartung, dass der Raum voll riesengroßer, rotäugiger, dicht behaarter Spinnen oder irgendwelcher anderer Ungeheuer wäre, drehte Peabody sich widerstrebend um.

Und stand Hunderten von Puppen gegenüber.

Babypuppen, Glitzerpuppen, Puppen, die ein Lächeln auf den Lippen hatten oder weinten, Puppen in Ballettschuhen und Tutus und Puppen, die in Windeln lagen, Puppen mit Tiaren und mit Pelzmänteln und in den Trachten aller Herren Länder, Puppen, die so klein wie ihre Hand oder so groß wie dreijährige Kinder waren.

Sie mochte Puppen, hatte selbst als Kind damit gespielt und konnte Dallas' Angst vor dieser Art von Spielzeug eigentlich nicht nachvollziehen, der Anblick einer solchen Menge Puppen aber rief auch in ihr ein leises Unbehagen wach.

»Warum … gehen wir nicht einfach weiter?«, schlug sie leicht beklommen vor.

»Am besten schließen wir die Tür zu diesem Zimmer ab«, bestimmte Eve und wies auf eine Cowgirl-Puppe, die mit lächelndem Gesicht und rotem Stetson auf dem Rücken eines Spielzeugpferdes saß. »Sie hat mich angeblinzelt.«

»Hat sie nicht. Sie wollen mir nur Angst einjagen«, meinte Peabody.

»Sie sehen, was ich sehe, und behaupten, ich versuche, Ihnen Angst zu machen? Was zum Teufel ist das? Was für ein verdrehtes, krankes Hirn muss jemand haben, wenn er lauter kleine, tote Menschen um sich haben will?«

»Das will ich gar nicht wissen.« Langsam und mit angehaltenem Atem streckte Peabody den Arm in Richtung Türgriff aus und zog die Tür mit einem lauten Knall ins Schloss.

»Ein solcher Haufen Puppen«, meinte Eve, »kommt auf jeden Fall problemlos durch eine geschlossene Tür.«

»Hören Sie auf. Hören Sie auf.« Mit immer noch gezückter

Waffe hastete die Partnerin den Flur hinab. »Sagen Sie nichts mehr über Puppen, ja? Es geht um Sex und Mord. Am besten denken wir nur noch an Sex und Mord.«

Inzwischen hatten sie die Gästesuite erreicht, sahen sich zur Vorsicht noch einmal um und fuhren dann mit ihrer Arbeit fort.

»Wie's aussieht, hat Frankie recht. Betz wollte gestern Frauenbesuch empfangen. Ich wüsste nicht, was eine Flasche Schampus und zwei Sektgläser, die Erdbeeren und die Rose auf dem Kissen anderes bedeuten sollten.«

Sie zog die Schublade des Nachtschranks auf. »Verschiedene Vibratoren, Gleitgels und Kondome in verschiedenen Geschmacksrichtungen und juwelenbesetzte Nippelklammern.«

»Aua.«

»Manchen geht bei diesem Aua eben einer ab. Samtbezogene Handschellen und kleine Mengen Erotica, Stay up und andere Pillen, die man nicht alle in der Apotheke bekommt. Aber sie waren nie hier oben. Sie haben ihn gleich unten im Foyer aus dem Verkehr gezogen und dann aus dem Haus geschleppt. Sie haben beim ersten Mal gelernt, dass dieses Vorgehen am besten ist. Sie haben ihn betäubt und dann so schnell wie möglich aus dem Haus geschafft. Er hat sie hereingelassen. Vielleicht hatte er zwei Frauen eingeladen, vielleicht dachte er, die Frau, die er erwartet, hätte ganz spontan noch eine Freundin eingeladen, oder vielleicht haben die beiden ihn auch überrascht. Auf jeden Fall hat er sie hereingelassen, und sie haben ihn sofort betäubt.«

»Wenn sie ihn gestern Abend mitgenommen haben, haben sie ihn schon geholt, als Wymann noch am Leben war.«

»Dann sind es also Frauen, die zwei Kerle auf einmal haben wollen«, überlegte Eve und dachte an den großen, überladenen Leuchter im Foyer. »Der eine ist schon tot, das heißt, dass heute Nacht der nächste an die Reihe kommen soll.«

»Wahrscheinlich hier, wo er gekidnappt worden ist, denn schließlich haben sie es bisher immer so gemacht.«

»Falls ja, nehmen wir sie in Empfang. Wir werden zunächst für uns behalten, dass der Mann verschwunden ist. Wir geben weder eine Suchmeldung heraus, noch geben wir bekannt, dass er verschwunden ist. Jetzt versuchen wir erst einmal herauszufinden, wer hier gestern Abend eingeladen war.«

Sie wandten sich zum Gehen, machten einen großen Bogen um den Puppenraum, und als es klingelte, vermutete Eve: »Das dürften Feeneys Leute sein. Ich mache auf.«

»Sie lassen mich hier alleine? Obwohl das unheimliche Zimmer ganz in der Nähe ist?«

»Sie sind bewaffnet, und die Dinger sahen wehrlos aus. Durchsuchen Sie das Schlafzimmer und sehen sich in seinem Nacht- und Kleiderschrank und dem Badezimmer um. Falls er etwas vor seiner Frau versteckt, dann wahrscheinlich dort.«

Sie blickte auf den Monitor der Überwachungskamera und sah McNab, der eine dicke Wollmütze mit Ohrenklappen auf den langen blonden Haaren trug, und ihren alten Partner Feeney, der inzwischen Chef der elektronischen Ermittler war. Zum Schutz gegen die Kälte steckten seine Hände in den Taschen des von ihr geschenkten Zaubermantels, doch sein wirres, grau meliertes, rotes Haar war unbedeckt.

»Wie komme ich zu dieser Ehre?«, fragte sie und öffnete die Tür.

»Hin und wieder muss ich eben auch mal vor die Tür. Bei drei Fällen in drei Tagen kannst du sicher jede Unterstützung brauchen, die du kriegen kannst. Verdammt, so eine grauenhafte Haustür habe ich noch nie gesehen.«

»Das Ding ist voll der Hammer und echt schräg«, stimmte McNab ihm unbekümmert zu.

»Wobei das erst der Anfang ist. Im ersten Stock gibt's einen Raum, in dem sich sogar Ihre glatten Haare kringeln werden«, meinte Eve.

»Sadomaso?«, fragte Feeney.

»Puppen. Hunderte von Puppen.«

Feeney holte zischend Luft. »So krank kann man doch gar nicht sein.« Feeney sah mit seinen Bassetaugen zu dem Leuchter an der Decke. »Dort werden sie ihn aufhängen wollen. Direkt über diesen fetten Fischen. Die Alarmanlage ist echt gut. Auch in den beiden anderen Fällen gab es keine Spuren eines Einbruchs, stimmt's?«

Sie schüttelte den Kopf. »Ich schätze, dass sie hier genauso vorgegangen sind. Ihr könnt natürlich gerne noch einmal nachsehen, aber meiner Meinung nach könnt ihr euch das auch sparen.«

Sie gab den beiden einen kurzen Überblick, und Ian überprüfte die Security der Tür.

»Tattoos im Schritt und junge Frauen«, stellte Feeney achselzuckend fest. »Das klingt mir weniger nach einem Sex- als einem Missbrauchsclub. Wenn zwei Männer auf die gleiche ausnehmend brutale Art ermordet werden, gibt es offenkundig jemanden, der ziemlich sauer auf sie ist.«

»Sie haben den Stunner in der Leistengegend angesetzt und ihnen dann anal das sprichwörtliche heiße Eisen eingeführt. Das zeigt mir, dass sie mehr als sauer sind.«

»Wahrscheinlich hast du recht. Es geht auf jeden Fall um Sex, und sicher wurde nicht nur einfach eine junge Frau von einem dieser Typen abserviert. Ich und der Junge nehmen uns die Elektronik vor. Wenn du's mit einem Club zu tun hast, gibt's auf alle Fälle eine Liste von den Mitgliedern oder ein Regelwerk, das schriftlich festgehalten worden ist.«

»Hier ist niemand ohne Zugangscode hereingekommen«, meinte McNab. »Ich sehe mir zur Vorsicht noch die anderen Türen und die Fenster an. Ist She-Body im Haus?«

»Im ersten Stock. Aber begrabbeln Sie sich nicht, okay? Wie gesagt, er hat Besuch erwartet, und zwar nicht zum ersten Mal. Ich bin mir also sicher, dass er sie hereingelassen hat. Das heißt, dass er zumindest eine der Frauen kannte und die Nacht mit ihr verbringen wollte. Er wusste von Edward Miras Tod, hatte aber trotzdem keine Angst.«

»Die hat er jetzt auf jeden Fall. Hat er ein Arbeitszimmer hier im Haus? Das sehe ich mir dann als Erstes an«, schlug Feeney vor.

»Den Putzfrauen nach im zweiten Stock. Ich habe es mir selber noch nicht angesehen, aber geh ruhig schon vor. Ich spreche erst mit Peabody und sehe mich vorher noch schnell im Schlafzimmer und seinem Badezimmer um.«

Die Partnerin stand in der Tür des Schranks, der eher ein ausgewachsenes Zimmer war.

»In beiden Nachtschränken ist weiteres Sexspielzeug«, erklärte Peabody. »Das heißt, die Sachen in der Gästesuite waren für andere Frauen reserviert.«

»Das ist sehr rücksichtsvoll von ihm.«

»Er hat einen Computer für den Schrank und hat die Sachen in verschiedene Gruppen unterteilt. Ich bin zwar noch nicht durch, aber bisher sieht es nicht danach aus, als hätte er für einen Kurzurlaub gepackt. Als Letztes hat er Boxershorts aus schwarzer Seide, eine graue Drillichhose, einen dunkelblauen Kaschmirrolli, graue Slipper und marineblaue Kaschmirsocken aus dem Schrank genommen, und zwar gestern Abend kurz nach sechs. Es gibt auch einen Safe im Schrank, der allerdings verschlossen ist.«

»Den überlassen wir am besten Feeney und McNab.«

»Feeney?«

»Ja. Er fängt im Arbeitszimmer an, und Ian guckt, ob eine von den Türen oder ein Fenster aufgebrochen worden ist. Wenn Sie hier weitermachen, sehe ich mich in den anderen Räumen um, die Betz gehören.«

Die Partnerin trat einen Schritt zurück, stemmte die Fäuste in die Hüften und sah sich im Zimmer um. »Ich bin mir sicher, dass er irgendwo hier ein Versteck hat, denn er steckte offenbar in irgendwelchen schlimmen Sachen drin und hätte sicher nichts, was darauf hinweist, einfach so in seinem Arbeitszimmer oder sonst wo liegen lassen, wo es jeder finden kann. Vor allem nicht seine Frau. Mit der er damals seine erste Frau betrogen hat, nicht wahr?«

»Das stimmt.«

»Das heißt, dass sie ihm nicht vertrauen kann. Denn wenn er seine erste Frau mit ihr betrogen hat, kann sie sich schließlich denken, dass er sie jetzt ebenfalls betrügt. Wahrscheinlich wühlt sie deshalb manchmal seine Sachen durch, um sich zu vergewissern, dass er keine andere hat. Selbst wenn sie das nicht tut, denkt er ja vielleicht, dass sie das macht. Wo würde sie seiner Meinung nach zuerst suchen?«

»In den Räumen, die nur er benutzt«, erklärte Eve und runzelte die Stirn. »Vielleicht gibt's hier ja eine falsche Wand, eine versteckte Schublade, einen doppelten Boden oder sonst was in der Art.«

»Falls ja, ist mir bisher nichts aufgefallen. Also sehe ich mich besser noch einmal genauer um.«

»Okay.«

Bevor sich Eve zum Gehen wenden konnte, baute Peabody sich vor ihr auf und fuhr mit einer ihrer Hände durch die Luft. »Aber bei diesem unheimlichen Puppenzimmer ziehe ich die Grenze. Da hinein gehe ich auf keinen Fall.«

»Ich glaube nicht, dass er mit Puppen spielt. Das Zimmer gehört sicher ihr.«

»Dann sind wir uns ja einig.«

»Unbedingt. Ich gehe jetzt in den zweiten Stock, falls wir zusätzliche Leute brauchen, rufe ich bei Baxter an.«

»Vielleicht könnte ja Roarke uns helfen – falls er Zeit hat, meine ich. Wenn Betz hier irgendetwas versteckt hat, wüsste er bestimmt, wie man es finden kann.«

»Im Notfall kann er das bestimmt.«

Tatsächlich würde Roarke auf alle Fälle ein verstecktes Loch, ein Fach, einen geheimen Safe oder doppelten Boden finden – und zwar schneller als die Polizei.

Nur könnte sie wohl kaum von ihm verlangen, dass er alles stehen und liegen ließ, um Peabodys Vermutung nachzugehen. Auch wenn die sicher richtig war und sie sie ebenfalls im Hinterkopf behalten würde, während sie dabei war, sich in den privaten Räumlichkeiten ihres dritten Opfers umzusehen.

Betz' Arbeitszimmer war genauso schwülstig wie der Rest des Hauses, die schweren, dunklen Holzbeine des sicher handgeschnitzten Schreibtischs, auf dem eine schwarz-silberne Marmorplatte prangte, waren mit den gleichen pausbackigen Engeln wie das rot lackierte Holz der Eingangstür verziert. Der thronähnliche Schreibtischsessel hatte einen goldfarbenen Lederüberzug, der sich in einer Weise mit der Schreibtischplatte biss, dass Eve vom bloßen Hinsehen Zahnschmerzen bekam.

Falls der Geschmack der Innenarchitektin, die Roarke angeheuert hatte, auch nur annähernd in diese Richtung ginge, würde sie sie aus dem Fenster werfen, beschloss Eve und wandte sich an Feeney, der zerknittert und zerzaust wie immer in dem Schreibtischsessel saß.

»Die beiden Schubladen in diesem Monsterschreibtisch sind zwar abschließbar, standen aber offen«, erklärte er.

»Ach ja?«

»Sieht aus, als hätte jemand sie durchwühlt.«

Sie lief über den roten Teppich, der so dick war, dass er fast bis zu den Knöcheln ihrer Stiefel reichte, bis hinter den Schreibtisch und sah sich die offenen Laden an.

»Was sind das für Papiere?«

»Haus- und andere private Unterlagen wie Versicherungen, Rechnungen von Handwerkern und so weiter. Viele Leute haben kein Vertrauen in die digitale Technik und drucken zur Vorsicht noch mal alles aus. Das machst du auch.«

»Das stimmt.« Sie blätterte die Unterlagen durch. »Entweder er ist vollkommen desorganisiert, oder jemand hat zumindest oberflächlich in den Sachen herumgewühlt. Was hat derjenige gesucht?«

»Das kann ich dir nicht sagen. Ich weiß nur, dass auch jemand an seinem Computer war. Gestern Abend kurz nach sieben hat sich jemand eingeloggt und sämtliche Dateien durchsucht, die auf der Kiste abgespeichert sind.«

»Dem Schrankcomputer nach hat er sich eine Stunde vorher für sein Date zurechtgemacht. Dann kamen sie zu zweit oder vielleicht sogar zu dritt, haben ihn betäubt und sind dann vielleicht auf ihn losgegangen. Bei Wymann sah es nicht so aus, aber vielleicht haben wir das auch übersehen. Was haben sie hier gewollt?«

Sie stapfte durch den Raum mit all den harten Farben und dem unnötigen Prunk.

»Wahrscheinlich gab es in der Spring Street nichts zu finden, und in Miras Penthouse kamen sie nicht rein.«

»Sie haben ihn gefoltert.«

Nickend wandte sie sich wieder Feeney zu. »Ja, vielleicht hat er ihnen dabei ja was über Betz verraten. Betz hat irgendwelche Unterlagen oder so was. Vielleicht, wie du vermutet hast, eine Mitgliederliste oder auch die Regeln dieser Bruderschaft. Aber was wollen sie noch damit, wenn diese Männer sowieso nicht überleben sollen? Sie haben sie bereits verurteilt, also sind sie doch bestimmt nicht auf Beweise oder so was aus.«

Sie sah sich suchend um und schaute sogar hinter ein befremdliches Gemälde, auf dem eine Meute seltsam langgezogener Hunde und steigende Pferde abgebildet waren.

Da nirgends irgendetwas zu finden war, wandte sie sich wieder Feeney zu, der mit der Überprüfung aller ein- und ausgegangener Anrufe beschäftigt war.

»Du hast deine Frau betrogen.«

Ungerührt fuhr er mit seiner Arbeit fort. »Das würde ich nur tun, wenn mir nichts mehr am Leben liegen würde. Also nein.«

»Denk trotzdem wie ein Ehebrecher, ja? Am Ende heiratest du eine von den Frauen, mit denen du deine bisherige Ehefrau betrogen hast. Auch die betrügst du dann, denn schließlich hast du das schon immer so gemacht. Hebst du dann irgendetwas auf, was etwas mit den anderen Frauen zu tun hat und das womöglich eine Frau so wütend machen könnte, dass sie einen Mord begehen würde? Noch dazu an einem Ort, an dem die aktuelle Ehefrau es finden kann?«

»Ich hätte dann ein separates Konto und ein Bankschließfach. Wenn ich so reich wie dieses Arschloch wäre, hätte ich auch noch eine Wohnung, von der sie nichts weiß. Die Wohnung, die sie kennt, weil ich darin mit ihr vor Jahren meine erste Frau betrogen habe, hätte ich inzwischen gegen eine andere Wohnung eingetauscht. Ich wäre alles losgeworden, was sie darauf bringen könnte, dass auch sie von mir betrogen wird.«

»Eine Wohnung«, wiederholte Eve mit nachdenklicher Stimme. »Edward Mira hat seine Freundinnen in eine Suite im *Palace* eingeladen, aber seiner Frau war schließlich klar, dass er etwas mit anderen Frauen hatte, deshalb hat er die Seitensprünge offen ausgelebt. Wymann war alleinstehend und hat vielleicht dieselbe Suite benutzt. Natürlich werden wir versuchen herauszufinden, ob auch Betz mit irgendwelchen Frauen im *Palace* war, aber wenn nicht, gibt es ganz sicher einen anderen Ort, an dem er sich mit Frauen zum Sex trifft. Hier kann er nur Sex mit anderen Frauen haben, während seine Ehefrau im Urlaub ist, aber ich bin mir sicher, dass er sie auch sonst betrogen hat.«

»Er braucht also den Schlüssel oder Zugangscode für eine Wohnung oder etwas Ähnliches. Den bewahrt er ganz bestimmt nicht einfach in der Schublade seines Schreibtischs auf, wo seine Frau ihn finden kann.«

Ihr Blick fiel auf die Bar und wanderte dann weiter bis zur Tür des kleinen Badezimmers, das mit seinen Rot- und Silbertönen ebenso pompös und gleichzeitig so geschmacklos wie das Arbeitszimmer war.

»Ich glaub, ich hab's.«

Eve joggte wieder in den ersten Stock zurück ins Schlafzimmer des Ehepaars.

Peabody und McNab standen am Fußende des breiten, wie nicht anders zu erwarten rot bezogenen Betts, auf dem ein Berg von Kissen lag. Sie hatten ein verräterisches Leuchten in den Augen, aber falls sie sich begrabbelt hatten, hatten sie ihr peinliches Gebaren rechtzeitig vor Eves Erscheinen wieder eingestellt.

»Ich glaube nicht, dass es ein Einbruch war«, erklärte Eve.

»Ganz sicher nicht«, pflichtete der elektronische Ermittler ihr bei. »Die Fenster wurden schon seit Wochen und die beiden anderen Türen in den letzten sechsundzwanzig Stunden nicht mehr geöffnet. Ich dachte mir, ich nehme mir zuerst die Links und die Computer in diesen Räumlichkeiten vor.«

»Ach ja?«

»… und hänge gleichzeitig mit meinem Schätzchen ab«, räumte er grinsend ein.

Wortlos stapfte Eve an ihm vorbei und blickte in das Bad der Ehefrau.

In dem es wenig überraschend jede Menge Rosa und außerdem jede Menge Rüschen gab.

Die Putzfrauen hatten einen Stapel frischer pinkfarbener und weißer, pinkfarben umsäumter Handtücher ins pinkfarben gestrichene Regal gelegt. Ein leichter Zitrusduft hing in der Luft, und auf dem langen pinkfarbenen Waschtisch mit den beiden pinkfarbenen Becken waren Tiegel mit diversen Cremes und anderen Produkten, wie Frauen sie zu brauchen meinten, aufgereiht. Die Wasserhähne aus massivem Silber sahen aus wie kleine Meerjungfrauen, die auch auf der Abtrennung der Dusche abgebildet waren.

Neben dem natürlich rosa-weiß gestreiften Diwan gab es einen pinkfarbenen Schminktisch mit geschwungenen Beinen, Schubladen voller Cremes, Lotionen und Makeup, einen Schrank voll pinkfarbener Bademäntel und Pantoffeln, einen kleinen Kühlschrank sowie einen Mini-AutoChef.

Für die Toilette gab es einen eigenen kleinen Raum mit einem Wandbildschirm und Meerjungfrauenbildern an der Wand.

Kopfschüttelnd kehrte Eve ins Schlafzimmer zurück. »Waren Sie schon in dem Bad?«

»Ja. Für ein so großes Badezimmer ganz für sich alleine würden viele Frauen einen Mord begehen. Aber sie beweist, dass man sogar die tollsten Räume ruinieren kann.«

»Das hier ist also ihre Seite. Hier hat sie ihr Bad und ihren Schrank, ihre Bettseite und ihren Nachttisch, denn sonst würden auf dem Ding wohl kaum all diese pinkfarbenen Flaschen stehen. Richtig?«

»Ja. Und das ist seine Seite«, meinte Peabody und zeigte mit dem Daumen auf den maskulinen Teil des Raums. »Sie haben ein kleines Kind, aber von dem ist hier in diesem Zimmer nichts zu sehen. Nicht mal ein Teddy liegt irgendwo herum. Was ziemlich traurig ist.«

»Wenn man ein Kindermädchen und dazu noch eine Assistentin für das Kindermädchen hat, verbringt man selbst wahrscheinlich nicht viel Zeit mit seinem Kind. Vor allem nicht in diesem Raum. Er ist für die Erwachsenen, und selbst die haben eine Grenzlinie gezogen, jeder hat seinen eigenen Bereich. Stellen Sie sich vor, Sie wären die Hausherrin.«

»Die Königin der Burg«, pflichtete Peabody ihr bei, und Ian zwinkerte ihr fröhlich zu.

»Sie sind also die Chefin hier. Sie haben jede Menge Personal und drei Etagen, um sie so mit Nippes vollzustopfen, dass man kaum noch Luft bekommt. In welches Zimmer gehen Sie nicht?«

»In das mit den Puppen«, antwortete Peabody spontan. »Okay, Sie meinen, wenn ich Mrs. Betz wäre. Ich schätze, dass sie Puppen mag. Aber nach meinem kurzen Telefongespräch mit ihr kann ich die Waschküche und vielleicht sogar die Küche streichen. In diesen Räumen arbeitet das Personal.«

»Versuchen Sie's mal so: In welchen Raum geht er, Sie aber sicher nicht?«

»Ich … sein Bad!« Peabody reckte ihre beiden Zeigefinger in die Luft. »Ihr Bad ist pink und glänzend, aber seins ist das eines Mannes. Und welche Frau benutzt schon gern dasselbe Badezimmer wie ein Mann?«

»Wir kommen doch gut mit einem Bad zurecht«, meinte McNab.

»Na klar«, stimmte sie zu, bevor sie hinter seinem Rücken mit den Augen rollte, weil das eindeutig gelogen war. »Sie denken immer noch an das Versteck, das er hier vielleicht hat.«

»Genau.«

Der Gegensatz zu all dem Pink und mädchenhaften Flitterkram in ihrem Bad konnte nicht größer sein. Der Sanitärbereich des Hausherrn wirkte mit den roten Blitzen, die auf schwarzen Fliesen zuckten, geradezu verzweifelt maskulin. Über der roten, abermals mit Engelsschnitzereien versehenen Bar prangte das Ölgemälde einer drallen, zurückgelehnten Frau, die eine dicke violette Pflaume aß, und über einem viereckigen roten Becken, das in einen schwarz glänzenden Waschtisch eingelassen war, ragte ein schwerer Silberwasserhahn, der wie ein aufgerissener Wolfsrachen geformt war, aus der Wand. Der Rest des Rudels lebte in der Dusche und spie dort das Wasser wahlweise in Tropfen- oder Strahlform aus.

Der Körpertrockner war mit einer Polsterbank bestückt, falls der Benutzer zu erschöpft war, um zu stehen, während zwei Minuten lang die warme Luft um seinen Körper blies.

Daneben prunkte ein einem Schreibtisch nachempfundener Schminktisch, und in den Regalen standen Männercremes, -lotionen und -öle in Schatullen aus rotem oder schwarzem Leder aufgereiht.

»Vielleicht ist dieses Bad sogar noch hässlicher als das der Frau«, bemerkte Peabody. »Vor allem hat er fast so viele Cremes und Schminksachen wie sie. Hauptsächlich Selbstbräuner und Pampe für die Haare. Dieser Schminktisch ist zwar grottenhässlich, Dallas, aber gut gebaut. Die Proportionen stimmen, und es sieht nicht so aus, als hätte er hier ein Geheimfach eingebaut.«

»Was ist mit der Bar?«, erkundigte sich Eve. »Am besten sehen Sie sich das Ding einmal genauer an. Sie haben schließlich einen guten Blick für so etwas.«

Tatsächlich war ihr Peabody als junge Streifenpolizistin aufgefallen, weil sie in der Wohnung eines Mörders ein Versteck gefunden hatte, das von allen anderen übersehen worden war.

»Tja nun. Auch diese Bar ist gut gebaut, aber so hässlich, dass das handwerkliche Können des Erbauers einfach nicht zur Geltung kommt.«

Peabody drehte sich mitsamt dem Hocker vor dem Schminktisch um und schaute sich das Möbelstück genauer an. »All diese Schnitzereien … sie passen zu dem ganzen anderen Zeug im Haus, aber sie böten sich zugleich als Öffnungsmechanismus eines Schubfachs oder sonst was an. Mein Dad hat öfter mal Geheimfächer in irgendwelche Möbelstücke eingebaut, und ein guter Schreiner so wie der, der dieses Ding gebaut hat, hätte das ganz sicher auch geschafft.«

Mit schräggelegtem Kopf verfolgte sie, wie Eve die Hände über die verschiedenen Engel gleiten ließ. »Vielleicht hilft eine Mikrobrille … falls es überhaupt etwas zu sehen gibt.«

»Dann holen Sie mir eine aus dem Untersuchungsbeutel.«

Eve ging in die Hocke und verdrängte den Gedanken, dass sie mit den Fingern über lauter dicke, nackte Hinterteile fuhr.

Ein Öffnungsmechanismus, falls es einen gäbe, wäre ganz bestimmt nicht an der Thekenvorderseite angebracht. Dort könnte es passieren, dass ihn jemand aus Versehen auslöste, das wäre schlecht.

Sie richtete sich wieder auf, umrundete den Tresen und sah sich die Gläser, Shaker und Getränkeflaschen im Regal und die mit Schnitzereien verzierte Tür des Schranks, der unter dem Regal stand, an. Sie zog sie auf, entdeckte einen Weinkühlschrank und eine Eismaschine, schloss sie, zog sie noch einmal auf und drückte sie dann wieder zu.

»Hier ist die Brille«, meinte Peabody.

»Warum hat er den Kühlschrank und die Eismaschine hinter einer Tür versteckt? Das ist doch superumständlich. Die anderen Sachen stehen alle offen im Regal. Was wesentlich bequemer ist.«

»Vielleicht fand er den Schrank einfach schön. Oder den Kühlschrank und die Eismaschine hässlich«, meinte ihre Partnerin.

»Kann sein. Aber die Dinger haben doch sicher nicht die gleiche Tiefe wie die Bar.«

Jetzt hockte Peabody sich neben sie. »Dad und Zeke haben ein paar wirklich schöne Theken gebaut, vollständig mit sämtlichen Gerätschaften. Der Tresen hier ist ganz schön tief … ich glaube nicht, dass eine Eismaschine eine solche Tiefe hat.«

Eve ließ sich die Brille geben und sah sich die Tür genauer an.

»Hier.« Mit hinter ihrer eigenen Mikrobrille riesengroßen Augen starrte Peabody das Hinterteil eines Engels an. Tatsächlich ließ es sich bewegen, doch ansonsten tat sich nichts.

»Warum kann man den Hintern drehen, wenn dann nichts passiert?«

»Das ist bestimmt ein Code oder ein Muster«, murmelte Eves

Partnerin. »Wie bei einem Puzzle, so was habe ich schon mal gesehen. Es gibt bestimmt noch andere Stellen, die man in einer ganz bestimmten Reihenfolge bewegen muss. Der Kerl, der dieses Ding gebaut hat, war echt gut.«

»Ich hole einen Hammer.«

»Nein!« Entgeistert richtete die Partnerin sich auf. »Ich finde es schon heraus. Lassen Sie mich das machen, ja? Sie können eine solche Arbeit nicht einfach zerstören.«

»Aber dieses Ding ist grottenhässlich.«

»Trotzdem ist es handwerklich ein Meisterwerk. Moment! Hier ist der nächste Knopf. Wahrscheinlich gibt es drei. Das heißt, dass nur noch einer fehlt.«

Noch immer hätte Eve den Hammer vorgezogen, aber da sie gerade keinen zur Verfügung hatte, ließ sie Peabody weiter an den Engelshintern drehen.

»He, Dallas?«, rief McNab aus Richtung Tür. »Auf der Mailbox ist der Anruf eines Marshall Easterday. Er wollte Betz heute Morgen um 8.52 Uhr sprechen.«

»Direkt nachdem wir bei ihm waren«, erklärte Eve. »Nachdem er raufgegangen ist, angeblich um sich auszuruhen.«

»Er klang nicht wirklich ausgeruht. Er sagt, sie müssten dringend miteinander reden, und er hätte es auch schon auf Betzens Handy und in seinem Büro versucht. Er klang vollkommen panisch.«

»In Panik sollte er auch sein.« Eve wandte sich zum Gehen, um sich die Nachricht anzuhören, als etwas klickte und der Partnerin ein lautes »Ja« entfuhr. Sie öffnete die Tür des Schranks, und die Regale mit dem Kühlschrank und der Eismaschine schwangen langsam auf.

»Wahnsinn«, meinte Ian und hockte sich begeistert zwischen Eve und seinen Schatz.

Er roch nach Kirschbonbons, bemerkte Eve, bevor sie nach der silbernen Schatulle griff, die hinter den Gerätschaften versteckt gewesen war.

Sie richtete sich wieder auf, stellte sie auf dem Tresen ab, und

Peabody bemerkte: »Die ist wirklich alt. Ich meine, die ist echt antik. Ich weiß, dass sie verschlossen ist, aber einfach zertrümmern dürfen Sie die nicht.«

»Ich brauche trotzdem irgendwelches Werkzeug«, meinte Eve, und grinsend bot McNab ihr an: »Ich werde sehen, was ich finde. He, Captain, meine Liebste hat tatsächlich ein Geheimfach in der Theke auf dem Männerklo gefunden, in dem ein antikes Silberkästchen stand.«

»Was ist das für ein krankes Haus?«, fragte sich Feeney, während er den Blick durch Betzens Badezimmer wandern ließ. Er drückte neugierig auf einen Knopf, der aus den schwarzen Fliesen an den Wänden einen durchgehenden Spiegel werden ließ. »Oh nein.« Er schaltete den Spiegel eilig wieder aus. »Auf dem Computer im Büro ist eine Mail von Marshall Easterday.«

»Von heute Morgen«, meinte Eve.

»Genau. Diese Mail ging auch an Ethan MacNamee. Er schreibt, es wäre wirklich dringend. ›Vorsicht, Brüder‹«, las er Marshalls Mail von seinem eigenen Handcomputer ab. »›Setzt euch umgehend mit mir in Verbindung, und bringt euch in Sicherheit. Kommt nach Hause.‹«

»Kommt nach Hause?«

»Hier«, sagte McNab und legte ihren Untersuchungsbeutel auf dem Tresen ab. »Wir können das Ding ja erst mal scannen und dann auf dem Revier versuchen, es zu öffnen«, schlug er vor.

»Moment.«

Eve wühlte nach dem Lederetui, das sie von Roarke geschenkt bekommen hatte, schlug es auf und wählte einen Dietrich aus.

»Aber hallo«, stellte Ian anerkennend fest.

»Mal sehen, ob es funktioniert.« Sie machte sich ans Werk und setzte, wie sie es von Roarke gelernt hatte, Gefühl, Instinkt und ihre Ohren ein.

»Geht erst alle einen Schritt zurück«, bat sie die anderen und ließ die Schultern kreisen. »Solange ihr mir so im Nacken sitzt, wird das ganz sicher nichts.«

Wahrscheinlich hätte Roarke das Schloss im Handumdrehen

aufgehabt, aber obwohl sie selber drei Minuten brauchte, war sie durchaus stolz auf sich.

»Ich wusste gar nicht, dass Sie Schlösser knacken können«, meinte ihre Partnerin.

»Reine Übungssache.« Lächelnd klappte Eve den Deckel der Schatulle auf.

»Zwei altmodische Schlüssel und zwei Schlüsselkarten. Sicher führen die zu einem noch größeren Versteck. Mit alten Türen«, überlegte sie. »Sie sind zu groß für etwas anderes als Türen, und die Schlüssel, die zu Schlössern neuer Türen passen, sehen anders aus.«

Mit einer Pinzette nahm sie eine der zwei Schlüsselkarten von dem Bett aus dunkelblauem Samt und sah sie sich von allen Seiten an. »Kein Code, kein Logo und kein Name. Also ist der Code von außen nicht erkennbar, stimmt's? Kriegst du ihn trotzdem heraus, Feeney?«

»Wenn nicht, sollte ich auf der Stelle meinen Dienst quittieren.«

McNab zog einen Scanner aus einer der vielen Taschen seiner grell orangefarbenen Schlabberhose und bot ihn dem Captain an.

»Dann wollen wir doch mal sehen.«

Der Chef der elektronischen Ermittler schaltete den Scanner ein und runzelte die Stirn. »Das Ding ist wirklich gut geschützt. Ein solcher Code und solcher Schutz? Wahrscheinlich geht es um ein Bankschließfach oder einen geschützten Raum. Der Mann ist Chemiker, nicht wahr? Vielleicht gehört die Karte ja zur Tür eines Labors. Am besten sehen wir uns zuerst die andere Schlüsselkarte an.«

Er wiederholte das Verfahren. »Auch die ist gut geschützt, aber nicht ganz so gut.«

Er machte etwas, was den Scanner pfeifen ließ, setzte Eves Mikrobrille auf und schaute sich noch einmal die erste Schlüsselkarte an.

»Der Code hier steht für das Gerät, mit dem die Karte eingelesen wird. Und das hier … hm, man kann es gerade so erkennen. LNB und FKB und … ah … 842.«

»FKB sind seine Initialen. Frederick Kyle Betz. Aber sein Unternehmen heißt nicht LNB. Vielleicht gehört das Kürzel ja zu einer Bank?«

»Wahrscheinlich«, stimmte Feeney nickend zu. »Für einen Hochsicherheitsbereich ist dieses Ding nicht gut genug geschützt. Ich denke eher an ein Bankschließfach. Vielleicht bei der Liberty National? Die haben überall Filialen.«

»Die Nummer ist wahrscheinlich die des Fachs. Wir brauchen die Erlaubnis, uns den Inhalt dieses Faches anzusehen. Peabody, Sie rufen Reo an. Wir müssen wissen, wo der Kerl ein Schließfach hat, und brauchen die Genehmigung, uns dessen Inhalt anzusehen. Wie sieht es mit der anderen Karte aus?«, wandte Eve sich wieder Feeney zu.

»Moment noch«, bat er sie. »Für den mobilen Scanner sind die Codes zu gut versteckt, aber mit den Geräten auf der Wache finden wir bestimmt heraus, in welcher Bankfiliale dieses Schließfach ist. Das würde euch wahrscheinlich jede Menge Anrufe ersparen.«

»Macht das«, stimmte Eve ihm zu.

»Und das hier«, fuhr er fort und las die zweite Schlüsselkarte ein. »Auch hier sind seine Initialen drauf und dazu eine Zahl. 5206.«

»Mehr nicht? Kein Name einer Bank?«

»Nach einer Bank sieht dieses Ding nicht aus. Eher nach einem Postfach oder einem Spind. Oder einer Wohnung. Wenn dann die Karte irgendwo verloren geht, kann man sie einfach sperren lassen und kriegt einen Ersatz gestellt. Für einen solchen Fall ist es natürlich gut, wenn keine weiteren Angaben auf dieser Karte abgespeichert sind, damit sie niemand anderes bis zur Sperrung nutzen kann. Auch diese Karte nehmen wir am besten mit, denn vielleicht finden wir ja auf der Wache weitere Details heraus.«

Er schaute sich die altmodischen Schlüssel in dem Kästchen an und rieb sich nachdenklich das Kinn. »Die Dinger da sind etwas völlig anderes. Vielleicht kann das Labor dir sagen, wann sie angefertigt wurden und zu was für einer Art von Schlössern sie gehören, aber bei der Suche nach den Schlössern seid ihr ganz auf euch gestellt.«

»Nicht schlimm, ich habe nämlich schon ein paar Ideen.«

Inzwischen waren auch Baxter und der frischgebackene Detective Trueheart auf dem Weg. Obwohl Eve sich sicher war, dass sie kaum noch etwas finden würden, fuhren sie, bis die beiden kamen, mit der Durchsuchung des Gebäudes fort.

Sie ließ die beiden ein und forderte sie auf: »Erzählen Sie mir, was Sie haben.«

»Leider kaum etwas. Bei Wymann im Büro waren sie total geschockt, und ein paar Frauen sind in Tränen ausgebrochen. Callendar und ein Kollege haben die Computer abgeholt, Wymanns Assistentin meint, sie denkt, die Biografin hätte ihn auf einer Party angesprochen, und er hätte selber den Termin mit ihr gemacht. Sie hat ihn nur in den Kalender eingetragen, aber persönlich nie Kontakt zu dieser Frau gehabt. Anscheinend hatte er sich ganz spontan entschlossen, dass er seine Memoiren schreiben lassen will.«

»Wie war sein Verhältnis zu den Frauen im Büro?«

»Ich glaube nicht, dass da was lief. Aber Trueheart hat der Assistentin gegenüber den gewissenhaften, jungen Polizisten herausgekehrt, und schließlich sind ihr doch zwei Namen rausgerutscht. Die nicht auf Miras Liste stehen. Wir haben die beiden bereits überprüft, ihre Alibis sind wasserdicht.«

Er sah sich staunend um. »Ist das ein Fischteich? Wer in aller Welt legt direkt hinter seiner Haustür einen Fischteich an? Wahrscheinlich nur jemand, der an besagter Haustür dicke Babys eine wilde Orgie feiern lässt.«

»Das ist erst der Anfang«, meinte Eve und zählte all die anderen bizarren Räumlichkeiten auf.

»Das Badezimmer muss ich sehen.«

»Dazu bekommen Sie auf alle Fälle noch Gelegenheit. Sie beide müssen nämlich hier im Haus Posten beziehen, falls er noch einmal hierher zurückverfrachtet werden soll, damit er sich die Fische in dem Teich von oben ansehen kann. Ich selbst muss wieder los, um ein paar anderen Spuren nachzugehen. Wahrscheinlich bringen sie ihn erst zurück, wenn's dunkel ist, aber Sie bleiben trotzdem schon mal hier, falls sie beschließen, ihr Werk zu vollenden, während ich noch anderswo beschäftigt bin.«

Als ihr Handy schrillte, hob sie einen Finger in die Luft und nahm den Anruf an.

»Ich habe keinen Teich im Haus.« Noch immer starrte Baxter auf die Kois. »Ich finde, das ist unnatürlich.«

»Als ich klein war, habe ich beim Ringewerfen auf dem Jahrmarkt immer Goldfische gewonnen, aber die haben höchstens ein paar Wochen überlebt.«

»Weil Fische außerhalb von Meeren, Flüssen oder Seen eben einfach unnatürlich sind.«

Inzwischen hatte Eve ihr Telefongespräch beendet und sah die Kollegen fragend an. »Wollen Sie wissen, was noch viel verrückter als ein Teich in einer Eingangshalle ist? Das Zimmer voller Puppen hier im ersten Stock.«

»Haben Sie nicht gesagt, die Betzens hätten eine kleine Tochter?«, setzte Trueheart arglos an.

»Falls diese Tochter je in dieses Zimmer kommt, kriegt sie den Schock ihres Lebens und schreit sich die Seele aus dem Leib«, versicherte ihm Eve. »In diesem Raum sind Hunderte von Puppen, und die starren einen alle an. Hunderte von Puppen, und sie starren alle auf die Tür, als ob sie auf der Lauer liegen, bis ihr nächstes Opfer kommt.«

»Mein Gott«, murmelte Baxter und erschauderte.

»Sie sind im ersten Stock«, erklärte sie und wandte sich an Peabody, die gerade aus der oberen Etage kam. »Wir müssen los. Detective Bennet hat mit der Sozialarbeiterin gesprochen und erklärt, worum es geht.«

»Mike Bennet?«, hakte Baxter nach. »Ein netter Kerl.«

»Sie bleiben hier und passen auf. Vielleicht füttern Sie die Fische, denn seit gestern früh war niemand mehr im Haus, wenn sie nicht allmählich etwas kriegen, fressen sie sich vielleicht gegenseitig auf.«

»Kannibalenfische und ein Zimmer voller unheimlicher Puppen. Was zur Hölle ist das für ein Haus?«

»Sie bleiben trotzdem hier und passen auf. Wir wollen schließlich nicht, dass bald auch noch ein Toter über diesen Fischen hängt.«

»Hat Mike schon irgendwelche Namen von der Frau bekommen?«, fragte Peabody und wickelte sich auf dem Weg zum Wagen abermals in ihren meterlangen Schal.

»Nein, und er glaubt auch nicht, dass Lipski uns irgendwelche Namen nennen wird. Aber vielleicht bekommen wir ein Ja oder ein Nein, wenn sie die Fotos sieht.«

»Damit bewegt sie sich bereits auf einem schmalen Grat.«

»Ich habe das Gefühl, dass sie ihn mag, weil er ein netter Bursche ist, und dass sie seine zukünftigen Schwiegermütter wirklich respektiert. Wenn wir ihr begreiflich machen, dass sie Cecily benutzt haben, um Wymann zu ermorden, und dass sie auch Betz brutal ermorden werden, wenn wir sie nicht stoppen, haben wir sicher eine Chance, ihr ein Nicken zu entlocken, wenn sie eine von den Frauen erkennt.«

Noch ehe Eve den Motor anließ, nahm Peabody schon die Heizung ihres Sitzes in Betrieb. »Reo lässt grüßen und spricht mit dem Richter, wenn sie die Adressen von uns kriegt. Sie haben mir bisher noch nicht erzählt, wozu die alten Schlüssel Ihrer Meinung nach gehören.«

»Zu irgendwelchen alten Türen. Die Männer haben vor über fünfzig Jahren zusammen in einem alten Haus gewohnt. Vielleicht haben sie das Haus ja immer noch. Oder ein anderes, wo sie immer noch zusammenkommen, weil sie schließlich alle Brüder sind.«

»Dann hätte Betz den Schlüssel zu dem Haus echt gut versteckt, und das würde bedeuten, dass die Brüder dort noch immer Dinge tun, von denen seine Frau nichts wissen soll.«

»Falls der Senator Schlüssel hatte, hat er sie bestimmt nicht besonders gut versteckt. Aber wir bräuchten die Erlaubnis eines

Richters, um uns in dem Penthouse umzusehen, denn seine Frau lässt uns sicher nicht einfach rein. Und falls Wymann Schlüssel hatte, haben wir bisher nicht gut genug danach gesucht. Das heißt, wir müssen noch einmal in sein Haus. Aber vorher müssen wir diesen Ethan MacNamee abholen lassen, um ihn telefonisch oder über Videoschalte zu vernehmen.«

»Wie sieht es mit Senator Fordham aus?«

»Aus meiner Sicht gehört er nicht zu der Bruderschaft, doch für den Fall, dass ich mich irre und er später dort eingetreten ist, wird sein Personenschutz vorübergehend verstärkt. Besorgen Sie uns bitte noch die Akte zu dem Selbstmord dieses William Stevenson, von dem die Frau von Easterday gesprochen hat.«

Bevor sie weitersprechen konnte, ging ein Anruf ihres Mannes ein, eilig drückte sie den grünen Knopf des Autotelefons.

»Hallo.«

»Ich dachte, dass du wissen willst, dass dein zweites Opfer letztes Jahr weder im *Palace* eingecheckt hat noch auf irgendwelchen Aufnahmen der Überwachungskameras zu sehen ist.«

»Okay. Und wie steht es mit Frederick Betz?«

Roarke sah sie reglos an. »Am besten rufst du selbst im *Palace* an und fragst dort Lloyd Kowalski alles, was du wissen willst. Dein Mittelsmann hat heute auch noch anderes zu tun.«

»Ja, sicher. Vielen Dank. Und nur damit du's weißt: Ich habe dich nicht angerufen, als wir ein Geheimfach finden und ein Schloss aufbrechen mussten. Das Geheimfach hat die schlaue Peabody gefunden, und das Schloss habe ich dann geknackt.«

»Ich bin unglaublich stolz auf euch. Vergiss nicht, etwas zu essen, ab drei hätte ich Zeit, falls ihr mich braucht.«

»Okay. Es könnte sein, dass wir dann einen Hubschrauber und einen Piloten brauchen«, warnte sie ihn schon einmal vor.

»Das klingt erheblich amüsanter, als den armen Kowalski dazu zu bewegen, sich die Aufnahmen der Kameras des *Palace* anzusehen. Gib mir einfach Bescheid. Bis dann.«

»Was sollen wir denn mit einem Hubschrauber?«, erkundigte sich Peabody.

»Vielleicht gibt es ja wirklich noch das Haus, in dem sie während ihrer Studienzeit gewohnt haben. Das würde ich mir dann gern ansehen. Ich weiß natürlich nicht, ob diese alten Schlüssel zu einer der Türen des Hauses gehören, würde aber gerne herausfinden, ob es so ist. Auch wenn wir dazu vorher wissen müssen, wo das blöde Haus gestanden hat.«

»Das finde ich bestimmt heraus, auch wenn es vielleicht etwas dauert, falls es nur gemietet war. Vielleicht weiß Mr. Mira ja etwas.«

Seufzend machte Eve sich wieder auf die Jagd nach einer freien Parklücke. »Vielleicht. Bevor wir anfangen zu graben, fragen wir ihn, ob er sich an dieses Haus erinnern kann.«

Das winzige Büro von Suzanne Lipski lag in einem halb verfallenen Gebäude, in dem gleichzeitig auch die Beratungsstelle für missbrauchte Frauen war. Das Zentrum gab sich sichtlich alle Mühe, mit bescheidenen Mitteln größtmögliche Unterstützung, Infos, medizinische und psychologische Betreuung anzubieten, die Wände waren mit beruhigenden und aufbauenden Postern sonnenheller Strände, ruhiger Seen und grüner Wälder übersät. An einer Pinnwand hingen Notfallnummern, die Adressen anderer Hilfseinrichtungen und Beratungsstellen, Eve blieb stehen, als sie den Flyer mit dem Bild der hübschen Sommerwiese unter einem leuchtend blauen Himmel sah.

»Bingo«, sagte sie, denn die Broschüre war von *Inner Peace*.

Lipski saß auf einem laut quietschenden Drehstuhl hinter einem wackeligen, überfüllten Schreibtisch aus Metall. Es gab in dem Büro kein Fenster, aber auf dem alten Aktenschrank stand eine grüne Ranke, die dank eines Pflanzenlichts hervorragend gedieh.

Sie mochte um die sechzig sein, war klapperdürr mit einem wirren grauen Lockenkopf und einem schmalen cashewkernfarbenen Gesicht, ihre dunklen Augen zeigten, dass es kaum etwas gab, was sie nicht schon gesehen hatte, und sie sicher davon ausging, alle diese Dinge noch einmal zu sehen.

»Wir wissen es zu schätzen, dass Sie uns empfangen«, sagte Eve.

»Mike kann sehr überzeugend sein. Sie machen Ihren Job, was ich Ihnen wohl kaum verübeln kann. Tatsächlich bin ich dankbar für die Arbeit, die Sie leisten, aber ich muss meine Arbeit auch machen, und das heißt, dass ich den Frauen, die in unser Zentrum kommen, den Gruppen, die ich leite, und den Organisationen, die mit uns zusammenarbeiten, verpflichtet bin. Die Frauen, die zu uns kommen, wurden vergewaltigt, geschlagen, misshandelt und auf diese Weise jeder Sicherheit beraubt. Allzu häufig lassen die Gesetze und auch die Gesellschaft diese Frauen dann im Stich.«

Da konnte Eve ihr schwerlich widersprechen, denn tatsächlich waren Missbrauchsopfer oft auf sich allein gestellt.

»Die Frauen, die ich suche, haben zwei Männer auf brutale Art gefoltert, vergewaltigt und am Ende umgebracht. Inzwischen haben sie sich den dritten Mann geschnappt, wenn wir sie nicht rechtzeitig erwischen, stirbt auch er. Egal, was diese Frauen womöglich selbst erlitten haben, hat ein solches Vorgehen mit Gerechtigkeit und Recht nichts mehr zu tun.«

»Sie wissen nicht, was ihnen vielleicht selber zugestoßen ist.«

Eve legte ihr die Aufnahmen der beiden Opfer hin. »So etwas hat kein Mensch verdient.«

Mit einem Seufzer lehnte Lipski sich auf ihrem Stuhl zurück. »Sie waren beide mächtig, einflussreich und wohlhabend. Spielt es für Sie oder für Ihre Arbeit eine Rolle, dass sie vorher vielleicht selber Täter waren?«

»Auf jeden Fall. Falls die beiden ihre Mörderinnen vergewaltigt haben, hätte ich nichts unversucht gelassen, um die zwei im Rahmen der Gesetze dieses Landes der für derartige Taten vorgesehenen Strafe zuzuführen.«

»Im Rahmen der Gesetze.« Lipski reckte einen langen, dünnen Finger in die Luft. »Ich glaube selbst an die Gesetze, Lieutenant und Detective. Wenn ich das nicht täte, säße ich nicht hier. Ich habe allzu häufig das Gefühl, als wären die Gesetze kalt, hart und blind, und trotzdem würde ich versuchen, diese Frauen dazu zu bewegen, aufzugeben und sich freiwillig zu stellen, wenn ich wüsste, wer sie sind.«

»Ich werde Ihnen etwas sagen, und ich bitte Sie, mich dabei anzusehen«, gab Eve zurück. »Sehen Sie mich an, und hören Sie mir zu. Falls Sie wissen oder herausfinden, wer diese Frauen sind, nehmen Sie *keinen* Kontakt zu ihnen auf und sprechen Sie sie *nicht* von sich aus an, sonst lenkt die kalte Wut, mit der sie vorgehen, sich noch gegen Sie. Ich glaube, sie haben noch drei weitere Männer ins Visier genommen und werden ganz bestimmt nicht plötzlich aufhören, weil Sie Mitgefühl mit Ihnen haben, ihnen aber zu verstehen geben, dass es besser wäre, sich zu stellen.«

Grimmig blickte Lipski zu ihr auf. »Was ist mit den Zielpersonen? Werden Sie die Männer für die Dinge, die sie selbst verbrochen haben, hinter Gitter bringen, wenn die Frauen aufhören oder Sie sie festgenommen haben?«

»Falls sie diese Frauen vergewaltigt haben, werden ihnen all ihr Geld und Einfluss nichts mehr nützen, denn dann mache ich genauso Jagd auf diese Männer wie jetzt auf die, die sie ermorden wollen.«

Eve stützte sich mit ihren Händen auf dem ramponierten Schreibtisch ab und beugte sich zu Lipski vor. »Diese Frauen werden immer wieder töten, denn sie sind auf den Geschmack gekommen, was soll sie daran hindern, auch noch andere Männer ins Visier zu nehmen, auch wenn deren Schuld vielleicht gar nicht bewiesen ist? Dann reicht ihnen vielleicht schon der Verdacht, dass irgendwer auf seine Freundin losgegangen ist oder sie misshandelt hat. Bringen Sie das den Frauen hier in ihrem Zentrum bei? Ihr wurdet vergewaltigt, also sucht den Vergewaltiger und bringt ihn um?«

»Oh nein, das bringen wir ihnen ganz bestimmt nicht bei. Wobei ich finde, dass ein Opfer sich auch wehren darf.«

»Auf jeden Fall.«

Zum ersten Mal huschte der Ansatz eines Lächelns über das Gesicht der Frau. »Trotz der Dinge, die wir hier in unserem Zentrum und Sie beide während Ihrer Arbeit tun und täglich sehen, trotz der Gewalt, die wir täglich erleben, glauben wir, dass man, um sich und andere zu schützen oder zu verteidigen, auch selbst Gewalt anwenden darf.«

»Hier geht es aber nicht um Schutz oder um Selbstverteidigung.«

»Falls diese Männer diese Frauen vergewaltigt haben, werden durch den Tod der Männer andere Frauen vor Vergewaltigung geschützt.«

»Verurteilen wir jetzt schon Menschen für Verbrechen, die noch nicht begangen worden sind? Ich will mit Ihnen nicht darüber diskutieren, was Missbrauch mit dem Körper, Geist und auch der Seele eines Menschen macht. Es geht darum, dass zwei Menschen brutal ermordet worden sind.«

»Charity Downing, Lydia Su, Carlee MacKensie, Allyson Byson, Lauren Canford, Asha Coppola. Kennen Sie eine dieser Frauen?«

»Ich kann und werde keine vertraulichen Informationen über Frauen, die in unser Zentrum kommen, herausgeben«, erklärte Lipski und verschränkte ihre dünnen Arme vor der schmalen Brust.

»Cecily Anson und Anne Vine helfen hier öfter ehrenamtlich aus. Miss Ansons Name wurde von den Frauen missbraucht, um sich an diesen Mann heranzumachen«, meinte Eve und hielt der Frau die Aufnahme des toten Wymann hin.

»Die Frauen sind auf einem Rachefeldzug und haben Ansons Mitgefühl und Engagement schamlos für ihre Zwecke ausgenutzt.«

»Was wirklich eine Schande ist.« Lipski presste ihre schmalen Lippen aufeinander, und in ihren Augen blitzte kalter Zorn. »Es macht mich wütend, wenn ein Mensch wie CeCe ausgenutzt wird, der für alle immer nur das Beste will. Aber falls eine dieser Frauen in einer ihrer Gruppen war, hat sie sich dort wahrscheinlich nur mit ihrem Vornamen oder unter einem falschen Namen vorgestellt. Wir legen großen Wert auf Anonymität, Lieutenant, und dazu kommt, dass ich bestimmt nicht alle Frauen kenne, die in diesen Gruppen sind. Um jede einzelne Gruppe zu besuchen, ist der Tag einfach nicht lang genug.«

Eve wandte sich an ihre Partnerin, die nach den Fotos grub und der Sozialarbeiterin erklärte: »Vielleicht haben Sie ja das eine oder andere Gesicht schon mal gesehen. Sie würden dadurch auch den Frauen helfen, und das ist schließlich Ihr Ziel, nicht wahr? Die Frauen sollen ihren Frieden finden, mit diesen Dingen kenne ich mich als die Tochter überzeugter Hippies halbwegs aus.«

Lipski hob die Brauen an, und diesmal war ihr Lächeln herzlich. »Ein Hippie-Cop. Das gibt's bestimmt nicht oft.«

»Es ist nicht immer leicht. Doch meine Eltern und die Arbeit haben mich gelehrt, dass kaltblütige Rache keine Wunden heilt. Sie werden dadurch sogar eher noch vertieft. Die Frauen auf diesem Rachefeldzug werden keinen Frieden finden, der Schmerz, den sie empfinden, wird wahrscheinlich durch die Morde noch verstärkt. Wenn wir es nicht schaffen, sie zu stoppen, werden sie das ihnen zugefügte Leid niemals verwinden, deshalb …«

Sie legte Aufnahmen von Lauren Canford und von Asha auf den Tisch, und Lipski atmete erleichtert auf.

Auch Allyson hatte sie ganz eindeutig nie zuvor gesehen.

»Ich glaube nicht, dass eine dieser Frauen mir schon mal begegnet ist.«

»Wie steht es mit ihr?«

Jetzt zeigte Peabody das Bild von Lydia Su.

Wahrscheinlich wäre Lipski eine durchaus gute Pokerspielerin, fand Eve, bevor das kurze Flackern ihrer Augen sie verriet.

Sie wartete und sah dasselbe kurze Flackern, als die Frau ein Bild von Charity gezeigt bekam, Eve wollte gerade etwas sagen, als der Blick von Lipski auf das Bild von Carlee fiel und sie nicht mehr verbergen konnte, wie verwirrt und unglücklich sie plötzlich war.

»Sie haben die letzten drei erkannt«, bemerkte Eve.

»Dazu kann ich nichts sagen«, meinte Lipski, obwohl ihren

dunklen Augen die Bestätigung der Frage deutlich anzusehen war. »Sie können mich nicht zwingen, das zu tun.«

»Ich könnte Ihnen drohen, Sie in Beugehaft zu nehmen, und Sie wegen Strafvereitelung belangen lassen, falls Sie eine dieser Frauen kontaktieren, doch das habe ich nicht vor. Ich werde Sie einfach noch einmal darauf hinweisen, dass die Frauen, falls Sie sie kontaktieren, umgehend einen dritten Mann ermorden werden und dass dieser Mord dann auf Ihr Konto geht. Ich habe vor, die Frauen zu erwischen, sie daran zu hindern, ein drittes Mal zu töten und mir dann ihre Geschichte anzuhören.«

»Ich kann und werde Mord nicht gutheißen.« Traurig schaute sich Suzanne die Aufnahmen der beiden toten Männer an. »Ich kann und werde diese Form der Rache niemals billigen. Ich bin mir sicher, dass man die Verbrechen hart bestrafen wird. Auch wenn die Täterinnen selber Opfer dieser Männer sind. Sie waren bereits Opfer, die jetzt durch ihr eigenes Tun – doch auch durch das Gesetz – erneut zu Opfern wurden.«

»Die Gesetze können hart und kalt sein, und das kann ich auch. Vielleicht sind sie manchmal auch blind, aber das bin ich nicht. Ich muss mir die Geschichten dieser Frauen anhören, denn meine Partnerin hat recht. Was sie hier tun, wird ihre Wunden noch vertiefen, bis sie alles sind, was ihnen bleibt. Also lassen Sie mich meine Arbeit machen, ja?«

»Ich werde mich bei keiner dieser Frauen melden, das verspreche ich. Ich weiß, was richtig ist. Was sie getan haben, ist es ganz sicher nicht. Aber falls Sie jemanden verhaften, möchte ich, dass Sie mich kontaktieren, damit ich für sie da sein kann.«

»Das machen wir auf jeden Fall.«

Sie liefen los, und auf dem Weg nach draußen zerrte Eve bereits ihr Handy aus der Tasche und rief Baxter an. »Wir haben drei Namen. MacKensie, Downing, Su. Halten Sie Ihre Augen nach den dreien auf.«

»Sie sind zu dritt?«

»So sieht es aus. Wir fahren jetzt zu MacKensie, die am nächsten wohnt. Sobald wir alle Frauen erwischt haben, kriegen Sie von uns Bescheid. Solange bleiben Sie noch in dem Haus.«

»Sollen wir nach ihnen fahnden lassen?«, fragte Peabody und hastete Eve hinterher, bis sie ihren Wagen erreichten.

»Noch nicht. Wir müssen sie erwischen und dann in die Zange nehmen. Eine wird bestimmt zusammenklappen, dann haben wir sie. Schicken Sie Beamte zu Sus Wohnung und zu ihrem Arbeitsplatz, damit sie uns auf keinen Fall entwischt. Wir sammeln in der Zeit MacKensie ein und holen uns Downing, bevor sie auf den Gedanken kommt, dass vielleicht irgendetwas nicht stimmt.«

Während Peabody mit den Kollegen sprach, trat Eve aufs Gaspedal, schaltete einen Block von ihrem Ziel entfernt die heulende Sirene wieder aus, dafür aber das Blaulicht ein und stellte den Wagen einfach in der zweiten Reihe auf der Straße ab.

Ohne auf den Zorn der anderen Fahrer und das wilde Hupkonzert zu reagieren, rannte sie den Bürgersteig hinab.

»Die Streifenwagen sind schon unterwegs. Selbst wenn Lipski – was ich mir nicht vorstellen kann – die Frauen warnen wollte, hätte sie auf keinen Fall genügend Zeit, um alle drei zu kontaktieren.«

»Das ist nicht der Grund, warum ich so in Eile bin.« Eve öffnete die Tür mit ihrem Generalschlüssel und rannte auf die Treppe zu.

»Schlabberhose, Schlabberhose«, keuchte Peabody in ihrem Rücken.

»Meine Güte, denken Sie doch mal an etwas anderes als Ihr blödes Hinterteil.«

Oben angekommen, drückte Eve den Klingelknopf neben der Tür, wartete ab und trommelte dann mit der Faust gegen das Holz.

»Genau das hatte ich befürchtet.« Grimmig klingelte sie an der Tür der Wohnung, die der von MacKensie direkt gegenüberlag.

»Ich habe doch gesagt, ich würde runterko…« Die Frau, die ihnen öffnete, riss überrascht die Augen auf. »Wer sind Sie, und was wollen Sie?«

»New Yorker Polizei.« Eilig wies sich Eve mit ihrer Marke aus. »Wo ist Carlee MacKensie? Die Mieterin aus der Wohnung gegenüber.«

»Woher soll ich das wissen?« Die Frau zog ihre Stirn unter der dicken schwarzen Puschelmütze kraus. »Hören Sie, ich bin spät dran und muss jetzt wirklich los.« Wie zum Beweis knöpfte sie ihren Mantel zu. »Aber ich glaube, sie ist sowieso schon eine ganze Weile weg.«

»Und wo wollte sie hingehen?«

»Keine Ahnung. Als ich heute Morgen aufgebrochen bin, kam sie auch gerade aus ihrer Wohnung, und wir haben zusammen den Lift genommen. Sie hatte einen Koffer dabei, und deshalb habe ich, wie man das unter Nachbarinnen eben macht, gefragt, ob sie in Urlaub fährt. Ich habe noch gesagt, ich hätte nichts dagegen, aus der Stadt und der verdammten Kälte herauszukommen, aber sie hat nur ›ja, ja‹ gesagt. Mehr nicht. Ich muss jetzt wirklich gehen. Ich hätte eigentlich den Rest des Tages von zu Hause aus arbeiten sollen, aber jetzt muss ich doch noch einmal ins Büro. Ich muss losgehen.«

»Moment«, bat Eve und trat ihr in den Weg. »Was war das für ein Koffer?«

»Himmel, so genau habe ich mir das Ding nicht angeschaut. Ein ganz normaler Rollkoffer. Sie will wahrscheinlich Winterurlaub machen, wenigstens sah sie so aus.«

»Wie sieht denn jemand aus, der Winterurlaub machen will?«

»Tja nun, sie war geschminkt und hatte eine schickere Frisur als sonst. Dazu trug sie wirklich tolle Stiefel und war parfümiert. Ich habe ihr noch gesagt, wie gut das riecht. Aber Sie sind auf dem Holzweg, falls Sie denken, dass sie irgendwas verbrochen hat. Sie verlässt kaum jemals ihre Wohnung und hat, wenigstens soweit ich weiß, auch nie Besuch. Sie ist die meiste Zeit für sich. Ruhig, zurückhaltend und fast ein bisschen scheu. Aber ich stecke meine Nase nicht in fremde Angelegenheiten, also gibt es sonst auch nichts, was ich Ihnen sagen kann.«

»Wann ist sie heute Morgen weggegangen?«

»Himmel.« Sie warf einen vielsagenden Blick auf ihre Armbanduhr. »Das muss gegen halb neun gewesen sein, weil ich da gerade auf dem Weg zur Arbeit war.«

»Sie sind also zusammen mit dem Fahrstuhl runter ins Foyer gefahren und aus dem Haus gegangen. Wissen Sie, ob sie dort in ein Taxi eingestiegen ist?«

»Hätte ich mir dann vielleicht auch noch das Nummernschild notieren sollen, oder was? Aber jetzt, wo ich darüber nachdenke … Es war kein Taxi, sondern ein Privatfahrzeug. Kaum dass wir draußen waren, hielt das Ding am Straßenrand, und sie stieg ein.«

»Was war das für ein Fahrzeug?«

»Hm, ein Van. Die Seitentür war offen, und sie ist mit ihrem Koffer eingestiegen. Das ist mir nur deshalb aufgefallen, weil mir kalt war und ich mir gewünscht hätte, ich würde auch von einem Auto abgeholt, statt dass ich extra wegen dieser dämlichen Besprechung in der Arbeit bis zur U-Bahn laufen muss.«

»Beschreiben Sie den Van.«

»Tja nun …« Ihr Handy schrillte, und sie wühlte in den Tiefen ihrer Handtasche, bis sie es fand. »Jetzt nerv mich nicht, Georgie. Ich wollte gerade losgehen, da stand mit einem Mal die Polizei vor meiner Tür. Sie wollen wissen, wo die Murmlerin von gegenüber ist. Als wäre ich ihr Kindermädchen. Warte einfach, ja?«

Stirnrunzelnd steckte sie das Handy wieder ein. »Jetzt kommen wir beide garantiert zu spät.«

»Der Van.«

»Woher soll ich das wissen? Vielleicht war er weiß. Vielleicht. Auf jeden Fall war er nicht schwarz. Er wirkte ziemlich neu, aber ich musste zu der blöden U-Bahn, also bin ich garantiert nicht extra stehen geblieben, um ihn mir genauer anzusehen.«

»Haben Sie gesehen, wer hinter dem Lenkrad saß oder ob es noch irgendwelche anderen Passagiere gab?«

Die Frau stieß einen abgrundtiefen Seufzer aus. »Keine Ahnung. Könnte sein. Die Scheiben waren getönt, glaube ich, aber als die Tür geöffnet wurde, habe ich ganz kurz die Frau gesehen, die hinter dem Steuer saß. Sie war sehr zierlich, und ich dachte noch, sie wäre ganz schön klein für jemanden, der eine derart große Kiste fährt. Sie hatte einen dunklen Pferdeschwanz und eine Sonnenbrille auf. Das ist dann auch schon alles, was ich Ihnen sagen kann. Und jetzt verhaften Sie mich, oder lassen Sie mich endlich gehen.«

»Führen Sie mich nicht in Versuchung«, drohte Eve und wandte sich an ihre Partnerin. »Die Bilder, Peabody. Haben Sie eine dieser Frauen schon einmal gesehen? Und je mehr Sie meckern, umso länger wird es dauern, bis wir fertig sind.«

»Wie kommt es, dass man, wenn man einen Polizisten braucht, nie einen findet, aber stundenlang von ihnen festgehalten wird, wenn man's mal eilig hat?« Trotz ihrer Schimpftirade sah sie sich die Fotos an. »Nein, nein, nein, nein ... warten Sie.« Sie zog noch mal das Bild von Charity hervor. »Vielleicht. Genau. Vielleicht. Es könnte sein, dass sie mir vor zwei Wochen mal entgegenkam, als ich aus dem Haus gegangen bin. Sie hat nicht aufgepasst und hätte mich fast umgerannt. Ich wollte ihr die Meinung geigen, aber sie blieb extra stehen und bat mich um Entschuldigung, bevor sie weiterlief. Vor allem sah sie aus, als hätte sie geweint. Ich wollte mich mit ein paar Freunden treffen und war relativ spät dran, das heißt, es war so gegen zehn. Abends«, fügte sie hinzu. »Ich hatte gerade selber Stress mit meinem Freund und dachte, dass es ihr vielleicht genauso ging. Wie dem auch sei, ich bin mir ziemlich sicher, dass das diese Frau hier war. Wobei ich sie nur dieses eine Mal bei uns im Haus gesehen habe, denn im Gegensatz zur Murmlerin von gegenüber bin ich meistens unterwegs.«

»Warum nennen Sie Miss MacKensie so?«

»Weil sie immer nur murmelt, wenn man etwas zu ihr sagt. Wenn wir uns zufällig im Flur oder im Lift begegnen und ich irgendetwas zu ihr sage, antwortet sie derart leise, dass es fast nicht zu verstehen ist. Sie guckt mich auch nie richtig an, als ob sie etwas zu verbergen hätte oder so. Wahrscheinlich sind Sie hier, weil sie mit einer Axt auf jemand losgegangen ist oder so, habe ich recht?«

Beinah, sagte sich Eve.

»Falls Ihnen sonst noch etwas einfällt, rufen Sie uns an. Und wenn Sie Miss MacKensie noch einmal sehen, sprechen Sie sie nicht an und kontaktieren uns ebenfalls. Peabody, geben Sie Miss …«

»Lacey. Deena Lacey.«

»Geben Sie Miss Lacey eine Karte. Vielen Dank für Ihre Hilfe.«

»Wenn mein Boss uns Schwierigkeiten macht, weil wir zu spät kommen, zeige ich ihm diese Karte, dann ruft er Sie wahrscheinlich an.«

»Das kann er gerne tun.«

Die Frau lief los, zog auf dem Weg zum Lift ihr Handy aus der Tasche und rief die Kollegin an. »Ich komme jetzt, Georgie. Du wirst nicht glauben, was passiert ist!«

»Hören Sie bei den Kollegen nach, wie es bei Su gelaufen ist«, bat Eve die Partnerin, bevor sie ebenfalls ihr Handy aus der Tasche zog und ohne Einleitung verkündete: »Ich muss mir eine Wohnung ansehen.«

Sie stapfte auf und ab, während sie Reo Einzelheiten nannte und die Staatsanwältin einen Richter kontaktierte, damit sie die Genehmigung bekam.

»Downing geht nicht an die Tür und ist auch nicht in der Arbeit, dort war sie gestern auch schon nicht. Die Kollegen reden gerade mit den Nachbarn«, meinte Peabody. »Su ist auch nicht in der Arbeit und geht weder an ihr Handy noch an ihre Wohnungstür. Sieht aus, als wären sie abgehauen.«

Eve schüttelte den Kopf. »MacKensie hat direkt nach unserem Besuch bei Su gepackt und wurde dann von einem Lieferwagen, der von einer Frau gefahren wurde, abgeholt. Trotzdem hat sie sich vorher die Zeit genommen, um sich schick zu machen. Sie sind noch nicht auf der Flucht, denn sie haben Betz und wollen auch noch Easterday. Wahrscheinlich sind sie erst mal einfach abgetaucht.«

»Das heißt, wir haben sie aufgeschreckt.«

»Sie haben das alles ganz genau geplant, doch schon beim ersten Mal kam alles anders, weil Mr. Mira plötzlich auf der Bildfläche erschien.«

Noch immer lief sie auf und ab und wartete auf die Erlaubnis, sich die Wohnung anzusehen.

»Dann kam ihnen die Polizei viel schneller als erwartet auf die Spur. Im Grunde hätte Su einfach als Downings Alibi fungieren sollen, aber wir kamen darauf, dass sie auch eine Verbindung zu MacKensie hat. Und keine dieser Frauen ist dumm.«

»Das heißt, dass sie in Panik ausgebrochen sind.«

»In Panik? Nein, das glaube ich nicht. Laut ihrer Nachbarin hat sich MacKensie extra schick gemacht. Sie war geschminkt, hatte ihr Haar frisiert, war parfümiert. Das macht man nicht, wenn man in Panik ist. Das heißt, sie haben einen Plan B. Die Sache wird ein bisschen heiß, deshalb sind sie erst mal abgetaucht. MacKensie hat sich vielleicht derart aufgebrezelt, weil sie Easterday auf alle Fälle auch noch in die Falle locken wollen.«

»Das jetzt noch zu versuchen wäre doch total verrückt.«

»Sie haben den Stein bereits ins Rollen gebracht, Peabody, das heißt, dass es jetzt kein Zurück mehr für sie gibt. Und sie haben einen Ort, von dem wir noch nichts wissen, einen Ort, an dem sie ihre Pläne schmieden und an dem sie diese Männer foltern, um es ihnen heimzuzahlen. Also suchen sie nach irgendeiner Immobilie unter einem ihrer Namen, den Namen ihrer Mütter oder was weiß ich.«

Endlich klingelte ihr Handy, und sie riss es an ihr Ohr. »Reo.«

»Alles klar.«

»Ich muss auch in die Wohnungen von zwei anderen Frauen. Charity Downing und Lydia Su.« Sie gab der Staatsanwältin die Adressen durch.

»Dallas.«

»Diese Frauen haben gemeinschaftlich zwei Männer umgebracht und sich den dritten schon geschnappt. Wenn ich die Frauen nicht finde, bleiben ihm im besten Fall noch ein paar Stunden, dann stirbt der dritte ebenfalls.«

»Okay.«

»Machen Sie schnell. Ich sehe mich einstweilen in der ersten Wohnung um und melde mich danach noch einmal.«

Sie überprüfte, ob der Name und auch die Adresse, die auf dem Durchsuchungsbeschluss standen, stimmten, nickte Peabody kurz zu und meinte. »Wir gehen rein.«

Sie schob den Generalschlüssel ins Schloss der Wohnungstür und schaltete das Aufnahmegerät am Aufschlag ihres Mantels ein.

»Lieutenant Eve Dallas und Detective Delia Peabody. Wir haben einen Durchsuchungsbeschluss für die Wohnung von Carlee MacKensie«, sagte sie fürs Protokoll und klopfte laut gegen die Tür.

»Carlee MacKensie, Polizei. Wir kommen jetzt herein.«

Peabody stand aufrecht, und sie selbst sprang in gebückter Haltung durch die Tür, eilig sahen sie sich nach allen Seiten um.

Mit einem leisen Seufzer richtete Eve sich wieder auf und stellte fest: »Sie ist verschwunden und kommt sicher nicht noch einmal zurück.«

»Die Möbel sind noch da.«

»Aber sie hat den Schreibtisch ausgeräumt und alle elektronischen Geräte eingepackt. Natürlich sehen wir uns noch genauer um, aber ich weiß, dass sie nicht wiederkommen wird.«

Das Bett war ordentlich gemacht, Bad und Küche waren frisch geputzt und aufgeräumt. Es sollte niemand sagen können, dass sie eine Schlampe war.

»Sieht aus, als wären einige von ihren Kleidern weg«, bemerkte Peabody. »Das sieht man an den Abständen im Schrank. Aber die meisten Sachen sind noch da.«

»Weil die Kleider ihr nicht wichtig sind. Das Einzige, was zählt, ist die Mission, auf der sie mit den anderen Frauen ist. Sie hat mitgenommen, was sie brauchte, vor allem hat sie alle elektronischen Geräte eingepackt. Wir sollten hier nichts finden, was uns vielleicht auf die Spur der Frauen bringt.«

Eve drehte eine Runde durch den kleinen, langweiligen Wohnbereich. »Sie haben wahrscheinlich alle Prepaidhandys, die sie nur benutzen, wenn sie mit den anderen Frauen kommunizieren müssen oder wollen. Falls sie sich Mails schreiben, benutzen sie wahrscheinlich einen Code. Trotzdem gehen sie kein Wagnis ein und lassen nichts zurück, was sie mit diesen Taten oder miteinander in Verbindung bringt. Hat MacKensie vielleicht irgendeine Kleinigkeit vergessen? Hat sie irgendetwas übersehen? Am besten stellen wir die ganze Bude auf den Kopf.«

»Sie haben die Schlüssel nicht bekommen. Die von Betz«, bemerkte Peabody, während sie bei der Arbeit waren.

»Aber vielleicht die von Wymann oder vom Senator. Schließlich haben wir's mit einer Bruderschaft zu tun, ich gehe also davon aus, dass jeder dieser Brüder im Besitz eines Schlüssels war. Und diese Frauen bilden eine Schwesternschaft. Sie sind einander gegenüber durch und durch loyal und haben ein bestimmtes Ziel, das sie vereint.«

Eve schob eine Lade wieder zu, die sie aufgezogen hatte, und sah sich um. »Sieht nicht so aus, als hätte sie in dieser Wohnung jemals Sex gehabt. Es gibt hier keine sexy Unterwäsche, keine Hilfsmittel, kein Sexspielzeug.«

»Vielleicht hat sie das Zeug mitgenommen.«

»Weshalb hätte sie das machen sollen? Es hätte schließlich nichts mit der Mission zu tun, auf der sie sind. Sie hat Kleider, etwas Schmuck, Fotos, Bücher und den ganzen anderen Ballast, den man im Leben anhäuft, hier zurückgelassen, aber alle elektronischen Geräte, Memowürfel und Disketten mitgenommen. Der AutoChef in ihrer Küche ist noch ziemlich gut bestückt, obwohl ihre Nachbarin behauptet, dass sie ihre Nase nicht in fremde Angelegenheiten steckt, ist sie weder blind noch taub, sie hätte gehört, wenn MacKensie Besuch bekommen hätte.«

Eve schlenderte gemächlich durch den Raum. Er war ein ganz privater Rückzugsort gewesen, spürte sie, denn auch sie selbst hatte einmal einen solchen Ort gehabt.

Das Arbeitszimmer ihrer alten Wohnung, das Roarke hinter ihrem Rücken in sein Haus hatte verfrachten lassen, um sie dazu zu verführen, bei ihm einzuziehen.

Ihr ganz privater Rückzugsort in einer Zeit, in der die einzige Mission, die sie im Leben hatte, ihre Arbeit bei der Polizei gewesen war.

Das hieß, sie konnte sich mühelos in Carlee hineinversetzen. Weil sie selbst einmal wie sie gewesen war.

»Wenn sie hier regelmäßig Besuch von einem Lover oder einer Loverin bekommen hätte, hätte das die Frau von gegenüber garantiert gewusst und uns erzählt. In dieser Wohnung gibt es keine Liebe, sie war nur zum Arbeiten und Schlafen da. An Downing hat die Nachbarin sich nur erinnert, weil sie fast zusammengestoßen wären und sie ausgesehen hat, als hätte sie geweint. Das ist ihr aufgefallen. Wenn sie sie vorher schon gesehen hätte, wäre ihr das sicher wieder eingefallen, also war sie entweder zum ersten Mal oder vorher nur selten hier.«

»Glauben Sie, dass Downing die Geliebte von MacKensie ist?«

»Nein. Ich glaube nicht, dass sie einen Sexualpartner hat. Die beiden sind wie Schwestern, darum geht es hier. Sie haben irgendetwas erlebt, was sie und Su verbindet, jetzt haben sie eine gemeinsame Mission.«

»Was machen Sie, wenn eine Schwester weinend angelaufen kommt?«

»Dann höre ich ihr zu und habe Mitgefühl mit ihr.«

»Und trösten sie mit Alkohol und Eis. Am besten sehen wir uns also mal in Carlees Küche um.«

In der eine halb leere Flasche Bourbon neben einer praktisch leeren Weißweinflasche stand.

»Bestellen Sie auch die SpuSi ein«, bat Eve die Partnerin und überprüfte das Programm des AutoChefs. »Das Ding ist ziemlich gut bestückt, vor allem mit gesundem Zeug.«

»Im Gefrierschrank ist noch eine Packung echtes Eis. Schokoladenaroma, das echt superlecker ist. Aber sie ist noch zu.«

»Das hat sie sicher nachgekauft, weil Charity die alte Packung leer gegessen hat. Vielleicht war Downing an dem Abend ja so fertig, weil die drei beschlossen hatten, dass sie den Senator in die Falle locken soll. Sie geht mit ihm ins Bett, aber sie weiß nicht, wie sie das noch länger durchstehen soll. Da Lydia Su nicht gerade wie die mitfühlende Freundin wirkt, die einem Alkohol und Eis zum Trost serviert, taucht sie bei Carlee auf. Sie denkt, dass Carlee sie versteht, weil sie sich vom Senator vorher auch hat anbaggern lassen. MacKensie konnte also nachvollziehen, wie es ihr ging, und hatte Mitgefühl mit ihr. Weil es Downing derart dreckig ging, beschlossen sie, es wäre an der Zeit, den Kerl aus dem Verkehr zu ziehen.«

»Und eine von den dreien spielt die Maklerin«, griff Peabody den Faden auf.

»So wie als Biografin gegenüber Wymann und als ... Vielleicht hat MacKensie Edward Mira ja in diese Galerie gelockt, damit sie ihn an Downing weitergeben kann.« »Genau. Sie haben sich abgewechselt, bis er ihnen in die Falle ging.«

»Dann wäre Su also die junge, aufreizende Maklerin gewesen, die ihm helfen wollte, das Versprechen zu umgehen, das er seinem Großvater auf dessen Sterbebett gegeben hatte.«

»Genau. Es sei denn, sie sind zu viert.«

»Verdammt.«

»Oder vielleicht sogar noch mehr.«

16

Als Nächstes fuhren sie zu Downing, deren Nachbarin bei weitem nicht so zugeknöpft war wie Deena Lacey. Laurel Esty lebte in der Wohnung neben der von Downing, und als die Kollegen von der Trachtengruppe bei ihr geklingelt hatten, hatte sie die beiden hereingebeten und ihnen Kaffee und Plätzchen vorgesetzt.

»Sie hat gesagt, sie hätte Downing in den letzten beiden Tagen nicht gesehen, was allerdings nicht weiter ungewöhnlich wäre, weil sie abends irgendwo in einer Bar bedient und danach oft bis mittags schläft. Aber ihr Mitbewohner hat erwähnt, er hätte Downing heute Morgen mit zwei Koffern aus dem Haus gehen sehen.«

»Wo ist dieser Mitbewohner?«

»In der Arbeit, Lieutenant. Wir haben seinen Namen, die Adresse und die Telefonnummer, falls Sie die haben wollen.«

»Geben Sie sie meiner Partnerin und wischen sich um Gottes willen erst mal die Plätzchenkrümel von der Uniform.«

Eve ging an ihm vorbei zu einer kessen, jungen, blonden Frau in einem wenig aufgeräumten, aber durchaus einladenden Wohnzimmer, die auf einem blauen Sofa saß. Als Eve den Raum betrat, sprang sie so eilig auf, dass fast die Limo aus der Dose schwappte, die sie in den Händen hielt.

»Wow! Officer Tanker hat gesagt, dass das in Ordnung gehen würde, also habe ich kurz meinen Mitbewohner angerufen, als der Officer dem anderen Officer gesagt hat, Lieutenant Dallas wäre unterwegs. Reb hat gesagt, dass das totaler Blödsinn wäre, und mir nicht einmal geglaubt, als ich gesagt habe: ›Ich schwöre, Reb.‹ Jetzt sind Sie tatsächlich hier. Wir haben den Film gesehen, und ich bin voll auf Julian abgefahren. Reb hat gesagt, er würde auch sofort mit Ihnen in die Kiste gehen, und ich habe … oje, das hätte ich bestimmt nicht sagen sollen. Tut mir leid. Kann ich ihn noch mal anrufen, um ihm zu zeigen, dass Sie wirklich hier sind?«

»Nein. Es geht um ihre Nachbarin.«

»Ja klar, um Charity, das haben mir schon die beiden Officers erzählt. Ich sehe sie so gut wie nie, weil ich abends im *Silverado* arbeite, das ist eine urbane Cowboybar, in der wir manchmal sogar echte Cowboys haben, und sie …«

»Wann haben Sie Charity zum letzten Mal gesehen oder gesprochen?«, fiel Eve ihr ins Wort.

»Oje. Ich schätze, das ist jetzt schon ein paar Tage her. Ich komme meist erst gegen drei nach Hause, wenn sie dann zwischen neun und zehn zur Arbeit geht, liege ich noch im Bett. Aber wenn sie mal einen freien Tag hat oder ich einen freien Abend habe oder wir uns in der Waschküche begegnen, quatschen wir uns manchmal fest. Sie ist echt nett. Reb sagt, sie wäre lesbisch, aber das liegt einfach daran, dass nach seiner Meinung alle Frauen, die nicht auf ihn abfahren, lesbisch sind. Ich zähle nicht, weil wir schon ewig Kumpel sind und nicht mal miteinander in die Kiste gehen, wenn in der Hinsicht gerade Flaute bei uns herrscht. Das haben wir uns versprochen, und das halten wir auch ein.«

»Super. Peabody, die Bilder.«

»Tut mir wirklich leid, dass Sie gestorben sind«, wandte sich Laurel an Eves Partnerin. »Das heißt, die Frau, die Sie gespielt hat. Sie sah wirklich aus wie Sie. Ist das nicht irgendwie ein komisches Gefühl?«

»Ja, ein bisschen. Kennen Sie eine dieser Frauen?«

»Oh.« Die junge Frau bemerkte überrascht, dass sie noch immer ihre Limodose in den Händen hielt, und stellte sie entschlossen auf den Tisch. »Am besten setzen Sie sich erst mal hin. Ich hole Ihnen gerne eine Limo oder einen Kaffee, wenn Sie wollen.«

»Schon gut. Sehen Sie sich die Bilder an.«

Laurel ließ sich wieder auf das Sofa fallen, klemmte ihre Unterlippe zwischen ihren Zähnen fest und schaute sich die

Fotos an. »Ich kenne diese Frauen nicht. Vielleicht weil ich nachts arbeite und deswegen nicht mitkriege, wenn Charity Besuch bekommt. Das heißt, die beiden kenne ich«, verbesserte sie sich und reichte Eve die Aufnahmen von MacKensie und von Su.

»Woher?«

»Ich habe sie einmal gesehen, als ich drüben in der Wohnung war.«

»Aber Sie haben doch gesagt, sie hätten keine dieser Frauen jemals hier im Haus gesehen.«

»Ich habe nicht die Frauen selbst gesehen. Aber sie sind auf einem Bild. Drüben bei Charity. Sie hat sie gemalt. Die beiden und sich selbst und, wenn ich mich nicht irre, noch zwei andere Frauen. Sie alle wirken furchtbar traurig, aber gleichzeitig auch ungeheuer stark. Das habe ich auch Charity gesagt.«

»Wie sehen die anderen Frauen auf dem Gemälde aus?«

»Uh-hu. Die eine ist schon alt oder zumindest älter. Vielleicht fünfzig oder so. Und die andere sieht sehr jung und schrecklich traurig aus. Aber sie ist sehr hübsch. Das heißt, sie alle sind wirklich hübsch. Wie dem auch sei … Oh!«

Sie klatschte allen Ernstes in die Hände, als wollte sie sich selbst zu all den Dingen gratulieren, die ihr einfielen.

»Das war das letzte Mal. Danach haben wir uns nicht mehr gesehen. Jetzt fällt's mir wieder ein. Wissen Sie, ich war noch gar nicht richtig wach, und ich wollte vor der Arbeit schnell noch einen Kaffee trinken, aber Reb hatte mal wieder nicht daran gedacht, den AutoChef zu füllen. Das heißt, dass es keinen Kaffee gab. Wissen Sie, ich brauchte wirklich dringend einen Kaffee, also bin ich rübergegangen, um zu fragen, ob Charity mir ein bisschen Kaffeepulver leihen könnte, und sie meinte, klar. Dann musste ich dringend Pipi machen. Ich war einfach rübergehastet, ohne vorher noch aufs Klo zu gehen, und als ich sagte, dass ich Pipi machen müsste, meinte sie, ich könnte ja bei ihr auf die Toilette gehen. Sie hat zwei Schlafzimmer in ihrer Wohnung, so wie wir hier drüben, das eine nutzt sie offenbar als Atelier zum Malen. Als ich daran vorbeiging, sah ich das Gemälde von den Frauen und das andere. Das echt zum Fürchten ist.«

»Zum Fürchten?«

»Sie hatte ein Tuch darübergeworfen, aber das war abgefallen, deshalb habe ich das Bild gesehen. Von diesen Männern, die schreien und in einen Abgrund voller Flammen stürzen. Das Haus, vor dem der Abgrund ist, ist groß und unheimlich, als wäre es ein Haus aus einem Horrorfilm, es brennt ebenfalls. Es wirkt wie eins dieser alten Bilder von der Hölle, die man manchmal in Museen sieht. Die Männer tragen Teufelsmasken, sonst nichts. Sie sehen wie Teufel aus, im Grunde habe ich das Bild nur kurz gesehen, denn dann kam Charity mit dem Kaffee und hat die Tür des Zimmers zugemacht.«

Errötend fügte sie hinzu: »Ich habe nicht geschnüffelt, wirklich nicht! Die Tür stand einfach offen, und da habe ich das Bild gesehen. Das ist was anderes, als zu schnüffeln, oder nicht? Ich habe mich entschuldigt und gesagt, ich hätte diese Bilder zufällig gesehen. Ich glaube nicht, dass sie deswegen sauer war, doch es war klar, dass sie nicht über die Bilder reden wollte, also habe ich nur noch gesagt, dass sie mein Leben mit dem Kaffee retten würde, und bin abgezischt. Das ist jetzt ein paar Tage her. Nicht gestern oder vorgestern, vielleicht vor einer Woche oder so. Vielleicht kann Reb sich noch genau erinnern, denn ich habe ihm davon erzählt. Ich habe ihm sofort davon geschrieben, denn die Bilder waren mir wirklich unheimlich.«

»Könnten Sie die Frauen auf dem Gemälde, die nicht auf den Fotos sind, genau genug beschreiben, sodass man ein Phantombild machen kann?«

»Oh.« Sie knabberte nervös an ihrer Unterlippe und erklärte ungewöhnlich zögerlich: »Ich bin mir nicht ganz sicher.«

»Detective Yancy würde Ihnen dabei helfen«, klärte Peabody sie lächelnd auf und fächerte sich Luft mit einer ihrer Hände zu.

»Wirklich?« Laurels Lider flatterten, und das Interesse, das mit einem Mal in ihren Augen funkelte, war nicht zu übersehen. »Ich kann es ja versuchen. Ja, okay.«

»Toll. Dann nehmen die Kollegen Sie gleich mit, damit Detective Yancy Ihnen helfen kann. Vielen Dank für Ihre Mitarbeit«, fügte Eve hinzu.

»Kann ich vorher noch Reb Bescheid geben? Er will bestimmt dabei sein, wenn er das hört. Und ehrlich, mir würde es deutlich besser gehen, wenn er mich auf der Wache treffen könnte. Weil er so was wie ein Bruder, so was wie Familie, für mich ist.«

»Ja sicher, kein Problem.«

»Okay. Dann ziehe ich mich jetzt schnell an. Officer Tanker hat mich aus dem Bett geklingelt. Lieutenant Dallas? Ich kann mir nicht vorstellen, dass Charity etwas verbrochen haben sollte, außer …«

»Außer?«

»Dieses Bild, das sie gemalt hat. Von den Männern, die wie Teufel aussehen … Ich habe es nur kurz gesehen, aber ich hatte trotzdem Albträume davon.«

Eve ging mit Peabody nach nebenan.

»Kein Bild von irgendwelchen Frauen und auch keins von diesen Teufelsmännern.«

»Teufelsmännern?«

»Na, von diesen Männern, die wie Teufel aussehen und schreiend in einen brennenden Abgrund stürzen, während hinter ihnen ein Haus in Flammen steht.«

»Das ist echt unheimlich. Das klingt, als wollte sie sich die Probleme, die sie hatte, von der Seele malen.«

Die Wohnung wirkte ebenso verlassen wie die von Mac-Kensie. Alle Möbel und die Blumen, die in einem sonnenhellen Fenster blühten, waren noch da, die elektronischen Geräte aber fehlten. Auch ein paar Bilder hatte sie zurückgelassen, aber keins, das denen, die die Nachbarin beschrieben hatte, auch nur annähernd entsprach. Auch irgendwelche Skizzen von den Frauen gab es nicht.

»Das nenne ich mal heiße Unterwäsche«, meinte Eve und hielt ein Höschen, das den Namen kaum verdiente, in die Luft. »Die sie nicht mitgenommen hat, weil sie sie nicht mehr braucht.«

»Den Großteil ihrer Sachen aus dem Badezimmer hat sie eingepackt, aber ein paar alte Sachen hat sie stehen lassen, ich wette, dass ihr das hier fehlen wird«, erklärte Peabody und hielt ein kleines Fläschchen in die Luft. »Das stand hinter der Hautcreme, deshalb hat sie es wahrscheinlich übersehen. Schlaftabletten, und zwar von der Sorte, die man nimmt, wenn alles andere nicht mehr hilft.«

»Wahrscheinlich ist ihr AutoChef mit zahlreichen Beruhigungstees und so bestückt. Sie war es, die bei Mira ganz zuvorderst in der ersten Linie stand und kurz vor dem Zusammenbrechen war«, erinnerte sich Eve. »Schlaftabletten und dazu die furchteinflößenden Gemälde. Wenn wir sie erwischen, klappt sie sicher schnell zusammen und packt aus.«

Als Nächstes fuhren sie zum Haus von Su und stellten wenig überraschend fest, dass Lydia ebenfalls mit allem, woran ihr etwas lag, auf Tauchstation gegangen war.

Da ihre Nachbarn nicht zu sprechen waren, sagte Eve zu Peabody: »Sie kontaktieren die Security und sagen, dass sie Ihnen alle Aufnahmen der letzten beiden Tage geben sollen. Wir müssen wissen, wann sie abgehauen ist und was sie mitgenommen hat. Der Van gehört wahrscheinlich ihr, am besten fangen wir also damit an.«

»Auf ihren Namen ist kein Fahrzeug zugelassen«, gab die Partnerin zurück. »Das habe ich schon überprüft.«

»Ich bin mir sicher, dass sie einen Wagen hat. Überprüfen Sie auch noch die Namen ihrer Eltern. Falls das nichts bringt, bitte ich Roarke herauszufinden, ob sie vielleicht einen Aliasnamen hat. Sie hat auf jeden Fall ein Fahrzeug, und ich weiß, dass eine von den Frauen noch eine andere Wohnung oder eher ein Haus besitzt oder gemietet hat.«

Während Peabody den Wachschutz des Gebäudes kontaktierte, sah sich Eve in Lydias Wohnung um. Sie war erheblich schöner als die Wohnungen der beiden anderen Frauen, war mit Sorgfalt eingerichtet, und auch die Garderobe, die zurückgelassen worden war, sah ziemlich teuer aus.

Sie hatte offenbar einen stabilen, familiären Hintergrund, hatte an einer angesehenen Universität studiert und einen anspruchsvollen Job.

Sie arbeitete meistens im Labor, wo sie bestimmt sehr oft alleine war, Hinweise auf einen Freund oder auf eine Freundin gab es nicht.

Bestimmt war irgendetwas während ihres Studiums in Yale passiert, weshalb sie jetzt auf diesem Rachefeldzug war. Im Zuge der Aufarbeitung ihres Traumas war sie Downing, MacKensie und den beiden anderen, bisher unbekannten Frauen begegnet, die auf Downings Bild zu sehen waren.

Vielleicht in dem Beratungszentrum, während einer Gruppensitzung oder etwas Ähnlichem.

Es ging also auf jeden Fall um Vergewaltigung. Um eine vergewaltigende Bruderschaft.

Sie schaute sich noch einmal um, denn vielleicht stieße sie ja wie bei Betz auf ein Versteck, in dem sie einen Hinweis darauf fände, was geschehen war.

Als Peabody zurückkam, krabbelte sie gerade wieder aus dem Schrank.

»Ich dachte, vielleicht hätte sie auch so ein Versteck wie Betz«, erklärte sie.

»Ich habe die Disketten.«

»Gut. Hier hängt ein Bildschirm, also sehen wir sie uns an.«

Sie blickte auf das schlichte, elegante Bett mit dem hohen dunkelgrau bezogenen Kopfteil, der weichen grauen Decke und den taubenblauen Kissen und schob eine Hand zwischen das Kopfteil und die Wand. »Wenn sie hier so ein Versteck hätte, hätte sie es sicher leer geräumt, bevor sie abgehauen ist«, bemerkte sie, und nickend rief die Partnerin die Aufnahmen auf dem Bildschirm auf.

»Die letzten achtundvierzig Stunden?«

»Am besten fangen wir damit an, als wir vorbeigekommen sind. Den Rest gehen wir dann auf der Wache durch.«

Peabody spulte schnell zurück, bis sie erst vor der Tür, dann im

Foyer, im Fahrstuhl und im Flur vor Lydias Wohnungstür zu sehen waren.

»Teilen Sie den Bildschirm, spulen Sie etwas vor und zeigen gleichzeitig die Bilder von der Haustür und hier aus dem Flur.«

Auf einem der nächsten Bilder kamen sie wieder aus dem Haus.

»Finden Sie nicht auch, dass ich in meinem pinkfarbenen Zaubermantel schlanker aussehe als sonst?«, erkundigte sich Peabody.

»Ach, halten Sie den Mund.«

Ein Bote kam mit einer großen Vase voller Blumen, und eine Frau in einem dunkelgrünen Mantel und kariertem Schal zog einen kleinen weißen Hund an einer Leine Richtung Tür. Nach ihr verließ ein Mann das Haus, der eine Aktentasche trug und offenbar in großer Eile war. Und dann …

»Moment mal. Sehen Sie sich das an. Die Kamera soll ihr Gesicht nicht sehen.«

»Möglich. Aber bei der Kälte gestern waren viele Leute so dick eingepackt.«

»Unter der Mütze lugt nicht eine Haarsträhne hervor, und sie hält ihren Kopf gesenkt, obwohl die untere Hälfte des Gesichts hinter dem dicken Schal, den sie sich umgewickelt hat, sowieso nicht zu erkennen ist. Dazu hat sie Handschuhe und einen langen Mantel an. Lassen Sie die Bilder weiterlaufen. Sehen Sie, sie drückt auf eine Klingel und wird eingelassen. Das bedeutet, dass sie nicht hier wohnt. Trotzdem weiß sie, wie sie es anstellen muss, damit sie auf den Aufnahmen der Kameras nicht zu erkennen ist, das heißt, sie weiß, wo diese Dinger hängen, war also auf alle Fälle vorher schon einmal hier. Wann genau ist sie hier angekommen? Zwanzig Minuten nachdem wir verschwunden sind?«

»Ah … dreiundzwanzig.«

»Sie hält den Kopf auch in der Eingangshalle so, dass nichts von ihrem Gesicht zu sehen ist. Aber die Bewegungen sind anders als bei Downing, und MacKensie ist nicht ganz so groß. Vielleicht ist das ja eine von den beiden anderen, bisher unbekannten Frauen. Vielleicht … und das ist Sus Etage. Sie läuft direkt auf die Wohnung zu, ihr wird sofort aufgemacht. Also hat Su sie kontaktiert, nachdem wir bei ihr waren. Wir haben sie aus dem Gleichgewicht gebracht, und sie hat eine ihrer Partnerinnen kontaktiert. Behalten Sie die Bildschirmteilung bei. Vielleicht hat sie auch die anderen einbestellt. Können Sie die Aufnahmen aus dem Flur ein bisschen schneller laufen lassen?«

»Ian wüsste sicher, wie das geht. Moment.«

Während Peabody ihr Glück versuchte, stapfte Eve im Zimmer auf und ab.

»Sie wussten, dass wir ihnen auf den Fersen sind. Deshalb haben sie beschlossen, erst einmal auf Tauchstation zu gehen. Diese beiden, Su und die fremde Frau, besprechen, wie es weitergehen soll, und kontaktieren dann die anderen. Ich gehe jede Wette ein, dass Su bereits am Packen ist.«

»Ich hab's! Ich bin einfach ein Elektronikass. Hier, Dallas, hier kommen sie wieder raus. Sechsundvierzig Minuten nachdem Su sie reingelassen hat.«

»Su mit einem Koffer und mit einer großen Reisetasche und die andere mit einem zweiten Koffer. Wieder hält sie sich absichtlich so, dass ihr Gesicht nicht zu erkennen ist. Es ist auf keinen Fall MacKensie, und ich denke auch nicht, dass sie Downing ist. Es ist eine der anderen beiden Frauen. Die elektronischen Ermittler sollen schauen, ob sie die Bilder so hinkriegen, dass man vielleicht doch ein bisschen mehr von ihr erkennen kann.«

»Vielleicht schafft Yancy es ja, Esty genügend Einzelheiten zu entlocken, dass wir sehen, ob sie eine der beiden unbekannten Frauen auf dem Gemälde ist«, stimmte die Partnerin ihr nickend zu.

»Fällt Ihnen etwas an Sus Klamotten auf? Jacke, Freizeithose und die Stiefel sehen fast wie Arbeitsstiefel aus. Außer dem Rucksack hat sie auch noch eine große schwarze Reisetasche und … Drücken Sie mal auf Pause. Sie guckt direkt in die Kamera. Das heißt, nicht in die Kamera, sondern auf uns«, verbesserte sich Eve. »Sie ist sich sicher, dass wir früher oder später diese Aufnahme zu sehen bekommen, und sie will, dass wir sie darauf sehen. Und wie guckt sie?«

»Wütend, aber … gleichzeitig auch selbstgefällig.«

»Ja, genau.«

»Weil sie jetzt auf dem Weg zu ihren Schwestern ist. Sie fährt jetzt los und holt die anderen ab.«

»Dann fahren sie zurück zu Betz. Wahrscheinlich wechseln sie sich bei den Folterungen ab. Die Frauen müssen schließlich ihren Lebensunterhalt verdienen, deshalb wechseln sie sich bei der Arbeit mit den Männern ab. Sie haben nicht aufgegeben, sondern verfolgen weiter ihren Plan. Sie müssen noch versuchen, Easterday zu kriegen. Su fällt in dem Outfit als Köder eindeutig aus. Es ist Mac-Kensie, die sich aufgebrezelt hat, das heißt, dass sie ihn in die Falle locken soll.«

»Aber der Wagen gehört Su, wie Sie gesagt haben.«

»Wahrscheinlich. Gehen Sie noch mal zurück, bis gestern Nachmittag, so gegen drei.«

Um zehn nach drei kam Su aus ihrer Wohnung. Sie war ganz in Schwarz gekleidet und hatte die große schwarze Reisetasche in der Hand. Sie hatte sich das Haar zu einem Pferdeschwanz gebunden. Obwohl man ihre Augen hinter der Sonnenbrille nicht erkennen konnte, sah man, dass sie kampfbereit die Fäuste ballte, als sie in den Fahrstuhl stieg.

»Spulen Sie vor«, murmelte Eve. »Ich will sie sehen, wenn sie wieder nach Hause kommt.«

Sie sahen sich das abendliche Leben im Gebäude an. Menschen gingen zum Essen, irgendwelchen Partys oder für die Nachtschicht aus dem Haus, andere kamen nach einem langen Arbeitstag, nach einem ausgedehnten Einkaufsbummel oder einem Drink mit Freunden heim. Die Körpersprache und die steinernen Gesichter eines Paares zeigten, dass es sich gestritten hatte, das Lachen und die schwankenden Bewegungen des nächsten Pärchens deuteten auf einen feuchtfröhlichen Abend irgendwo in einer Kneipe hin.

Die einen hätten sicherlich noch eine schöne Nacht, die anderen eher nicht.

»Da ist sie. Kurz nach vier. Jetzt sieht sie nicht mehr selbstzufrieden aus«, bemerkte Eve, als Su ins Haus kam und im Lift nach oben fuhr.

»Sie sieht im Gegenteil total erledigt aus. Ich habe ganz bestimmt kein Mitgefühl, denn schließlich haben diese Frauen wahrscheinlich gerade Wymann umgebracht und Betz furchtbare Schmerzen zugefügt, aber sie sieht total erledigt aus.«

Sie kämpfte mit den Tränen, dachte Eve. Sie blickte trotzig in die Kamera, während sie ihre Schlüsselkarte aus der Tasche zog, war aber eindeutig den Tränen nah.

»Ihr ist bestimmt ein bisschen schlecht, und sie ist aufgewühlt, weil dieser zweite Mord ihr nicht gegeben hat, was sie sich mehr als alles andere wünscht.«

»Was hat sie sich von der Tat erhofft?«

»Das, wovon Sie selbst vorhin gesprochen haben. Frieden«, meinte Eve.

Das war das Einzige, was man sich wünschte, wenn die Träume kamen, wusste sie. Und gleichzeitig das Einzige, was es nicht gab.

»Die angebliche Gerechtigkeit, um die es ihnen geht? Die spielt im Grunde keine Rolle. Sie will einfach wieder schlafen können. Will, dass es vorbei ist. Wünscht sich mehr als alles andere, dass nie passiert wäre, was sie erlebt hat. Das wird sie durch diese Morde nicht erreichen. Falls ihr das bisher nicht klar war, geht es ihr jetzt langsam auf. Jetzt kann sie sich so oft die Hände waschen, wie sie will, und riecht trotz allem immer noch das Blut, das daran klebt.«

»Trotzdem haben sie Betz nicht laufen lassen.«

»Nein. Sie werden weitermachen, selbst wenn sie erkennen, dass ihnen das auch nicht wirklich hilft. Sie denkt, dass sie es vielleicht zu Ende bringen muss, damit sie findet, was sie braucht. Damit sie wieder schlafen kann. Aber das wird sie nicht.«

»Warum wirkt sie dann derart k. o. und resigniert?«

»Ob resigniert oder entschlossen, macht bei diesen Dingen keinen Unterschied. Sie werden es zu Ende bringen oder das auf jeden Fall versuchen, einfach weil es für sie kein Zurück mehr gibt. Heute früh haben wir sie aus dem Gleichgewicht gebracht. Sie hat den Van geholt, wo immer er auch steht, die anderen eingesammelt und dorthin gebracht, wo Betz gefangen gehalten wird. Sie bringen ihn nicht zurück zu seinem Haus. Sie wissen, dass wir dort sind, sie sind nicht dumm genug, um das zu riskieren.«

Mit einem Mal erschöpft, setzte sich Eve aufs Bett. »Wir ziehen Trueheart und Baxter ab, doch für den Fall, dass ich mich irre, kommandieren wir ein paar Kollegen von der Trachtengruppe dorthin ab. Die Schlüssel, die wir bei Betz gefunden haben, verraten uns vielleicht etwas. Am besten fragen wir die elektronischen Ermittler, ob die Überprüfung von den Schlüsselkarten schon etwas ergeben hat.«

»Ich muss noch etwas sagen.«

Eve stand wieder auf und schob sich eine Strähne ihrer kurzen Haare aus der Stirn. »Was?«

»Das mögliche Motiv der Frauen. Das setzt Ihnen doch sicher zu. Es muss Sie doch daran erinnern, wie es damals für Sie selber war. Aber das war etwas völlig anderes, Dallas. Das war etwas völlig anderes.«

»War es nicht. Wobei ich jedes Recht hatte, auf meinen Vater loszugehen. Ich kämpfte damals um mein Leben, außerdem war ich noch ein Kind. Das war etwas anderes als das, was diese Frauen tun. Er hat mich vergewaltigt und mein Arm …« Sie hob die Hand und hatte das Gefühl zu spüren, wie der Knochen brach. »Als er mir meinen Arm gebrochen hat, waren die Schmerzen und der Schock *unmittelbar*. Ich hatte keine andere Möglichkeit, den Kerl zu stoppen und zu überleben, als selbst mit einem Messer auf ihn loszugehen. Das war also etwas anderes als das, was diese Frauen tun.«

Sie atmete tief durch, doch das Gefühl der Übelkeit blieb weiterhin bestehen.

»Aber der Rest? Die Angst, der Schmerz, die Vergewaltigung. Die Dinge, die in einem Wurzeln schlagen und die nie mehr vergehen? Das ist genau dasselbe. Deshalb weiß ich, dass durch Blutvergießen weder Frieden noch Gerechtigkeit zu finden sind. Zumindest nicht für mich.«

»Wie haben Sie es dann geschafft, mit dieser Sache abzuschließen?«

»Das erfahren Sie, sobald es mir gelungen ist.«

Als Peabody sich nickend nach dem Untersuchungsbeutel bückte, stopfte Eve die Hände in die Taschen ihres Mantels und gab widerstrebend zu: »Das war nicht fair und auch nicht wirklich wahr.«

»Sie brauchen über diese Sache nicht zu reden, und ich will Sie ganz sicher nicht bedrängen. Ich musste einfach loswerden, dass es bei Ihnen etwas anderes war.«

Zur Hölle mit der Übelkeit, sagte sich Eve, und mit dem dumpfen Pochen hinter ihrer Stirn.

Sie würden nicht gewinnen.

»Ich kann mich in die Frauen hineinversetzen, und ich denke, dass wir ihnen deshalb schneller als erwartet auf die Spur gekommen sind. Sie sind meine Partnerin und … Sie sind meine Partnerin«, erklärte sie ein zweites Mal, denn diese Worte sagten alles aus.

»Es gab damals Ärztinnen und Seelenklempnerinnen, die Polizei, das Jugendamt. Sie konnten sich um die Verletzungen meines Körpers, die gebrochenen Knochen kümmern, aber alles andere hatte ich so tief in meinem Inneren vergraben, dass ich selber nicht mehr wusste, wo es war. Das war für mich genauso überlebenswichtig wie das kleine Messer, mit dem ich auf meinen Vater losgegangen bin.«

Sie tastete in ihrer Tasche und schloss die Hand um ihre Marke, den mit Händen greif- und sichtbaren Beweis, dass sie aus eigener Kraft aus diesem Loch herausgekommen war und jetzt mit ihrer Arbeit anderen Opfern half.

»Ich habe mir ein neues Leben aufgebaut. Ich konnte mich noch bruchstückhaft erinnern, und ich hatte jahrelang Albträume, aber auch die habe ich weggesperrt. Wenn ich nicht drankam, konnte das auch niemand anderes. Dadurch hatte niemand je wieder die Möglichkeit, mir damit wehzutun. Vor allem aber hatte ich ein Ziel. Wenn ich mich recht entsinne, wusste ich schon, dass ich Polizistin werden muss, als ich in diesem Krankenhaus in Dallas wieder zu mir kam, das hat mir geholfen, alle diese Dinge durchzustehen. Als ich dann Detective wurde, fühlte ich mich … stark und hatte endlich eine Aufgabe. Das war mein Ziel, genau wie es das Ziel von diesen Frauen ist, die Männer auszulöschen, die irgendwas getan haben, was unverzeihlich ist. Ich brauchte meine Marke, meinen Job, musste für Opfer eintreten und Menschen schützen, um zu überleben. Obwohl mir das nicht klar war, hatte ich durch Feeney und durch Mavis plötzlich so etwas wie Familie, was mir ebenfalls geholfen hat. Vor allem aber hatte ich, wenn ich zum Dienst fuhr, und zwar jeden gottverdammten Tag, ein Ziel.« Sie zog die Marke aus der Tasche und bedachte sie mit einem nachdenklichen Blick. »Ich hatte über das gesiegt, was ich verdrängt hatte. Ich stand für etwas ein. Die Opfer waren mir wichtig, Peabody. Egal, wer sie auch immer waren und was auch immer sie verbrochen hatten, war es meine Aufgabe, für diese Menschen einzustehen.«

»Ich weiß. Das haben Sie mir schließlich beigebracht.«

»Vielleicht denken Sie, ich wüsste nicht, was Sie empfunden haben, als Sie Ihre Dienstmarke bekommen haben so wie Trueheart gestern früh. Aber ich weiß es ganz genau. Ich kann mich noch genau daran erinnern, was für ein Gefühl das war. Detective Dallas. Oh, ich weiß noch ganz genau, wie aufgeregt, wie panisch und wie stolz ich war. Als ich Lieutenant wurde, Himmel, da war ich genauso panisch, aufgeregt und stolz. Die Opfer und die Cops in meinem Dezernat sind das, was wichtig ist. Für sie muss ich noch heute alles geben, was ich geben kann.«

Sie wog die Dienstmarke in ihrer Hand und steckte sie dann wieder ein.

»Ich würde durchaus gerne auch noch Captain werden. Captain Dallas klingt nicht schlecht, was meinen Sie? Ich hatte gegen all die Dinge, die ich irgendwo in meinem Inneren weggeschlossen hatte, angekämpft, bis sie mir nicht mehr wichtig waren. Bis die erschreckenden Erinnerungen, von denen mir so übel wurde, und die Albträume, in denen ich oft mitten in der Nacht gefangen war, nicht länger von Bedeutung waren. Denn schließlich hatte ich ein Ziel, verdammt noch mal, und würde niemals mehr das Opfer sein. Aber …«

»Gehen wir«, meinte sie abrupt und stapfte Richtung Tür. »Denn hier verschwenden wir nur unsere Zeit.«

Wortlos schnappte Peabody sich ihren Mantel und behielt während der ganzen Fahrt hinunter ins Foyer ihr rücksichtsvolles, aber gleichzeitig besorgtes Schweigen bei.

»Am besten schicken wir ein Viererteam zum Haus von Betz. Carmichael von der Trachtengruppe und drei andere. Am besten zwei aus unserer Abteilung, dazu noch Shelby, falls sie zur Verfügung steht.«

»Shelby?«

»Sie ist auf dem Zweiundfünfzigsten und war im Fall Dubois zuerst vor Ort.«

»Ja, richtig, ich erinnere mich.«

»Ich habe sie im Auge. Wenn sie so gut ist, wie ich denke, hätte ich sie gern in unserem Dezernat. Wir brauchen wieder jemanden in Uniform.«

Sie selber rief, als Peabody mit den Kollegen sprach, bei Baxter an.

»Sobald die Ablösung vor Ort ist, fahren Sie und Trueheart aufs Revier. Wenn die elektronischen Ermittler wissen, wo die Schlüsselkarten passen, fahren wir dorthin. Vielleicht findet das Labor auf wundersame Art heraus, was das für Schlüssel sind. Bis dahin sehen wir uns die drei Frauen, die wir kennen, genauer an. Sie und Trueheart übernehmen MacKensie. Ich will wissen, was das erste Wort war, das sie je gesprochen hat, was die Mutter gern zum Frühstück isst, wo sie einkauft, welche Bank sie nutzt und was die Frau in ihrer Freizeit macht. Vor allem will ich wissen, wo sie überall gewohnt hat, seit sie auf die Welt gekommen ist.«

»Verstanden, Lieutenant. Alles klar. Wir sprechen noch kurz mit der Ablösung und fangen dann sofort mit der Recherche an.«

Sie legte knurrend auf, und als sie wieder in den Wagen stiegen, erklang hinter ihnen abermals ein lautes Hupkonzert. Eve tippte sich gedanklich an die Stirn, schaltete das Blaulicht aus und fädelte sich in den ihretwegen stockenden Verkehr.

»Aber«, griff sie das Gespräch aus Lydias Wohnung wieder auf, »es hat mir nicht gereicht. Ich musste glauben, dass es reichen würde, doch es hat nicht gereicht. Das hat Mira erkannt, und Gott, ich habe sie dafür gehasst, weil sie gesehen hat, was niemand sehen sollte. Weil auch ich selber es nicht sehen wollte. Solange ich es nicht im Kopf hatte, ging es mir schließlich gut.« Sie starrte auf das Auto vor ihnen.

»Dann war da dieser Zwischenfall mit diesem Arsch auf Zeus und diesem Kind, das eigentlich noch fast ein Baby war. Ich habe ihn nicht rechtzeitig erwischt. Ich kam zu spät, damit kam ich einfach nicht zurecht. Ich war tatsächlich kurz vor einem Zusammenbruch. Vielleicht war ich an einer Grenze angelangt, vielleicht war das der Tropfen, der das Fass zum Überlaufen brachte, doch auf jeden Fall hat mir die Sache furchtbar zugesetzt. Genau in dem Moment, in dem der Fall DeBlass in meinem Schoß gelandet ist. Ich habe mir gesagt, ich bin okay und komme damit klar. Ich komme damit klar, dass er das Baby in der Luft zerrissen hat und dass ich selbst zur Psychologin muss, weil ich den Arsch erschossen habe, der das Baby in der Luft zerrissen hat, während ich gleichzeitig versuche herauszufinden, wer DeBlass ermordet hat.«

Sie hielt an einer roten Ampel, fuhr sich mit den Händen durchs Gesicht und wünschte sich, sie könnte das Gefühl der Übelkeit und die Erschöpfung einfach auswischen. »Plötzlich war da Roarke. Ich weiß noch, wie ich sein Gesicht bei seiner Überprüfung auf dem Bildschirm sah, und dachte: aber hallo. Ein geheimnisvoller Typ mit jeder Menge Geld und ohne Vornamen, dafür aber schöner, als die Polizei erlaubt. Ich hätte nie was mit ihm anfangen dürfen, doch ich konnte nichts dagegen tun. Er hat mich einfach magisch angezogen, und ich konnte nichts dagegen tun. Was keineswegs an seinem Aussehen lag.«

Dann fuhr sie lachend wieder an. »Das heißt, verdammt, natürlich lag es auch an seinem Aussehen, aber es war auch noch etwas anderes.«

»Das kann ich nachvollziehen.«

»Es war, als hätte irgendwer gesagt: ›Es wurde allerhöchste Zeit, dass diese zwei sich finden, denn sie haben endlich auch mal etwas Glück verdient.‹ Plötzlich taten sich die ersten Risse in dem Panzer auf, hinter dem ich all die schlimmen Dinge weggeschlossen hatte. Ich schaffte es, mich der Erinnerung zu stellen, weil ich darauf vertrauen konnte, dass er mir den Rücken stärkt, mich aber gleichzeitig auch selber für mich einstehen lässt. Die Gefühle, die ich für ihn hatte, hätte ich auf keinen Fall verdrängen können. Ich konnte sie nicht unterdrücken oder ignorieren, und nach einer Weile wollte ich das auch nicht mehr. Ich glaube, wenn wir uns nicht begegnet wären, hätte ich es nicht geschafft. Dann hätten mir die Opfer irgendwann nicht mehr am Herzen gelegen, und ich hätte einfach meinen Job gemacht. Vielleicht wäre ich jetzt trotzdem Lieutenant, doch ich hätte aufgehört, der Cop zu sein, der ich sein muss.«

Und das hätte sie endgültig zerstört.

»Ohne ihn und ohne all die Dinge, die ich irgendwann an mich herangelassen habe, wäre ich nicht die, die ich jetzt bin. Dann hätte ich Sie vielleicht trotzdem so wie jetzt womöglich Shelby in mein Dezernat geholt, Sie aber sicher nicht zu meiner Partnerin gemacht, denn dazu hätte mir der Mumm gefehlt.«

Sie bog in die Garage des Reviers.

»Aber ich hatte eben Glück und habe meinen Frieden mit den Dingen, die geschehen sind, gemacht. Trotzdem bringen mich Fälle wie dieser aus dem Gleichgewicht. Dann kommt es mir so vor, als würde mir der Friede durch die Finger rinnen, doch inzwischen weiß ich, dass es Menschen gibt, bei denen ich ihn wiederfinden kann. Menschen wie Sie.«

Sie lenkte ihren Wagen in die Lücke und befahl: »Hören Sie auf«, als sie die tränenüberströmten Wangen ihrer Partnerin – und Freundin – sah. »Hören Sie um Himmels willen auf zu flennen. Wir sind hier schließlich in der Garage eines Polizeireviers. Da flennt man nicht, vor allem wenn man selber Polizistin ist.«

»Ich flenne gar nicht«, protestierte Peabody und tupfte sich mit einem Taschentuch die Augen ab. »Ich umarme Sie auch nicht, obwohl ich das jetzt wirklich gerne machen würde. Aber vielleicht darf ich sagen, dass Sie sich auf mich verlassen können, wenn Ihr Friede wieder einmal in Gefahr gerät. Sie können sich auf mich verlassen«, wiederholte sie, stieg aus und schnäuzte sich.

»Ich weiß«, murmelte Eve und stieg dann selber aus, um weiter ihrer Arbeit nachzugehen.

17

In der Hoffnung, dass sie etwas für sie hätten, suchte sie zuerst die elektronischen Ermittler auf.

Inzwischen hatte sie sich an das Chaos, das in der Abteilung herrschte, annähernd gewöhnt.

McNab stand hüftwackelnd in neongelber Hose und mit hell glitzernden Ringen in den Ohren über einer Art von Mikroskop, und Feeney saß in seinem ramponierten braunen Anzug und mit wirr zu Berg stehendem Haar, als hätte er den Finger in die Steckdose gesteckt, an einem Tisch und glich die Daten auf zwei Monitoren miteinander ab.

Die gut bestückte Callendar tänzelte schwungvoll zwischen zwei verschiedenen Arbeitsplätzen hin und her, und als sie mit den Schultern zuckte, zuckten ihr beeindruckender Vorbau und der Einrad fahrende Affe, der auf ihrem roten Glitzer-T-Shirt prangte, mit.

Ein anderer Elektronikfuzzi, den Eve nur vom Sehen kannte, wippte auf dem Rollhocker, auf dem er saß, und wühlte in den Eingeweiden eines ausgeschlachteten Computers, die auf seinem Schreibtisch ausgebreitet lagen. Die leuchtend gelben Spitzen seiner langen feuerroten Dreadlocks passten farblich zu der schlabberigen Latzhose, in der er steckte, und Eve wünschte sich, sie hätte, um nicht zu erblinden, vor Betreten der Abteilung eine Sonnenbrille aufgesetzt.

Als er Peabody entdeckte, wackelte McNab mit seinen blonden Brauen und meldete mit gut gelaunter Stimme: »Captain, unsere Mordsweiber sind da.«

»Etwas haben wir, und etwas haben wir nicht«, erklärte Feeney Eve.

»Erzählt mir zunächst mal, was ihr habt.«

»Die Nummer und den Code der einen Schlüsselkarte haben

wir geknackt. Sie gehört zu einem Schließfach der Liberty National Bank hier in New York. Wir haben sogar die Filiale. Die Adresse wollte ich dir gerade schicken. Sie ist in der Bronx.«

»Dann schick sie mir, damit ich mir das Schließfach ansehen kann. Und wobei steht ihr auf dem Schlauch?«

»Bei der verdammten anderen Schlüsselkarte, denn sie hat zwar einen Code, aber so eine Nummer wie die andere Karte hat sie nicht. Das heißt, dass sie wahrscheinlich nicht zu einem Schließfach, sondern eher zu einer Haus- oder zu einer Wohnungstür gehört. Natürlich könnte es auch die Schlüsselkarte irgendeines Unternehmens sein, aber wir gehen eher von einem Haus oder Apartment aus.«

»Das ist auf alle Fälle mehr als nichts. Und wie sieht es mit den Computern unserer Opfer aus?«

»Die aus dem Mira Institute sind voll Geschäftskram und politischem Gesülze, aber ich sehe sie mir trotzdem noch einmal genauer an. Ich habe Callendar auf Wymanns Kiste angesetzt und Juju auf das Zeug von Betz.«

»Juju?«

»Hier«, rief Dreadlock gut gelaunt.

Eve sah ihn sich genauer an. Die Sommersprossen in dem weißen rundlichen Gesicht sahen aus, als hätte jemand leuchtend rote Farbtupfer darauf verteilt.

Er wippte mit den leuchtend blauen, bis zu den Knien geschnürten Boots. »Der Macker schwimmt in Kohle, wirft sie aber gleichzeitig mit beiden Händen raus. Zwei Häuser, eins hier im Big Apple und das andere, wo man sich's bei Rum und bei Zigarren gut gehen lässt. Zockt gern und viel, doch ohne Plan. Für einen derart alten Knacker überraschend viele wechselnde Bräute auf dem Schirm, dazu noch drei echte Hammerschlitten, mit denen er derart abgeht, dass der Verkehr schon eine ganze eigene Bildersammlung von ihm hat.«

»Hören Sie … auf«, bat Eve, weil sie von dem Gebrabbel Kopfschmerzen bekam. »Spricht dieser Mensch kein Englisch?«

»Doch, natürlich. Aber Nerdisch ist mir einfach lieber«, klärte

Juju sie mit einem neuerlichen, breiten Grinsen auf und wandte sich an Callendar. »Was von der Tränke?«

»Klaro. Kirsch mit Bizzel.«

»Okey-dokey. Und, Captain, für Sie den schwarzen Tod?«

»Nee, verdoppeln Sie den süßen Bizzel.«

»Ian?«

»Mach drei Bizzel draus.«

Als Juju sich erhob, erkannte Eve, dass er problemlos 1,90 Meter maß. Was unter anderem an den dicken Sohlen seiner leuchtend blauen Schuhe mit den Silbersternen lag. »Und Sie?«

Sie schüttelte den Kopf. »Ich möchte nichts, egal, von was.«

»Ich möchte auch ein Bizzel«, meinte Peabody, nickend hüpfte er davon.

»Mir brummt der Schädel«, ächzte Eve.

Mit einem gleichmütigen Achselzucken meinte Callendar: »Er übertreibt es manchmal etwas mit dem Slang, aber dafür hat er es auch echt drauf. Er hat gesagt, dass Betz ein reicher Mann ist, aber oft viel Geld verliert, weil er auf Pferde wettet, aber nie gewinnt. Dazu hat er zwei Häuser, eins hier in New York und das andere auf Kuba.«

»Geben Sie mir die Adresse von dem Haus auf Kuba.«

»Kein Problem. Außerdem hat er gesagt, dass Betz ein Frauenheld ist und für einen Mann in seinem Alter überraschend oft etwas mit jungen Mädchen hat. Er hat eine Liste all dieser Frauen und wechselt immer wieder zwischen ihnen ab.«

»Mein Gott. Ich brauche auch die Namen und Adressen dieser Frauen.«

»Die kriegen Sie. Neben all den Frauen hat er noch drei Autos und wird permanent damit geblitzt.«

»Dann brauche ich auch noch die Kennzeichen der Wagen und die Stellen, wo er sich hat blitzen lassen. Wollen wir doch mal sehen, wohin er immer so schnell unterwegs ist. Das ist schon mal ein guter Anfang«, lobte Eve.

»Das war nur Jujus Anfang«, klärte Callendar sie auf. »Ich sehe mir die Kisten von dem Wirtschaftstypen an. Auf denen nichts von irgendeiner Spielsucht oder so zu sehen ist. Im Gegensatz zu Betz, der laut Juju nie selbst gearbeitet, sondern all sein Geld aus dem Familienunternehmen rausgezogen hat, hat dieser Wymann sich echt krummgelegt. Aber er hatte nebenher auch jede Menge Spaß. War oft im Urlaub und auf irgendwelchen Städtetrips. Das sieht man an den unzähligen Bildern, die er auf der Kiste abgespeichert hat. Genau wie die Artikel über die Theaterstücke, in denen sein Enkel mitgespielt hat, E-Mails seiner Freunde und Verwandten und die Mails, in denen es um seine Arbeit ging. Er hatte zwar die Namen und Adressen von verschiedenen Frauen abgespeichert, aber keine Date-Liste wie Betz. Neben seinem Haus hier in New York hat er auch noch ein Haus in East Hampton und ein Apartment in London, wo er häufiger im Urlaub war.«

»Okay, vielleicht haben unsere Täterinnen sich ja einen Schlüssel für das Haus in East Hampton oder auch das Zweithaus eines anderen Mitglieds dieser Bruderschaft besorgt. Wobei …«

So einfach war es sicher nicht, sagte sich Eve.

»Wahrscheinlich haben sie etwas Eigenes, denn schließlich haben sie ihr Vorgehen von langer Hand geplant. Aber wir sehen uns trotzdem noch die Zweithäuser- und wohnungen von diesen Männern an.«

Sie sah auf ihre Uhr. Der Tag schritt schnell voran, Betz blieb kaum noch Zeit.

»Schicken Sie mir alles, was Sie haben und noch finden. Ich spreche noch mit Yancy wegen der Gemälde, danach bin ich in meinem Büro. Ich muss erst mal in Ruhe nachdenken.«

Sie stapfte los, als Juju, ein Tablett mit riesengroßen Bechern in den Händen, wiederkam. Mit einem extrabreiten Grinsen hielt er Peabody den ersten großen Becher hin. »Hier, bitte.«

»Danke.«

Als sie ein paar Münzen aus der Tasche ziehen wollte, fuchtelte er mit dem Zeigefinger durch die Luft und meinte großmütig: »Das geht auf mich.«

Sie klatschten ab, bevor er weiterhüpfte, und Eves Partnerin erklärte: »Er ist wirklich gut. Wir hängen manchmal miteinander ab.«

»Wenn Feeney ihm die Kiste überlassen hat, ist er auf alle Fälle gut«, pflichtete Eve ihr bei. »Da Sie selbst genauso gut sind, finden Sie jetzt alles über Downing raus, was es über sie herauszufinden gibt.«

»Sagen Sie Yancy Hi von mir«, bat Peabody, bevor sie ihrer Wege ging.

Eve fuhr in Yancys Dezernat und traf ihn dort an seinem Schreibtisch. Er starrte stirnrunzelnd auf den Monitor und hob nur kurz den Kopf, als sie den Raum betrat. »Hallo.«

»Hallo. Und dazu noch ein Hi von Peabody. Sind Sie mit Laurel Esty klargekommen?«

»Sie und ihr Kumpel Reb sind gerade weggegangen. Und ja, wir sind auf alle Fälle miteinander klargekommen«, stimmte er ihr lächelnd zu. »Und zwar so gut, dass dabei noch ein Date herausgesprungen ist.«

»Mit Esty?«

»Es ist einfach so passiert.« Sein Lachen klang etwas verwirrt. »Sie hat gesagt, ich könnte sie ja mal auf einen Drink einladen. Als ich gesagt habe, ja klar, hat sie gesagt: ›Perfekt. Wie wäre es um sieben?‹ Also …«

Eve zog wortlos ihre Brauen hoch. Tatsächlich musste Peabody sich nicht zu Unrecht Luft zufächeln, als die Sprache auf den Polizeizeichner gekommen war. Er hatte jede Menge dunkler Locken auf dem Kopf und ein Gesicht, das gleichermaßen hübsch wie sexy war.

»Also«, wiederholte Eve, »war sie nicht übertrieben aufgeregt oder nervös, als sie zu Ihnen kam.«

»So kam sie mir auf jeden Fall nicht vor. Sie dachte anfangs nicht, dass sie sich gut erinnern könnte, aber das kommt öfter vor, und meistens reicht's, wenn man den Leuten etwas auf die Sprünge hilft. Aber sie ist nur eine Zeugin, oder? Im Grunde nicht mal das, weil sie gar kein Verbrechen mitbekommen hat. Eigentlich hat sie nur zwei Kunstwerke gesehen, die in dem Fall womöglich eine Rolle spielen.«

»Genau.« Eve lehnte sich an seinen Schreibtisch. »Sie überschreiten also keine Grenze, wenn Sie mit ihr ausgehen, falls es das ist, was Sie wissen wollen. Was haben Sie aus ihr herausbekommen?«

»Außer ihrer Handynummer und der Tatsache, dass sie keine Beziehung hat?«, hakte der Zeichner grinsend nach. »Ich glaube, dass ich diese Bilder so gut nachgezeichnet habe, wie sie nachgezeichnet werden können, ohne dass man sie persönlich sieht. Ich habe einen ganz normalen Skizzenblock dafür benutzt, die Bilder eingescannt und Sie Ihnen geschickt.«

»Sehr gut, aber ich würde sie mir trotzdem gerne jetzt schon einmal ansehen.«

»Hier.« Er griff nach seinem Block und blätterte darin herum. »Ich habe mit dem Bild der Frauen angefangen, so wie sie's gesehen hat.«

»Sie bilden eine Einheit, finden Sie nicht auch?« Eve studierte das Porträt der Frauen. »Die Zeugin kennt Downing, weshalb sie besonders gut getroffen ist. Aber auch die Skizzen von MacKensie und von Su sind ziemlich gut, diese beiden hat sie nur auf dem Gemälde gesehen. Vielleicht haben wir also Glück und finden über die Gesichtserkennung heraus, wer die beiden anderen, bisher unbekannten Frauen sind.«

»Wobei die Skizze der Interpretation der Malerin dieses Gemäldes nachempfunden ist. Die eine unbekannte ist noch jung, ich schätze, dass sie höchstens Anfang zwanzig ist. Dagegen sieht die andere deutlich reifer, mindestens wie Mitte, Ende vierzig aus.«

»Die jüngste Frau ist in der Mitte. Als würden die anderen sie stützen oder schützen wollen.«

»Möglich.« Yancy runzelte die Stirn und sah sich seine eigene Arbeit noch einmal genauer an. »Wahrscheinlich haben Sie recht. Ich habe auch noch Einzelskizzen von den Frauen angefertigt, wobei die von Downing klarer als die der anderen ist. Wie Sie gesagt haben: Die beiden kennen sich und haben sich häufiger gesehen. Ich kann die Bilder gern in die Gesichtserkennung geben«, bot er an.

Eve wollte sagen, dass sie das gleich selber machen würde, aber wenn er diese Arbeit übernähme, könnte sie die Zeit für andere Dinge nutzen, also nickte sie und sagte: »Vielen Dank. Das wäre nett.«

»Nichts zu danken. Wie sieht es mit dem anderen Gemälde aus?«

Er blätterte erneut in seinem Block, bis er die Studie der sechs Männer mit den Teufelsmasken fand. Sie stürzten in ein Flammenmeer, während im Hintergrund ein Haus in Flammen stand.

»Ein dunkles Bild«, stellte der Zeichner fest.

Eve nahm den Block und schaute sich das Bild genauer an. Tatsächlich hatte Yancy Esty weitere Details entlocken können, merkte sie. Wie, dass das Haus über drei Stockwerke verfügte und aus rotem Backstein war. Es wirkte auf gediegene Weise alt, als hätte man es irgendwann für jemanden mit Geld gebaut.

Wenn sie es sähe, würde sie das Haus auf jeden Fall erkennen, dachte sie.

Genauso wie die Männer hinter den dämonischen Masken deutlich zu erkennen waren.

»Mira, Wymann, Stevenson. Die ersten beiden wurden nachweislich ermordet, und ich kann mir vorstellen, dass es auch bei Stevenson kein Selbstmord war. Frederick Betz wird momentan vermisst, Marshall Easterday sitzt angstschlotternd in seinem Haus, und Ethan MacNamee hält sich im fernen Glasgow auf und wird dort von der einheimischen Polizei bewacht. Gute Arbeit, Yancy«, lobte sie.

»Ich habe einfach meinen Job gemacht. Aber auch Laurie meint, ich hätte es echt drauf, das hat sie bestimmt nicht nur gesagt, weil sie sich nachher noch mit mir in einer Kneipe treffen will.«

Eve blätterte noch einmal zurück, sah sich die Einzelskizzen der fünf Frauen an und sagte sich, sie hätten eine echte Chance herauszufinden, wer sie waren.

»Schicken Sie mir alles. Falls die Gesichtserkennung was ergibt, kriege ich umgehend Bescheid.«

»Auf jeden Fall.«

Als Eve in ihre eigene Abteilung zurückkam, ereiferte sich Baxter gerade über die Krawatte, mit der Jenkinson zum Dienst erschienen war.

»Wie kann man Violett und Gold zu einem braunen Anzug tragen?«

»Dieser Schlips spricht für sich selbst.«

»Das Einzige, was er mir sagt, ist, dass du jeglichen Geschmack vermissen lässt. Du könntest wenigstens an Farbfamilien und passende Kontraste denken.«

»Manchmal muss man in der Mode eben was riskieren«, gab der Kollege ungerührt zurück. »He, Trueheart, gib Bescheid, falls du mal einen coolen Schlips zu deinem Anzug haben willst. Der Typ, bei dem ich kaufe, macht dir sicher einen guten Preis, falls du dein Outfit etwas aufpolieren willst.«

»Danke, aber vorerst reicht mir der, den ich von deiner Frau geschenkt bekommen habe, weil sie letzte Nacht mehr als zufrieden mit mir war.«

»Anscheinend bildet sich der Junge ein, dass er das Maul aufreißen kann, nur weil er jetzt Detective ist. He, Boss. Was halten Sie von meinem Schlips?«

»Ich versuche, möglichst nicht an Ihren Schlipsfetisch zu denken, Jenkinson.«

»Ich bringe damit einfach Farbe in die Welt. Los, Reineke, zeig unserm Boss die coolen Socken, die du an den Füßen trägst.«

»Ich will sie gar nicht …« Sie brach ab, als Reineke den Fuß ausstreckte und sie rote Socken mit leuchtend blauen Blitzen sah.

Die fast so grauenhaft wie Jujus Schuhe waren.

»Falls es einen Gott gibt, kennt er keine Gnade«, stieß sie knurrend aus.

»Ich muss mit meinem Partner schließlich Schritt halten«, erklärte Reineke. »Da er was für den Hals hat, wollte ich was für die Füße haben, aber Schuhe sind zu teuer, um damit zu spielen, also dachte ich mir, Socken tun es auch.«

Dies waren zwei der besten Polizisten, die sie kannte, dachte Eve und flüchtete in ihr Büro. In ihrem Dezernat gab's nur die besten, aber manchmal war sie sich nicht sicher, ob der Wahnsinn nicht die Genialität der Leute überwog.

Sie rief noch einmal bei Reo an, damit sie einen Richter dazu brächte, ihnen die Erlaubnis zu erteilen, sich auch noch das Schließfach anzusehen.

Dann holte sie sich einen Kaffee, brachte ihre Tafel und die Aufzeichnungen auf den neusten Stand, legte die Stiefel auf der Schreibtischplatte ab und dachte nach.

Fünf Frauen, die ein Geheimnis teilten und zusammen ein bestimmtes Ziel verfolgten, überlegte sie. Downing hatte diese beiden Bilder sicherlich nicht zufällig gemalt.

Sie wollte sich den Kummer und ihre Gefühle von der Seele malen.

Liebe und Hass? Vielleicht.

Fünf Frauen, dachte Eve. Sie mussten sehr loyal und sehr entschlossen sein, um ein so schreckliches Geheimnis zu teilen.

Vom Alter mussten sie dem Bild nach zwischen Anfang zwanzig und fast fünfzig sein. Wobei die älteste der Frauen aus dem sexuellen Beuteschema der im Leichenschauhaus aufgebahrten Männer herausfiel.

Sechs Männer, drei von ihnen tot durch angeblichen Selbstmord oder Mord, die während ihrer Collegezeit nicht nur die Unterkunft geteilt zu haben schienen. Einflussreiche, wohlhabende Männer, zwei davon erwiesenermaßen Ehebrecher, die vor allem auf junge Frauen abgefahren waren.

Etwas hatte sie in ihrer Collegezeit vereint. Sechs privilegierte, junge Männer, die auf eine angesehene Universität gegangen waren.

Was hatte sie verbunden?

Junge Frauen. Das Verlangen nach und die Eroberung von jungen Frauen.

An einer Universität wie Yale mussten sie arbeiten, studieren, produzieren, um nicht herauszufliegen. Hatten also jede Menge Stress gehabt, währenddessen hatte gleichzeitig ein fürchterlicher Krieg getobt. Ein Bürgerkrieg, in dem es um die Abschaffung der

Privilegien junger, wohlhabender Männer ihrer Art gegangen war.

Es hatten also sicher strenge Sicherheitsvorkehrungen in Yale geherrscht.

Was wollten junge Männer, außer Frauen, was es am College gab? Die Freiheit von den Eltern, die sie kontrollierten, auch wenn diese neu gewonnene Freiheit durch die neuen Regeln, die am College galten, abermals beschnitten worden war.

Sex, Drogen, Alkohol. Feierte man damit nicht, dass man dem strengen Elternhaus endlich entkommen war? Zeigte man damit nicht, dass Regeln nur etwas für langweilige Spießer waren? Dass man ein Mann und endgültig erwachsen war?

Da aber die Rebellen Fäuste schüttelnd vor den Toren standen, waren diese Tore abgesperrt. Was also tat man jetzt?

Bisher wies nichts auf irgendwelche Drogen- oder Alkoholexzesse hin. Die hätte man natürlich mit viel Geld vertuschen können, aber sie wären sicher nicht der Grund gewesen, diese Männer zu ermorden. Also blieb nur noch der Sex.

Der eindeutig der Schlüssel war.

Sechs junge Männer. Hatte es bereits vor all der Zeit am College angefangen?

Alte Schlüssel, die in einem geheimen Fach versteckt wurden. Ein altes, teures Haus, das entweder symbolisch oder vielleicht auch real in Flammen stand.

Während sechs alte Männer auf dem Weg ins Höllenfeuer waren.

Das Piepsen des Computers zeigte ihr den Eingang einer Mail. Sie war von Morris, entschlossen stellte Eve die Füße wieder auf dem Boden ab.

Ich habe die Tattoos analysiert. Ausführlicher Bericht wird nachgereicht. Die Tätowierungen sind um die fünfzig Jahre alt. Für eine genaue Analyse habe ich noch Proben ins Labor geschickt, aber bisher weist alles darauf hin, dass Ihre Opfer junge Männer waren, als ihnen die Tattoos gestochen worden sind.

Dann hatten diese sechs also als junge Männer diese Bruderschaft gebildet, überlegte sie.

Und heute bildeten fünf Frauen eine Schwesternschaft, die ihnen auf den Fersen war.

Sie rief die Mail von Yancy auf.

»Computer, such nach Immobilien im Umkreis von fünfundzwanzig Meilen der Universität von Yale, die aussehen wie das Haus in Skizze zwei und fünfzig Jahre oder älter sind. Schick die Ergebnisse der Suche auf meinen Privatcomputer.«

Suchparameter übernommen. Einen Augenblick ...

»Dann machen wir uns beide an die Arbeit«, meinte Eve und rieb sich ihren Nacken, als ein Anruf kam.

»Eve«, fing Mira an. »Ich wünschte mir, ich könnte Ihnen mehr geben.«

»Zu *Inner Peace*?«

»Von Frieden keine Spur«, bezog sich Mira auf den Namen des Instituts. »Im Grunde war es nämlich eher ein Kampf, bis man mir irgendetwas verraten hat. Die Datenschutzgesetze sind selbst zwischen Medizinern streng und klar. Ich habe überhaupt nur etwas herausbekommen, weil ich bereits wusste, dass Su und MacKensie dort waren. Obwohl die Gruppenleitung und die Therapeuten keine Einzelheiten nennen konnten, haben sie ein paar Anspielungen gemacht und indirekt bestätigt, was ich selbst bereits vermutet habe, nämlich dass die beiden Frauen wegen wiederholter Albträume bei ihnen in Behandlung waren. Dazu haben beide eine Therapie gemacht, um verdrängte Erinnerungen wieder hochzuholen, was zu den Studien des Schlaflabors, in dem Lydia Su und Downing waren, passt.«

»In Ordnung. Mir hilft jedes noch so winzige Detail.«

»Ich kann Ihnen noch sagen, dass die beiden Frauen in einem Bereich der Klinik waren, der Frauen vorbehalten ist. Dort geht es um Vertrauensbildung und spirituelle Führung hauptsächlich für Missbrauchsopfer, also Frauen, die vergewaltigt worden sind.«

»Die Frauen sind abgetaucht.«

»Verzeihung, was?«

»Die drei und mindestens noch eine andere Frau sind abgetaucht.«

»Noch eine andere?«

»Sie sind zu fünft. MacKensie, Su und Downing haben alle heute früh gepackt und ihre Wohnungen verlassen. Auf den Aufnahmen der Überwachungskamera in Sus Apartmenthaus ist auch noch eine vierte, bisher unbekannte Frau zu sehen, dazu habe ich noch das Gemälde von fünf Frauen, das in Downings Wohnung hing. Die älteste der Frauen dürfte Ende vierzig und die jüngste Anfang zwanzig sein.«

Nach kurzem Schweigen stellte Mira fest: »Aufgrund der Dinge, die wir wissen, würde ich behaupten, dass die Morde Rache für den jahrelangen Missbrauch einer ganzen Reihe Opfer sind.«

»So sehe ich das auch. Ich muss allmählich weitermachen. Falls Sie sonst noch etwas finden, geben Sie Bescheid.«

»Fünf Frauen, Eve, mit über zwanzig Jahren Altersunterschied. Sie brauchen nur die Leerstellen auszufüllen, um zu sehen, dass das bestimmt nicht alle Opfer sind.«

»Es gibt auf jeden Fall noch mehr als diese fünf. Ich melde mich«, erklärte Eve und legte auf.

Sie griff nach ihrem Mantel und marschierte los.

»Baxter, Trueheart, alles, was Sie haben, schicken Sie mir ins Büro und nach Hause. Ich weiß nicht, ob ich es schaffe, heute noch mal herzukommen. Dasselbe gilt für Sie«, wandte sie sich an ihre Partnerin.

»Aber …«

»Ich sehe mir Betz' Schließfach an und komme, wenn's nicht sein muss, nicht noch einmal hierher zurück. Yancy hat sich angeboten, die Gesichtserkennung zu den beiden unbekannten Frauen von dem Gemälde durchzuführen, und mein

Computer sucht gerade nach dem Haus im Hintergrund des zweiten Bilds. Sobald wir einen Treffer landen und ich Ihre Hilfe brauche, kriegen Sie von mir Bescheid. Ansonsten will ich, dass Sie alles herausfinden, was über diese Frauen herausgefunden werden kann. Sie sind sich irgendwo begegnet, bisher fehlen uns noch die Namen der letzten beiden Frauen. Darum will ich alles wissen, was es über diese Frauen zu wissen gibt.«

Sie ging zum Gleitband, weil sie dieses Mal den Fahrstuhl nicht ertragen hätte, als der nächste Anruf kam.

»Dallas. Sagen Sie mir, dass ich den Durchsuchungsbeschluss kriege.«

»Holen Sie mich ab, dann bringe ich ihn mit«, erklärte Reo ihr.

»Was? Warum denn das?«

»Die Banken stellen sich bei solchen Dingen öfter quer, deswegen nehmen Sie am besten eine Staatsanwältin mit. Vor allem habe ich mir nach den zahlreichen Beschlüssen, die ich heute Ihretwegen einem Richter aus den Rippen leiern musste, einen kleinen Ausflug rechtschaffen verdient.«

»Ich fahre doch nur in die Bronx.« Ungeduldig bahnte Eve sich einen Weg durch das Gedränge auf dem Band.

»Ich warte am Gericht. Am besten holen Sie mich dort ab.«

Bevor Eve widersprechen konnte, legte Reo auf.

Verdammt, murmelte Eve. Sie wollte auf der Fahrt mit dem Labor, den elektronischen Ermittlern und mit Yancy sprechen und sich überlegen, wie am besten weiter vorzugehen war. Vor allem wollte sie ihren Gatten fragen, ob er vielleicht ein paar Dinge für sie in Erfahrung bringen könnte, ohne dass es jemand mitbekam.

Jetzt wäre sie gezwungen, Reo mitzuschleifen, aber vielleicht käme ihr die Staatsanwältin ja tatsächlich gerade recht.

Vor allem hielt sie Wort und wartete bereits mit einer kessen roten Baskenmütze auf dem blonden Haar in rotem Mantel und in schwarzen hochhackigen Stiefeln auf der Treppe des Gerichts.

»Wie können Sie in diesen Dingern laufen?«, fragte Eve, als Reo zu ihr in den Wagen stieg.

»Geschmeidig und mit jeder Menge Sexappeal«, erklärte die und stellte ihre Akten- und die riesengroße Handtasche im Fußraum ab.

Wie Peabody betätigte sie umgehend die Sitzheizung und stellte fest: »Ich glaube nicht, dass ich mich jemals an den Winter in New York gewöhnen kann.«

»Den gibt's doch jedes Jahr.«

»Es nervt Sie, dass ich mitkomme, nicht wahr? Wie viele Sachen wollten Sie heute noch mal von mir haben?«

»Schon gut.«

»Wir sind im selben Team, Dallas. Und Frederick Betz ist sicher immer noch nicht wieder aufgetaucht.«

»Wenn diese Frauen nicht beschlossen haben abzuhauen, was ich mir nicht vorstellen kann, müsste er noch am Leben sein. Aber er wird fürchterliche Schmerzen haben und hält sicher nicht mehr lange durch.«

»Was sind Sie doch für eine unerschütterliche Optimistin.« Reos Handy schrillte, doch nach einem Blick auf das Display wies sie den Anruf ab.

»Müssen Sie nicht drangehen?«

»Nein. Dafür ist später auch noch Zeit. Ich weiß bisher nur ein paar Einzelheiten, also setzen Sie mich bitte erst einmal ins Bild.«

Da es auch ihr selbst nicht schaden konnte, alles noch einmal durchzugehen, erstattete Eve ihr einen ausführlichen Bericht.

»Sie glauben also, dass die Männer, das heißt Ihre beiden Opfer und die drei, nein vier anderen Männer, die Frauen vergewaltigt haben.«

»Ja. Da die Kerle offenbar auf junge Frauen stehen und eine dieser Frauen bereits Mitte oder Ende vierzig ist, haben sie das auch vor zwanzig Jahren schon gemacht. Wahrscheinlich haben sie damit angefangen, als sie auf dem College waren.«

»Wegen der Tattoos.«

Zumindest war die Staatsanwältin eine kluge Frau und dachte mit.

»Wenn die Leiterin dieses Beratungszentrums drei der Frauen erkannt hat, waren ja vielleicht auch die beiden anderen da und kennen sich von dort.«

»Es fällt mir schwer zu glauben, dass fünf Opfer dieser Männer zufällig im selben Zentrum waren. Und dass keine dieser Frauen wegen einer Vergewaltigung zur Polizei gegangen ist. Zumindest haben wir bisher keine solche Anzeige entdeckt.«

»Vielleicht waren sie auch bei derselben Therapeutin, im selben Gesprächskreis oder so.«

»Das wäre ebenfalls ein Riesenzufall, finden Sie nicht auch? Aber bisher ist das alles, was ich habe. Easterday ist völlig durch den Wind, wenn ich Betz nicht finde, hole ich ihn zur Vernehmung aufs Revier. Ich muss ihm so viel Angst machen, dass er mir alles beichtet.«

Sie sah die Staatsanwältin forschend von der Seite an. So zierlich und so hübsch sie war, verfügte sie doch über eine ausgeprägte Durchsetzungs- und Willenskraft.

»Ich könnte dabei durchaus etwas Unterstützung brauchen.«

»Als Anwalt weiß er besser als die meisten anderen, dass er Ihnen gar nichts sagen muss.«

»Wenn ich ihn glauben lasse, dass sein Leben in Gefahr ist, macht er garantiert die Klappe auf. Und er ist wirklich in Gefahr. Außerdem müsste ich auch noch Edward Miras Wohnung auseinandernehmen, auch wenn seine Frau damit bestimmt nicht einverstanden ist. Ich weiß, dass sie sich erst mal querstellen wird.«

»Da ist es wirklich praktisch, dass ich mitgekommen bin. Wann wollen Sie sich die Wohnung vornehmen?«

»Am besten heute noch, sonst morgen früh.« Sie fuhr sich mit den Händen durchs Gesicht. »Wenn ich bedenke, was ich sonst noch alles machen muss, wahrscheinlich eher morgen früh. Sein Sohn und seine Tochter würden anders als die Ehefrau bestimmt kooperieren. Wahrscheinlich würden sie uns sogar helfen. Sobald ich die Erlaubnis habe, mich in Miras Wohnung umzuschauen, rufe ich die beiden an. Ich will die Wohnung auf den Kopf stellen und die elektronischen Geräte konfiszieren.«

Jetzt zog die Staatsanwältin ihren Handcomputer aus der Tasche und gab ein paar Dinge darin ein. »Glauben Sie, die Ehefrau wusste etwas? Glauben Sie, sie wusste, dass er Frauen vergewaltigt hat?«

»Für mich ist sie der Typ, der etwas wissen und sich einreden kann, er wüsste nichts. Für mich ist sie der Typ, der, wenn die Sache rauskommt, sagen wird, die Frauen hätten es herausgefordert oder vielleicht gar freiwillig mitgemacht.«

»Ich kenne diese Art von Frau. Mit denen habe ich beruflich oft genug zu tun. Was ist mit der Frau von Easterday?«

»Sie weiß ganz sicher nichts. Sie läuft mit offenen Augen durch die Welt, und wenn sie etwas wüsste, wäre ihr das alles andere als egal. Das ist ein Druckmittel, das ich benutzen werde, wenn er im Verhörraum vor mir sitzt. Egal, wie er dorthin gelangt.«

»Fahren Sie immer so?«

»Wie?«

»Als wären wir auf der Flucht vor einem Erdbeben.«

»Mir rennt die Zeit davon. Und nur damit Sie's wissen.« Eve ging in die Vertikale, schaltete das Blaulicht ein und trat das Gaspedal bis auf den Boden durch. »So flüchtet man vor einem Erdbeben.«

Sie schaffte es tatsächlich in Rekordzeit von Manhattan in die Bronx und stellte anerkennend fest, dass Reo tapfer durchgehalten und nur einmal leise aufgeschrien hatte, als das blöde Taxi ihr erst auf den letzten Drücker ausgewichen war.

Sie quetschte sich ins Parkverbot und ließ das Blaulicht einfach an.

Bevor sie ausstieg, klappte Reo noch die Sichtblende herunter und sah sich im Spiegel an. »Ich muss nur nachsehen, ob mir meine Augen aus dem Kopf gequollen sind.« Dann fischte sie sich noch einen leuchtend roten Lippenstift aus ihrer Tasche und erklärte: »Sie haben Ihre Marke und Ihr schnodderiges

Mundwerk, ich habe meinen Titel und den Macherinnen-Lippenstift.«

Sie ließ den Stift wieder in die Tasche fallen und stellte grimmig lächelnd fest: »So kommen wir auf jeden Fall zurecht.«

Sie gingen los, doch an der Tür hielt ein Wachmann sie auf und wandte sich an Eve.

»Bitte geben Sie mir Ihre Waffe, Ma'am.«

»Lieutenant. Der New Yorker Polizei«, erklärte sie und hielt ihm statt des Stunners ihre Marke hin.

Er scannte sie und wandte sich ihr reglos wieder zu. »Wenn Sie die Bank betreten wollen, muss ich Ihre Waffe sicherstellen.«

»Das Ding ist nirgendwo so sicher wie bei mir, deshalb gehen wir jetzt rein. Reo?«

»Ja, natürlich. Staatsanwältin Reo«, stellte sie sich lächelnd vor und klappte ihre Aktentasche auf. »Das ist die Erlaubnis eines Richters, uns im Rahmen polizeilicher Ermittlungen ein ganz bestimmtes Schließfach anzusehen.«

»Die Politik der Bank besagt, dass solche Dinge nur die Leiterin der Zweigstelle erlauben darf.«

»Dann holen Sie sie meinetwegen her«, bot Reo an und sah dabei auf ihre Uhr. »Wir warten hier genau eine Minute. Die Zeit läuft.«

Obwohl er sie mit einem bösen Blick bedachte, machte er sich eilig auf den Weg.

»Nett«, bemerkte Eve. »Was tun wir, wenn sie nicht rechtzeitig erscheint?«

»Dann gehen wir rein, auch wenn das sicher jede Menge Ärger machen wird.«

Im Inneren des Bankgebäudes herrschte eine ehrfürchtige Stille, die sicherlich nicht echten Marmorsäulen sahen aus, als hielten sie das große Oberlicht an seinem Platz. Die Angestellten saßen hinter schusssicheren Scheiben, und die Kunden trugen mit gedämpften Stimmen ihre Wünsche vor.

Eve hätte diesen aufgeblasenen Laden durchaus gern ein bisschen aufgemischt, doch leider kam vor Ablauf der gesetzten Frist die Leiterin der Bankfiliale trotz ihrer hochhackigen schwarzen Schuhe mit schnellen Schritten auf sie zumarschiert. Sie hatte rabenschwarzes Haar, das keilförmig geschnitten war und ihre strenge Miene wenig vorteilhaft zur Geltung kommen ließ.

»Gibt es Probleme, Officer?«

»Lieutenant«, korrigierte Eve und hielt ihr die Marke hin. »Solange Sie mich meine Arbeit machen und das auf der richterlichen Anordnung vermerkte Schließfach einsehen lassen, nicht.«

»Die Privatsphäre unserer Kunden wird sowohl durch die Bestimmungen der Bank als auch durch die Gesetze …«

»… so lange geschützt, bis die Entscheidung eines Richters etwas anderes besagt«, fiel Reo ihr ins Wort. »Das dürfte Ihnen als Leiterin der Filiale bekannt sein. Falls Sie versuchen, eine Umsetzung dieses Beschlusses zu verhindern, wird der Lieutenant Sie vorübergehend festnehmen, und ich erhebe Anklage wegen Behinderung der Justiz.«

»Als Leiterin der Bank bin ich verpflichtet, Mr. Betz zu kontaktieren und über diese Angelegenheit zu informieren.«

»Da wünsche ich viel Glück.« Eve ließ die Schultern kreisen. »Meinetwegen tun Sie das, nachdem Sie uns das Schließfach aufgeschlossen haben. Das mit der Minute eben war nicht schlecht, Reo. Am besten wiederholen wir das. In einer Minute haben Sie entschieden, wie Sie's angehen wollen. Die Zeit läuft.«

»Dann informiere ich am besten ganz schnell Mr. Betz.«

»Danach landen Sie in einer Zelle, und der Einzige, den Sie noch kontaktieren wollen, wird Ihr eigener Anwalt sein. Inzwischen sind die ersten zehn Sekunden um.«

»Ich werde mich bei Ihren Vorgesetzten über Sie beide beschweren.«

Sie machte wütend auf dem Absatz kehrt, marschierte dicht gefolgt von Eve und Reo wieder durch die Eingangshalle bis zu einer Doppeltür aus schwerem Stahl, gab einen Code ins dafür vorgesehene Zahlenfeld, zog ihre Schlüsselkarte durch den Schlitz, und lautlos schwangen die dicken Türen auf.

»Sie müssen sich beide noch einmal ausweisen und dann hier eintragen«, erklärte sie und las noch einmal eingehend die Erlaubnis zur Durchsuchung von Betz' Schließfach durch.

»Mir bleibt anscheinend keine andere Wahl, aber ich protestiere noch einmal auf das Schärfste. Die Privatsphäre unserer Kun…«

»Ja, ja.« Eve ging an ihr vorbei und klapperte die Fächer ab, bis sie vor dem gesuchten stand. »Jetzt gehen Sie bitte weg.«

Mit einem lauten Schnauben wandte sich die Bankerin zum Gehen und zog die Tür hinter sich zu.

Eve zog die Plastiktüte mit der Schlüsselkarte aus der Tasche, klemmte den Rekorder an einem der Aufschläge ihres Mantels fest und gab das Aktenzeichen, Datum, Ort und ihrer beider Namen ein.

Danach zog sie den Kasten aus der Wand, stellte ihn auf den Tisch und klappte vorsichtig den Deckel auf.

»Oje«, entfuhr es Reo. »Das ist aber ganz schön viel Papiergeld.«

»Das ganz sicher nicht versteuert worden ist.«

»Was meinen Sie, wie viel das ist?«

»Fünfhunderttausend dürften das schon sein.«

»Nicht schlecht. Wir brauchen eine Tasche.«

»Die besorgen wir uns noch.«

Eve legte all die dicken Hundertdollarnoten-Bündel auf den Tisch, bis nur noch eine Sammlung kleiner, sorgfältig verschlossener Plastikbeutel übrig war.

»Sind das … Haarsträhnen?«

»Allerdings«, stieß Eve mit rauer Stimme aus. »Das sind wahrscheinlich lauter Souvenirs. Die DNA stimmt garantiert mit der der Frauen überein, die er zusammen mit den anderen vergewaltigt hat.«

»Grundgütiger. Wenn jede dieser Strähnen für ein Opfer dieser Kerle steht, wären das Dutzende von Frauen. Auf den Tüten haben sie auch noch die Namen der Frauen notiert.«

Eve zählte eilig nach. »Neunundvierzig. Betz hat Haarsträhnen von neunundvierzig Frauen in diesem Schließfach aufbewahrt. Ich habe schon des Öfteren erlebt, dass irgendwelche kranken Schweinehunde Andenken an ihre Taten aufbewahren. Er hat zwar nur die Vornamen notiert, und es gibt hier zwei Lydias, aber nur eine Charity und eine Carlee, so, wie man Carlee MacKensie schreibt.«

Sie runzelte die Stirn, als sie eine CD in einer durchsichtigen Plastikhülle auf dem Grund des Kastens sah.

»Ich schätze, die ist an die fünfzig Jahre alt. Und sogar noch von Hand beschriftet.«

Reo sah sich die CD genauer an. »Die Bruderschaft: Jahr eins.«

»Besorgen Sie uns die Tasche, ja?«

»Okay.«

Nachdem die Staatsanwältin aus dem Raum gegangen war, rief Eve bei ihrem Liebsten an.

»Es tut mir leid, ich weiß, du hast zu tun.«

»Inzwischen nicht mehr ganz so viel. Was gibt's?«

»Ich könnte etwas Hilfe brauchen. Siehst du die hier?«, fragte sie und hielt die riesige CD in einem Winkel, dass auch er sie auf dem Bildschirm seines Handys sah.

»Eine Antiquität.«

»Die in der Bronx in einem Bankschließfach von Betz liegt.«

»Das ist ja fast ein Zungenbrecher«, meinte er, doch sein Gesicht blieb ernst, und ängstlich überlegte Eve, ob ihr die Übelkeit, die sie verspürte, vielleicht anzusehen war.

Er sähe sie auf jeden Fall, ging es ihr durch den Kopf. Denn es gab nichts, was ihm jemals verborgen blieb.

»Hör zu, ich …«

»Soll ich kommen?«

»Nein. Ich muss … Kriegst du es hin, das Ding hier für mich abzuspielen?«

»Auf jeden Fall. Fährst du gleich heim?«

»Ich muss erst noch woanders hin, aber danach. Ich kann mir bereits denken, was darauf zu sehen ist … und will deshalb nicht Feeney fragen, ob er es zum Laufen bringt.«

»In spätestens zwei Stunden bin ich da. Wenn nötig, kriege ich es ganz bestimmt auch früher hin.«

»Zwei Stunden sind perfekt. Danke. Ich bin noch mit Reo unterwegs, und wir haben noch zu tun. Ich sage dir, worum es geht, wenn wir uns sehen, okay?«

»Pass gut auf Leib und Seele meiner Polizistin auf.«

»Ich werde es versuchen. Also bis dann.«

Sie legte auf, betrachtete erneut die kleinen Beutel mit den Haarsträhnen all der Frauen, und abermals kam ihr die Galle hoch.

18

»Ich fahre nicht mehr aufs Revier«, erklärte Eve, als sie zurück zu ihrem Wagen lief.

»Dann nehmen Sie mich einfach mit, so weit es passt, und lassen mich dann raus.«

Die Staatsanwältin gab etwas in ihren Handcomputer ein und stellte tonlos fest: »Neunundvierzig Strähnen, Dallas. Haben sie vielleicht alle solche Souvenirs?«

»Das kann ich noch nicht sagen.«

»Ich muss sehen, was auf dieser CD gespeichert ist.«

»Ich lasse sie kopieren und schicke Ihnen die Aufnahmen dann zu. Ich nehme die CD und auch das Geld erst einmal mit nach Hause, zähle es noch einmal durch und packe es dann in den Safe. Da ich es nicht mehr auf die Wache schaffe, denke ich, dass es dort sicher ist, bis ich es morgen in die Asservatenkammer bringen kann. Wahrscheinlich morgen früh.«

Reo steckte ihren Handcomputer wieder ein. »Ich habe nicht nur keinerlei Befürchtung, dass Sie die Beweiskette durch dieses Vorgehen unterbrechen, sondern bin der festen Überzeugung, dass die Sachen in der Festung, die Sie Ihr Zuhause nennen, sicherer als auf der Wache sind.«

»Da bin ich aber froh. Vor allem weil ich Sie jetzt noch bitten muss, die Haare ins Labor zu bringen, denn das kann nicht warten. Wir müssen schnellstmöglich versuchen herauszufinden, wer all diese Frauen sind. Bringen Sie die Haare Harvo, ja? Sie ist die Königin der Fasern und des Haars.«

»Ja, sicher. Kein Problem. Geht's Ihnen gut?«

»Neunundvierzig. Man denkt immer, dass die Dinge, die sich Menschen gegenseitig antun, einen nicht mehr überraschen können, und dann ist man doch immer wieder entsetzt.«

»Wenn sie vor derart langer Zeit begonnen haben, muss ihr

erstes Opfer heute Mitte oder Ende sechzig sein, nach fast fünfzig Jahren wäre dieser Missbrauch längst verjährt. Aber ich denke oder hoffe, dass die betreffende Frau mit der Sache schon vor Jahren abgeschlossen hat.«

Selbst wenn man mit derartigen Dingen abschloss, lauerten sie weiterhin mit einem bösartigen, leisen Lachen irgendwo im Hintergrund und sprangen einen immer wieder völlig unvermutet an, dachte Eve.

»Zuerst versuche ich mein Glück mit Easterday. Mit dem, was wir gefunden haben, bringe ich ihn vielleicht so weit aus dem Gleichgewicht, dass er mir mehr verrät. Zur Not beziehe ich auch seine Frau in das Gespräch mit ein.« Eve knirschte mit den Zähnen. »Danach muss ich noch kurz mit Mr. Mira sprechen, dann fahre ich nach Hause und packe die Sachen in den Safe.«

»Dann fahre ich von dort aus mit dem Taxi weiter zum Labor. Soll ich Sie vielleicht zu dem Gespräch mit Easterday begleiten? Wenn Sie dort mit einer Staatsanwältin auf der Matte stehen, setzt ihn das vielleicht noch ein bisschen stärker unter Druck.«

Nach kurzem Überlegen meinte Eve: »Warum eigentlich nicht?«, parkte wieder unbekümmert in der zweiten Reihe und marschierte Richtung Tür.

Dieselbe Frau wie schon am Morgen machte ihnen auf. »Lieutenant Dallas … richtig?«

»Richtig, und das hier ist Staatsanwältin Reo. Wir müssen zu Mr. Easterday.«

»Bitte kommen Sie doch herein. Ich gebe Mrs. Easterday Bescheid. Sie ist im Wohnzimmer. Mr. Easterday ruht sich noch oben aus. Kann ich Ihnen einen Kaffee oder Tee anbieten?«, fragte sie und führte die Besucherinnen in den vorderen Salon.

»Nein danke.«

»Ein sehr schönes Haus«, bemerkte Reo, als die Frau gegangen war. »Fröhlich, aber gleichzeitig auch elegant. An einem solchen Tag ist ein Kaminfeuer natürlich nett. Also …«, Reo streifte ihre Handschuhe von den schmalen Händen, »… grimmig oder tröstlich?«

»Grimmig«, meinte Eve. »Weil mich das alles wirklich wütend macht.«

Es dauerte nur einen Augenblick, bis Petra Easterday erschien.

»Haben Sie irgendwelche Neuigkeiten, Lieutenant? Haben Sie die Person gefunden, die die Freunde meines Mannes so brutal ermordet hat?«

»Wir gehen ein paar neuen Spuren nach. Das hier ist Staatsanwältin Reo«, stellte Eve ihre Begleiterin vor.

»Selbstverständlich. Bitte nehmen Sie doch Platz. Was kann ich für Sie tun?«

»Wir müssen mit Ihrem Mann sprechen.«

»Ich kann mir denken, dass es wichtig ist. Aber wie Sie sich wahrscheinlich vorstellen können, nimmt ihn diese Sache furchtbar mit.«

Allerdings, das konnte sie sich vorstellen, dachte Eve.

»Er wollte Mandy bei der Vorbereitung der Gedenkfeier für Edward helfen, doch das habe ich ihm untersagt. Er ist mir deshalb ziemlich böse, aber ich nehme Ihre Warnung eben ernst.«

»Dafür sollte er Ihnen dankbar sein. Obwohl ihn diese Sache mitgenommen hat, müssen wir noch einmal mit ihm sprechen. Jetzt sofort.«

»Also gut. Ich werde hinaufgehen und ihn holen. Geben Sie mir fünf Minuten, ja? Wie gesagt, er ist mir gerade ziemlich böse, deshalb habe ich ihn erst einmal allein gelassen, damit er sich ausruhen und zur Besinnung kommen kann.«

Sie eilte mit besorgter Miene aus dem Raum und lief mit schnellen Schritten in den ersten Stock.

»Ich habe Ihnen nicht geglaubt, als Sie gesagt haben, Sie dächten nicht, dass die Ehefrau etwas weiß«, erklärte Reo und ließ sich in einen Sessel fallen. »Aber Sie haben recht. Sie ist weder verängstigt noch verbittert, sondern einzig und allein in Sorge um das Wohlergehen ihres Ehemanns.«

»Sie liebt ihn und vertraut ihm, sie wird daran zerbrechen, wenn sie hört, woran der Kerl beteiligt war. Das macht sie ebenfalls zu einem Opfer. Das macht sie zu Opfer Nummer fünfzig dieser Bruderschaft.«

Eve musste sich bewegen und marschierte durch den Raum. Zweimal sah sie Richtung Treppe, aber gerade als sie Petra folgen wollte, kam die hastig wieder angerannt.

»Er ist verschwunden. Er ist nicht mehr da. Ich habe Mandy angerufen, aber sie geht nicht ans Telefon. Er hat mir eine Nachricht hinterlassen.«

Mit zitternden Fingern hielt sie Eve einen kleinen Zettel hin.

Verzeih mir.

»Ich verstehe das nicht. Was hat er sich dabei gedacht? Können Sie ihn suchen? Falls dieser verrückte Mensch, der seine Freunde umbringt …«

Er hatte sich tatsächlich an dem Team vorbeigeschlichen, das das Haus bewachte, dachte Eve und hätte sich am liebsten selber einen Tritt verpasst. Statt draußen auf der Straße hätte sie die Leute direkt hier im Haus neben der Vorder- und der Hintertür postieren sollen.

»Am besten sehe ich mich oben um.«

»Ich … Sie wollen doch wohl nicht sagen, dass Sie mir nicht glauben?«

»Doch, ich glaube Ihnen, Mrs. Easterday. Trotzdem werde ich mich auch noch selber oben umsehen, ich hätte gerne, dass Sie mich begleiten und mir sagen, ob er irgendetwas mitgenommen hat.«

»Also gut. Ich werde alles tun, was Ihnen weiterhilft. Bitte machen Sie schnell. Dem hausinternen Computer nach ist er schon seit zwei Stunden nicht mehr da. Ich weiß, er wollte seinen Freunden helfen«, fuhr sie auf dem Weg nach oben fort. »Aber er sollte hier sein, wo er sicher ist. Er sollte hier sein und sich ausruhen.«

Sie lief an Gästezimmern und einem Salon vorbei in eine große Suite.

Im Kamin brannte ein Feuer, und die cremefarbene Decke und

der schokoladenbraune Überwurf waren zerwühlt, als hätte jemand sich im Bett gewälzt.

»Ich hätte Marshall nicht allein lassen oder zumindest öfter nach ihm sehen sollen.«

»Würden Sie wohl kurz nachsehen, ob er irgendwelche Sachen mitgenommen hat?«

»Weshalb hätte er etwas mitnehmen sollen?«

»Würden Sie kurz nachsehen?«, wiederholte Eve.

Verärgert riss die Frau die Flügeltüren des als Kleiderschrank genutzten Nebenzimmers auf und öffnete ein Wandpaneel.

»Er hätte keinen Grund …«

»Hier bewahren Sie Ihre Koffer auf«, bemerkte Eve. »Was hat er mitgenommen?«

»Seinen … seinen Pullman-Koffer. Ich verstehe nicht.« Hektisch zerrte sie die Schubladen einer Kommode auf. »Oh Gott. Der Pulli, den er Weihnachten von seiner Enkelin bekommen hat. Sie hat ihn selbst gestrickt, und er war hin und weg davon. Und … oh Gott, ich weiß es nicht genau. Ein paar Hemden, denke ich. Und ein paar Hosen. Er hat Kleider eingepackt und mich verlassen. Ich verstehe das nicht.«

»Haben Sie Bargeld hier im Haus?«

»Was? Oh ja, das haben wir beide. Es gibt einen Safe …«

Sie drückte einen Knopf, und die Kommode glitt zur Seite, bis man einen unverschlossenen Safe in der Wand sah.

Sie öffnete die Tür des Safes und riss entsetzt die Augen auf. »Er hat das Bargeld mitgenommen … seins und meins. Den Schmuck bewahren wir woanders auf.«

»Hat er vielleicht noch einen eigenen Safe? Und hat er Ihnen je gezeigt, was er darin verwahrt?«

»Oh nein. Wir haben neben diesem hier noch jeder unseren eigenen Safe und respektieren die Privatsphäre des jeweils an… Oh Gott, er hat gepackt und mich verlassen, weil er Angst hatte, dass der Täter zu uns ins Haus kommt und mir auch wehtut.« Sie presste die geballten Fäuste zwischen ihre Brüste und stieß flehend aus: »Sie müssen Marshall finden, bitte.«

»Hat er hier im Haus ein Arbeitszimmer?«

»Ja, natürlich, hier entlang. Bitte, können Sie nicht nach ihm fahnden lassen? Muss ich dazu Anzeige erstatten oder einen Antrag stellen?«

»Wir werden nach ihm suchen«, sagte Eve ihr zu. »Ich brauche die Erlaubnis, Leute von der Spurensicherung ins Haus zu holen und seine elektronischen Geräte mit auf das Revier zu nehmen, damit die elektronischen Ermittler gucken können, ob sie irgendetwas enthalten, was uns vielleicht weiterbringt.«

»Sie dürfen alles tun, was Marshall hilft. Mein Mann ist Anwalt, und ich weiß, ich sollte Ihnen diese Dinge nicht erlauben, doch ich werde alles tun, was Ihnen hilft herauszufinden, wo er ist. Am besten rufe ich zuerst Jonas' Familie an. Vielleicht ...«

Sie lief davon und ließ die anderen beiden Frauen allein.

»Der Mann ist auf der Flucht.«

»Auf jeden Fall versucht er abzuhauen.«

Eve zog ihr Handy aus der Tasche und rief die Zentrale an. »Lieutenant Eve Dallas hier. Schreiben Sie einen Marshall Easterday zur Fahndung aus«, setzte sie an, und eine knappe Stunde später hatte sie die SpuSi eingewiesen, die Kollegen, die den Mann hatten entwischen lassen, abgekanzelt, alle elektronischen Geräte aufs Revier geschickt und Petra Easterday sowie das Personal befragt.

Den Aufnahmen der Überwachungskamera zufolge hatte Easterday sich mit dem Pullman-Koffer aus dem Haus geschlichen, wobei ihm Angst und Schuldgefühle überdeutlich anzusehen waren.

Er war zu schlau gewesen, um ein Taxi oder den gewohnten Fahrdienst zu bestellen, das hatte Eve schon überprüft. Vielleicht war er ja ein paar Häuserblocks gelaufen, bis er in ein Taxi eingestiegen war, oder hatte einen anderen privaten Fahrdienst engagiert. Vielleicht war er auch immer weiter durch die Straßenschluchten New Yorks marschiert, bis er am Ende selber nicht mehr hätte sagen können, wo er war.

»Sein Vorsprung ist nicht wirklich groß«, bemerkte Reo, die

jetzt auf ihr eigenes Taxi wartete. »Und die Transportstationen und öffentlichen und privaten Fahrdienste sind informiert.«

»Ich an seiner Stelle würde einen Wagen aus New Jersey mieten, der mich aus New York entweder nach New Jersey oder Pennsylvania fährt, und dort dann einen anderen Wagen mieten, um noch einmal woanders hinzufahren. Ich würde einen möglichst großen Abstand zu New York gewinnen wollen und dann mit meinem Pass, den ich auf alle Fälle bei mir hätte, einen Flieger in ein Land besteigen, aus dem ich nicht in die Staaten ausgeliefert werden kann. Ich würde meinen Namen ändern, die Frisur und das Gesicht und wäre wie vom Erdboden verschluckt.«

»Sie sind ein Cop und kämen damit wahrscheinlich durch, aber er denkt ganz sicher nicht so klar. Da kommt mein Taxi. Falls Sie mich für irgendetwas brauchen, rufen Sie mich einfach an.«

Eve stieg in ihren eigenen Wagen und fuhr schweren Herzens los, denn dass sie abermals mit Dennis Mira sprechen musste, tat ihr in der Seele weh.

Sie hoffte halb, dass er vielleicht noch an der Uni wäre und ihr das Gespräch deswegen erspart bliebe, außerdem ging sie ganz bestimmt nicht davon aus, dass er ihr selber öffnen würde, aber er kam höchstpersönlich an die Tür. Wieder einmal trug er eine schief geknöpfte Strickjacke, und wieder einmal hatte er ein warmes Lächeln im Gesicht und nahm sie freundlich in Empfang.

»Na, das ist aber eine Freude. Charlotte ist mit ein paar alten Freunden unterwegs, jetzt bin ich nicht mehr allein. Kommen Sie ins Warme.«

»Tut mir leid, dass ich Sie noch einmal störe, Mr. Mira.«

»Oh, Sie stören mich ganz sicher nicht. Ich war nur heute Morgen an der Uni, und jetzt sitze ich bereits den ganzen Nachmittag herum und denke über eine Reihe alles andere als schöner Dinge nach. Deshalb kommt Ihr Besuch mir gerade recht.«

Ehe sie ihn daran hindern konnte, nahm er ihr den Mantel ab und stand dann einfach da, als hätte er vergessen, was er damit machen wollte.

»Ich bleibe nur ganz kurz. Vielleicht können wir den Mantel einfach über eine Sessellehne hängen.«

»Natürlich, so wie man's in der Familie macht. Was kann ich Ihnen anbieten?«

»Vielen Dank, ich möchte nichts. Bitte, Mr. Mira, tut mir leid, aber ich muss Sie bitten, noch einmal zu diesen alles andere als schönen Dingen zurückzukehren.«

»Natürlich. Aber schließlich ist es besser, wenn man sich den Dingen stellt, als immer nur darum zu kreisen«, machte er sich selber Mut und bot ihr einen Sitzplatz an. »Sie haben etwas herausbekommen.«

»Sie kennen Frederick Betz.«

»Wurde er auch ermordet?«

»Er wurde gekidnappt, doch ich gehe davon aus, dass er noch lebt. Wir haben im Zuge der Ermittlungen zwei Schlüsselkarten und zwei alte Schlüssel in einem Versteck entdeckt. Eine dieser Schlüsselkarten hat mich heute Nachmittag zu einem Bankschließfach geführt, in dem viel Geld gelegen hat.«

»Das passt zu Fred. Das war wahrscheinlich irgendwelches Schwarzgeld oder etwas anderes Halbseidenes.«

»Außerdem waren in dem Schließfach neunundvierzig kleine Plastiktüten.«

»Drogen.« Jetzt riss er überrascht die Augen auf. »Das hätte ich niemals von ihm gedacht. Aber als Chemiker konnte er sich wahrscheinlich einfach alles selber mischen, was er hätte haben wollen, nicht wahr?«

»In diesen Beuteln sind keine Drogen, sondern Haarsträhnen. Außerdem sind die Beutel mit den Vornamen verschiedener Frauen versehen.«

Sie konnte sehen, wie er in sich zusammenfiel. Und abermals brach ihr das Herz.

»Mr. Mira, wir gehen davon aus, dass Betz zusammen mit Wymann, Ihrem Vetter, Marshall Easterday, Ethan MacNamee und William Stevenson so etwas wie einen Club gegründet hat. Sie nannten ihn die Bruderschaft. Wir gehen weiter davon aus, dass sie zu ihrer Zeit am College damit angefangen haben, gemeinsam Frauen auszuwählen und zu vergewaltigen.«

»Edward«, murmelte er rau und starrte in die Flammen im Kamin. »Ich kannte diese Männer, allerdings nicht gut, jetzt kommt es mir vor, als ob sie völlig Fremde wären. William Stevenson … Willy? Nannten sie ihn Willy?«

»Billy.«

»Ja, natürlich. Billy. Aber Billy ist schon länger tot, nicht wahr? Auch wenn ich nicht mehr sicher weiß, wann er gestorben ist.«

»Ja.«

»Und Ethan … ihn mochte ich damals lieber als die anderen. Wir waren in derselben Fußballmannschaft. Haben zusammen für Yale gespielt, deswegen kannte ich ihn etwas besser als die anderen. Ich glaube, dass er heute in Europa lebt.«

Er wandte sich ihr wieder zu, und seine Trauer war ihm überdeutlich anzusehen. »Sie wollen mich fragen, ob ich etwas davon wusste?«

»Nein. Ich weiß, dass Sie nichts davon wussten.«

»Aber hätte ich etwas davon wissen sollen? Ich wusste, dass sie ein Geheimnis hatten, und ich dachte … Ich weiß ehrlich nicht mehr, was ich damals dachte, außer dass ich ausgeschlossen war. Es hat mir anfangs etwas wehgetan, dass Edward auf Distanz zu mir gegangen ist. Er hatte kaum noch Zeit für mich, und wir haben uns kaum gesehen.«

»Die sechs hatten ein Haus, nicht wahr?«

»Oh ja, sie haben dort zusammengewohnt, wie Brüder. Ah«, stieß er mit unglücklicher Stimme aus. »Sie haben selbst gesagt, sie hätten eine Bruderschaft gehabt.«

»Haben Sie vielleicht noch die Adresse von dem Haus?«

»Ich fürchte, nein. Edward … er gab mir damals deutlich zu verstehen, dass ich nicht dazugehörte, bei ihren Partys und Versammlungen war ich nie dabei. Der Campus war schon damals riesig und während der innerstädtischen Revolten streng gesichert, ich habe Edward nie in diesem Haus besucht.«

Wieder starrte er das Feuer an. »Sie glauben, dass es in dem

Haus begonnen hat. Verstehe. Jetzt begreife ich auch, warum er mir so deutlich zu verstehen gegeben hat, dass ich kein Teil dieser Gruppe war. Von dieser Bruderschaft. Ich wünschte mir, ich könnte glauben, dass er mich nur schützen wollte, doch in Wahrheit ging's ihm nur um seinen eigenen Schutz. Ich habe ihn geliebt, aber ich hätte ihn daran gehindert, so etwas zu tun. Ich hätte einen Weg gefunden, ihn daran zu hindern, so etwas Grausames zu tun.«

»Ich nehme an, das war ihm klar.«

»Wie viele Namen, haben Sie gesagt?«

»Neunundvierzig«, antwortete Eve und fuhr nach kurzem Zögern fort. »Ein paar der Strähnen sind eindeutig ziemlich alt, aber die meisten …«

Dennis fuhr zu ihr herum und starrte sie entgeistert an. »Sie glauben, sie haben … niemals damit aufgehört?«

»Warum hätten sie aufhören sollen, nachdem sie über all die Jahre damit durchgekommen sind?«

»Sie haben das also nicht getan, weil sie betrunken oder high waren oder die Kontrolle über sich verloren hatten. Nicht dass das die Taten irgendwie entschuldigt hätte, aber dass sie so … berechnend vorgegangen sind … Nach dem, was Sie erzählen, haben sie das alles sorgfältig geplant und sind dann wie ein Rudel Wölfe über diese armen Frauen hergefallen. Wie tollwütige Tiere. Das heißt, nein, so etwas tun Tiere nicht.«

Er presste sich die Finger vor die Augen, ließ die Hände wieder fallen, und die Erschütterung in seinem Blick ging Eve durch Mark und Bein.

»Wie Männer, die sich einbilden, dass sie das Recht hätten, den armen Frauen so etwas anzutun. Weshalb sie noch viel schlimmer als die wildesten Bestien sind.«

Jetzt blitzte heißer Zorn in seinen Augen auf. »Wie konnte Edward so was tun, ohne auch nur einen Augenblick daran zu denken, wie es wäre, täte jemand seiner eigenen Tochter das an? Außer einer Tochter hatte er auch eine Enkelin. Grundgütiger. Jetzt hat er mit seinem Leben für diese Brutalität und Arroganz bezahlt.«

»Es tut mir leid. Ich werde Betz nicht retten können, Mr. Mira. Ich verspreche Ihnen, ich habe es versucht, aber ich glaube nicht, dass er noch rechtzeitig gefunden wird. Easterday ist abgehauen. Ich werde alles tun, um ihn zu finden, denn zum einen will ich, dass ihn ein Gericht für das, was er verbrochen hat, verurteilt, und zum anderen will ich unbedingt verhindern, dass auch er ermordet wird. Denn Mord ist etwas anderes als Gerechtigkeit. Was diese Frauen mit Ihrem Cousin gemacht haben, ist nicht gerecht. Ich kann mir vorstellen, dass Sie denken, dass ich das aufgrund meiner eigenen Geschichte anders sehe, aber …«

Statt erschüttert und verärgert, sah er plötzlich erst schockiert, dann traurig und am Ende derart mitfühlend aus, dass sie zusammenfuhr.

»Ich … hatte angenommen, das hätte Dr. Mira Ihnen erzählt.«

»Oh nein. Sie würde Ihr Vertrauen niemals auf diese Art missbrauchen«, klärte er sie auf und schaute sie aus seinen sanften grünen Augen an. »Mein liebes Kind, es tut mir furchtbar leid. Was Sie täglich tun, ist sehr gefährlich und erfordert jede Menge Mut.«

»Es hatte nichts mit meinem Job zu tun.« Sie wollte aufstehen und die Flucht ergreifen vor dem ruhigen Mitgefühl, das ihr entgegenschlug, doch ihre Beine waren weich wie Wachs, und plötzlich hörte sie sich sagen: »Ich war damals noch ein Kind. Mein eigener Vater hat mir diese Dinge angetan.«

An ihrer Stelle stand jetzt Dennis Mira auf, nahm ihre kalten Händen, zog sie auf die Füße und an seine Brust und hielt sie derart sanft im Arm, dass sie zusammenbräche, ginge sie nicht sofort auf Distanz.

»Schon gut. Es geht mir gut«, stieß sie mit unsicherer Stimme aus.

»Ganz ruhig. Bei mir und hier sind Sie in Sicherheit.«

»Das ist schon ewig her. Ich …«

»Auch wenn das oft behauptet wird, gibt es Wunden, die die Zeit allein nicht heilen kann. Um sie zu heilen, müssen wir auch selber etwas tun.« Er streichelte ihr so den Rücken, wie Roarke es sonst tat, und hinter ihren Augen stiegen heiße Tränen auf.

»Und jetzt setzen Sie sich wieder hin und warten. Ich bin sofort wieder da.«

»Ich sollte langsam wieder los.«

Er drückte sie auf ihren Platz zurück, berührte ihre Wange und befahl: »Bleiben Sie sitzen, bis ich wieder da bin, ja?«

Sie tat wic ihr geheißen und rang mühsam um ihr Gleichgewicht, als er den Raum verließ. Sie hatte wirklich angenommen, Mira hätte ihrem Mann von ihr erzählt. Natürlich wusste sie, dass Ärzte und auch Psychologen an die Schweigepflicht gebunden waren, aber die beiden waren seit einer Ewigkeit ein Paar. Wog das nicht schwerer als professionelle Verlässlichkeit? Natürlich nicht.

Sie kniff die Augen zu und atmete behutsam ein und aus.

Das respektierten auch die beiden Miras, und das hätte sie sich denken sollen.

Stattdessen hatte sie ihr Elend bei dem armen Dennis Mira abgeladen, als hätte er mit seiner eigenen Trauer um den toten Vetter nicht bereits genug zu tun. Sie müsste diese Dinge mit ihm klären, um dann endlich mit ihrer Arbeit fortzufahren.

Er kam zurück, und als sie ihn in seinen Hauspantoffeln und in seiner schief geknöpften Jacke mit zarten Porzellantassen auf zarten Untertassen in den Händen sah, kämpfte sie abermals gegen die aufsteigenden Tränen an.

»Wir werden diesen feinen Tee mit einem ordentlichen Schlückchen Brandy trinken, dann wird's uns beiden wieder besser gehen.«

Sie brachte es nicht übers Herz zu sagen, dass sie weder Tee noch Brandy mochte, sondern nahm ihm die eine Tasse ab.

»Trinken.«

Sie befolgte den Befehl, und was auch immer in der Tasse war, fühlte sich wie eine warme Streicheleinheit für die Seele an.

»Es tut mir leid«, erklärte sie noch einmal. »Es geht hier schließlich nicht um mich. Ich wollte Ihnen nur versichern, dass ich alles tue, was in meiner Macht steht, um den Mord an Ihrem Vetter aufzuklären.«

»Das hätte ich auch nie bezweifelt, und Sie brauchen mir nichts zu erklären oder zu erzählen, womit Sie sich nicht wohl fühlen. Aber ich würde Ihnen gerne eine Frage stellen. Wo war Ihre Mutter damals?«

»Sie war mindestens so schlimm wie er. Vielleicht sogar noch schlimmer. Sie hat mich gehasst, ist eines Tages abgehauen, inzwischen ist sie tot. Aber ich habe sie nicht umgebracht. Ihn habe ich getötet, aber meine Mutter nicht.« Sie schloss unglücklich die Augen. »Oh Gott.«

»Denken Sie, ich würde Sie deshalb verurteilen? Mein tapferes Mädchen, Sie sind viel zu streng mit sich.«

»Nein … ich … ich weiß, ich habe damals das getan, was nötig war. Das ist mir klar.«

»Aber der Fall bringt die Erinnerung daran zurück, trotzdem gehen Sie ihm nach. Sie hätten die Ermittlungen auch jemand anderem überlassen können.«

»Dann hätte mein Vater gewonnen. Wenn ich einen solchen Fall nicht übernehmen würde, hätte ich die Marke, die mein ganzer Stolz ist, nicht verdient.«

»Sie sind tatsächlich viel zu streng mit sich. Würden Sie mir sagen, wie alt Sie damals waren?«

»Sie haben gesagt, ich war acht. Als sie mich gefunden haben, als er tot war, haben sie gesagt, ich wäre acht Jahre alt. Sie wussten nicht, wer mir den Arm gebrochen und mich vergewaltigt hatte, und sie wussten nicht, dass ich mit einem Messer auf ihn losgegangen bin. Das heißt, es ist ein bisschen komplizierter, denn die vom Heimatschutz haben es mitbekommen, aber die Ärzte und die Polizei wussten es nicht. Und ich … hatte selber keine Ahnung, was geschehen war. Ich hatte all das vollkommen verdrängt.«

Noch immer sah er sie aus seinen sanften grünen Augen an.

»Ich denke, das war eine sehr gesunde Reaktion. Sie waren damals noch ein Kind. Ein Kind sollte sich niemals gegen seinen eigenen Vater wehren müssen, und ein Vater sollte sich niemals an seinem eigenen Kind vergehen. Biologie ist einfach eine ganz normale Wissenschaft, nicht wahr? Aber die Welt besteht nun mal nicht nur aus Wissenschaft, und das menschliche Herz besteht aus mehr als Genen und unserer DNA. Ich hoffe, Ihnen ist bewusst, dass dieser Mann im wahren Sinn des Worts niemals Ihr Vater war.«

Er brachte es mit ein paar knappen Sätzen auf den Punkt. Natürlich hätte sie sich denken sollen, dass er sofort verstand.

»Ich arbeite daran.« Bring es zu Ende, sagte sie sich streng. »Er hat mich immer eingesperrt … ich hatte keinen Namen, denn für sie war ich nichts anderes als ein Ding. Er hat mich eingesperrt, wenn er das Haus verlassen hat. Ich kann mich nicht daran erinnern, wann die Vergewaltigungen angefangen haben. In meiner Erinnerung verschwimmt das alles, bis auf dieses letzte Mal. Er kam zurück … wir waren damals in Dallas, deshalb hat das Jugendamt mich so genannt. Er war betrunken, aber nicht genug, er ist auf mich losgegangen, hat mich geschlagen, und ich habe mich gewehrt. Doch dadurch wurde es noch schlimmer, und am Ende brach er mir den Arm. Der Schmerz war wie ein gleißend heller Blitz. Dann lag da das kleine Messer, das mir aus der Hand gefallen war. Ich hatte heimlich ein Stück schimmeligen Käse abgeschnitten, als er weg war. Ich hatte solchen Hunger. Dann fanden meine Finger dieses Messer, ich habe es benutzt und so oft auf ihn eingestochen, bis ich voll mit seinem Blut war und er tot am Boden lag. Es war ein wirklich kleines Messer, aber offenbar hatte ich Glück und habe die Arterien damit erwischt.« Sie schwieg einen Moment.

»Wie dem auch sei.« Sie atmete tief durch und trank den nächsten Schluck von ihrem Tee. »Dann fanden sie mich irgendwo in einer Gosse. Ich muss aus dem Haus gelaufen und dann ziellos hin und her gewandert sein. Ich konnte mich nicht daran erinnern, was geschehen war.«

»Aber jetzt können Sie das?«

»Vor ein paar Jahren kam die Erinnerung zurück. In meinen Albträumen, auch wenn ich wach war, tauchten immer wieder einmal irgendwelche Bilder auf. Die hatte ich seit Jahren unterdrückt, aber mit einem Mal war alles wieder da. Mira … sie hat mir geholfen. Dabei hätte sie mir gar nicht helfen sollen.«

»Natürlich. Charlotte ist eine brillante Psychologin und ein wunderbarer Mensch und hat Sie wirklich gern. Und Roarke? Haben Sie ihm davon erzählt?«

»Ich nehme an, er war der Auslöser oder der Finger, der den Auslöser betätigt hat. Ja, ich habe ihm davon erzählt.«

»Gut, sehr gut. Er ist ein anständiger, junger Mann und liebt Sie ohne Vorbehalt. Einem Menschen zu begegnen, der einem ein echter Partner wird, ist etwas Seltenes und Kostbares.«

Er war der Schlüssel zu ihrem Herzen, dachte sie. Er war ihr Seelenfreund.

»Ich weiß gar nicht, wie das passiert ist, aber selbst wenn wir uns streiten und ich sauer auf ihn bin, bin ich dankbar, dass wir uns begegnet sind.«

»Das zeichnet eine gute Ehe aus.«

»Ich bin nicht hergekommen, weil ich über diese Dinge reden wollte. Ich wollte einfach … hm, Sie liegen mir am Herzen, Mr. Mira, und mir ist bewusst, egal, was Ihr Cousin getan hat, haben Sie auf grauenhafte Art ein Mitglied der Familie verloren. Ich tue alles, was in meiner Macht steht, um die Frauen, die ihn getötet haben, zu identifizieren, zu finden und zu stoppen. Das verspreche ich.«

»Das haben Sie bereits geschworen, als Sie vereidigt worden sind. Wie lange sind Sie jetzt schon bei der Polizei?«

»Seit zwölf Jahren.«

»Dabei sind Sie noch so jung«, bemerkte er, abermals schmolz ihr das Herz, als sie sein süßes, leicht verträumtes Lächeln sah. »Sie haben bereits vor langer Zeit geschworen, für die Opfer von Verbrechen einzutreten, nach allem, was ich weiß und bisher mitbekommen habe, halten Sie dieses Versprechen immer ein. Sie haben im Leben bereits viel erreicht. Sie sind Lieutenant Eve Dallas, eine starke, kluge, tapfere Frau. Sie müssen mir verzeihen, aber im Augenblick kommt es mir vor, als hätte Edward Sie gar nicht verdient. In meinem Herzen kommt es mir so vor, als hätte er Ihr

Engagement nicht verdient. Aber seine Kinder haben es verdient, und deshalb bin ich ihretwegen dankbar, dass Sie sich auch dieses Mal an Ihren Eid gebunden fühlen.«

»Es ist nun mal mein Job, zu schützen und zu dienen, das gilt auch für ihn. Aber einen Cousin wie Sie zu haben hatte er ganz sicher nicht verdient. Und jetzt muss ich mit meiner Arbeit weitermachen.«

Als sie aufstand, trat er wieder auf sie zu und nahm sie nochmals in den Arm. »Ich bin unglaublich stolz auf Sie.«

»Oh Gott, Mr. Mira.« Diesmal brachen sich die Tränen Bahn.

Er ließ sie los, betastete die Taschen seiner Jacke und der Hose und erklärte traurig: »Wie es aussieht, habe ich kein Taschentuch dabei.«

»Schon gut.« Sie wischte sich die Tränen mit den Händen fort. »Danke. Vielen Dank. Für alles.«

Ehe sie zusammenbrechen konnte, schnappte sie sich ihren Mantel und sah Dennis Mira fragend an. »Kommen Sie allein zurecht?«

»Oh ja. Charlie müsste jeden Augenblick nach Hause kommen, so lange komme ich auf jeden Fall zurecht.«

Doch als sie ging, setzte er sich vor den Kamin und trauerte um einen Mann, der ihm vollkommen fremd geworden war, und um ein kleines Mädchen, das er hätte schützen wollen, obgleich er ihm niemals begegnet war.

Eve schnäuzte sich mit ein paar Tüchern aus dem Untersuchungsbeutel und zog eine Sonnenbrille aus dem Handschuhfach. Sie könnte Roarke damit nicht täuschen, aber vielleicht käme sie ungeschoren an Summerset vorbei.

Sie wollte nur noch heim, sich kaltes Wasser ins Gesicht klatschen und sich dann wieder ganz auf ihre Arbeit konzentrieren.

Tatsächlich hätten sie wahrscheinlich kaum noch eine Chance, Frederick Betz zu retten, denn die »Schwestern« wussten schließlich, dass sie ihnen auf den Fersen waren, und brächten ihn deshalb bestimmt nicht in sein eigenes Haus zurück.

Sie müsste das verflixte Haus von dem Gemälde finden, falls ihre Vermutung stimmte und es dieses Haus gegeben hatte und noch immer gab. Genauso wie das Haus oder die Wohnung, die sich mit Betz' zweiter Schlüsselkarte öffnen ließ.

Vor allem müsste sie so schnell wie möglich sehen, was auf der CD gespeichert war.

Doch daran würde sie erst denken, wenn es so weit war.

Easterday, sagte sie sich. Der Mann war panisch und verzweifelt, wollte überleben und war deshalb auf der Flucht.

Verzeih mir.

Diese letzte Nachricht konnte nur bedeuten, dass er wusste, dass herauskommen würde, was die Männer jahrelang getrieben hatten.

Wohin war er unterwegs?

Natürlich hatte Reo recht, er hatte keinen wirklich großen Vorsprung, und wenn er nicht umgehend die Stadt verlassen hatte, würde es jetzt schwer für ihn, sich zu verstecken. Er konnte schließlich nur das Bargeld aus dem Safe benutzen, um sie nicht durch die Benutzung von Kredit- und Scheckkarten auf seine Spur zu bringen, und soweit sie wusste, hatte er kein Flug-, kein Bahnticket, kein Auto und kein anderes Transportmittel gebucht.

Er war sicher nicht der Typ, der sich in irgendeiner schmuddeligen Absteige verkroch. Und ein Hotel war nicht privat genug. Die Wohnungen und Häuser aller Männer wurden überwacht, falls er selbst irgendwo noch eine Wohnung hätte, von der sie etwas wusste, hätte Petra ihr auf jeden Fall davon erzählt.

Die Frau war außer sich vor Angst um ihren Mann und wollte nur, dass er gesund nach Hause kam.

Würde sie ihm verzeihen, wenn sie den Grund für seine Flucht erfuhr?

Das ist nicht mein Problem, sagte sich Eve und wäre vor Erleichterung beinah erneut in Tränen ausgebrochen, als sie in die Einfahrt ihres Grundstücks bog.

Sie musste sich zusammenreißen. Müsste schnellstmöglich an Summerset vorbei nach oben in ihr Arbeitszimmer gehen und vor allem verhindern, dass ihr Mann sie mit verquollenen Augen sah.

Sie durfte nicht noch einmal Zeit damit verlieren, dass sie zusammenbrach.

Sie stieg aus, griff nach der Tasche von der Bank, die auf dem Rücksitz lag, fragte sich erneut, ob sie vielleicht besser selber mit den Strähnen ins Labor gefahren wäre, statt sie Reo mitzugeben. Doch mit Reos Unterstützung waren sie schneller im Labor gelandet, Eve marschierte Richtung Tür und nahm sich vor, nicht stehen zu bleiben, wenn dahinter wie gewöhnlich der verdammte Butler ihres Mannes auf der Lauer lag.

Zur Abwechslung jedoch war das Foyer einmal butlerfrei, aufatmend nahm sie die Treppe in den ersten Stock, um dort direkt in ihr Büro zu gehen.

Dann aber blieb sie stehen, denn aus ihrem Arbeitszimmer drang die Stimme der Person, die unten in der Eingangshalle hätte lauern sollen, als sie heimgekommen war.

»So etwas habe ich zum letzten Mal vor dreißig Jahren gesehen«, erklärte Summerset.

»Ich habe so ein Ding mal mitgehen lassen, als ich mit den anderen noch in Dublin unterwegs war. Es war schon damals alt, aber man wusste nie, was vielleicht ein paar Pfund einbringt. Also habe ich das Teil und einen Stapel CDs, die dazu passten, eingesackt. Ich dachte, dass es vielleicht ein paar gute Filme wären, aber dann stellte sich heraus, dass auf den Dingern lauter alte Pornos waren. Von denen haben die Jungs und ich echt was gelernt. Ich habe das Gerät dann irgendwann mit Mick gegen was anderes getauscht … nein, nein, mit Brian. Vielleicht hat er es ja sogar noch.«

»Ich nehme an, dass du jetzt keine Pornos auf der Kiste sehen willst.«

»Ich fürchte vielleicht doch.«

»Woher hast du sie?«

»Einer meiner Entwickler sammelt lauter altes Zeug«, erklärte Roarke. »Er hat gesagt, es würde funktionieren, und es wäre noch so gut wie neu. Das Problem besteht darin, es anzuschließen.«

»Du brauchst einfach ein Kabel, das zu dem Computer passt, damit du es über den Bildschirm laufen lassen kannst.«

»Genau. Verdammt. Gib mir mal den kleinen Schraubenschlüssel, der da liegt. Der Stecker hat die falsche Größe, aber den bekomme ich problemlos ausgetauscht.«

Sie überlegte, sich ins Schlafzimmer zurückzuziehen und wie geplant erst einmal ihr Gesicht mit kaltem Wasser abzukühlen, aber sie hatte arbeitstechnisch einfach keine Zeit mehr zu verlieren.

Also straffte sie die Schultern, öffnete die Tür und sah, dass Roarke an ihrem Schreibtisch über ihrem Computer und neben einer schwarzen Kiste saß, während Summerset ihm über die Schulter sah.

»Da bist du ja«, grüßte ihr Gatte, ohne aufzusehen. »Ich stelle gerade die Verbindung zwischen der modernen und der uralten Technik her. Gleich habe ich's geschafft.«

»Na toll.«

Als Summerset sie ansah, ging ihr auf, dass nicht einmal er sich durch die Sonnenbrille täuschen ließ. Er legte eine seiner Hände auf Roarkes Schulter und richtete sich auf.

»Ich werde dann mal wieder gehen«, erklärte er, als Roarke den Kopf hob, um Eve anzusehen, und trat diskret den Rückzug an.

Wofür sie ihm bestimmt etwas schuldig war.

»Was ist passiert?«, erkundigte sich Roarke.

»Sehr viel.«

»Du hast geweint.«

»Ich schätze, dass die Gefühle kurz mit mir durchgegangen sind. Hör zu, was du da machst, ist wirklich wichtig. Du musst also bitte weitermachen, währenddessen bringe ich dich, auch im Hinblick auf mein Geflenne, auf den neuesten Stand. Aber vorher hole ich mir einen Kaffee.«

»Du brauchst keinen Kaffee, sondern Schlaf.«

»Vielleicht, aber zum Schlafen ist jetzt keine Zeit. Ich bin immer noch ein bisschen wacklig, also gib mir die Chance, wieder ins Gleichgewicht zu kommen, ja?«

»Okay.«

Er streckte seine Hand nach einem weiteren Werkzeug aus, und sie ging in die Küche und bestellte eine Kanne schwarzen dampfenden Kaffees.

19

Sie erzählte Roarke tatsächlich alles von dem Augenblick an, an dem er sie am Vormittag verlassen hatte, bis zu dem Moment, als sie bei Dennis Mira aufgebrochen war.

»Ich hatte wirklich angenommen, Mira hätte ihm davon erzählt, weil die Regeln einer Ehe nach ... Wie lange? Dreißig Jahren? ... wichtiger als alles andere wären. Sonst hätte ich doch nie ...« Sie schüttelte den Kopf. »Ich wollte ihm einfach versichern, dass ich trotzdem meine Arbeit machen würde. Am Ende habe ich ihm selbst alles erzählt. Vielleicht etwas verkürzt, aber die Höhe- oder besser Tiefpunkte waren alle dabei.«

»Aus meiner Sicht gibt's keine bessere Schulter, um sich daran anzulehnen.«

»Ich war nicht dort, um mich an seiner Schulter auszuweinen, aber am Schluss lief es darauf hinaus.« In ihren Augen stiegen frische Tränen auf. »Er war so nett. Ich habe meine Trauer bei ihm abgeladen und die Trauer, die er selbst empfindet, noch verstärkt, und trotzdem war er wirklich nett. Und ich werde seine Trauer abermals verstärken, denn durch meine Arbeit kommen am Ende schreckliche Dinge heraus, die ein Mann mit seinem Namen verbrochen hat.«

»Ein Mann ist mehr als nur der Name, den er von den Eltern mitbekommen hat. Wer wüsste besser als ich selbst, dass man sich selber einen Namen machen muss. Um Dennis Mira mache ich mir diesbezüglich keinerlei Gedanken. Und das solltest du genauso wenig tun.«

»Richtig«, stimmte sie ihm zu und atmete erleichtert auf. »Du hast vollkommen recht«, erklärte sie und legte ihm die Hände ans Gesicht. »Du bist ein anständiger, junger Mann und liebst mich ohne Vorbehalt.«

»Was den Anstand angeht, bin ich mir nicht ganz so sicher, aber mit der Liebe hast du recht.«

»Du bist ein anständiger, junger Mann«, erklärte sie noch einmal. »Das weiß ich aus einer sicheren Quelle. Also … glaubst du, diese Kiste funktioniert?«

Roarke betrachtete den uralten CD-Spieler sowie das Kabel, das er selbst gebastelt hatte, und versicherte ihr: »Unbedingt.«

Sie öffnete die Tasche von der Bank und zog die CD daraus hervor. »Dann schieb sie rein.«

Mit einem alles andere als verheißungsvollen Knirschen fuhr das Laufwerk des Players an, mit einem unterdrückten Fluchen gab Roarke einige Befehle in ihren Computer ein.

»Ich muss nur noch …«

Er gab noch eine Reihe anderer Befehle ein, überprüfte das improvisierte Kabel, tippte wieder etwas ein, und als die Kiste piepste, meinte er: »Geschafft.«

»Tatsächlich?«

»Ja. Moment.«

Sie runzelte die Stirn, als sie den dunkelblauen Bildschirm sah.

»Was …«

»Sofort«, erklärte er und nickte zustimmend, als in der rechten, oberen Ecke das Wort »Play« erschien.

»Siehst du?« Er drückte mit dem Daumen und dem kleinen Finger gleichzeitig zwei Tasten, daraufhin sahen sie sechs junge Männer auf dem Bildschirm, die in einem Raum versammelt waren. Ihre straffen, nackten Leiber schimmerten im Licht von Dutzenden von Kerzen, man konnte ihnen deutlich ansehen, dass sie sturzbetrunken waren.

Einer der sechs jungen Männer, William Stevenson, brach in betrunkenes Kichern aus, worauf ein anderer ihn anfuhr: »Himmel, Billy, muss das sein?«

Ethan MacNamee, erkannte Eve, er bemühte sich um eine strenge Miene, hatte aber gleichzeitig ein schiefes Grinsen im Gesicht.

»Tut mir leid, aber mein Gott, findet ihr das nicht ein bisschen komisch, nackt hier herumzustehen? Vor allem ist sie vollkommen hinüber, Mann.« Er blickte hinter sich. »Sie ist zwar heiß, aber sie kriegt gar nichts mehr mit.«

»Sie wird schon wieder zu sich kommen.« Der junge Edward Mira hatte ein erwartungsfrohes Glitzern in den Augen, das nicht nur dem Alkohol und irgendwelchen Drogen zuzuschreiben war. »Sie wird darum betteln, dass du's ihr besorgst.«

»Wollen wir das wirklich tun?« Ethan fuhr sich mit der Hand über den Mund. »Wir alle? Vor der Kamera?«

»Na klar. Schließlich sind wir Brüder«, meinte Betz und pikste ihm mit einem Finger in die Brust. »So besiegeln wir die Bruderschaft für alle Zeit. Das haben wir ausgemacht, schließlich haben wir alles vorbereitet und sie extra hierhergeschleppt.«

»Dann lasst uns anfangen.« Auch Easterday sah an der Kamera vorbei. »Sie hat mich auf der Party schließlich hemmungslos angemacht. Das heißt, dass sie jetzt das bekommt, worauf sie's abgesehen hat. Läuft die Kamera?«

»Natürlich. Schließlich habe ich sie eingeschaltet«, meinte Betz und blickte direkt in die Linse. »Also lasst uns endlich anfangen.«

»Wir machen es so wie geplant.« Wymann verließ den Aufnahmebereich der Kamera, und plötzlich erklang dumpfe und bedrohliche Musik. »Wir sind die Bruderschaft …«

»Los, Jungs, machen wir es so wie abgemacht. Heute ist der 12. April 2011, und wir feiern das erste Jahresfest unserer Bruderschaft.«

Auf sein Nicken fingen auch die anderen zu sprechen an.

»Wir sind die Bruderschaft und nehmen uns, was und wen wir wollen. Von heute an für alle Zeit. Wir sind gebunden, wir sind eins. Was einer von uns Brüdern braucht, werden die anderen ihm geben, und was einer von uns Brüdern will, wollen die anderen auch. Alle Männer werden uns um das beneiden, was wir haben, sind und tun. Doch niemand außer uns wird je etwas davon erfahren. Auf einen Bruch dieses Gelübdes folgt der Tod. Heute Nacht besiegeln wir den Schwur, indem wir uns die Auserwählte teilen. Wir können und wir werden mit ihr machen, was wir wollen. Die Frau ist ein Gefäß, das unsere Bruderschaft nach Lust und Laune füllen darf.«

»Sprechen wir mit einer Stimme?«, fragte Edward Mira.

»Ja!«, gaben die anderen zurück, und abermals brach Stevenson in leises Kichern aus.

»Der Kerl ist völlig zugedröhnt«, bemerkte Eve. »Sieh dir mal seine Augen an. Die anderen haben auch was eingeworfen, aber er hat mehr genommen oder reagiert stärker als sie auf dieses Zeug.«

»Das ist wohl kaum eine Entschuldigung für das, was sie im Schilde führen.«

»Nein, aber sie hätten ohne dieses Zeug zumindest dieses Mal noch nicht den Mut gehabt, es wirklich durchzuziehen.«

»Wir haben die Reihenfolge per Los bestimmt«, rief der zukünftige Senator seinen Spießgesellen in Erinnerung. »Ich bin als Erster dran.«

»Moment!« Betz stürzte Richtung Kamera. »Wir wollen dich schließlich dabei aufnehmen.«

»Mach schnell.«

Das Bild fing an zu wackeln, und Eve konnte einen Teil des Raumes mit Sofas, Sesseln, einem Spieltisch sowie einer Theke sehen.

»Es ist so etwas wie ein Billardzimmer oder eine Lounge. Ich sehe keine Fenster. Liegt der Raum vielleicht im Souterrain? In einem ausgebauten Keller oder so?«

Dann sah sie eine junge Frau mit langem blondem Haar, einem hübschen, etwas rundlichen Gesicht und weit auseinanderstehenden Augen. Die geschlossen waren.

Auch sie war nackt. Sie lag gefesselt, mit gespreizten Gliedmaßen auf einem …

»Ist das ein Klappbett oder Ausziehsofa?«, fragte Eve. »Ihre Beine sind mit Lederschnüren gefesselt, die Finger- und die Zehennägel sind pinkfarben lackiert. Auch ihre Glitzerohrringe sehen ziemlich mädchenhaft aus.

Ihr Make-up ist leicht verschmiert. Weiß, wahrscheinlich achtzehn, neunzehn Jahre alt, zwischen 1,65 Meter und 1,70 Meter groß und vielleicht 55 Kilogramm schwer.«

Dann trat Edward Mira an das Bett, beugte sich über sie und schlug ihr ins Gesicht.

Einer der anderen Männer sagte. »He! Tu ihr nicht weh, Ed«, doch der ignorierte den Protest und schlug sofort noch einmal zu.

Er hatte große Hände, und Eve wusste, wie es war, wenn große Hände einen schlugen, bis man zu sich kam.

»Wach auf, du blöde Fotze!«

Flatternd gingen ihre Lider auf. Sie hatte blaue Augen, merkte Eve. Und einen glasigen, benommenen Blick.

»Was?« Laut stöhnend drehte sie den Kopf. »Ich fühle mich nicht gut. Was …« In ihren Augen blitzte Furcht, weil sie sich nicht bewegen konnte. Als sie sich umsah, war ihr das Entsetzen überdeutlich anzusehen.

Denn sie erkannte, dass sie nicht nur einem Schläger, sondern auch noch dessen fünf Komplizen hilflos ausgeliefert war.

»Nein. Bitte nicht. Was habt ihr mit mir vor?«

»Wir sind die Bruderschaft.«

Als er sich rittlings auf sie schwang, brach sie in lautes Schluchzen aus.

»Lass mich ihr etwas geben, Edward. Wenn es wirkt, wird sie es selber wollen.«

»Ist mir egal, ob sie es will. Ich werde mir ganz einfach nehmen, was ich will.«

»Bitte. Bitte nicht«, flehte sie, als Betz ihr eine Spritze in den Bizeps stach.

»Gib ihr zwei Minuten.«

Edward aber ignorierte diese Bitte und fiel rücksichtslos über das Mädchen her.

Sie schrie vor Schmerzen auf, und als er mit ihr fertig war, drehte sie den Kopf zur Seite und stieß immer wieder leise »Bitte, bitte, bitte« aus.

»Freddy, du bist dran.«

»Das will ich doch wohl hoffen.« Betz massierte seinen Schwanz. »Bei dem Ständer, den ich habe, will ich doch mal sehen, was unser Zaubersaft bei ihr bewirkt.«

Jetzt schwang er sich rittlings auf das arme Mädchen, kniff ihm in die Brustwarze und sagte: »Hey, Baby.«

»Was? Was ist? Mir ist so heiß. So heiß.«

»Das liegt an unserem Zaubersaft. Gleich wird dir noch heißer werden.«

Sie riss an ihren Fesseln, doch statt Angst und Schock drückte ihr Blick jetzt Wildheit und Verlangen aus.

»Das war wahrscheinlich eine frühe Form von Rabbit oder Whore. Schließlich hat Betz Chemie studiert und kam in dem familieneigenen Unternehmen mühelos an alles dran«, bemerkte Eve.

Roarke sagte nichts, schob aber eine Hand in seine Tasche und betastete den kleinen grauen Knopf, den er seit Jahren immer bei sich trug.

Während Betz die junge Frau missbrauchte, prosteten sich seine Freunde lachend zu. Sie tranken noch mehr Alkohol und warfen vielleicht weitere Drogen ein. Sie fanden toll, was da geschah, und konnten es anscheinend nicht erwarten, bis sie endlich selber an der Reihe wären.

Als Betz mit einem triumphalen Stöhnen kam, brachen die anderen in lautes Johlen aus.

»*Scheiße!* So ist mir bisher noch keiner abgegangen.«

»Los, schwing deinen Hintern.« Wymann schob ihn von dem jungen Mädchen herunter und erklärte: »Ich bin dran.«

»Das reicht«, erklärte Roarke und wollte auf den Ausknopf drücken, aber seine Liebste schüttelte den Kopf.

»Ich muss es bis zum Ende ansehen.«

Obwohl ihr übel wurde und sie schwitzte, sah sie sich die grauenhaften Bilder bis zum Ende an. Verfolgte, wie sich einer nach dem anderen immer wieder an der jungen Frau verging, sogar nachdem sie längst bewusstlos war.

Inzwischen lag sie vollkommen erschlafft mit dem Gesicht nach unten auf dem Bett. Easterday rollte sich neben sie und schüttelte den Kopf. »Sie ist total hinüber, Mann. Wo bleibt der Spaß, wenn sie da liegt wie tot?«

»Dann machen wir sie besser langsam sauber und schaffen sie aus dem Haus. Innen dürfte sie nach all den Einläufen, die sie bekommen hat, ja bereits sauber sein«, erklärte Betz und lachte meckernd über seinen kranken Witz.

»Und sie wird sich bestimmt an nichts erinnern?«, vergewisserte sich Edward Mira.

»Also bitte«, schnaubte Betz. »Sie wird noch wissen, dass sie auf der Party war, aber nachdem sie K.-o.-Tropfen bekommen hat, ist jede Erinnerung weg. Wir müssen sie gut saubermachen, damit keine DNA von uns an ihr zurückbleibt, dann ziehen wir sie wieder an und legen sie dem Plan entsprechend auf dem Campus ab. Vielleicht wird sie behaupten, dass sie vergewaltigt worden ist, weil ihr wahrscheinlich alles wehtun wird, aber uns können sie nichts nachweisen, denn schließlich sind wir unsere eigenen Alibis.«

»Wir sind die Bruderschaft«, stimmte Wymann ihm grinsend zu.

»Worauf du deinen Arsch verwetten kannst.«

Er blickte grinsend in die Kamera. »Hiermit endet das jährliche Fickfest unserer Bruderschaft. Vielen Dank und gute Nacht!«

Der Bildschirm wurde wieder dunkelblau.

Roarke zog die CD aus dem Gerät, schob sie wieder in die Hülle und stellte mit dumpfer Stimme fest: »Und für diese Kerle arbeitest du bis zum Umfallen? Für diese kranken, hoffnungslos verwöhnten, bösartigen Bestien trittst du ein?«

»Ich suche mir die Mordopfer nicht aus.« Sie hörte selbst, dass ihre Stimme zitterte, und atmete tief durch. »Ich suche mir die Mordopfer nicht aus. Ich muss … Oh Gott …«

Sie stürzte in das angrenzende Bad, kniete sich vor die Toilette und spuckte die Galle aus, die ihr hochkam.

»Hier.« Behutsam legte Roarke ihr einen kalten Lappen ins Genick und streichelte ihr heißes, kreidiges Gesicht. »Es tut mir leid. Es tut mir leid, mein Schatz.«

Sie schüttelte den Kopf. »Oh nein, das muss es nicht. Natürlich sind sie Bestien, und ich werde bis zum Umfallen arbeiten, damit die Bestien, die überleben, hinter Gitter kommen. Wenn ich könnte, würde ich sie bis ans Ende ihrer jämmerlichen Tage irgendwo in einen feuchten, dunklen Keller sperren, damit sie nie wieder die Sonne sehen. Es tut dir weh zu sehen, wie jemand so misshandelt wird, vor allem weil du dabei an die Dinge denkst, die mir passiert sind, als ich noch ein kleines Mädchen war.«

Schweigend griff er nach dem Glas, das er auf dem Rand des Beckens hatte stehen lassen, als er aus dem Nebenraum gekommen war. »Hier, trink.«

»Ich kann nicht.«

»Los, vertrau mir. Ein, zwei Schlucke reichen schon, damit du ruhiger wirst.«

»Es würde mich beruhigen, diese Kerle windelweich zu prügeln.«

Sanft wie Dennis Mira legte Roarke die Hand an ihr Gesicht. »Das kann ich gut verstehen. Und jetzt trink.«

Wie der Brandy in dem Tee beruhigte sie auch das Getränk, das sie von Roarke serviert bekam. Vielleicht bestand der Zauber dieser Dinge in der Liebe, die darin enthalten war.

»Es tut dir weh«, erklärte sie noch einmal, und mit einem leisen Seufzer glitt er mit den Lippen über ihre Stirn, die trotz der fortgesetzten Leichenblässe ihrer Wangen bereits deutlich kühler war. »Oh ja, das tut es. Und ja, ich denke dabei an die Dinge, die dir selber damals zugestoßen sind.«

»Es tut dir weh«, erklärte sie ein drittes Mal, »und trotzdem hilfst du mir.«

»A ghrá.« Erneut hob er das Glas an ihren Mund. »Ich stehe immer hinter dir.«

Sie schmiegte ihr Gesicht an seine Schulter, und als er sie an die Brust zog, ließ sie abermals den Tränen freien Lauf.

»Jeden Tag«, murmelte sie. »Egal, aus welchem Grund oder auf welchem Weg wir hier gelandet sind, bin ich jeden Tag aufs Neue dankbar dafür, dass ich dir begegnet bin.«

Sie zog den Kopf wieder zurück und gab ihm einen sanften Wangenkuss. »Es tut mir leid, dass wir das tun müssen.«

»Mir gegenüber braucht dir so was niemals leidzutun. Jetzt lass uns versuchen, mindestens noch einen dieser Kerle lebend zu erwischen und dafür zu sorgen, dass er hinter Gitter kommt.«

»Genau.« Zum zweiten Mal an diesem Abend wischte sie sich mit den Händen Tränen aus dem Gesicht. »Das machen wir.«

Auf dem Weg in ihr Büro schlang er einen Arm um ihre Taille und erklärte: »Jetzt solltest du vor allem etwas in den Bauch bekommen – einen Teller Suppe oder so.«

»Die käme sicher sofort wieder hoch. Später, ja?«

»Okay. Du wirst dir diese widerlichen Bilder noch mal ansehen, stimmt's?«

»Ich habe keine andere Wahl. Aber nicht jetzt sofort.« Sie blieb vor ihrer Tafel stehen. Am besten brächte sie die erst einmal auf den neuesten Stand und ginge dann die eingegangenen Anrufe und Mails auf ihrem Link und dem Computer durch. Vielleicht hatte die Königin der Fasern und der Haare ja schon etwas herausgefunden, oder vielleicht hatte Yancy mit der Gesichtserkennung Glück gehabt.

»Bisher habe ich die Namen von drei Frauen. Sie sind zu fünft, zwei von ihnen sind bisher unbekannt. Falls eine der bekannten Frauen neben ihrer Wohnung noch ein Haus, Apartment, eine alte Lagerhalle oder so was besitzt, in der sie … ihre Arbeit verrichten können, muss ich wissen, wo sie ist. Genauso wie die Zweitwohnung von Betz. Ich schätze, die liegt in der Bronx, aber ich habe bisher nur die Hausnummer. Den Straßennamen weiß ich nicht.«

»Er hat auch das Schließfach in der Bronx, wenn er nicht noch eine andere Verbindung dorthin hätte, hätte er dort sicher kein Bankschließfach gemietet«, stimmte Roarke ihr nickend zu. »Ich kann nach diesen beiden Immobilien suchen, aber mit der nicht registrierten Kiste würde es erheblich schneller gehen. Ich könnte ein paar Abkürzungen nehmen, ohne dass die Computerüberwachung etwas davon mitbekommt.«

Sie dachte an die junge Frau, die in dem Kellerraum von einer ganzen Gruppe junger Männer vergewaltigt worden war, und an die achtundvierzig Frauen, die dieselbe Qual durchlitten hatten, und kam zu dem Schluss, dass Abkürzungen manchmal durchaus nützlich waren.

»Okay. Wenn du das übernimmst, nehme ich mir so lange ein paar andere Dinge vor. Ich komme rüber, wenn ich damit fertig bin.«

»In Ordnung.« Er glitt mit dem Finger über die Vertiefung in der Mitte ihres Kinns. »Aber kein Kaffee mehr.«

»Was?« Sie hätte nicht gedacht, dass irgendetwas sie noch erschüttern könnte, aber jetzt riss sie entsetzt die Augen auf. »Hast du auf dem Weg vom Bad bis in mein Arbeitszimmer den Verstand verloren?«

»Du hast dein Mittagessen oder was auch immer du im Bauch hattest verloren«, rief er ihr in Erinnerung. »Also hol dir eine Pepsi, wenn du einen Muntermacher brauchst. Am besten wäre Gingerale, aber ich fürchte, dass du das nicht trinken wirst.«

»Mit Gingerale kommen meine grauen Zellen sicher nicht in Schwung. Im Grunde weiß ich nicht mal, was das ist!«

»Dann also eine Pepsi, auch wenn du genauso wenig weißt, was in dem Zeug alles enthalten ist. Und wenn's dir etwas besser geht, trinkst du ein bisschen Brühe, ja?«

»Ja, Mom.«

Als sie mit den Augen rollte, küsste er ihr mütterlich die Stirn. »Wenn du ein braves Mädchen bist, bekommst du nachher vielleicht noch was Süßes. Und jetzt fange ich mit meiner Arbeit an.«

»Ich kann dir die erforderlichen Daten auf Diskette ziehen«, bot sie ihm an, doch er bedachte sie mit einem mitleidigen Blick.

»Also bitte. An die Daten komme ich auch so heran.«

Er schlenderte davon, und sie musste sich eingestehen, dass er als Hacker sicher schneller war als sie, wenn sie Kopien aller relevanten Daten für ihn zog. Dann legte sie die Hand an ihren Bauch. Ihr Hirn verlangte Kaffee, aber ihre Nerven schrien bei der Vorstellung verängstigt auf. Verdammt, auch damit hatte Roarke mal wieder recht gehabt.

Also holte sie sich eine Dose Pepsi, setzte sich an ihren Schreibtisch und rief die E-Mails auf.

Sie zischte wütend, als sie sah, wie viele Nachrichten in den vergangenen Stunden für sie eingegangen waren, und rief die Mail von Yancy auf.

Dallas, wir haben zwei mögliche Treffer bei der jüngeren der beiden Frauen. Ich schicke Ihnen beide zu, auch wenn aus meiner Sicht die Nummer zwei am ehesten passt. Elsi Lee Adderman, sie war zwanzig, als sie starb. Hat sich am 9. September letzten Jahres umgebracht. Einzelheiten stehen in dem Artikel, den ich Ihnen mitschicke. Ihr Jenkinson und Reineke haben die Ermittlungen geleitet, also lesen Sie am besten auch noch deren Bericht und fragen sie nach ihrer Einschätzung des Falls. Sie hat in Yale studiert. Die andere nicht.
Die Suche nach der zweiten Unbekannten läuft. Ich nehme meinen Block zu meinem Date mit Esty mit. Vielleicht fallen ihr ja noch irgendwelche Einzelheiten ein.

Yancy

»Gute Arbeit. Wirklich gut.« Sie rief das beigefügte Foto auf.

Jung, dachte sie, und sehr, sehr hübsch mit großen grünen Augen und mit langem, leicht gewelltem braunem Haar.

Geboren in Crawford, Ohio, beide Eltern lebten und waren immer noch verheiratet. Zwei jüngere Geschwister, eine Schwester und ein Bruder, super Schülerin, mit einem Teilstipendium in Yale. Sie hatte Medizin studiert und neben all den vorgeschriebenen Kursen freiwillig noch andere Vorlesungen besucht. Während des ersten Studienjahrs war sie sehr gut vorangekommen, doch im letzten Frühjahr hatten ihre Noten sich abrupt verschlechtert.

»Wie bei MacKensie«, murmelte Eve.

Nach Abbruch ihres Studiums war sie nach Manhattan umgezogen und hatte als Schwesternhelferin in einem Krankenhaus gejobbt.

»Von einer Vergewaltigung wird nichts erwähnt, aber …« Kurzerhand zog sie ihr Link zu sich heran.

»Reineke?«

»Letzten September haben Sie einen Selbstmord reinbekommen. Elsi Lee Adderman. Anfang zwanzig, farbig, braune Haare, grüne Augen. Vierte Ost, unweit der Lexington.«

»Moment … ja, richtig. Jetzt fällt es mir wieder ein. Das Badewannenelend. Hatte sich die Pulsadern durchtrennt und lag dann an die vierundzwanzig Stunden in der Wanne, bevor eine Kollegin aus der Klinik, die sie nicht erreichen konnte, ihre Tür hat aufbrechen lassen. Das Mädchen hatte schon die zweite Schicht verpasst und ging weder ans Telefon noch an die Tür. Wir sind der Sache nachgegangen, aber Fremdverschulden konnte ausgeschlossen werden, Dallas. Es war eindeutig ein Suizid.«

»Gab's einen Abschiedsbrief?«

»Ja. Sie hat etwas davon geschrieben, dass sie es nicht schafft, sich den Dämonen zu stellen, und dass es ihr leidtun würde. Drogen waren bei der Sache nicht im Spiel. Sie war blitzsauber, und in ihrer Wohnung haben wir auch nichts gefunden. Laut Pathologen war es eindeutig Selbstmord, also blieb uns kaum noch was zu tun.«

»Ich brauche Ihren Bericht und alles, was Sie vielleicht sonst noch haben.«

»Scheiße. Haben wir was übersehen?«

»Nein. Ich glaube, sie hat was mit meinem aktuellen Fall zu tun. Können Sie mir den Bericht besorgen?«

»Sicher. Ich bin zwar mit meinem Partner und ein paar der anderen auf ein Bierchen unterwegs, aber ich kann noch mal zurück zur Wache gehen und ihn Ihnen schicken.«

»Tun Sie das.«

Sie las den Artikel – oder eher den Nachruf – auf das junge Mädchen durch. Die Gedenkfeier hatte am 21. September stattgefunden, allerdings nicht in New York, sondern in ihrer Heimatstadt.

»Computer, such nach Reisen am 20. und 21. September 2060 unter folgenden Namen.«

Sie ratterte die Namen herunter, stieß sich dann von ihrem Schreibtisch ab und stapfte Pepsi schlürfend durch den Raum.

Sie hatten dieser jungen Frau dasselbe angetan wie schon vor neunundvierzig Jahren der jungen Frau auf der CD. Irgendwann zwischen dem Missbrauch, der bestimmt zum Jahrestag der ersten Gruppenvergewaltigung im Frühjahr stattgefunden hatte, und September 2060 waren die Erinnerungen zurückgekehrt, und sie hatte die anderen Frauen kennen gelernt.

So musste es gewesen sein.

Doch sie war nicht damit zurechtgekommen, konnte nicht mehr damit leben und hatte den Tod gewählt.

Nach dem Selbstmord ihrer Freundin hatten die vier anderen beschlossen, dass es für die Männer an der Zeit wäre, für ihre Taten zu bezahlen.

Das passte wie die weichen Handschuhe, die Roarke ihr immer wieder nähen ließ.

Nur hülfe es ihr nicht herauszufinden, wo die Frauen Betz gefangen hielten und wohin sein Kumpel Easterday verschwunden war.

Aufgabe erledigt. Am 20. September 2060 sind Carlee MacKensie, Lydia Su und Charity Downing vom Transportzentrum LaGuardia nach Columbus, Ohio, geflogen und am 21. September 2020 von Columbus nach New York zurück.

»Wie weit ist es von Columbus bis nach Crawford?«

Einen Augenblick ... Crawford ist ein Vorort von Columbus und liegt 9,6 Meilen vom Stadtzentrum entfernt.

»Computer, geh die Passagierliste der beiden Flüge durch und such die Namen aller Frauen zwischen vierzig und fünfzig, die an Bord waren, heraus. Fang mit den Frauen an, auf die diese Beschreibung passt und die neben, hinter oder vor einer der zuvor genannten Frauen gesessen haben.«

Einen Augenblick.

Sie hatten wirklich eine Schwesternschaft gebildet, überlegte Eve. Sie waren zu der Gedenkfeier für Elsi Adderman geflogen, um ihr dort die letzte Ehre zu erweisen und zu schwören, dass sie sie rächen würden. Und zwar alle vier.

Aufgabe erledigt.

»Zeig die Namen und die Fotos der Frauen nacheinander auf dem Bildschirm an.«

Einen Augenblick ... Marcia Baumberg, zweiundvierzig.

»Nein«, sagte sich Eve, als sie das Foto sah. »Weiter.«

Grace Carter Blake, vierundvierzig.

»Stopp. Genau. Ich brauche eine eingehende Überprüfung dieser Frau. Verdammt. Verdammt.«

Das Gemälde oder die Skizze, die der Zeichner angefertigt hatte, hatte sie recht gut getroffen. Das Gesicht war etwas schmaler und der Mund ein wenig breiter, aber sie war eindeutig die fünfte Frau.

»Computer, stell die Suche nach den Frauen ein und sag mir, ob Grace Carter Blake in Yale war.« Das war sie ganz bestimmt, oder auf alle Fälle hatte sie Kontakt dorthin gehabt.

Grace Carter Blake war von September 2035 bis Mai 2043 an der Universität von Yale und hat nach einem Einser-Abschluss ihres Jurastudiums noch den Doktor dort gemacht.

»Wann waren sie mit dir in diesem Kellerraum?«

Für einen Arbeitsauftrag reichen diese Daten nicht.

»Egal. Fahr mit dem letzten Arbeitsauftrag fort«, wies sie die Kiste an und rief die Mail von Harvo auf.

Hi, Dallas. Neunundvierzig Proben. Das wird sicher lustig. Reo meinte, dass es eilig wäre, deshalb lege ich ein paar Überstunden ein. Drei Frauen habe ich schon identifiziert, das war das reinste Kinderspiel. Die Daten und die Namen hänge ich einfach an. Falls Sie noch was finden, schicken Sie es einfach her. Harvo – KdFudH

Eve rief den Anhang auf, stieß auf die Namen von drei weiteren Frauen, von denen eine zweiundfünfzig, eine vierunddreißig und die letzte dreiundzwanzig war, und rief bei Harvo an.

Auf dem Bildschirm war ein rot glühender Lavastrom zu sehen, doch schließlich drehte sich die Königin der Fasern und der Haare um, und Eve erkannte, dass sie doch nicht Zeugin eines überraschenden Vulkanausbruchs geworden war. Die rote Masse war nichts anderes als Harvos eigenes Haar.

»Hi, Dallas. Gutes Timing, denn ich bin jetzt gerade mit der vierten Strähne durch. Ich gehe alphabetisch vor und dachte, dass ich Ihnen die Namen gruppenweise schicke.«

»Sie sind meine neue beste Freundin.«

»Toll! Dann lassen Sie uns nach getaner Arbeit einen trinken und zusammen Sahneschnittchen gucken gehen.«

»Später. Sie haben einen Beutel mit dem Namen Grace.«

»Lassen Sie mich gucken … ja, ich habe sogar zwei. Eine natürliche brünette und dazu noch eine rote, die wahrscheinlich künstlich ist.«

»Ich suche eine Strähne aus den Jahren 35 bis 43«, meinte Eve. »Aber wenn Sie beide überprüfen, rufen Sie mich einfach an, sobald Sie wissen, wer die beiden sind. Die Grace, nach der ich suche, heißt Grace Carter Blake, ich muss wissen, ob das Haar von dieser Frau in einem dieser Beutel ist.«

»Okay.« Sie drehte kurz den Kopf in Richtung irgendeiner Apparatur, und dabei zwinkerte der kleine grüne Ring, den sie in ihrer linken Braue trug, Eve zu.

»Vielleicht können Sie noch gucken, ob es einen Beutel mit dem Namen Elsi gibt. Ich suche nämlich auch nach einer Elsi Adderman.«

»Na klar. Denn schließlich gibt es kaum etwas, das man nicht für seine beste Freundin tut.«

»Vielleicht noch heute Abend, wenn es möglich ist. Und eins noch, aber das hat auch bis morgen Zeit. Können Sie die Proben auch dem Alter nach sortieren und mir sagen, welche Strähne die älteste ist?«

»Dann müsste ich den DNA-Abgleich kurz unterbrechen, aber sicher. Oder ich kann schätzen, denn als Königin der Haare und der Fasern sehe ich den Strähnen auch so ihr ungefähres Alter an, und könnte dann die ältesten fünf, sechs genau analysieren.«

»Halten Sie das, wie Sie wollen. Sobald Sie einen Namen haben, geben Sie Bescheid. Soll ich wegen Ihrer Überstunden mit Berenski sprechen?«

»Also bitte.« Harvo fuhr mit einem Finger durch die Luft und tippte sich dann an die Brust. »Ich bin die Königin dieses Labors, und mit der Königin legt sich der Sturschädel bestimmt nicht an. Und ja, ich weiß, die Frauen wurden vergewaltigt, deshalb sollte ich jetzt sicher keine Witze machen, aber wenn ich mich zu sehr auf diese schlimmen Dinge konzentriere, lenkt mich das von meiner Arbeit ab.«

»Halten Sie das, wie Sie wollen«, wiederholte Eve. »Denn schließlich sind es die Ergebnisse, die zählen.«

»Sobald es welche gibt, bekommen Sie Bescheid.«

»Danke. Wie heißt dieses Haar, das Haar auf Ihrem Kopf?«

»Krönende Herrlichkeit.«

»Ja, ja. Die Farbe, meine ich.«

»Lavafluss. Das passt echt super, finden Sie nicht auch?«

»Auf jeden Fall. Sie melden sich, sobald Sie etwas haben, ja?«

Die Tafel könnte noch ein wenig warten, überlegte Eve und nahm die Reste der Pepsi mit, um nachzusehen, wie weit ihr Schatz gekommen war.

Als Geste des Vertrauens hatte Roarke ihr schon früh den Raum gezeigt, in dem seine nicht zugelassenen Computer standen, und es ihr sogar ermöglicht, dort ganz alleine nach Belieben ein und aus zu gehen.

Sie legte ihre Finger auf das Handlesegerät neben der Tür, und als sie aufschwang, sah sie, dass er in Hemdsärmeln und mit zum Pferdeschwanz gebundenem Haar an dem u-förmigen schwarzen Schaltzentrum mit seinen unzähligen bunt glitzernden Knöpfen saß.

Hinter den mit Sichtschutz versehenen Fenstern glitzerte New York und zeigte ihr, dass es inzwischen später Abend war.

Mit einer Hand bediente er den Touchscreen des Computers, mit seiner anderen gab er etwas mit den Tasten ein. Dann aber drehte er den Kopf und sah sie an.

»Du hast inzwischen wieder etwas Farbe im Gesicht. Und deine Miene zeigt, dass du im Gegensatz zu mir etwas herausgefunden hast.«

»Die Namen der beiden anderen Frauen von dem Gemälde«, klärte sie ihn selbstzufrieden auf. »Die jüngere der beiden hat sich im September umgebracht, und meine Nachforschungen haben ergeben, dass die anderen vier Frauen bei der Gedenkfeier für sie in einem Vorort von Columbus waren. Harvo ist gerade dabei zu überprüfen, ob die Strähnen der fünf Frauen in Betz' Beuteln sind.«

»Da hast du aber einen echten Volltreffer gelandet. Gib mir doch den Namen der Frau, die noch am Leben ist, damit ich nachforschen kann, wer sie ist.«

»Grace Carter Blake. Anwältin mit Studium in Yale, die allerdings vor knapp sechs Jahren aus einer gut gehenden Kanzlei für Unternehmensrecht, in der man sie zur Partnerin ernennen wollte, ausgestiegen ist und eine eigene bescheidene Kanzlei für Missbrauchsopfer und misshandelte Frauen eröffnet hat und sich dazu in drei verschiedenen Beratungsstellen für Missbrauchsopfer engagiert.«

»Da warst du aber wirklich fleißig«, lobte Roarke.

»Bisher sind mir die Dinge in den Schoß gefallen, doch Betz und Easterday oder den Frauen, die sie umbringen wollen, bringt mich das nicht näher. Ich habe die Namen und Adressen dieser Frauen und schicke jemanden zur Wohnung und Kanzlei von Blake, obwohl ich weiß, dass sie nicht dort ist. Die Frau hat über Jahre wirklich gut verdient. Vielleicht genug, um sich die Art von Haus zu kaufen, die man braucht, um jemanden zu foltern, ohne dass es einer von den Nachbarn mitbekommt.«

»Ich gucke, was ich finde, aber du brauchst erst mal etwas in den Magen.«

»Das stimmt. Er fängt allmählich an zu knurren, weil ihm die blöde Pepsi nicht genügt. Aber statt noch blöderer Brühe brauche ich etwas, was ich am Schreibtisch essen kann.«

»Falls du auf Pizza hoffst, vergiss es.«

»Bin ich etwa im Gefängnis, oder was? Kein Kaffee, keine Pizza, nichts.«

»Hühnereintopf mit Kartoffelklößen.«

Gerne hätte sie ihm widersprochen, aber dafür fehlte ihr die Zeit. Und vor allem. »Huhn und Klöße, hm.«

»Ich weiß, dass du das gerne isst, und vor allem haben wir es gerade vorrätig. Warum besorgst du uns nicht zwei Portionen, ich fange inzwischen schon mal mit der nächsten Suche an.«

»Ich muss meine Mails hierher umleiten. Ich warte nämlich noch auf etwas.«

Roarke spielte kurz mit ein paar Glitzerknöpfen. »So. Jetzt kannst du alles, was du tun musst, hier an meinem Zweitcomputer erledigen.«

Sie bestellte zwei Portionen Huhn mit Klößen und dazu ein Glas Wein. Den hatte Roarke sich rechtschaffen verdient, auch wenn sie selbst erst einmal bei Wasser oder Pepsi blieb. Da er, als sie aus der Küche kam, nicht einmal von seiner Arbeit aufsah, stellte sie ihm einfach den Teller und das Weinglas hin und nahm vor dem Ersatzcomputer Platz.

Inzwischen hatte Reineke ihr den Bericht geschickt, und eilig las sie ihn durch. Trotz des eindeutigen Selbstmords hatten die Kollegen auch die Nachbarn, die Kollegen und Kolleginnen, ihre Familie und den Arzt, der ihr ein Schlafmittel verschrieben hatte, eingehend befragt.

Sie hatte Albträume gehabt, in denen sie von Dämonen vergewaltigt worden war, wegen ihrer Angst vor Männern und vor Sex hatte sie erst eine Therapie gemacht und dann noch einen Gesprächskreis aufgesucht. Doch die Gespräche konnten ihr genauso wenig helfen wie die Kirche, der sie beigetreten war.

Eve las eine Kopie des Abschiedsbriefs.

Es tut mir furchtbar leid, dass ich euch solchen Schmerz verursache. Ich bin einfach nicht mutig und nicht stark genug. Ich kann mich den Dämonen nicht länger stellen und schaffe es nicht mehr, dagegen anzukämpfen, was aus meinem Körper, meiner Seele, meinem Geist geworden ist. Ich kann nicht mehr und sehe keinen anderen Weg, dafür zu sorgen, dass all das ein Ende nimmt. Ich weiß, dass das der Ausweg eines Feiglings ist, und kann nur hoffen, dass ihr mir vergebt. Ich liebe meine Eltern und meine Geschwister, und ich weiß, dass sie das schmerzen wird. Auch meinen Freundinnen und Seelenschwestern bin ich dankbar für die Unterstützung, das Verständnis und die Klarheit, die mir erst durch sie wieder zuteilgeworden sind. Aber ihre Vision ist hart und düster, doch ich muss endlich die Augen schließen und mich ausruhen. Ich empfinde Frieden in dem Wissen, dass das möglich ist. Bitte trauert nicht zu sehr oder zu lange, denn ich gehe ganz gewiss an einen besseren Ort. Mich tröstet dieses Wissen, und ich hoffe, dass es auch für euch ein Trost sein wird.

Elsi

Sie war noch nicht bereit gewesen, sich an alles zu erinnern und auf diese Art zu überleben, dachte Eve.

Im Grunde hatten die sechs Männer sie schon in der Nacht, in der sie in dem Kellerraum über sie hergefallen waren, umgebracht. Jetzt war es an Eve, dafür zu sorgen, dass die Kerle, die sie fände, für die Tat bezahlten. Deshalb würde sie nicht eher Ruhe geben, als bis die, die noch am Leben waren, hinter Gitter säßen, auch wenn es womöglich Jahre dauern würde, bis sie noch dem letzten dieser Schweinehunde gegenüberstand.

Sie sprach mit den Kollegen, die Blakes Wohnung und Büro durchsuchen sollten, und rief wegen der Beschlüsse abermals bei Reo an.

Dann fing sie an zu essen, ohne dass ihr Magen rebellierte, denn inzwischen hatte sie das Grauen überwunden, und wenn sie den Film noch einmal schauen müsste, übergäbe sie sich nicht wieder.

Sie sah zu Roarke hinüber und sagte sich, was für ein Glück es doch gewesen war, dass sie sich erst erinnert hatte, als er für sie da gewesen war. Sie hätte sich auch ohne ihn nicht in der Badewanne ihre Pulsadern durchtrennt. Das hätte nicht zu ihr gepasst. Doch es gab auch andere Arten, Schluss zu machen, womöglich hätte sie – vielleicht nicht einmal bewusst – einen anderen Weg gewählt.

Also stünde sie für Elsi Adderman genau wie für die toten Männer, die sie vergewaltigt hatten, ein.

Sie rief die nächste krankhaft gut gelaunte Mail von Harvo auf und las, dass Adderman und Blake nachweislich Opfer dieser Bestien gewesen waren.

Mit einem Seufzer stand sie auf und holte sich ein Wasser, das sicher besser als der nächste Kaffee oder auch die nächste Pepsi war, wie Roarke einmal zutreffend behauptet hatte.

»Da bist du ja«, rief er in dem Moment zufrieden aus, und sie blieb stehen.

»Von wem oder was sprichst du?«

»Tja, ich habe eine Liste mit verschiedenen Häusern in der Bronx und jede Menge Infos über diesen Betz. Er ist echt clever, aber eben nicht so gut wie ich, deshalb habe ich jetzt die Adresse eines Hauses, das auf einen Elis Frater eingetragen ist.«

»Wo zum Teufel hast du diesen Namen her? Der klingt doch nicht mal annähernd wie Frederick Betz.«

»Elis ist ein Spitzname für Yale. Angeblich ist das eine Abkürzung des Namens von dem Typen, der die Universität gegründet hat. Und Frater ist Latein für Bruder. Nachdem ich für die Suche Bruder und auch Bruderschaft in allen Sprachen eingegeben habe, tauchte eben dieser Name auf.«

»Ohne Scheiß?« Wahrscheinlich wäre sie darauf auch von allein gekommen. Nur war die Frage, wann. »Ich hoffe, dass du nicht beleidigt bist, aber du wärst ein super Cop, Kumpel.«

»Im Leben nicht«, wehrte er ab und wandte sich dann wieder seinem eigentlichen Thema zu. »Außerdem besitzt er ein Offshorekonto auf denselben Namen, auf dem über drei Millionen sind.«

»Ich muss zu diesem Haus gehen. Vielleicht ist dort noch etwas anderes. Noch andere Aufnahmen oder so.«

»Dann machen wir uns sofort auf den Weg.«

»Ich brauche auch die anderen Sachen, die du suchst.«

»Die Suche geht automatisch weiter, ohne dass ich vor der Kiste sitze. Wenn wir den Helikopter nehmen, sind wir im Handumdrehen zurück.«

»Den Helikopter?«

»Du hast doch vorhin gesagt, dass du ihn vielleicht brauchst.«

»Das stimmt.« Oh Gott, sie hasste es zu fliegen. »Also gut, dann nehmen wir den Hubschrauber. Ich brauche alle Mails und Anrufe auf meinem Handy.«

Seufzend stand er auf. »Ich habe dir den gottverdammten Elis Frater aus dem Hut gezaubert, trotzdem denkst du, dass du mich extra um eine Rufumleitung bitten musst?«

Die Frage war natürlich berechtigt.

20

Sie flog tatsächlich alles andere als gern. Als sie zwischen Wolkenkratzern und vorbei an Dutzenden von trägen Pendelfliegern durch Manhattan schwirrten, kamen ihr fast das Hühnchen und die Klöße wieder hoch.

Bis in die Bronx wären es nur wenige Minuten, machte sie sich selber Mut und brachte diese Zeit am Handy zu.

Wahrscheinlich wäre Peabody ein bisschen angefressen, weil sie sie nicht mitnahm, denn sie *liebte* die verfluchte Fliegerei. Was Eve vollkommen unverständlich war. Dringend musste sie noch die Kollegen aus der Bronx darüber informieren, dass sie im Anflug war.

»Reo hat den Beschluss für uns erwirkt. In Betz' anderem Haus ist bisher alles ruhig, in Glasgow haben die Kollegen Ethan MacNamee vorläufig festgenommen.«

»Was heißt, dass er am Leben bleiben wird. Wirst du ihn in die Staaten überstellen lassen?«

»Unbedingt. Sobald mir der Commander grünes Licht gibt, schicke ich eine Kopie der widerlichen Aufnahmen nach Schottland, ich glaube kaum, dass sie ihn dann noch dortbehalten wollen.«

Als der Helikopter ruckelte, war sie so dumm und schaute durch die Scheibe auf die vielbefahrenen Straßen und die Lichter unter sich. Obwohl sie schlucken musste, wurde ihr zwar schwindlig, aber wenigstens nicht schlecht.

»Falls wir das Haus von dem Gemälde identifizieren – vielleicht mit Hilfe alter Unterlagen aus der Uni, weil dort doch ganz sicher einer dieser Schweinehunde seine Wohnadresse angegeben haben muss –, brauchen wir diesen verdammten Hubschrauber vielleicht noch einmal.«

»Ein Flug bei Mondschein nach Connecticut. Das nenne ich romantisch.«

Mit diesen Worten ging er tiefer, und sie holte zischend Luft.

»Wo willst du mit der Kiste landen? Warum habe ich daran nicht schon viel eher gedacht, und warum zittert dieses blöde Ding derart? Verdammt, ich hasse Hubschrauber! Also, wo landest du?«

»In dieser Kiste bist du sicher wie in einem Haus«, erklärte er und kämpfte gegen einen bösartigen Windstoß an.

»In Häuser wird andauernd eingebrochen, oder sie brennen ab. Das heißt ja wohl, dass Häuser alles andere als sicher sind. Also, wo landest du?«

»Ganz praktisch auf dem Dach des Hauses, das wir uns ansehen wollen.« Falls der verdammte Wind sie nicht vorher gegen die Wand von einem anderen Gebäude prallen ließ. »Viel näher geht es nicht.«

Wobei ihnen aus ihrer Sicht während des Landeanflugs allzu viele andere Häuser in die Quere kamen.

Schließlich setzte er auf einem schmalen Flachdach auf, sie aber atmete erst auf, als auch der Motor der verdammten Kiste ausgeschaltet war.

»Gott sei Dank.« Sie löste ihren Gurt, sprang auf den sicheren Beton des Dachs und schrie über den laut pfeifenden Wind: »Am besten gehen wir durch die Stahltür rein und davon aus, dass die Verdächtigen im Haus versammelt sind. Das heißt, wir suchen das verdammte Haus Etage für Etage ab. Ich weiß, dass du bewaffnet bist.«

»Natürlich bin ich das. Soll ich mich um das Türschloss kümmern?«

Sie zog ihren Generalschlüssel hervor und schaltete den Rekorder ein. »Lieutenant Eve Dallas und der zivile Berater Roarke betreten gleich das Haus von Frederick Betz. Der entsprechende Durchsuchungsbeschluss für das Anwesen liegt vor.«

Sie öffnete die Tür, und auf ihr Nicken sprang sie aufrecht und Roarke in gebückter Haltung in den Flur.

»New Yorker Polizei«, rief sie. »Wir sind bewaffnet, und wir kommen rein.«

Sie nahmen eine kurze Treppe bis zu einer weiteren Tür, wiederholten das Verfahren, und sie leuchtete mit ihrer Taschenlampe in den dunklen Raum.

»Es fühlt sich an, als wäre niemand da«, erklärte sie. »Wir sehen uns trotzdem gründlich um.« Sie schickte Roarke in eine Richtung und lief selber in die andere Richtung los.

Die Räume waren voller Möbel, wirkten aber nicht bewohnt. Es war, als hätte jemand all die Sachen nur dort deponiert, weil er nicht wusste, was er sonst mit ihnen machen sollte. Das Bad war frisch geschrubbt und wirkte nicht, als hätte irgendjemand es in letzter Zeit benutzt.

»Sauber«, rief sie.

»Sauber«, rief auch Roarke, fügte allerdings hinzu: »Aber du solltest trotzdem kommen, um dir das anzusehen.«

Sie hätte gern, so schnell es ging, auch den ersten Stock sowie das Erdgeschoss des Hauses abgesucht, doch sie folgte den Rufen ihres Mannes …

… und betrat ein kleines, aber sehr gut eingerichtetes Labor.

»Ich wette, dass der Kerl ein, zwei weitere versteckte Konten hat«, bemerkte Roarke. »Denn das hier sieht wie eine kleine, aber durchaus feine Drogenküche aus. Nebenher rührt er wahrscheinlich noch die Sexdrogen an, die sie den Frauen verpassen.«

Sie trat vor die Glastür eines Kühlschranks und betrachtete die sorgfältig beschrifteten Flakons.

»Seine Familie hat Geld, und offiziell arbeitet er seit seinem Studium im familieneigenen Unternehmen, wobei er sich dort nur selten blicken lässt. Er wettet gern auf Pferde. Damit er sich das leisten kann und trotzdem noch was auf der hohen Kante hat, hat er hier eine Drogenküche aufgemacht. Das ist sein gottverdammtes Hobby«, meinte Eve und wandte sich zum Gehen. »Jetzt sehen wir uns noch die anderen Etagen an.«

Sie gingen in den ersten Stock, teilten sich dort wieder auf, und diesmal rief sie Roarke.

»Im Gästezimmer steht ein Koffer, und das Bett sieht aus, als hätte jemand sich dort ausgestreckt. Auf dem Nachttisch stehen eine Flasche Whiskey und ein Glas.«

Sie öffnete den Koffer, der zerknüllte Hemden, Hosen, einen selbst gestrickten Wollpullover und dazu noch ein gerahmtes Bild von Petra Easterday enthielt.

»Easterday«, erklärte sie. »Er hat sich hier versteckt. Wahrscheinlich hatten alle Brüder einen Schlüssel für das Haus.«

»Aber er hat den Koffer entweder nicht aus- oder in aller Eile wieder eingepackt.«

»Ich glaube eher, er hat ihn niemals ausgepackt. Er hat den Koffer heraufgeschleppt, sich hingelegt und Whiskey in sich reingekippt.«

»Bestimmt hat er sich dabei furchtbar leidgetan.«

»Denn schließlich hatte unser armer, unglücklicher Serienvergewaltiger auch einen wirklich schlimmen Tag. Jetzt lass uns nach unten gehen. Falls wir ihn dort erwischen, wird er sicherlich versuchen abzuhauen. Oder vielleicht versucht er, sich zu wehren, wobei er uns bestimmt keine besonderen Schwierigkeiten machen wird.«

Sie wandten sich der Treppe zu und blieben dann auf halber Höhe stehen.

Die Eingangshalle lag im Dunkeln, doch im Licht der Taschenlampe sahen sie den Mann, der dort am Leuchter hing.

Ihr war bewusst gewesen, dass sie Frederick Betz nicht lebend finden würden, um ihn für die Taten der vergangenen fünfzig Jahre zur Verantwortung zu ziehen, in ihrem tiefsten Innern aber hatte sie gehofft, dass sie die Chance bekäme, selber mit ihm ins Gericht zu gehen.

»Das wäre dann die Nummer vier von sechs«, bemerkte sie. »Sie haben nicht bis heute Nacht gewartet, um ihn aufzuhängen, sondern ihn schon früher hergebracht.«

»Am besten sehen wir uns erst in allen Zimmern um. Sie sind bestimmt nicht mehr im Haus, aber vielleicht hat sich Easterday hier irgendwo versteckt.«

Im rückwärtigen Teil des Hauses stießen sie auf einen umgeworfenen Tisch, zerbrochenes Glas und … Blut.

Zum Teil war es verspritzt, zum Teil verschmiert, als hätte man dort etwas oder jemanden über den Fußboden geschleift.

»Das Haus ist leer«, wandte sich Eve an Roarke. »Sie haben Easterday. Sieht aus, als wäre er, vielleicht ein bisschen angetrunken, durch den Flur gelaufen, als sie kamen. Wahrscheinlich dachte er, es wäre Betz, und als er sah, dass sie es sind, versuchte er abzuhauen. Aber sie nahmen die Verfolgung auf, holten ihn ein, erwischten ihn mit ihrem Stunner, und als er zu Boden ging, riss er den Tisch um und schlug sich den Schädel an. Sie schleiften ihn zurück nach vorn. Ich wette, dass sie ihn gezwungen haben zuzusehen. Genauso wie die Brüder zusahen, als Betz sie vergewaltigt hat. Jetzt musste er zusehen, wie sie seinen Bruder hingerichtet haben.«

Sie steckte ihre Waffe wieder ein und machte Licht. »Ich muss die Cops hier in der Gegend informieren, trotzdem bleibt es unser Fall. Deshalb gebe ich jetzt erst mal Peabody Bescheid.«

»Falls du mir damit sagen willst, dass ich nach Hause fliegen kann, vergiss es«, meinte Roarke.

»Ich sollte dich nach Hause schicken, doch das will und werde ich nicht tun«, räumte sie unumwunden ein. »Ich komme damit klar, aber ich hätte gern, dass du an meiner Seite bist. Es hilft mir, wenn du in der Nähe bist.«

»Du weißt doch, ich bin immer für dich da.«

»Das zu wissen hilft mir ebenfalls. Wenn sie nicht ganz dumm sind, und so kommen sie mir nicht vor, wissen sie, dass sie keine Chance haben, MacNamee in Glasgow zu erwischen, also nehmen sie sich vielleicht besonders viel Zeit für Easterday. Vielleicht gehen sie's bei ihm besonders langsam an, weil er der Letzte ist. Falls nicht, ist er bereits tot, und sie haben sich aus dem Staub gemacht.«

Da er Eve kannte, strich er mit der Hand über ihr Haar. »Wenn ich an ihrer Stelle derart weit gekommen und derart entschlossen wäre, würde ich es in die Länge ziehen. Dann wollte ich auch ihn ... seiner gerechten Strafe zuführen.«

Nickend zerrte sie ihr Handy aus der Tasche und rief auf der nächsten Wache an. »Hier spricht Lieutenant Eve Dallas«, fing sie an. »Ich habe eine Leiche.«

Sie informierte Whitney, damit er, falls nötig, den Kollegen in der Bronx erklärte, dass sie seine Mordermittler ihre Arbeit machen lassen sollten, rief die Spurensicherung und führte ein Gespräch mit den Detectives aus der Gegend, die auf ihren Anruf zu Betz' Haus gekommen waren.

Bis Peabody zusammen mit McNab in einem Streifenwagen vorfuhr, lag das jüngste Opfer bereits auf dem Boden, und sie überprüfte die genaue Todeszeit.

»20.15 Uhr. Also waren wir nur eine Stunde nach ihnen im Haus. Sie hatten die Adresse wahrscheinlich von Betz oder von einem von den anderen. Sind in die Stadt gefahren und haben ihm innerhalb kurzer Zeit nach Kräften zugesetzt.«

»Denn schließlich kamen die Drogen, die man ihnen eingeflößt hatte, von ihm«, bemerkte Roarke.

»Die Drogen?«, fragte Peabody, und Eve sah auf.

»Das ist auf der Aufnahme zu sehen, die in dem Bankschließfach gelegen hat. Sie sind alle sechs darauf zu sehen. Sie haben die Frauen gemeinsam vergewaltigt, wie bei einem Sportwettkampf. Betz hat ihrem, wie es aussieht, ersten Opfer irgendetwas gespritzt, damit sie, statt zu schreien und sich zu wehren, darum bettelt, dass sie's mit ihr tun.«

»Sie haben ihr was gespritzt?« Ians grüne Augen unter der bunten Mütze wurden hart und kalt. »Etwas wie Whore?«

»Wahrscheinlich etwas in der Art, nur hat der Kerl es selbst gebraut. Im zweiten Stock ist ein Labor, da hat er bis heute noch solches Zeug gemixt.«

Als sie sein Gesicht sah, sagte sie mit scharfer Stimme: »Mein Rekorder läuft«, eilig wandte Ian sich ab, um sich das Schloss der Haustür anzusehen.

»Wie die beiden anderen hat auch dieses Opfer eine Tätowierung in der Leistengegend«, fuhr Eve fort. »Die Untersuchung durch den Pathologen wird ergeben, ob es wie die beiden anderen ebenfalls an dieser Stelle Stunnerspuren aufweist, denn aufgrund der zahlreichen Verletzungen in dem Bereich sind sie mit bloßem Auge nicht zu erkennen. Wahrscheinlich haben sie auch auf ihn mit einem Knüppel eingedroschen, die Brandwunden rühren sicher von dem Gegenstand her, mit dem er vergewaltigt wurde. Der Oberkörper ist mit Hämatomen und mit Brandmalen übersät, die bei den beiden anderen Opfern nicht zu sehen waren. Dazu weist er erhebliche Gesichtsverletzungen auf. Die Schürf- und Kratzwunden am Hals hat sich das Opfer vielleicht selbst in dem Bemühen zugefügt, sich von der Schlinge zu befreien. Darauf deuten die Haut- und Blutreste unter den Fingernägeln beider Hände hin.«

Ihr Schädel dröhnte, sie richtete sich auf und rieb sich kurz die Stirn. »Sie können ihn jetzt mitnehmen. Morris weiß bereits Bescheid. McNab.«

Mit noch immer kalter Miene drehte er sich nach ihr um. »Ma'am.«

»Wir brauchen alle elektronischen Geräte aus dem Haus. Unser Zivilberater hat schon festgestellt, dass genau wie in den anderen Fällen das Laufwerk und auch die Disketten aus den Überwachungskameras verschwunden sind. Trotzdem holen Sie sich Unterstützung und nehmen alle Telefone und Computer, die Sie finden, auseinander, ja?«

Sie atmete geräuschvoll aus. »Die Kollegen aus der Bronx werden den Tatort sichern, bis die SpuSi kommt. Peabody, Sie kommen mit mir in den zweiten Stock und gehen mit mir Easterdays Sachen durch. Vielleicht ist ja etwas dabei, was uns verrät, wohin die Frauen mit ihm gegangen sind.«

Als sie nach oben ging, wandte Roarke sich an McNab.

»Glauben Sie nicht, sie würde nichts empfinden oder wäre nicht genauso wütend wie Sie selbst.«

»Ich weiß. Es ist nur …« Seufzend zog er sich die Wollmütze vom Kopf. »Bei der Sitte hatte ich es oft mit jeder Menge wirklich üblem Scheiß zu tun, okay? Vergewaltigung ist bereits schlimm genug. Doch eine Gruppenvergewaltigung? Nachdem sie gegen ihren Willen Whore oder ein anderes Dreckszeug eingeflößt bekommen hat? Als hätte es den Kerlen nicht gereicht, sie zu missbrauchen, haben sie sie auch noch zu einem Teil dieses perversen Spiels gemacht. Vor allem kann das Opfer dauerhafte Schäden von dem Zeug davontragen. Bei falscher oder zu hoher Dosierung kann sie auch noch Jahre später Flashbacks haben und wirft sich dann wahllos jedem an den Hals, damit er es ihr besorgt. Ich habe so was oft erlebt. Zu oft.«

»Das hat sie auch.« Roarke drückte ihm die Schulter, Ian atmete tief durch und steckte seine Mütze ein, bis man nur noch den grün gestreiften Zipfel aus der Tasche seiner grünen Jacke hängen sah. An einem seiner Ohren glitzerte ein Halbmond bunter Ringe, während auf der Vorderseite seines Sweatshirts der schon längst verstorbene Elvis die Hüften kreisen ließ.

Die grünen Augen in dem feingemeißelten Gesicht jedoch waren die Augen eines Cops. »Ich will damit nicht sagen, dass der Rachefeldzug dieser Frauen richtig ist. Das ist er nicht. Aber er ist auch nicht ganz falsch. Ich kann nicht sagen, dass er falsch ist, sondern nur, dass er nicht richtig ist.«

»Wahrscheinlich glaube ich nicht ganz so sehr an Recht und Ordnung wie Sie selber, Peabody und Eve, aber ich kann verstehen, dass Sie ihn retten wollten, damit er noch die Schmach erlebt, dass alle Welt von seinen Schandtaten erfährt und weiß, dass er bis an sein Lebensende hinter Gitter wandern wird. Das bleibt ihm jetzt erspart, egal, wie sehr er in den letzten Stunden auch gelitten hat.«

»Ich weiß nicht, ob ich ihn tatsächlich retten wollte, aber ja. Im Grunde ist es das, worum's bei unserer Arbeit geht. Danke, dass Sie mich dran erinnert haben.«

»Gern geschehen. Und jetzt werde ich Ihnen helfen, bis Ihre Verstärkung kommt oder der Lieutenant mich woanders braucht.«

Roarke wartete auf Eve und lenkte sich mit Arbeit ab. Obwohl er wusste, dass es auch nicht half, wenn er sich Sorgen um sie machte, befürchtete er, dass sie nicht eher Ruhe geben würde, als bis sie die Frauen und Easterday gefunden hätte, ganz egal, um welchen Preis.

Als sie bleich, mit dicken Ringen unter den Augen und mit ausdruckslosem Blick wie Ian aus der oberen Etage kam, fiel es ihm schwer, nicht zu verlangen, dass sie eine Pause machte, ehe sie zusammenbrach.

Sie sahen gemeinsam zu, wie Betzens Leichnam aus dem Haus getragen wurde, und mit dumpfer Stimme meinte sie: »Falls Easterday etwas bei sich hatte, was uns auf die Spur der Frauen hätte bringen können, haben sie das jetzt. Auch das Bargeld, das er von zu Hause mitgenommen hat, ist nicht mehr da. Sein Pass liegt noch im Koffer, also wollte er auf jeden Fall von hier verschwinden.«

Sie machte einen Schritt zur Seite und ließ die Kollegen von der Spurensicherung an sich vorbeigehen.

»Er wollte einen Schlussstrich unter sein gesamtes bisheriges Leben und selbst seine Ehe ziehen, statt sich den Enthüllungen zu stellen, die jetzt nicht mehr zu vermeiden sind.«

»Was heißt, dass er ein jämmerlicher Feigling ist.«

»Genau. Ich habe ihm genug erzählt, dass er weiß, dass die Enthüllung nicht mehr zu vermeiden ist. Er ist hierhergekommen, weil er dachte, dass er hier in Sicherheit wäre, bis er Vorkehrungen treffen könnte, um die Staaten zu verlassen, wahrscheinlich hat er sich, wie du gesagt hast, erst einmal in Selbstmitleid geaalt, bevor er herunterkam. Wahrscheinlich wollte er sich hier die nächste Flasche und etwas zu essen holen.«

Sie trat noch einmal vor den umgestürzten Tisch, die Scherben und das Blut.

»Als sie reinkommen, ist er etwas angetrunken und vor allem völlig überrascht. Sie haben Betz und schleifen ihn ins Haus. Dazu sind mindestens zwei Frauen nötig, aber schließlich sind sie zu viert. Vor allem sind sie jünger, schneller und entschlossener als er. Es ist bestimmt nicht schwierig, einen Mann von beinah siebzig, der noch dazu angetrunken ist, zu stellen. Er versucht zu flüchten, aber sie sind eine Gang, genauso wie es die sechs Männer immer waren, und zahlen es ihnen jetzt mit gleicher Münze heim. Was das auch immer heißt. Es kommt zu einem Kampf, der Tisch fällt um, und die gläserne Vase, die daraufsteht, zerbricht. Dann geht auch Easterday zu Boden, schlägt mit seinem Kopf gegen die Tischkante und schneidet sich an dem zerbrochenen Glas. Er ist benommen, vielleicht bewusstlos, und schon haben sie ihn erwischt.«

Sie blickte zur SpuSi, die mit dem Leuchter und dem Seil beschäftigt war. »Sie fesseln ihn und warten, bis er wieder zu sich kommt. Dann legen sie dem anderen die Schlinge um den Hals. Jetzt haben sie zwei der Kerle, und sie zwingen Easterday zum Zusehen, während sie den Leuchter mit Betz hochziehen, der mit seinen Beinen strampelt, während sein Körper zuckt, als er versucht, sich die Schlinge über den Kopf zu zerren.«

Sie atmete tief durch. »Dabei denken sie, du hast auch zugesehen, als wir von deinen Brüdern vergewaltigt worden sind. Und sie haben zugesehen, als du uns vergewaltigt hast. Dafür wirst du jetzt zusehen, wie einer deiner Brüder stirbt, und wissen, dass es dir genauso gehen wird.«

»Sie hätten das Ganze auch hier an Ort und Stelle beenden können.« Peabody zog unbehaglich ihre Schultern an, weil sie aufgrund von Eves Zusammenfassung das Geschehen überdeutlich vor sich sah. »Sie hätten beide umbringen und dann verschwinden können.«

»Aber so haben sie es nicht geplant. Sie haben Easterday noch etwas zu sagen, und vor allem haben sie noch etwas mit ihm vor. Er muss sie anflehen, so wie sie ihn angefleht haben, und er muss wissen, wie sie wussten, dass alles Flehen nicht verhindern kann, was gleich mit ihm geschehen wird.«

»Moment«, bat sie, als sie Carmichael von der Trachtengruppe sah.

»Tut mir leid, dass ich Sie aus dem Feierabend holen musste«, fing sie an.

»Das ist eben ein Teil meines Jobs, Lieutenant.«

»Da haben Sie recht. Ich möchte, dass Sie die Befragung in der Nachbarschaft durchführen. Wir brauchen Aussagen von jedem, der hier in der Gegend wohnt. Sie hatten ein Transportmittel, wahrscheinlich einen hellen, ziemlich neuen Van. Sorgen Sie dafür, dass die Kollegen und Kolleginnen Kopien von Yancys Bildern kriegen, und vor allem sprechen Sie sich bitte mit den Cops hier aus der Gegend ab.«

»Das wird ganz sicher kein Problem. Eine Cousine von mir arbeitet hier auf dem Revier. Die habe ich schon kontaktiert, wenn es sein muss, ebnet sie mir bei den anderen den Weg.«

»Gut. Behalten Sie die Cops von hier im Auge, ja? Ich habe ihnen gesagt, dass sie den Tatort sichern sollen, aber ich kenne diese Leute nicht.«

Damit ging sie zurück zu Roarke, Peabody und McNab.

»Wir haben uns die Geräte schon mal angesehen«, begann McNab. »Bisher ist uns nichts daran aufgefallen, aber die Kollegen nehmen die Dinger gleich mit aufs Revier. Soll ich mit ihnen auf die Wache fahren?«

»Nein. Sie gehen mit Peabody in Blakes Kanzlei. Wenn Roarke und ich die Wohnung übernehmen, ist in beiden Fällen jemand vor Ort, der von Elektronik Ahnung hat. Gibt's eine Stelle in der Nähe der Kanzlei, an der der blöde Helikopter landen kann?«

Roarke hätte ihr den Hintern tätscheln wollen, aber da er sich dann sicher einen Fausthieb eingefangen hätte, legte er die Hand auf ihrer Schulter ab. »Die gibt es immer.«

»Dann fliegen Sie mit uns und sehen zu, wie Sie von der Landestelle zur Kanzlei kommen«, wandte sich Eve den beiden anderen zu.

»Wir fliegen mit dem Hubschrauber! Juhu!« Als sie Eves bösen Blick bemerkte, fügte Peabody mit einem gleichmütigen Schulterzucken noch hinzu: »Sie hätten diese Reaktion vorhersehen sollen.«

»Reo kümmert sich um den Beschlagnahmebeschluss für Betzens und ihre elektronischen Geräte. Bei einer Kanzlei wird das wahrscheinlich etwas knifflig, aber mit den ganzen Indizien, die wir haben, kriegen wir den Beschluss bestimmt. Bis dahin stellen Sie die Bude auf den Kopf, rühren aber keins der elektronischen Geräte und vor allem keine Akte an.«

»Verstanden.«

»Hier sind wir fürs Erste fertig«, meinte sie mit einem letzten Blick auf das Foyer. »Auf geht's.«

*

Während des kurzen Rückflugs nach Manhattan sprach Eve mit Reo und sah nach, wie weit die Partnerin, Baxter und Trueheart mit den Überprüfungen von Downing und MacKensie waren.

»Wenn man weiß, wonach man sucht, ergibt alles ein Bild. Sie waren alle mit demselben Flieger in Ohio bei Elsis Gedenkfeier und spenden alle jährlich an Beratungszentren für misshandelte und missbrauchte Frauen. Zwar nicht dieselben Summen und auch an verschiedene Zentren, aber jede von ihnen hat über Jahre Geld in dieses Thema investiert. Sie sind alle fünf alleinstehend, und alle außer Blake haben entweder ihr Studium abgebrochen oder Schwierigkeiten während ihrer Collegezeit gehabt. Blake wurde anders als die anderen von ihren Problemen offenbar erst Jahre später eingeholt.«

»Lipski im Beratungszentrum hat MacKensie, Su und Downing eindeutig erkannt«, fügte Peabody hinzu.

»Und Blake hat dort Beratungen angeboten, wenn Lipski Yancys Bild von Adderman von uns gezeigt bekommt, erkennt sie garantiert auch sie. Das Zentrum ist der Ort, an dem sie sich getroffen haben, entweder bevor oder nachdem die schrecklichen Erinnerungen wieder hochgekommen sind.«

Roarke landete auf einem Dach, und sie sah sich kurz um.

»Von hier bis zur Kanzlei sind's nur zwei Blocks, und bis zur Wohnung ist es auch nicht wirklich weit.«

»Das reicht.« Eve stieg erleichtert aus und sagte sich, sie hätte es zum zweiten Mal an diesem Tag geschafft.

Während Roarke das Schloss der Tür des Hauses knackte,

wandte Eve sich Peabody und deren Schatz zu, denen der Wind beinah die Mützen von den Köpfen blies.

»Warten Sie auf den Beschluss, bevor Sie an die elektronischen Geräte gehen. Wir gehen streng nach Vorschrift vor. Egal, was Sie empfinden, wir haben es hier mit Serienmörderinnen zu tun, inzwischen haben diese Frauen ihr viertes und gleichzeitig letztes Opfer in ihrer Gewalt.«

»Das von vorhin tut mir leid«, begann McNab.

»Was gibt's da leidzutun?«, erkundigte sich Eve und brachte ihn zum Lächeln, während sie das Haus betrat.

»Wir werden alles finden, was es in der Wohnung und Kanzlei zu finden gibt, wenn wir etwas haben, geben wir den jeweils anderen Bescheid.«

Als sie getrennter Wege gingen, rieb sie sich die müden Augen und zog frierend die Schultern an. »Ich habe keine Ahnung, ob sie sich mit ihm beeilen oder es absichtlich in die Länge ziehen wollen. Sie haben nicht erwartet, ihn dort in dem Haus zu treffen, aber sie haben die Gelegenheit sofort genutzt. Werden sie ihn jetzt in aller Eile um die Ecke bringen oder genießen, dass er ihnen ausgeliefert ist? Ich wüsste nicht, wie wir sie stoppen sollen, wenn sie beschließen, sich mit ihrem letzten Opfer zu beeilen und danach auf Tauchstation zu gehen.«

»Wenn sie sich beeilen wollten, hätten sie ihn doch bestimmt zusammen mit seinem Kumpel Frederick aufgehängt.«

»Das habe ich mir auch gesagt, aber dann habe ich gedacht, dass ich an ihrer Stelle überlegen würde, wie viel Zeit mir bleibt, wenn ich mich nicht erwischen lassen will. Wenn sie versuchen wollen zu verschwinden, bringen sie's schnell hinter sich und gehen auf Tauchstation.«

»Hast du schon überlegt, dass sie vielleicht gar nicht verschwinden wollen?«

»Ja, klar. Und das ist ein noch größeres Problem.«

Im Näherkommen schaute sie sich das Gebäude an. Im Erdgeschoss gab es ein billiges Schuhgeschäft und einen Asiaten, ansonsten sah das Haus vielleicht nicht elegant, doch grundsolide und vor allem durchaus gut gesichert aus.

Bevor sie den Rekorder in Betrieb nahm, knackte Roarke noch schnell das Haustürschloss, dann erst kehrte sie den rechtschaffenen Cop heraus.

»Solange wir nicht die Erlaubnis eines Richters in den Händen halten, sehen wir uns einfach in der Wohnung um. Außer sie läge auf der Couch und sähe fern.«

Statt des beengten Fahrstuhls wählte sie das Treppenhaus. »Sie wohnt im dritten Stock.«

»Ich weiß.«

»Sie wird diejenige von ihnen sein, die die verdammte Folterkammer zur Verfügung stellt. Nicht hier, denn in einem solchen Haus bekämen viel zu viele Leute etwas davon mit. Wir müssen tiefer graben, denn ich bin mir sicher, dass sie irgendwo noch eine andere Bude hat. Die anderen haben nicht genügend Geld, um noch was anderes zu mieten oder zu kaufen, und soweit ich weiß, hat keine von den anderen ein Apartment, ein Haus oder genügend Geld für Miete oder Kauf geerbt.«

Ein helles, sauberes Treppenhaus, bemerkte sie. In einem hübschen, ruhigen Haus. Nicht völlig schallgeschützt, weil man im ersten Stock die leisen Stimmen, die aus einer Wohnung kamen, und im zweiten die Geräusche einer Party hörte, doch im dritten Stock war alles still.

Sie klopfte an Blakes Tür, wartete ab und klopfte dann erneut. »Grace Carter Blake, hier ist die Polizei.«

Die Tür der Wohnung gegenüber wurde einen Spaltbreit aufgezogen. »Sie ist weg.«

Eve betrachtete das argwöhnische, dunkle Auge und den Ausschnitt des kakaofarbenen Gesichts, das ihr entgegensah, und wies sich aus.

»Wissen Sie, wo sie ist?«

»Nee, aber sie war den ganzen Tag nicht da. Gestern Abend auch nicht, glaube ich. Vielleicht macht sie ja Urlaub oder so.«

»Urlaub?«

»Gestern kam sie mit zwei Koffern raus, und ein paar Tage vorher hat sie auch schon irgendwelche Sachen aus dem Haus geschleppt. Miss Kolo sagt, sie hätte ihren Laden dichtgemacht. Sie wohnt im ersten Stock und sagt, dass die Kanzlei gestern geschlossen war. Und heute auch. Ist sie in Schwierigkeiten?«

»Ich muss mit ihr sprechen.«

»Tja, in letzter Zeit ist sie nur selten da.«

Eve hielt der Frau die Bilder der vier anderen Frauen hin. »Wie sieht es mit diesen Frauen aus?«

Die Frau kniff das dunkle Auge zu und zog die Tür ein wenig weiter auf. »Die hier habe ich schon mal mit ihr gesehen.« Ein dünner Finger zeigte auf das Bild von Su.

»Hier?«

»Nee, ein paar Türen weiter. Bei *Ginaro's*. Das ist unser Supermarkt.«

»Und wann?«

»Woher soll ich das wissen? Vielleicht letzte Woche oder so. Wahrscheinlich letzte Woche, denn ich war beim Einkaufen, und ich muss morgen wieder in den Supermarkt. Sie haben ein paar Lebensmittel eingekauft, sind aber nicht hierher zurückgekommen, sondern die Straße runter und dann um die Ecke gegangen.«

»Also sind sie Richtung Süden losgelaufen und dann nach … Westen abgebogen?«

»Ja, genau. Falls sie in Schwierigkeiten ist, hat sie mir nichts davon erzählt. Aber sie ist sowieso die meiste Zeit für sich. Sie hält nichts von Besuch. Ganz anders als die Leute unten, deren ständiges Gelächter und Gebrüll mir wirklich auf die Nerven gehen.«

»Miss …«

»Jackson.«

»Miss Jackson, ich habe die Erlaubnis eines Richters, mich in Miss Blakes Wohnung umzusehen. Wir werden ihre Wohnung jetzt betreten. Wenn Sie wollen, kontaktieren Sie das Hauptrevier und überprüfen meine Angaben.«

»Sie haben sich ausgewiesen, und ich mische mich grundsätzlich nicht in fremde Angelegenheiten ein«, erklärte die Frau und schloss die Tür.

Mit ihrem Generalschlüssel schloss Eve das Standard- und die beiden zusätzlichen Schlösser an der Tür der Blake'schen Wohnung auf.

»Sie braucht ein Gefühl von Sicherheit, wenn sie in ihrer Wohnung ist«, murmelte sie und wiederholte lauter: »Polizei, Miss Blake. Wir kommen jetzt rein.«

Roarke machte Licht, und gleichzeitig sah Eve sich mit gezückter Waffe um.

Bescheiden, dachte sie. Fast übertrieben ordentlich mit ein paar netten Stücken wie dem Ledersofa, das wahrscheinlich noch ein Überbleibsel aus der Zeit als Wirtschaftsanwältin war.

Doch ja, sie hatte ein paar Dinge mitgenommen.

»Hier hing einmal ein Bild. Die Farbe an der Wand ist ein bisschen blasser, und man kann auch noch den Nagel sehen. Ich wette fünf zu eins, dass dort eins der Gemälde ihrer Freundin hing. Und da drüben stand wahrscheinlich mal ein Tisch. Was soll sie dort mit einem Sessel, wenn es keinen Tisch gibt, um ein Glas darauf abzustellen?«

»Ein Tischchen trägt sich leichter als ein Sessel.«

»Stimmt. Keine Fotos, ordentlicher Wandbildschirm, kein Durcheinander. Trotzdem sehen wir uns genauer um.«

Eve übernahm das Schlafzimmer und Bad, und Roarke sah sich die Kochnische sowie das Arbeitszimmer ohne Link oder Computer an.

»Sie hat ein paar Klamotten mitgenommen«, sagte Eve und steckte ihre Waffe wieder ein. »Das sieht man an den leeren Stellen im Schrank. Auch das Bad hat sie fast vollständig leer geräumt.«

Sie zog die leere Schublade des einen Nachttischs auf, und Roarke tat es ihr auf der anderen Seite des in schlichtem Weiß bezogenen Bettes nach.

»Die ist auch leer. Genauso ist es mit dem AutoChef, der in der

Küche steht. Nicht mal ein altes, trockenes Brötchen habe ich dort noch entdeckt.«

»Sie hatte Zeit zu planen und einen Ort, um alle diese Sachen hinzubringen. Als sie gestern abgehauen ist, hat sie nur noch die letzten Dinge mitgenommen, die ihr wichtig waren. Ich nehme an, dass es in der Kanzlei genauso ist. Wahrscheinlich hat sie alle elektronischen Geräte mitgeschleppt. Wir sollen dort nichts finden, was ihr irgendwie gefährlich werden kann. Natürlich sehen wir uns alles an, aber ich habe das Gefühl, als hätte sie sich Zeit genommen und alles ganz genau durchdacht. Deswegen kann ich mir nicht vorstellen, dass ihr irgendwelche Fehler unterlaufen sind.«

»Dann lass uns sehen, ob sie tatsächlich irgendwo ein Haus oder eine andere Wohnung hat.«

Eve nickte zustimmend und sah sich weiter in der Wohnung um.

Inzwischen hatte sie auch die Erlaubnis, sich Blakes elektronische Geräte anzusehen, nur nützte die ihr nichts. Also gingen sie los, liefen nach Süden und bogen ein Stückchen weiter Richtung Westen ab.

»Da drüben ist ein Parkplatz. Das ist ganz sicher nicht die Art Parkplatz, auf der man noch die Aufnahmen der Überwachungskameras von letzter Woche sehen kann. Versuchen wir es trotzdem.«

Wieder waren sie in einer Sackgasse gelandet, dachte sie und kontaktierte ihre Partnerin.

»Sie hat den ganzen Laden ausgeräumt. Nicht eine Akte und nicht ein Computer stehen hier mehr«, erklärte die.

»Dann fahren Sie jetzt heim«, wies Eve sie an. »Sagen Sie McNab, dass er die Suche nach Sus Van einleiten soll. Mit Variationen der Namen aller Frauen. Sobald die Suche etwas ergibt, bekomme ich Bescheid.«

»Ich will dich sicher nicht bemuttern«, sagte Roarke und legte auf dem Weg zurück den Arm um sie. »Aber du brauchst jetzt dringend etwas Schlaf.«

»Ich brauche einen Kaffee und etwas, um all die Fäden zu entwirren. Vielleicht hat ja die Suche etwas ergeben, während wir unterwegs waren.«

»Das habe ich schon überprüft. Bisher hat sie noch nichts gebracht. Manche Dinge brauchen eben etwas länger.«

Aber dafür fehlten ihr und Marshall Easterday die Zeit.

Im Helikopter schloss sie die Augen. Sie müsste einfach wieder einen klaren Kopf bekommen, dachte sie, dann fiele ihr ja vielleicht etwas auf, was sie bisher übersehen hatte.

Das Nächste, was sie wusste, war, dass Roarke sie von dem Gurt befreite, der sie festhielt.

»Ich bin kurz eingenickt.«

»Das zeigt, dass du, egal, wie dringend du weitermachen willst, total erledigt bist. Du brauchst ein bisschen Schlaf. Den brauchen diese Frauen auch«, rief er ihr in Erinnerung, bevor er einen Arm um ihre Taille schlang.

»Sie können sich abwechseln. Aber okay, sie müssen auch mal schlafen, etwas essen, reden«, stimmte sie ihm widerstrebend zu.

Sie hatte das Gefühl, sich unter Wasser zu bewegen, als sie sich zur Haustür schleppte und ermattet in die warme Eingangshalle trat.

»Sie töten ihn bestimmt nicht heute Nacht. Du hattest recht. Wenn sie sich beeilen und verschwinden wollten, hätten sie ihn gleich an Ort und Stelle umgebracht. Stattdessen haben sie ihn dorthin gebracht, wo sie ihn haben wollen, und sie müssen schlafen, reden, ihn für das bezahlen lassen, was er sie hat erleiden lassen. Ihn umzubringen ist leicht. Aber wenn sie ihn zahlen lassen wollen, brauchen sie Zeit.«

Statt zur Treppe führte Roarke sie Richtung Lift und fuhr mit ihr ins Schlafzimmer hinauf.

»Wirst du mir zuliebe noch etwas zur Beruhigung nehmen?«

»Ich habe schon seit Stunden keinen Kaffee mehr getrunken, also bin ich ruhig genug. Ich weiß, ich brauche etwas Schlaf, wenn ich nicht einen Muntermacher nehmen will. Also haue ich mich jetzt bis fünf aufs Ohr. Wo ist übrigens Galahad?«

»Bestimmt bei Summerset, nachdem wir zwei verschwunden waren. Soll ich ihn holen?«

Sie hätte ihn tatsächlich gern bei sich gehabt, doch nicht genug, um Roarke durchs ganze Haus zu schicken, deshalb sagte sie: »Schon gut.«

Noch immer ganz benommen, zog sie sich aus. Wie lange war sie jetzt schon auf den Beinen? Sie hatte keine Ahnung, doch im Grunde war es auch egal. Sie könnte jetzt ein bisschen schlafen und im Morgengrauen weitermachen. Etwas Wichtiges könnte sie jetzt sowieso nicht tun.

Sie glitt ins Bett, war bereit, die Augen zu schließen, doch noch während Roarke sie zärtlich an sich zog, ging ihr die Aufnahme der ersten Vergewaltigung durch die sechs Männer durch den Kopf.

»Stevenson … ich meine, Billy … konnte nicht mehr damit leben. Deswegen hat er sich umgebracht.«

»Pssst. Denk an was anderes.«

»Ich sehe immer wieder ihre Augen und die Panik, als sie merkt, dass sie diesen Kerlen hilflos ausgeliefert ist.« Sie wandte sich ihm zu und schmiegte ihr Gesicht an seine Schulter. »Wenn die Panik groß genug ist, muss man sich ihr irgendwie entziehen. Dann zieht man sich entweder in sich selbst oder an einen anderen Ort zurück. Ich habe selbst erlebt, wie es ist, wenn man die Angst nicht mehr erträgt. Wenn man die Angst, die Schmerzen und das *Wissen,* dass man nichts dagegen tun kann, nicht mehr aushält. Die Männer haben diese Angst … genossen. Haben es auf diese Panik angelegt. Sie hatten solchen Spaß daran, dass sie sich auch noch fünfzig Jahre später irgendwelche jungen Frauen gesucht haben, um sich noch mal so jung und stark und toll wie während ihrer Studienzeit zu fühlen. Das war's, worum es ihnen ging, nicht wahr? Es war, als hätten sie sich jedes Jahr daran erinnern wollen, dass sie damals die Könige des gottverdammten Campus waren.«

»So etwas ist weder logisch, noch gibt es dafür einen Grund. So etwas ist einfach unmenschlich.«

Er war so warm, so stark, und seine Hand strich über ihren Rücken, um die düsteren Gedanken zu vertreiben, was ihm aber diesmal nicht leicht gelang.

Sie zitterte, und wieder stiegen hinter ihren Augen heiße Tränen auf.

Oh Gott. Sie wollte nicht noch einmal zusammenbrechen.

Nein.

Entschlossen sah sie auf und bat mit rauer Stimme: »Zeig mir, wie es sein soll, ja?«

»Du solltest schlafen.«

»Das gelingt mir besser, wenn du mir noch einmal gezeigt hast, wie es sein soll.« Zärtlich küsste sie ihn auf den Mund. »Und ich zeige es dir, okay?«

21

Das tat sie wirklich, und das Wunder, dass sie sich begegnet und jetzt eine Einheit waren, brachte etwas Licht in den bisher so dunklen Tag.

Sie hatte Sex zuvor als Ausdruck von Gewalt und dem Verlangen nach Macht oder Leidenschaft und Lust gekannt, Roarke aber hatte ihr gezeigt, weshalb man auch von *Liebe machen* sprach.

Der Sex mit ihm war Ausdruck reiner, grenzenloser Liebe, und das hatte sie gerettet, wusste sie.

Sie beide brauchten Sanftheit, und er ging mit ihr genauso zärtlich um wie sie mit ihm. Die innigen, nicht enden wollenden Küsse waren wie Balsam für ihre geschundenen, verletzten Seelen, und die benommene Erschöpfung, die sie eben noch empfunden hatte, wich dem träumerischen Staunen, sodass sie durch den Austausch stummer Zärtlichkeiten ihren Frieden fand.

Seine Hände glitten langsam und geduldig über ihre Haut und tauten selbst das Eis, von dem ihr tiefstes Inneres überzogen war. Seine Lippen sprachen wortlos von der Wertschätzung und Liebe, die er ihr entgegenbrachte, und die Worte, die er sanft auf Gälisch raunte, waren wie ein zartes Streicheln, das selbst den größten Schmerz verebben ließ.

Sie glitt ihrerseits mit den Fingern durch sein seidig weiches Haar und über seine starken Schultern und empfand es abermals als Wunder, dass sie ihm begegnet war.

In der undurchdringlichen Dunkelheit ihres Zimmers warm und eng an seinen Leib geschmiegt, lösten die düsteren Gedanken sich in Wohlgefallen auf, und neben märchenhaftem Staunen wogte jetzt auch träumerische Lust in ihrem Innern auf.

Er spürte den Moment, in dem in ihrem Kopf und ihrem Herzen nur noch Raum für sie und ihrer beider Liebe war. Während sie sich an ihn klammerte, sich anbot und ihn wortlos bat, sich ihr ganz hinzugeben, gab es auch in seinem Kopf und Herzen nur noch sie, die Nähe und die Liebe, die sie aneinanderband.

Er liebte die Geschmeidigkeit, mit der sie sich bewegte, während sie mit den starken, sicheren Händen über seinen Körper glitt, und spürte mit den Lippen ihrem ruhigen Herzschlag nach.

Sie war und wäre immer eine Kriegerin, aber auch Krieger brauchten Pflege, wenn sie in der Schlacht verwundet worden waren.

Er drang behutsam in sie ein, füllte sie an, und während sie auf einer ruhigen, süßen Woge des Verlangens trieben, murmelte er dicht an ihrem Ohr die Worte, die in seinem Herzen aufgestiegen waren.

Als die Woge über ihnen zusammenbrach, erkannten sie, dass nicht nur die Körper, sondern gleichzeitig auch ihre Seelen eins geworden waren.

»Kannst du jetzt schlafen?«

Sie stieß einen abgrundtiefen Seufzer aus. »Ich glaube, schon. Aber … halt mich noch ein bisschen fest, okay?«

»Am besten halten wir uns aneinander fest«, schlug er ihr vor und spürte, wie sie sich entspannte und in einem tiefen Schlaf versank.

Er selber blieb noch eine Zeitlang wach, um sich zu vergewissern, dass sie keine bösen Träume hatte, aber schließlich fielen auch ihm die Augen zu.

Mit wild klopfendem Herzen fuhr sie aus dem Schlaf. Sie hörte Schreie, und sie hatte Angst, dass diese Schreie ihr selbst entfahren waren.

»Schon gut. Schon gut.« Er packte sie. »Das ist nur ein Signal.«

»Zum Aufstehen? Ist es schon fünf?«

»Nein, verdammt, erst vier. Das ist das Signal, das der Computer gibt, sobald die Suche etwas ergibt. Moment, ich sehe nach, was er, verflucht noch mal, um diese Zeit gefunden hat.«

»Dann haben wir also einen Treffer. Wir haben einen Treffer. Los, mach Licht.«

»Verdammt, lass mich doch erst mal schauen, was er gefunden hat.«

Statt mit einem zärtlichen Geliebten wie vor ein paar Stunden hatte sie es jetzt mit einem schlecht gelaunten, müden Mann zu tun. Er schnappte sich den Handcomputer, der auf seinem Nachttisch lag, und starrte stirnrunzelnd den kleinen Bildschirm an.

»Hol uns beiden einen Kaffee«, schnauzte er sie an. »Ohne Kaffee fange ich bestimmt nicht mit der Arbeit an. Und ja, wir haben einen Treffer. Aber lass mich erst mal gucken, ob er es wert ist, dass das blöde Ding uns deshalb aus dem Schlaf gerissen hat.«

Sie widersprach ihm nicht. Sie wollte widersprechen, doch vor allem wollte sie auch selbst dringend einen Kaffee trinken. Es war derart selten, dass ihr Liebster müde und gereizt war, dass sie ihn am besten kurz alleine ließ.

»Da ist sie ja. Okay, sie ist echt clever, und ich wette, dass sie dabei etwas Hilfe hatte, trotzdem haben wir sie jetzt gefunden.«

»Was? Sag mir, was wir gefunden haben, wenn du deinen Kaffee haben willst.«

»Eine Adresse. Jetzt gib mir endlich den verdammten Becher.« Wütend riss er ihn ihr aus der Hand und verbrannte sich beim ersten großen Schluck des dampfenden Gebräus den Mund. »Verdammt. Eine Adresse, wenn ich mir nicht irre, nur zwei Blocks vom Hauptrevier entfernt. Außer Kaffee brauche ich eine Dusche, und zwar mit kaltem Wasser. Der Helikopter steht noch draußen, also können wir innerhalb von wenigen Minuten dort sein.«

»Ich muss den Einsatz vorbereiten.«

»Tu, was du tun musst, während ich eine kalte Dusche nehme, weil ich sonst nicht denken kann.«

»Gib her.« Sie riss ihm den Handcomputer aus der Hand. »Und geh.«

Er hatte recht. Das Haus lag so nah bei ihrer Wache, dass ein

Cop mit einem anständigen Wurfarm einen Stein durch eins der Fenster des Gebäudes werfen könnte, und zwar während er am Schreibtisch saß.

Sie kontaktierte ihre Partnerin, erinnerte sich daran, dass sie unbekleidet war, und unterdrückte kurzerhand die Videofunktion.

»Peabody«, drang eine schlaftrunkene Stimme an ihr Ohr.

»Wir haben die Adresse von dem Haus. Kommen Sie aufs Revier. Ich bin in einer Viertelstunde dort. Und rufen Sie bei Baxter an. Ich hätte ihn und Trueheart gern dabei. Und Carmichael von der Trachtengruppe. Alles klar?«

»Ja, sicher, alles klar.«

»Bringen Sie McNab mit, wenn er will, Carmichael soll noch drei Kollegen informieren. Hopp, hopp.«

»Schon gut. Ich bin so gut wie unterwegs und rufe auch die anderen an.«

Eve legte wieder auf, denn alles andere könnte sie unterwegs erledigen. Sie lief ins Badezimmer, atmete tief durch, gesellte sich zu Roarke unter die Dusche …

… und schrie gellend auf. »Verdammt, das Wasser ist eiskalt.«

»Ich habe es auf zweiunddreißig Grad gestellt.«

Da er inzwischen wieder wie er selbst und sogar leicht belustigt klang, fuhr sie ihn an: »Verschwinde, denn ich stelle jetzt auf achtunddreißig Grad und bin in zwei Minuten fertig.«

Er stieg aus der Dusche, schnappte sich ein Handtuch, und sie stöhnte wohlig auf, als endlich heißes Wasser über ihren Kopf und Rücken lief.

Nach etwas über zwei Minuten kam sie trocken, doch noch nackt ins Schlafzimmer zurück und riss die Schranktür auf.

Bis sie in eine Hose stieg, trug er schon eine Jeans und einen schwarzen Rolli und machte das Holster der Ersatzwaffe an seinem Knöchel fest.

»Ich will die Waffe höchstens sehen, wenn irgendwer mit einer anderen Waffe auf dich zielt.«

Auch sie zog einen zufällig gewählten schwarzen Rolli an,

machte ihr Schulter- und ihr Knöchelholster fest und stieg in ihre dicken Boots.

»Ich brauche einen Grundriss des Gebäudes, damit ich den Einsatz vorbereiten kann. Wir müssen uns beeilen.«

»Ich kann dir entweder den Plan besorgen oder fliegen. Was von beidem soll ich tun?«

»Verdammt. Dann sag mir einfach, wie ich an den Grundriss komme, und zwar schnell.« Sie zog sich ihren Mantel an und warf ihm seinen Mantel zu. »Wir ziehen beide unsere Zaubermäntel an, Kumpel. Die Frauen sind auf jeden Fall bewaffnet und wahrscheinlich alles andere als glücklich, wenn sie uns sehen.«

Um Zeit zu sparen, nahmen sie den Lift ins Erdgeschoss.

»Wie viele Leute nimmst du mit?«, erkundigte sich Roarke.

»Peabody, McNab, Baxter, Trueheart, Carmichael und drei andere Leute von der Trachtengruppe, die Carmichael auswählen soll. Ich kann noch mehr Leute bekommen, aber zuerst muss ich ein Gefühl für dieses Haus bekommen. Wir brauchen Augen und auch Ohren dort, wobei du mir helfen könntest, damit Feeney noch ein bisschen schlafen kann.«

»Er wäre sicher gern dabei und wird sich übergangen fühlen, wenn du ihn nicht miteinbeziehst.«

»Quatsch.« Trotzdem zerrte sie ihr Handy aus der Tasche, während sie zum Helikopter lief. Wenn er es nicht klingeln hörte, hätte sie es wenigstens versucht.

Sie hinterließ ihm eine kurze Nachricht auf der Mailbox, legte wieder auf, stieg in den gottverdammten Hubschrauber und gurtete sich an.

»Um diese Tageszeit wären wir mit einem deiner Autos sicher fast genauso schnell.«

»Warum sollen wir ihn nicht nutzen, wenn er schon mal direkt vor der Tür steht?«

Er hob derart schnell vom Boden ab, dass sie die Zähne aufeinanderbiss. Sie hatte das Gefühl, als ob ihr Magen unten auf dem Landeplatz zurückgeblieben wäre, kontaktierte aber die Zentrale, um dort mitzuteilen, dass sie mit einem zivilen Hubschrauber im Anflug war. Bevor sie damit fertig war, zeigte das Piepsen des Handys ihr den Eingang einer Nachricht an. Sie war von Feeney, und er sagte knapp:

Bin unterwegs.

»Wie komme ich jetzt an den Grundriss des verdammten Hauses?«

Während Roarke über die Wolkenkratzer flog, erklärte er ihr Schritt für Schritt und möglichst einfach, wie sie an die Auszüge des Grundbuchamtes kam.

»Das klingt nicht ganz legal.«

»Ich denke, dass du dich dabei in einer Grauzone bewegst.«

Knurrend folgte sie den Anweisungen, bis sie den Grundriss eines zweistöckigen, unterkellerten Gebäudes sah.

»Ich nehme an, dass sie mit ihm im Keller sind«, murmelte sie, studierte alle Ein- und Ausgänge des Hauses und legte sich einen Einsatzplan zurecht.

Mit ein paar Hopsern landete er auf dem Dach des Reviers, und sie sprang in den kalten Wind, wies sich am Eingang des Gebäudes aus und schob sich eilig in den Lift.

»Es ist ein Eckhaus und hat Türen vorne, hinten und auch an der Seite. Eine wirklich tolle Immobilie. Das Haus hat einen Keller, und ich wette, dass sie dort die Folterkammer eingerichtet haben. Von außen gibt es keinen Zugang, also müssen wir von oben rein.«

»Dann werden sie euch kommen hören.«

»Vielleicht, aber wenn ich zu Hause eine Folterkammer hätte – so was haben wir doch wohl nicht?«

»Bisher noch nicht. Aber vielleicht kann ja Charmaine eine entwerfen, falls du eine haben willst.«

»Haha. Wenn ich eine Folterkammer hätte«, wandte sie sich wieder ihrem eigentlichen Thema zu, bevor sie aus dem Fahrstuhl sprang, »wäre sie auf alle Fälle schallgeschützt. Ich brauche einen Besprechungsraum. Willst du ein Held sein?«

»Deiner, Liebling? Jederzeit.«

»Haha«, stieß sie noch einmal aus. »Hilf mir, die Tafel aus meinem Büro in den Besprechungsraum zu schleppen, und bestell uns eine Kanne echten Kaffee, ja? Außerdem brauche ich den Grundriss des Gebäudes auf dem Monitor. Peabody ist unterwegs, aber wir dürfen keine Zeit verlieren.«

»Habt ihr denn im Besprechungsraum kein eigenes Board?«

»Ich hasse diese Dinger. Aber ja, okay, damit würde es sicher schneller gehen.«

»Frauen und Technik«, foppte er und tätschelte ihr dieses Mal, da sie alleine waren, sanft das Hinterteil. »Wenn du den Kaffee holst, schicke ich die Daten an das Board, dann kannst du alles so arrangieren, wie es dir am besten passt. Das heißt, wenn du mir sagst, in welchen Raum wir gehen.«

»Hm.« Sie öffnete die Tür des Raums, vor dem sie stand, und als dort niemand war, erklärte sie: »In diesen hier.«

Sie liefen weiter bis in ihr Büro, und während sie den AutoChef bediente, nahm ihr Liebster hinter ihrem Schreibtisch Platz. Sie rechnete kurz nach und sagte sich, wahrscheinlich kämen sie mit drei großen Kannen hin.

»Ich traue diesen Boards ganz einfach nicht«, murmelte sie und packte vorsichtshalber noch Yancys Bilder von den Frauen ein.

»Ich gehe schon mal rüber und bereite alles vor. Vielleicht kannst du den Rest des Kaffees mitbringen«, meinte sie und stapfte wieder los, ohne eine Antwort abzuwarten.

Im Besprechungsraum trat sie vor den Computer und befahl ihm: »Aktivier das Board.«

Der Raum und die Gerätschaften sind nicht auf Ihren Namen registriert.

»Ach, leck mich doch am Arsch. Dann registrier den blöden Raum ganz einfach jetzt. Lieutenant Eve Dallas«, gab sie knurrend ihren Namen und Dienstgrad ein.

Schimpfwörter sind nicht …

»Wenn du nicht tust, was ich dir sage, dresche ich mit einem Hammer auf dich ein, trete die Überreste in den Staub und fackel den Staub dann ab. Registrier den Raum und die Gerätschaften auf meinen Namen«, fauchte sie und klatschte ihre Marke auf das Pad. »Und scan gefälligst meine Marke ein, wenn ich dich nicht in den Recycler stopfen soll.«

Ich habe Ihre Marke eingescannt und überprüft. Der Raum und die Gerätschaften sind auf Lieutenant Eve Dallas registriert.

»Verdammt, das will ich doch wohl meinen. Und jetzt aktivier das gottverdammte Board.«

Das Board ist aktiviert. Schimpfwörter und Flüche sind hier nicht gestattet und müssen gemeldet werden.

»Du kannst mich mal hinten rüberheben. Aber vorher bringst du alle Daten, die aus meinem Büro geschickt wurden, auf das verfluchte Board.«

Flackernd tauchten die von Roarke geschickten Bilder auf, und ohne weiter auf das Jammern des Computers über ihre unflätige Sprache einzugehen, ordnete sie einige der Skizzen um.

»Aktivier den Wandbildschirm.« Stirnrunzelnd sah sie den Computer, ihren Handcomputer und den Bildschirm an und schickte mühsam selbst noch eine Handvoll Infos von dem einen auf das andere Gerät, als Roarke mit zwei großen Kannen Kaffee in den Händen in der Tür erschien. »Wenn ich das blöde Ding nicht auseinandernehmen soll, schickst du am besten den verdammten Grundriss auf den Wandbildschirm. Ich schenke uns inzwischen schon mal Kaffee ein.«

Kaum hatte sie ihm beide Kannen abgenommen, tauchte schon der Grundriss auf dem Bildschirm auf, und eilig drückte sie sie ihrem Liebsten wieder in die Hand.

»Ich muss mir das erst einmal ansehen.«

Also schenkte Roarke auch noch den Kaffee ein, während sie, immer noch im Mantel, vor den Bildschirm trat.

Wie eine Generalin, die das Schlachtfeld eingehend studierte, dachte er und hielt ihr wortlos einen Kaffeebecher hin.

Dann aber nickte sie im selben Augenblick, in dem das Stampfen von Peabodys Stiefeln und das leichtfüßige Tänzeln von McNab an ihre Ohren drang.

Sie beide sahen ziemlich übermüdet aus und schnupperten wie Hunde auf der Jagd.

»Rieche ich da etwa echten Kaffee?«, fragte Peabody.

»Holen Sie sich welchen. Das hier ist das Haus, in dem sie sind. Es ist nicht mal zwei Blocks von hier entfernt.«

»Verdammt.« McNab hielt den Kopf mit der blau-grün gestreiften Baseballkappe schief. »Wie haben Sie es gefunden?«

»Dank der Strom- und Wasserrechnungen«, erklärte Roarke. »Im Grundbuch eingetragen ist das Haus auf einen Treuhandfonds, der auf den Mädchennamen von Blakes verstorbener Urgroßmutter eingerichtet, aber unter einer anderen Bezeichnung eingetra…«

»Dafür ist später auch noch Zeit«, erklärte Eve.

»Das hat sie wirklich schlau gemacht, ohne ihre Stromrechnungen hätte ich sie nicht entdeckt. Die zahlt sie zwar auch nicht unter ihrem eigenen Namen, sondern unter dem der Urgroßmutter. Elli Haversham, geborene Pawter, weshalb der Computer etwas brauchte, bis er …«

Er warf einen Blick auf Eve, die wieder auf den Bildschirm sah. »Sie hat ein Konto auf den Namen, falls dich das interessiert. Bei einer Bank in Iowa, denn dort hat ihre Urgroßmutter offenbar gelebt. Trotz der Kosten für das Haus ist dieses Konto prall gefüllt, weil das Gebäude bis vor einem Jahr zu einem durchaus guten Preis vermietet war.«

»Jetzt braucht sie es selbst«, bemerkte Eve und blickte weiter auf den Monitor. »Das heißt, dass sie vor einem Jahr zumindest eine von den anderen Frauen getroffen und den Racheplan entwickelt hat.«

Als Nächstes kamen Carmichael und drei andere Streifenhörnchen, danach tauchten Baxter und der frischgebackene Detective Trueheart auf. Während alle sich begeistert auf den Kaffee stürzten, trat auch Feeney durch die Tür.

»Ich hoffe nur, dass noch was für mich übrig ist«, erklärte er und schnappte Ian für den Fall, dass nichts mehr in den Kannen wäre, dessen vollen Becher vor der Nase weg. »Ist das das Zielgebäude?«

»Ja. Wir gehen folgendermaßen vor.«

Es würde funktionieren, dachte Eve und ging noch einmal das Timing und ihre Kapazitäten durch. Sie würden die vier Frauen durch das Stürmen des Gebäudes noch vor Tagesanbruch überraschen, weil sie darauf sicherlich nicht vorbereitet wären.

Sie runzelte die Stirn, als Roarke den Raum verließ und kurz darauf mit ein paar Tortenschachteln wiederkam.

Sofort war der gesamte Raum mit dem Geruch von Hefe und von Zucker angefüllt.

Sie hätte es sich denken sollen.

»Vielleicht sind Donuts ein Klischee«, erklärte er und stellte die Behälter auf dem Konferenztisch ab. »Doch sie tun ihren Dienst, genau wie ihr.«

Sofort brach ein Gerangel um die Donuts, Krapfen, Bärentatzen und Berliner aus, und ein vergnügtes Grinsen huschte über sein Gesicht.

»Dann stopft euch meinetwegen noch schnell voll, aber anschließend machen wir uns auf den Weg. Feeney, du nimmst den Donutkönig mit. Peabody, Baxter, Trueheart kommen mit mir. Carmichael, Sie nehmen Ihre Männer mit und sperren alles ab. Wir gehen möglichst leise rein.« Als Roarke ihr einen Donut anbot, starrte sie ihn reglos an.

»Der ist mit Bayrisch Creme und Schokostreuseln«, machte er ihr Appetit. »Für leckeren Haferbrei war heute Morgen schließlich keine Zeit, und das hier kannst du auch im Gehen essen.«

Das stimmte eigentlich. Sie nahm den Donut, stopfte ihn sich, wie sie ihre Leute angewiesen hatte, in den Mund und stapfte los.

Zwar war es in New York nie wirklich still, aber um fünf Uhr in der Früh herrschte zumindest ansatzweise Ruhe. Die Nachtschicht war noch nicht vorbei, die Leute von der Tagschicht schliefen noch, die Bordsteinschwalben hatten Feierabend, und die Damen und die Herren, die weiter oben in der Nahrungskette angesiedelt waren, schliefen entweder in den eigenen oder in den Betten ihrer Kundschaft – je nachdem, wie die Bezahlung war.

Die Ladenfronten waren dunkel, und selbst in den Supermärkten, die rund um die Uhr geöffnet hatten, herrschte kaum Betrieb.

Dementsprechend war es ziemlich einfach, einen Block um ein Gebäude herum abzusperren, ohne dass das wütende Gehupe Hunderter erboster Autofahrer sie verriet.

Auch im Gebäude selbst war alles ruhig.

Eve hatte das Timing, ihre Position und auch die Partner für den Einsatz sorgsam ausgewählt, jetzt bewegten sich die Leute lautlos durch die Dunkelheit.

Baxter und Trueheart schlichen sich zur Seitentür, McNab und Peabody gingen nach vorn und sie und Roarke nach hinten, weil man ihrer Meinung nach dem Keller und damit den Frauen dort am nächsten war.

Sie hörte Feeneys Stimme durch den Knopf in ihrem Ohr »Die Augen und die Ohren sind in Betrieb.«

Neben ihr gab Roarke etwas in seinen Handcomputer ein, und Ian schickte eine Nachricht, dass auch er schon bei der Arbeit war. Sie ignorierte das geflüsterte Gespräch der drei und dachte nur: Jetzt zeigt mir endlich, wo sie sind.

»Die Hitzequellen kommen durch.«

Eve runzelte die Stirn, denn offensichtlich hatte Feeney immer noch den Mund voller Gebäck.

»Zwei im ersten Stock und drei im Keller. Habt ihr sie?«

»Wir haben sie«, bestätigten McNab und Roarke, und der schob einen dünnen Draht unter die Tür, bevor er wieder einmal irgendeinen Elektronikzauber wirken ließ. »Bei uns ist alles ruhig.«

»Hier auch«, sagte McNab. »Aber im Keller ist Bewegung.«

»Roger«, sagte Feeney. »Zwei Subjekte stehen sich gegenüber, und das dritte auf dem Level bewegt sich in Richtung Osten. Und bleibt wieder stehen.«

»Dann wechseln sich die Frauen also wirklich ab«, bemerkte Eve. »Die beiden oben ruhen sich aus, und die beiden anderen bearbeiten in der Zeit Easterday. Das heißt, dass er noch lebt. Peabody, McNab, ich gebe das Kommando, wenn Sie reingehen sollen. Baxter, Ihnen und Trueheart auch. Sobald Sie drin sind, teilen Sie sich auf. Carmichael?«

»Wir sind auf Position, Ma'am.«

Auf ihr Nicken knackte Roarke lautlos das Schloss und unterbrach den angeschlossenen Alarm. Die anderen würden Rammböcke benutzen, die schnell und laut waren.

Bis dahin hätten sie und Roarke schon einen Vorsprung herausgeholt.

»Die Tür ist auf«, erklärte er.

»Wir gehen jetzt rein. Sie bleiben noch auf Position.«

Dann sprang sie mit gezückter Waffe und mit Taschenlampe in gebückter Haltung durch die Tür.

Die große Küche lag im Dunklen und war leer. Direkt vor ihnen die Kellertür war verschlossen.

»Wir sind jetzt drinnen. Feeney.«

»Oben ist noch immer alles ruhig. Aber im Keller, direkt unter euch, sind Leute in Bewegung.«

Sie schlich zur Tür, zog sie behutsam auf und hörte Stimmen, Schluchzen und Geschrei.

»Die anderen beiden Teams gehen rein. Los. Los.«

Während Easterdays Geschrei die Luft zerschnitt, nahm sie die Treppe in den Kellerraum.

Er war an den Armen an der Decke aufgehängt und mit Verbrennungen, Hämatomen, Schweiß und Blut bedeckt.

Charity Downing hatte sich in Shorts und einem Tanktop vor ihm aufgebaut und drosch mit einem Knüppel auf ihn ein, während Lydia Su die Zähne bleckte und sie anschrie: »Fester! Sorg dafür, dass er es spürt.«

»Polizei! Hände hoch und Knüppel fallen lassen! Jetzt sofort!«

Von oben kamen lautes Krachen und das Heulen der Alarmanlage, die nur hinten ausgeschaltet war.

Der Kellerraum war anders als die Küche hell erleuchtet, und im grellen Licht der Deckenlampen wirbelte Lydia Su herum und nutzte Easterday als Schild.

»Wir sind noch nicht fertig! Wir sind noch nicht fertig!«

Eve wich einem Strahl des Stunners aus und erwiderte das Feuer, während sie die letzten Stufen in den Keller nahm.

»Sie sind erledigt. Das Gebäude ist umstellt. Es ist vorbei.«

»Nein.« Schluchzend lenkte Su den Stunner jetzt auf Easterday, Eve blieb keine andere Wahl.

Sie schoss auf Lydia, gleichzeitig ließ Charity den Prügel fallen und riss die Hände hoch.

»Bitte. Bitte. Tun Sie ihr nicht weh. Lydia. Lydia.« Sie ließ sich auf die Knie fallen und nahm die Freundin in den Arm. »Hör auf, hör auf. Denk dran, was Grace zu uns gesagt hat.«

Augenrollend und zitternd von dem Treffer mit dem Stunner stieß Su aus: »Noch nicht fertig.«

»Wir brauchen einen Arzt und einen Bus. Baxter, legen Sie den beiden Handschellen an.«

Mit schnellen Schritten kam er aus dem Erdgeschoss. »Ich habe sie.«

»Peabody!«

»Wir haben MacKensie und Grace Blake.«

Eve wandte sich an Easterday, der schluchzend an der Decke hing.

»Helfen Sie mir. Helfen Sie mir«, flehte er sie an.

»Ich wette, das haben Ihre Opfer auch gesagt«, murmelte Eve, steckte dann aber den Stunner ein und wandte sich an Roarke. »Kannst du ihn herunterholen?«

»Sie haben mir wehgetan.«

»Sie leben noch«, erklärte sie ihm ohne eine Spur von Mitgefühl.

Er lebte noch, das hieß, sie von der Polizei hatten ihren Job gemacht.

»Lassen Sie die Frauen auf die Wache bringen«, wies sie Baxter an. »Und bringen Sie sie in getrennten Zellen unter, ja?«

Lydia Su bedachte Eve mit einem tränen- und hasserfüllten Blick. »Er hat den Tod verdient. Sie alle haben ihn verdient.«

»Das zu entscheiden steht Ihnen nicht zu. Schaffen Sie sie raus, Baxter.«

Sie sah zu dem letzten Bruder, der stöhnend auf dem Boden lag. »Der Arzt ist unterwegs.«

»Sie haben Fred getötet und mich gezwungen, dabei zuzusehen.«

Sie sagte nichts, aber sie dachte: Früher hast du gerne zugesehen.

Als Roarke mit einer Decke von dem Sofa kam, um den Verletzten zuzudecken, hockte sie sich neben ihn und sah in sein geschwollenes, blutendes Gesicht. »Ich nehme Ihre umfängliche Aussage zu Protokoll, wenn Sie behandelt worden sind, aber zuerst nehme ich Sie wegen Freiheitsberaubung, sexuellen Angriffs, Vergewaltigung und der Verabredung zum Missbrauch fest.«

»Sie können doch nicht …«

»Oh doch.« Sie richtete sich wieder auf und wandte sich den Sanitätern zu, die von oben in den Keller kamen. »Der Mann hier ist verhaftet und behält sowohl auf dem Transport als auch im Krankenhaus die Handschellen an. Ein Beamter wird ihn auf der Fahrt begleiten und die ganze Zeit in seiner Nähe bleiben. Klar?«

»Verstanden. Aber zuerst müssen wir den Mann stabilisieren, denn er sieht wirklich ganz schön mitgenommen aus.«

»Tun Sie das«, bat Eve, und während sich die Sanitäter an die Arbeit machten, klärte sie ihn vorschriftsmäßig über seine Rechte auf.

»Unsere beiden sind jetzt auf dem Weg zur Wache«, sagte Baxter, als er abermals von oben kam. »Die zwei anderen werden auch gleich weggebracht. Sie haben uns keine Scherereien gemacht. Wie steht es mit ihm?«

»Er wurde über seine Rechte aufgeklärt. Carmichael soll mir einen Beamten schicken, der dann mit ihm in die Klinik fährt.«

Sie drückte Baxter ihr Paar Handschellen in die Hand. »Am besten machen Sie ihn an der Trage fest. Ich spreche erst mal mit dem Rest des Teams.«

»Okay. Was für ein Keller«, meinte er und blickte sich mit großen Augen um.

»Da haben Sie recht.« Sie hatten ihn genauso eingerichtet wie den Raum auf der CD. Vielleicht etwas moderner, aber sicher hatte auch die Bruderschaft in all den Jahren ein paar Veränderungen vorgenommen, überlegte Eve. Die Frauen hatten diese Männer in den Raum aus ihren Albträumen gebracht und sich dort an ihnen gerächt.

Die Frauen, dachte Eve, hatten auch ihre eigene Vergangenheit in dieses Haus gebracht.

Sie ging nach oben, wo die Partnerin mit Carlee und der Frau von Yancys Skizze stand.

»Sie wissen nicht, was diese Männer uns angetan haben«, setzte MacKensie zitternd an. »Sie wissen nicht, was sie aus uns gemacht haben.«

»Pst«, tröstete Blake. Sie trug den Mantel aus der Aufnahme der Kamera bei Su und einen schlichten weißen Schlafanzug und stand zwar kerzengerade, aber mit erschöpfter Miene da.

»Sie muss es *wissen.* Diese Männer haben uns zerstört. Im Grunde haben sie uns umgebracht.«

»Sie werden die Gelegenheit bekommen, mir alles zu erzählen«, sagte Eve. »Peabody, haben Sie die beiden Frauen über ihre Rechte aufgeklärt?«

»Das habe ich, jetzt kann ich sie mitnehmen.«

»Ich brauche Sie woanders«, meinte Eve. »Lassen Sie sie auf die Wache bringen. Wir werden später reden«, wandte sie sich nochmals an die beiden Frauen.

»Wir verlangen alle einen Rechtsbeistand«, erklärte Blake.

»Den kriegen Sie.«

»Sie verstehen nicht«, setzte Carlee wieder an, doch Blake fiel ihr ins Wort.

»Nicht jetzt, Carlee. Wir wollen einen Anwalt«, wiederholte

Blake und sah durch Eve hindurch. »Wir sagen nichts, solange wir nicht anwaltlich vertreten sind. Da ich selbst Juristin bin, vertrete ich die anderen, bis man uns einen Anwalt kontaktieren lässt.«

»Oh nein, das tun Sie nicht. Denn Sie sind Anwältin und alles andere als dumm, Sie wissen, dass man Sie wegen Verabredung zu Mord und anderen Straftaten, die Ihnen und den anderen Verdächtigen zur Last gelegt werden, verhaftet hat. Das heißt, Sie dürfen zwar sich selbst vertreten, doch die anderen nicht. Lassen Sie sie auf die Wache bringen, Peabody.«

Sie rieb sich die müden Augen, während sie ihr Handy aus der Tasche zog.

»Sagen Sie nichts.« Die Staatsanwältin lag im Bett und klappte nicht einmal die Augen auf. »Sie müssen sich noch irgendeine Wohnung ansehen, stimmt's?«

»Ich habe gerade unsere vergewaltigenden Brüder und die mörderischen Schwestern hochgehen lassen«, meinte Eve, und Reo riss die Augen auf.

»Das wollen Sie doch sicher Ihrem Boss erzählen und mich dann im St. Alban's treffen, um bei der Vernehmung eines unserer Vergewaltiger dabei zu sein.«

Sie legte auf und stieß beinah mit Roarke zusammen, der von unten kam. »Frag nicht. Es geht mir gut. Ich muss das noch zu Ende bringen, was bestimmt ein bisschen dauern wird. Aber … ich könnte dich und den verdammten Helikopter später brauchen, weil ich diese Sache nicht zum Abschluss bringen kann, ohne das Haus der Bruderschaft zu sehen. Wenn ich mit Easterday gesprochen habe, wissen wir wahrscheinlich, wo es ist.«

»Das wissen wir schon jetzt. Die Suche hat etwas ergeben, während du die Frauen festgenommen hast. Genauso wie die Suche nach dem Van.«

»Das ist natürlich praktisch. Also … hast du nachher etwas Zeit?«

»Ich werde sie mir einfach nehmen, wenn du so weit bist.«

»Nimm mich jetzt bloß nicht in den Arm. Wir können ja so tun, als hättest du's getan, und holen die Umarmung nach, wenn diese Sache abgeschlossen ist und wir zu Hause sind.«

»Auch dafür nehme ich mir gerne Zeit.« Statt sie an seine Brust zu ziehen, glitt er mit dem Zeigefinger über die Vertiefung in der Mitte ihres Kinns. »Dann überlasse ich dich jetzt wieder deiner Arbeit, Lieutenant.«

»Danke für die Hilfe.« Sie verdrängte kurzfristig, dass sie im Dienst war, drückte ihm die Hand, und als er sich zum Gehen wandte, atmete sie durch und fuhr mit ihrer Arbeit fort.

Eine Stunde später hatten sie und Peabody das Krankenhaus erreicht und traten mit der Staatsanwältin durch die Tür des Zimmers, in dem Easterday im wahrsten Sinn des Wortes ans Bett gefesselt war.

Eve fand, er hätte nicht das Recht, bereits wieder so rosig auszusehen, er aber zerrte an der Fessel, die er trug, und fragte rechtschaffen empört: »Wie kann das sein? Die Frauen haben meine Freunde auf brutale Art gefoltert und ermordet, mich selbst misshandelt und gezwungen, Freddy ... beim Sterben zuzusehen.«

»Dafür werden sie die Konsequenzen tragen«, sagte Eve ihm zu. »Aber wir sind Ihretwegen hier. Es geht um die Bruderschaft, in der Sie Mitglied sind. Um das, was Sie und Ihre *Brüder* schon seit neunundvierzig Jahren treiben.«

»Ich weiß nicht, wovon Sie reden. Diese Frauen ...«

»Wir haben die Aufnahme der ersten Vergewaltigung. Sie heißt Tara Daniels.« Gott segne Harvo, dachte Eve. »Erinnern Sie sich noch an sie?«

»Wer soll das sein? Den Namen habe ich noch nie gehört.«

»Dabei heißt es immer, dass man sich ans erste Mal besonders gut erinnern kann«, stellte sie angewidert fest. »Betz hat damals alles aufgenommen und die alte Original-CD und Andenken an sie und alle anderen Frauen in einem Bankschließfach verwahrt.«

Von diesem Schließfach hatte Easterday eindeutig nichts gewusst, erkannte Eve, als sie das kurze, überraschte Flackern seiner Augen sah.

»Wir identifizieren gerade alle Opfer mit Hilfe ihrer DNA. Sie sind noch am Leben, Easterday, weil wir Sie rechtzeitig gefunden haben. Und das, obwohl Sie lieber abgehauen sind, als sich den Dingen zu stellen, die Sie verbrochen haben.«

»Sie irren sich. Sie irren sich. Ich will …«

»Ich habe den Beweis.« Sie beugte sich so dicht wie möglich über sein zerschundenes Gesicht. »Ich habe diese Aufnahme gesehen. Habe gesehen, wie Sie Tara Daniels vergewaltigen und lachend dabei zusehen, wie sie von den anderen vergewaltigt wird. Habe gesehen, wie Frederick Betz ihr etwas spritzt, damit Sie so tun können, als würde sie den Geschlechtsverkehr mit Ihnen wollen.« Eve hielt kurz inne.

»Wollen Sie's auch selber noch mal sehen? Ich kann Ihnen die Bilder auf dem Bildschirm zeigen, der da drüben an der Wand hängt, wenn Sie wollen.«

»Nein. Nein. Ich habe … Sie verstehen nicht.«

»Dann klären Sie mich auf.«

»Wir waren … wir waren damals jung und standen furchtbar unter Druck. Wir mussten einfach etwas Dampf ablassen, aber wir waren auf dem Campus eingesperrt. Und sie … sie hat uns provoziert und angemacht. Sie war betrunken, und nachdem sie es mit Edward schon getan hatte, hat sie sich dann an mich herangemacht.«

»Das heißt, sie hat es so gewollt?«

»Er hat gesagt … Es waren damals andere Zeiten.«

»Und in diesen Zeiten war es in Ordnung, eine Frau ans Bett zu fesseln und zu schlagen, sie als Gruppe zu missbrauchen und ihr gegen ihren Willen etwas zu spritzen, um sie heißzumachen? Nachdem Sie alle diese Frau auf jede erdenkliche Art genommen hatten, war es in Ordnung, sie nach ›all den Einläufen, die sie bekommen hat‹, dann einfach auf dem Campus abzulegen und zu hoffen, dass sie sich an nichts erinnern kann?«

»Wir hatten in der Nacht zu viel getrunken«, fing er an. »Wir standen furchtbar unter Druck. Schließlich konnte sie sich sowieso an nichts erinnern. Also war das alles doch nicht weiter schlimm.«

»Aber die Frauen haben sich erinnert«, mischte Peabody sich ein. »Elsi Lee Adderman hat sich erinnert und sich deshalb umgebracht.«

»Wer soll das sein? Ich weiß nicht, wer das ist.«

»Nur eine von den neunundvierzig Frauen, die von Ihnen vergewaltigt worden sind«, erklärte Eve. »Du elendes Stück Scheiße. Was gibt dir das Recht, diesen Frauen so was anzutun?«

»Das war nun einmal Tradition. Nur einmal jedes Jahr. Das war doch völlig harmlos. Wir haben ihnen niemals wehgetan. Es ging doch nur um Sex. Es war etwas, was uns verbunden hat, verstehen Sie nicht? Ein gemeinsames Erlebnis, das uns über all die Zeit verbunden hat.«

»Was Billy irgendwann anscheinend nicht mehr so gesehen hat. Er konnte nicht mehr damit leben und hat sich wie Elsi umgebracht.«

»Ich … Das war etwas, was uns in all der Zeit verbunden hat«, erklärte er noch einmal. »Es hat uns Glück gebracht. Wir alle haben etwas aus uns gemacht. Wir alle haben der Welt auf unsere Weise unseren Stempel aufgedrückt, wir haben diese grauenhaften Zeiten überstanden und der Welt dann unseren Stempel aufgedrückt. Vor allem war es doch nur eine Nacht im Jahr.«

»Sie haben neunundvierzig Frauen vergewaltigt.«

»Das war keine Vergewaltigung. Das war nur Sex, entsprechend unserer Tradition. Es war …«

»Haben Sie den Frauen Drogen eingeflößt?«

»Das war doch nur …«

»Verdammt, haben Sie den Frauen Drogen eingeflößt?«

»Ja, ja, aber das haben wir nur gemacht, damit es für sie leichter wird. Das haben wir für die Frauen getan«, beeilte er sich zu erklären.

»Haben Sie die Frauen gefesselt?«

»Ja, wir wollten einfach, dass es auch für sie aufregend ist.«

»Haben diese Frauen nein gesagt? Haben sie gesagt, Sie sollen aufhören?«

»Nur am Anfang, aber das … war Teil des Rituals. Wir haben sie sorgsam ausgewählt. Im Grunde war es eine Ehre, ausgewählt zu werden.«

Sie sah die Panik, dic cr selbst bei diesem Satz empfand.

»Vergewaltigung ist also eine Ehre für das Opfer?«

»Es ging einfach nur um Sex.«

»Reden Sie sich das ruhig weiter ein. Sie haben diese Frauen gefesselt, ihnen Drogen eingeflößt und sich ihnen trotz ihres Flehens aufzuhören gewaltsam aufgezwungen. Jetzt kann es passieren, dass es Ihnen im Gefängnis ebenso ergeht. Dann werden wir ja sehen, ob Sie danach immer noch der Meinung sind, es ginge einfach nur um Sex und sei eine Ehre.«

»Sie können mich nicht ins Gefängnis stecken. Wissen Sie nicht, wer ich bin?«

»Das weiß ich sogar ganz genau.«

»Sie arbeiten für mich!« Empört versuchte er, sich aufzurichten, doch die Handschellen hielten ihn zurück. »Es sind Männer wie ich, für die Sie Ihren Dienst versehen.«

»Ich arbeite für die New Yorker Polizei. Männer wie Sie bringe ich hinter Gitter, und vor allem in Augenblicken wie diesem jetzt liebe ich meinen Job.«

»Diese Frauen sind kriminell. Sie haben meine Freunde umgebracht. Sie sind verrückt. Sie haben mich geschlagen und mir schreckliche Verbrennungen zugefügt.«

»Die Ärzte werden Sie schon wieder hinbekommen, bevor Sie hinter Gitter wandern«, tröstete Eve ihn. »Sie und Ethan MacNamee, der gerade in die Staaten ausgeliefert wird. Im Gefängnis haben Sie beide jede Menge Zeit, um über Ihre Traditionen nachzudenken. Haben Sie genug, Reo?«

»Auf jeden Fall. Mr. Easterday, Sie wurden über Ihre Rechte aufgeklärt und haben offiziell die Vergewaltigung von neunundvierzig Frauen eingeräumt.«

»Das habe ich ganz sicher nicht! Wir haben diese Frauen nicht vergewaltigt, ich habe nur erklärt, wie diese Dinge abgelaufen sind.« Jetzt rannen dicke Tränen über sein Gesicht. »Ich will nicht mehr mit Ihnen reden. Ich bin schwer verletzt und werde nichts mehr sagen, was dann doch nur gegen mich verwendet wird.«

»Das ist Ihr gutes Recht«, erklärte Reo ihm in leichtem Ton. »Nur hat Ihr Kumpel MacNamee schon alles Mögliche erzählt, und wenn er erst mit Lieutenant Dallas spricht, kriegt er den Deal, den ich eigentlich Ihnen anbieten wollte.«

»Was für einen Deal?«, erkundigte sich Eve gespielt empört.

»Ich mache auch nur meinen Job, Lieutenant, es ist Teil meines Jobs, der Stadt die Zeit und Kosten eines langen, hässlichen Gerichtsverfahrens zu ersparen. Aber da Mr. Easterday uns nichts erzählen will …«

»Nennen Sie mir die Bedingungen.«

Reo wandte sich ihm wieder zu und nickte zustimmend. »Okay. Falls Sie uns kurz entschuldigen, Lieutenant, Detective.«

»Das ist doch unerhörter Schwachsinn«, schnaubte Eve und stürmte aus dem Raum.

»Ich weiß, dass Sie und Reo irgendetwas abgesprochen haben«, meinte Peabody draußen. »Also, was ist das für ein Deal?«

»Lebenslang und ohne Chance, noch einmal rauszukommen, aber statt in einer Kolonie hier auf der Erde. Das würde er wahrscheinlich sowieso bekommen, aber Reo wird ihm solche Angst einflößen, dass er diesen Deal ganz sicher unterschreibt. Er ist also auf jeden Fall erledigt. Genau wie Ethan MacNamee. Der hat bereits bei Scotland Yard alles erzählt, und falls noch etwas fehlt, bekommen wir das wahrscheinlich auch noch aus ihm heraus.«

Sie fuhr sich mit der Hand durchs Haar, weil ihre eigene Arbeit längst noch nicht erledigt war. »Jetzt fahren wir aufs Revier und reden mit den Frauen.«

22

Auf Blakes Bitte sprachen sic zucrst mit ihr.

Inzwischen trug sie statt des Mantels und Pyjamas einen orangefarbenen Gefängnisoverall und nahm an dem verkratzten Resopaltisch im Verhörraum Platz.

»Sie verzichten also zunächst auf einen Rechtsbeistand?«

»Vorübergehend, ja. Sie haben mich schließlich selber darauf hingewiesen, dass ich mich auch selbst vertreten kann. Obwohl ich mir als Anwältin empfehlen würde, meinen Mund zu halten, habe ich das tief empfundene Bedürfnis, eine Aussage zu machen, die den Frauen, mit denen Sie noch sprechen werden, helfen soll.«

»Im Grunde sind sie selber Opfer, Lieutenant«, fing sie an.

»Ich höre.«

»Wie Sie sicher wissen, habe ich in Yale studiert. Ich habe hart gearbeitet, damit man mich dort angenommen hat, und alles drangesetzt, um dort zu glänzen. Ich habe Unternehmensrecht studiert. Ich wollte einen gut bezahlten Job und längerfristig eine Partnerschaft in einer gut gehenden Kanzlei. Ich wollte eine große, schicke Wohnung, wollte glamouröse Freundinnen und Freunde, und das alles habe ich erreicht. Ich war zufrieden oder habe mir gesagt, dass ich zufrieden wäre und dass die immer wiederkehrenden Albträume keinem in Wirklichkeit erlittenen Trauma, sondern ganz banal dem Stress der Arbeit zuzuschreiben wären.« Sie schloss die Augen.

»Ich träumte, dass ich irgendwo in einem Raum mit bunten Lichtern an ein Bett gefesselt wäre. Dass das Licht sich dreht, laute Musik den Raum beschallt, dass irgendwelche Männer lachen, ich selber weine und sie anflehe, mir nichts zu tun. Ich habe in dem Traum den Schock, den Schmerz und die Erniedrigung von damals nacherlebt. Männer ohne Gesichter, die sich mir gewaltsam aufgezwungen haben. Die mich gezwungen haben, etwas zu trinken, was mich in ein wildes Tier verwandelt hat. Ich habe sie auf Knien angebettelt, mich noch einmal zu nehmen, obwohl sie bereits alle an der Reihe waren. Dann haben sie mich losgebunden, mitten in dem Zimmer an den Armen aufgehängt und mich von vorn und hinten gleichzeitig genommen, während das bunte Licht mir in die Augen schien.«

Sie machte eine Pause, nippte von dem Wasser, das Peabody ihr geholt hatte, und atmete erschaudernd aus, bevor sie weitersprach.

»Ich war immer davon ausgegangen, dass ich einmal einen netten, anständigen Partner wählen würde, um mir dann mit ihm zusammen ein schönes Leben aufzubauen. Aber nachdem die Albträume begannen, brach ich in Panik aus, sobald ich einem Mann zu nahe kam. Mir wurde schlecht, und ich bekam nur noch mit Mühe Luft. Ich dachte, dass ich psychische Probleme hätte, und begann mit einer Therapie.«

Sie legte wieder eine kurze Pause ein und fuhr mit ruhiger Stimme fort. »Ich dachte, dass ich vielleicht eher auf Frauen stehe, doch egal, wie sanft die Partnerin war, mit der ich es versuchte, wogte dieselbe Panik in mir auf. Ich redete mir ein, ich müsste einfach akzeptieren, dass ich mit niemandem intim sein kann, und sollte dieses Manko durch die Arbeit kompensieren. Aber die Albträume ließen nicht nach. Auf Dauer fing auch meine Arbeit an zu leiden, und die Träume wüteten in meinem Inneren wie die Männer, denen ich in diesen Träumen ausgeliefert war.« Sie blickte an die Decke und fuhr schließlich fort.

»Dann kamen allmählich die Erinnerungen zurück. Ich sah ihre Gesichter, weigerte mich aber immer noch zu glauben, dass all diese Dinge tatsächlich geschehen waren. Wie konnte mir so etwas Grauenhaftes zugestoßen sein? Wie konnte ich danach mit meinem Leben und mit meiner Arbeit weitermachen, als wäre nichts geschehen? Aber es war nun einmal geschehen, das wurde mir allmählich klar. Ich konnte nicht mehr schlafen, nicht mehr essen, nicht mehr arbeiten. Ich dachte über Selbstmord nach, um dem ein Ende zu bereiten, aber dann nahm ich die Pillen, die meine Therapeutin mir verschrieben hatte, und beschloss, nicht so einfach aufzugeben. Schließlich ging ich zu einem Gesprächskreis für missbrauchte Frauen, lernte dort CeCe Anson kennen, die netteste Person, die mir in meinem Leben je begegnet ist, und über sie dann Lydia Su.«

»Sie hatten ganz genau dieselben Träume und Erinnerungen wie Sie.«

»Genau. Wir haben uns angefreundet, und ich dachte, dass sie mir … Doch nicht mal ihre Zärtlichkeiten hielt ich aus. Dann kam heraus, dass wir genau die gleichen Träume und Erinnerungen hatten, wir saßen dort zusammen im Dunkeln, klammerten uns aneinander fest und dachten uns, das könnte doch nicht sein. Doch schließlich …«

»… haben Sie die vielen Einzelheiten davon überzeugt, dass das kein Zufall war.«

»Genau. Ich kündigte den Job in der Kanzlei, verkaufte meine schicke Wohnung, kündigte den Mietern in dem Haus, in dem Sie uns gefunden haben, und wollte dort ein Krisenzentrum oder eine Schule oder etwas in der Art eröffnen. Was genau, war mir nicht klar. Auf alle Fälle bot ich meine anwaltlichen Dienste dann in dem Beratungszentrum an. Das war mein Rettungsanker. Genauso engagierte ich mich ehrenamtlich bei *Inner Peace*, wo Lydia geholfen worden war.«

»Dort sind Sie auch Carlee begegnet.«

»Das stimmt.«

»Ihnen wurde klar, dass sie ein weiteres Opfer dieser Männer war.«

»Es dauerte zwar Monate, doch schließlich wurden wir in unserer Not zu Freundinnen. Wir gingen nach den Sitzungen zusammen Kaffee trinken, nach einer Weile ging uns auf, dass wir genau die gleichen Träume hatten und dass das bestimmt kein Zufall war.«

Grace beugte sich über den Tisch. »Glauben Sie an Schicksal?«

»Was hat Schicksal mit der ganzen Angelegenheit zu tun?«

»Dass ich erst Lydia und dann Carlee begegnet bin. Eines Tages bat mich eine andere Frau mit einem juristischen Problem um Rat. Charity hatte eine andere Gesprächsgruppe besucht und hatte während einer Sitzung einen Zusammenbruch. Sie war auf eine von den anderen Frauen losgegangen, und CeCe rief mich an, weil ich sie anwaltlich beraten sollte. Sie sagte mir, als Charity von sich erzählen sollte, hätte sie einen Flashback oder etwas in der Art gehabt. Die Hitze, das Verlangen … das wäre ihr auch vorher schon einmal passiert. In meinem Büro brach sie zusammen und erzählte mir von ihren Albträumen.«

»Damit waren Sie zu viert.«

»Genau. Uns wurde klar, die Kerle gingen nach einem ganz bestimmten Muster vor. Darauf verschaffte ich mir widerrechtlich Zugriff zu den Akten anderer Frauen, denn wir mussten einfach wissen, ob es noch weitere Opfer dieser Männer gab. Auf diese Weise fand ich Elsi.«

Sie sah Eve an. »Ich werde Ihnen auch noch alle Einzelheiten nennen, das Wo und Wann, doch jetzt geht es um das Ganze.«

»Fahren Sie fort.«

»Elsi war so jung, ihre Wunden waren noch frischer und viel schmerzhafter als die von uns anderen. Vielleicht haben sie bei ihr ja irgendeine neue Droge oder eine andere Dosis ausprobiert. Auf alle Fälle hatte sie andauernd diese Flashbacks und wachte ständig in den Betten irgendwelcher fremden Männer auf. Vor allem aber waren ihre Albträume so schlimm, dass sie dann jedes Mal versuchte, sich etwas anzutun. Sie … fing an, sich selbst zu ritzen.«

Blake trank einen weiteren Schluck von ihrem Wasser und fuhr fort: »Ihr waren diese Dinge erst im letzten Frühjahr zugestoßen, sie konnte die Gesichter der Männer klar und deutlich vor ihrem inneren Auge sehen.«

»Und hat die Täter Charity beschrieben, damit sie sie malen konnte.«

»Genau. Senator Mira habe ich erkannt, über ihn haben wir herausgefunden, wer die anderen Männer sind. Wie wir bereits vermutet hatten, führte ihre Spur nach Yale. Zwar hatte Charity dort nicht studiert, aber sie war mit einem Studenten dort liiert gewesen und war deshalb manchmal auf irgendwelchen Partys oder in Vorlesungen auf dem Campus. Bei einem ihrer Besuche wanderte sie plötzlich mitten in der Nacht über den Campus, ohne dass sie sich daran erinnern konnte, was geschehen war. Erst dachte sie, dass sie zu viel getrunken und dann vielleicht einfach umgefallen wäre, aber schließlich kam ihr der Gedanke, dass sie vielleicht vergewaltigt worden war. Nur konnte sie sich nicht daran erinnern. Das gelang ihr erst mit uns zusammen, weil die Träume, die sie seither hatte, unseren Träumen allzu ähnlich waren.«

»Dann haben Sie geplant, die Männer umzubringen.«

»Anfangs nicht. Wir trafen uns in meinem Haus, denn es war so etwas wie unser Zufluchtsort, an dem wir sicher waren. Wir überlegten, wie wir an Beweise für die Taten dieser Kerle kämen und ob man uns glauben würde, wenn wir Anzeige erstatten würden. Könnte ich noch etwas Wasser haben?«

Peabody stand auf und ging auf leisen Sohlen aus dem Raum.

»Wir waren fünf Frauen, und unsere Leben waren zerstört. Wir wollten einen Beweis für diese Taten finden und Gerechtigkeit erzwingen.«

»Das Finden von Beweisen ist die Aufgabe der Polizei. Und Recht zu sprechen ist der Job eines Gerichts.«

»Wir mussten einfach etwas tun, nachdem sich Elsi ... Darüber kann ich nicht sprechen, weil das immer noch zu schmerzhaft für mich ist.«

Als Peabody zurückkam, brach sie ab und sagte: »Vielen Dank.«

Schließlich fuhr sie fort. »Ich habe mich eingehend mit dem Strafgesetz befasst. Ich bin auf Unternehmensrecht spezialisiert, aber inzwischen kenne ich mich auch mit Strafrecht halbwegs aus. Außer Charitys und Elsis waren unsere Fälle längst verjährt. Wir hatten niemals ein Verbrechen angezeigt, weil uns nicht klar gewesen war, dass wir Verbrechensopfer waren, doch jetzt war es zu spät, um diese Schweinehunde zur Verantwortung zu ziehen. Auch für Charity wurde die Zeit allmählich knapp.«

Sie presste kurz die Lippen aufeinander, setzte dann aber erneut mit beinah unnatürlich ruhiger Stimme an. »Inzwischen ist mir klar, und es hätte mir auch damals schon bewusst sein sollen, dass sie den Druck nicht ausgehalten hat. Sie und Charity waren die Einzigen, die hätten Anzeige erstatten können, wir anderen wollten unsere eigenen Geschichten beitragen und so beweisen, dass diese Kerle immer wieder über junge Frauen hergefallen sind. Vor allem waren wir uns sicher, dass es auch noch andere Frauen gab, die sich erinnern würden, wenn sie von der Sache hörten, aber …«

»Elsi hielt den Druck nicht aus.«

»Sie war so zerbrechlich, dass sie irgendwann zusammenbrach.« Jetzt stiegen in ihren Augen Tränen auf. »Sie brach einfach zusammen, mit dieser Schuld werden wir leben müssen. Diese Monster haben sie vergewaltigt und zerstört, aber in dem Versuch, uns selbst und sie zu heilen, haben wir sie umgebracht. Daraufhin haben wir den Plan gefasst, selbst für Gerechtigkeit zu sorgen, für die junge Elsi, aber auch für uns. Anfangs haben wir uns gesagt, dass wir Beweise finden würden, aber wir haben nichts entdeckt. Carlee und Charity haben dafür mehr geopfert, als ich sagen kann, aber sie konnten trotzdem nichts entdecken.«

»Sie haben Carlee auf Edward Mira angesetzt.«

»Sie war so stark und hat sich freiwillig dazu bereit erklärt. Wir hofften, dass sie etwas finden würde, was ihn entweder belasten oder uns zu weiteren Opfern führen würde, die vielleicht so jung wie Elsi waren. Aber er war vorsichtig. Dann hat Charity den Platz von Carlee eingenommen, als die es nicht mehr ausgehalten hat. Aber auch sie hat nichts entdeckt. Schließlich haben wir überlegt, wie wir auf andere Art Gerechtigkeit erlangen können. Für Elsi und für uns.«

Blake stellte ihren Wasserbecher wieder auf den Tisch und wischte sich die Tränen aus dem Gesicht. »Als angebliche Maklerin habe ich einen Termin mit Mira in dem Haus gemacht, das er verkaufen wollte. Charity hat mich begleitet, wir haben ihn leicht betäubt und ihm ein paar Schläge verpasst. Er sollte wissen, wer wir sind und was wir mit ihm vorhaben. Doch dann kam plötzlich dieser andere Mann. Wir brachen kurz in Panik aus, aber dann haben wir ihn einfach bewusstlos geschlagen. Wir wollten ihn nur kurze Zeit außer Gefecht setzen, denn er war keiner dieser Männer, deshalb hatten wir nicht den Wunsch und keinen Grund, ihm etwas anzutun. Dann haben wir Edward in den Van geschleift und zu dem Haus gebracht.«

»In einen Kellerraum, der aussah wie der Raum, in dem Sie vergewaltigt worden sind.«

»Genau. Was wir getan haben, war gegen das Gesetz, und wir werden den Preis dafür bezahlen. Aber Gott weiß, wir haben schon einen deutlich schlimmeren Preis bezahlt. Was wir getan haben, ist richtig, die Männer haben diese Strafe verdient, denn durch das Recht wurden sie geschützt.«

»Da irren Sie sich. Sie hatten nicht das Recht, zu foltern und zu töten. Durften nicht entscheiden, welches die gerechte Strafe für die Taten dieser Männer ist. Das Gesetz hätte die Männer sicher nicht geschützt.«

»Aber die Taten waren verjährt.«

»Sie waren eine Bande, das rückt ihre Taten in ein völlig anderes Licht. Sie hätten besser weiter Unternehmensrecht gemacht. Die Männer hatten sich zusammengetan, um Sie und all die anderen Frauen zu entführen, gegen Ihren Willen festzuhalten, Ihnen Drogen einzuflößen, haben Sie gemeinsam vergewaltigt und Ihnen auf diese Weise körperlich, mental und seelisch Schaden zugefügt. Ich hätte jeden einzelnen dieser Kerle festgenommen, wenn Sie mir die Chance gelassen hätten – so wie Marshall Easterday und Ethan MacNamee.«

»Sie wissen selber, dass das wohlhabende, einflussreiche Männer sind und dass es immer wieder irgendwelche Schlupflöcher in den Gesetzen gibt. Sie hätten …«

»Sehen Sie mich an!« Eve schlug mit einer ihrer Fäuste auf den Tisch. »Ich hätte diese Männer festgenommen, und dann hätte man sie bis ans Ende ihrer Tage eingesperrt. Denken Sie darüber nach. Sie hätten statt nur ein paar Stunden jahrelang für das bezahlt, was sie getan haben. Doch jetzt müssen Sie selber dafür zahlen, dass Sie sich zu Richterinnen, Geschworenen und Henkerinnen gleichzeitig aufgeschwungen haben, und ich selbst muss für die Kerle eintreten, die Sie und all die anderen Frauen vergewaltigt haben. Muss für diese Männer eintreten, weil sie ermordet worden sind.«

»Wir haben es einfach nicht mehr ausgehalten.« Wieder glitzerten in ihren Augen Tränen. »Nach Elsis Selbstmord hielten wir es einfach nicht mehr aus. Die Männer, um die es hier geht, sind Monster. Stellen Sie sich vor, ein Monster würde Ihnen Gewalt antun. Und sucht Sie danach fast jede Nacht in Ihren Träumen auf. Wir haben es nicht mehr ausgehalten.«

Sie fuhr mit ihren Händen über die nassen Wangen. »Die anderen werden Ihnen ganz genau das Gleiche sagen. Aber nur wenn während der Vernehmungen ein Rechtsbeistand zugegen ist. Auch ich selbst werde erst wieder etwas sagen, wenn ich anwaltlich vertreten bin.«

Nickend stand Eve auf. »Die Beschuldigte verlangt nach einem Rechtsbeistand, das heißt, dass die Vernehmung fürs Erste beendet ist. Peabody, bringen Sie Miss Blake zurück in ihre Zelle, damit sie von dort aus einen Anwalt kontaktieren kann.«

»Ja, Ma'am. Miss Blake.«

Auch Blake stand auf. »Wir alle wollten uns ein schönes Leben mit Arbeit, Liebe und vielleicht einer Familie aufbauen. Wer weiß? Doch dieses Leben wurde uns entrissen, wir wurden in ein dunkles Loch geworfen, in dem wir von Albträumen verfolgt werden, die stärker sind als wir. Sie haben uns umgebracht, Lieutenant. Die Frauen, die wir einmal werden wollten und sollten. Wie wird so etwas durch das Gesetz bestraft?«

»Die beiden Männer, die noch leben, werden bis an ihr Lebensende hinter Gitter wandern, wie die wilden Bestien, die sie sind, es verdienen. Sie haben und sie hatten eine Wahl, sie konnten selbst bestimmen, was sie werden wollten, und das haben sie getan.«

»Elsi war noch Jungfrau. Sie hat niemals anderen Sex als diese Vergewaltigungen erlebt. Sie hatte niemals eine Chance.«

Als Peabody Blake aus dem Zimmer führte, presste Eve sich beide Hände vor die Augen, weil das Dröhnen ihres Schädels anders nicht mehr zu ertragen war.

Ließ sie dann aber wieder sinken, als jemand den Raum betrat.

Auf Miras Blick hin stellte sie achselzuckend fest: »Sie haben alles ganz genau geplant. Sind sie vielleicht trotzdem schuldunfähig, weil sie vorher selber Opfer dieser Männer waren?«

»Vielleicht gehören sie statt ins Gefängnis in die Psychiatrie, aber sie haben diese Morde sorgfältig geplant und haben sie in drei Fällen tatsächlich ausgeführt.«

»Wie Blake gesagt hat, gibt es immer irgendwelche Schlupflöcher, nicht wahr?«

»Das stimmt. Doch Sie haben Ihren Job gemacht und noch viel mehr. Sie sind zugleich für diese Frauen und für all die anderen Frauen eingetreten, die von den Männern vergewaltigt worden sind.«

»Harvo hat inzwischen auch noch andere Namen herausgefunden. Soll ich die Frauen kontaktieren? Was ist, wenn sie sich nicht erinnern und ihr Leben leben? Wäre es dann gut, sie aufzuklären?«

Mira legte Eve die Hände auf die Schultern, knetete die harten Muskeln und sah sie im Spiegel an.

»Sie mussten sich erinnern, weil Sie sonst Ihr Leben nicht so hätten leben können, wie Sie es jetzt tun. Sie könnten diese Gespräche auch problemlos anderen überlassen.«

»Nein, das kann ich nicht.«

Jetzt drehte Mira Eve zu sich herum und rahmte mit den Händen ihr Gesicht ein. »Weil Sie nach all den schlimmen Dingen, die Sie selbst erlitten haben, das aus sich gemacht haben, was Sie heute sind. Sie und ich, wir haben Mitgefühl mit Blake und all den anderen. Aber es stimmt, was Sie zu ihr gesagt haben, Eve. Es stimmt. Ich werde Ihnen helfen, all die anderen Frauen zu informieren, und wenn sie wollen, berate ich sie gern.«

»Sie haben einander echt verdient.«

»Wie bitte?«

»Sie und Mr. Mira. Man hat Glück, wenn man so eine Liebe

mit jemandem erleben darf, nicht wahr? Sagen Sie ihm bitte, dass der Fall jetzt abgeschlossen ist.«

»Das werde ich.«

»Ich nehme an, Sie wissen, dass er alles über mich weiß. Ich dachte, dass er es bereits von Ihnen wüsste, deshalb ist es mir herausgerutscht.«

Mira nickte. »Ja, er hat mir davon erzählt. Er ist auf Ihrer Seite, Eve. Er ist ein stiller Held, aber beständig und vor allem durch und durch loyal. Er wird Ihr Vertrauen nie missbrauchen und ist immer für Sie da.«

Als Eve sich dieses Mal die Finger vor die Augen presste, tat sie es, weil sie den Tränen nahe war. »Okay. Ich muss das noch zu Ende bringen. Dann will ich nur noch nach Hause und zwei Tage durchschlafen.«

»Fahren Sie heim und hauen sich ein paar Stunden aufs Ohr.«

»Erst muss ich noch mit den anderen Frauen sprechen.«

»Also gut. Dann gehe ich wieder nach nebenan und sehe Ihnen weiter zu.«

»Danach muss ich noch zu dem Haus, in dem all diese Frauen vergewaltigt worden sind. Ich muss es sehen, filmen, sichern, und ich bin mir sicher, dass es auch noch andere Aufnahmen gibt. Verdammte Tradition.«

»Soll ich Sie dorthin begleiten?«

»Nein. Sie fahren besser heim. Sie nehmen mir das hoffentlich nicht krumm, aber Sie sehen aus, als hätten Sie in der vergangenen Woche kaum ein Auge zugekriegt.«

»Es gibt keinen Grund, Ihnen das krummzunehmen. Ich kann mich schließlich selbst im Spiegel sehen. Werden Sie mir einen Gefallen tun?«

»Ja, sicher.«

»Wenn das alles ausgestanden ist und wir ein bisschen Schlaf bekommen haben, möchte ich, dass Sie zu uns zum Essen kommen. Sie und Roarke. Dann wird Dennis sein berühmtes Schokoladentrifle machen, denn solange Sie das nicht gekostet haben, haben Sie nicht gelebt.«

»Ich weiß nicht wirklich, was das ist.«

»Die reinste Köstlichkeit.« Sie küsste Eve die Wange, und vielleicht weil sie es selber brauchte, schmiegte sie kurz ihre eigene Wange an die Wange der jungen Freundin. »Ich werde Ihnen und Roarke ein leckeres Abendessen kochen, Dennis wird sein wunderbares Trifle machen, und wir reden während des gesamten Abends kein Wort über diesen Fall.«

Mit diesen Worten machte sie sich wieder los und sah Eve fragend an. »Werden Sie das für mich tun?«

»Oh ja. Das klingt echt gut.«

»Dann bringen Sie die Sache jetzt zu Ende«, bat die Psychologin und verließ den Raum.

Auch Eve trat in den Flur, wo Peabody diskret ein Stückchen weiter oben stand. »Als Nächstes nehmen wir uns Downing vor, sobald ihr Anwalt da ist. Ich kann mir vorstellen, dass sie am ehesten zusammenbrechen wird.«

»Dann lasse ich sie sofort heraufkommen. Der Anwalt ist schon auf dem Weg. Sie kann auch im Verhörraum warten, bis er kommt. Sie hätten uns vertrauen sollen. Hätten darauf vertrauen sollen, dass wir die Beweise gegen diese Kerle finden, um sie dann ihrer gerechten Strafe zuzuführen.«

»Da haben Sie recht. Aber das haben sie nicht getan.«

Gefühlte Tage später saß sie abermals im Cockpit des verdammten Helikopters und flog nach Connecticut.

»Im Grunde stimmen all ihre Geschichten überein, aber nicht so, dass es wie abgesprochen klingt. Natürlich glaube ich, dass sie sich vorher über alles unterhalten haben. Nach dem Motto, wenn man uns erwischt, erzählen wir das und das. Aber sie lügen nicht.«

»Und Easterday?«

»Hat einen Deal gemacht und dann mit seiner Frau telefoniert. Laut dem Beamten an der Tür kam sie umgehend ins Krankenhaus, war aber eine halbe Stunde später wieder weg und ist gegangen, ohne sich noch einmal umzudrehen.«

»Und der Letzte?«

»MacNamee? Hat auch einen Deal gemacht. Er und Easterday sind schlau genug, um sich bewusst zu sein, dass man sie in der Luft zerreißen würde, käme es zu einem Verfahren vor Gericht. Sie würden durch die Aufnahmen – von denen sie achtundvierzig weitere in einem Safe im Keller dieses Hauses aufbewahren – öffentlich bloßgestellt. Die beiden haben keine Ahnung, wie es ist, wenn man derart erniedrigt wird. Das haben sie bisher nur immer anderen angetan.«

Er drückte ihre Hand. »Wie geht's dir?«

»Ich komme klar. Ich musste auch mit Edward Miras Kindern reden, und die Dinge, die ich ihnen gesagt habe, haben ihnen einen fürchterlichen Schlag versetzt. Aber ich hatte keine andere Wahl. Danach habe ich auch noch die Familie von Wymann informiert.«

Sie schloss kurz die Augen. »Harvo hat inzwischen über zwanzig Frauen identifiziert. Ich habe alle überprüft. Eine starb durch einen Unfall, zwei haben sich umgebracht, zwei gehen anschaffen, und eine sitzt wegen Beschaffungskriminalität. Zwei andere machen eine Reha nach der anderen, aber einige wenige sind anscheinend relativ stabil. Mira sagt, dass sie es trotzdem wissen müssen.«

»Weil ein Teil von ihnen es sowieso schon weiß. So war es auch bei dir. Alles ans Licht zu bringen könnte ihnen auf eine Weise helfen, die du bestimmt nachvollziehen kannst.«

»Vielleicht. Oh Gott, ich hoffe es. Die Straße unter uns? Hier wurde Betz immer geblitzt. Ich frage mich, wie oft er zu dem Haus gefahren ist, um sich die Filme anzusehen. Ist das da vorn der Campus?«

Die würdevollen Türme schneebedeckter, eleganter Häuser ragten in die winterliche Luft.

»Monster gibt es überall«, erklärte er. »Das ist uns beiden klar. Es lag nicht an der damaligen Zeit und auch nicht an dem Ort. Es waren die Männer selbst.«

»Dennis Mira war zur selben Zeit am selben Ort wie sie. Das reicht mir, um zu wissen, dass es ihre eigene Schuld ist.«

Durch ihre Landung lösten sie beinah so was wie einen Schneesturm aus, doch Eve blieb sitzen, bis sie wieder etwas sehen konnte, und betrachtete das Haus.

Groß, alt, würdevoll und wunderbar erhalten, dachte sie. Die Wege waren geräumt, und auf den kahlen Bäumen glitzerte der Schnee.

Das keltische Symbol der Bruderschaft war in die Haustür eingeritzt.

Bei seinem Anblick stieg ein Gefühl der Übelkeit in ihrem Innern auf, sie schluckte es hinunter und erklärte dumpf: »Lydia Su hat mir erzählt, sie hätten nach dem Haus gesucht und es dann irgendwann entdeckt. Erst haben sie überlegt, es abzufackeln, aber dann hatten sie Angst, dass dort vielleicht Beweise für die Taten dieser Männer wären, und die wollten sie auf keinen Fall zerstören.«

»Sie wussten also nichts von diesen Aufnahmen.«

»Nein. Bis diese Frauen an der Reihe waren, hatten die Deckskerle schon Kameras im ganzen Raum versteckt. Das wissen wir von MacNamee.«

»Bist du bereit?«

War sie bereit? Sie blieb so lange sitzen, bis sie eine Antwort auf die Frage fand, doch schließlich nickte sie.

»Ich bin bereit. Aber ich schaffe es nicht ohne dich. Dann wäre es, als wäre ich in diesen Raum zurückversetzt, in dem ich selbst damals gefangen war. Natürlich würde ich mich zwingen, in das Haus zu gehen, aber ohne dich könnte ich dort nicht tun, was ich tun muss.«

Jetzt stieg in ihrem Innern ein Gefühl der Hitze auf. »Bevor wir reingehen, muss ich erst noch etwas loswerden.« Er wandte sich ihr zu, nahm ihre Hände und fragte mit sanfter Stimme: »Was?«

»Ich kann verstehen, was diese Frauen angetrieben hat, und kann verstehen, was sie getan haben. Egal, was ich bei den Vernehmungen behauptet habe, kann ich es verstehen.«

»Wie könntest du das nicht verstehen? Wie könnte irgendwer

das nicht verstehen? Wie könntest du kein Mitgefühl mit diesen Frauen haben, Eve, egal, wie die Gesetze sind?«

»Ich wünschte mir, ich hätte eine Chance gehabt, sie aufzuhalten, bevor sie bei Edward Mira waren. Bevor sie sich zu etwas entschieden haben, was ihnen jetzt ihre Freiheit nimmt. Aber sie werden Hilfe kriegen, und vielleicht wird ihnen das Gesetz das Leben retten, auch wenn's ihnen gleichzeitig die Freiheit nimmt. Ich habe mit den Frauen gesprochen, Roarke, mit jeder einzelnen. Vielleicht war Elsi Adderman ja nicht die Einzige aus dieser Gruppe, die es irgendwann nicht mehr ertragen hat. Ich denke, dass jetzt das Gesetz, das sie missachtet und an das sie nicht geglaubt haben, sie retten wird. Der Gedanke kann mir helfen, nachts zu schlafen.«

»Diese Frauen brauchen nicht zu wissen, wie viel Mühe du darauf verwendet hast, sie zu retten. Denn du weißt es selbst.« Er küsste ihre Fingerspitzen. »Meine wunderbare Polizistin.«

»Deine wunderbare Polizistin muss jetzt erst einmal in dieses Haus. Und dann will sie so schnell wie möglich heim. Mit dir.«

»Dann tun wir das. Danach schließen wir den Tag hier ab, damit die Nacht uns ganz allein gehört.«

Das könnte sie, erkannte Eve und stapfte durch den knöchelhohen Schnee. Sie könnte diesen Tag mit allem Elend bald beschließen und verbrächte dann die Nacht in Frieden in den Armen ihres Ehemanns.

Sie könnte loslassen, wurde ihr klar. Auch einen alten Schreibtisch, einen alten Sessel und die anderen alten Teile eines alten Lebens.

Weil sie jetzt ein neues Leben hatte, an der Seite eines Menschen, der ihr wichtiger als alles andere war. Sie griff nach seiner Hand und hielt sie fest. Sie hatten sich zusammen ein neues Leben aufgebaut.

»Wir werden meinen alten Schreibtisch und den anderen Kram entsorgen.«

Er sah sie fragend an und ging zusammen mit ihr durch ein

Haus, das über allzu lange Zeit für die brutalen Perversionen einer Bruderschaft von Monstern zweckentfremdet worden war.

»Ach ja?«

»Ach ja. Und weißt du auch, warum?«

»Ich brenne drauf, es zu erfahren.«

»Weil du und ich was Besseres verdient haben.«

Lachend küsste er ihr abermals die Hand. »Das haben wir auf jeden Fall.«